BASTEI
LÜBBE

Erstes Kapitel

Solche Tage liebte Kelly Aslett. Sonnig und heiß und nur eine schwache Brise. Für den Wind war sie dankbar, als sie langsam die Straße hinunterging und die Nummern an den alten Häusern studierte. Sie hielt ein Stück abgerissenes Papier in der Hand, auf das er mitten im überfüllten Pariser Café hastig seine Adresse gekritzelt hatte. 46 rue Cathédrale. Gegenüber lag Nr. 42. Nur noch ein paar Schritte, dann würde sie am Ziel sein.

Kelly fühlte sich ein bisschen schwindlig. Luc Duras würde eines Tages berühmt sein, das wusste sie instinktiv. Ein moderner Degas oder Manet. Seine Arbeiten hatten schon jetzt den Hauch eines Genies. Es war eine große Ehre für sie, von ihm gefragt zu werden, ihm Modell zu sitzen. Die Tatsache, dass seine Augen dabei so gesprüht hatten wie eine Flasche Dom Perignon, grün wie ein Schwimmbecken am Mittelmeer, spielte überhaupt keine Rolle.

Ihr wurde ganz heiß, wenn sie daran dachte. Am Eckhaus blieb sie stehen. Die Hausnummer hatte Rost angesetzt, aber sie entzifferte die 4 und die 6. Sie ging die wenigen Stufen zur Haustür hoch und drückte auf die Klingel, neben der das Namensschild nur ›Luc‹ verriet.

»*Oui?*« Die Stimme klang krächzend und verzerrt durch die Sprechanlage.

»Ich bin's, Kelly.«

»Ah, Kelly. *Entrez.*«

Im Treppenhaus stieg sie in einen Lift, kunstvoll

gefertigt aus Schmiedeeisen. Sie drückte das Gitter zurück und stieg in die enge Kabine, die eher wie ein Käfig aussah. Kelly hielt sich nervös an den Gittern fest, als sich die Kabine ächzend und ratternd in Bewegung setzte.

Luc stand draußen auf dem Flur, um sie zu empfangen. Sie hielt den Atem an, als sie ihn sah, und ließ ihre Hände zu früh vom Gitter los. Die Kabine ruckte, und sie wurde gegen die Rückwand geworfen. Tölpel, schalt sie sich, und sie spürte, wie sie vor Verlegenheit rot wurde.

Luc war mit drei, vier Schritten beim Aufzug, zog die Gittertür auf und schaute hinunter auf die handbreite Lücke zwischen Aufzugkabine und Flurboden. Bei seinem gesenkten Blick huschten die vollen dunklen Wimpern streichelnd über die hohen Wangenknochen, die so vollkommen geformt waren, als hätte Michelangelo sie in Bronze modelliert.

»*Faites attention.* Vorsichtig«, warnte er und schaute auf ihre Sandalen. »Nicht mit dem Absatz hängen bleiben.«

Er half ihr heraus, indem er mit einer gebräunten, mit Farbtupfern versehenen Hand unter ihren Ellenbogen packte. Kelly spürte ein leichtes Kribbeln, als die Finger ihre Haut berührten, und dieses Kribbeln verstärkte sich noch, als er sie auf beide Wangen küsste. Dann trat er zurück, sodass sie vor ihm durch die offene Tür gehen konnte.

Ihr Herz schlug schneller, und zum ersten Mal fragte sie sich, ob es nicht klüger gewesen wäre, seine Anfrage, ob sie ihm Modell sitzen wollte, abschlägig zu bescheiden.

Das Atelier war groß und luftig. Hohe, breite Fenster an zwei Wänden, und an jeder Wand war ein Fenster einen Spalt weit geöffnet, sodass man den Straßenlärm nur gedämpft hören konnte. Überall standen und lagen Leinwände herum, und auf den Metallregalen entlang einer Wand waren Kreide- und Kohlestifte sowie Farbtuben aller Schattierungen ordentlich aufgereiht.

Kelly schritt durch das Zimmer, und ihre Absätze klackten laut auf dem Holzfußboden. Interessiert sah sie sich um. Es passte nicht in ihr Bild, das sie sich gemacht hatte, dass in diesem Atelier alles so neu und gut ausgestattet war. Von wegen Klause eines verarmten Künstlers! Vielleicht hat er einen Gönner, dachte sie, oder viel wahrscheinlicher eine Gönnerin, und sofort stellte sie sich eine große, elegante Frau in einem Herrenanzug und mit tiefer Stimme wie die der Garbo vor.

Die Tür fiel ins Schloss, und Kelly drehte sich um. Luc lehnte lässig mit dem Rücken an der Wand, die Arme über der Brust gekreuzt. »Wir fangen an?«, fragte er leise, die Stimme tief und träge und so weich wie geschmolzene Schokolade.

»Hm, ja«, sagte Kelly und zwang sich, das Bild der eleganten Gönnerin abzuschütteln. »Wohin soll ich …?«

»Da drüben, bitte, *chérie*.«

Chérie! Kelly wusste, dass dieses Kosewort zur Alltagsphrase geworden war, und doch erfreute es sie, und in ihrem Nacken löste der Klang ein Kribbeln aus.

Sie schaute zur Stelle, auf die er gewiesen hatte. Da lagen drei große, weiße Kissen vor einem weißen Hintergrund. Durch die hohen Fenster fielen Sonnenstrahlen ins Zimmer, sie strahlten den weißen Hintergrund an und ließen ihn leuchten. Es war ein erstaunlicher Effekt.

Kelly spürte seine Blicke, als sie langsam in die Ecke ging und lässig ihre Handtasche fallen ließ.

»Bitte, mach es dir bequem, während ich die Palette mische.« Luc stieß sich von der Wand ab. »Es dauert nicht lange.«

Kelly nickte und drapierte sich auf die Kissen. Sie war begierig darauf, ihm bei der Arbeit zuzusehen. Sein hellbraunes Haar war wellig und etwas länger, als es Mode war, es fiel über den Kragen seines verwaschenen Hemds. Ein winziges goldenes Kreuz schmiegte sich in ein Ohrläppchen, es strahlte auf, als er den Kopf bewegte und die Farben gegen das Licht hielt.

Kelly senkte den Blick und betrachtete seine langen, muskulösen Beine, bedeckt von alten, verblichenen Jeans, die lässig und sehr sexy von den schmalen Hüften gehalten wurden.

Tatsächlich hatte er nach wenigen Minuten seine Vorbereitungen abgeschlossen. Zu ihrer Verblüffung gluckste er. »Du weißt, wie ich dich malen will?«, fragte er neckend.

Kelly blickte in seine Augen, in diese flüssigen Smaragde, und schüttelte den Kopf.

»Vielleicht habe ich es nicht klar ausgedrückt«, sagte Luc. »Ich möchte nämlich, dass du dich ausziehst.«

Ausziehen! Sie stieß geräuschvoll den Atem aus. »Eh … du meinst … ganz?«

»Ja«, sagte er beiläufig und bückte sich, um die Pinsel zu sortieren.

Kelly schien nicht in der Lage zu sein, sich zu bewegen; es war, als wäre sie auf den Kissen angeleimt. Er wollte, dass sie sich auszog!

»Ist das okay für dich?«, fragte Luc. Obwohl er leise gesprochen hatte, zuckte sie zusammen.

Kelly wurde rot. Nackt vor ihm. Himmel, warum war ihr das nicht klar gewesen? Er war schließlich ein Maler!

»Ist das okay?«, wiederholte Luc, und das erste Mal schien er besorgt zu sein. »Wenn es dir lieber ist, lassen wir es.«

Wärme breitete sich plötzlich in ihrer Magengrube aus. Diese dunkelgrünen Augen, die ihren Körper betrachteten. Sie sog scharf die Luft ein bei dem Gedanken, und dann spürte sie, wie sich die Wärme ausbreitete und ihren Schoß und die Oberschenkel erfasste. Ihr Puls begann wild zu rasen.

»Oh, n... nein, das geht schon in Ordnung.« Sie bemühte sich um einen lockeren Ton, zuckte die Schultern und lachte. »Das ist neu für mich. Du musst mir sagen, was ich zu tun habe.«

Luc nickte. »Gern«, sagte er und beschäftigte sich wieder mit seinen Pinseln. Der Geruch von Terpentin breitete sich aus.

Kelly nahm ihren ganzen Mut zusammen und stand auf. Sie hatte Angst, dass ihr die Beine versagten. Sie wandte ihm den Rücken zu und knöpfte mit zitternden Fingern die weiße Musselinbluse auf. Sie streifte sie von den Schultern, faltete sie und legte sie auf den Boden.

Ihre Brüste, die sich gegen die feine Spitze des BHs spannten, fühlten sich plötzlich geschwollen an. Hastig öffnete sie den Verschluss, sie wollte die Beengung des Stoffs los sein, und sofort schwangen die Brüste leicht hin und her, als sie den BH zur Bluse auf den Boden legte.

Sie streifte die Sandalen ab und griff an den Knopf der engen, schwarzen Jeans. Hinter sich hörte sie das leise Klicken, als Luc die Farbtöpfe öffnete. Rasch schob sie die Jeans über die Hüften und zog sie hinunter bis zu den Knöcheln. Sie stieg elegant heraus und stand barfuß da, nur noch mit einem hauchdünnen weißen Höschen bekleidet.

Sie zögerte nur einen Augenblick, atmete noch einmal tief ein und zog dann das Höschen aus, das sie auf die anderen Kleidungsstücke warf.

Sie stand da, streckte sich kaum merklich und fühlte sich in der überraschten Freiheit der absoluten Nacktheit wohl. Die warme Sonne überflutete sie mit ihren sanften Strahlen, die ihr wie ein liebevolles Streicheln vorkamen. Sie hatte Luc den Rücken zugewandt und wusste nicht, ob er sie anschaute, aber sie wusste, dass er es tun könnte, dass er ihre Beine, ihren Po, ihren Rücken sehen konnte … Sie war erstaunt über sich selbst, weil ihr dieses Wissen kein Unbehagen bereitete – im Gegenteil, es schickte kleine heiße Pfeile in ihren Schoß, und sie musste die Muskeln ihrer Schenkel anspannen, um das Flattern in ihrem Innern zu mäßigen.

Sie schüttelte ihr lohfarbenes Haar, nahm wieder einen tiefen Atemzug und drehte sich dann um.

Aber Luc war beschäftigt. Er hatte das Kinn in eine Hand gestützt, ein Ellbogen lag auf seiner Werkbank, und war in eine Skizze vertieft. Er schien vergessen zu haben, dass sie überhaupt da war.

»Ahem.« Sie räusperte sich und schluckte den Anflug von Enttäuschung hinunter.

Luc hob den Kopf und schaute sie intensiv an. Trotz ihrer Nacktheit veränderte sich sein kühler, gelassener Blick nicht.

»Bitte«, sagte er und streckte einen Arm zu den Kissen aus. Dann wandte er sich wieder der Skizze auf seiner Werkbank zu.

Ein wenig sauer ob seiner ausgebliebenen Reaktion setzte sich Kelly hin. Ihr Po versank in den schweren Kissen, die mit Daunen gefüllt waren. Sie versteckte ihre langen Beine unter sich und legte geziemend eine Hand auf den Schenkel, um den Blick auf den Schoß zu verhindern. Das Vlies der Schamhaare kitzelte an ihrer

Handfläche, während die Sekunden verrannen. Sie war versucht, ihre Finger auszustrecken und zwischen die Lippen zu führen, tiefer hinein in die feuchte Wärme. Angespannt wartete sie auf Lucs Anweisungen.

Ohne etwas zu sagen, schritt er auf sie zu und kauerte sich vor sie, die Hände auf den Knien. Er und Kelly befanden sich auf einer Höhe, und er schaute sie nachdenklich an, fast wie aus der Ferne. Ihr kam es wie eine kleine Ewigkeit vor. Er hatte die Hemdsärmel aufgerollt, und Kelly sah auf seine kräftigen gebräunten Unterarme und auf die Farbflecken auf den Handrücken. Sein Gesicht war nur ein paar Zentimeter von ihrem entfernt, und sie konnte den grauen Schatten seines Nachmittagsbartes sehen.

Plötzlich sprach er. »Ich kann dir zeigen, wie ich dich gern hätte?«, fragte er.

»Ja, sicher.«

Er legte seine Hände auf ihre Schultern. Die Hände fühlten sich wunderbar kühl an auf ihrer erhitzten Haut. Behutsam rückte er sie gerade, dann gab er ihr mit einem leichten Druck auf die Beine zu verstehen, dass er sie in einer knienden Position haben wollte.

»Und jetzt lehne dich zurück«, sagte er. »Stütze dich mit den Armen ab, und lege auch den Kopf zurück. In den Nacken.«

Kelly folgte bereitwillig seinen Wünschen. Es war ihr bewusst, dass in dieser Stellung ihre Brüste herausgedrückt und nach oben gerichtet wurden. Die kecken hellbraunen Nippel berührten fast sein Hemd. Er streckte eine Hand aus und schob ihre langen Haare zurück, sodass sie hinten wie ein Vorhang hinunterfielen. Dann griff er an ihr vorbei in die Haare und wuschelte in ihnen herum. Kelly verharrte reglos, sie traute sich nicht, sich zu bewegen.

Er richtete sich auf, blieb aber vor ihr stehen, die Hände in die Hüften gestemmt. »*Oui*«, murmelte er vor sich hin. Er nickte entschieden, trat an seine Staffelei und nahm sofort die Arbeit auf.

Kelly posierte, und Luc skizzierte, begann dann zu malen. Niemand sprach. Sonnenlicht drang immer noch durch die Fenster ein und wärmte Kellys Körper, und eine milde, neckische Brise spielte um ihre Brüste. Sie bemerkte, dass ihre Brustwarzen anschwollen, und senkte die Lider, während sie den Bewegungen von Lucs Armen zuschaute. Ihre Brüste sehnten sich nach den Berührungen seiner Hände, nach diesen kräftigen Künstlerhänden. Die Vorstellung ließ sie laut aufseufzen.

Aufgeschreckt blickte sie zu Luc, denn sie war sicher, dass er sie gehört haben musste, aber er schien völlig weggetreten zu sein, gefangen im Reich seiner Kunst.

Kelly rutschte unruhig hin und her. Wie konnte er so kühl sein, so beherrscht? Es war unglaublich. Und es war ganz bestimmt eine neue Erfahrung für sie. Ohne unbescheiden zu sein, hatte sie bisher ihre Wirkung auf Männer durchaus feststellen können. Wohin immer sie auch ging, Köpfe drehten sich nach ihr um. Und wie oft hatte ein Kellner ihr schon in einer Bar einen Drink gebracht, dazu der geflüsterte Hinweis: »Mit einem schönen Gruß von dem Gentleman an der Bar, Miss.«

Und nun saß sie hier, keinen Fetzen am Leib, völlig nackt, und was war mit Luc? Luc rührte keinen Finger. Ihm schien das egal zu sein, es interessierte ihn nicht. Sein Gesicht war eine Studie in Konzentration. Immer wieder huschten seine Blicke von der Leinwand zu ihr und wieder zurück zur Leinwand.

Allmählich rumorte es in ihr. Sein Desinteresse regte sie auf, sie wurde unruhig, und ungehalten trommelten ihre Finger lautlos auf den Kissen.

»*Non!*«, rief Luc ärgerlich.

»W ... was?« Kelly schluckte ein paar Mal, überrascht von der Strenge in seiner Stimme.

»Du darfst dich nicht bewegen – wie soll ich dich sonst malen können?«

»Ich habe seit über eineinhalb Stunden still gesessen!«, fauchte Kelly, und sie merkte, wie ihr Ärger anschwoll. »Meine Schultern schmerzen. Ich brauche eine Pause.«

Luc schwieg. Er starrte auf seine Leinwand, als ob dort der Fehler liege. Dann veränderten sich seine Gesichtszüge so wundersam, wie sich die Nacht zum Tage wandelte, und sein Ausdruck wurde weich und freundlich. Er lächelte entschuldigend und legte den Pinsel ab. »Vergib mir, *chérie*. Ich war zu sehr in meine Arbeit vertieft, dann vergesse ich das Modell. Ich bin ein Tyrann, ja?«

»Ja«, murmelte Kelly, verwirrt von seiner plötzlichen Verwandlung. Sie begann mit langsamen, katzenhaften Bewegungen, den Hals kreisen zu lassen. Dann ließ sie ihre schmalen Schultern nacheinander rotieren, um die Steifheit abzuschütteln. Sie streckte sich ausgiebig und genoss den Luxus der Bewegungsfreiheit.

Luc schaute ihr genau zu, und allmählich veränderte sich auch sein Blick.

Der leidenschaftslose Ausdruck schwand, das objektive Abschätzen des Künstlers befand sich auf dem Rückzug. Jetzt genossen seine Männeraugen die sinnlichen Bewegungen des weiblichen Körpers. Schließlich trafen sich ihre Blicke. Ohne den Kontakt zu brechen, fasste er an die Seite seiner Werkbank und griff nach einem Tuch.

»Ich werde deinen Rücken massieren«, sagte er und wischte sich die Hände an dem Tuch ab. »Das wird den Schmerz lindern und die Starre beheben.«

Kelly kniete noch, die Arme verlegen an den Seiten. Luc richtete sich hinter ihr ein und legte seine Hände auf ihre Schultern. Bei der Berührung zitterte Kelly leicht. Er begann sie zu massieren und knetete die Knoten in ihren Muskeln.

»Oh, das tut so gut«, murmelte sie, schloss die Augen und lehnte sich ein wenig zurück. Sie genoss das sinnliche Gefühl seiner Finger.

Seine Hände fuhren über das Schlüsselbein, tauchten hinunter zur glatten Haut oberhalb der Brüste und nahmen sich dann ihre Arme vor, ehe sie zum Rücken zurückkehrten und den Nacken kneteten. Wunderbar kühle Hände, wunderbar feste Finger, die lockerten, streichelten, rieben und stimulierten.

Es war mehr, als sie aushalten konnte. Ohne darüber nachzudenken, griff sie mit den eigenen Händen an ihre vollen, festen Brüste, strich darüber und fuhr mit den Mittelfingern genüsslich über die Brustwarzen, die sich steil aufrichteten.

Luc hielt den Atem an. Seine kurzen Nägel drangen schmerzvoll in ihre Schultern. Rasch schob er seine Hände durch die Beuge ihrer Arme, nahm ihre Hände weg und umfing ihre geschwollenen Brüste. Er streichelte sie leicht und drückte die Nippel zwischen Daumen und Zeigefinger. Bei jedem Drücken fühlte Kelly einen Stromstoß, der zu ihrem Schoß raste, und unwillkürlich stieß sie ein Stöhnen aus.

»Fühlt sich das gut an, *chérie?*«, flüsterte Luc mit heiserer Stimme.

»Oh, ja«, seufzte sie und lehnte den Kopf gegen seine Schulter. Luc fuhr fort, ihre Brustwarzen zu reizen, und sie spürte, wie die Feuchtigkeit in ihrem Schoß in Nässe überging.

Er ließ eine Hand auf den Brüsten und fuhr mit der

anderen über den Rücken bis hinunter zum Po. »Beuge dich nach vorn«, murmelte er.

Kelly hatte längst ihre Hemmungen abgestreift und tat, um was er gebeten hatte. Sie beugte sich vor und stützte sich auf den Unterarmen auf. Sie zitterte, als er mit einem Finger über ihr Rückgrat fuhr, dann in die Kerbe der Pobacken eindrang. Sie erschauerte leicht, krümmte den Rücken noch ein bisschen mehr, als wollte sie seinen Finger einladen, noch weiter nach unten zu gleiten und in ihre warme, empfindsame Spalte einzudringen.

Er drückte ihren Rücken noch mehr hinunter auf die Kissen, sodass ihr Po hoch aufragte. Er tupfte leicht gegen die Innenseiten ihrer Schenkel, und sie spreizte sie dankbar, und ihre Erregung wuchs noch, als ihr bewusst wurde, wie schamlos sie sich ihm präsentierte.

»*Merveilleux!*«, stieß er hervor, und seine Stimme klang so erregt, dass Kelly fast schwindlig wurde.

Er ließ die Finger über die Innenseiten ihrer Schenkel wandern, und als er oben anstieß, verharrte er dort. Ihr Verlangen schien sie verzehren zu wollen, und wie von selbst spreizte sie die Beine noch weiter. Aber er ließ sie noch länger warten. Viel zu sanft streichelte er wieder über die samtene Haut ihrer bebenden Schenkel. Sie glaubte, jeden Augenblick ohnmächtig vor Lust zu werden.

Dann, endlich, glitten seine Finger kundig in die feuchte, rosafarbene Tiefe ihres Geschlechts, während die andere Hand sich noch mit ihren Brüsten beschäftigte.

Kelly atmete laut und hastig. Jeder Nerv ihres Körpers schien sensibilisiert zu sein. Sie konnte an nichts anderes denken als an seine Hände, die ihre Brustwarzen rieben und zwirbelten und ihre zuckende

Höhle erforschten. Aufgeregt schaute sie an sich hinunter und sah der Hand zu, die ihr diese Lust bereitete.

Mit zwei Fingern streichelte er sie rhythmisch. Die geschwollene Kuppe der Klitoris versteifte sich und erhob sich zwischen den feuchten Labien. Immer schneller bewegten sich seine Finger. Sie stieß ruckend gegen ihn, um nicht mehr lange auf ihre Erlösung warten zu müssen. Sie krümmte den Rücken, warf den Kopf zurück und spürte die Explosion in ihrem Schoß, die in den ganzen Körper strahlte und ihre Haut zum Glühen brachte.

Keuchend und erschöpft fiel sie auf ihre Unterarme. Sie spürte, wie Luc, immer noch hinter ihr, seine magischen Finger wieder spielen ließ. Er massierte ihre Pobacken, umfasste dann ihre Hüften und sagte mit seiner ruhigen Stimme: »Dreh dich um, Kelly.«

Seine dunklen grünen Augen blickten intensiv und leuchteten wie Feuersteine. Er zog sich das Hemd über den Kopf.

Kellys Mund wurde trocken, als sie den breiten Brustkorb sah. Sie befeuchtete die Lippen mit der Zunge und streckte die Hände aus, um die gebräunten Muskeln zu streicheln. Sie umkreiste seine dunklen Nippel mit den Fingerspitzen, ehe sie sich fiebrig an seiner Jeans zu schaffen machte.

Als sie den deutlichen Abdruck seines Penis sah, gefangen vom harten Jeansstoff, zuckte es wild in ihrem Schoß. Sie ließ die Finger zart über den Penis gleiten und fuhr auf und ab, bis sie Luc heftig atmen hörte.

Hastig half er ihr, die Jeans aufzuknöpfen, und als sie gerade mit einer Hand hineingleiten wollte, meldete sich die Sprechanlage mit einem lauten Krächzen.

Sie sahen sich an, warteten.

Wieder kam das Krächzen verzerrt aus dem Lautsprecher. Lucs Gesicht verfinsterte sich. Er schaute auf die Uhr. »*Merde*«, fluchte er.

»Was ist denn, Luc?«

»Das wird meine Agentin sein, *chérie*. Ich habe sie glatt vergessen. Sie soll um vier Uhr hier sein.« Er hielt ihr den Arm mit seiner Uhr hin. Es war genau vier.

Wieder das laute Summen. Resigniert erhob sich Luc. »Einen Moment, Kelly«, sagte er, ging zur Sprechanlage und setzte sich so schnell mit der Person unten vor der Tür auseinander, dass Kelly kaum etwas verstehen konnte. Als er zurückkam, hob er die Schultern und streckte beide Arme aus. »Es tut mir Leid, *chérie*. Sie besteht darauf. Sie ist schon auf dem Weg nach oben. Ich habe morgen eine Ausstellung. Sie ist sehr wichtig für mich, und sie sagt, dass es einige Dinge gibt, die sie mit mir diskutieren will.«

»Schlechtes Timing«, murmelte Kelly, stürzte sich auf ihre Kleider und zog sich eilig an.

Sie hörte die ächzende Ankunft des Aufzugs, und Sekunden später klopfte es an die Tür. Sie griff rasch nach ihrer Tasche und wollte schon die Tür aufreißen, aber Luc hielt sie an der Schulter fest.

»He«, sagte er und schob sie herum, dass sie sich gegenüberstanden. Er legte einen Finger unter ihr Kinn und schaute ihr in die Augen. »Nicht so schnell!« Er gab ihr einen Kuss auf die Nasenspitze. »Du kommst morgen wieder, ja?«, fragte er. »Zur Ausstellung?«

»Hm«, machte sie und roch den scharfen Duft ihrer eigenen Säfte an seiner Hand. Sie rieb ihren Leib gegen ihn und spürte seine Erektion.

Luc stöhnte auf, als es wieder an die Tür klopfte, diesmal hörbar ungeduldiger. Er hob hilflos die Schultern und zog rasch sein Hemd an. »Bis morgen«, flüsterte er und öffnete die Tür.

Eine sehr attraktive brünette Frau, nur wenig älter als Kelly, stand wartend vor der Tür. Sie war eine typische Pariserin, elegant gekleidet, das glänzende schwarze Haar kurz geschnitten, das Gesicht makellos geschminkt. Die Frau lächelte Kelly an, trat dann mit den Zehenspitzen auf Luc zu und küsste ihn auf beide Wangen.

»*Salut, chéri*«, sagte sie dicht an seinem Ohr. Ihre Stimme klang wie ein kehliges Schnurren.

Völlig ungerührt und gelassen stellte Luc sie einander vor. »Kelly, das ist Chantal«, sagte er.

»*Enchantée.*« Chantal lächelte Kelly wieder an, bevor sie sich an Luc wandte. »Wir haben viel zu besprechen«, sagte sie, trat in das Zimmer und nahm ihn an die Hand.

»Ich wollte sowieso gerade gehen«, murmelte Kelly, während sie Chantal musterte. Hatte sie Ähnlichkeit mit der Gönnerin, die Kelly sich vorgestellt hatte? Die Stilettoabsätze klackten auf dem Holzboden.

Sie wandte sich um und trat an den Aufzug. Es war schon ärgerlich, dass Luc eine so attraktive Agentin haben musste, dachte sie und spürte, wie Eifersucht in ihr hochstieg.

Unten auf der Straße winkte Kelly ein Taxi heran. »Fahren Sie mich ein bisschen durch die Gegend«, sagte sie dem Fahrer, ein junger Algerier, der sie verständnislos anschaute. Sie hatte nicht bemerkt, dass sie englisch gesprochen hatte, und wiederholte ihren Wunsch französisch. Er nickte und grinste, fuhr durch die engen Straßen des Montmartre und nutzte jede Gelegenheit, in den Rückspiegel zu blicken.

»Sehr schön«, sagte der Fahrer und tippte mit dem Zeigefinger auf den Innenspiegel. »Sehr schöne Lady.«

Kelly lächelte, aber ihre Gedanken waren woanders – angefüllt mit Bildern von Luc.

Verdammt, fluchte sie stumm vor sich hin und holte sich aus ihrer tranceähnlichen Euphorie heraus. Sie wollte diese Gefühle nicht, erst recht nicht, was Luc anging.

Warum hatte sie auch zugestimmt, für ihn Modell zu sitzen? Vor vier Tagen war er in ihre Klasse gekommen, ein junger Mann mit weichen Haaren und einem versonnenen Blick. Und sie hatte an jedem Wort gehangen, das über die schön geformten Lippen kam, als er über die Arbeiten der Impressionisten gesprochen hatte.

Ja, verdammt, sie war auf den ersten Blick verknallt gewesen, und sie hätte die Willensstärke aufbringen müssen, sein Angebot abzuschlagen.

Bisher hatte sie während ihrer Zeit in Paris jede gefühlsmäßige Verstrickung vermieden. Sicher, sie hatte ein paar Freunde, hatte viele Verabredungen. Aber sie bestimmte, wie diese Treffen abliefen.

Mit Luc war das anders. Noch nie hatte sie ein so intensives Verlangen nach wenigen Minuten empfunden. Und seine Berührungen, seine Hände …

Hör auf!, schalt sie sich. In zwei Wochen flog sie nach Hause, und es war albern, sich jetzt noch zu verlieben. Sie durfte ihn nicht mehr wiedersehen. Und sie würde auch nicht zu seiner Ausstellung gehen. Sie würde vergessen, was in seinem Atelier geschehen war – sie würde den ganzen Luc Duras vergessen!

In seinem Atelier war Luc Duras weit davon entfernt, Kelly zu vergessen – ihr makelloses Gesicht, ihren festen, reifen Körper. Er hatte sofort gewusst, dass sie eine Schönheit war, schon als er die Klasse betreten hatte.

Das Kinn in die Hand gestützt, das lange Haar, das über die Schultern fiel, die großen braunen Augen und die hohen Wangenknochen. Aber er hatte sie ausschließlich als Motiv gesehen, ein wunderschönes, strahlendes Motiv, das er auf Leinwand festhalten musste.

Und dann packte es ihn plötzlich. Aus heiterem Himmel schlug es ein. Verlangen. Hartes, lüsternes Verlangen. Wenn er sah, wie sie sich bewegte, wie sie sich streckte. Wie ein goldfarbener Luchs sah sie dann aus, ihre Haut glomm und glitzerte in den Sonnenstrahlen, wenn sie sich rührte.

»Sie ist ein sehr schönes Mädchen«, hörte er Chantal neckend sagen.

»Ja«, sagte Luc, trat wieder hinter die Staffelei und betrachtete die Umrisse, die er von Kelly gemalt hatte. Er setzte sich auf den kleinen Holzstuhl.

»Hm, sehr gut«, sagte Chantal, die sich hinter Luc gestellt hatte. »Solche kräftigen Farben, ein wunderbares Spiel von Licht und Schatten.« Sie legte die Hände auf seine Schultern. »Wer ist sie?«

Luc hob die Schultern. »Amerikanerin. Jean-Philippe hat mich gebeten, einen Vortrag in der Académie zu halten. Sie saß da in der Klasse.«

»Und du hast sie gebeten, dir Modell zu sitzen?«

Luc hob wieder die Schultern. »Ich habe sie später in einem Café getroffen. Ich dachte, als Studie wäre sie gut geeignet.«

»Ah, ja«, flüsterte Chantal. »Eine ausgezeichnete Studie.« Sie massierte sanft Lucs Schultern, während sie immer noch Kellys Bild betrachtete. »Wirst du mit ihr schlafen?«

»Oh, ja«, sagte Luc.

Chantal zupfte an seinen weichen braunen Haaren. »Du bist so arrogant, Luc!« Sie schnalzte mit der Zunge.

»Also gut«, sagte sie, »dann beschränken wir uns wieder auf das rein Geschäftliche. Du weißt, dass ich nicht gern teile.«

Luc lachte. »Ja, weiß ich.«

»Wirklich schade, mein Lieber. Wir hatten so viel Spaß zusammen.«

Luc verdrehte den Kopf und schaute zu ihr hoch. Chantals Stimme klang weich und eigenartig wehmütig. Das passte so gar nicht zu ihr. Jetzt sah er Traurigkeit in ihrem Gesicht, aber nur für einen kurzen Moment.

Ihre geschäftliche Vereinbarung wurde ihnen beiden gerecht. Chantal war mit einem Börsenmanager verheiratet, einem ungeheuer wohlhabenden Börsenmanager, dessen einziger Sinn im Leben darin bestand, sein Geld zu mehren. Und Chantal, unglaublich reich, aber vernachlässigt und gelangweilt, suchte nach Abwechslung. Sie hatte sie in der Welt der Kunst gefunden.

Als Lucs Agentin hatte sie seine Karriere aufgebaut, und langsam, aber stetig kam der Erfolg. Sie hatte seine Arbeiten großzügig unterstützt, hatte ihn ermutigt und – ihn genossen. Es war eine leidenschaftliche Affäre. Leidenschaftlich, heiß, verblüffend einfallsreich, aber doch nur eine vorübergehende Affäre. Luc wusste schon bald, dass Chantal weiterziehen würde, zu neuen Talenten und neuen Weiden.

Ihre Finger schoben sich durch seine Haare. »Trotzdem«, sagte sie, »ein bisschen Spaß kann nicht schaden, oder? Ein letztes Mal, ja?« Ihre Augen blitzten ihn an. »Und danach müssen wir natürlich über die Ausstellung reden.«

Ihre Finger wanderten unter seinen Hemdkragen und glitten hinunter zu seiner Brust. Er zuckte, als sie mit den langen roten Fingernägeln über die steifen

Brustwarzen kratzte. Er war von Kelly noch halb erregt, und sein Penis drückte sich schmerzvoll gegen die Jeans und verlangte verzweifelt seine Freiheit.

Langsam öffnete Chantal die Knöpfe seines Hemds und streichelte über die Haut, die sie entblößte. Sie ließ die Hände über seinen harten, flachen Bauch kreisen. Mit jeder noch so kleinen Bewegung ihrer kundigen Hände spannten sich seine Muskeln an.

Die schwere Wolke ihres sinnlichen Parfums vermischte sich mit dem Duft ihrer Erregung. Luc hielt es nicht länger aus und drehte sich auf seinem Stuhl herum.

»Zieh es aus«, sagte er rau und wies auf ihr Kostüm. Chantal lächelte, und unter dem Make-up erröteten ihre Wangen. Die langen Finger griffen nach dem obersten Knopf des Jacketts, nahmen sich dann rasch die anderen vor. Sie schob das Jackett von den Schultern und ließ es zu Boden gleiten.

Ihre Haut war blass wie Porzellan, sie wirkte zerbrechlich – das exakte Gegenteil zu ihrer selbstbewussten Persönlichkeit. Sie trug einen schwarzen Seidenteddy, der im krassen Kontrast zu ihrer weißen Haut stand, und darunter konnte Luc die festen Umrisse ihrer halterlosen Brüste sehen, die sich mit jedem raschen Atemzug hoben und senkten.

Während sie Luc nicht aus den Augen ließ, trat sie aus dem schwarzen Rock. Die Hände griffen zum rechten Oberschenkel und zum spitzenbesetzten Saum des durchsichtigen Strumpfs. Langsam und sinnlich schob sie den Strumpf das Bein entlang.

»Lass sie an«, sagte Luc abrupt. Er stand plötzlich auf und zog den Strumpf wieder hoch. Dann öffnete er das Bändchen des Teddys und schob das hauchdünne Kleidungsstück von den Schultern. Es rutschte die Arme entlang und blieb an den Hüften hängen, sodass ihr Oberkörper entblößt war.

Ungeduldig schob Luc seine Daumen unter den Teddy und zurrte ihn über die sanft geschwungenen Hüften. Chantal lachte, als der Stoff riss.

»Langsam, Liebling«, flüsterte sie und fuhr mit den Händen wieder durch seine Haare, während Luc sich bückte und den Stoff vorsichtig hinunterschob, bis er zu ihren Füßen eine schwarze Lache bildete.

Nackt stand sie vor ihm, nackt bis auf die Seidenstrümpfe und die Schuhe mit den Stilettoabsätzen. Irgendwie wirkte ihre Nacktheit dadurch noch intensiver, und Luc starrte gebannt auf ihren Körper, wenn ihm die Konturen auch schon lange vertraut waren.

Die kleinen Brüste reckten sich keck, und die steifen Brustwarzen schienen nach seiner Berührung zu rufen. Er nahm ihre schlanke Taille wahr, den flachen Bauch und das schwarze Dreieck zwischen den samtseidenen Schenkeln.

Hastig zog Luc sich das Hemd aus. Er öffnete den obersten Knopf der Jeans, und sein Penis sprang aufgeregt ins Freie. Chantal senkte den Blick, und unwillkürlich spielte sie mit der Zunge im rechten Mundwinkel.

Sie standen einen Augenblick einander gegenüber, dann zog Luc sie an sich heran, drückte sie kräftig an seinen Brustkorb und spürte, wie sich ihre harten kleinen Nippel in seine Haut bohrten.

Chantal seufzte leise. Sie wich mit dem Oberkörper zurück und legte seine Hände auf ihre Brüste, hielt sie dort mit den eigenen Händen fest. Gemeinsam massierten sie ihre Brüste mit kreisenden Bewegungen. Chantal nahm die Schultern noch weiter zurück.

»Härter«, feuerte sie ihn an und verstärkte den Druck ihrer Hände auf seinen.

Er massierte ihre kleinen festen Brüste noch eine Weile und hörte, wie sich ihr Atem beschleunigte, bis sie zu hecheln anfing. Dann glitt er mit einer Hand ihren biegsamen Körper hinunter und streichelte mit dem Handrücken ihr Geschlecht. Während Chantal immer lauter stöhnte, schob er behutsam einen Finger in sie hinein, dann noch einen, um ihre Klitoris zu drücken.

Chantal wimmerte, und ihre Beine ruckten unkontrolliert. »Oh, ja, Baby, ja«, murmelte sie und stieß ihre Hüften seinen Fingern entgegen.

»Genug!«, keuchte sie dann, fuhr mit einer Hand in seine Jeans, schob sie mit den Shorts nach unten und fuhr mit der anderen Hand über die samtene Haut des gespannten Penis. Mit Daumen und Zeigefinger strich sie über die glatte Spitze des Schafts.

Auf schwankenden Beinen wegen der Jeans, die ihm um die Knie hing, ließ Luc sich zu Boden gleiten, und Chantal fiel so geschickt über ihn, dass sie gespreizt auf seinem Bauch saß. Sie hielt den Phallus mit einer Hand fest und stülpte sich langsam und voller Genuss über ihn.

Ihre nasse Scheide umklammerte den steifen Schaft wie ein mit Seide ausgelegter Schraubstock.

Chantal hielt sich eine Weile ganz still, hockte passiv über ihm, während er von unten in sie hineinstieß. Dann reduzierte er seine Bewegungen, und sie ging auf ihm rauf und runter. Das sanfte Kissen ihrer Pobacken rieb bei jeder Bewegung über seinen Schoß.

Während sie eifrig auf seinem Penis ritt, starrte Luc lüstern auf die kleinen schwingenden Brüste. Chantal gluckste leise, beugte sich vor und hielt seine Arme mit ihren Händen auf dem Boden fest.

Luc gab vor, hilflos zu sein, und ließ sich von ihr mit den Brüsten reizen, indem sie die kleinen festen Halbkugeln vor seinem Mund hin und her schwingen ließ. Er hob den Kopf und fing einen Nippel mit dem Mund ein, nagte leicht mit den Zähnen daran.

Chantal hielt zischend die Luft an und stöhnte laut auf, gleichzeitig versuchte sie, mehr von ihrer Brust in seinen Mund zu stopfen. Dabei behielt sie den Rhythmus des Aufs und Abs auf seinem harten Penis bei.

Schweiß lief in Strömen über ihre Körper, während sie dem Höhepunkt entgegenritten. Haut klatschte laut auf Haut, sein Hintern rumste nach jedem Stoß hart auf den Boden.

Chantal schrie plötzlich auf und grub ihre Fingernägel in Lucs bewegungslose Arme. Ihr Becken ruckte in spastischen Schüben, als der Orgasmus sie heftig schüttelte. Luc spürte, wie sich ihre vaginalen Muskeln um seinen Penis schlossen, als wollten sie ihn aussaugen, und mit einem wuchtigen Stoß gab er sich geschlagen und schoss in zuckenden Spiralen der Erleichterung in sie hinein.

Erschöpft und ausgelaugt warteten sie, dass ihr Atem sich wieder erholte. Chantal blieb auf Luc liegen, immer noch auf den Knien, die fast in seine Achselhöhlen stießen. Sie lehnte den Kopf an seine Schulter, während Luc mit den Händen über ihren schweißnassen Rücken strich. Er fuhr mit langsam kreisenden Bewegungen über ihren Po.

Chantal seufzte befriedigt. Schläfrig hob sie den Kopf und schaute ihm in die Augen. »Es wird schwer sein, mich von dir zu entwöhnen, Luc«, sagte sie müde, bevor ihr Kopf wieder auf seine Schulter sank.

Zweites Kapitel

Kelly drückte sich ein Kissen in den Rücken. Ihre Schultern waren ein bisschen steif von dem starren Sitzen gestern. Vor ihr stand die Doppeltür zur Terrasse offen, und in der letzten halben Stunde hatte sie auf Montmartre geschaut und sich gefragt, welches dieser schmalen Häuser Lucs Atelier beherbergte. Sie hasste sich dafür, dass sie ihn nicht aus ihren Gedanken verbannen konnte, und konzentrierte sich auf die Blumen in den Tontöpfen auf der Terrasse.

»Für dich.« Angie stellte ein großes Glas Rotwein vor sie auf den Fußboden.

»Danke.« Kelly starrte immer noch aus dem Fenster.

Angie setzte sich im Schneidersitz neben die Freundin auf den Boden. Eine Weile herrschte wieder Schweigen, aber dann ließ sich Angie vernehmen. »Ich glaube, du bist verrückt«, sagte sie leise.

»Wieso?«

»Nun, weil du nicht zu Lucs Ausstellung gehst.«

»Ach so.«

»Ja, genau deshalb! Was würde ich nicht für eine Affäre mit Luc Duras geben!«, sagte Angie verträumt. »Dieses Gesicht, dieser Körper, und nicht zuletzt dieser Akzent!«

»Ich weiß«, sagte Kelly seufzend.

»Diese Augen«, fuhr Angie fort.

»Ich weiß.«

»Dieses Talent!«

»Ich weiß, ich weiß. Aber ...«

»Aber was …?«

Kelly hob die Schultern. Wie konnte sie Angie etwas erklären, was sie selbst nicht verstand? Tatsache war, dass sie Luc nicht aus ihren Gedanken verdrängen konnte. »Ich fliege bald nach Kalifornien zurück, und dann muss ich eine Weile dort bleiben. Und Luc hatte eine irre Wirkung auf mich. Es ist, als ob er mich …« Kelly brach ab.

»Ja?«, drängte Angie.

»Nun, sagen wir, ich fürchte, ich könnte mich arg in ihn verlieben. Und dann müsste ich ihn in zwei Wochen verlassen. Stell dir das einmal vor!«

Angie nickte verständnisvoll, aber dann leuchtete ihr Gesicht. »Stell du dir lieber mal vor, wie du diese zwei Wochen verbringen könntest!«

Kelly kicherte. Angie hatte die beunruhigende Fähigkeit, ihre Gedanken zu lesen. Sie waren auf einer Wellenlänge. Sie würde sie sehr vermissen, wenn sie nach Hause flog. Seit sie in das Apartment neben Angies eingezogen war, hatten sie sich sofort gut verstanden.

Kelly nippte am Wein. Sie und Angie hatten viel gemeinsam. Beide waren sie Amerikanerinnen, die in Paris lebten, sie waren gleich alt, und beide studierten Kunst an der *Académie*. Sie waren enger als Schwestern, vertrauten sich alles an. Angie war der einzige Mensch in Paris, der etwas über den Grund für Kellys Heimreise wusste.

Vor fast vier Jahren, als Kelly gerade einundzwanzig geworden war, war ihr wohlhabender Vater gestorben. Er hatte Kelly seinen Grundbesitz vermacht, und sie sollte ihn an ihrem fünfundzwanzigsten Geburtstag übernehmen – nächsten Monat. Deshalb musste sie zurück.

»Sagen wir mal, du verliebst dich wirklich in Luc«,

theoretisierte Angie, »und sagen wir, dass Luc sich auch in dich verliebt – dann hindert dich doch nichts daran, nach Paris zurückzukommen, sobald rechtlich alles geklärt ist, nicht wahr?«

»Ja, schon«, räumte Kelly ein. »Aber das ist nur für den Fall, dass die rechtliche Angelegenheit wirklich glatt abgeht.« In ihrer Stimme klangen Zweifel durch. »Ich mache mir Sorgen wegen meiner Stiefmutter. Sie ist der Grund, warum ich in den letzten vier Jahren durch Europa gereist bin. Wir mochten uns vom ersten Tage an nicht, und der Gedanke, mit ihr nach dem Tod meines Vaters in einem Haus zu wohnen, war mir unerträglich. Das Testament meines Dads sagte, dass sie dort wohnen kann, bis mir das Haus überschrieben wird – also bis nächsten Monat.«

Angie trippelte zur Weinflasche und füllte ihr Glas auf. »Dann muss deine Stiefmutter jetzt ausziehen, und du bist frei wie ein Vögelchen. Womit wir wieder bei Luc sind. Wenn du dich beeilst, kommst du noch rechtzeitig zur Ausstellung.«

»Nö«, sagte Kelly. »Die Galerie ist zu weit.«

»Du suchst nach Entschuldigungen«, warf Angie ihr vor. »Du hast Zeit genug.«

Kelly schaute auf die Uhr. Nun, wenn sie sich beeilte, konnte sie wirklich rechtzeitig da sein. Sie würde einfach nur die Bilder betrachten. Und später könnten sie vielleicht dort weitermachen, wo sie gestern aufgehört hatten.

Es hatte sich alles so gut angefühlt. Wenn sie die Augen schloss, konnte sie noch jetzt seine Hände auf ihrer Haut spüren, auf den Brüsten, zwischen den Schenkeln. Die Erinnerung daran raubte ihr den Atem, und in ihrem Bauch schlugen ihre Gefühle einen Salto. Und genau davor hatte sie Angst.

»Nein«, sagte sie entschlossen. »Ich habe mich entschieden. Ich brauche in den nächsten Wochen einen klaren Kopf, wirklich. Und das schaffe ich nicht, wenn ich mich mit ihm einlasse. Ich muss mich von Luc fern halten.«

Angies Augen weiteten sich, als sie Kelly reden hörte. »Was, du willst nicht einmal zur zweiten Sitzung gehen, damit er dein Bild fertig malen kann?«

»Nicht, auch das nicht.«

»Aber nun sei mal vernünftig, meine Liebe. Er wird eines Tages berühmt sein. Und dann wärst du ein Original von Luc Duras!«

»Nein.«

»Du würdest im Louvre hängen!«

»Nein!«

Angie schüttelte ungläubig den Kopf. »Eines Tages wirst du das bereuen, Kelly«, sagte sie und trank den Rest Wein aus ihrem Glas. »Und dann wird es zu spät sein.«

Drittes Kapitel

Das Haus kauerte in den Hügeln zwischen Santa Ana und den Bergen, und man hatte einen einmaligen Blick in zwei Täler. Es war das Traumhaus von David Aslett gewesen. Der Blick und die Lage waren nicht zu überbieten, auch wenn das Haus eher bescheiden war, wenn man kalifornischen Maßstab anlegte. Eine Hacienda im mexikanischen Stil, weiß verputzte Mauern und dunkle Fensterläden aus Holz.

David Asletts junge Witwe Marissa war tief in Gedanken, als sie barfuß über die hintere Terrasse schlenderte und die Treppe hinunter zum Swimmingpool ging. Sie legte sich auf die Liege und blinzelte zum Morgenhimmel hoch. Weites Blau. Innerhalb von Minuten brachte die Sonne sie ins Schwitzen, aber sie war zu sehr mit ihren Gedanken beschäftigt, als dass sie sich hätte bewegen wollen.

Sie las noch einmal die Nachricht auf dem Briefbogen, den sie in der Hand hielt. Die Nachricht war kurz und auf den Punkt gebracht, und als Marissa sie noch einmal gelesen hatte, zerriss sie den Bogen und riss so lange, bis nur noch kleine Schnipsel übrig geblieben waren, die auf den Boden flatterten.

Ihre Stieftochter Kelly hatte ihr Datum, Zeit und Flugnummer ihrer geplanten Ankunft aus Paris mitgeteilt. Nicht zum ersten Mal fluchte Marissa über ihren verstorbenen Mann, dass der eine Tochter haben musste. Wenn Kelly nicht wäre, könnte Marissa ein Leben in Luxus führen. Sie hätte alles geerbt.

Nun ja, sie war noch kein Fall für die Sozialhilfe – David hatte ihr eine beträchtliche Summe hinterlassen. Aber das war nicht annähernd genug. Beileibe nicht. Nicht für eine Frau wie Marissa.

Verdammt, was sollte sie tun? Wenn Kelly hier auftauchte, musste Marissa verschwinden. Und dann?

Sie richtete sich auf und schaute sich um. Das alles würde diesem verdammten Mädchen gehören. Der Hass wuchs in ihr. Sie schaute über den langen, ovalen Pool, dessen Oberfläche glitzerte wie Diamanten. Sie schaute auf die hohen Palmen, die aus dem kurz geschorenen grünen Rasen wuchsen, und dann schweifte ihr Blick über das weite Tal und dahinter über den im Dunst liegenden Ozean, der sich irgendwo in der Ferne mit dem Horizont traf.

Unbewusst ballte sie die Fäuste. Das alles würde sie nicht kampflos aufgeben. Sie musste irgendeinen Weg finden.

Sie atmete tief durch. Nach diesem Entschluss ging es ihr schon viel besser. Sie legte sich entspannt zurück. Eine willkommene Schwere machte sich in ihr breit und bewegte sich in ihrem Körper wie ein träge fließender Bach. Der Quell schien tief in ihrem Schoß zu sprudeln.

Schade, dass Larry nicht hier ist, dachte sie und ließ die Hände leicht über den Körper wandern. Sie löste den Gurt ihres kurzen Sonnenkleids, unter dem sie nackt war. Ihre Finger glitten über den flachen Bauch, dann tiefer hinunter, die Schenkel entlang und wieder zurück zum Dreieck.

Sie genoss die süßen kleinen Schauer, die ihre Berührungen auslösten.

Sie öffnete die Beine etwas mehr und setzte ihre Scham der heißen Sonne aus. Quälend langsam glitt ein Finger über den Venusberg und in die klaffende Spalte.

Wie aus weiter Ferne hörte sie einen Motor schnurren, aber sie ignorierte das Geräusch; ihre Lust war ihr wichtiger. Aber dann schlug eine Autotür. Laut und ganz in der Nähe.

Rasch schloss Marissa wieder das Kleid, und im nächsten Augenblick tauchte ein junger Mann an der Hausseite auf. Er ging pfeifend auf den Pool zu, trug ein verwaschenes T-Shirt und zerschlissene abgerissene Jeans, die kurz über den Knien endeten. Er schien Marissa nicht zu bemerken.

»Morgen, Ray«, rief sie.

Der junge Mann blickte verdutzt hoch. Als er Marissa auf der Liege sah, grinste er verlegen. »Oh, Morgen, Ma'am. Hab Sie nicht gesehen.«

»Und ich hatte vergessen, dass heute Pool-Tag ist.«

»Ist es«, sagte Ray. »Jeden Donnerstag. Regelmäßig wie ein Uhrwerk.«

Marissa schaute ihm zu, wie er mit der Reinigungsroutine begann. Ein paar Mal musste er zu seinem Kastenwagen, um bestimmte Utensilien zu holen. Er ging neben dem Pool in die Hocke und tunkte die Finger ins Wasser.

Seine Muskeln bewegten sich ansehnlich unter dem engen T-Shirt. Ab und zu schaute er grinsend zu Marissa hoch und zeigte dabei seine weißen Zähne in dem dunkelbraunen Gesicht. Seine dunkelblonden Haare hatte er zu einem hübschen Schwänzchen zusammengebunden.

Marissa fühlte sich eigenartig fasziniert. Ihre unerfüllte sexuelle Erregung hatte sich nicht beruhigt, im Gegenteil. Ein hübscher Junge, dachte sie und befeuchtete sich die Lippen. Wieso war er ihr bisher nicht aufgefallen?

»Ray«, rief sie. »Ich hole mir einen Saft. Möchtest du auch was trinken?«

Ray schaute überrascht auf. »Ja, gern, Ma'am.«

Marissa schlenderte zurück ins Haus und achtete darauf, dass der dünne Baumwollstoff des Kleids ihren Po eng umschmiegte. In der Küche schenkte sie zwei Gläser Saft ein. Im Flur blieb sie vor dem Spiegel stehen.

Selbst ihre Feinde mussten zugeben, dass sie eine atemberaubend schöne Frau war; sie hatte eine taufrische Haut und eine hübsche Stupsnase. Ihre großen blauen Augen sahen sie kindlich naiv an. Das füllige blonde Haar fiel ihr locker bis auf die Schultern. Sie lächelte ihr Spiegelbild glücklich an, dann ging sie wieder hinaus.

Sie stellte das Tablett mit den Gläsern neben sich und ließ sich wieder auf der Liege nieder. »Ray! Saft!«, rief sie.

Ray nickte und kam zögernd näher. Er sah unbehaglich aus, als Marissa ihm das Glas reichte. Ihre Hände berührten sich. Er stand da, die Schultern verkrampft, und nippte an seinem Drink.

»Setz dich doch«, lud Marissa ihn ein.

»Eh ... ja, okay.« Er setzte sich ihr gegenüber auf den Boden und starrte angelegentlich auf den Pool.

»Ist er kalt genug?« fragte Marissa.

»W ... was?«

»Der Saft«, sagte sie. »Ist er kalt genug?«

»Oh, ja, großartig.«

Sie bemerkte seine perfekt geschwungenen Augenbrauen. Sie veränderte ihren Sitz auf der Liege, und dabei rutschte das Kleid hoch. Über den Glasrand hinweg beobachtete sie sein Gesicht mit dem verstohlenen Blick der erfahrenen Verführerin.

»Rosita hat heute frei«, murmelte sie und leckte mit der Zungenspitze einen Tropfen vom Glasrand.

»Ja?«, murmelte Ray und sah sie an.

»Hm«, bestätigte sie. »Den ganzen Tag.«

Ray schaute wieder über den Pool. Er leckte sich nervös die Lippen.

Marissa lächelte zufrieden. »Oh, es ist so heiß«, stieß sie hervor und streckte die Arme aus, wobei sie ›versehentlich‹ ihr Glas umkippte. »Hopsa!«, rief sie kichernd, als der eiskalte klebrige Saft ihr Kleid hinunterlief. Rays Blicke huschten wieder zu ihr. Er sah erschrocken aus, wie das Kaninchen im Scheinwerferstrahl.

Marissa zog an dem klebrigen Kleid. »Verdammt! Schau dir das mal an!«, rief sie lachend und zog den Stoff vom Körper weg.

Ray hatte jetzt nur noch Augen für ihren Körper. Marissa rutschte auf der Liege herum, bis sich der V-Ausschnitt so weit geöffnet hatte, dass er ihre Brüste sehen konnte, und weil sie vorher schon das Kleid hochgezogen hatte, wurde ihm auch deutlich, dass sie darunter ganz nackt war.

Er schien unentschlossen zu sein, was ihm am wichtigsten anzuschauen war, seine Blicke huschten von den Brüsten zum Dreieck ihrer Schenkel und wieder zurück.

Sie legte eine Hand auf ihren Bauch. »Gefällt dir, was du siehst, Ray?«, neckte sie ihn.

»Eh ... ja«, sagte er, und seine Stimme klang krächzend.

»Mir geht es auch so«, flüsterte sie und betrachtete absichtlich gründlich seinen jungen, muskulösen Körper.

Zu ihrer Freude legte sich ein roter Farbschimmer auf die gleichmäßige Bräune seines Gesichts.

»Worauf wartest du denn noch, mein Schatz?«, schnurrte sie und streichelte über den dunkelblonden Flaum ihrer Schamhaare. Sie winkelte langsam die Beine an und ließ sie auseinander fallen.

Ray schien zur Salzsäule geworden zu sein.

»Komm schon, Ray«, lockte sie und rutschte auf der Liege hinunter, bis ihr Becken auf dem Rand auflag. Ihr Geschlecht befand sich auf einer Höhe mit Rays verdutztem Gesicht, und Marissa streichelte mit beiden Handflächen die Innenseite ihrer Schenkel.

Sie hörte Rays rasselnden, unregelmäßigen Atem. Seine Röte vertiefte sich noch.

»Du weißt, was ich will, nicht wahr, Ray?«, gurrte sie, die Stimme schwer und süß. Sie legte sich zurück, stützte sich auf die Ellenbogen auf und wartete.

Ray schien jeder Regung unfähig zu sein. Dann räusperte er sich laut. »Ehm ... kann ich ...?« Seine Stimme klang so krächzend, als hätte er eine Froschfamilie geschluckt.

»Ja, klar, du kannst.«

Zögerlich legte Ray seine Hände auf ihre Beine und schob sie ruckweise höher. Er schaute kurz in Marissas Gesicht, sein eigenes Gesicht eine Mischung aus Entzücken und Ungläubigkeit. Dann beugte er sich über sie und drückte seinen Mund auf ihr Geschlecht.

Marissa keuchte auf, als er mit der Zunge überraschend geschickt die Labien entlang leckte und ihre Klitoris freilegte und dann das Zentrum ihrer Lust umkreiste. Er reizte die empfindliche Spitze mit kleinen flatternden Bewegungen seiner Zunge.

»Oh, mein Schatz!«, rief sie und hob die Hüften an, schob sich dichter an ihn heran. Zärtlich leckte und saugte er, und mit jedem Strich seiner Zunge wuchs sein Selbstbewusstsein. Ihr Geschlecht färbte sich dunkelrot und schwoll an. Sie grub ihre Schultern in die Liege und hob die Füße auf die Seitenlehnen, und seufzend genoss sie die Lust, die er ihr bereitete.

Hastig öffnete sie den Gurt des Kleids und zog es ganz auf. Sie legte die Hände auf ihre Brüste und zupfte an den Nippeln, wobei sie ihre Bewegungen mit denen Rays abstimmte. In ihr schwoll etwas an, und es breitete sich in ihrem ganzen Körper aus. Marissa spreizte die Beine noch weiter, hob und senkte die Hüften, stieß ihr Becken vor und schrie laut auf, als Ray mit der Zunge in sie hineinstieß.

Marissa schloss die Augen und spürte, wie die Zuckungen der Lust einsetzten. Sie stöhnte fortwährend unter den rhythmischen Stößen seiner Zunge, verloren in den starken orgiastischen Wellen, die ihren Körper heftig schüttelten.

Ray schloss seine Lippen um ihre Klitoris und presste sie mit der Zunge, um ihren Höhepunkt noch zu verlängern, bis sie ihre zitternden Beine auf den Boden stellte.

Wie durch einen Dunstschleier schaute sie ihn an. Sie sah keine Unsicherheit mehr bei ihm. Er erhob sich langsam. Seine Augen strahlten und schauten keck. Während er auf die Kurven ihres Körpers starrte, zog er sich rasch das T-Shirt über den Kopf und streifte die kurzen Jeans ab.

Er war durchgehend gebräunt, und Marissa sah befriedigt, wie sein erigierter Penis zuckte. Sie stellte ihn sich vor, wie er über ihr lag und hart und tief in sie hineinstieß, ihren unersättlichen Hunger stillte. Noch nicht. Sie mochte diesen Jungen. Sie wollte sich Zeit lassen.

»Komm her zu mir, Ray«, sagte sie.

Ray zögerte nicht lange, er war bereit für alles, was die Lady mit ihm vorhatte. Er stellte sich über ihren wunderbaren Körper, die Füße fest auf dem Boden an den Seiten der Liege. Sie nahm seine Hände und legte sie unter ihren Kopf, damit sein vorgebeugter Körper Halt hatte, dann zog sie ihn an den Hüften weiter zu sich heran. Er begriff, und seine Augen leuchteten, als sie die Brüste zusammendrückte und seinen Penis damit umschloss.

Erregt ruckten seine Hüften vor und zurück, und der Penis bewegte sich im üppigen Tal ihrer Brüste, die vom Schweiß glitschig geworden waren. Marissa drückte ihre Nippel mit den Daumen, während sie die Hügel zusammenpresste, und voller Lust sah sie Rays Fortschritte. Seine Bewegungen wurden heftiger, er ruckte die Hüften in langen, zuckenden Stößen, dass die Penisspitze ein paar Mal gegen ihr Kinn stieß. Plötzlich reckte er sich, er streckte den Rücken, stöhnte laut auf und erreichte einen durchrüttelnden Orgasmus, den er auf ihrer heißen Haut versprühte.

Nach einer Weile wich er zurück.

Sie konnten beide noch nicht sprechen, während sich ihre Körper erholten. Er setzte sich neben die Liege auf den Boden.

Sie schwammen und neckten sich im Pool, ausgelassen wie kleine Kinder. Sie versuchte, ihm zu entkommen, lief ins seichte Wasser und beugte sich über den Beckenrand, die Beine gespreizt, sodass Ray nicht lange raten musste, wie sie es von ihm haben wollte.

Obwohl er eben erst seine Kraft gelassen hatte, dauerte es nicht lange, bis er spürte, dass er kurz davor stand. Auch Marissa war so aufgewärmt, dass ihr Versuch, den Höhepunkt hinauszuzögern, nicht erfolgreich sein konnte. Sie spornte ihn an, und unter seinen kräftigen, wunderbaren Stößen war es ihr unmöglich, ihren Orgasmus aufzuhalten. Sie spürte ihn so intensiv, dass es fast schmerzte. Es gab nichts, was sie mehr brauchte als das. Dafür lohnte es sich zu leben – und zu kämpfen.

Sie bewegte spielerisch die Hüften und spürte, wie Ray langsam aus ihr glitt. Sie drehte sich zu ihm um und küsste ihn sanft auf die Lippen. »Was für eine Art, den Tag zu beginnen«, murmelte sie.

»Ja, einmalig«, sagte Ray.

»Du bist ein süßer Junge. Dasselbe am nächsten Donnerstag?«

»Eh ... ja ... Ich meine, ja, klar! Ganz sicher!«

»Dann will ich dich jetzt nicht länger von der Arbeit abhalten.«

Viertes Kapitel

Marissa lief durchs Haus und hinterließ eine Spur aus Wassertropfen. Vom Schlafzimmer aus schaute sie hinunter und sah Ray bei der Arbeit. Sie grinste in der Erinnerung.

Aber dann kehrten ihre Gedanken zu Kelly zurück. Marissa musste sich eingestehen, dass die kurze Nachricht sie mehr als beunruhigt hatte. Sie musste sich rasch etwas einfallen lassen, um ihre Stieftochter auszutricksen.

Seit Davids Tod hatte Larry sich um alle möglichen legalen Tricks bemüht, völlig erfolglos. Sie hatte sogar mit dem Gedanken gespielt, das Testament anzufechten, aber Larry hatte darüber nur gelacht. David Aslett mochte zwar töricht genug gewesen zu sein, eine Frau zu heiraten, die nur halb so alt war wie er, aber er hatte sein Vermögen nicht mit einem halbgaren Gehirn gemacht, und er hatte alles unternommen, seinen Besitz zu schützen, als er sie geheiratet hatte. Das Testament war wasserdicht.

Trotzdem musste es einen Weg geben, wie Marissa sich das Haus unter den Nagel reißen konnte. Wenn nicht auf legale Art, dann …

Eine halbe Stunde später fuhr Marissa auf den Parkplatz der Rechtsanwaltskanzlei Aslett, Barris & Associates. Sie benutzte immer noch den reservierten Platz ihres Mannes – aber wie lange noch, wenn Kelly zurückkam?

Mit dem Aufzug fuhr sie in die 16. Etage und drückte die Rauchglastür zum Empfang auf. Annie, die Empfangsdame, verschwand fast hinter dem Tresen aus italienischer Eiche, nur ihr Kopf war zu sehen. Sie lächelte freundlich, als sie Marissa sah, und die erwiderte das Lächeln noch ein bisschen breiter. Als sie David geheiratet hatte, war es ihre Taktik gewesen, zum Personal besonders freundlich zu sein, und sie hatte sie alle mit ihrem Charme gewonnen.

»Hallo, Anne«, sagte sie fröhlich. »Wie geht es Ihnen?«

»Es geht mir gut, Mrs Aslett, danke, dass Sie fragen.«

»Ich möchte zu Larry«, sagte Marissa. »Können Sie bei Justine erfahren, ob er frei ist?«

Anne nickte und hatte schon den Hörer in der Hand. Sie gab die Frage weiter und nickte. »Sicher, Mrs Aslett. Gehen Sie ruhig durch.«

Marissa ging den mit einem hellen Teppich ausgelegten Flur entlang, an dessen Ende sie in ein großes Büro trat mit einer Fensterfront, dass einem fast die ganze Stadt zu Füßen lag. Eine junge Frau saß hinter dem Schreibtisch, mit dem Rücken zu dem wundervollen Ausblick. Ihr Gesicht hatte sie hinter einer breitrandigen Brille versteckt, und das braune Haar hatte sie in einem makellos geflochtenen Zopf zusammengefasst.

»Hallo, Justine«, sagte Marissa forsch.

Justine war Larrys Assistentin und die einzige Mitarbeiterin der Kanzlei, die Marissa nicht für sich hatte einnehmen können. Sie wusste nicht warum, aber zwischen ihnen herrschte immer eine gewisse Kühle.

»Oh, guten Morgen, Mrs Aslett«, sagte Justine. »Ich bringe Sie hinein.«

»Schon gut, ich kenne den Weg.« Sie rauschte am Schreibtisch vorbei und ging auf die geschlossene dunkle Tür zu. Sie klopfte leicht dagegen, wartete nicht auf eine Reaktion und trat ein.

Larry war schon aufgestanden und halb um den Schreibtisch herum, als sie eintrat. »Marissa!«, sagte er, beugte sich zu ihr und küsste sie auf die Wange. Er ging zur Tür. »Stellen Sie keine Gespräche durch, Justine. Mrs Aslett und ich haben was Geschäftliches zu besprechen.«

Als er die Tür geschlossen hatte, legte er einen Finger unter Marissas Kinn und küsste sie auf den Mund. »Ich habe dich vermisst, Babe«, sagte er.

»Hab dich auch vermisst«, gab sie zurück. Auf ihre Art stimmte das. Sie sah in sein markant geschnittenes Gesicht und empfand gleich wieder das Kribbeln im Bauch. So erging es ihr immer, wenn sie mit dem gut aussehenden Mann allein war. Larry Barris strahlte die gleiche Kraft und die gleiche Selbstsicherheit aus wie sein Mentor, David Aslett.

Sie sah sich im Büro um, das sie so gut kannte. Nichts hatte sich geändert seit der Zeit, in der David hier residiert hatte. Das Büro, geschmackvoll eingerichtet, Originalgemälde an den Wänden, war Davids ganzer Stolz gewesen, seine Zuflucht nach anstrengenden, Nerven raubenden Stunden der Auseinandersetzungen.

David Aslett hatte die Kanzlei gegründet und sie aus dem Nichts aufgebaut. Mit anerkannt guter Arbeit hatte er sich einen Ruf erworben, der den jungen, brillanten Anwalt Larry Barris veranlasst hatte, für Aslett zu arbeiten.

Vor neun Jahren hatte Larry als Drittbester seines Jahrgangs das Studium abgeschlossen und bei David wegen eines Jobs nachgefragt. Eigentlich war David noch nicht so weit, einen weiteren Anwalt zu benötigen, aber er war von Larry so beeindruckt, dass er ihn eingestellt hatte, und schon bald hatte er sich zu dieser Entscheidung gratuliert. Larry war schlagfertig und reaktionsschnell wie David, und ein paar Jahre später hatte Aslett seinem Mitarbeiter eine Partnerschaft angeboten.

Ein Jahr später war David gestorben. Bei einem Racketballspiel hatte ihn ein schwerer Herzinfarkt getötet, nur noch zwei Punkte vom Sieg entfernt. Es war das erste und einzige Mal, dass jemand die Oberhand über David Aslett behalten hatte.

Marissa fuhr mit beiden Händen durch Larrys volle, dunkle Haare. Er grinste jungenhaft, und sie fuhr mit der Fingerspitze über die kleinen Lachfalten um die Augen. Dann sagte sie seufzend: »Ich habe einen Brief von Kelly erhalten. Mit den Daten ihrer Anreise.«

Larry nickte und strich besänftigend über Marissas Rücken. »Wir wussten, dass es eines Tages so kommen würde, Babe.«

»Wir müssen etwas tun, Larry«, sagte Marissa.

Larry atmete tief durch. »Das haben wir doch oft genug durchgekaut. Es gibt nichts, was wir tun können. David hat jede Verfügung wasserdicht abgesichert. Kelly muss nur noch ihre Unterschrift leisten.«

Marissa versteifte sich. Sie zerrte an seinen Haaren. »Und wenn es dazu kommt, wird sie auch über die Kanzlei bestimmen können. Sie hat die Mehrheitsanteile. Sie wird dein Boss sein. Verstehst du das? Dein Boss!«

Larry verkrampfte. An der Schläfe pochte eine kleine Vene, die rasch anschwoll.

Marissa warf ihren blonden Lockenkopf in den Nacken. »Du wirst für eine Göre arbeiten«, höhnte sie.

Larrys Augen funkelten wütend. Sie kannte diesen Blick. Sie hätte gewarnt sein sollen.

»Du wirst nie so viel Geld haben, sie auszubezahlen, Larry. Du wirst immer der Juniorpartner bleiben und ...«

»Okay, es reicht.« Larrys Stimme klang gefährlich leise. »Genug.« Er packte ihre Handgelenke und zwang ihre Hände aus seinen Haaren.

Marissa sah ihn trotzig an, die himmelblauen Augen kalt wie Eis. »Wir müssen einen Weg finden«, sagte sie mit zusammengebissenen Zähnen. »Wir haben noch ein wenig Zeit, Baby.«

Larry hielt ihrem Blick stand, umklammerte weiter ihre Handgelenke und drückte die Arme an ihre Seiten. Sein Blick galt ihren Augen, dann den vollen roten Lippen, ehe er gierig auf den Rest ihres Körpers starrte. »Ja«, raunte er heiser, »wir werden einen Weg finden.«

Es kribbelte fast unerträglich in Marissas Bauch. Sie schlang die Arme um seinen Nacken und zog seinen Kopf herunter und küsste ihn so hart auf den Mund, dass ihre Zähne gegen seine schabten. Sie drückten sich aneinander, und die granitene Wölbung in seinen Lenden stieß gegen ihren Nabel.

Er tupfte rasch kleine feuchte Küsse auf ihren Hals, während seine Finger mit dem Saum ihres Pullovers rangen, um ihn hochzuschieben. Sie lehnte sich zurück und half ihm, das enge Kleidungsstück über den Kopf zu ziehen. Gemeinsam warfen sie es ins Zimmer hinein. Larry starrte in das tiefe Tal ihrer Brüste. Bei jedem Atemzug drohten die prallen Halbkugeln die Schalen des BHs zu sprengen. Rasch schob er seine Finger unter die Spitze und hob die Brüste heraus. Er drückte die Nippel mit den Fingerspitzen und zupfte an den kleinen rotbraunen Hütchen, die sich stolz reckten. Marissa stöhnte lüstern, griff sich in den Rücken, öffnete die Haken des BHs und schüttelte ihn von den Schultern.

Larry nahm die nackten Brüste in die Hände und flüsterte berauscht: »Wunderbar.« Er drückte sie zusammen und rieb sie gegeneinander.

Während Larry seine Krawatte lockerte und über den Kopf zog, fiel Marissa mit fliegenden Fingern über die Knöpfe des weißen Hemds her. Er streifte es ab, und sie strich mit den Händen über seinen harten, muskulösen Brustkorb und die dunklen krausen Haare, die ihn bedeckten.

Marissa fingerte an seinen Brustwarzen herum, und Larry bückte sich und griff unter ihren Rock. Seine gespreizten Finger fuhren ihre Schenkel hoch und fanden den elastischen Saum des Slips. Er glitt mit der Hand darunter, schob den Stoff beiseite und knetete mit der anderen Hand ihre seidigen Pobacken.

Marissa unterdrückte ein lautes Stöhnen. Das sanfte Massieren ihres Hinterns versagte nie: Es war, als würde ein Feuer in ihr entfacht.

»Ich will dich jetzt«, raunte Larry, bevor er seinen Mund auf ihre Lippen presste.

»Ja«, keuchte Marissa. »Schließ dir Tür.«

»Nicht nötig. Es kommt niemand rein.«

Er hob ihren Rock auch auf der anderen Seite hoch. »Halt ihn fest«, sagte er und drückte ihr den Stoff in die Hand. Marissa konnte kaum atmen; ihre Erregung wurde noch verstärkt durch das Risiko, ertappt zu werden. Sie standen direkt im Blickfeld der Tür, und wenn Justine plötzlich mit einer dringenden Nachricht hereinkam ... Sie hielt geräuschvoll die Luft an, und sie spürte, wie sich ein glühender Pfeil in ihren Schoß bohrte.

Larry zerrte ihren Slip bis zu den Knien, dann trat er einen Schritt zurück und sog den Anblick der herrlichen Kurven, der nackten Haut, in sich auf. »Beuge dich tief hinunter, Babe«, flüsterte er erregt.

Marissa krümmte den Rücken und drückte den Po heraus. Sie liebte es, mit geilen Augen betrachtet zu werden.

»Ja, das ist es, genau so«, murmelte er, bevor er sich wieder vor sie stellte. »Himmel, Babe, du bist vollkommen.« Er schob eine Hand zwischen die Schenkel und brachte sie mit leichtem Druck auseinander. Er drang behutsam mit zwei Fingern in sie ein und spielte und forschte, bis er spürte, wie seine Hand nass wurde.

Mit der anderen Hand fuhr er über ihren Hintern, glitt in die Kerbe zwischen den Backen hinein und erregte sich an den mahlenden Bewegungen, die Marissa mit dem prallen Po ausführte.

Im nächsten Moment ging er leicht in die Knie, packte sie um die Taille, hob sie an, trug sie zum Schreibtisch und setzte sie auf die polierte Platte.

»Oh, ja, jetzt!«, stöhnte Marissa.

Er spreizte ihre Beine, trat dazwischen und stieß zwei Finger tief in sie hinein. Mit der anderen Hand öffnete er seinen Hosenlatz und zog den Penis heraus, genau in dem Augenblick, in dem Marissa vom ersten Orgasmus geschüttelt wurde. Sie presste eine Hand auf ihren Mund, um nicht laut aufzuschreien.

Mitten in ihren Orgasmus hinein füllte Larry sie mit dem steifen Penis. Er hielt ihre Brüste gepackt und begann mit langsamen, kräftigen Stößen.

Der Höhepunkt war kaum abgeklungen, als sie schon das Herannahen des nächsten spürte, tiefer und intensiver als der erste. Mit jedem Stoß des steinharten Phallus stieg die Hitze in ihrem Leib, die Säfte tropften von den inneren Wänden und badeten seinen Wonnespender.

Sie warf sich auf den Rücken, konnte die sitzende Position nicht mehr halten, weil ihre Muskeln versagten, es war, als konzentriere sich ihre ganze Kraft auf die Muskeln in ihrer Scheide, die seinen Schaft lustvoll umklammerten und auswrangen.

Er stieß noch einmal wild in sie hinein, warf den Kopf in den Nacken und presste die Lippen fest aufeinander, damit er seinen Höhepunkt stumm erlebte.

Langsam ließ er die Hüften kreisen und packte Marissa an den Hüften, als er sich in ihr verströmte. Sein Körper wurde heftig geschüttelt, er fiel nach vorn und presste seinen Mund auf ihre Lippen.

Eine Zeit lang verharrten sie in dieser Position, ausgelaugt und befriedigt. Dann richtete sich Larry auf und massierte liebevoll das kleine dunkelblonde Nest ihrer Schamhaare. Sie hatte die Augen geschlossen und labte sich an dem Gefühl seiner kreisenden Finger. Sie streckte die Arme aus, schlang sie um seinen Hals und ließ sich von ihm aufrichten.

»Das war das Beste«, flüsterte er. »Du bist absolut die Beste, Marissa.«

»Du auch.« Marissa lehnte sich schwer gegen ihn.

Sie fühlte sich zu schwach, um auf eigenen Beinen stehen zu können. »Ich muss mich eine Weile hinsetzen«, flüsterte sie, und gemeinsam gingen sie zur olivgrünen Ledercouch.

Sie ließ sich dankbar in die weiche Polsterung fallen, während er im Zimmer umher ging und die einzelnen Teile ihrer Kleidung einsammelte. Er zog sich Hemd und Krawatte wieder an und reichte Marissa ihre Sachen.

»Lass ihn einfach weg«, murmelte er und hielt ihren

schwarzen Spitzenslip hoch. »Ich will wissen, dass du darunter nackt bist.«

»Kein Problem, mein Schatz.« Marissa gluckste, nahm ihren Slip aus seiner Hand und verstaute ihn in der Handtasche. Dann nahm sie Bürste, Spiegel und Lippenstift aus der Tasche und begann geschickt mit Reparaturarbeiten, die sie für dringend erforderlich hielt. Sie betrachtete sich im Spiegel. Ihr Gesicht strahlte, die Augen blickten klar und leuchtend, die Wangen waren leicht gerötet. Sie tupfte verschmierten Lippenstift weg und erneuerte die Farbe, dann schaute sie wieder in den Spiegel und betrachtete ihre Frisur. Der zerzauste Look gefiel ihr plötzlich, und sie steckte die Haarbürste wieder ein.

»Das war's schon«, sagte sie fröhlich und warf ihre Utensilien zurück in die Handtasche. »Bist du jetzt für ein gemeinsames Mittagessen bereit, Liebling?«

Larry fuhr mit gespreizten Fingern durch seine Haare und zog sein Jackett an. Marissa stellte sich vor ihn und wischte Spuren ihres Lippenstifts aus seinem Gesicht.

»Gehen wir«, sagte er grinsend, führte sie zur Tür und tätschelte voller Besitzerstolz ihren Po.

Fünftes Kapitel

Das Café Anognotti war mit den kleinen runden Tischen im gedrängten Innern und auf der gesamten Breite des Bürgersteigs, mit den holzvertäfelten Wänden und der verräucherten Luft einer von Tausenden Pariser Treffpunkten dieser Art. Es lag ziemlich weit entfernt von der Académie, und Kelly war noch nie hier gewesen.

Sie entschied sich für einen Platz im Freien, und ein verschwitzter Kellner mit kleinen Schweinsaugen und einem stattlichen Bauch baute sich neben ihr auf. Kelly blinzelte ein paar Mal. Der Mann in seiner ganzen Hässlichkeit riss sie aus ihren Träumen, die sich mit nichts anderem als Luc befasst hatten. Luc mit seinen strahlend grünen Augen, Luc mit der glänzenden braunen Haut, Luc mit den kräftigen, sehnigen Muskeln.

Über eine Woche war vergangen, seit sie ihn zuletzt gesehen hatte. An diesem wunderbaren Nachmittag in seinem Atelier. Eine Woche voller Tagträume, Frustrationen und kalten Duschen – die längste Woche ihres Lebens.

»*Vous désirez, mademoiselle?*«

Kelly zuckte zusammen, als der kleine dicke Troll sie ansprach. Er starrte sie strafend an.

»*Mademoiselle?*«

»*O, je m'excuse*«, murmelte sie und bestellte einen einfachen Espresso.

Als die kleine Tasse vor ihr stand, nippte sie an dem heißen Gebräu, lehnte sich auf dem Stuhl zurück und war entschlossen, nicht an Luc zu denken. Sie hatte die langen schwarzen Haare zu einem faserigen Knäuel zusammengefasst und trug verwaschene Levis und schwarze Bikerstiefel. Die klobigen Stiefel betonten ihre schlanke Gestalt, und mit dem schlichten weißen Hemd, das sie oberhalb des Nabels geknotet hatte, sah sie jung und frisch aus. Sie nahm ein Buch aus ihrer Tasche und vertiefte sich in den Roman.

Ein vertrautes Kichern ließ sie aufblicken. Ein Mädchen mit sehr dunklen, widerspenstigen Haaren und einem Lächeln, so breit wie die Seine, schritt quer über die Straße auf ihren Tisch zu. Oh, nein, dachte Kelly. Tanya! Sie war wirklich nicht in Tanya-Laune.

Kelly hielt unwillkürlich Ausschau nach einem Fluchtweg, aber sie sah keine Möglichkeiten, überall standen Tische und Stühle im Weg. Und im nächsten Augenblick war es auch schon zu spät.

»Kel-lieeee!«, rief Tanya, dass man es auch noch eine Straße weiter hören konnte, zog sich einen Stuhl heran und setzte sich an Kellys Tisch. Sie war nicht die Art Mädchen, die auf eine Einladung wartete.

»Oh, hallo, Tanya.«

»He, ich bin froh, dass ich dich sehe.« Tanya beugte sich über den Tisch, rückte näher an Kelly heran. »Ich hab dir so viel zu erzählen!«

»Ach?« Kelly hob die Brauen, fand sich dann mit der Situation ab, schlug das Buch zu und gab sich interessiert.

Tanya lächelte breit, schob ihr volles schwarzes Haar hinter die Ohren und ließ ihre Blicke über die Nachbartische schweifen, um mögliche Lauscher ausfindig zu machen.

»Nun«, begann sie, »was du bestimmt noch nicht weißt...« Sie betete eine Litanei von Gerüchten über gemeinsame Bekannte herunter, und Kelly hatte schon lange aufgehört, ein Interesse vorzutäuschen. Sehnsüchtig blickte sie auf ihr Buch.

Plötzlich weiteten sich Tanyas Augen, und sie starrte über Kellys Schultern ins Lokal hinein. »Oh, mein Gott! Du errätst nie, wer da gerade gekommen ist!«

»Wer denn?«, fragte Kelly mürrisch, denn sie kannte Tanyas Vorliebe für prominente Pariser. Verdammt, warum brachte sie es nicht fertig, einfach aufzustehen und zu gehen?

»Es ist der Maler. Weißt du, der Beau, der eine Vorlesung in der Académie gegeben hat.«

Kelly setzte sich aufrecht hin. Das konnte unmöglich sein. Was sollte Luc hier wollen? Sie hatte absichtlich ein Café ausgesucht, in dem sie noch nie war.

»Wie heißt er denn noch?«, fragte Tanya aufgeregt. Sie schaute immer noch über Kellys Schultern. »Der Name liegt mir auf der Zunge. Himmel, ist er göttlich! Schau dir doch diesen Körper an! Ah, ich weiß!« Sie schnipste mit den Fingern. »Luc und noch was.«

»Duras«, sagte Kelly.

»Ja, stimmt, Duras. Luc Duras.«

Kelly drehte sich langsam um und versuchte, gleichmütig zu wirken, was ihr nicht ganz gelang.

Ja, genau, da stand er, locker und lässig wie immer. Er stützte sich auf dem Tresen auf und war tief in ein Gespräch mit seinem linken Nachbarn verstrickt.

Er hatte wieder seine verwaschenen Jeans an. Selbst aus dieser Entfernung von etwa dreißig Metern konnte Kelly die Fransen an den Taschenrändern sehen. Und sie sah auch, wie eng sich der dünne Stoff um die unmöglich perfekten Backen schmiegten. Sein muskulöser Oberkörper war mit einem uralten grünen T-Shirt bedeckt.

Kelly konnte ihren Blick nicht von ihm wenden, es war, als wäre sie hypnotisiert. Sie beobachtete seine Bewegungen, als er einen schwarzen Stiefel auf die Fußstange stellte und einen Arm ausstreckte, um sich aus dem Regal über der Bar eine Packung Marlboro zu holen. Lässig schüttelte er eine Zigarette aus der Schachtel. Eine knappe Daumenbewegung, und die Flamme des Feuerzeugs setzte die Zigarette in Brand. Er sog den Rauch tief ein und ließ ihn spiralförmig aus der Nase entweichen.

Sie saß da und starrte, achtete auf alles, was er tat – und geriet in Panik. Ihr Herz schlug viel zu schnell, ihr Magen hob und senkte sich. In ihrem Kopf drehte sich alles. Verdammt, ihr ganzer Körper von den Haarspitzen bis zu den Zehen schien zu brennen. Was war das? Was geschah mit ihr? Das war so ganz untypisch für sie. Wo war die Kelly, die sie kannte, die ruhige, gelassene, unerschütterliche Kelly?

»Hallo ... huhu ... ist da jemand?« Tanya fuhr mit gespreizten Fingern vor Kellys Gesicht auf und ab.

Abrupt richtete Kelly den Blick auf Tanya. »Entschuldige. Ich glaube, ich war ganz weit weg.«

»Das kannst du ruhig laut sagen«, bestätigte Tanya. Sie stieß ihren Stuhl zurück und stand auf. »Aber ich kann es gut verstehen. Er ist der absolut bestaussehende Mann in Paris, wenn nicht der ganzen Welt. Ich gehe mal zu ihm und wünsche ihm einen schönen Tag ...«

»Was? Nein!«

Zu spät. Tanya rauschte ab wie eine Rakete und verschwand im Innern des Cafés. Typisch Tanya. Sie hatte die Direktheit, die wirklich dickhäutigen Menschen eigen sein kann. Dann stand sie auch schon neben Luc, tippte auf seine Schulter und begrüßte ihn wie einen alten Freund.

Zu Kellys Entsetzen, das sie fast betäubt zurückließ, streckte Tanya einen Arm aus und wies direkt auf sie. Lucs kühler Blick folgte der angegebenen Richtung.

Ein tiefes, dunkles, penetrierendes Starren zog Kelly an wie die unwiderstehliche Kraft eines Magneten. Dann wich sie dem Blick aus. Wie ein Feigling schaute sie auf den Tisch und fummelte nervös mit einer Streichholzschachtel.

Was musste er von ihr denken? Sie war nicht bei seiner Ausstellung gewesen, obwohl sie es ihm versprochen hatte. Sie war nicht mehr zu einer weiteren Sitzung gegangen. Er muss mich für ein unzuverlässiges, hochnäsiges Balg halten, dachte sie. Oh, Gott, wenn er nur wüsste!

Sie wusste nicht, was sie tun sollte, und starrte weiter auf die Zuckertüten auf der Tischmitte. Dann hob sie ganz langsam und hoffentlich unauffällig den Blick. Sie schluckte hart. Tanya hatte Luc an der Hand gefasst und kam mit ihm auf ihren Tisch zu!

Tanya ließ sich schwer auf ihren Stuhl fallen. »Luc, erinnerst du dich an Kelly? Sie gehört auch zu unserer Klasse.«

Kelly fing an, die Zuckertüten zu zählen. Sie brachte es nicht fertig, ihn anzusehen.

»Ah, *oui*«, sagte er. »Ich erinnere mich an Kelly.« Er beugte sich zu ihr und küsste sie auf beide Wangen. Kelly sog seinen Geruch ein. Eine schwache Mischung aus Tabak und Farbe mit dem Duft frischer Wäsche.

Kelly atmete tief ein und wollte die Lungen damit füllen, aber er hatte sich zu schnell aufgerichtet.

Luc zog sich einen Stuhl heran, und Tanya quasselte in einem fort. Sie bemerkte Kellys Unbehagen nicht. Luc zündete sich wieder eine Zigarette an und sah Kelly aus zusammengezogenen Augen an. In Kellys Bauch flatterten viele kleine Schmetterlinge.

Er muss mich verabscheuen, dachte sie. Er hatte noch kein Wort über die Ausstellung gesagt, auch nicht über die Sitzungen, zu denen sie einfach nicht gegangen war.

Tanya war nicht zu bremsen. Luc rauchte schweigend. Kelly starrte auf ihre schwarzen Stiefel. Sie musste irgendetwas sagen. »Wie war es mit der Ausstellung? War sie ein Erfolg?« Ihre Stimme hörte sich wie das Fiepen einer Maus an.

Luc lehnte sich vor und streifte die Asche seiner Zigarette ab. »Ganz okay«, sagte er. »Du hattest keine Lust zu kommen?«

»Nein, es ... Ich konnte nicht«, antwortete Kelly lahm.

»Verstehe.« Er nickte und lächelte. In den meergrünen Augen war eher Amusement zu sehen als Verärgerung.

»Ausstellung?«, fragte Tanya scharf, sauer, dass jemand sie mitten in einer wichtigen Schilderung unterbrochen hatte.

Kelly sah Luc an. Luc sah Kelly an.

»Welche Ausstellung?«, dröhnte Tanya. »Keiner hat mir was von 'ner Ausstellung gesagt. Wo war sie? Wann war sie?«

Luc sah Kelly an. Kelly sah Luc an.

Tanya schaute abwechselnd zu den beiden. Wie man einen Dimmer ganz aufdreht, so verklärte sich plötzlich ihr Gesicht, als sie begriff. Sie kicherte immer lauter, es hörte sich an wie das Sprudeln aus einem verrosteten Wasserhahn, und dann sagte sie: »Leute, ich muss gehen.«

Kelly bemerkte kaum, dass Tanya ihren Stuhl zurückschob und verschwand. Aber sie bemerkte, dass ihre Hände zitterten, als sie sie auf den Tisch legte. Wie kann er es wagen, einen solchen Einfluss auf mich zu haben, dachte sie hitzig. Es war ihr unmöglich, den fliegenden Puls zu regulieren und das Kribbeln in ihrem Bauch zu unterdrücken.

Hinzu kam der Zorn erregende Umstand, dass Luc völlig locker am Tisch saß, er rauchte schweigend und starrte hinüber zur Straße. Sie betrachtete sein Gesicht, konnte es einfach nicht lassen. Wenn er nicht bald ging, war sie verloren.

»Nun«, sagte sie, »dann will ich auch gehen ...«

Luc blickte sie an. »Musst du irgendwo sein?« In seinen Augen blitzte es lustig.

»Ich ... eh, ja, muss ich.« Kelly musste tatsächlich irgendwo sein – irgendwo, wo Luc nicht war. Sie musste gehen. Auf der Stelle. Sofort.

»Du willst mir also nicht wieder Modell sitzen?«, fragte Luc.

»Lieber nicht.« Wieder die mickrige Mäusestimme.

Langsam beugte sich Luc vor und drückte die Zigarette aus. Er langte über den Tisch und fuhr mit einem Finger ihre Kinnlinie nach. »Ich habe jetzt Zeit«, raunte er.

Kelly schnappte nach Luft. Und noch einmal. Seine Berührung machte sie schwindlig. Sie wollte ihn so sehr. Aber es ging nicht. »Ich kann nicht«, sagte sie schwach.

Luc glitt mit dem Finger zu ihren Lippen. Himmel, diese Finger! Wie gut sie sich an sie erinnerte, wie sie berührt und gestreichelt hatten. Sie stöhnte leise und zog die Fingerkuppe zwischen die vollen Lippen, noch bevor sie wusste, was sie da eigentlich tat.

Er stand abrupt auf und fasste sie am Ellenbogen an.

»Komm, *chérie*«, sagte er weich, warf ein paar Münzen für den Espresso auf den Tisch und führte sie an dem Wirrwarr der Tische und Stühle vorbei.

Er hielt ihre Hand, als sie um die Ecke bogen. Sein Auto parkte in einer Nebenstraße. Sie folgte ihm lammfromm. Es hatte keinen Sinn, dagegen anzukämpfen. Jetzt nicht mehr, nachdem sie ihn wiedergesehen hatte. Verlangen wütete in ihrem Körper, und dagegen kam sie nicht an.

Sie stiegen in sein Auto, und er fädelte sich mühelos in den Verkehr ein. Ehe sie sich's versah, waren sie in der Rue de Rivoli, und von dort an wurde die Gegend vertrauter für sie, bis sie Montmartre erreichten. Ganz in der Nähe musste sein Atelier sein.

Plötzlich schaltete Luc hinunter, und vor einem Gebäude, das sie nicht kannte, hielt er reifenquietschend an. Er stieg aus, ging um das Auto herum und öffnete die Tür für sie. Er nahm sie bei der Hand und führte sie zum Haus.

Kelly sah sich verwundert um. Das war nicht sein Atelier. »Wo sind wir?«

»In dem Haus habe ich meine Wohnung.«

»Ich dachte, ich sollte dir Modell sitzen«, sagte sie glucksend.

Verdammt, dachte sie, sie hörte sich wie ein verlegenes Schulmädchen an.

»Willst du, dass ich dich male?« Lucs Stimme klang frisch und kühl und verführerisch wie Himbeersaft, den man über zerstoßenes Eis schüttet.

»Ich dachte ...«

»Also gut, du willst, dass ich dich male.«

»Ich ...«

Luc lächelte. Wunderschön. Er hatte das schönste Lächeln der Welt. Einem der Schneidezähne fehlte eine winzige Ecke. Wenn er sie nicht bald küsste, würde sie sterben.

Sie verharrten auf der kleinen Treppe vor dem Mietshaus, immer noch Hand in Hand, aber ihre Körper berührten sich nicht.

»Du willst, dass ich dich male?«, fragte er wieder. »Ja oder nein?« Er drückte ihre Hand.

Kelly war nicht sicher, ob sie es noch länger aushalten konnte. Sie ahnte, dass es ihr schwer fallen würde, einen Satz verständlich auszusprechen.

»Ja, ich will ...«

Seine Lippen drückten sich auf ihre, bevor sie mehr herausbringen konnte. »Ich will dich auch«, flüsterte er in ihren Mund.

Irgendwie gelang es ihnen, ins Haus zu gelangen, und irgendwie schafften sie auch die Treppe.

Kelly sah eine Tür, und dann waren sie auch schon dahinter.

Schweigend beugte er sich zu ihr und küsste sie wieder. Sie nagte an seiner Unterlippe, saugte sie in den Mund, und dann stieß sie die Zunge in seine feuchte, warme Höhle, und er stieß mit seiner Zunge dagegen. Sie zerrte an seinem T-Shirt, und er half ihr, es über den Kopf zu streifen.

»Mm«, stöhnte sie lustvoll und fuhr mit den Händen über seinen Brustkorb. Seine Haut fühlte sich wie warme, rohe Seide an. Wie hatte sie je glauben können, es ohne ihn auszuhalten?

Sie gelangten irgendwie ins Schlafzimmer und fielen auf die kühlen Baumwolltücher des Doppelbetts. Er beugte sich über sie und küsste sie, und sie zerschmolz vor Lust, als er eine Hand unter ihre Kleidung schob.

Sie spürte, wie er den Knoten ihres Hemdes öffnete, ebenso die beiden Knöpfe darüber. Seine Hand glitt hinauf zum BH. Mit dem Geschick eines erfahrenen Mannes fand er heraus, wo der Verschluss war, und während sein Mund sich immer noch auf ihren presste, hakte er den BH auf und legte ihre wogenden Brüste frei.

Sie hielt sich in seinem Nacken fest und genoss es, wie er ihre Brüste streichelte.

»Du bist wunderschön, Kelly«, flüsterte er und fuhr mit der Handfläche über die versteiften Nippel. Er wanderte mit den Lippen vom Mund zum Hals und weiter hinunter zu den Brüsten. Er nahm abwechselnd die Nippel zwischen Zähne und Lippen, und Kelly wand sich vor Wonne.

Sie schob ihre Finger unter seine Jeans und unter die Baumwolle der Shorts. Seine Hinterbacken fühlten sich wunderbar fest und glatt an, und sie grub ihre Finger hinein und drückte sie kräftig.

»Wildkatze«, raunte er und rieb seine Zähne leicht über ihre Nippel. Dann warf er sich rasch auf den Rücken und hielt ihre Hand auf seiner nackten Haut gefangen. Er streifte sich rasch die Stiefel ab und schob Jeans und Shorts von den Hüften. Kelly hielt die Luft an.

Sein Penis war gewaltig, wundervoll steif und hart.

Sie schob ihre Hand vom Gesäß auf seine Vorderseite und umfasste ihn andächtig. Sie drückte den Schaft leicht und spürte seine pulsierende Energie.

Luc begann zu stöhnen, als sie die Finger auf und ab bewegte und dann leicht über die Eichel strich. Sie massierte ihn rhythmisch, während Luc ihre Jeans öffnete und zusammen mit dem Slip bis zu den Knöcheln zog.

Er fluchte, als er feststellte, dass ihre klobigen Stiefel ein Hindernis darstellten, aber dann zerrte er kräftiger, bis es ihm gelungen war, die Hosen über die Stiefel zu ziehen.

Sie weideten sich jeweils am Körper des anderen, unglaublich erregt.

Luc zog die Spange aus Kellys Haar, und nun fiel es wie ein seidener Vorhang auf ihre Schultern und hinunter bis auf die Brüste. Luc schob die Haare beiseite, damit er ungestört auf ihre Brüste starren konnte.

Luc rutschte nach unten und malte mit seinem Finger langsame Kreise auf ihren Bauch, rund um den Nabel, dann zupfte er leicht an den krausen Härchen ihres Venusbergs, ehe er den Mittelfinger tiefer schob.

Kelly seufzte schwer, als er sie berührte, ihr Geschlecht mit der Fingerkuppe rieb und massierte. Eine unglaubliche Sinnlichkeit ging von den Berührungen seines Fingers aus, als wäre er ein Zauberstab.

Er spreizte ihre Beine, legte die ganze Hand auf ihr Geschlecht, teilte die Labien und rieb gleichzeitig mit dem Daumen über den Kitzler. Er ließ Daumen und Finger zucken, sie vibrierten in ihrer Scheide.

Es war fabelhaft. Nie zuvor hatte sie sich vor einem Höhepunkt so geschwollen angefühlt. Sie lechzte nach ihm. Sie brachte nur ein lallendes »Llluccc ...« hervor und wollte ihn auf sich ziehen.

»Okay, *chérie.*« Er rutschte zwischen ihre Schenkel, und sie zog die Beine bis zu den Knien an und nahm sie weit auseinander, um sich für ihn so weit zu öffnen, wie es möglich war. Mit einer einzigen flüssigen Bewegung drang er tief in sie ein, und ihr nasses, geschwollenes Geschlecht saugte ihn auf wie lang erwartete Nahrung. Sie stöhnten in vereinter Lust über den glitschigen, brennenden Kontakt, und als Luc seinen Körper auf ihren legte, wollte sie noch mehr von ihm spüren und presste beide Hände auf seinen Rücken.

Luc blickte in ihr Gesicht, und als er sich zu bewegen begann, zog Kelly seinen Kopf etwas tiefer und küsste ihn. Sein Penis fühlte sich heiß und wunderbar hart an, pochend und verlockend. Sie bäumte sich unter ihm auf, ruckte ihm die Hüften entgegen und presste seine Backen. Sie schlang die Beine um seine Taille, um ihn so tief und intensiv wie möglich zu spüren.

Nerven und Sinne standen in Flammen, sie mahlten gegeneinander, keuchten, stöhnten, verloren die Kontrolle. Luc bewegte sich immer schneller, und Kelly spürte das Einsetzen des Höhepunkts.

Er begann tief in ihrer Scheide als glühendheißes Knäuel voller herrlicher Sensationen, überflutete den Bauch, die Brüste, den ganzen erhitzten Körper.

Sie grub die Fingernägel tief in Lucs Schultern und blickte mit weit aufgerissenen Augen in sein schönes dunkles Gesicht. Sie wusste, dass er ihren Höhepunkt spürte, und sie lachten zusammen in absoluter Freude.

Und dann explodierte das Knäuel. Es war wie ein Blitz, der in ihrem Schoß einschlug. Ihr Körper wurde geschüttelt, alles in ihrem Inneren schien zu schwappen, und sie hielt sich krampfhaft an Lucs Rücken fest. Sie spürte, dass sich sein Körper plötzlich versteifte.

Er richtete sich auf die Arme auf, warf den Kopf zurück, stieß in sie hinein und kam so gewaltig wie sie. Schweiß strömte aus ihren Körpern, und ihre Lenden pochten mit einer vulkanischen Gewalt.

Ganz allmählich zogen sich die Wellen zurück. Er legte den Kopf neben ihren. Sie konnte das schwere Klopfen seines Herzens auf ihrer Brust spüren, und ihr eigenes Herz klopfte im eigenen Rhythmus zurück.

Er küsste sie leicht auf die Nasenspitze und wollte sich langsam aus ihr zurückziehen.

»Nein«, flüsterte Kelly. »Bleib so.« Sie schlang Beine und Arme um ihn und hielt ihn gefangen. »Für immer.«

Er lachte. »Bin ich nicht zu schwer?«

»Doch, bist du, aber bleib trotzdem.« Zärtlich streichelte sie über seinen Rücken. Sie labte sich an seinem Anblick, an seinem Geruch, an seiner glatten Haut.

»Autsch!« Er zuckte.

»Was war das denn?«, fragte Kelly lachend.

Luc verrenkte den Kopf, um seine Schulter sehen zu können, und Kelly drückte eine Hand vor den Mund, als sie giftig rote Schrammen auf seiner sonst so makellosen Haut entdeckte. »Habe ich das getan? Das müssen meine Nägel gewesen sein! Tut es weh?«

Luc hob die Schultern. »Nur ein bisschen.«

»Es tut mir leid, Luc. Ich habe gar nicht bemerkt …« Sie brach ab, als sie in seinen Augen das grüne Glitzern von Belustigung entdeckte.

»*Grand bébé!*«, sagte sie und klatschte mit der flachen Hand auf seinen Rücken, und diesmal zuckte er wirklich zusammen.

Luc rieb seine Wange gegen ihre, und sie spürte seinen kratzenden Bart. Er schaute ihr tief in die Augen. »Ich glaube, ein bisschen Schmerz bist du schon wert«, murmelte er, und diesmal blickten seine Augen ernst.

Sechstes Kapitel

Es war trocken und heiß im südlichen Kalifornien. Eine sanfte Brise blies vom Meer und machte die Mittagshitze halbwegs erträglich. Marissa, die Haare unter einer Baseballmütze versteckt, spazierte allein über einen staubigen Pfad. Auf einer kleinen Anhöhe blieb sie stehen und starrte nach Westen, hinaus auf den fernen Pazifik.

Seit gut einer Stunde war sie unterwegs. Sie ging gern spazieren, wenn sie ernsthaft nachdenken musste. Einige ihrer bestgelungenen Pläne waren in den Tälern und Schluchten der Umgebung oder auf den langen Stränden entstanden. Aber diesmal schien ihre Therapie nicht zu helfen. Ihr fiel nicht mehr ein als gestern Abend beim Essen mit Larry.

Zuerst war es ein ganz gewöhnliches Essen gewesen. Larry war um sieben gekommen, um sie abzuholen. Nach einem längeren Liebesfest waren sie zum Strand gefahren, zu Larrys Lieblingsrestaurant, Quingelli's. Es war ein kleines italienisches Restaurant, direkt am Strand.

Die Anstrengungen im Schlafzimmer hatten ihren Appetit angeregt, und so sahen sie den großen Mann im dunklen Anzug erst, als sie den Hauptgang hinter sich hatten. Der Mann wurde von zwei ähnlich gekleideten Figuren begleitet, aber man sah auf den ersten Blick, dass er es war, der das Sagen hatte.

»Schön, Sie zu sehen, Larry«, sagte der Mann und streckte seine Hand aus. Marissa fiel sofort der Ring auf, den der Mann am Mittelfinger trug, ein sehr kostbarer Siegelring mit einem eingravierten Wappen. Der Mann sprach sehr leise, seine Stimme war tief und seltsam zwingend. Man fühlte sich gezwungen, ihm zuzuhören.

Larry war überrascht, aber als er den Mann erkannte, zeigte er ein jungenhaftes Grinsen. Er stand auf und drückte die angebotene Hand des Mannes. »Johnny. Ich wusste nicht, dass Sie in der Stadt sind.«

»Ja, eine Weile«, sagte der Mann – Johnny. »Mit den Jungs«, fügte er hinzu und deutete auf die beiden Männer, die hinter ihm standen.

Larry, der die ›Jungs‹ offenbar schon kannte, nickte und stellte dann Marissa vor.

Johnny nahm Marissas Hand auf eine kavaliersmäßige, altmodische Art und beugte sich darüber, deutete einen Kuss an. »*Bella, bella*«, murmelte er ein paar Mal und warf Larry einen anerkennenden Blick zu. Er berührte den Handrücken mit den Lippen und flüsterte: »Larry hat immer schon einen ausgezeichneten Geschmack gehabt.«

Der dunkle Blick entzückte Marissa, das sah man ihrem Gesichtsausdruck an. Johnny war tief gebräunt, und seine Haut glänzte, als hätte er sie mit Olivenöl eingerieben. Über dem linken Wangenknochen verlief eine Narbe bis zum Auge. Kein Zweifel, dass er attraktiv war. Wie der typische italienische Liebhaber in den Filmen der Fünfziger Jahre, dachte Marissa.

Aber er strahlte auch noch etwas anderes aus, was weit über gutes Aussehen hinausging. Es war eine bestimmte Qualität des Bedrohlichen.

Der Mann hieß Johnny Casigelli, erfuhr Marissa später. Er blieb noch ein paar Augenblicke an ihrem Tisch stehen, dann verabschiedete er sich mit einer innigen

Umarmung von Larry. »Sie müssen mich mal besuchen, bevor ich wieder abreise«, sagte er und verließ das Restaurant.

Marissa hatte danach viele Fragen gestellt, aber Larry war sehr einsilbig geblieben, und er hatte immer wieder das Thema gewechselt.

Sie war etwas verärgert über Larry, aber dann hatte er mit seinem Anruf heute Morgen alles wieder wettgemacht. Er sagte, er würde später vorbeischauen, er hätte eine Idee, die er mit ihr besprechen wollte. Es gäbe vielleicht doch eine Möglichkeit, David Asletts Testament auszuhebeln.

Na, endlich, dachte Marissa grimmig. Es wurde aber auch höchste Zeit.

Sie nahm den Kücheneingang zurück ins Haus. Rosita, das Dienstmädchen, saß am großen Küchentisch und putzte das Silber.

Marissa musste lächeln, als sie Rositas schwarze Kleidung sah. Rosita bestand darauf, sie zu tragen, und sie trug auch immer eine gestärkte weiße Schürze dazu. Sie musste Dutzende davon haben, dachte Marissa, denn sie hatte Rosita noch nie mit einem Fleck auf der Schürze gesehen.

Rosita war Mexikanerin, ein junges und sehr hübsches Mädchen. Sie trug ihr langes Haar in einem fein geflochtenen Zopf. David hatte einmal angeregt, dass sie nicht die schwarze Dienstmädchentracht tragen sollte, aber Rosita hatte sich gewehrt: Das gehörte sich so.

Marissa hatte nichts dagegen, dass Rosita ihrer Aufgabe gemäß gekleidet war. Wer hätte jemals gedacht, dass Marissa ihr eigenes Dienstmädchen haben würde? Ganz bestimmt niemand zu Hause.

Marissa hatte alles getan, um ihre Vergangenheit neu zu erfinden, ihre magere Kindheit in der Gosse von Bakersfield zu vergessen, und oft waren es die kleinen Dinge, die sie am meisten genoss. Zum Beispiel, dass sie ihr eigenes Dienstmädchen hatte.

»Hallo, Rosita«, sagte sie, zog die Baseballmütze aus und warf sie auf den Tisch. Der Spaziergang war schweißtreibend gewesen, und die feuchten Haare klebten an ihrem Kopf.

»Hallo, Mrs Aslett.« Rosita rieb mit dem Tuch über eine silberne Gabel. »Haben Sie einen schönen Spaziergang gemacht?«

»Mm«, antwortete Marissa und setzte sich die Flasche Mineralwasser an die Lippen. Sie ließ das kühle Wasser in ihren Mund sprudeln. »Aber es ist schon heiß.«

Rosita stand auf und blieb unschlüssig vor der Küchenzeile stehen.

»Ist etwas?«, fragte Marissa.

»Eh, Mrs Aslett, ich habe einem Freund Bescheid gesagt wegen des kaputten Schranks. Er sitzt nebenan. Sein Name ist Raoul.«

Marissa hob eine gezupfte Augenbraue. »Raoul heißt er?« Sie schaute um die Ecke der L-förmigen Küche. Ein dunkler junger Mann saß auf dem Boden und nahm sich die Schranktür vor. Neben ihm lag seine Werkzeugtasche. Marissa hob die Schultern. »Mir soll's recht sein, wenn er den Schaden beheben kann.«

Sie nahm noch einen Schluck Mineralwasser, dann trat sie in die Halle. »Ich gehe unter die Dusche und halte anschließend Siesta«, rief sie Rosita über die Schulter zu. »Um fünf kannst du mich wecken.«

Ohne auf eine Antwort zu warten, trippelte sie die

Treppe hoch. Ihre Gedanken waren wieder bei Larrys Telefonanruf vom Morgen.

Etwa eine Stunde später lag Marissa im Bett, aber sie fand keinen Schlaf. Sie drehte sich von einer Seite auf die andere. Ihre Gedanken rasten schneller als ein Auto in Le Mans. Zu gern hätte sie gewusst, was Larry mit seiner Andeutung am Telefon meinte. Hatte er wirklich einen Weg gefunden, wie man das Testament aushebeln konnte?

Irgendwie war sie sicher, dass diese Wende etwas mit dem Mann zu tun hatte, den sie im Restaurant getroffen hatten. Wer war dieser Johnny Casigelli? Der Name kam ihr seltsam bekannt vor.

Verdammt, sie musste warten, bis Larry kam. Aber sie hasste es zu warten.

Sie schlug mit beiden Händen auf die Matratze, um ihren Frust zu verarbeiten. Dann richtete sie sich auf. Vielleicht würde sie schlafen können, wenn sie was gegessen hatte. Rosita sollte ihr eine Mahlzeit zubereiten.

Sie warf sich einen kurzen Frotteemantel über und ging die Treppe hinunter.

Die Küche war leer. Seltsam, um diese Zeit war Rosita immer in der Küche, um das Essen vorzubereiten. Dann sah sie die Werkzeugtasche in einer Ecke liegen. Seltsam, dachte Marissa wieder. Der Handwerker weg. Rosita weg.

Verärgert und hungrig begab sie sich auf die Suche nach beiden. Von der Halle ging ein Flur in den rückwärtigen Teil des Hauses, wo auch Rositas Zimmer lag. Die Tür war geschlossen. Im Zimmer war es still. Im ganzen Haus war es unheimlich still, wurde Marissa jetzt bewusst. Wahrscheinlich schläft sie tief und fest, dachte Marissa, doppelt wütend, weil ihre eigene Siesta an ihrem aufgewühlten Zustand gescheitert war. Entschlossen, Rosita zurechtzuweisen, hob sie die Hand, um an die Tür zu klopfen.

In diesem Augenblick hörte sie ein Geräusch. Marissas Hand verharrte mitten in der Bewegung. Sie presste ein Ohr gegen die Tür. Wieder ein Geräusch, es hörte sich wie ein Stöhnen an. Und wie ein geächztes Anfeuern. Marissas Lippen bogen sich zu einem wissenden Grinsen.

Ihre Verärgerung schwand. Sie griff nach dem Türknopf und drehte ihn behutsam. Leise schwang die Tür einen Spalt auf. Marissa hielt die Luft an, als sie ins Zimmer blickte.

Das Zimmer lag im Halbdunkel. Rosita hatte die Jalousien herunter gelassen, aber das Sonnenlicht stahl sich an den Kanten herein. Nach ein paar Augenblicken hatte sich Marissa an das Dämmerlicht gewöhnt und konnte die Szene, die sich ihr bot, genau erkennen.

Sie lagen verkehrt herum auf dem Boden, Raoul, der Handwerker, auf dem Rücken, und Rosita über ihm. Sie hatte die Beine weit gespreizt, und Raoul drückte sein Gesicht in die nasse Spalte der Freundin. Rosita nahm den Kopf hoch und gab den Blick auf einen kräftigen, vom Speichel glänzenden Schaft frei, während sie kleine, wimmernde Geräusche ausstieß und ihre Hüften hin und her wetzte. Raoul hielt ihre Schenkel gepackt und drückte sein Gesicht noch tiefer in ihr Dreieck hinein.

Rosita senkte wieder den Kopf und stülpte den Mund über Raouls Stab.

Marissa hielt sich krampfhaft am Türgriff fest und lehnte sich mit dem Rücken gegen den Türrahmen. Sie war heiß und fühlte sich schwach vor Erregung. Sie wusste nicht, ob sie weiter zuschauen oder sich um die eigene Befriedigung kümmern sollte.

Sie schaute noch eine Weile zu, aber dann hielt sie es nicht länger aus. Ihr Körper stand in Flammen. Lautlos, wie sie gekommen war, zog sie die Tür zu und schlich durch den Flur zurück.

In ihrem Schlafzimmer schüttelte sie sich den Frotteemantel von den Schultern und ließ ihn auf dem Boden liegen. Ihre nackten Füße versanken im flauschigen Teppich, als sie zum hohen Spiegel ging. Ihre Brüste waren geschwollen, und die Nippel hatten sich vor Erregung dunkel gefärbt. Zwischen den Beinen pulsierte es heiß. Sie spreizte sie und fuhr mit der Fingerspitze über den pinkfarbenen roten Kitzler.

Sie war so sehr mit sich selbst beschäftigt, dass sie die Schritte auf der Treppe und auch das leise Klopfen an ihrer Tür nicht hörte. Erst das scharfe Atemholen alarmierte sie. Hastig fuhr sie herum.

»Larry!«, rief sie erschrocken.

»Ja, Babe.«

Er ging auf sie zu und drehte sie herum, sodass sie sich wieder im Spiegel betrachten konnte. Er stand hinter ihr, umfasste ihre Taille und schaute über ihre Schulter auf das Spiegelbild. Sie drückte ihren Hintern gegen ihn und spürte sofort die Schwellung in seiner Hose.

»Ich dachte, du könntest erst später kommen«, murmelte sie.

»Ich konnte es nicht erwarten. Aber ich musste mir selbst öffnen. Rosita war nirgendwo zu sehen.«

Marissa lächelte breit. »Ich weiß. Sie ist anderweitig beschäftigt.«

»Wieso?«

»Ach, schon gut.«

»Himmel, du siehst wunderbar aus.« Larry streichelte ihren Bauch und die Hüften. Er glitt mit einem Finger zwischen ihre gespreizten Beine. »Und heiß«, sagte er. »Heiß wie ein Backofen.«

Er rieb leicht über die Klitoris, nahm die Kuppe zwischen Daumen und Zeigefinger und zwirbelte sie geschickt. Mit der anderen Hand glitt er von hinten in das rosige Fleisch ihrer Vulva. Marissa lehnte sich noch mehr gegen ihn und genoss mit geschlossenen Augen.

»Mm, das ist so gut, Baby«, stieß sie hervor, spreizte die Beine noch ein bisschen weiter, damit er leichter und tiefer mit den Fingern eindringen konnte. Sie brauchte es dringend. Sie schaute ihm im Spiegel zu, und instinktiv hob sie eine Hand und spielte an ihren Brustwarzen.

»Ja, Babe«, raunte Larry heiser. »Ich sehe es wahnsinnig gern, wenn du das machst.«

Sie kam innerhalb weniger Sekunden. Ihre Knie gaben nach, und sie begann zu schwanken. Larry hielt sie mit einer starken Hand zwischen den Beinen fest und stützte ihren Körper. Sie ließ sich auf seine Handfläche fallen und genoss den Druck gegen ihr pochendes Geschlecht.

Auch der folgende Ritt auf ihrem Bett war nur eine Sache von wenigen Minuten. Sie war so aufgeheizt, dass sie Larry mitriss. »Härter, Baby, ja, ja, härter.«

Larry schrie plötzlich seinen Orgasmus heraus, und sein zuckendes Verströmen tief in ihr brachte ihr einen weiteren Höhepunkt. Völlig erschöpft fiel sie über Larry und blieb mit dem Kopf auf seinem Brustkorb liegen.

Sie wachte auf, als es laut an die Tür klopfte. Larry schlief auf dem Bauch, das Gesicht seitlich ins Kissen gedrückt. Ein Arm lag schwer auf Marissas Bauch. Mit einiger Mühe hob sie den Arm und schlüpfte unter ihm hinweg aus dem Bett. Sie trippelte zur Tür und öffnete sie einen Spalt.

Rosita stand da.

»Ja?«, fragte Marissa missmutig.

»Es ist fünf Uhr, Mrs Aslett«, sagte Rosita. »Sie wollten um diese Zeit geweckt werden.«

»Hm, ja, stimmt.« Marissa rieb sich schläfrig die Augen. Sie schaute Rosita an, die wieder züchtig im schwarzen Kleid mit der weißen Schürze vor ihr stand, während Marissa noch das Bild der nackten zierlichen Frau vor sich sah, die ihre Schenkel weit spreizte und den dicken Schaft des Freundes mit Lippen und Zunge verwöhnte. Was für ein Anblick war das gewesen! Eine überzeugende Show hatten sie ihr geboten, auch wenn die beiden nichts davon wussten.

Plötzlich empfand Marissa so etwas wie eine Seelenverwandtschaft mit dem mexikanischen Mädchen. »Du kannst den Abend frei nehmen, Rosita«, sagte sie und wollte die Tür schließen.

Aber dann sah sie den überraschten Ausdruck auf Rositas Gesicht, und sie konnte nicht widerstehen, noch anzufügen: »Du musst müde sein, Süße. Ich bin's nämlich auch.«

Larry drehte sich im Bett auf die andere Seite und schaute zur Tür. »Komm wieder ins Bett«, murmelte er. Marissa war inzwischen ganz wach geworden, schlüpfte unter das Laken und rutschte dicht an Larry heran.

»Larry?«

»Hm?« Er hatte Mühe, die Augen zu öffnen.

»Larry, wir müssen reden.«

»Ja«, murmelte er, legte sich auf die Seite und stützte sich auf einen Ellenbogen auf. Er stieß einen Seufzer aus. »Die Sache ist die«, sagte er, »die Idee, von der ich gesprochen habe, könnte gefährlich sein.«

»Ich will sie hören.«

»Nun, es geht um den Mann, den wir gestern Abend getroffen haben. Johnny Casigelli. Er ist einer der ganz Großen. Ihm gehören Firmen, Hotels und Casinos. Das meiste ganz legal.«

»Das meiste?«

Larry nickte. »Ja, das ist der Haken.«

»Und?«

»Johnny schuldet mir einen Gefallen.«

»Was für einen Gefallen?«

»Einen großen. Einige seiner Steuererklärungen waren nicht so astrein, wie sie sein sollten. Das Schatzamt fing an, in seinen Unterlagen herumzuschnüffeln, und er musste mit einer Anklage wegen Steuerhinterziehung rechnen. Ich habe ihn aus der Bredouille geholt.«

»Du hast was getan?«

Larry hob die Schultern. »Ich habe ihn aus der Bredouille geholt«, wiederholte er.

»Ich dachte, die Kanzlei arbeitet nicht für Gangster«, sagte Marissa. »Jedenfalls hat David mir das immer gesagt.«

Larry gluckste. »Babe, er ist kein Gangster. Er ist nur ein Bursche mit Geld und Einfluss, und er schuldet mir einen Gefallen. Und Johnny lässt Freunde nicht im Stich. Er legt Wert darauf, sich zu revanchieren.«

Marissa schwieg. Sie spürte, dass ihr Puls schneller schlug.

»Außerdem«, fuhr Larry fort, lehnte sich über sie und

streichelte ihren Nabel, »David weilt nicht mehr unter uns, nicht wahr? Und wer führt die Kanzlei, seit er uns verlassen hat?«

»Du, Liebling.« Marissas Stimme klang wie das Schnurren einer Katze. Sie zeichnete mit einem Fingernagel Larrys dunkle Augenbraue nach. »Und wie kann Johnny uns in unserer Situation helfen?«, fragte sie, die Augen unschuldig weit aufgerissen.

»Das«, antwortete Larry, »muss ich mit ihm besprechen. Ich will die gesamten Anteile an der Firma, nicht wahr? Ich will nicht, dass Kelly mir reinredet. Und du willst dieses Haus, stimmt's?«

Sie nickte eifrig. »Und das einzige Hindernis zu dem, was wir wollen, ist Kelly«, flüsterte Marissa. Ein Adrenalinstoß brachte ihren Körper auf Touren.

Larry packte sie an den Schultern und hielt sie auf dem Bett fest. Er blickte forschend in ihre Augen, und sein Gesicht verdunkelte sich. Die kleine Ader an der Schläfe trat hervor. »Kelly wird nichts Schlimmes zustoßen«, sagte er.

Marissas Augen leuchteten. »Was wird denn mit ihr geschehen?«

»Überlass es mir, Babe«, sagte Larry. »Kelly vertraut mir. Deshalb wird es funktionieren.«

Siebtes Kapitel

Luc trat aus der Dusche, während Kelly zurückblieb, um sich die Haare zu waschen. Er rubbelte sich trocken und zog sich rasch an, frisch gewaschene Jeans und ein altes blaues Hemd. Er nahm seine Brieftasche und steckte den Kopf durch die Badezimmertür. »Kelly, ich hole uns Croissants und Milch.«

»Okay«, rief Kelly, die Stimme gedämpft im Lärm des prasselnden Wassers.

Luc schloss die Wohnungstür auf, lief die fünf Etagen über die Treppe hinunter und trat auf die Straße. Es war acht Uhr morgens, und der Verkehr war schon sehr stark.

Luc schlenderte über den Bürgersteig und hielt an der Ecke am Zeitungsstand an. Er warf einen flüchtigen Blick auf die Schlagzeilen und spürte, dass er angestarrt wurde. Er schaute auf und sah zwei hübsche Mädchen, die sich anstießen und kicherten. Luc grinste sie an, was das Kichern der beiden noch verstärkte. Er gähnte und wandte seine Aufmerksamkeit wieder der Zeitung zu.

»Verdammt, Duras, was ist das für ein Gefühl, wenn einen die Frauen so anhimmeln?« Das war die neiderfüllte Stimme Bertrands, dem der Zeitungsstand gehörte.

Luc griff in die Gesäßtasche, aber dann fiel ihm ein, dass er eine frisch gewaschene Hose trug, also würden keine Zigaretten in der Gesäßtasche sein. Er schaute zu Bertrand, der wie immer auf seinem Klappstuhl saß und zuschaute, was in der Gegend geschah.

»Das ist kein großes Problem für mich, Bertrand«, sagte Luc schulterzuckend. »Aber im Augenblick will ich nur eine Frau zu meinen Füßen haben.«

Bertrand grinste und zeigte eine Reihe ungesunder nikotingelber Zähne. »Ach? Und wer ist sie?«

»Eine Göttin. Wirklich«, sagte Luc lachend. Dann ging er weiter zum Tabakladen, kaufte seine Marke und schlenderte zur *boulangerie*, musste aber noch einmal anhalten, weil eine alte Frau ihn ansprach. Sie trug eine Tasche mit zwei langen *baguettes*. Zuerst fasste sie ihn am Ärmel, dann schaute sie angestrengt mit zusammengekniffenen Augen in sein Gesicht.

»*Salut*, Ghislaine«, sagte Luc fröhlich.

Die alte Frau blinzelte. »Ah, Luc, du bist es. Wo bist du gewesen? Wir haben dich schon seit Tagen nicht mehr im Café gesehen. Mir fehlt was, wenn ich nicht um deinen Tisch die ganzen Krümel und Kippen fegen kann, wenn du mit Pierre und Louis zusammen hockst.«

Luc lachte. »Du bist eine alte Meckerziege, Ghislaine. Du meckerst, wenn ich da bin, und du meckerst, wenn ich nicht da bin.«

Ghislaine lachte gutmütig mit, und ihr behaartes Kinn fuhr auf und ab. »Wahrscheinlich bist du'n netter Kerl«, sagte sie und fuhr ihm mit einer schwieligen Hand übers Gesicht. »Sehen wir dich denn heute?«

»Vielleicht.«

Ghislaine nickte und ging ein paar Schritte, ehe sie stehen blieb und über die Schulter rief: »Und bring das hübsche junge Ding mit. Ich meine die Kleine, die du am Dienstag mit in deine Wohnung genommen hast.«

Luc hörte sie kichern und sah ihr nach, wie sie mit watschelndem Gang weiter ging. Er schüttelte den

Kopf. Von wegen fast blind. Die alte Ghislaine hatte Augen wie ein Adler. In dieser Gegend wohnte man wie in einem Glashaus. Jeder sah alles.

In der *boulangerie* kaufte er fürs Frühstück ein, während er neugierige Fragen über seine Aktivitäten der letzten Tage über sich ergehen lassen musste – Thérèse hinter der Ladentheke machte sich immer noch Hoffnung.

Kelly stand auf der Dachterrasse, als er vom Einkaufen in die Wohnung zurückkehrte. Sie hatte ein flauschiges Badetuch um sich geschlungen, hatte die Ellenbogen auf die Steinmauer gestützt und schaute hinunter auf die Stadt.

Luc trat auf die Dachterrasse und legte die eingekauften Teile auf den runden Holztisch. »Frühstück, *chérie*«, sagte er leise.

Kelly drehte sich um. Ihre Haare waren noch nass von der Dusche. Sie hatte die Haare glatt nach hinten gebürstet. Sie sahen dunkler aus als sonst. Ihr Gesicht, ohne jedes Make-up, strahlte im Licht der Morgensonne. Sie war eine natürliche Schönheit, stellte Luc zum hundertsten Mal fest.

»Ich glaube, ich bin auf Gold gestoßen«, sagte sie lächelnd und sah ihn glücklich an.

»Gold? *Comment?*« Luc war verwirrt. Er sprach flüssiges Englisch, und es war selten, dass er eine Redensart nicht verstand.

»Du bist ein Glücksfund«, erklärte Kelly lachend. »Nicht nur fabelhaft im Bett – du besorgst auch noch das Frühstück!«

Luc sah sie stirnrunzelnd an, warf sich in die Brust und sagte im Macho-Ton: »Das ist nur heute, Mädchen. Und wenn du gefrühstückt hast, putzt du die Wohnung, verstanden?«

Kelly kicherte und griff nach einem Croissant. »Ah, deshalb hast du mich mitgenommen! Du wolltest eine billige Putze haben!«

Sie biss in das knusprige Hörnchen, brach ein Stück ab und schob es in Lucs Mund.

Er kaute nachdenklich. »Ich muss heute ins Atelier gehen.«

»Musst du wirklich?« Kelly konnte ihre Enttäuschung nicht verheimlichen.

Luc nickte. »Ich bin schon seit zwei Tagen nicht mehr bei der Arbeit gewesen. Ich hinke meinen Terminen hinterher.«

Kelly trat näher zu ihm und hielt ihm ein weiteres Stück Croissant hin. »Weißt du, ich habe das noch nie in meinem Leben getan«, flüsterte sie.

»Was?«

»Zwei Tage und zwei Nächte mit einem Mann im Bett verbracht, den ich kaum kenne.«

Luc sah sie blinzelnd an. »Ah, aber jetzt kennen wir uns gut, glaube ich.«

»Nicht gut genug«, murmelte Kelly. Sie wischte einen Krümel von seinen Lippen, und er hielt ihre Hand fest und küsste ihre Fingerspitzen.

»Ich muss gehen.« Er klang nicht begeistert.

Kelly schob die Unterlippe vor, zog einen Flunsch.

»Ich dachte, du wolltest mich malen?«

»Nicht jetzt«, sagte Luc. Er sah gequält aus.

»Was? Warum nicht?«

»Nein, nicht jetzt.«

»Warum nicht?«

»Schau doch!« Er streckte seinen Schoß vor. Seine Erektion war gewaltig und drückte schmerzhaft gegen die Jeans.

»Ah!« Kelly kicherte. Sie sah ihm in die Augen, während sie die oberen drei Knöpfe des Hosenlatzes öffnete und eine Hand in seine Jeans schob. Ihre Finger rieben genüsslich über die harte Schwellung, dann schloss sie die Hand um den Schaft. Mit der anderen Hand knöpfte sie sein Hemd auf und schob es von seinen Schultern.

Sie leckte mit der Zunge über seine Brustwarzen, ohne das leichte Pumpen des Schafts zu vernachlässigen. »Geh später ins Atelier«, wisperte sie und zog mit der Zunge eine feuchte Spur von der Brust zu seinem Hals.

Luc stöhnte. Zwei Tage und zwei Nächte nonstop, und er konnte immer noch nicht genug von ihr haben. Er schaute sie liebevoll an. Ihr Haar begann an den Rändern zu trocknen, und dort hatte es genau dieselbe hellbraune Farbe wie die Sommersprossen auf der Nase.

Das Badetuch, das sie sich um den Körper geschlungen hatte, lockerte sich mit jeder Bewegung ihrer Hand an seinem Schaft, und jeden Augenblick musste es von ihren Brüsten rutschen. Aber er wollte darauf nicht warten. Ungeduldig riss er es ihr vom Körper.

Kelly keuchte, warf ihre Haare mit einer schwungvollen Bewegung des Kopfes zurück und streckte ihm ihre Brüste entgegen.

Luc liebte ihre Ungezwungenheit; wenn sie liebte, kannte sie keine Hemmungen. Er langte nach ihren Brüsten, hielt die festen Halbkugeln auf seinen Händen und wiegte sie auf und ab. Das Gewicht überraschte ihn, und er konnte sich an ihrer Form nicht satt sehen.

Als er sie zu streicheln begann, seufzte Kelly glücklich und verstärkte den Druck der Hand um seinen Penis.

Er stieß mit den Daumenkuppen gegen ihre Nippel, nahm sie zwischen Daumen und Zeigefinger und drückte sie vorsichtig. Ihre Finger bewirkten zauberische Gefühle in seinen Lenden, aber mit einer enormen Willensanstrengung zog er ihre Hand aus seinen Jeans.

»Atelier«, murmelte er.

»Bett«, hielt sie dagegen.

»Atel ...«

Das Wort wurde in seiner Kehle abgewürgt, als sie sich gegen ihn drückte und die nackten Hüften an seinem Schoß rieb. Ihre Brüste massierten seine Rippen. Sie schlang die Hände um seinen Nacken, und er packte ihren Po. Kelly krümmte sich und drängte die Backen in seine Hände. Er massierte sie, knetete sie und starrte auf ihre Brustwarzen, die sich lustvoll an seinem Bauch rieben.

»Bett«, raunte Kelly heiser.

»Okay, Bett soll es sein.«

Kelly lag ganz dicht an ihn gekuschelt. Was für eine Frau! Sie hatte einen Schenkel über seinen gelegt. Zwei Stunden hatten sie sich geliebt. Kelly hatte keine Vorbehalte, sie gab sich ihm ganz hin, wurde nicht müde, ihn immer wieder neu zu reizen und anzustacheln.

Er versuchte, sie nicht zu stören, als er sich streckte, um an die Zigaretten auf dem Nachttisch heranzukommen.

»Was machst du?«, fragte sie schläfrig, das Gesicht in seiner Armbeuge geborgen.

»Zigarette«, murmelte er. Er zündete sich eine an, nahm einen tiefen Zug und schaute auf die Uhr. Viertel nach eins! Verdammt! Das Atelier! Er musste an zwei festen Aufträgen arbeiten, und beide Termine hatte er schon überschritten. Chantal würde ihn vierteilen.

Kelly schmiegte sich an ihn und rieb ihren Körper sinnlich gegen seinen. Sie hob den Kopf. Ihre Haare waren zerzaust, und das schöne Gesicht hatte eine anziehende rote, frische Farbe angenommen. Er konnte es kaum glauben, aber in seinen Lenden regte es sich schon wieder. Um sich abzulenken, nahm er rasch einen weiteren Zug aus der Zigarette.

»Jetzt muss ich arbeiten.«

»Ja, wahrscheinlich«, sagte sie widerstrebend. »Und ich sollte nach Hause und schon ein bisschen packen.«

»*Comment?*« Luc war sicher, dass er etwas falsch verstanden hatte. »Packen? Was musst du packen?«

Kelly sah ihn unbehaglich an. »Habe ich es dir noch nicht gesagt?«

»Was hast du mir noch nicht gesagt?«

Ihre Stimme klang mickrig und schwach. »In fünf Tagen muss ich zurück in die Staaten fliegen.«

Luc beugte sich zur Seite und tippte die Asche auf den Unterteller, den er als Aschenbecher benutzte. »Ach so«, sagte er nur.

»Deshalb bin ich nicht zur Ausstellung gekommen«, sagte sie. »Und deshalb wollte ich dir auch nicht mehr Modell sitzen.« Sie sprach rasch, die Stimme überschlug sich fast. »Ich wollte nichts beginnen, verstehst du, weil ich doch bald nach Hause muss.«

Luc schwieg. Er rauchte.

»Ich muss ein paar Papiere unterzeichnen«, sagte Kelly. »Deshalb muss ich zurück.«

»Papiere? Welche Papiere?«

»Eh … ein paar rechtliche Dinge. Mein Dad ist vor vier Jahren gestorben. Es hat etwas mit seinem Testament zu tun. An meinem 25. Geburtstag muss ich die Unterschriften leisten.«

»Ah«, sagte Luc, »und du musst bei deiner Familie sein, ja?«

Kelly wich seinem Blick aus. »Es gibt keine Familie. Nur ich. Und meine Stiefmutter.«

»Ist sie nicht Familie?«

»Nein!« Kelly lachte verbittert. »Weit entfernt. Sie hasst mich, und ich muss zugeben, dass das Gefühl auf Gegenseitigkeit beruht.«

»Wie ist es möglich, dass jemand dich hassen kann?«, fragte Luc leise und hielt ihr die Zigarette an den Mund.

Kelly tat einen raschen Zug. »Glaube mir, ihr fällt das leicht.« Ihre schönen braunen Augen blickten plötzlich sehr ernst. »Wir haben uns von Anfang an nicht verstanden. Sie ist halb so alt wie mein Dad, und ich dachte immer, dass sie hinter seinem Geld her ist. Aber ich weiß auch, dass sie ihn glücklich gemacht hat, also habe ich sie toleriert. Aber in seinem Testament hat Dad mir seine Firmenanteile und das Haus überschrieben. Marissa – das ist meine Stiefmutter – konnte es nicht fassen. Sie glaubte wohl, sie hätte Dad so um ihren kleinen Finger gewickelt, dass er ihr alles vermacht hätte. Dabei waren sie gerade mal sechs Monate verheiratet, als er starb. Wie konnte sie annehmen, dass er seine eigene Tochter vergisst?«

Luc strich liebevoll über Kellys Rücken. »Wenn du keine Familie hast, wer hilft dir dann bei deinen Geschäften?«

»Larry, er ist der Partner meines Dads gewesen. Er ist Anwalt, und zwar ein brillanter, hat Dad immer gesagt. Er wird schon alles in meinem Sinne regeln.«

Luc antwortete nicht. Sie schaute ihn an, wartete offenbar auf eine Reaktion von ihm. Er küsste sie auf die Stirn. »Du wirst also nach Paris zurückkehren, *chérie?*«

Kellys offenes Gesicht strahlte. »Ich weiß nicht«, sagte sie hinhaltend und schaute ihn neckisch an. »Wozu?«

Luc lächelte. Er wandte sich zur Seite und drückte die Zigarette auf dem Unterteller aus. Er schob eine Hand unter das Laken und fuhr mit gespreizten Fingern ihre Schenkel hoch bis zum Dreieck. »Dafür«, raunte er heiser und rieb mit den Fingerspitzen über ihre Labien.

»Was ist das denn?«, neckte Kelly.

Er streichelte weiter den Eingang ihrer Scheide, fand die Klitoris und drückte sie leicht. Dann beugte er sich über sie und presste die Lippen auf ihren heißen Mund. »Und dafür«, murmelte er.

Kelly erwiderte den Kuss hungrig und öffnete ihre Schenkel, damit seine Finger leichteres Spiel hatten. »Du musst noch ein bisschen weitermachen«, sagte sie zwischen den Küssen. »Sonst weiß ich nicht genau, was du meinst.«

Achtes Kapitel

Marissa kurvte nervös durch das Wohnzimmer, ein schnurloses Telefon ans Ohr gepresst. »Justine«, sagte sie und mühte sich, nicht hysterisch zu klingen. »Warum sagen Sie mir nicht einfach, wohin Larry gegangen ist?«

»Mrs Aslett, ich weiß es nicht«, antwortete Justine, ebenso um Höflichkeit bemüht. »Er hat nur gesagt, dass er einen Termin wahrnimmt.«

»Und mehr hat er nicht gesagt?«

»Richtig, Mrs Aslett.«

»Oh. Tut mir Leid, dass ich Sie gestört habe, Justine.« Marissa beendete das Gespräch abrupt und kappte die Leitung. Aus Justine war nichts herauszuholen, das wusste sie aus Erfahrung. Sie würde mit Larry reden, dass er sich eine andere Assistentin nahm. Justines Tage bei Aslett & Barris waren gezählt.

Marissa warf das Telefon achtlos aufs Sofa und ging zum großen Panoramafenster. Sie schaute über den Pool und kaute ratlos an ihren makellos manikürten Fingernägeln. Verdammt, sie war schlecht drauf. Larry hatte oft Termine außer Haus, und er informierte sie beileibe nicht über jeden. Aber es waren nur noch fünf Tage bis zu Kellys Rückkehr, und sie waren noch keinen Schritt weiter. Gab es überhaupt eine Lösung, oder wollte Larry sie nur hinhalten? Wenn sie Johnny Casigelli nicht mit eigenen Augen gesehen hätte, würde sie annehmen, Larry hätte ihn erfunden.

Sie ging hinauf ins Schlafzimmer und wanderte ruhelos herum, nahm kostbare Stücke in die Hand, stellte sie wieder hin. Nach einem langen Seufzer ging ein Ruck durch ihren Körper. Es hatte keinen Sinn, den ganzen Tag im Haus zu warten, ob Larry sich meldete oder eine Nachricht für sie hatte. Sie musste raus.

Sie schlüpfte aus Jeans und T-Shirt und holte ein kurzes, gelbes halterloses Kleid aus dem Schrank, stieg hinein und band es im Nacken fest. Sie fuhr sich mit der Bürste durchs Haar, das sie dann zu einem kurzen, lockeren Pferdeschwanz zusammenfasste. Sie legte Glanz – ein blasses Pink – auf ihre Lippen und betrachtete sich im Spiegel. Sie war mit dem Resultat zufrieden.

Das Kleid reichte bis zur Hälfte der schlanken, gebräunten Oberschenkel. Selbst mit ihren flachen Schuhen sahen ihre Beine endlos aus. Sie drehte eine Pirouette vor dem Spiegel, und das Kleid flog hoch. Sie vergewisserte sich, dass sie einen Slip trug, ein Hauch von Spitze, mehr zum Reizen gedacht als zum Bedecken.

Zufrieden füllte sie ihre Ledertasche mit den nötigen Utensilien, dann lief sie schwungvoll die Treppe hinunter.

»Rosita!«, rief sie, als sie in der Halle stand.

»Ja, Mrs Aslett.« Rosita war sofort zur Stelle.

»Ich will zum Einkaufen nach Los Angeles fahren. Ich werde wahrscheinlich den ganzen Nachmittag weg sein. Wenn Larry anruft, sagst du ihm, er soll später vorbeikommen.« Sie wartete nicht auf Rositas Antwort, drehte sich auf dem Absatz um und war draußen.

Sie setzte sich in das schwarze Cabrio und startete den Motor. Sie schob die Sonnenbrille in ihre Haare und setzte zügig in der Einfahrt zurück. Rosita kam gelaufen, um hinter ihr das Tor zu schließen.

»Vergiss nicht, Larry zu sagen, dass er vorbeikommen soll«, rief Marissa ihr noch zu.

Sie fuhr schnell und hatte die vierzig Meilen in einer guten halben Stunde zurückgelegt. Sie besuchte einige ihrer bevorzugten Geschäfte, und bald hatte sie mehr Päckchen gesammelt, als sie tragen konnte. Fast alles Dessous. Teuer, durchsichtig und alle mit Spitze.

Larry liebte Dessous.

Zwei Stunden später war sie gelangweilt vom Einkaufen.

Sie beschloss, nach Hause zu fahren. Unterwegs tippte sie Larrys Nummer in der Kanzlei ein.

»Justine«, bellte sie. »Marissa. Ist Larry immer noch nicht zurück?«

Justine seufzte hörbar am anderen Ende. »Nein, Mrs Aslett«, sagte sie langsam.

»Hat er sich gemeldet?«

»Nei-ein.« Sie zog das Wort so in die Länge, dass Marissa vermutete, Justine hätte ein Gähnen unterdrückt.

Sie nahm sich nicht die Zeit, sich zu verabschieden, sondern unterbrach einfach die Verbindung. Wenn Larry heute Abend nicht mit einer überzeugenden Erklärung anrückte, konnte er was erleben. Sie drückte das Gaspedal durch und genoss die halsbrecherische Geschwindigkeit.

Vor sich sah sie ein Fahrzeug, das im Schneckentempo die Straße blockierte. Marissa fluchte stumm und stieg auf die Bremse. Eine Handbreit hinter dem anderen Auto drückte sie auf die Lichthupe. Der Schleicher weigerte sich, einen Zahn zuzulegen. Vorn zeichnete sich eine neue Biegung ab. Marissa drückte auf die Hupe, aber der Bastard blieb stur.

Wütend bog Marissa auf die Gegenfahrbahn. Sie raste an dem anderen Fahrzeug vorbei, überholte mitten in der Kurve und wollte gerade wieder auf die rechte Fahrbahn biegen, als ihr ein Jeep entgegenkam. Marissa riss das Steuer herum und schnitt der Schnecke den Weg ab. Die beiden anderen Fahrzeuge gerieten wegen des plötzlichen Bremsens ins Schleudern. Hupen kündeten vom Zorn der anderen Fahrer, die ihre Wagen angehalten hatten.

Aufgeregt fuhr Marissa weiter. Das riskante Manöver hatte ihr großen Spaß bereitet. Im Außenspiegel sah sie die Drohgebärden der anderen Fahrer. Sie warf den Kopf in den Nacken und lachte lauthals. Was für eine Show! Sie hinterließ eine Spur von Entsetzten!

Ihr Körper fühlte sich wie aufgedreht, und ungeduldig rutschte sie auf ihrem Sitz herum. Das kurze Abenteuer hatte ein Kribbeln in ihrem Schoß ausgelöst. Sie atmete schwer und trat das Gaspedal noch stärker durch.

Plötzlich hörte sie eine Sirene. Sie schaute in den Spiegel und entdeckte einen schwarz-weißen Streifenwagen. Auf dem Dach rotierten die roten und blauen Lichter.

Verdammt, fluchte Marissa und nahm den Fuß vom Gaspedal. Im nächsten Augenblick befand sich das Polizeiauto schon auf einer Höhe mit ihr. Ein kurzer Wink bedeutete ihr, dass sie rechts heranfahren sollte. Marissa wusste, dass ihr keine Wahl blieb, und gehorchte.

Der raue Kies knirschte unter den Reifen, als sie auf den Seitenstreifen fuhr. Der schwarz-weiße Streifenwagen folgte und hielt zehn Meter hinter ihr an. Marissa blieb hinter dem Steuer sitzen. Ihr Atem kam immer noch hechelnd vom Rausch der Geschwindigkeit.

Sie hörte, wie eine Tür zuschlug. Vorsichtige Schritte näherten sich ihrem Wagen. Marissa wandte den Kopf und sah das schwere schwarze Koppel des Polizistengürtels. Ihr Blick wanderte höher zum schwarzen Uniformhemd.

»Kann ich Ihnen helfen, Officer?«, fragte sie mit süßer Stimme und schlug ihre unschuldig blickenden blauen Augen auf.

Einen Moment lang reagierte der Polizist nicht. Er starrte Marissa an und sagte schließlich: »Ma'am, wissen Sie zufällig, mit welchem Tempo Sie gefahren sind?« Seine Stimme klang kühl.

»Ich fürchte nein, Officer«, sagte Marissa scheu. »Ich glaube, ich war wohl ein bisschen schnell.«

»Viel zu schnell. Doppelt so schnell wie erlaubt, um es genau zu sagen.«

Marissa hob erschrocken eine Hand und presste sie auf ihren Mund. Sie senkte verlegen den Blick.

»Officer, kann das sein? Oh, das tut mir aber Leid. Wissen Sie, ich bin diese langen Strecken nicht gewöhnt. Ich glaube, die Pferde sind mit mir durchgegangen.«

»Auf dem Highway haben Sie zwei rote Ampeln ignoriert«, sagte er monoton und mit einem strafenden Blick. »Und dann dieses unmögliche Überholmanöver. Das hätte zu einem schweren Unfall führen können.«

Marissa riss staunend den Mund auf. »Habe ich das wirklich getan, Officer? Das hört sich alles so schrecklich an.«

»Das war es auch.« Der Polizist holte das Notizbuch aus seiner Brusttasche. »Tut mir Leid, Ma'am, aber ich muss eine Anzeige schreiben.«

»Muss das wirklich sein?« Marissa schaffte es sogar, dass ihre Stimme ein wenig zitterte.

Der Beamte nickte knapp. Marissa schaute zu ihm hoch und versuchte, die Augen hinter den spiegelnden

Gläsern der Sonnenbrille zu erkennen. Seine blonden Haare waren kurz geschnitten, und seine Haut war gut gebräunt. Aber wegen der breiten Sonnenbrille war es schwer, sein Alter zu schätzen.

»Officer, wenn Sie mich schon verhaften, könnten Sie dann wenigstens die Sonnenbrille abnehmen?«, fragte sie.

Sie glaubte, den Ansatz eines Lächelns bemerkt zu haben. »Ma'am«, sagte er, »ich will Sie nicht verhaften. Sie erhalten lediglich eine Anzeige.«

»Trotzdem«, insistierte Marissa. »Es wäre höflich, sie abzunehmen.«

Diesmal war sie sicher, dass er lächelte. Marissa bemerkte seine ebenmäßigen Zähne.

Er hob kaum wahrnehmbar die Schultern. »Ja, das wird wohl in Ordnung sein«, meinte er und nahm die Sonnenbrille ab.

Marissa lächelte ihr strahlendstes Lächeln. Seine kornblumenblauen Augen entsprachen beinahe ihrer eigenen Augenfarbe. Sie schätzte ihn auf etwa 35 Jahre. In Larrys Alter. Er sah gut aus, er war groß und hatte breite Schultern, und seine Uniform war seinem Körper angepasst wie eine dicke zweite Haut. Unter dem Hemd sah sie die Konturen seiner Muskeln. Der Revolver lag auf der Hüfte, und griffbereit steckte der Schlagstock auf der anderen Seite unter dem Gürtel.

Hm, nicht schlecht, dachte sie. Er ist bewaffnet und ein gefährlicher Mann!

Sie betrachtete ihn mit neu erwachtem Interesse, während er das Formular für die Anzeige ausfüllte. Sie rutschte auf dem Sitz ein wenig vor und überzeugte sich mit einem raschen Blick, dass ihr Kleid die Schenkel hoch rutschte. Sie legte lässig den Arm auf den Türrahmen.

»Nur noch ein paar Formalien, Ma'am. Kann ich Ihre Fahrerlaubnis sehen und die Registrierung?« Der Officer schaute von seinem Block hoch, und sein Blick fiel sofort auf ihre Oberschenkel. Gebräunt, schlank und fast völlig entblößt.

Marissa lehnte sich in ihrem Sitz zurück und streckte sich wie eine Katze. »Ist die Anzeige wirklich nötig, Officer?« Ihre Stimme war kaum mehr als ein Wispern.

Sein Gesicht blieb stur. »Ja, Ma'am.«

Marissa befeuchtete die Lippen mit der Zungenspitze. »Ich weiß, dass ich ein böses Mädchen war, Officer.«

»Ja, Ma'am.«

»Und ich weiß, dass Sie mich bestrafen müssen.«

»Ja, Ma'am.« Er wandte den Blick und stieß die Spitze des Kugelschreibers wieder auf seinen Notizblock.

»Aber könnten Sie nicht ...« Marissa legte eine Pause ein und rieb ihre Hände über die gebräunten Schenkel. »Ich meine, gibt es keine andere Möglichkeit?«

Der Polizist verlagerte sein Gewicht auf das andere Bein. Er räusperte sich umständlich. »Ma'am, ich weiß nicht, wovon Sie reden«, sagte er und gab vor, völlig ungerührt zu sein. »Ich gehe ganz korrekt vor.«

Marissa steckte einen Zeigefinger zwischen die Lippen und leckte mit der Zunge über den Nagel, und dabei senkte sie kokett den Blick.

»Ein großer, starker Mann wie Sie wird mir doch eine Lektion im Verkehr erteilen können«, murmelte sie mit rauchiger Stimme.

Der Polizist schaute gebannt zu, wie sie ihre Fingerspitze leckte. Sein Blick heftete sich auf die entblößten Schenkel. Es kostete ihn Mühe, die Augen in eine andere Richtung zu zwingen. Sein Adamsapfel hüpfte aufgeregt.

»Ma'am, wenn Sie mir nur ein paar Fragen beantworten würden.« Er starrte auf den Notizblock in seiner Hand.

»Große kräftige Hände haben Sie auch«, flüsterte Marissa und strich mit dem nassen Finger über seinen Handrücken. »Ich wette, damit könnten Sie mich bestrafen – viel besser als mit dem albernen Formular.«

»Ich ...«, begann der Polizist, sah dann zu Marissa und brachte keinen Ton mehr heraus.

Marissa nagte an ihrem Finger. Seufzend sagte sie mit kindlicher Stimme: »Sie könnten mich übers Knie legen und dann mit diesen kräftigen Händen strafen, so hart, dass ich nie wieder über eine rote Ampel fahren werde.«

Er atmete tief ein und klappte sein Buch zu. »Folgen Sie mir«, sagte er gepresst. Er drehte sich auf dem Stiefelabsatz herum und schritt hastig zum Streifenwagen zurück.

Er fuhr auf die Straße, und Marissa folgte brav. Schon nach einer Minute bog er rechts auf einen schmalen Weg ab, der in einer von Sträuchern geschützten Sackgasse endete. Der Polizist parkte parallel zum Meer, und Marissa stellte sich neben ihn. Sie blieb sitzen und wartete voller Spannung auf das, was folgen würde.

Ohne ein Wort öffnete er ihre Tür, nahm Marissa bei der Hand und führte sie zum Streifenwagen. Er öffnete die Beifahrertür und setzte sich. Seine Augen glitzerten, als er sie anschaute. »So«, sagte er, »ich soll Ihnen also eine Lektion erteilen?«

»Ja«, stieß Marissa hervor.

»Dann komm her.« Er klopfte auf seinen Schoß.

Marissa zögerte noch. »Wie denn?«

»Über meine Knie.«

Sie lächelte. Langsam beugte sie sich vor, über seinen Schoß, und stützte sich mit den Armen auf dem Fahrersitz ab. Sie rieb sich am groben Stoff seiner Hose und legte sich quer über ihn, ganz benommen von der aufgestauten Erwartung.

Er legte eine Hand auf ihren Schenkel und streichelte die seidige Haut. Langsam bewegte er die Hand höher. Marissas Nerven prickelten, als er die Hand unter ihr Kleid schob und ihre Pobacken streichelte.

»Fantastisch«, murmelte er. Er knetete das feste Fleisch, gab ihr einen Klaps, dann noch einen. Viel zu sanft. Marissa wand sich auf seinem Schoß. Sie spannte ihre inneren Muskeln an und wartete darauf, dass er aggressiver wurde. Sie wollte ihn spüren.

Das einzige Geräusch kam von den Wellen, die gegen die Felssteine schwappten, und von den Möwen, die über ihnen kreisten. Ganz schwach hörte man den Verkehrslärm auf dem Highway.

»Was Sie getan haben, ist sehr schwerwiegend«, sagte er. »Rote Ampeln ignoriert, die Vorschriften zur Begrenzung der Geschwindigkeit mehrfach gebrochen, Gefährdung anderer Verkehrsteilnehmer durch rowdyhaftes Verhalten …«

Marissa wandte den Kopf zur Seite und schaute ihn reuig an. »Ich weiß.«

»Da muss schon eine ernste Bestrafung folgen, finden Sie das nicht auch?«

Marissa nickte, ihr Gesicht lief knallrot an. »Ja«, keuchte sie.

Seine Finger schoben sich unter den Hauch von Slip, und Marissa hörte, wie der Mann zischend die Luft einsog. Er zog den Slip hinunter und starrte eine Weile auf die perfekt gerundeten Backen. Dann hob er die Hand und klatschte sie mitten auf ihren Po.

»Autsch!«, quiekte sie entzückt. Ihre Backen bebten noch eine Zeit lang nach dem Schlag.

Wieder hob er die Hand, und wieder klatschte es laut. Marissas Po vibrierte, und die Hitze strahlte in ihren Schoß aus. Unruhig rutschte sie auf seinen Knien hin und her, bis sie die harte Beule in seiner Hose spüren konnte. Er schlug noch kräftiger zu, und Marissa begleitete jeden Hieb mit einem lang gezogenen Stöhnen.

Der Polizist fuhr mit der anderen Hand durch ihre Kerbe und zupfte leicht an ihren blonden Schamhaaren. Sie öffnete die Beine so weit, wie es der Slip um ihre Fesseln erlaubte, und sie schloss die Augen, als sein Finger die Knospe ihrer Klitoris fand. Er rieb geschickt hin und her, und sie hob den Po etwas an, um ihm den Zugang zu erleichtern. Ihre Brüste wurden vom engen Kleid eingeschnürt.

»Bitte«, ächzte sie, »mein Kleid ...«

Er benötigte keine weitere Erklärung. Während er mit der einen Hand ihre Klitoris weiter verwöhnte, zog er mit der anderen die Schleife in ihrem Nacken auf. Er schob ihr Kleid hoch, sie hob den Oberkörper an, und er zog ihr das Kleid über den Kopf. Er warf es achtlos auf die Rückbank.

Sie stöhnte vor Lust, als er ihre Brüste zu massieren begann, und gleichzeitig drückte und massierte er ihren hart gewordenen Kitzler. Sie verlor sich in ihrer eigenen Welt, einer Welt aus Sinnlichkeit und fleischlichem Verlangen.

Ihr Orgasmus setzte ein, und in diesem Augenblick hörten sie eine Stimme. Marissa sprang hoch und sah sich nervös um.

»Funkstation an 714. Funkstation an 714.«

»Verdammt«, fluchte der Polizist.

Marissa kicherte.

Nur das Funkgerät! Polizeifunk!

»Antworten Sie, 714. Gerade wurde ein Raub gemeldet auf dem Hermosa Boulevard. Sofortige Unterstützung angefordert. Ich wiederhole – sofortige Unterstützung.«

Der Polizist fluchte und rührte sich nicht.

Im Funkgerät knarrte es wieder. »Antworten Sie, 714. Reagieren Sie auf Anfrage zur Unterstützung.«

Stöhnend rieb er die Hand über Marissas Brüste, die, seit sie sich aufgerichtet hatte, dicht vor seinem Gesicht strotzten. »Entschuldigen Sie, Ma'am«, sagte er, beugte sich vor und nahm das Mikrofon in die Hand.

»714 auf Empfang. Fahre sofort zur Unterstützung zum Hermosa Boulevard.«

Er hakte das Mikro wieder in die Halterung. »Tut mir Leid, Ma'am«, sagte er krächzend.

Marissa hob die Schultern. »Man kann nicht alles haben.« Sie langte auf den Rücksitz und griff nach ihrem Kleid.

Er half ihr beim Anziehen und ließ die Hände noch einmal über ihren Körper gleiten. »Verdammter Raub, verdammte Verbrecher«, stöhnte er.

Marissa lächelte. Sie stand neben der Tür, beugte sich zu ihm und küsste ihn flüchtig auf die Wange. »Danke für die Lektion, Officer.«

»Können wir jederzeit wiederholen«, sagte er heiser. »Und ich meine jederzeit.«

Er fuhr hinter ihr her, bis sie wieder den Highway erreicht hatten, wo er kurz mit ihr gleichzog und zu ihr grinste. Sie warf ihm einen Kuss zu. Er beschleunigte, und sie sah noch, wie er in seine Hemdtasche griff und die Sonnenbrille aufsetzte, ehe er Sirene und Lichter einschaltete.

Marissa betrat das Haus leise. Sie ahnte, wie sie ausschauen musste, und wollte deshalb gleich in ihrem Schlafzimmer verschwinden. Sie streifte die Schuhe ab, trug sie in der Hand und ging auf Zehenspitzen durch die Halle. Sie hatte schon den ersten Treppenaufsatz erreicht, als sie hinter sich eine Stimme hörte.

»Oh, Mrs Aslett. Ich habe Sie nicht zurückkommen hören.«

Marissa drehte sich um. »Hallo, Rosita. Ja, ich bin gerade erst gekommen.«

Rosita warf einen Blick auf die zerzausten Haare. »Eh, ist alles in Ordnung, Mrs Aslett?«

Marissa gluckste. »Ja, klar«, sagte sie. »Ich hatte einen Platten, und ein netter Polizist hat mir geholfen, den Reifen zu wechseln. Deshalb sehe ich wohl ein bisschen zerzaust aus, nehme ich an.« Sie wollte schon weiter gehen, als sie noch rief: »Oh, hat Larry angerufen?«

»Nein, Mrs Aslett.«

Marissa schaute auf ihre Uhr. Sieben. Wo, zum Teufel, war er? Sie ging nachdenklich die Treppe hoch und ließ sich ein Bad einlaufen. Die Kräuteröle und das warme Wasser entspannten sie, linderten auch das anhaltende Brennen der Pobacken.

Trotzdem kam sie nicht zur Ruhe. Zu viele Gedanken gingen ihr durch den Kopf. Was war, wenn Larry sich mit Davids Testament abgefunden hatte? Verdammt, sie hatte ihn seit zwei Tagen nicht gesehen. Wich er ihr aus? Nein, das konnte nicht sein. Nicht Larry. Ihr Larry. Ihr gut aussehender, kluger, mächtiger Larry.

Sie legte sich in der Wanne zurück und dachte daran, wie sie sich kennen gelernt hatten.

Es war kurz vor ihrer Hochzeit mit David. Sie wollte David zum Mittagessen abholen. David hatte einen

Klienten bei sich und bat sie, im Nebenzimmer zu warten. Sie hatte sich das Büro angeschaut, war durch andere Büros gewandert und schließlich in der Bibliothek gelandet, wo die dicken, in Leder gebundenen Bücher sie beeindruckten. Lauter Bücher, die niemand brauchte. Und die auch kaum einer lesen würde. Juraschule, Grundsatzurteile, Verfassungsgesetz.

»Hallo.«

Sie drehte sich um und sah erst jetzt den Mann an einem länglichen Tisch, der in einem Buch blätterte. Er hatte die Füße auf den Tisch gelegt, und in seinem Schoß lag ein Buch im roten Leineneinband. Er hatte die Krawatte gelockert, und seine Hemdsärmel waren bis zum Ellenbogen aufgerollt.

»Hallo«, sagte er noch einmal.

»Selber hallo«, gab Marissa zurück.

Er schaukelte den Stuhl auf den hinteren Beinen und fuhr sich mit gespreizten Fingern durchs Haar, während er keinen Hehl daraus machte, Marissas Körper von oben bis unten zu mustern.

Marissa war wie benommen, als sie ein heftiges Verlangen nach diesem Mann spürte. Diese Gier fuhr wie ein Messer durch sie.

»Und wer sind Sie?«, fragte der Mann mit dem jungenhaften Grinsen.

»Das könnte ich Sie auch fragen«, gab Marissa schnippisch zurück.

Er lächelte. »Nun, wer immer Sie sind – ich muss sagen: Hui.« Er stieß einen leisen Pfiff aus.

Sie standen etwa zehn Schritte voneinander entfernt und schauten sich intensiv an. Trotz der Entfernung spürte sie die Hitze, die sie gegenseitig ausstrahlten.

Es hätte Marissa nicht verwundert, wenn sie dort an Ort und Stelle übereinander hergefallen wären, mitten in der Bibliothek, mitten in der Kanzlei, mitten am hellichten Tag.

Und später waren sie sich einig, dass das auch geschehen wäre, wenn David nicht in diesem Augenblick die Bibliothek betreten hätte.

Marissa zuckte zusammen, als sie eine Hand auf ihrer Schulter spürte.

»Ich sehe, du hast unseren Wunderknaben schon kennen gelernt«, sagte David.

Er nahm sie bei der Hand und führte sie zu ihm. »Marissa, das ist Larry Barris, mein Juniorpartner. Bei ihm musst du immer auf der Hut sein, denn er ist scharf wie ein Barrakuda und zweimal so tödlich.«

Larry grinste und stand auf.

Seine Augen glitzerten, als er ihre Hand drückte. Es war ein fester, angenehm männlicher Händedruck. »Jetzt weiß ich also, wer Sie sind«, sagte er, und wieder schien er sie mit den Augen auszuziehen.

Ja, dachte Marissa, hob das rechte Bein aus der Wanne und schaute zu, wie das Wasser hinunterrann. Sie und Larry waren Seelenverwandte. Zwei einer Sorte. Ehrgeizige, sinnliche Kreaturen. Füreinander geschaffen. Nein, ihr Larry würde keinen Rückzieher machen, würde sie nicht hintergehen.

Sie stand auf und schlang ein flauschiges Badetuch um sich. In diesem Augenblick klopfte es leise gegen die Tür des Badezimmers.

»Ja?«

Rosita trat ein. »Mrs Aslett, ich wollte es Ihnen gleich sagen.«

»Was?«

»Mr. Barris hat angerufen. Er ist auf dem Weg zu Ihnen.«

Marissa sah durch die offene Tür, wie Larrys silbergrauer Ferrari vorfuhr und die Stoßstange bis auf einen Fingerbreit an ihren Mercedes gleiten ließ. Er stieg aus und ging schwungvoll auf die Tür zu.

Er legte eine Hand auf ihren Rücken, drückte sie an sich und raunte: »Oh, wie ich dich vermisst habe«, ehe er sie auf den Mund küsste. Er schmeckte nach frischer Minze. Marissa glitt mit der Zunge über seine ebenmäßigen Zähne, schlang die Arme um seinen Nacken und ließ den Schoß gegen seinen Bauch rotieren. Er legte beide Hände auf ihren Po und knetete die Backen.

Außer Atem brach sie den Kuss ab und schob ihn von sich. »Nicht so hastig, Larry.«

Er sah sie verdutzt an. »He, was soll das denn, Babe?«

»Hör mir auf mit Babe! Wir haben uns zwei Tage nicht gesehen. Du rufst mich den ganzen Tag nicht an. Das gefällt mir nicht, überhaupt nicht, Larry! Du hältst mich im Dunkel, Mann!«

Larry grinste. »Das stimmt nicht. Ich mag dich am liebsten im Licht.« Er schmiegte den Kopf in ihre Halsbeuge. »Im Licht, wo ich dich sehen kann«, murmelte er und nibbelte an ihrem Hals. »Alles von dir.«

Sie schob ihn wieder von sich, diesmal bestimmter. »Mir ist es ernst, Larry. Ich will wissen, was läuft.«

»He?« Er hob eine Augenbraue. »Du vertraust mir doch, oder?«

»Ja, aber ...«

»Dann sei still und komm herein.«

Sie lehnte sich an ihn, legte den Kopf an seine Brust.

Er roch nach frischer Dusche. Sie konnte sein exklusives Cologne riechen. »Warst du bei Johnny Casigelli?«, fragte sie leise.

»Ja.«

»Und?«

»Und? Wir haben geredet.«

Marissa fühlte, wie es in ihrem Bauch zu kribbeln begann.

Sie rieb ihren Körper gegen seinen, hob den Kopf und schaute hoch zu ihm.

Larry nahm ihren Blick auf. Er lächelte. »Wir haben etwas ausgearbeitet.«

Sie küsste ihn unters Kinn. »Ich wusste, dass dir etwas einfallen würde«, murmelte sie. »Erzähl's mir.«

»Es ist alles geregelt, Babe. Nur noch ein paar Falten, die wir glatt bügeln müssen. Johnny ist genau im richtigen Moment aufgetaucht.« Er beugte sich hinunter und küsste sie auf die Nasenspitze. »Johnny hat uns für morgen Abend in sein Haus eingeladen. Er wirft irgendeine Party. Dabei zurren wir die letzten Kleinigkeiten fest.«

Marissa schubste ihn mit einer Hüfte und konnte ihre Aufregung kaum unterdrücken.

»Du musst mir alles erzählen, jede Einzelheit, Liebling.«

»Später.« Larrys Stimme wurde plötzlich grober. »Es ist zwei Tage her, Babe.«

Er ging leicht in die Hocke, legte einen Arm unter ihr Gesäß und hob sie mühelos auf. Sie schmiegte sich an ihn und ließ sich ins Haus tragen. Die Tür stieß er mit einem Hüftschwung zu. Marissa legte ihren Kopf auf seine Schulter. Sie liebte es, wenn er sich als Macho gab und sie dominierte. Sie fühlte sich leicht wie eine Seifenblase und genoss es, wie er sie die Treppe hinauftrug und erst im Schlafzimmer absetzte.

»Ich muss dir etwas zeigen«, murmelte sie.
»Ja?«
»Ja, ich war einkaufen.«
»Und was hast du gekauft?«
»Ich trage es, Baby«, schnurrte sie.
»Aber nicht mehr lange«, sagte Larry grinsend.

Neuntes Kapitel

Kelly lag in ihrem Bett. jedenfalls dachte sie, dass sie in ihrem Bett lag. Sie streckte sich zufrieden und spannte ihre Glieder wie eine Raubkatze. Sie befand sich noch in diesem benebelten Zustand zwischen Schlaf und Wachsein. Sie blinzelte ein paar Mal und kam allmählich zu sich. Sie schaute hinaus. Ein kobaltblauer Himmel füllte das Fenster aus. Es würde wieder ein schöner Tag werden, dachte sie und wandte sich um zu Luc.

Aber Luc war nicht da. Sie schüttelte kurz den Kopf, um den letzten Rest Schlaf loszuwerden, dann schaute sie wieder hin. Nein, Luc war wirklich nicht da.

»He, Kelly. Wo hast du einen Rasierer?«

Kelly lächelte glücklich. Luc war da!

Sie wälzte sich auf den Bauch, zog das Laken um sich und schaute zur anderen Seite.

Er stand in der Tür zum Bad. Er grinste, kam zu ihrem Bett und klopfte auf ihren Po, der nur vom Laken bedeckt wurde. »Faules Mädchen«, murmelte er.

Kelly kuschelte sich ins Kissen. »Im Spiegelschrank«, murmelte sie dösend.

Er beugte sich über sie und gab ihr einen Kuss auf die Schulter, bevor er zurück ins Bad ging. Kelly öffnete wieder die Augen und beobachtete ihn. Himmel, war er sexy! Das kleine Kreuz in seinem Ohr passte zu ihm, als wäre er damit geboren worden. Es hatte was Zigeunerisches.

Er stand vor dem Waschbecken und hatte ihr den Rücken zugewandt. Um seine Körpermitte hatte er ein

Handtuch geschlungen. Sie sah, wie sich seine Oberarmmuskeln bewegten, als er sein Gesicht einschäumte und sich mit einem der billigen Rasierer abmühte. Er pfiff fröhlich vor sich hin und fing im Spiegel ihren Blick auf. Er grinste anzüglich, und Kelly spürte wieder die Schmetterlinge im Bauch. Kein Mann hatte das Recht, so sexy zu sein.

»Luc, wieso bist du so früh auf?«

»Hast du's vergessen, *chérie?*«

»Was?«

»Wir sind gestern Abend hergekommen. Um deine Sachen zu packen.«

Kelly kicherte. »Oh, ja«, murmelte sie. Zum Packen waren sie nicht gekommen.

Luc fluchte, weil die Seife nicht genug Schaum hergab. Er warf den schlichten Rasierer wütend ins Waschbecken. »*Merde,* es ist unmöglich!«

Kelly schlüpfte aus dem Bett und schlenderte nackt ins Bad. Sie schlang ihre Arme um seinen Leib und legte den Kopf an seinen Rücken. »Ich liebe dich auch so«, murmelte sie, »ob du rasiert bist oder nicht.«

Sie presste sich gegen ihn und quetschte ihre Brüste gegen seinen Rücken. Sie glitt mit den Händen hinunter und öffnete den Knoten im Handtuch. Sofort fiel das Tuch von seiner Mitte auf den Boden.

Sie schaute in den hohen, ovalen Spiegel über dem Waschbecken. Sie sah Lucs gebräunten Torso, während sie die Hüften und seine Oberschenkel streichelte und sein Penis wunderbar reagierte. Sie berührte ihn nicht, aber der Schaft schwoll an und streckte sich. Sie fuhr mit gespreizten Fingern durch seine Schamhaare und strich dann mit den Händen über Bauch und Brustkorb.

»*Viens ici, ma belle.*« Er langte hinter sich, um sie an sich zu pressen.

Kelly drückte ihre Hüften gegen seinen festen, muskulösen Hintern. Sie schwenkte leicht hin und her und seufzte, als sie ihren Venusberg gegen seine Backen rieb.

»Oh, ja«, murmelte Luc lüstern. Er spürte die Reibung von Kellys Schamhaaren.

Sie zupfte so lange an seinem Brustkorb, bis er begriff, dass er sich umdrehen sollte. Luc folgte brav und stützte sich mit den Händen am Rand des Waschbeckens ab. Kelly schaute ihn an. Seine Augen waren dunkel vor Lust, und er atmete kurz und scharf.

Sie ging vor ihm in die Knie, ein Bild der Demut. Sie legte ihre Hände auf seine kräftigen Oberschenkel und streckte die Zunge heraus, um über die Spitze seines pochenden Schafts zu lecken.

Luc stöhnte bei der Berührung, neigte den Kopf und verstärkte den Griff um den Rand des Waschbeckens.

Kelly umfasste die geschwollene Länge mit beiden Händen und schloss zärtlich die Lippen um den Kopf. Sie saugte am heißen, runden Ende, labte sich am Geschmack und öffnete hungrig den Mund, um mehr von ihm in sich aufzunehmen.

Luc stöhnte lauter, als sie Lippen und Zunge immer geschickter einsetzte, und dann stieß sie mit der Zunge auch noch gegen die Testikel, nahm sie in den Mund und lutschte, als wären sie eine Delikatesse. Er stieß mit dem Gesäß gegen den Beckenrand und spreizte die Beine noch etwas weiter.

Kelly fühlte sich herrlich gefüllt von ihm. Er roch so sauber und frisch, und dazu kam sein typischer Männergeruch, der ihre Sinne berauschte. Sie fuhr mit den Fingern an seinem Schaft auf und ab und beobachtete fasziniert die zuckenden Reaktionen seines Körpers.

Schweiß lief in kleinen Rinnsalen über seinen Bauch. Kelly beschleunigte ihre Saugbewegungen, und die Finger rieben schneller über seinen Schaft. Plötzlich konnte er sich nicht mehr halten, und er füllte ihren Mund, begleitet von einem lauten, unbeherrschten Aufschrei, aus dem dann ihr Name wurde.

Sie saugte wie wild, gierig wollte sie alles von ihm haben, alles von ihm schlucken, und schließlich umspielte sie die Eichel mit der Zungenspitze, um auch den letzten Tropfen aufzufangen.

»*Dieu!*«, stieß Luc keuchend hervor. »Meine Knie! Ich kann nicht mehr stehen!«

Er sackte neben ihr auf die Fliesen und streichelte ihre Haare, während er wieder zu Atem kam. Als er das geschafft hatte, erhob er sich, half ihr auf die Füße und führte sie in die Dusche.

Kelly war wie benommen – jetzt war sie zwar wach, aber ihr war schwindlig vor Verlangen. Der mandelartige Geschmack von ihm im Mund, der vertraute frische Geruch von ihm, den sie jetzt in der Nase hatte, betörten sie.

Luc drehte die Dusche voll auf. Harte Wasserstrahlen prasselten herunter und massierten herrlich ihre brennende Haut.

Kelly strich ihr Haar zurück, griff nach der Seife und fing an, Luc mit der Seife einzureiben. Anschließend seifte er sie ein, bis ihr Körper nach dem Parfum der Seife duftete. Er massierte den Schaum ein und spielte mit ihren Brüsten, bis ihre Nippel steif und starr vorstanden. Luc starrte sie begeistert an, und nun wurde auch Kelly neugierig und sah an sich hinunter. Luc neckte die Brustwarzen mit den Daumen, und Kelly hatte das Gefühl, allein davon einen Orgasmus zu bekommen.

Sie stöhnte, als er die Zitzen in die Länge zog, und sie spürte eine parallele Lust in ihrem Schoß. Er konzentrierte sich fast zehn Minuten lang auf ihre Nippel, leckte, drückte und zwirbelte sie, wurde nicht müde, sie zu reizen, bis Kelly glaubte, hier in der Dusche zu vergehen.

»Luc, es ist so gut«, ächzte sie. Sie machte ein Hohlkreuz und drückte ihm die Brüste entgegen. »Sooo gut …«

»Pst«, machte er und spielte weiter an ihren Nippeln, zupfte und zurrte und drückte, und sie begannen zu schmerzen und zu brennen, und doch wollte sie mehr und mehr.

Plötzlich hörte er auf.

Sie keuchte ihren Protest heraus, aber dann wanderten seine Finger zu der Stelle zwischen ihren Schenkeln, und sie stieß die angehaltene Luft aus und seufzte voller Dankbarkeit.

Er drückte mehr Seife in seine Handfläche und verrieb sie zwischen ihren Beinen. Er massierte ihr Geschlecht, bis sie spürte, wie sie anschwoll.

»Du fühlst dich super an«, murmelte er an ihrem Ohr.

Kelly schlang die Arme um seinen Nacken und rieb sich an seinem Körper, während seine Hand rieb und massierte, forschte und einfach geil machte.

Schließlich griff Luc zur Handdusche. Kelly sah ihm verwundert zu.

»Spreize deine Beine noch weiter«, raunte er.

Sie hielt sich immer noch an ihm fest, und ihre Füße gingen so weit auseinander, wie die Duschwanne breit war.

»Ja«, sagte er heiser und richtete den Strahl aus der Handbrause zwischen ihre Beine.

Kelly zuckte zusammen, als die prasselnden Strahlen auf ihre Scheide trafen. »Oh, ja«, schrie sie. Die Wasserperlen massierten sie, Luc richtete den Strahl mal auf die geschwollenen Schamlippen, mal auf ihren Kitzler, immer abwechselnd.

In ihrem Schoß breitete sich eine unglaubliche Hitze aus. Sie stand auf den Zehenspitzen und schwankte vor und zurück, stöhnte in Ekstase und erlebte einen wilden Orgasmus, der sie zitternd und hilflos zurückließ. Luc hielt sie fest, als sie zu Boden zu fallen drohte. Kelly schmiegte den Kopf an seine Brust, während sie versuchte, wieder zu Atem zu gelangen. Er hob ihr Kinn an und schaute ihr in die Augen.

»Du bist wunderschön«, murmelte er.

Kelly schaute zu ihm auf. »Du auch«, sagte sie. »Wie werde ich es nur schaffen, ohne dich zu leben?«

Luc lächelte. »Es wird ja nicht lange sein, *chérie.*«

Selbst eine Stunde ist zu lang, dachte Kelly.

Irgendwann schafften sie es doch, Kellys Sachen zu packen. Erschöpft saßen sie in ihrer Wohnung. »Heute ist Samstag«, sagte sie. »Am Dienstagmorgen fliege ich zurück. Das heißt, wie haben nur noch drei Tage zusammen.«

»Wir machen das Beste draus«, sagte Luc. Er wickelte seine Finger um ihre weichen Haare. Eine Zeit lang sprach niemand.

Kelly brach das Schweigen. »Luc?«

»*Oui, chérie?*«

»Ich ...«

»Ja?«

»Ich ... eh ... habe eine Idee.«

Lucs Finger strichen über ihren Busen. »Ich auch«, sagte er weich und öffnete die Knöpfe ihrer Bluse.

Kelly kicherte. »Nein, das meine ich nicht.«

»Was denn?« Er machte sich an den Knöpfen ihrer Jeans zu schaffen.

»Luc ...« Er streifte ihr die Jeans ab und fuhr mit einer Hand zwischen ihre Beine.

»Luc«, stöhnte Kelly. Sie hatte längst vergessen, was sie ihm hatte sagen wollen.

»Was willst du mir denn sagen?«, fragte er.

Sie stöhnte und schob ihm ihren Schoß entgegen. »Es ist nichts«, sagte sie und griff nach seinem geschwollenen Penis, während er ihr gerade das Höschen hinunterzog. »Nichts. Ich werde es dir später sagen.«

Am Abend waren sie in Lucs Apartment. Kelly saß im Schlafzimmer und fuhr sich mit einer Hand durch die Haare. Ja, sie würde es tun. Sie war fest entschlossen. Die letzten vier Tage mit Luc waren die fantastischsten, erfüllendsten Tage ihres Lebens gewesen.

Sie würde es tun, bevor sie ausgingen. Sie hatten sich mit Angie in der Bar Mistrai verabredet, und danach wollten sie einige von Lucs Künstlerfreunden treffen. Ja, sie würde sich zuerst anziehen und ihn dann fragen.

Sie entschied sich für ein schlichtes schwarzes Minikleid, die Haare scheitelte sie in der Mitte und ließ sie lang hängen. Sie verwandte viel Zeit für ihr Make-up und ließ nichts aus – Puder, Lidschatten, Mascara, Rouge. Sie wählte ein helles, kräftiges Rot für die Lippen, dann begab sie sich auf die Suche nach Luc.

Er hatte es sich auf dem Sofa im Wohnzimmer gemütlich gemacht und blätterte in *Le Monde*. Sein weiches braunes Haar fiel lässig auf den Kragen eines weißen Baumwollhemds, dessen oberster Knopf geöffnet und dessen Ärmel bis zu den Ellenbogen aufgerollt waren.

Hi«, flüsterte Kelly.

Er schaute auf. Seine Augen öffneten sich weit, und er stieß einen Pfiff aus.

»Gefalle ich dir?«

»Ja, ja.« Er küsste seine Fingerspitzen. »Du siehst großartig aus – *fantastique.*«

Sie setzte sich zu ihm aufs Sofa, und er legte eine Hand auf ihr Knie. Sie fuhr mit einem Fingernagel über seine Hand und kratzte an einem Farbrest auf dem Knöchel.

»Eh … Luc, weißt du noch, in meiner Wohnung … Ich sagte, ich hätte eine Idee.«

»*Oui.*« Er sah sie neugierig an. »Nun …«

Das Telefon schlug an. Nach dem fünften Klingeln schaltete sich der Anrufbeantworter ein. Der Anrufer legte auf, ohne eine Nachricht zu hinterlassen.

»Erzähle, Kelly.«

»Es ist so … Ich will …«

Das Telefon klingelte wieder. Kelly schaute nervös auf den Apparat. »Jemand will dich unbedingt sprechen.« Sie lachte nervös.

Luc hob die Schultern. »Dieser Jemand kann mit der Maschine sprechen.«

Kelly zuckte bei jedem Klingeln zusammen. »Geh ran«, sagte sie. »Sonst haben wir keine Ruhe.«

Er stand auf und ging zum Telefon. Er meldete sich und sprach dann hastig, viel zu schnell, als dass Kelly etwas verstanden hätte. Sie griff zur Zeitung, schaute wieder zu ihm und ging im Geiste noch einmal die kleine Ansprache durch, die sie sich vorgenommen hatte.

Das Telefongespräch schien kein Ende nehmen zu wollen. Sie schlenderte zum Fenster, nagte an einem Fingernagel und wurde immer nervöser.

Endlich legte Luc auf.

Sie drehte sich um.

»Es war Chantal«, murmelte er.

Kelly stieß ein leises »Oh!« aus. Sie überlegte, wie sie mit ihrer Rede beginnen sollte.

Luc klopfte eine Zigarette aus der Packung. Kelly, mit sich selbst beschäftigt, bemerkte nicht, wie angespannt er war. Er riss ein Streichholz an, hielt es an die Zigarette und sog tief den Rauch ein.

»Sie ist nicht glücklich mit mir«, sagte er und stieß dabei den Rauch aus.

»Was?«, fragte Kelly, wieder vom Kurs abgebracht. Ob sie jemals dazu kommen würde, ihre Gedanken vorzutragen?

»Chantal. Sie ist verdammt sauer. Ich habe seit Dienstag nicht gearbeitet. Sie sagt, ich sei auf die zweite Ausstellung nicht vorbereitet.«

Kelly ging zu ihm und legte ihren Kopf auf seine Schulter. »Aber du bist doch vorbereitet, nicht wahr?«

»*Non, chérie*«, sagte er. »Vorbereiten kann ich mich nur durch Arbeit.« Er zog wieder an seiner Zigarette. »Kelly, morgen muss ich ins Atelier.«

Kelly spürte einen dicken Knoten im Bauch. »Aber du hast mir versprochen, die ganze Zeit bis zu meiner Abreise bei mir zu bleiben, Luc!«

Luc streichelte zart über ihre Haare. »Ich weiß, aber du musst verstehen, Kelly, mir bleibt keine andere Wahl.«

»Keine andere Wahl! Natürlich hast du eine Wahl.«

»Nein! Meine Arbeit ist mir sehr wichtig.«

»Ist sie dir wichtiger als ich?«

»Nein, nein, natürlich nicht! Aber ...« Er machte eine hilflose Geste mit den Armen.

»Aber was?«, drängte Kelly.

»Ich habe sehr hart arbeiten müssen, um es bis zu diesem Punkt zu bringen«, sagte Luc leise. »Ich kann es nicht alles aufs Spiel setzen.«

Jetzt wurde Kelly wütend. Sie wich vor ihm zurück. »Ah, so siehst du das also mit uns. Bei mir setzt du was aufs Spiel! Seltsam, ich dachte, es wäre mehr als das.«

Luc trat einen Schritt auf sie zu. »Nein, das habe ich nicht gemeint. Du verdrehst mir das Wort im Mund!«

Sie trat ans Fenster. In ihr tobte es, in ihrem Magen brodelte es. Sie musste sich am Fensterbrett festhalten, um nicht zu schwanken. »Wie kannst ...« Ihre Stimme brach, sie atmete ein paar Mal tief durch und fing dann von neuem an. »Wie kannst du auch nur an Arbeit denken, wenn wir nur noch drei Tage haben, an denen wir zusammen sein können, bevor ich abreise?«

»*Chérie*, ich muss an Arbeit denken!«

»Warum? Ist deine Arbeit wichtiger als ich?« Kelly starrte ihn an. Sie wusste, dass sie melodramatisch klang, aber sie wollte trotzdem seine Antwort hören.

Luc schaute auf den Boden. Er strich die Asche von der Zigarette ab. »Du treibst es auf die Spitze. Natürlich ist die Arbeit nicht wichtiger als du. Es ist nur ... ich muss arbeiten! So einfach ist das!«

Sie starrten sich beide entsetzt an. Ihr erster Krach!

Die Sekunden verrannen. Lange, schweigende Sekunden. Die Distanz zwischen ihnen schien viel größer zu sein als die Länge des Zimmers.

Kellys Stimme war kaum mehr als ein Flüstern, als sie schließlich sagte: »Ich nehme also an, dass du morgen arbeiten gehst?«

Luc nickte langsam.

»Ich verstehe«, sagte sie leise. Wieder sahen sie sich lange an.

»Was wolltest du mir eigentlich sagen?«, fragte er dann.

Die Frage, die ihr auf der Seele gebrannt hatte, hatte sich fast wie von selbst erledigt, war unwichtig geworden. »Nichts«, sagte sie und schritt an ihm vorbei ins Schlafzimmer.

Sie sammelte die Kleider auf, die sie vor einer knappen Stunde fröhlich verstreut hatte, und warf sie jetzt wütend in den Koffer. Sie packte die Kosmetiksachen vom Regal im Bad zusammen und verstaute sie achtlos in ihrer Tasche.

»Kelly, was tust du?«

Sie wirbelte herum. Er lehnte im Türrahmen.

Sie packte weiter, T-Shirts, Unterwäsche, Jeans. Bis nichts mehr von ihren Sachen herumlag. Sie lehnte sich über den Koffer und drückte den Deckel mit letzter Kraft zu.

»Ich ... ich muss weg von dir«, sagte sie außer Atem. »Ich gehe zurück in meine Wohnung.«

»Aber das ist doch dumm!«, rief Luc.

»Das glaube ich nicht.« Sie hievte den Koffer vom Bett. In einer Hand den Koffer, in der anderen die Kosmetiktasche, sah sie sich im Zimmer um, dann ging sie auf die Tür zu.

»Kelly!« Luc war an ihrer Seite, um ihr den Koffer abzunehmen.

Sie drängte ihn ab und war aus der Tür.

»Kelly, ich komme später in deine Wohnung. Wenn du dich wieder besser fühlst.«

»Gib dir keine Mühe!«, rief sie, ohne zurückzuschauen. Sie biss sich auf die Unterlippe, um nicht weinen zu müssen, und schleppte sich und den Koffer die Treppen hinunter. Sie bemerkte kaum, dass sie sich den Koffer bei jeder Stufe gegen das Schienbein stieß.

Die Bar Mistrai war gepackt voll. Die Gäste kamen entweder von der Arbeit und wollten noch einen entspannenden Schluck trinken, bevor sie sich häuslichen Verpflichtungen zuwandten, oder – und das waren meist junge Leute – sie begannen am Freitagabend den Wochenendtrubel eben in dieser Bar. Man bekam kaum Platz an der Bar, und ein Sitzplatz um diese Zeit war unerreichbarer Luxus.

Aber Angie kannte die Bar gut und hatte sich deshalb zu einem einzelnen Tisch in der Ecke durchgeboxt. Sie saß bei ihrem zweiten Glas Weißwein, das auch bedrohlich zur Neige ging, und wieder einmal schaute sie auf die Uhr. Wo blieb Kelly? Sie war sicher, dass sie sieben Uhr ausgemacht hatten. Kelly war seit einer halben Stunde überfällig. Nun ja, sagte sich Angie, vielleicht hat sie sich von ihrem Traummann Luc ablenken lassen. Sie leerte ihr Glas.

Als sie gerade überlegte, ob sie ein drittes Glas bestellen oder gehen sollte, sah sie Kelly. Und wo Angie sich durch das Getümmel hatte kämpfen müssen, schien die Menge für Kelly Spalier zu stehen, es war so, als öffnete sich wie von Zauberhand eine Gasse.

Angie wollte schon beginnen, sie wegen der Verspätung zurechtzuweisen, aber dann biss sie sich auf die Lippe, als sie die Freundin sah. Sie sah fabelhaft aus, Frisur und Make-up einfach exquisit, und dieses Kleid ... die Männer gafften ihr jetzt noch nach. Und doch kannte Angie sie lange genug, um auf den ersten

Blick zu sehen, dass mir Kelly etwas nicht in Ordnung war.

»Was ist los, Kelly?«

Kelly setzte sich zitternd hin. »Oh, Angie!«, schluchzte sie.

Angie nahm eine Hand der Freundin und drückte sie. »Was ist los, mein Schatz?«

Kelly sah sie mit ihren großen hellbraunen Augen an. »Es ist wegen Luc!«

»Was denn? Wo ist Luc? Ist er krank?«

»Nein.« Kelly schüttelte den Kopf. »Nein, er ist nicht krank. Wir hatten einen fürchterlichen Krach. Oh, Angie, ich glaube, es ist vorbei.«

»Ach, Liebes«, sagte Angie mitfühlend. »Jeder hat mal einen Streit. Das gehört dazu. Es wäre langweilig, wenn es nicht mal kracht.«

»Nein.« Kelly blinzelte ein paar Mal, um die dicken Tränen zurückzuhalten, die in den Augenwinkeln warteten. »Es war nicht einmal ein richtiger Krach. Es war schlimmer. Viel, viel schlimmer.«

Sie nahm eine Serviette vom Tisch und betupfte die Augenwinkel. Dann berichtete sie Angie, was geschehen war. Chantals Anruf und Lucs Beharren darauf, dass er morgen arbeiten musste – trotz des Versprechens, das er ihr gegeben hatte.

Angie lachte beinahe vor Erleichterung. War das alles? Kelly war sonst nicht so dramatisch, aber in Angies Augen hatte sie überreagiert. »Kelly, das bedeutet doch nicht, dass es vorbei ist. Es bedeutet nur, dass ihr euch gestritten habt, das ist alles.«

Kellys Augen wurden wieder feucht, und diesmal rollte eine Träne über die Wange. »Aber verstehst du denn nicht, Angie?«

»Was?«

»Siehst du, wenn er seine Arbeit mehr schätzt als mich, dann heißt das, dass er unsere Beziehung anders bewertet als ich. Ich würde ihn über alles setzen, ganz egal, was es ist.« Sie warf die Serviette auf den Tisch, und ein leises Schluchzen drang aus ihrer Kehle. »Dabei war alles so fantastisch. Ich dachte wirklich, er sei der Richtige, Angie.«

Streifen von fließendem Mascara beteiligten sich noch am Ruin von Kellys Make-up. Angie tat es weh, die Freundin so leiden zu sehen.

»Und noch etwas«, fuhr Kelly fort, nachdem sie ein weiteres Schluchzen unterdrücken konnte. »Ich wollte ihn eigentlich bitten, mit mir in die Staaten zu fliegen. Kannst du dir das vorstellen? Ich hatte sogar einen kleinen Vortrag dafür vorbereitet.«

Angie rückte ihren Stuhl näher heran und legte einen Arm um die Schulter der Freundin. »Hör mir zu, Liebes«, begann sie, verzweifelt bemüht, einen Trost zu finden. »Er ist Maler, und du weißt doch, wie Künstler sind. Ihre Arbeit ist ihr Leben und all dieses Zeugs. Ich glaube, dass er dich für unvernünftig hält.«

Angie musste erschrocken miterleben, dass ihr Trostversuch dazu führte, dass nun die Tränen ungehemmt flossen. Die Gäste an der Bar schauten schon neugierig herüber und sahen sich die heulende Schönheit an.

Angie nahm eine Serviette vom Nachbartisch und tupfte behutsam Kellys Tränen ab. »Hat er dir nicht gesagt, dass er später in deine Wohnung kommen will? Also gehen wir jetzt hin, und wenn er auftaucht, verschwinde ich. Dann könnt ihr euren Streit beilegen.«

»Glaubst du, Angie?«

»Natürlich, Liebes.«

»Aber«, flüsterte Kelly, »ich habe ihm gesagt, er soll sich nicht die Mühe machen ...«

»Keine Sorge«, versicherte Angie ihr und schickte ein Stoßgebet zum Himmel. »Er wird kommen.«

Fünf Stunden und zwei Flaschen Rotwein später war Luc immer noch nicht da. Angie und Kelly saßen in der leeren Wohnung, in der jedes Wort, jeder Schritt widerhallte. Sie hatten sich jeweils an die Enden eines Sofas gekuschelt und sahen aus wie finstere Buchstützen.

Kellys Augen waren trocken. Sie hatte sich wieder beruhigt. Sie schaute auf die Uhr. »Es ist nach ein Uhr. Jetzt kommt er nicht mehr.«

Angie wusste nicht, was sie sagen sollte. Sie konnte nicht glauben, dass er nicht gekommen war.

Kelly nahm die nackten braunen Beine vom Sofa und stand auf. »Nun«, sagte sie mit leiser Stimme, »besser, dass ich es jetzt herausfinde als später, nicht wahr?«

»Was hast du herausgefunden?«

»Dass er mich nicht liebt! Jedenfalls nicht so, wie ich ihn liebe.«

Angie sah zu ihrer Freundin hoch. Kelly hatte sich Make-up und Tränen abgewaschen, und obwohl es mitten in der Nacht war, und obwohl Kelly die größte Menge des Weins getrunken hatte, sah ihr Gesicht taufrisch aus.

»Ich glaube, dass er es für klüger hielt, erst morgen zu kommen«, sagte Angie. »Und du selbst hast ihm geraten, sich nicht sehen zu lassen.«

Kelly drückte die Schultern durch. »Nein, wenn er mich liebte, wirklich liebte, dann wäre er heute Abend gekommen. Meine Mutter hat immer gesagt, dass wahrhaft Liebende nicht mit einem Streit schlafen gehen.«

Angie schüttelte den Kopf. »Wenn ich je zwei verliebte Menschen gesehen habe, dann seid ihr das.«

Kelly warf den Kopf in den Nacken und bemühte sich um einen harten Gesichtsausdruck, aber eine Träne, die sich aus dem Auge drückte, verriet ihre wahren Gefühle. »Das habe ich auch gedacht«, hauchte sie. »Aber ich habe mich wohl geirrt.«

Zehntes Kapitel

Es war Samstagnachmittag, und die Sonne schien. Luc schaute brummig aus dem Fenster. Warum musste jetzt schönes Wetter sein? Es müsste regnen. Wenn es regnete, könnte er sich einreden, dass das Wetter an seiner schlechten Stimmung schuld sei. Er setzte den Pinsel uninteressiert auf die Leinwand und ging in Gedanken noch einmal den gestrigen Abend durch. Erneut.

Kellys Reaktion hatte ihn verdutzt. Wie konnte sie so stur reagieren? So verzogen und egoistisch? Wieso sah sie in seiner Arbeit eine Konkurrenz? Begriff sie nicht, dass er für die Ausstellungen arbeiten musste, dass er etwas zeigen musste? Er hätte tagsüber arbeiten und die Nächte mit ihr verbringen können. Aber nein, sie hatte ihm keine Chance gegeben, ihr das zu erklären. Sein Englisch litt immer, wenn er unter Druck geriet. Er hatte verzweifelt nach den richtigen Worten gesucht.

Aber sie war abgezogen wie eine beleidigte Primadonna und hatte ihm gesagt, sie müsste allein sein, und er sollte sich auch nicht am Abend bei ihr sehen lassen. Oh, wie sein Blut gekocht hatte! Er war wütend, immer noch. Der Pinsel übertrug Lucs Wut auf die Leinwand.

Es war richtig gewesen, dass er gestern Abend nicht zu ihr gegangen war. Er verhielt sich nicht wie ein liebeskrankes Hündchen. Niemals. Wieder griff er die Leinwand an. Wer war sie denn schon? Eine reiche amerikanische Studentin, die an der Kunstakademie ein bisschen spielte. Sie war grantig, und sie forderte viel. Und sie war wunderschön, dachte er und stöhnte auf. Und hatte Humor, und es war nie langweilig bei ihr, und sie war unglaublich sexy.

»Luc, du ruinierst die Leinwand, wenn du nicht aufpasst!«

»He?« Luc schaute konsterniert auf, der Pinsel auf halbem Weg zur Leinwand.

»Du attackierst die Leinwand, als wäre sie ein Sandsack«, sagte Chantal und stand aus dem hohen Chromstuhl auf. Ihre hohen Absätze klackten auf dem Holzboden des Ateliers.

»Na, bitte«, sagte sie, während sie das Bild betrachtete, und verzog das Gesicht.

Luc schaute auch zur Leinwand. Eine undefinierbare Soße. Hatte er das gemalt? Es sah eher nach den Matschereien eines Zweijährigen aus.

»*Merde*«, murmelte er, holte die Leinwand von der Stafette und warf sie wütend in eine Ecke. »Tut mir Leid, Chantal. Ich schätze, ich habe einen schlechten Tag.«

Chantal starrte ihn frostig an. »Schlechter Tag?« Sie hob eine Augenbraue.

»Ja.« Luc hob die Schultern und steckte sich eine Zigarette an.

Chantal klopfte mit einem Finger auf den Arbeitstisch. »Wenn du mich fragst, geht es um viel mehr als nur einen schlechten Tag. Du hast den ganzen Morgen damit vergeudet.« Sie schaute kopfschüttelnd auf die Leinwand, die er in die Ecke geworfen hatte. »Dann hättest du heute auch nicht arbeiten sollen – wie schon die ganze Woche nicht.«

Luc sah sie durch den Rauch an. »Ich werde auf der nächsten Ausstellung was vorzuweisen haben, Chantal. Mach dir keine Sorgen.«

»Oh, ich mache mir große Sorgen, Luc. Ich sorge mich darum, dass du solche Schmierereien als wertvolle Kunst ausgeben könntest.«

Lucs Augen funkelten wütend.

»Schmierereien?«

»Ja. Aber selbst die sind besser, als die Arbeit gar nicht erst aufzunehmen, wie in dieser Woche. Wo warst du überhaupt? Du hast mir immer noch keine Erklärung abgegeben.«

Luc sog langsam den Rauch der Zigarette ein. Er sah Chantal kühl an, antwortete aber nicht.

»Nun?«, fuhr Chantal ihn an. Sie hörte sich wie eine verärgerte Schulmeisterin an.

»Ich war beschäftigt. Ich hatte anderes zu tun.« Er schaute abwesend durchs Fenster.

Chantal musterte ihn nachdenklich. Sie hatte diese Seite von Luc bisher nicht kennen gelernt. Kein Interesse für seine Arbeit. Dann dieser Schund. Irgendetwas stimmte nicht. Sie betrachtete ihn genau. Sein Blick ging nicht mehr durchs Fenster, sondern zur Wand. Rasch folgte sie seinem Blick.

»Ah«, sagte sie und strahlte über das ganze Gesicht.

Dort an der Wand stand Lucs Bild von Kelly.

Chantal sah von Kellys Porträt zu Lucs hingerissenem Ausdruck. Es war ein gutes Bild, nur halb fertig, aber wahnsinnig intensiv. Es konnte ein Meisterstück werden.

Chantals Stimme klang erheblich sanfter. »Ist sie es, Luc? Hast du deshalb nicht gearbeitet?«

Luc sah sie unglücklich an und nickte.

»Aber warum siehst du dann so elend aus, Baby?«

Sie strich ihm liebevoll über die Wangen. »Du wolltest sie doch haben.«

Luc sog an der Zigarette. »Wir hatten Streit«, murmelte er und stieß den Rauch aus.

»Na und? Ein Streit hat dir noch nie was anhaben können.«

»Aber dieser ja.«

»Aber warum? Um was ging es denn?«

Luc sah sie mit einem viel sagenden Blick an und drückte die Zigarette aus.

Chantal riskierte einen Schuss ins Blaue. »Ging es darum, dass du heute arbeiten solltest?«

»Ja. Sie fliegt am Dienstag nach Amerika. Wir wollten die Zeit bis zu ihrem Abflug zusammen verbringen.«

»Was?!« Chantal sah ihn verblüfft an und schüttelte den Kopf. »Du? Sollst deine ganze Zeit, Tag und Nacht, an ein Mädchen verschwenden?«

Luc hob die Schultern und wich ihrem Blick aus.

Entdeckte sie bei ihm einen Anflug von Verlegenheit? Chantal lachte plötzlich und umarmte ihren Schützling kurz. »Mein Gott, Luc. Oh, du armer Liebling. Nun ja, eines Tages musste es ja passieren.«

»Was?«

»Darling, du bist verliebt, das ist alles. Bis über beide Ohren, würde ich sagen. Kein Wunder, dass du nicht arbeiten kannst.«

Luc sah sie finster an. »Ich kann arbeiten. Kelly ist nur ein verwöhntes reiches Ding, das nichts begreift.« Er zog eine weitere Zigarette aus der Packung, aber seine nervösen Finger brachen das weiße Stäbchen entzwei, und Tabak bröselte auf den Boden. Laut fluchend warf er die beiden Stücke hinterher.

Puh, dachte Chantal, das ist ja schlimmer, als ich befürchtet hatte. »Willst du mir davon erzählen?«, fragte sie.

»Eigentlich nicht.« Luc fummelte wieder an der

Packung herum, aber sie war leer, und wütend zerknüllte er den dünnen Karton in seiner Faust.

Selbst wenn er wütend und außer sich ist, sieht er großartig aus, dachte Chantal, und sie fragte sich, ob diese Kelly eigentlich wusste, was sie an diesem Luc hatte, falls sie ihn hatte. »Hier«, sagte sie und bot ihm ihre Gauloise an.

»Danke«, murmelte er und brachte ein schwaches Lächeln zustande. Er strich über ihre Hand. »Ja«, sagte er, »ich will es dir erzählen.«

Chantal hörte aufmerksam zu und nahm alles auf, was er ihr offenbarte. Sie kam sich wie eine Beichtmutter vor.

»Ach so«, sagte sie, als er geendet hatte. »Wenn ich es also richtig verstanden habe, ist deine Kelly ein verwöhntes, ungezogenes Mädchen, weil sie Zeit mit dir gemeinsam verbringen wollte. Ein paar kostbare Tage, bevor sie zurück in die Staaten fliegt.«

Lucs Stirn kräuselte sich in Dutzende Falten. »Ja. Nein. Nicht genau. Ich weiß nicht.«

»Schrecklich eigensüchtiges Mädchen«, fuhr Chantal fort. »Will bei dem Mann sein, den sie liebt. Was nimmt sie sich heraus?«

Luc zuckte unter ihrem Sarkasmus zusammen. Er war mehr als überrascht. Nie hätte er vermutet, dass Chantal sich auf Kellys Seite stellen würde. Besonders, wenn es um neue Arbeiten und um Termine ging.

Er schritt hinüber zu Kellys Bild und starrte eine Weile darauf, bevor er flüsterte. »Ja, sie ist einfach gegangen – einfach so.«

Chantal hörte sein Flüstern. Als Geschäftsfrau gab sie sich hart und unnachgiebig, aber als Frau hatte sie Verständnis für alle Menschen, die sich liebten.

»Warum hast du mir das nicht gestern Abend am

Telefon gesagt?«, fragte sie leise. »Ich hätte deine Ausstellung verschieben können. Schließlich«, fügte sie mit einem Blinzeln hinzu, »geschieht es nicht jeden Tag, dass ein Luc Duras sich verliebt.«

Luc machte eine hilflose Geste. »Ich dachte, sie hätte Verständnis für mich ...«

Chantal ging zu ihm, streckte ihre attraktive Gestalt und gab ihm einen schwesterlichen Kuss auf die Wange. »Weißt du, Luc, du bist zu arrogant und zu stolz und stehst dir damit selbst im Weg. Nicht jeder glaubt, dass sich die Welt um Arbeit dreht. Und wenn ein Mädchen verliebt ist, denkt sie nicht vernünftig. Geh sofort zu ihr und versöhne dich mit ihr.«

»Aber die Ausstellung ...?«

Chantal machte eine wegwerfende Handbewegung. »Ich werde sie verschieben, Liebling. Das hätte ich auch getan, wenn du ...«

Aber er war schon weg. Er hatte ihr flüchtig einen Kuss auf die Wange gegeben und war Sekunden später aus dem Atelier geflohen.

»... wenn du mir schon am Telefon gesagt hättest, warum du in einer schöpferischen Krise bist«, vollendete Chantal ihren Satz.

Angie hatte sich auf einer Liege auf der sonnenüberfluteten Terrasse ausgestreckt. Auf dem Boden neben ihr lagen die Reste ihres Mittagessens. Der Brie schmolz, das Brot wurde hart, und der Rosé blubberte.

Zuerst glaubte sie zu träumen.

Dann begriff sie allmählich, dass jemand an ihre Tür klopfte. Mit einem Seufzer richtete sie sich auf, und mit einem nackten Fuß landete sie auf dem zerfließenden Brie.

»Verdammt«, fluchte sie und versuchte, das warme, klebrige Zeug abzustreifen, indem sie den Fuß über den Boden scharrte wie ein verrückter Stier, der sich zum Angriff fertig macht.

Der Türklopfer gab nicht auf.

»Ich komme!«, rief sie und schwankte zur Tür, wobei sie Brie-Abdrücke auf dem Boden hinterließ.

»Ja?«, fragte sie durch den schmalen Türspalt. Sie rieb sich die verschlafenen Augen und schaute noch einmal hin. Jetzt war sie erst recht davon überzeugt, dass sie träumte.

Aus der Nähe war er wirklich entsetzlich attraktiv. So dicht vor sich hatte sie ihn noch nie gesehen. Das markante Gesicht mit den Falten an den richtigen Stellen, den harten Kanten, wo sie hingehörten, der sprießende Bart, weil er sich offenbar heute morgen nicht rasiert hatte, und diese Augen erst – sie konnte den Blick nicht von ihm wenden.

»Du bist Angie, nicht wahr? Ich bin Luc. Ich habe in der Académie mal einen Vortrag gehalten, erinnerst du dich?«

Widerstrebend riss Angie sich von seinem Gesicht los; sie rang um Fassung. So schwer war das nicht. Sie brauchte sich nur daran zu erinnern, wie er Kelly im Stich gelassen hatte. Sofort kam ihre Wut hoch.

»Ich weiß, wer du bist«, schnappte sie und fügte nichts mehr hinzu.

Luc nickte und strich verlegen über den Nasenrücken. »Eh ... ich weiß, dass du mit Kelly befreundet bist. Sie spricht viel von dir. Kelly und ich, wir ...«

»Ich weiß alles über Kelly und dich.« Ihre Stimme klang wie ein Peitschenhieb.

Luc sah sie verständnislos an. Offenbar hatte er ihre abweisende Art wahrgenommen, dachte sie zufrieden.

»Wo ist Kelly?«, fragte er weich. »Ich habe seit einer halben Stunde an ihre Wohnungstür geklopft, aber ich bekomme keine Antwort.«

Angie schüttelte den Kopf. Oh, nein, von ihr würde er nichts erfahren. Er mochte ja wunderbar aussehen, aber was nahm der Kerl sich heraus?

Angie schüttelte wieder den Kopf und tat so, als wollte sie die Tür zuschlagen. Luc reagierte schnell und schob einen Fuß dazwischen.

Angie bedachte ihn mit einem zornigen Blick. »Nimm den Fuß da weg, bitte.«

»Angie, bitte. Du musst mir sagen, wo sie ist. Wir hatten einen albernen Krach. Ich muss mit ihr reden.«

Er sah ihr in die Augen, und sie sah die Verzweiflung in seinen, und auf unerklärliche Weise spürte Angie, dass sie schwach wurde.

»Warum hast du gestern Abend nicht angerufen?«, platzte sie heraus. »Kelly hat die halbe Nacht auf dich gewartet.«

Sie sah ihm sein Unbehagen an. Er strich wieder über den Nasenrücken und behielt den Fuß in der Tür. »Sie hat mir gesagt, ich sollte mich nicht bei ihr sehen lassen«, antwortete er schwach.

Angie schnaufte verächtlich. »Das ist eine mickrige Ausrede. Tust du immer, was man dir sagt?«

»Nein.«

»Ha!«, rief Angie, als wäre damit alles bewiesen. »Aber du brichst Versprechen, nicht wahr?«

»Ja, ja, ich weiß.«

»Hm.« Ihre Augen verengten sich zu schmalen Schlitzen und beobachteten ihn genau. Er reagierte falsch. Er sah zerknirscht aus. Wo war die selbstsüchtige Arroganz? Diese Haltung von ›Ich-lasse-nichts-zwischen-mich-und-meine-Arbeit-kommen‹?

Plötzlich strahlte Lucs Gesicht. »Aber warum ist sie in der Nacht nicht zu mir gekommen? Ich meine, wenn sie die halbe Nacht auf mich gewartet hat?«

Angie schnaufte wieder. Ich muss mich wie ein Walross anhören, dachte sie. »Weil«, sagte sie, »sie glaubt, dass du sie nicht liebst. Schließlich stellst du deine Arbeit über sie.«

Luc fuhr sich mit einer Hand über sein Kinn. »Bitte, Angie, sage mir, wo sie ist.«

Sie schaute in seine smaragdenen Augen und musste feststellen, dass ihre harte Haltung dahinschmolz, als wirkte irgendein Zauber, den er ausgestreut hatte. Aber er sah so verzweifelt, so traurig aus. »Komm herein, Luc«, sagte sie schließlich und nahm die Kette von der Tür.

Er trat in ihre Wohnung. »Danke.«

Sie ging ins Wohnzimmer vor und wies auf das Sofa. Als sie sich setzte, bemerkte sie, dass er auf ihre Füße starrte.

»Warum hast du Käse an den Füßen?«, fragte er.

Junge, war der direkt! Das gefiel ihr. Um ehrlich zu sein, ihr gefiel alles an ihm. Wenn er nichts Kellys Liebhaber gewesen wäre, hätte sie nichts dazu bewogen, ihre Hände bei sich zu behalten.

»Kann ein Mädchen nicht Käse an den Füßen haben, wenn ihr danach ist?«, scherzte sie. Aber sie merkte, dass dies nicht der Zeitpunkt für Scherze war. Die Atmosphäre war gespannt. Luc war untröstlich. Trotzdem gelang ihm ein schwaches Lächeln. Wie lieb er ist, dachte Angie, und ihr Herz öffnete sich für ihn. Warum nur mussten Liebende es sich so schwer machen?

»Wirst du mir jetzt sagen, wo Kelly ist, Angie?« Luc schaute sie voller Erwartung an.

Es war nicht leicht, ihm die Wahrheit zu sagen. »Sie ist weg, Luc.«

»Weg? Wie weg?«

»Zurück nach Amerika.«

Er starrte sie ungläubig an. »*Non!*« Er schüttelte den Kopf, als könnte er es nicht begreifen. »Nein, sie fliegt am Dienstag, und heute ist Samstag, ja?«

»Sie dachte, dass du sie nicht mehr haben willst, Luc«, flüsterte Angie. »Deshalb sah sie keinen Sinn darin, bis zum Dienstag zu bleiben. Sie hat sich eingeredet, dass gestern Abend ein Test war für euch. Wenn du sie liebtest, sagte sie sich, wärst du gekommen.«

Luc schwieg.

»Du bist nicht gekommen«, fuhr Angie fort, ihre Stimme nur ein kaum hörbares Flüstern. »Das war der Beweis für sie – du liebst sie nicht. Ich bin heute Morgen mit ihr zum Flughafen gefahren.«

»Weg«, murmelte er.

Angie nickte stumm und spürte einen Kloß in ihrer Kehle, der immer größer wurde. Sie wusste, dass sie eine weiche Schale hatte – eigentlich hatte sie ja gar nichts mit der Affäre zu tun, deshalb bestand auch kein Grund, dass sie jeden Augenblick in Tränen ausbrechen würde.

Aber wie schrecklich!

Luc sah aus, als hätte ihn der Schlag getroffen. Er musste sehr verliebt sein in sie. Und Kelly war abgeflogen in der festen Überzeugung, dass er nichts für sie empfinde. Oh, was für ein schreckliches Missverständnis!

Luc kramte in seiner Gesäßtasche. »Darf ich?«, fragte er und hielt seine zerdrückte Zigarettenpackung hoch.

»Bitte«, sagte sie. »Du kannst mir auch eine anbieten.«

Sie rauchten schweigend, und das Schweigen legte sich immer schwerer auf ihre Stimmung. Dann hatte Angie eine großartige Idee.

Sie schaute aufgeregt auf ihre Uhr und fing an, den Zeitunterschied zwischen Paris und Los Angeles auszurechnen.

Stunden später, eine Welt entfernt auf einem anderen Kontinent, kuschelte sich Kelly in die Polster eines Taxis. Sie war erschöpft. Nicht nur von der Strapaze des Fluges. Sie war auch emotional erschöpft und ausgelaugt. Ganz egal, wie sehr sie sich bemühte, es gelang ihr nicht, Luc aus ihren Gedanken zu verbannen. Sie wusste, dass er sie nicht wirklich liebte, das hatte er ihr deutlich genug bewiesen, aber das schien ihr Bewusstsein nicht realisieren zu können oder zu wollen. Luc war da, in jedem Gedanken, in jedem Blick, in jeder Bewegung.

Warum war sie einfach abgehauen? Sei nicht albern, sagte sie sich, du weißt genau, warum. Weil sie es nicht ertragen konnte, in derselben Stadt zu sein, in seiner Reichweite. Weil sie wusste, wenn sie in Paris geblieben wäre, wäre sie ihm bald schon wie ein Hündchen nachgelaufen, obwohl sie genau wusste, dass es seine Arbeit war, die er liebte. Nicht sie.

Mit verhangenen Augen blickte sie aus dem Autofenster, aber sie sah nichts. Der Betondschungel hätte auch der verdorrte Dschungel der Serengeti sein können. Sie sah nur Luc.

Es war alles so schnell passiert. In dem einen Moment war sie noch verliebt, und im nächsten Moment – platsch! Er hatte so kühl und distanziert reagiert wie in der ersten halben Stunde in seinem Atelier. Ein arroganter Bastard, das war er.

»Ein arroganter Künstlerbastard«, platzte aus ihr heraus.

Im Rückspiegel sah der Taxifahrer sie argwöhnisch an.

Und doch, dachte sie, die vergangenen Wochen waren die besten ihres Lebens gewesen. Wie konnte er auf diese grandiose Weise Liebe mit ihr machen, wenn er sie nicht liebte? Sie legte ihren Kopf auf den billigen Plastikbezug des Taxis, und ihre Gedanken trieben zurück zu den Stunden vor dem Streit, der ihre Welt zerbrochen hatte.

Sie hatten gemeinsam ihre Sachen gepackt, und sie hatte ihn fragen wollen, ob er mit ihr kommen wollte. Aber dann hatte er sie berührt, und sie war sofort hoffnungslos abgelenkt gewesen.

Er hatte sie in der leeren Wohnung nackt ausgezogen und sie auf dem Fußboden des Wohnzimmers genommen. Ein anstrengender, gymnastisch anspruchsvoller Akt, erinnerte sie sich lächelnd. Luc hatte seine ganze Männlichkeit ausgespielt. Und danach waren sie ins Bett gefallen, und Luc hatte sie stundenlang geliebt. Sie hatte geglaubt, im Himmel zu sein.

»Ich liebe ihn!«, rief sie mit kläglicher Stimme.

Der Taxifahrer warf wieder einen skeptischen Blick in den Fond.

Er schüttelte leicht den Kopf. Er drückte den Fuß aufs Gaspedal, als wäre ihm viel daran gelegen, dieses verrückte, schöne Mädchen rasch abzusetzen und nach Hause zu seiner normalen, unauffälligen Frau zu kommen.

Der Taxifahrer stellte ihre Koffer und Taschen vor die Tür, bedankte sich für das üppige Trinkgeld und verschwand wie der Blitz.

Kelly schob den Schlüssel ins Schloss und war überrascht, dass er passte. Eigentlich hatte sie damit gerechnet, dass Marissa die Schlösser ausgetauscht hatte.

Die Eingangshalle war leer, im Haus war es ruhig. Willkommen zu Hause, dachte sie traurig, aber dann rief sie sich in Erinnerung, dass sie erst am Dienstagabend erwartet wurde.

Sie schlenderte durch das stille Haus und hinaus auf die Terrasse, verharrte plötzlich mitten im Schritt, als sie das Liebespaar sah, das sich leidenschaftlich küsste.

»Hallo«, sagte sie laut.

Zwei Augenpaare wandten sich ihr zu. Sofort sprangen die Liebenden auseinander.

»Kelly!«, rief Larry aus. Er stand wie erstarrt da und schien sich sammeln zu müssen, dann ging er auf sie zu und gab ihr einen Kuss auf die Wange. »Liebes, was tust du schon hier? Wir haben dich erst am Dienstag erwartet.«

Das sieht ganz so aus, dachte Kelly trocken. »Ich bin schon früher geflogen«, sagte sie nur.

Larry lächelte. Immer noch dieses attraktive jungenhafte Grinsen, stellte Kelly fest, und immer noch die Lachfältchen um die grauen Augen. Es hatte eine Zeit gegeben, da hatte sie für Larry geschwärmt. Das war schon lange her.

Er streckte beide Hände aus. »Willkommen zu Hause, Liebes«, sagte er und küsste sie noch einmal auf beide Wangen.

»Danke«, sagte Kelly.

Larry wandte sich zu Marissa um, die reglos an der Terrassenmauer stand. Ein glasiges Lächeln schien auf ihrem Gesicht eingegipst zu sein. »Marissa, willst du

Kelly nicht begrüßen?«, fragte Larry, und seine Stimme klang gepresst.

Marissa ließ sich Zeit für die paar Schritte. »Willkommen zu Hause, Kelly«, sagte sie.

Auf dieser Stimme könnte man Schlittschuh laufen, dachte Kelly, so eisig klang sie. »Danke.« Sie schaute ihre Stiefmutter an. Sie sah verdammt gut aus. Warum konnte sie nicht so eine verknöcherte Alte sein wie die Stiefmütter in den Märchen?

Marissa betrachtete ihre Stieftochter. Sie sieht verdammt gut aus, dachte sie. Warum war sie nicht dick und fett und voller Pickel?

Kelly wandte sich an Larry. »Ich wusste gar nicht, dass ihr beide ein Paar seid.«

Larry hüstelte und räusperte sich. »Eh ... ja. Wir sind uns im Laufe der Jahre näher gekommen. Ist das okay für dich?«

»Okay«, antwortete Kelly. Sie störte es nicht. Was sollte sie schon stören – ohne Luc? »Habt ihr was dagegen, wenn ich gleich ins Bett gehe? Es war ein langer Flug an einem langen Tag.«

»Kein Problem«, sagte Larry.

»Dein Zimmer ist noch so, wie du es verlassen hast«, sagte Marissa mit schnurrender Stimme.

Würde mich nicht wundern, dachte Kelly, wenn sie alle meine Wertsachen verhökert hätte.

Elftes Kapitel

Während Kelly schlief, blieben Larry und Marissa auf der Terrasse. Sie redeten den ganzen Nachmittag und in den Abend hinein sehr intensiv miteinander.

»Warum, glaubst du, ist sie früher zurückgekommen?«, fragte Marissa schon zum vierten oder fünften Mal.

Larry drückte Daumen und Zeigefinger gegen seine Augen. »Ich sage dir doch, dass ich es nicht weiß. Und es spielt auch keine Rolle.«

»Aber alles war auf ihre Ankunft am Dienstag abgestimmt«, wandte Marissa ein.

Larry zeigte sein optimistisches Grinsen. »Na, und? Dann werden wir eben ein bisschen improvisieren, Baby.«

Marissa spürte die Schmetterlinge in ihrem Bauch. Larry war ja so cool, so beherrscht. Sie liebte seine Art, betete ihn an dafür. Sie spürte, wie Verlangen sie erfasste. Sie war scharf auf ihn. »Komm her, Baby«, sagte sie und drückte unter dem Tisch ihre Knie gegen seine.

»Ah-ah«, sagte er kopfschüttelnd. »Nicht jetzt, und besonders nicht hier. Wir müssen vorsichtig sein und nichts aufs Spiel setzen. Kelly sagt zwar, dass sie nichts dagegen hat, ich meine, dass wir zusammen sind, aber man kann nie wissen. Wenn wir uns zu ungezwungen verhalten, könnte ihr das irgendwie peinlich sein, und sie könnte in ein Hotel ziehen.« Er küsste Marissas Nasenspitze. »Und das wollen wir doch nicht, Babe, oder?«

»Du hast ja Recht«, räumte sie widerwillig ein, denn jetzt verlangte es sie noch stärker nach ihm.

Larrys Augen ruhten auf ihren Lippen. »Wenn ich mir vorstelle, was ich jetzt am liebsten hätte ...«

»Tun wir's«, flüsterte Marissa.

Larry schaute zurück zum stillen Haus. »Ja, vielleicht.« Er rückte seinen Stuhl ein wenig nach hinten.

Marissa wusste, dass es albern war, aber sie wollte ihn hier auf der Terrasse und nicht in der Abgeschiedenheit ihres Schlafzimmers.

Es war herrlich, die Sonne dabei auf dem nackten Körper zu spüren.

Plötzlich schlug im Haus das Telefon an. Verdammt, fluchte Marissa stumm. Sie verdrehte die Augen und schaute Larry fragend an.

»Schnell, Liebling. Geh ran. Bevor Kelly wach wird oder Rosita abhebt.«

Marissa schabte ihren Stuhl über die Fliesen und rannte wütend ins Haus. Sie nahm den Hörer ab, sprach ein paar barsche Sätze und kappte die Leitung.

»Das war wieder diese Angie für Kelly«, murmelte sie, als sie sich wieder zu Larry auf die Terrasse setzte. »Das ist schon das dritte Mal, dass sie anruft. Himmel, in Paris muss es früher Morgen sein. Schlafen die da drüben nie?«

»Hat sie gesagt, was sie will?«, fragte Larry, und in der Stimme klang leise Besorgnis an.

»Irgendeine Nachricht über einen Menschen namens Luc. Ich habe ihr gesagt, dass Kelly hundemüde hier eingetroffen ist und schläft. Sie soll es in ein paar Tagen noch einmal versuchen.«

»Sehr gut.«

Marissa nagte an ihrer Fingerkuppe. »Ich glaube nicht, dass sie mir zugehört hat, Larry, denn dasselbe habe ich ihr auch schon zweimal vorher gesagt.«

Larry zog die Brauen hoch. »Hm. Das könnte die Dinge ein wenig komplizieren, wenn Kelly mit ihr spricht. Stell dir nur mal vor, wenn sie die Freundin hierhin einlädt.«

Marissa legte eine Hand auf Larrys Arm. »Was sollen wir denn tun?«

»Ich glaube«, sagte er und tätschelte geistesabwesend ihre Hand, »dass wir die Sache ein wenig beschleunigen sollten. Wir könnten sie beispielsweise auf Montag vorziehen.«

Marissas Augen funkelten aufgeregt. »Montag schon? Bist du sicher?«

»Ja. Wir müssen den Plan ein wenig ändern. Es ist wohl besser, wenn wir jetzt ins Büro fahren, von dort Johnny anrufen und die Papiere holen.«

»Okay«, sagte Marissa und presste die Schenkel zusammen. Sie fühlte sich so heiß, dass es ihr fast wie Fieber vorkam. Am liebsten hätte sie Larry zu einem Quickie verführt, aber sie sah, dass er mit seinen Gedanken woanders war.

»Sag Rosita, dass wir ein bisschen spazieren fahren«, sagte er und ging schon zum Auto. »Und stell die Telefone ab. Wir wollen vermeiden, dass Kelly mit jemandem in Verbindung tritt.«

Weil es Samstagabend war, trafen sie niemanden mehr in den Büros an. Die Stille war in diesen Räumen, die tagsüber vor Aktivitäten, Diskussionen, Telefongeklingel, Kopiergeräuschen und Diktatgemurmel nur so vibrierten, irgendwie fehl am Platz. Marissa saß still da, während Larry einen Packen Papiere aus dem Safe holte. Er suchte sich die richtigen heraus und steckte sie in seine burgunderrote Aktentasche.

Sie schaute ihm zu, wie er die Aktentasche abschloss, den Wandsafe wieder sicherte und dann zum Telefon griff und die Privatnummer von Johnny drückte. Sie hörte ihm zu, ohne auf den Inhalt zu achten, so sehr faszinierte sie seine sanfte, kontrollierte Stimme.

Aber sie wollte ihn nicht sanft und kontrolliert, sie wollte ihn hart und heiß und atemlos. Seine disziplinierte Haltung, wie er dort stand und von den leicht geänderten Plänen sprach, ging ihr gegen den Strich. Wieso konnte er sich so beherrschen? Ihre Erregung hatte den Grad unkontrollierter Geilheit erreicht.

Während Larry in die Muschel sprach, langte Marissa unter ihr rot-gelbes Sommerkleid und streifte sich den Slip ab. Larry war tief in das Gespräch verstrickt und schaute auf einen unbestimmten Punkt an der Wand. Er schien von ihrer Teilentkleidung nichts bemerkt zu haben.

Marissa stand leise auf und trat aus dem Slip heraus. Dann ging sie auf Zehenspitzen auf Larry zu.

Er stand an der Seite seines Schreibtischs. Sie legte den Kopf auf seine Schulter, und er strich gedankenlos über ihre Haare. Sein weiches Streicheln ließ wohlige Schauer über ihren Rücken laufen. Stumm öffnete sie den mittleren Knopf seines Hemds und schlüpfte mit ihrer Hand hinein. Larry gab ihr einen flüchtigen Kuss auf die Haare.

Marissa verkrampfte vor lauter Frust. Sie fieberte nach ihm. Sie schob sich näher an ihn heran und rieb den Schoß gegen seinen Oberschenkel. Die Reibung wärmte ihren Bauch, ihre Nippel stellten sich auf, und in ihrem Schoß rannen die Säfte. Ihr ganzer Körper war wie eine gespannte Feder.

Larry senkte die Stimme. Er streichelte jetzt nicht mehr über ihr Haar, sondern hielt es fest im Griff, zog sogar daran, aber am Telefon blieb er gefasst und kontrolliert.

Marissa biss sich hart auf die Lippe, um jeden Laut zu unterdrücken, dann hob sie ihr Kleid bis zur Taille an. Mit einem lockenden Lächeln fuhr sie mit einer Hand über ihren Bauch, sie spreizte die Finger, tauchte in die Schamhaare und weiter hinein in die Spalte.

Larrys Augenbrauen zogen sich zusammen. Er wandte sich halb ab und schaute aus dem Fenster. Sein Adamsapfel rutschte aufgeregt auf und ab, und er fuhr sich mit der Zunge über die trockenen Lippen. Seine Antworten am Telefon wurden immer einsilbiger. Auf der Oberlippe bildeten sich Schweißtropfen, und dann verabschiedete er sich hastig und legte auf.

»Verdammt, was stellst du mit mir an?«, zischte er. »Du weißt doch, dass ich mit Johnny reden musste!«

»Na und?«, zischte Marissa zurück. Sie sah, dass seine gierigen Blicke auf ihre nackten, sich wiegenden Hüften gerichtet waren.

»Wenn du mich noch ein bisschen mehr bearbeitet hättest, wäre Johnny dahinter gekommen«, sagte er vorwurfsvoll.

»Na und?«, fragte sie wieder.

»Was – na und? Einem Mann wie Johnny Casigelli begegnet man mit Respekt!«

Marissa warf den Kopf in den Nacken und bohrte ihre Blicke in seine Augen. »Dann zeige mir jetzt deinen Respekt, Larry. Jetzt sofort!«

Larry stöhnte. Sein Ärger verrauchte, sein Verlangen heizte ihn auf. Grob drehte er sie herum und beugte sie über den Rand seines Schreibtischs. Er hielt Marissa mit einer Hand im Nacken gepackt und drückte sie flach auf die Platte.

Die Finger seiner anderen Hand fuhren über ihren Rücken, streichelten ihre Pobacken und glitten in die Kerbe.

Marissa stöhnte.

Die Finger drangen weiter vor, teilten die Backen und strichen leicht über die hintere Öffnung. Ihr Stöhnen verstärkte sich. Er beugte sich über sie und flüsterte dicht an ihrem Ohr: »Du bist eine verdorbene Lady. Der Gedanke, dass wir Kelly austricksen, macht dich zusätzlich an, was?«

»Mm, ja, Baby«, schnurrte Marissa und schloss die Augen. Seine Finger drängten sich durch den Muskelring, drückten, gaben nach, drückten wieder. »Weißt du was?«, keuchte Larry.

»Was?«

»Mich macht es auch an.«

Marissa lachte laut. »Du bist ein verdorbener Kerl, Larry. Aber wie verdorben kannst du sein?«

»Wir werden es herausfinden«, sagte er grinsend. Er öffnete den Reißverschluss seiner Hose und zog seinen steifen Penis heraus. Er rieb die Eichel über ihren Hintern. Marissa seufzte schwer und presste sich auf das kühle Leder seines Schreibtischs. Das behutsame Reizen ihres Pos hatte ihr gefallen, und sie hoffte, dass er ihr Verlangen stillte.

Draußen wurde es dunkel; es war, als legte sich ein lila Schleier über die Stadt. Larry drückte die grüne Lampe auf dem Schreibtisch an. »Damit ich dich besser sehen kann«, murmelte er in seiner besten Imitation des bösen Wolfs.

Marissa konnte nicht lachen, konnte nicht antworten.

Ihr Inneres fühlte sich so verspannt an, dass sie glaubte, platzen zu müssen.

Larry bewegte den Schaft zu ihrer Vulva und rieb ihn gegen das geschwollene Gewebe. Als er schließlich in sie eindrang, wurde er von ihrer Enge umschlossen. Marissa stöhnte und streckte ihre Hände nach dem anderen Ende des Schreibtischs aus und hielt sich daran fest.

»Oh, Baby!«, keuchte sie. Ihr Körper hieß ihn willkommen, als wäre er ein Teil von ihr.

Larry hielt sie an den Hüften gepackt und vollführte nur schwache Bewegungen.

»Schneller!«, drängte sie.

»Nein, Baby«, sagte Larry. »Hübsch langsam.«

Und langsam kamen seine Stöße. Glitten fast zaghaft hinein, ließen sich Zeit beim Zurückweichen. Und dann zog er sich plötzlich ganz aus ihr zurück.

»Larry!«, schrie sie. »Was machst du da?«

Larry hielt ihr rasch eine Hand vor den Mund.

»Pst«, wisperte er, legte den Kopf schief und lauschte.

»Hast du das nicht gehört?«

Marissa hatte nichts gehört, zu sehr hatte sie sich auf seine ausbleibenden Stöße konzentriert. »Was gehört?«, fragte sie benommen.

»Dieses Geräusch. Wie ein Kratzen.«

Marissa knabberte an seinen Fingern. »Es ist nichts, Liebling. Fang bloß nicht an, Gespenster zu sehen, wenn du mich glücklich machen sollst.«

Er grinste. »Du hast Recht.« Er stieg rasch aus seinen Kleidern, ließ sich in seinen Lederstuhl fallen, packte Marissa bei den Hüften und drehte sie um, mit dem Rücken zu ihm. Er zog sie hinunter auf seinen Schoß und fädelte geschickt bei ihr ein.

»Verdammt, jaaa!«, stieß sie verzückt aus. Sie lehnte sich zurück gegen seinen Brustkorb und hob die Arme und legte sie um seinen Kopf. Ihre Finger gruben sich in sein volles Haar.

Sie bestimmte den Rhythmus und hob und senkte sich auf seinem strammen Schaft.

»Wunderbar, Larry«, ächzte sie. »Bitte, fass mich überall an!«

Er legte eine Hand auf ihre hüpfenden Brüste, die andere strich hinunter zu ihrem Schoß. Die Berührung der geschwollenen Klitoris war ganz leicht, kaum mehr als ein Windhauch, aber dann drückte er deutlicher zu, und schließlich presste er die kleine Knospe und nahm sie zwischen Daumen und Zeigefinger.

»Wie gefällt dir das, Liebling?«

Sofort wölbte sich Marissas Körper. Ihre Beinmuskeln spannten sich an. Sie grub ihre rot lackierten Zehennägel in den Teppich. Sie konnte nicht schreien, weil sich alles in ihr zusammenkrampfte. Welle auf Welle orgiastischer Zuckungen überschwemmte sie, während Larry, immer noch gewaltig und hart in ihr, von unten unermüdlich zustieß.

Mit einem Knurren, das sich so anhörte, als hätte ein wütender Bär es ausgestoßen, zog sich Larry noch einmal aus ihr zurück. Er packte sie unter den Armen und drückte sie mit dem Oberkörper zum Boden. Sie stützte sich auf die Hände, er rutschte aus dem Stuhl und ging mit ihr auf den Boden, wobei er kurz aus ihr glitt. Mit den Knien drückte er ihre Schenkel auseinander.

Marissa war noch schwach von ihrem Orgasmus, aber als sie spürte, wie Larry wieder in sie eindrang, vergaß sie ihre Erschöpfung, stemmte sich dagegen und stöhnte vor unbeschreiblicher Wollust.

Larry bewegte sich mit wilden, heftigen, raschen

Stößen, und es klatschte, wann immer seine Lenden gegen ihren Po rammten. Er hielt ihre Hüften mit harten langen Fingern gepackt, keuchte wie ein Athlet beim Wettkampf, bis sein Atem sich überschlug. Er sackte auf ihr zusammen, und gemeinsam fielen sie auf den Teppichboden.

Marissa schrie auf, als sie seine Nässe in sich spürte, sie ruckte mit den Hüften und fühlte das zuckende Pochen in ihrer Scheide. Sie empfand eine tiefe Entspannung und hoffte, noch mindestens eine Stunde im Bewusstsein des Glücks so liegen zu können.

In der hinteren Ecke ihres dunklen Büros zog sich Justine noch weiter in die Schatten zurück. Sie konnte trotzdem noch durch die offene Tür in Larrys Büro schauen und im Schein der Schreibtischlampe den muskulösen, schweißglänzenden Körper Larrys erkennen, der sich über Marissa geworfen hatte.

Als sie die beiden entdeckt hatte, wusste sie, dass sie hätte gehen sollen. Aber sie war nicht gegangen. Der Anblick des hemmungslosen, leidenschaftlichen Aktes hatte sie atemlos vor Erregung werden lassen. Sie legte eine Hand auf die Wange und spürte, wie ihre Haut brannte.

Sie musste zugeben, dass Marissa einen vollkommenen Körper besaß, wenn sie die Frau sonst auch verachtete. Jedenfalls verwunderte es Justine nicht, dass Larry ganz verrückt nach ihr war. Voller Neid blickte sie auf Larrys athletischen Körper, auf die schönen runden Gesäßbacken.

Wenn er eine solche Frau nach Belieben haben konnte, war es verständlich, dass er in Justine nicht mehr als die tüchtige Sekretärin sah.

Sie kaute nachdenklich auf der Unterlippe, den Blick immer noch auf das Liebespaar gerichtet. Zuerst hatte sie sich gefürchtet, als sie Stimmen gehört hatte. Sie wollte nicht erwischt werden.

Ohne Wissen von Larry oder von sonst jemandem in der Kanzlei hatte sie angefangen, in Abendkursen Jura zu studieren. Sie wollte es geheim halten, weil sie nicht wollte, dass die erfolgreichen Anwälte, die alle an berühmten Universitäten studiert hatten, über ihre Abendschulkurse mitleidig lächelten.

Aber eines Tages ... eines Tages würde sie Anwältin sein – so brillant wie Larry.

Seit einiger Zeit kam sie an Samstagen in die Kanzlei. Die Bibliothek war das beste Studierzimmer, hier fand sie alle Materialien, die sie brauchte. Aber da sie Larry vorher nicht um Erlaubnis gebeten hatte, wusste sie nicht, wie er darauf reagieren würde, wenn er es herausfand.

Die Stimmen hatten sie alarmiert. Sie hatte sofort die tiefe, weiche Stimme Larrys erkannt, und sie war leise aus der Bibliothek in ihr Büro geschlichen und hatte sich eine fast plausible Ausrede überlegt, wenn sie erwischt worden wäre. Aber sie war nicht aufgefallen, und sie wusste, dass sie dankbar sein und unauffällig verschwinden sollte.

Aber das hatte sie nicht getan. Das illuminierte Spektakel in Larrys Büro war zu verlockend gewesen.

Sie kroch langsam aus ihrem Versteck und überzeugte sich davon, dass das Pärchen noch miteinander beschäftigt war. Larry hatte sich von Marissa gerollt, und sie hatte einen perfekt geformten Schenkel über ihn geschlungen und das Gesicht an seine Brust gedrückt.

Er streichelte sanft über ihren Rücken und sprach leise mit ihr. Liebesgeflüster, dachte Justine eifersüchtig. Sie wollte schon gehen, aber dann hörte sie ein Wort, das sie mitten im Schritt verharren ließ. Oh, Gott, dachte sie, zuerst erregst du dich an dem, was du siehst, und jetzt willst du sie auch noch belauschen.

Nach einer Weile schlich sie aus ihrem Büro und trat auf Zehenspitzen in den langen Flur. Ihre Gedanken beschäftigten sich mit dem, was sie eben gehört hatte. Was hatte Marissas Stieftochter Kelly mit einem Mann wie Johnny Casigelli zu tun? Und wie passte Ensenada dazu?

Sie öffnete leise die Rauchglastür und schloss sie wieder hinter sich ab. Sie beschloss, die Treppen zu nehmen – das war zwar ein langer, Zeit raubender Weg, aber er war sicherer, als den Aufzug zu rufen, dessen Geräusche vielleicht gehört würden.

Sehr interessant, dachte sie. Wissen ist Macht. Am Montagmorgen würde sie auf eigene Faust im Archiv einige Nachforschungen anstellen und diesen Johnny Casigelli durchleuchten. Ein kleiner Schritt zu einem bisschen Macht für sie selbst.

Ihr Zeitgefühl stand auf dem Kopf, und so wachte Kelly um ein Uhr in der Nacht auf. Sie lag im Bett und war einen kurzen Augenblick lang völlig desorientiert. Sie glaubte, Lucs warmen Körper neben sich zu spüren, und schlaftrunken streckte sie einen Arm nach ihm aus. Aber sie berührte nur ein kühles Laken.

Sie richtete sich langsam auf, zog die Beine an und ließ den Kopf auf den Knien ruhen. Wie leicht es doch war, sich an etwas Wunderschönes zu gewöhnen, dachte sie. Würde sie jemals darüber hinwegkommen? Sie war nicht einmal eine Woche mit Luc zusammen gewesen, und doch schien es ihr so selbstverständlich zu sein wie das Atmen. Jetzt musste sie allein schlafen, und ihr war, als wäre ein Teil von ihr abgerissen worden.

Sie schwang die Beine aus dem Bett und ging hinüber zum Fenster. Sie schaute auf die lange Einfahrt, die im Dunkel lag. Dies war ihr Zuhause, und doch sehnte sie sich nach Paris zurück, nach ihrer kleinen Wohnung, nach dem Blick über die Stadt, nach den weinseligen Plaudereien mit Angie, und am meisten nach Luc.

Ein Ferrari glitt sanft in die Einfahrt und hielt vor der Tür. Larry stieg zuerst aus, dann Marissa. Ihr zerzaustes Haar sah im Schein der Hauslampe wie gesponnenes Gold aus. Das teure Kleid war schrecklich zerknautscht. Sie lief barfuß und hielt die Schuhe in der Hand.

Larry legte einen Arm um ihre Schultern und drückte seine Lippen auf ihren Nacken, als sie zur Tür gingen. Kelly konnte Marissas mädchenhaftes Kichern hören. Man brauchte nicht die Kombinationsgabe eines Columbo zu haben, um zu ahnen, was sie getrieben hatten, dachte Kelly wehmütig. Sie gaben ein gutes Paar ab, das musste sie ihnen lassen.

Aber auch sie und Luc waren ein schönes Paar gewesen.

In ihrer Wohnung in Paris legte Angie den Hörer auf und schaute kopfschüttelnd zu Luc.

»Immer noch keine Antwort?«

»Jetzt haben wir gar keine Reaktion mehr«, sagte Angie. »Es geht auch kein Ruf mehr ab. Ich glaube, sie haben ein Problem mit ihrer Telefonanlage.«

Luc fuhr sich mit den Fingern durch die Haare. Seine Augen waren trübe vom Schlafmangel, und das Gesicht lag im Schatten seines Barts. Aber er sieht immer noch einsam gut aus, dachte Angie und rieb sich die müden Lider.

»Keine Sorge, Luc«, murmelte sie leise. »Wir kommen schon durch. Wir versuchen es so lange, bis wir sie am Hörer haben.«

Zwölftes Kapitel

Kelly zog den Gürtel ihres knöchellangen weißen Bademantels um die Taille und wanderte barfuß hinunter in die Küche. Rosita stand vor der Arbeitsplatte und presste Apfelsinen aus.

»Guten Morgen, Miss Aslett«, rief Rosita fröhlich.

»Morgen, Rosita. Und ich bin Kelly, nicht Miss Aslett.« Kelly verdrehte die Augen. »Wie oft habe ich dir das schon gesagt?«

Rosita kicherte, schälte eine weitere Orange und legte sie in den Entsafter. »Willkommen zu Hause, Kelly.«

»Danke. Du klingst so fröhlich. Was ist los?«

Rosita kicherte wieder und wischte sich die Hände an ihrer weißen Schürze ab, ehe sie die Hand ausstreckte und stolz auf den schmalen Ring wies. »Ich bin verlobt, Miss Aslett, eh ... ich meine Kelly. Seit gestern.«

Himmel, dachte Kelly, es muss was in der Luft liegen. Zuerst Larry und Marissa, die wie die Turteltauben aneinander hängen, und jetzt Rosita. Sie zwickte sich in den Arm. Du bist nur neidisch, schalt sie sich. Es ist nicht die Schuld der anderen, dass es mit dir und Luc nicht klappte.

Sie ging auf Rosita zu und umarmte sie. »Das freut mich für dich«, sagte sie. »Eine wunderbare Neuigkeit. Wer ist denn der Glückliche?«

Rosita kicherte scheu und errötete. »Er heißt Raoul.«

»Oh, ist das vielleicht Raoul, der Handwerker?«, fragte eine weiche Stimme von der Tür. Kelly drehte sich um und sah Marissa, das Gesicht taufrisch, in die Küche kommen.

»Wirklich, Rosita«, fuhr Marissa fort, »du könntest doch was Besseres kriegen als einen Handwerker.«

Rosita blinzelte ein paar Mal, dann senkte sie den Blick. Ihre Augen schienen feucht zu werden.

Kelly starrte ihre lächelnde Stiefmutter wütend an. Sie ist immer noch das alte Luder, dachte sie. Ihre Liebe zu Larry hatte das nicht geändert. Kelly wandte sich wieder Rosita zu und nahm sie kurz in die Arme. »Ich bin sicher, dass er ein wunderbarer Mann ist, Rosita.«

»Oh, er ist wunderbar«, schnurrte Marissa mit einem wissenden Lächeln. »Wunderbar – aber arm. Nein, Rosita, du solltest dir ein Ziel weiter oben suchen. Einen Arzt oder Zahnarzt oder sogar ...« Sie brach ab und schaute Kelly an – »... einen Anwalt.«

»Da hörst du die Stimme der Erfahrung«, murmelte Kelly.

»Ja, stimmt«, gab Marissa fröhlich zurück. »Zweifache Erfahrung. »Zuerst der Seniorpartner, dann der Junior. Beide kann ich bestens empfehlen.« Sie schenkte sich ein Glas Saft ein und lehnte sich lässig an einen Schrank. »Himmel, Rosita, schau mal deine Schürze an! Es geht rapide bergab mit dir, dabei bist du nicht einmal mit ihm verheiratet.« Sie warf Kelly noch einen sarkastischen Blick zu und schritt ohne weiteres Wort aus der Küche.

Rosita starrte auf ihre Schürze und sah die Flecken vom Orangensaft. Sie brach sofort in Tränen aus.

»Hör doch auf damit«, sagte Kelly. »Lass dich von meiner boshaften Stiefmutter nicht unterkriegen.«

Rositas Lippen zitterten, aber sie versuchte ein schwaches Lächeln.

»Das ist schon besser«, flüsterte Kelly. »Und jetzt erzählst du mir alles über deinen wunderbaren Raoul.«

Nach dem Frühstück beschloss Kelly zu schwimmen. Sie freute sich wirklich für Rosita, aber das offenkundige Glück der jungen Mexikanerin hatte Kelly erneut an ihren elenden Gefühlszustand erinnert. Ein paar Bahnen schwimmen würde sie ablenken, wenn auch nur für eine kurze Weile.

Nach etwa zwanzig Minuten zog sie sich aus dem Wasser und wartete, bis sich ihr Atem normalisiert hatte.

Sie stützte die Ellenbogen auf den Beckenrand und schloss die Augen gegen das gleißende Sonnenlicht. Als sie die Augen wieder aufschlug, sah sie vor sich ein Paar muskulöser Männerbeine. Sie hob den Blick zur knappen schwarzen Badehose und höher zum breiten muskulösen Brustkorb.

»Hallo, Larry«, sagte sie, tauchte den Kopf unter Wasser und strich sich die Haare glatt nach hinten.

»Hallo, Darling.« Larry ging vor ihr in die Hocke und legte die Hände auf seine gespreizten Knie. »Hast du den Pool genossen?«

»Ja. Warst du schon drin?«

»Ja, schon vor dem Frühstück.«

Kelly bemerkte, dass ihr Kopf auf einer Höhe mit seinem Schoß war, und ein plötzliches Verlangen nach Luc schoss durch sie hindurch. Sie versuchte, den Blick abzuwenden, aber Larry war so nah, dass sie die Haare auf den Innenseiten seiner Schenkel hätte zählen können.

Sie drückte die Hände flach auf den Beckenrand und wollte sich aus dem Wasser heben.

»Komm, ich helfe dir, Darling.« Larry streckte eine Hand aus und zog sie mühelos aus dem Pool.

»Danke.«

Er bückte sich und warf ihr ein Badetuch zu.

»Wieder danke«, sagte Kelly lachend.

»*De nada*«, sagte er, gluckste und fuhr mit einem Finger über ihr Kinn. »Paris hat dir gut getan«, meinte er. »Du bist eine wunderschöne Frau.«

»Du bist auch nicht zu verachten.« Sie kniff leicht in seinen Bauch. Larry war immer ein bisschen wie der ältere Bruder für sie gewesen, den sie nie gehabt hatte. Die Tage, als sie für ihn geschwärmt hatte, waren längst vorbei. Aber sie mochte, respektierte und vertraute ihm – wie auch ihr Vater ihm vertraut hatte. Obwohl man seinen Geschmack, was Frauen betraf, durchaus anzweifeln durfte, fügte Kelly ihren Gedanken hinzu, als sie bemerkte, dass Marissa aus dem Schlafzimmerfenster zu ihnen blickte. Wieso hatte Marissa eigentlich diese Schwäche für Anwälte? Oder war das nur Zufall gewesen?

»Kelly?« Larry hatte sich auf einer Liege ausgestreckt.

Sie schaute zu ihm hinüber. Im Gegensatz zu Luc hatte Larry kurze, dunkle Haare. Und im Gegensatz zu Luc war Larrys Brustkorb mit einer dunklen Haarmatte ausgestattet. Und trotzdem wurde Kelly angesichts des Mannes, der es sich dort auf der Liege gemütlich gemacht hatte, heftig an Luc erinnert. Ihr Körper schmerzte vor Sehnsucht nach Luc. War es überhaupt möglich, jemanden nach so kurzer Zeit schon so intensiv zu lieben? Auch dann, wenn man wusste, dass man nicht zurückgeliebt wurde?

»Kelly?«, rief Larry, etwas lauter.

»Hm?« Sie zwang ihre Gedanken fort von Luc, trocknete sich Arme und Beine und ließ sich auf der Liege neben Larrys nieder.

»Wir müssen miteinander reden«, fuhr Larry fort. »Wegen der Papiere und deiner Unterschriften.«

Kelly schloss die Augen. Die Papiere! In den letzten Tagen hatte sie gar nicht mehr daran gedacht. Vorher waren sie ihr wichtig erschienen. Jetzt würde sie alles aufgeben, wenn sie dafür Luc haben könnte.

»Ja«, murmelte sie kraftlos. »Ich muss sie am Mittwoch unterschreiben, nicht wahr? An meinem Geburtstag.«

»Ja, richtig. Wir haben ...«

»Was ist mit Marissa?«, unterbrach Kelly ihn. Sie hob den Kopf und sah Larry an. »Hat sie schon ein Haus gekauft? Oder zieht sie zu dir?«

»Mach dir wegen Marissa keine Sorgen.«

»Ich mache mir keine Sorgen um sie. Ich wollte es nur wissen, das ist alles.«

Larry sah sie ausdruckslos an, wollte etwas sagen, entschied sich dann aber dagegen.

»Was die Unterschriften angeht«, sagte er dann. »Was ab Mittwoch in Kraft tritt, gibt dir eine große Verantwortung. Ich rede mehr von der geschäftlichen Seite und weniger vom Haus.«

»Ich weiß«, murmelte Kelly. »Und ich weiß auch, dass du nicht begeistert sein wirst, plötzlich einen stillen Teilhaber mit den Mehrheitsanteilen zu haben, aber so hat Dad es nun einmal gewollt.«

»Ja«, sagte Larry brüsk. »Nun, wie ich sagte, es ist eine große Verantwortung. Und ich möchte, dass du langsam ein Gefühl für das Gewerbe erlangst. Und zwar so schnell wie möglich.«

Kelly hob eine Augenbraue. »Ein Gefühl fürs Gewerbe?«

»Ja. Wie du schon gesagt hast, dein Dad hätte es so gewollt. Ich meine, dass du bis zu einem bestimmten Punkt mit der Arbeit vertraut bist.«

»Aber was meinst du mit dem Gefühl?«

»Nun, zunächst möchte ich, dass du mit mir zusammen einen Klienten aufsuchst. Morgen früh fahre ich zu ihm, und ich möchte, dass du mich begleitest.«

Sie starrte ihn überrascht an. »Aber warum, Larry? Ich bin keine Anwältin. Du bist der Fachmann. Warum sollte ich dabei sein, wenn du mit einem Klienten sprichst?«

»Ich glaube, es würde gut für dich sein. Es macht dich mit unserer Arbeit vertraut.«

Kelly legte sich zurück und schloss wieder die Augen. »Aber warum? Du führst die Geschäfte, schon seit Dads Tod bist du der Chef der Kanzlei. Was soll das bringen, dass ich mit zu einem Klienten fahre?«

Larry reagierte nicht. Er stand langsam auf.

Kelly schlug die Augen auf, als plötzlich ein Schatten auf sie fiel. Larry stand da und starrte auf sie hinunter.

»Ich möchte, dass du mich begleitest, Kelly«, sagte er leise. »Vertrau mir, es ist gut für dich.«

Kelly sah in sein Gesicht, dunkel vom Schatten, und überlegte eine Weile. Sie hatte bis Mittwoch keine anderen Pläne, und vielleicht, aber auch nur vielleicht, würde es sie von ihren Gedanken an Luc ablenken.

Außerdem würde es eine gute Sache sein, eine Zeit lang Marissa nicht sehen zu müssen. »Okay«, sagte sie schließlich. »Wohin gehen wir?«

Larry lächelte. »Nur einen Sprung über die Grenze. Nach Ensenada.«

»Mexiko?«, fragte Kelly und riss vor Überraschung die Augen weit auf. »Seit wann habt ihr Klienten in Mexiko?«

»Darling, ich habe Klienten auf der ganzen Welt. Aber siehst du, genau das meine ich – du solltest etwas von dem Geschäft lernen, das dir zum größten Teil gehört.«

Sie nickte. »Aber werden wir rechtzeitig zur Unterschrift am Mittwoch zurück sein?«

»Natürlich«, gab Larry zurück, beugte sich zu ihr und gab ihr einen Kuss auf die Stirn. »Am Mittwoch sind wir zurück. Oh, und behalte die Reise für dich, Darling. Unser Klient legt großen Wert auf Vertraulichkeit. Genieß die Sonne.«

Kelly sah ihm in Gedanken versunken nach, während er ins Haus zurückging. In den letzten Jahren hatte er sie mit allen geschäftlichen Dingen verschont, und wenn sie sich schon mal nach dem einen oder anderen erkundigt hatte, war er nie sehr gesprächig gewesen: »Zerbrich dir darüber nicht dein hübsches Köpfchen.«

Sie hob die Schultern. Was machte es schon? Nach dem Mittwoch würde sie dieses Haus für sich haben und das Einkommen aus der Kanzlei, und dann würde sie überlegen, was sie mit dem Rest ihres Lebens anfing.

Larry schaute nicht zu Kelly zurück, als er aufs Haus zuging. Er traute sich nicht, weil er sich sonst vielleicht verraten hätte. Er fühlte sich nicht großartig wegen dem, was er Kelly antat – aber miserabel fühlte er sich deswegen auch nicht.

Er ging hinauf in Marissas Schlafzimmer. Sie stand noch am Fenster. Wahrscheinlich hatte sie die ganze Unterhaltung mit Kelly verfolgen können.

»Und?«, fragte sie leise.

Larry leckte über die Fingerkuppe des Zeigefingers und zeichnete in der Luft einen Strich. »Kein Problem.

So leicht, wie man einen streunenden Hund zum Napf führt«, sagte er grinsend.

»Oder wie der Böse Wolf das unschuldige Rotkäppchen verführt«, scherzte Marissa.

»Ja, auch so. Damit ist Phase eins abgeschlossen. Kelly und ich machen uns morgen auf den Weg.«

Marissa nagte an der Unterlippe. Sie atmete tief ein und trat dann an die Tür. Sie sah ihn an, während sie umständlich die Tür abschloss. »Nun«, sagte sie mit einem verführerischen Augenaufschlag, »dann lass uns heute nicht noch mehr Zeit verlieren.«

Ihr Haar war noch hochgesteckt von ihrem gemeinsamen Schwimmen am Morgen, und der einteilige Badeanzug lag noch klamm an ihrem vollkommenen Körper. Sie langte hoch, öffnete die Spangen in den Haaren und ließ sie auf die Schultern fallen.

Sie trat hinter ihn, schob ihre Hände unter seinen Armen durch und streichelte hungrig über seinen Brustkorb. Sie berührte die kleinen flachen Nippel und strich mit der Zunge über die ganze Breite seines Rückens. Larry spürte, wie er steif wurde. Der sich streckende Schaft stieß gegen die enge schwarze Badehose.

»Genau meine Meinung«, murmelte er.

Marissa drückte kleine feuchte Küsse auf seinen Rücken. Sie glitt mit einer Hand von seiner Brust zum Hintern und schob die Finger unter den Stoff der Badehose. Ein Fingernagel schabte leicht durch die Kerbe des Gesäßes.

Larry zuckte leicht. »Himmel, Marissa«, raunte er, während sie langsam die Kerbe auf und ab fuhr.

Jetzt glitt auch die andere Hand in seine Hose, und sie begann die harten, muskulösen Backen zu massieren. Larry spannte die Muskeln an als Antwort auf ihre belebenden Berührungen. Weil sie den Bund der Hose hinten weitete, spannte sie sich vorne noch fester um seinen schmerzenden Schaft.

Larry ächzte laut und rollte sich die Hose von den Hüften.

Er atmete zitternd und erleichtert auf, als seine Genitalien befreit waren.

Marissa gluckste leise, schob eine Hand zwischen seine Beine und berührte die Hoden mit den Fingerspitzen. Sie griff weiter durch, nahm die beiden Hoden zwischen die Finger und drückte sie behutsam. »Wie fühlt sich das an?«, hauchte sie.

»Wie im Paradies«, stöhnte er.

Sie ging hinter ihm in die Hocke und küsste seine Backen, während sie so lange an seiner Badehose zog, bis sie auf seinen Füßen lag. Sie kniete sich jetzt und zupfte an seiner Hand, um ihm zu bedeuten, dass er sich hinlegen sollte. Er ging in die Knie und ließ sich sanft auf den Rücken drücken. Sie zog seine Beine an den Knien an und spreizte sie weit auseinander.

»Larry, Larry, Larry«, rief sie kichernd und nahm seinen geschwollenen Hodensack in die Hand, »du bist so ein großer, großer Junge!«

Larry schloss die Augen und stieß leise Stöhnlaute aus. Sie reizte die Testikel mit kundigen Fingern, drückte und streichelte sie abwechselnd.

»Mach schon, Baby«, drängte er heiser. »Mach schon.«

Sie rutschte zwischen seine Schenkel, umfasste den Penis mit beiden Händen und beugte den Kopf hinunter, ohne die Eichel zu berühren. Er spürte ihren Atem und wartete auf die Berührung ihrer feuchten Lippen. Sie beugte sich tiefer hinunter, der Mund huschte an dem Schaft vorbei, und dann spürte er, wie ihre Zunge über die Hoden strich.

»Oh, ja«, presste er hervor.

Sekunden später hob sie wieder den Kopf.

»Komm schon, Babe«, drängte er.

Marissa ging mit dem Kopf wieder tiefer, ihr Mund war jetzt ganz nah.

Larry zog den Bauch ein.

In seinem Schoß brannte es. Er richtete sich halb auf die Ellenbogen auf, um Marissas gesenkten Kopf sehen zu können. Das glänzende Haar fiel wie ein Vorhang herab. Ihre Hände hielten immer noch den Schaft umschlossen. Sie stieß mit der Zungenspitze gegen die Eichel und schaute mit leuchtenden Augen zu ihm auf.

»Hör auf, mich auf die Folter zu spannen«, stöhnte er. »Fang schon an. Worauf wartest du?«

Marissa fuhr mit der Zunge über ihre lächelnden Lippen. »Nur noch eine Sache, Baby. Kann ich dir vertrauen?«

Larrys ganzer Körper war gespannt wie eine aufgedrehte Feder. Es war ungeheuer erregend, sie zwischen seinen Beinen hocken zu sehen. Sie wusste genau, was sie ihm antat.

»Was meinst du damit, Liebling?«

»Ich meine ... kann ich dir vertrauen – mit Kelly?«

Larry, gefangen im Dunst der Geilheit, starrte sie an, völlig benommen. »Wovon, zum Teufel, sprichst du?«, zischte er ungeduldig.

»Ich habe beobachtet, wie du sie unten am Pool angeschaut hast«, fauchte Marissa zurück.

Larry ließ sich wieder auf den Rücken fallen, presste die Augen zu und sah, wie kleine rote Sterne vor den geschlossenen Lidern tanzten. »Was?«, fragte er keuchend.

»Larry, ich will wissen, ob ich dir bei Kelly vertrauen

kann«, wiederholte Marissa, jetzt leiser. In ihren Augen spiegelte sich die Unsicherheit wider.

Teufel, er begriff in diesem Moment, dass sie eifersüchtig war.

Die schöne, hartherzige Marissa war tatsächlich auf ihre Stieftochter eifersüchtig! Larry spürte eine aufkommende Wärme, die nichts mit Sex zu tun hatte. Er richtete sich auf und fuhr mit einem Finger die Konturen von Marissas Gesicht nach.

»Liebling«, flüsterte er zärtlich. »Ich muss zugeben, dass Kelly eine Schönheit ist.«

Marissa schaute ihn entsetzt an.

»Aber du bist meine Schönheit. Für mich gibt es außer dir keine Frau auf der ganzen Welt. Du bist meine eine und Einzige, das weißt du doch.«

»Klar weiß ich das.« Marissa strahlte ihn mit einem Lächeln an, das viel Selbstsicherheit ausstrahlte und trotzdem die Erleichterung dahinter nicht verbergen konnte. Rasch fuhr sie mit ihrer Zunge über die Penisspitze. Er ließ sich wieder fallen, um ihr Verwöhnen besser genießen zu können. »Mach jetzt, Baby«, drängte er sie wieder, streckte die Beine und spreizte sie noch weiter. Seine Lenden schmerzten.

»Okay, Geliebter«, murmelte sie und schloss die korallenroten Lippen um seinen Schaft.

Dreizehntes Kapitel

Kelly und Larry brachen am anderen Morgen um zehn Uhr nach Ensenada auf. Larry hatte die Frage nach der Dauer ihres Aufenthalts nur vage beantwortet. »Nimm genug Sachen für ein paar Tage mit«, war alles, was sie aus ihm herausholen konnte.

Sie legten den größten Teil der Strecke schweigend zurück. Zu Beginn hatte Larry einige halbherzige Gesprächsversuche unternommen und sie über Paris, die Kunstschule und über den Grund ihrer vorzeitigen Rückkehr ausgefragt. Kelly wollte nicht über Paris sprechen, und Larry wurde von ihren abweisenden Antworten entmutigt und gab es schließlich ganz auf.

Eine Sache hatte sie jedenfalls richtig gemacht, dachte sie, während sie über den Highway die Küste entlang fuhren. Sie hatte Luc nicht gebeten, mit ihr in die Staaten zu fliegen. Er hätte es gehasst. Luc ohne Paris wäre wie eine Kokosnuss ohne Palme gewesen.

Sie stieß einen tiefen Seufzer aus. Immer nur Luc, Luc, Luc. Wo sie auch war, was sie auch tat.

»Alles in Ordnung, Darling?«, fragte Larry, der ihren Seufzer gehört hatte.

»Ja, ja, fein.« Kelly errötete. Sie musste lernen, ihre Gefühle in sich zu verschließen.

»Es ist nicht mehr weit«, sagte Larry.

»Schon gut.« Sie zwang sich zu einem Lächeln.

»Weißt du«, sagte Larry und streichelte mit einer Hand über ihr Knie, »der Besuch wird dir gefallen, es wird interessant für dich werden, das garantiere ich.«

»Okay, kein Problem«, antwortete sie geistesabwesend und fragte sich, warum Larry sie verdutzt ansah und leicht den Kopf schüttelte.

Gegen Mittag waren sie schon ein ganzes Stück hinter der Grenze. Das monotone Schnurren des Motors und das anhaltende Schweigen ließen Kelly in einen tiefen, traumlosen Schlaf fallen. Sie wurde erst wach, als der Ferrari über holprigen Boden fuhr.

Kelly blickte sich um. Eine staubige Wüstenlandschaft erstreckte sich vor ihr, nur unterbrochen von Riesenkakteen und vertrockneten Yuccas. In der Ferne lag eine Hügelkette im Dunst.

Kelly schob die Sonnenbrille in ihre Haare und drehte sich nach hinten. »Wo sind wir? Sind wir schon in Mexiko?«

»Ja.«

»Hast du mich an der Grenze nicht wecken müssen?«

»Nein«, sagte Larry grinsend. »Der Grenzwächter hat einen Blick auf dein Gesicht geworfen und sich auf der Stelle in dich verliebt. Er verdrehte die Augen und hätte es nicht über sich gebracht, die schlafende Schönheit zu wecken.«

»Oh. Sah er gut aus?«

»Ja, wenn man auf dickem Bauch und hängendem Schnäuzer steht.«

Kelly überraschte sich selbst durch ein ausgelassenes Kichern. Seit ihrem Streit mit Luc hatte sie nicht mehr gekichert. Vielleicht hatte Larry Recht – die Reise würde gut für sie sein.

Sie schaute sich wieder um.

Sie schienen einem steinigen Trail in unbewohntes Wüstenland zu folgen.

»Er wohnt nicht in Ensenada, nicht wahr, dieser Klient von dir?« Sie sah Larry von der Seite an.

»Nein.« Larry räusperte sich. »Er wohnt außerhalb von Ensenada. Landeinwärts.«

»Wer ist er?«, fragte sie. Sie konnte sich nicht vorstellen, wer in dieser Abgeschiedenheit wohnen und ein Klient Larrys sein sollte.

»Ein Geschäftsmann«, antwortete Larry schnell. »Du wirst ihn bald kennen lernen. Da drüben siehst du unser Ziel.«

Larry zeigte zu einer Ansiedlung, die am Horizont kaum auszumachen war.

Er trat aufs Gaspedal und hinterließ dichte Staubwolken. Nach und nach wurden die Umrisse der Ansiedlung sichtbar. Kelly hielt den Atem an. Es handelte sich um eine riesige Anlage, die von einer breiten, hohen Mauer geschützt wurde.

»Wow!«, sagte Kelly beeindruckt.

Larry fuhr vor das reich verzierte Kunstschmiedetor, sprang schwungvoll aus dem Sitz und sprach in die Rufanlage, die in die weiße Mauer eingelassen war. Noch bevor er wieder hinter dem Steuer Platz genommen hatte, öffneten sich die Torflügel, und Larry fuhr hinein.

Es war wie ein Weltwunder. Großzügige Rasenflächen, gesäumt von Palmen und anderen tropischen Bäumen und Sträuchern in breiten Kübeln. Der breite betonierte Weg endete schließlich vor einem Haus.

Kelly war sprachlos. Es war viel zu groß, um als ›Haus‹ bezeichnet zu werden. Eine Mischung aus Südstaaten-Plantagen-Villa und einer großzügigen mexikanischen *hacienda*. Eine Fülle von Kletterpflanzen unterbrach das Weiß der Mauern. Sie rankten sich auch um den hohen Türbogen. Wohin sie auch schaute, überall stachen die brillanten Farben der Blumen in die Augen.

»Die sprichwörtliche Oase mitten in der Wüste«, murmelte Kelly.

»Ja«, sagte Larry nur.

Ein zierliches mexikanisches Dienstmädchen, das Kelly an Rosita erinnerte, ließ sie ins Haus und führte sie zu einer breiten Terrasse am Rand eines ovalen Swimmingpools.

»Bitte, nehmen Sie Platz«, sagte das Dienstmädchen. »Señor Casigelli wird jeden Moment eintreffen.«

»Danke.« Larry zog einen Stuhl für Kelly heran und setzte sich dann zu ihr an den Tisch.

»Er ist nicht einmal hier?«, fragte Kelly erstaunt.

Larry legte einen Finger über seine Lippen. »Pst, Darling. Er wird uns nicht lange warten lassen.«

Noch während er sprach, spürten sie plötzlich aufkommenden Wind und hörten ein fernes Dröhnen. Das Wasser im Becken kräuselte sich, der Wind wurde stärker, das Dröhnen lauter. Kelly drehte sich um. Ihre Haare wehten ihr ins Gesicht. »Was ist denn ...?«

Mitten auf dem Rasen setzte ein Hubschrauber auf. Die Rotorblätter drehten sich noch wütend, das Wasser im Pool wurde aufgewirbelt und spritzte hoch, und auf der Terrasse hatten die beiden Gäste das Gefühl, in einen Hurrikan geraten zu sein.

Während Kelly mit ihren Haaren kämpfte und sie im Nacken festhielt, sah sie, wie sich die Tür des Hubschraubers öffnete. Ein Mann stieg aus. Das Gesicht konnte Kelly nicht erkennen, weil er sich duckte, um den wirbelnden Rotorblättern auszuweichen. Als er außerhalb ihrer Reichweite war, richtete er sich auf und schritt lässig auf sie zu, unbeeindruckt von den Böen des Hubschraubers.

Kelly hatte nicht viel Zeit, ihn zu betrachten. Ihre

Sicht war durch den künstlichen Wind ein wenig verschwommen. Sie sah die glänzenden schwarzen Haare, die glatte Haut mit einem schwach olivfarbenen Teint und die schmale Narbe, die sich fast über die ganze Wange zog.

Ein Blick aus schwarzen Augen streifte sie kurz, ehe sich der Mann an Larry wandte. Larry war aufgestanden, und die beiden Männer umarmten sich.

»Larry. *Benvenuto.* Willkommen.«

Kelly verfolgte die Szene, und irgendwo spürte sie ein Unbehagen. Die Männer begrüßten sich wie Brüder, nicht wie Anwalt und Klient.

Larry trat zurück. Er legte eine Hand auf Kellys Rücken und schob sie langsam vor. »Johnny, das ist Kelly.«

Johnny bedachte sie nur mit einem kurzen Blick, nickte einmal. Seine schwarzen Augen waren kalt und ausdruckslos. Er wandte sich wieder an Larry. »Kommen Sie herein. Conchita wird Ihnen Ihre Zimmer zeigen. Vor dem Essen können Sie sich noch ein wenig frisch machen.« Er legte eine Hand auf Larrys Schulter, und gemeinsam gingen sie auf das Haus zu.

Kelly wusste nicht, was sie sonst tun sollte, und folgte ihnen.

Einige Zeit später warf sich Kelly auf das breite Doppelbett in ihrem Zimmer. Ein Absatz ihrer Schuhe verfing sich in der Stickerei der kostbaren Tagesdecke, und hastig streifte sie die Sandalen ab und schleuderte sie quer durchs Zimmer. Sie sah dem Flug nach, bis die Sandalen laut zu Boden fielen und nur knapp die antike Kommode verpassten.

Sie legte sich umständlich auf den Rücken und schaute zur stuckverzierten Decke. Sie hatte ein wunderbares Zimmer, das sich im oberen Stock eines Seitenflügels befand. Mehr Luxus hätte sie sich nicht wünschen können.

Was will ich hier?, fragte sie sich benommen, breitete die Arme aus und spreizte die Beine. Der ganze Tag war nach einem bizarren Schema verlaufen. Beim Essen hatte Johnny Casigelli sie so gut wie ignoriert. Mit Larry hatte er fast nur getuschelt, als wäre sie gar nicht anwesend. Auch Larry hatte keine Versuche unternommen, sie an einem Gespräch zu beteiligen.

Ihre wenigen Bemühungen, an der Unterhaltung teilzunehmen, hatten ihr ein verdutztes Starren Casigellis eingebracht, und Larry hatte mit juristischen Vokabeln geantwortet, die keinen Sinn ergaben, und bald schon saß sie nur da und wusste nicht, wohin sie schauen sollte.

Fast noch schlimmer empfand sie, dass sie von Johnny fasziniert war. Sein gutes Aussehen wäre jedem ins Auge gefallen, aber das war es nicht – Himmel, sie hatte genug gut aussehende Männer kennen gelernt. Nein, er strahlte etwas aus, das sie nicht genau deuten konnte, irgendein seltenes, geheimnisvolles Charisma.

Der Nachmittag war nicht weniger seltsam verlaufen. Beim Kaffee hatten Johnny und Larry ihre juristischen Dinge weiter besprochen und hatten keinen Blick für Kelly übrig. Unruhig und gelangweilt war sie durch die Gegend geschlendert. Die Anzahl der Leute in dieser Anlage war wirklich bemerkenswert. Und das Aussehen der Leute erstaunte sie nicht weniger. Es waren ausschließlich Männer, sie trugen dunkle Anzüge und dunkle Sonnenbrillen, und alle waren ihr gegenüber betont höflich.

Wer, zum Teufel, war Johnny Casigelli? Und warum hatte Larry unbedingt gewollt, dass sie ihn auf dieser Reise begleitete, wenn er sie schlicht ignorierte?

Während sie zurück zur Terrasse spazierte, fiel ihr etwas ein.

Ihre Gedanken waren so angefüllt mit unbeantworteten Fragen, dass sie nicht ein einziges Mal an Luc gedacht hatte. Diese Erkenntnis löste eine große Leere in ihr aus. Was mochte er jetzt wohl tun? Sie stellte sich sein Gesicht vor, den geschwungenen Mund, seine gebräunte Haut.

Verloren in ihren Träumereien, errötete sie plötzlich, als sie bemerkte, dass Johnny Casigelli sie anstarrte, als sie sich wieder der Terrasse näherte.

Einen kurzen Moment lang begegneten sich ihre Blicke, ehe er den Kopf wandte und weiter mit Larry sprach.

Kelly schüttelte den Kopf und drückte sich tiefer ins Kissen. Worum ging es bei dieser Reise? Bisher hatte sie keine neuen Einsichten in das Geschäft der Kanzlei erhalten. Sie hätte auf Larrys Zimmer gehen und ihn fragen können, aber sie hatte keine Ahnung, wo Larrys Zimmer lag. Und auf Verdacht durch das riesengroße Haus zu laufen schien ihr wenig sinnvoll. Sie würde ihn schließlich beim Abendessen sehen.

Sie stand auf, ging zu ihrem Koffer und zog ein knöchellanges, schwarzes Kleid heraus. Sie hielt es sich vor und betrachtete sich im Spiegel. Ideal, wenn man Eindruck schinden wollte, dachte sie und warf das Kleid aufs Bett. Zuerst unter die Dusche.

Das Abendessen verlief nicht anders als das Mittagessen.

Sie hatte sich viel Mühe mit Frisur und Make-up

gegeben, aber das hätte sie sich sparen können. Die Aufmerksamkeit der Männer hätte nicht geringer sein können, wenn sie sich in einen Sack gehüllt hätte.

Es war aussichtslos, Larry zu stellen und eine Erklärung zu verlangen. Wenn es nicht so lächerlich gewesen wäre, müsste sie glauben, dass er ihr absichtlich aus dem Weg ging. Vor Johnny wollte sie ihn nicht in Verlegenheit bringen, indem sie fragte, was er sich dabei gedacht hatte, sie mit zu diesem Besuch zu nehmen. Schließlich war dieser Johnny angeblich ein wichtiger Klient.

Also saß sie verloren beim Abendtisch und kaute lustlos auf dem ausgezeichneten Essen herum, als wäre es zähes Leder. Als sie es überdrüssig war, ignoriert zu werden, stand sie auf und wünschte eine gute Nacht.

Ein kurzes Nicken von Johnny und ein schmales Lächeln von Larry waren die einzige Reaktion. Dankbar ließ sich Kelly aufs Bett fallen. Sie schlief sofort ein.

Jemand streichelte ihr Gesicht.

»Luc«, murmelte sie verträumt.

»Señorita, es ist Morgen.«

Kelly riss sich widerwillig aus dem Schlaf. Sie öffnete die Augen und starrte in ein vage vertrautes Gesicht. Conchita, Johnny Casigellis Dienstmädchen.

»Oh, hallo«, sagte Kelly lächelnd, streckte sich und kam in eine sitzende Position hoch. »Wie spät ist es?«

»Es ist acht Uhr, Señorita. Ich habe Ihnen Ihr Frühstück gebracht.« Sie wies auf den Tisch, auf dem ein ausladendes Tablett stand.

»Das wäre doch nicht nötig gewesen«, sagte Kelly. »Ich wäre zum Frühstück nach unten gekommen.«

Conchita schüttelte den Kopf und brachte ihr das Tablett zum Bett, legte es über Kellys Schenkel. »Nein«, sagte sie, »Señor Casigelli sagt, ich soll Frühstück bringen auf Ihr Zimmer.« Sie lächelte freundlich.

»Oh«, murmelte Kelly erstaunt. Nach seinem Verhalten gestern zu schließen, überraschte es sie, dass er überhaupt noch wusste, dass sie existierte. Und dann veranlasste er sogar, dass ihr das Frühstück ans Bett gebracht wurde. »Es sieht köstlich aus.«

Conchita hängte das Kleid auf einen Bügel, das Kelly gestern Abend hastig ausgezogen und achtlos liegen gelassen hatte, dann zog das Dienstmädchen die Vorhänge zurück und ließ die Morgensonne ein, die das Zimmer in weiß-goldenes Licht tauchte.

Kelly hob die schwere weiße Tasse auf und nahm einen Schluck des starken, heißen Kaffees. »Hm, tut gut«, murmelte sie.

Conchita lächelte dankbar.

»Eh, Conchita«, sagte Kelly und nahm noch einen Schluck. »Hast du Larry auch schon das Frühstück gebracht?«

Conchitas Blicke huschten nervös von ihr zur Tür, dann sammelte sie Kellys Sandalen ein und stellte sie neben das Bett.

»Conchita?«

»Nein, Señorita«, murmelte Conchita. Sie ging rasch zur Tür.

»Ist er denn schon wach?«, fragte Kelly. Vielleicht bot sich jetzt die Gelegenheit, ihn zur Rede zu stellen.

Conchita stand nervös an der Tür. »Ich weiß nicht, Señorita«, sagte sie leise und öffnete die Tür. »Ich gehe jetzt. Danke.« Dann war sie verschwunden.

Wirklich ein seltsames Haus, dachte Kelly und biss ein Stück Toast ab. Je schneller sie aufstand und sich anzog, desto eher würde sie Larry sehen. Sie würde selbst nach ihm suchen.

Genau zu diesem Zeitpunkt betrat Larry auf leisen Sohlen das Haus Kellys in der Nähe von Santa Ana. Er war in der Nacht zurückgefahren, nachdem er und Johnny sich davon überzeugt hatten, dass Kelly fest schlief.

Im Haus war es still. Es gab einige gedämpfte Geräusche im hinteren Teil des Hauses. Rosita steht wahrscheinlich gerade auf, dachte Larry. Er ging auf Zehenspitzen die Treppe hoch. Rosita sollte ihn nicht hören, denn er wollte keine unbequemen Fragen beantworten. Marissa konnte sich später darum kümmern.

Lautlos bewegte er sich oben in der Diele, bis er vor Marissas Schlafzimmertür stand. Er drehte leise den Türknopf. Sie hatte nicht abgeschlossen. Gut. Er würde sie überraschen.

Das Zimmer lag im silbergrauen Schimmer da; die frühe Morgensonne drang durch den dünnen Stoff der Vorhänge. Larry atmete tief ein und sog Marissas Duft in die Lungen. Fast sofort spürte er eine Regung in den Lenden.

Er sah sie auf dem riesigen Doppelbett liegen, ein weißes Baumwolllaken bedeckte ihren Körper. Sie lag auf dem Bauch, die Wange ins Kissen gedrückt. Sie schlief. Larry blieb stehen und zog sich hastig aus, dann ging er nackt aufs Bett zu. Seine Erektion hatte schon beträchtliche Ausmaße angenommen. Die Erleichterung, dass alles glatt gegangen war, und die Erregung angesichts Marissas Körper hatten ihre Wirkung nicht verfehlt.

Dicht vor ihr blieb er stehen. Er nahm das Laken zwischen Daumen und Zeigefinger und hob es vorsichtig an, zog es über Marissas Rücken. Sie trug ein Baby Doll aus Seide und Spitze, das er ihr vor kurzem gekauft hatte. Er zog das Laken weiter nach unten und betrachtete ihre langen Beine.

Marissa bewegte sich, sie streckte die Beine und griff nach dem Laken, dessen Verlust sie offenbar gespürt hatte. Als sie es nicht fand, richtete sie sich auf. Schläfrig öffnete sie die Augen.

»Hey, Baby«, murmelte sie. »Du bist schon zurück.«

»Ja«, antwortete er und rieb mit einer Hand leicht über ihre Kniekehle.

Marissa blinzelte ein paar Mal, bevor sie die blauen Augen weiter öffnete. »Alles in Ordnung, Baby?«

Larry nickte.

»Und ...« Marissa hob den Kopf höher. »Ist alles gut gegangen?«

»Bisher ja«, sagte er grinsend und streichelte über ihren Po. »Ich brauche dich, Babe.«

Marissa griff nach seiner Hand. »Du kannst alles haben, was du willst.«

Larry glitt neben sie ins Bett, und Marissa spürte seine Erektion, die ungeduldig gegen ihren Hintern klopfte. Ihre Augen begannen zu strahlen. »Hui«, machte sie und fuhr mit einer Hand über die Länge des Schafts. »Das ist vielleicht eine Willkommen-zu-Hause-Begrüßung.«

Er grinste. »Ich war es, der weg war. Wo ist also meine Begrüßung?«

»Hier«, sagte Marissa, drehte sich auf den Rücken und wies mit der freien Hand über ihren Körper. Sie spreizte einladend die Beine.

»Das genügt für den Anfang«, sagte Larry. Er wickelte Löckchen ihrer Haare um seinen Finger und schob sie hinter ihre Ohren, dann beugte er sich über sie und zog eine Kusslinie über ihren Hals, von einem Ohr zum anderen.

Marissa gurrte. Sie streichelte seinen Bauch und griff mit einer Hand zu seinen gespannten Hoden.

Larry küsste ihre Schulter. Mit den Zähnen nagte er am dünnen Band des Baby Doll und zog es von der Schulter, bis eine Brust entblößt war. Er stützte sich auf einen Ellenbogen und betrachtete die Brust, als hätte er sie noch nie zuvor gesehen. Der pinkfarbene Nippel sah aus wie ein samtener Knopf. Larry fuhr behutsam mit dem Zeigefinger über den Nippel.

»Wunderschön, Babe«, murmelte er und drückte die Warze zwischen Daumen und Zeigefinger. Er wurde mit einem euphorischen Seufzer Marissas belohnt und streichelte und drückte weiter, bis er sah, wie sich der Nippel versteifte und aufrichtete. Marissa wand sich auf dem Bett hin und her.

Larry fuhr mit einer Hand über ihren Bauch und hauchte in ihr Ohr: »Trägst du ein Höschen?«

»Nein.« Marissas Stimme klang heiser.

Larry schob seine Hand tiefer und stieß gegen ihre nackte Scham. »Braves Mädchen.« Er streichelte über die Innenseiten ihrer Schenkel, mied aber ihre aufgeregt zuckenden Labien, die feucht glänzten.

Er packte sie an den Hüften und drehte sie mit einer geschickten Bewegung auf den Bauch. Er zog ihre Knie an, hob den Po hoch und richtete sie auf, dass sie sich auf den Ellenbogen stützen konnte. Larry strich mit den Knöcheln beider Hände über ihren Rücken, knetete ihren Po, fuhr über die Schenkel und schob sie leicht auseinander.

»Spiel mit mir, Baby«, presste Marissa stöhnend heraus.

»Sicher, Babe.« Er kniete sich zwischen ihre Beine.

Vorsichtig streichelte er sich hoch bis zum Dreieck, drückte den Handballen gegen ihren Venusberg. Der leichte Flaum kitzelte seine Hand. Er rieb auf und ab und spürte, wie nass seine Hand wurde.

Seine Finger glitten in die gespreizte Furche, fuhren tief hinein und bohrten und forschten. Marissa stöhnte immer lauter, bewegte den Hintern und schrie auf, als seine Finger den Kitzler klemmten und drückten und rieben.

»Oh, ja, ja, noch mal«, raunte sie heiser.

Sie krümmte den Rücken noch mehr, und ihre Brüste rieben über das Betttuch. Er stieß die Finger wieder tief in sie hinein, als ihr Körper von einem heftigen Zittern erfasst wurde. Ihr Stöhnen kam gepresster und ging in einen lang gezogenen Schrei über, der vom Kissen gedämpft wurde. Aus dem Zittern wurde ein Schütteln, und schließlich konnte sie sich nicht mehr auf den Knien halten, und vor Schwäche sackte sie auf dem Bett zusammen.

Er beugte sich über sie und gab ihr einen liebevollen Kuss auf die Wange.

»Es ist verrückt, was du alles mit mir machen kannst, Liebling«, murmelte sie.

»Ja«, stimmte er zu, fasste ihr zerknautschtes Baby Doll, schob es über die Schultern und dann über ihren Kopf. »Jetzt brauche ich dich, Babe.«

Marissa nickte, warf sich auf den Rücken und zog Larry zu sich. Sie fasste an seinen pochenden Penis, rieb ihn leicht auf und ab und sah ihrem Geliebten in die glänzenden Augen. »Gib ihn mir, Baby.«

Er reagierte seine aufgestaute Lust ab, stieß wild und ungestüm in sie hinein, und sie beantwortete jeden seiner Stöße mit einer ruckartigen Gegenbewegung. Es kam ihnen fast gleichzeitig, und Larrys Orgasmus schüttelte ihn durch, dass er für einen Moment wie benebelt war.

Er ließ sich neben sie aufs Kissen fallen, und sie fuhr zärtlich durch seine Haare.

»Es wird besser und besser mit uns«, flüsterte sie, nachdem sie beide wieder zu Atem gekommen waren.

Larry drehte sich auf den Rücken. »Stimmt.« Er spürte, wie seine Lider schwer wurden. Er hatte die Nacht nicht geschlafen, und die kurze Anstrengung jetzt schien seine Energie aufgebraucht zu haben.

Neben ihm richtete sich Marissa auf einen Ellenbogen auf. Sie tippte ihm auf die Brust. »Hey, Geliebter«, sagte sie leise.

Larry zwang seine Augen auf. »Hm?«

Sie küsste ihn auf den behaarten Brustkorb und sagte im schleppenden Tonfall einer Südstaaten-Schönheit: »Glaubst wohl, du kannst hier eindringen, dir Freiheiten rausnehmen und dann einschlafen, was?«

Larry lächelte schläfrig. »Ich entschuldige mich, Ma'am. Aber ich kann die Augen nicht mehr aufhalten.«

Marissa biss ihn spielerisch in die Schulter. »Männer«, sagte sie. »Ihr seid alle gleich – wollt nur das eine. Und das nur einmal.«

Plötzlich hörten sie die Türglocke. Larry und Marissa fuhren beide hoch. Larry war sofort wieder hellwach. Plötzlich hatte er die Vision, dass Kelly unten vor der Tür stand. Unmöglich!, sagte er sich. Und Kelly brauchte auch nicht zu läuten – sie hatte einen Schlüssel.

Trotzdem saß er aufrecht im Bett. »Erwartest du jemanden?«, fragte er Marissa.

Sie schüttelte den Kopf und biss sich nervös auf die Unterlippe.

Es läutete wieder.

Sie lauschten angestrengt. Rositas melodische Stimme war nur als Flüstern zu hören.

Marissa entspannte sich. Sie gluckste leise, zog Larry wieder hinunter und rieb beruhigend über seinen Bauch. »Du brauchst dir keine Sorgen zu machen. Es ist bestimmt Rositas Verlobter.«

Larry hob eine Augenbraue. »Ihr Verlobter?«

Marissas Glucksen hielt an. »Ja, sie hat sich verlobt – mit einem Handwerker. Er taucht zu allen Zeiten auf, und sie tut so, als hätte sie alle möglichen Arbeiten für ihn. Ich wette, sie zerbricht Dinge absichtlich, damit sie ihn wieder anrufen und sehen kann.«

Larry rieb sich die Augen, sichtlich erleichtert. »Okay. Hör zu, Liebling, ich brauche dringend etwas Schlaf. Jetzt werde ich schon nervös, wenn jemand läutet.« Er schüttelte den Kopf.

Marissa streichelte ihn am ganzen Körper, kuschelte sich eng an ihn und murmelte: »Schlaf, damit du nachher wieder groß und kräftig bist. Und dann musst du mir alles über deine Reise berichten.«

Aber Larry antwortete schon nicht mehr.

In der Kanzlei schrieb Justine den letzten Brief. Sie legte ihn zusammen mit den anderen in Larrys Unterschriftenmappe. Morgen früh würde er sie unterschreiben können. Sie hatte ihr Pensum für heute erledigt. Sie lehnte sich auf dem Stuhl zurück. Bis Larry morgen wieder ins Büro kam, hatte sie nichts mehr zu tun.

Sie schob die Brille höher auf den Nasenrücken; eine nervöse Angewohnheit, die sie nicht ablegen konnte. Sie stand auf, ging zur Tür und schaute den Flur entlang. Niemand zu sehen. Sie ging zurück, weiter in Larrys Büro, und zog hinter sich die Tür zu.

Zielsicher trat sie zum Wandsafe. Larry wusste es zwar nicht, aber sie hatte ihn dabei beobachtet, wie er den Safe am Samstag geöffnet hatte, und es war leicht gewesen, sich die Kombination der Zahlen zu merken. Leichte Beute, dachte sie glucksend, als die Tür klickte und sich mühelos aufziehen ließ. Sie ging die Papiere rasch durch und fand die Akte, die sie suchte. Oben rechts stand der Name auf dem graublauen Ordner – CASIGELLI J.

Klopfenden Herzens ging sie mit der Akte in ihr Büro zurück. Gestern Morgen schon, kurz nachdem Larry angerufen und gesagt hatte, dass er erst am Mittwoch wieder im Büro sein werde, hatte sie Casigellis Akte gesucht – der Name des Mannes, den sie im Gespräch von Larry und Marissa aufgeschnappt hatte. Sie wusste, dass Larry schon für Casigelli gearbeitet hatte, aber er hatte die Akte persönlich geführt, und Justine hatte sie nie zu Gesicht bekommen.

Ihre Neugier war noch größer geworden, als sie auch in der Ablage keine Akte Casigelli gefunden hatte. Schließlich war sie auf die Idee gekommen, dass sie sich nur an einem Ort befinden konnte – in Larrys Safe.

Jetzt lag die Akte vor ihr, und sie starrte wie gebannt auf den Deckel. Sie zögerte noch, sie aufzuschlagen. Wenn Larry das je herausfand, würde er sie auf der Stelle feuern. Trotzdem – irgendwas ging hier vor, und mit dem Instinkt einer Anwältin, die sie mal zu sein hoffte, wollte sie genau herausfinden, um was es ging.

Entschlossen schlug sie die Akte auf. Sie stützte die Ellenbogen auf die Schreibtischplatte, schob die Brille höher und begann zu lesen.

Nach einer Stunde kannte sie sich mit Johnny

Casigellis Vermögenswerten aus, sowohl mit denen, die er der Steuer mitgeteilt hatte, wie auch mit denen, die er vor der Behörde geheim hielt. Wow, dachte Justine, wie konnte ein einzelner Mann nur so reich sein? Sie schloss die Akte und prustete ihre Unzufriedenheit aus. Richtig klüger war sie nicht geworden – abgesehen davon, dass Johnny Casigelli einen geheimen Grundbesitz in der Nähe von Ensenada unterhielt.

Justine starrte auf einen imaginären Punkt an der Wand. Sie musste sich zwingen, wie ein Anwalt zu denken. Mädchen, streng dich an. Als Larry sich am Samstagabend mit Marissa unterhalten hatte, waren die Namen von Kelly Aslett und Johnny Casigelli in einem Zusammenhang gefallen. Und Larry hatte auch von Ensenada gesprochen.

Ob das bedeutete, dass Kelly mit Johnny ein Verhältnis hatte? Trafen sie sich heimlich im mexikanischen Ensenada? Justine schüttelte den Kopf. Nein. Kelly war in Paris, nicht wahr?

Das Blinken des Telefons ließ sie zusammenzucken. Sie atmete tief durch, bevor sie den Hörer abnahm. »Justine«, sagte sie ruhig.

Es war Anne, die Telefonistin. »Hier ist jemand für dich.«

»Wer denn?«, fragte Justine und steckte die Akte rasch in eine Schublade.

Annie kicherte. »Es ist bestimmt jemand, den du sehen willst.«

»Hat er einen Namen?«

»Eh ...« Es knisterte in der Leitung, während Annie offenbar versuchte, den Namen des Besuchers zu erfahren.

Justine schüttelte langsam den Kopf. Was war nur mit Annie los?

»Annie?«

»Ja?«, sagte sie langsam. »Einen Augenblick noch …«

»Ach, lass schon. Sage dem Jemand, er soll kommen.«

Marissa wachte auf und fühlte sich sexy und in bester Stimmung. Sie hob den Kopf von Larrys behaarter Brust und schaute in sein Gesicht. Sein Atem hatte den gleichmäßigen, sanften Rhythmus eines Menschen, der im tiefen Schlaf gefangen war. Der Arme ist total erschöpft, dachte sie. Sie hatte sich schon auf eine Wiederholung des Geschehens am frühen Morgen gefreut und wollte ihn eigentlich im Schlaf verführen, aber er sah so erledigt aus, dass sie sich dagegen entschied.

Sie legte sich auf den Rücken, die Augen geöffnet, und dachte nach. Sie war sehr zufrieden. Kelly war aus dem Haus – ein für alle Mal. Bald würde das alles ihr gehören. Marissa lächelte selbstgefällig.

Ja, dachte Marissa, ich bin wirklich mit der Welt zufrieden. So zufrieden, dass ihr der Sinn nach etwas Verruchtem stand. Ihr fiel die Türglocke ein, die sie am Morgen gehört hatten. Sie kicherte leise.

Sie schwang die Beine aus dem Bett und stellte sich vor den Spiegel der Frisierkommode. Sie fuhr mit einem Pinsel über ihre Nippel und bestäubte sie mit rosigem Puder, dann drehte sie sich nach rechts und links und betrachtete sich aus allen Blickwinkeln.

Sie hatte einen perfekten Körper, sie wusste es. Ihr Gesicht war noch gerötet von Sex und Schlaf, ihre Haut glühte, und ihre Augen tanzten fröhlich bei dem Gedanken, etwas Unruhe zu stiften. Sie fuhr sich mit den Händen durch das zerzauste Haar, gluckste wieder, schlich aus dem Zimmer und die Treppe hinunter.

Während sie die Stufen nahm, bogen sich die Zehen um jede mit Teppich bedeckte Stufenkante, und sie spürte, wie die Erregung in ihr arbeitete. Sie stellte sich Rositas Gesicht vor, wenn sie die Küche betrat und dort nackt paradierte – vor Raoul. Der schiere Gedanke daran drehte sie auf.

Sie huschte in die Küche und sah Rosita am Tisch sitzen. Marissa lächelte, als sie den entsetzten Gesichtsausdruck des Dienstmädchens sah.

»Morgen, Rosita«, quetschte Marissa hervor. Sie täuschte Müdigkeit vor und streckte sich ausgiebig.

Rosita sah sie betroffen an.

»Oh!«, rief Marissa kichernd und schaute an sich hinab. »Ich bin so müde, dass ich vergessen habe, mir was anzuziehen. Wie kann man nur so verschlafen sein?«

Rosita senkte den Blick. »Guten Morgen, Mrs Aslett«, sagte sie voller Unbehagen.

Marissa strich an ihr vorbei und hielt unauffällig Ausschau nach Raoul. Das würde ein Spaß sein, sich vor ihm zu zeigen und sich wohlig zu strecken, damit ihm auch ja nichts entging von dem, was sie vorzuweisen hatte. Sie betrat den anderen Winkel der Küche, aber von Raoul war nichts zu sehen.

»Ist Raoul heute nicht da?«, fragte sie.

Rosita schaute nicht auf. »Nein, Mrs Aslett.«

Verdammt, fluchte Marissa und stampfte ärgerlich mit einem nackten Fuß auf. Er musste schon gegangen sein. Sie sah Rosita wütend an. Der taktvoll gesenkte Kopf irritierte sie noch mehr. Sie wollte sich zeigen, verdammt!

»Rosita?«, fauchte sie.

»Ja, Mrs Aslett?«

»Bereite den Brunch für Larry und mich vor, und bring uns das Tablett hoch.«

Rosita nickte.

So ist es besser, dachte Marissa, und plötzlich war ihr Ärger verflogen. Sie würde dafür sorgen, dass Rosita die Gelegenheit hatte, sie und Larry in flagranti zu entdecken – dann hatte sie für einen zusätzlichen Kick gesorgt.

Sie war schon an der Küchentür, als sie plötzlich verharrte. Himmel, das hatte sie beinahe vergessen. »Übrigens, Rosita«, sagte sie, »Kelly ist gestern zurück nach Paris geflogen.«

Jetzt schaute Rosita auf. Verwirrung war in ihren dunklen Augen zu sehen. »Aber gestern ist sie mit Mr Barris im Auto weggefahren …«

»Ja«, antwortete Marissa ohne Zögern. »Das stimmt. Er hat sie zum Flughafen gebracht.«

Bevor Rosita noch weitere Fragen stellen konnte, war Marissa schon auf der Treppe. »Bring den Brunch in einer halben Stunde«, rief sie ihr zu, und sie spürte, wie es in ihrem Schoß zu kribbeln begann. Jetzt würde sie genug Zeit haben, Larry wach zu bekommen. »Du brauchst nicht anzuklopfen«, fügte sie noch hinzu.

Marissa trippelte fröhlich die Stufen hoch und überlegte sich eine besonders erregende Stellung, die sie Rosita vorführen wollte. Schließlich hatte sie die kleine Schau des Dienstmädchens mit Raoul mehr als genossen, und es wurde Zeit, sich zu revanchieren.

Larry lag hellwach da, als Marissa wieder ins Schlafzimmer trat. Er lag auf dem Rücken, die Hände hinter dem Kopf verschränkt, und hatte offenbar eigene Vorstellungen.

»Bring deinen süßen kleinen Hintern her«, sagte er.

Sie ging zum Bett, kroch über ihn und richtete sich über seinen Hüften auf die Knie auf. Seine Hände streichelten ihren Bauch, und ein Finger bohrte in den Nabel.

»Ich habe Rosita gerade gesagt, dass Kelly zurück nach Paris gegangen ist«, flüsterte sie.

»So ist es gut«, murmelte er. Seine Hände wanderten zu den Brüsten und drückten sie leicht. Sie blickte hinab und schaute dem Spiel seiner Hände zu. Sie streckte die Schultern und drückte die Brüste heraus, presste die Nippel gegen seine warmen Handflächen. Er ließ die Hände kreisen, und ihre Nippel richteten sich auf, wurden hart und steif.

Sie schloss die Augen und warf den Kopf in den Nacken. Die langen blonden Haare fielen ihr ausgebreitet über den Rücken und kitzelten die heiße Haut. Während Larry weiter mit ihren Brüsten spielte, begann sie sich sanft gegen Larrys Bauch zu pressen, denn sie suchte verzweifelt einen Reiz für ihren pochenden Schoß.

»Komm, Liebling«, sagte er, nahm sie fest unter den Armen und zog sie näher zu sich herauf. Bereitwillig begab sie sich in Position, denn sie wusste genau, was er wollte.

Sie stützte sich mit den Händen auf dem Kopfbrett ab und kniete sich über sein Gesicht. Geschickt brachte er sie so nahe, dass er ihr Geschlecht vor dem Mund hatte. Er brauchte nur die Zunge auszustrecken.

Sie hielt das Kopfbrett fest gepackt und spürte das Nibbeln und Lecken seiner Zunge. Sie stieß delikat gegen den Kitzler, der sofort aufzublühen begann. Sie ließ sich ein bisschen mehr hinab, damit seine Zunge tiefer eindringen konnte.

Wärme und Lust füllten sie, während ihr Schoß ständig in Bewegung war. Sie wetzte hin und her, hob sich ab und zu an, um ihren Orgasmus hinauszuzögern. Mit einem lauten Grunzen packte Larry sie an den Rippen und hievte sie über sich nach hinten, sodass sie mit dem Kopf über dem Fußende des Bettes zu liegen kam. Larry hielt sie an den Hüften fest, kniete sich zwischen ihre gespreizten Schenkel und setzte den Schaft an.

Sie quietschte vor Lust, als sie spürte, wie sein mächtiges Organ sie füllte und in rascher Folge ein und aus fuhr. Er rieb mit dem Daumenballen über die geschwollene Klitoris.

Marissa war im Paradies. Sie wand sich unter ihm, streckte sich und ruckte in sanften Bewegungen gegen ihn, um die Kraft seiner Stöße noch zu verstärken.

Ihr war fast schwindlig. Ihr Kopf hing vom Bett herunter, und sie sah alles verkehrt herum.

Plötzlich, dem Orgasmus ganz nah, bemerkte sie, wie die Tür geöffnet wurde und Rosita eintrat, das Tablett mit dem Brunch in beiden Händen. Rosita blieb wie erstarrt stehen und stieß einen entsetzten Laut aus.

Marissa lächelte fiebrig. Dann schrie sie ihren wirbelnden Orgasmus heraus.

Vierzehntes Kapitel

Kelly beeilte sich mit dem Frühstück, duschte, zog sich an und lief die Treppe hinunter. Sie war auf der Suche nach Larry. Trotz Larrys großartiger Versprechungen vor der Reise hatte sie gestern nicht den geringsten Einblick in seine Geschäfte erhalten, und wenn das heute auch so ablief, sah sie nicht ein, warum sie bleiben sollte. Und genau das wollte sie Larry sagen.

Sie konnte ihn nirgendwo finden. Sie lief von einem kostbar eingerichteten Zimmer zum nächsten. Kein Larry. Und auch kein Johnny. Die einzigen Leute, die sie sah, waren die dunkel gekleideten Männer mit den dunklen Gesichtern. Überall schienen diese Kerle aufzutauchen.

Und dann war natürlich noch Conchita da, die immer gerade in einem Zimmer verschwand, wenn sie Kelly sah. Es kam Kelly wie ein Versteckspiel vor, und so überlistete sie das Dienstmädchen mit einem uralten Trick – sie versteckte sich selbst und lauerte Conchita auf.

In der Tür eines großen Empfangsraums stellte Kelly die junge Mexikanerin.

»Conchita!«, rief Kelly, etwas außer Atem vom sinnlosen Herumrennen. »Warum läufst du vor mir davon?«

Conchita hatte sich erschreckt und drückte beide Hände gegen ihre Brust. Offenbar war ihr bewusst, dass sie nicht noch einmal ausweichen konnte. »Ich weiß nichts, Señorita«, flüsterte sie.

Kelly schaute sie neugierig an. »Wovon weißt du nichts, Conchita?«

»Von nichts weiß ich nichts, Señorita«, behauptete Conchita und sah gehetzt in den Flur hinter sich.

Kelly bemerkte die Angst in den Augen der jungen Frau. Irgendetwas war faul, das stand in diesem Augenblick für Kelly fest, aber sie wollte das Dienstmädchen nicht weiter quälen. »Conchita«, sagte sie sanft, »ich suche nur meinen Freund Larry. Tut mir Leid, dass ich dir einen Schrecken eingejagt habe.«

»Ich weiß nichts, Señorita.« Conchita mied Kellys Blick und schaute wieder über die Schulter in den Flur.

Kelly sah, dass sie von Conchita nichts erfahren würde – wobei ihr nicht einmal bewusst war, was sie denn hätte hören können. Sie hielt beide Hände hoch, als wollte sie sich ergeben. »Schon gut, schon gut.«

»Bitte, Señorita«, sagte Conchita, »ich habe viel Arbeit zu tun.«

Kelly nickte, trat zur Seite und ließ Conchita passieren.

Verdammt, wo war Larry? Sie wollte so rasch wie möglich aus diesem Irrenhaus weg.

Irgendwo in der Nähe stand eine Couch, und Kelly ließ sich erschöpft darauf nieder und schloss genervt die Augen. Auf ein solches Erlebnis hätte sie zu diesem Zeitpunkt wirklich verzichten können. Zu ihrem Herzschmerz über Luc fand sie sich nun auch noch in diesem Haus wieder, in dem die Männer sie ignorierten und in dem das Dienstmädchen eine solche Angst vor ihr hatte, als wäre sie eine verurteilte Axt-Mörderin.

»Kelly?«

Kelly öffnete die Augen, überrascht von der sanften und doch männlichen Stimme. Auf der anderen Seite des langen Zimmers, eine Hand locker auf eine schwere spanische Kommode gestützt, stand Johnny.

Kelly blinzelte wütend. Irgendetwas an diesem Mann nervte sie gewaltig. »Ja?«

Johnny starrte sie eine lange Weile an, und Kelly spürte, wie sie unter diesem Starren immer kleiner wurde. Aber jetzt übersieht er mich wenigstens nicht, dachte sie.

»Kelly«, sagte er dann noch einmal. »Kelly, ich muss Ihnen mitteilen, dass Larry abgereist ist.« Seine Stimme klang so weich, so zwingend, so betörend, dass Kelly sich unwillkürlich schüttelte.

»Abgereist?« Kelly lachte abrupt auf. »Und wann kommt er wieder?«

Johnny stimmte nicht in ihr Lachen ein. »Gar nicht«, sagte er leise.

Sie starrte in Johnnys Gesicht, und das Lachen starb auf ihren Lippen. Sie wollte etwas sagen, stellte aber fest, dass ihre Kehle zugeschnürt war.

Er ging langsam auf sie zu und setzte sich neben sie auf die Couch. »Larry ist noch in der Nacht zurückgefahren.«

Kelly räusperte sich. »Aber warum?«, fragte sie stockend. »Gab es einen Notfall? Einen Unfall? Warum hat er mich nicht geweckt?«

Johnny wischte mit den Fingern lässig über seine Hose, als wollte er ein imaginäres Staubkorn entfernen.

»Es gab keinen Notfall«, sagte er.

Kelly schüttelte den Kopf, um den Dunst zu vertreiben, der wie ein nasses Tuch ihr Gehirn zu umschließen schien. »Wenn er schon weg ist, wie komme ich dann nach Hause?«, fragte sie schwerfällig.

Johnnys Mund verbog sich zu einem geheimnisvollen, finsteren Lächeln, das Kelly nicht deuten konnte. »Ich will dafür sorgen, dass Sie sicher wegkommen.«

Sie versuchte auch ein Lächeln, aber ihre Lippen waren wie festgefroren. Etwas an der Art, wie er sie anschaute, ließ sie erschauern.

Er hob eine Hand und fuhr mit einem Finger ihr Kinn entlang. Sie zuckte leicht, völlig unvorbereitet auf seine Berührung. War das der Mann, der sie gestern völlig ignoriert hatte?

»Ich sorge dafür, dass Sie sicher wegkommen«, wiederholte er. »Sobald ich bereit bin.«

»W ... was?«

Kelly versuchte wieder ein Lächeln, aber es gelang wieder nicht. Ob er mit ihr scherzte?

Johnny wiederholte: »Sobald ich bereit bin.«

»Ich verstehe nicht.« Sie blinzelte ihn nervös an.

Er nahm die Hand von ihrem Gesicht, legte einen Arm auf den Couchrücken, neigte den Kopf und sah sie von der Seite an. »Das wundert mich nicht«, sagte er und gluckste leise. »Aber ich kann Ihnen versichern, dass ich Sie nach Hause bringe, sobald Sie mir einen Gefallen erweisen.«

Kelly schluckte schwer. Ihm einen Gefallen erweisen? Was meinte er damit? Nein, das konnte alles gar nicht wahr sein. Sie starrte auf die Narbe in seinem gut geschnittenen Gesicht und bemühte sich, die Situation zu begreifen.

Johnny richtete sich auf, wandte sich ihr wieder voll zu. Er fuhr noch einmal über die Linie ihres Kinns. »Machen Sie sich keine Sorge, Kelly.« Seine Stimme klang zärtlich wie die eines Geliebten. »Es wird sehr leicht sein, mir einen Gefallen zu erweisen.«

»W ... was ...« Sie brach ab, weil sie merkte, dass ihre Stimme zu kippen drohte. Obwohl jetzt seine Hand unter ihrem Kinn lag, atmete sie tief durch und nahm einen neuen Anlauf. »Was soll ich tun?«

Er ließ sie los und starrte intensiv in ihre Augen. »Es ist sehr einfach, Kelly. Ich habe einige Papiere, die ich gern von Ihnen unterzeichnet hätte.«

»Papiere? Welche Papiere?«

»Kommen Sie«, sagte er. »Ich zeige sie Ihnen.«

Er stand auf und schritt durchs Zimmer. Kelly, immer noch verdutzt und verwirrt, starrte ihm hinterher. Sie klammerte sich verzweifelt an die Hoffnung, dass das alles nur ein Scherz war. Jeden Moment würde Larry auftauchen. »Angeschmiert!«, würde er rufen und sein jungenhaftes Grinsen zeigen.

Johnny blieb mitten im Zimmer stehen. »Kommen Sie, Kelly«, sagte er und ging weiter.

Kelly stand auf und spürte, dass ihre Beine zitterten. Zögernd ging sie ihm nach.

Er führte sie in ein großes Arbeitszimmer. Drei hohe Fenster ließen viel Licht herein. Ein wuchtiger Schreibtisch aus dunkler Eiche dominierte das Zimmer.

Johnny trat hinter den Schreibtisch und nahm aus einer Schublade eine burgunderrote Aktentasche. Er öffnete den Verschluss und holte Papiere heraus, die er auf dem Schreibtisch ausbreitete.

»Das sind die Papiere«, sagte er ruhig. Er zog einen Stuhl heran und bot Kelly mit einer Geste Platz an.

Benommen setzte sie sich.

Johnny legte ihr einen Füllfederhalter hin. »Unterschreiben Sie die Papiere, Kelly.« Seine sanfte, gebieterische Stimme ließ ihre Nackenhaare sich aufrichten. Obwohl es warm war, lief ein kalter Schauer über ihren Rücken.

Sie schaute sich die Papiere an. Schwarze Buchstaben sprangen sie an, verbanden sich zu irgendeinem

Unsinn, bevor ihre Augen sie sahen. Sie blinzelte ein paar Mal und zwang sich zur Konzentration. Langsam begann sie zu lesen.

Als sie anfing, den Inhalt zu begreifen und die juristischen Wendungen entzifferte, schwand ihre Nervosität. Ein Schwall von Zorn kochte in ihr hoch. Sie las zu Ende und sah dann Johnny Casigelli mit funkelnden Augen an. »Den Teufel werde ich tun!«, fauchte sie.

Johnny lehnte sich mit dem Gesäß gegen den Schreibtisch und faltete die Arme über der Brust. »Unterschreiben Sie die Papiere, Kelly«, sagte er, Nachsicht in der Stimme.

Kelly stieß ihren Stuhl zurück und stand auf. Die Art, wie sie den Kopf zurückwarf, dass ihre Haare flogen, zeigte ihre Entschlossenheit. Plötzlich wurde ihr alles klar, fiel es wie Schuppen von ihren Augen. Diese ganze Reise war ein Vorwand gewesen, ein Komplott zu ihrer Entführung, damit sie diese absurden Dokumente unterschrieb, mit denen sie auf das Erbe ihres Vaters verzichtete, auf sein Geschäft und auf sein Haus.

Plötzlich fühlte sie sich schwach und verletzlich. Wie konnte Larry ihr das antun? Sie hatte ihm vertraut. Ihr Vater hatte ihm vertraut. Verdammt, ihr Vater war wie ein Vater zu ihm gewesen!

Sie lehnte sich gegen die Schreibtischkante, um nicht zu schwanken. »Ich werde diese Papiere nicht unterschreiben«, sagte sie mit fester Stimme.

Johnny zeigte einen gelangweilten Ausdruck, warf einen Blick auf sie und schaute dann aus dem Fenster. »Sie werden unterschreiben«, sagte er.

»Niemals!«

»Unterschreiben Sie!«

»Nein.«

»Kelly, wenn Sie wissen, was gut für Sie ist, dann werden Sie unterschreiben.«

Sie sah ihn ruhig an, aber der Zorn in ihr schwang in ihrer Stimme mit. »Ich soll dieser Hexe Marissa das Haus meines Vaters geben? Und diese Laus Larry, der dieses widerliche Spiel erfunden hat, soll das Geschäft meines Vaters allein weiterführen?« Sie schüttelte entschieden den Kopf. »Nein! Niemals!«

Johnny seufzte. Gleichmütig hob er die Schultern. »Sie können jetzt unterschreiben oder später, aber eines sage ich Ihnen, Kelly – unterschreiben werden Sie. Und wenn Sie die Unterschrift geleistet haben, bringe ich Sie nach Hause.«

Fauchend schleuderte sie ihm entgegen: »Wenn ich diese schändlichen Papiere unterschrieben habe, habe ich kein Zuhause mehr!«

»Larry hat Ihnen ein Apartment besorgt, und wie Sie sehen, erhalten Sie immer noch einen beträchtlichen Teil Ihrer Erbschaft. Es geht nur um die Geschäftsanteile und um das Haus in Santa Ana. Und jetzt unterschreiben Sie.«

Sie antwortete nicht, aber sie reagierte – nahm die Papiere in die Hand und riss sie in der Mitte durch.

Johnny lachte leise und zuckte wieder die Achseln. »Ich habe Kopien«, sagte er lächelnd.

Sie schüttelte ein paar Mal den Kopf und versuchte, den Verrat Larrys zu begreifen. Was versprach er sich davon? Leise fragte sie: »Warum tun Sie das? Ich kenne Sie nicht einmal. Warum tun Sie das für sie?«

Er trat hinter sie und fuhr mit einem Fingernagel über ihren nackten Oberarm. »Das«, murmelte er, »geht Sie nichts an, Kelly.«

Sie spürte seinen Atem auf der Schulter. Aus irgendeinem unbegreiflichen Grund spürte sie ein leichtes sexuelles Ziehen in ihrem Schoß.

»Nun denn«, sagte Johnny. »Ich hole eine neue Kopie, und dann unterschreiben Sie.«

»Fahr zur Hölle«, sagte sie gepresst.

Plötzlich waren seine Finger vom Oberarm zu ihrem Hals geglitten.

Er fuhr streichelnd über ihre Kehle. »Sagen Sie so etwas nie, nie wieder zu mir«, murmelte er. »Haben Sie das verstanden?«

Kelly schluckte schwer, nervös, aber trotzdem entschieden. »Ich werde nicht unterschreiben.«

»Doch, das werden Sie!« Johnny nahm die Hand von ihrem Hals. »Das garantiere ich.«

Er schritt rasch aus dem Zimmer und blieb an der Tür noch einmal stehen. »Wissen Sie, warum? Wenn Sie hier jemals weg wollen, müssen Sie vorher unterschrieben haben, Kelly.«

Johnny Casigelli trat auf die Terrasse und winkte einem der dunkel gekleideten Männer zu, der an der Mauer lehnte.

»Giuseppe«, sagte er zum Boss seiner Leibwache. »Die Frau hat im Haus das Sagen, aber halte sie gut im Auge. Wenn sie versuchen sollte, die Anlage zu verlassen, sagst du mir Bescheid.«

Giuseppe nickte. »Alles klar, Boss. Aber wenn sie wirklich abhauen sollte, wird sie in der Wüste nicht lange überleben.«

Johnnys dunkle Augen blitzten wütend. Er hob eine Hand und gab Giuseppe einen leichten Schlag auf die Wange. »Wenn sie die Anlage verlässt, will ich sofort Bescheid wissen«, wiederholte er, und in seiner

Stimme schwang eine Drohung mit. »Und vergiss nicht, Giuseppe, wenn der Frau etwas zustößt, was ich nicht angeordnet habe, mache ich dich dafür verantwortlich. Hast du verstanden?«

Giuseppes Adamsapfel hüpfte aufgeregt. »Alles klar, Boss, ich habe verstanden. Kein Problem.«

Johnny nickte und schickte seinen Leibwächter mit einer knappen Handbewegung weg. Er ließ sich auf einen Stuhl sinken. Plötzlich musste er laut auflachen. Verdammt, die Frau gefiel ihm. Was für eine Entschlossenheit. Und die Loyalität zu ihrem Vater. Das schätzte Johnny mehr als alles andere – Loyalität.

Aber das war nicht das Einzige, was ihm an ihr gefiel. Er liebte diese trotzig blickenden Augen, die glatte Haut ihres makellosen Körpers. Larry hatte ihn darauf vorbereitet, dass sie eine Schönheit war, aber verdammt, seit langem war er nicht mehr so scharf auf eine Frau gewesen. Vielleicht würde dieser kleine Gefallen, den er Larry erweisen sollte, sich doch nicht als so langweilig und verdrießlich herausstellen, wie er befürchtet hatte.

Er lachte leise, sprang aus dem Stuhl und schlenderte ins Haus zurück.

Kelly saß noch im Arbeitszimmer, wischte mit der flachen Hand über den Schreibtisch und ließ die Papierschnipsel, die einmal der Vertrag gewesen waren, auf den Boden segeln. Wut kochte noch in ihr. Wie konnte er ihr das antun, wie konnte Larry glauben, damit ungeschoren davonzukommen? Glaubte er wirklich, sie würde unterschreiben?

Sie presste ihre Augäpfel und versuchte, ihre Situation einzuschätzen. Sie war irgendwo in Mexiko. Wo genau war sie? Warum hatte sie auf der Fahrt hierhin nicht aufgepasst? Warum musste sie unterwegs schlafen?

Hilflos schaute sie aus einem der Fenster und sah Johnny, der auf der Terrasse mit einem seiner Leute sprach. Voller Hass starrte sie auf die große, schlanke Gestalt.

Geschäftsmann, hatte Larry gesagt. Ha! Alles fügte sich zusammen. Diese versteckte Anlage im Niemandsland, die Wächter, Johnnys herrisches Auftreten. Casigelli war kein Geschäftsmann, er war auch kein Klient – Johnny war ein Boss der Mafia. Sie sprach es leise aus, aber dadurch wurde es noch bedrohlicher. Angst kroch in ihre Eingeweide.

Ganz egal, sagte sie sich und schluckte den bitteren Geschmack der Hoffnungslosigkeit. Ganz egal, wer er war, sie würde die Papiere nicht unterschreiben.

Sie sah gerade, wie Johnny dem dunkel gekleideten Mann einen leichten Backenstreich gab. Der Mann zuckte und sah demutsvoll und eingeschüchtert aus.

Warum bin ich nicht so eingeschüchtert, wie ich sein sollte, dachte Kelly. Jetzt setzte sich Johnny auf einen Stuhl und lächelte still vor sich hin. Bastard! Aber schon während sie das dachte, spürte sie ein scharfes Ziehen zwischen den Schenkeln. Sie war entsetzt, als eine sanfte Wärme sich in ihrem Schoß ausbreitete. Sie empfand eine Ebene der Erregung, die sie bisher nur bei einem einzigen Mann gespürt hatte – bei Luc.

Sie stützte den Kopf in beide Hände. Was, zum Teufel, ist eigentlich mit mir los? Sie drückte die Schenkel zusammen, als könnte sie das Gefühl damit ausquetschen. Zuerst war sie bei Luc schwach geworden, der sie drastisch im Stich gelassen hatte, und jetzt? Jetzt reagierte ihr Körper auf einen Mafioso, der sie als Gefangene hielt.

Sie sprang auf. Sie musste irgendetwas unternehmen. Sie konnte nicht einfach herumsitzen und sich als Opferlamm fühlen.

Ein Telefon! Sie brauchte ein Telefon. Dann konnte sie die Polizei anrufen. Sie sah sich hektisch im großen Zimmer um, aber nirgendwo sah sie ein Telefon.

Sie rannte aus dem Arbeitszimmer und durchs Haus. Aber auch in den anderen Zimmern sah sie kein Telefon. Sie lief die breite Treppe hoch, drückte eine Tür nach der anderen auf. Kein einziger Apparat. Schließlich stand sie vor einer breiten Doppeltür. Sie drehte den vergoldeten Knopf und schickte ein Dankgebet zum Himmel, dass er sich drehen ließ. Sie schlüpfte hinein. Ihre verblüfften Augen trafen auf verblüffte Augen.

Conchita lief ihr entgegen. »Señorita! Was tun Sie hier? Das ist Señor Casigellis Schlafzimmer!«

Kelly, atemlos vom Laufen, spürte den Schweiß, der sich in ihren Achselhöhlen bildete.

»Conchita, bitte!«, sagte Kelly eindringlich. »Ich brauche ein Telefon!«

Conchita stand still vor ihr. Ihre freundlichen braunen Augen schauten erst Kelly an, dann huschte ihr Blick durch die offene Tür in den Flur. Sie nahm Kellys Hand und zog sie ins Zimmer hinein. Sie presste einen Finger über die Lippen und wies mit der anderen Hand auf das weiße, mit Gold verzierte Telefon, das neben dem Bett auf einem kleinen Mahagonitisch stand.

»Danke«, sagte Kelly.

Conchita lächelte nervös. »Beeilen Sie sich, Señorita«, flüsterte sie und hastete aus dem Zimmer.

Kelly hob den Hörer, überlegte kurz und drückte mit zitternden Fingern 911, ohne zu wissen, ob das auch in

Mexiko der Notruf war. Sie spürte, wie der Schweiß jetzt in Bächen ihren Körper hinunterrann. Zwischen den Brüsten bildete er eine Lache.

»Nun geh schon ran, geh schon ran«, murmelte sie voller Ungeduld. »Verdammt, meldet euch!« Plötzlich begriff sie, dass kein Ton mehr abging. Sie legte auf und wählte rasch noch einmal. Ihre Knöchel schimmerten weiß, als sie den Hörer ans Ohr klemmte.

Im nächsten Augenblick schlossen sich kräftige Finger um ihre Hand. Kelly starrte auf die Finger, die ihr den Hörer wegnahmen.

»Die Telefonanschlüsse in diesem Haus sind alle mit einem Code versehen, meine Liebe.«

Kelly drehte sich niedergeschlagen herum. Johnny Casigelli stand da und sah lächelnd auf sie hinab.

»Es hat keinen Sinn, es zu versuchen«, sagte er leise und fuhr mit einem Finger über ihre Wange.

Es war, als hätte man die Luft aus einem Reifen gelassen, so sehr sackte Kelly zusammen.

Johnny lächelte immer noch. »Ich wusste, dass Sie früher oder später in meinem Schlafzimmer landen würden – in meinem Bett«, sagte er mit sanfter Stimme. »Ich bin froh, dass es schon so rasch geschieht.«

Kelly starrte ihn offenen Mundes an. Er strich jetzt über die empfindliche Haut unter dem Ohrläppchen und schaute sie wissend an.

»Ich in Ihrem Schlafzimmer!«, fauchte Kelly mit neuer Kraft. »Ich ... ich würde lieber in der Hölle verrotten, als zu Ihnen ins Bett zu steigen!«

Johnny gluckste. Dann wandte er sich von ihr ab, und ohne sich nach ihr umzuschauen, sagte er scharf: »Meine Liebe, wann werden Sie es begreifen? Sie sind in der Hölle! Und Sie werden hier bis in alle Ewigkeit verrotten, wenn Sie die Papiere nicht unterschreiben.«

Sie setzte sich verloren auf das Bett ihres obersten Wächters und unterdrückte ein Schluchzen. Sie durfte nicht weinen, redete sie sich zu. Diese Genugtuung würde sie ihnen nicht geben. Sie durfte nicht aufgeben. Es würde ihr schon ein Ausweg einfallen.

Sie warf sich flach auf den Rücken und bemerkte wieder, wie ihr Körper sie verraten hatte. Als Johnny dicht hinter ihr gestanden und sie seine Finger auf der Haut gespürt hatte, den Blick seiner dunklen Augen gesehen hatte, da wusste sie, dass er sie begehrte. Noch bevor er das mit dem Bett gesagt hatte, hatte sie es gewusst.

Und während sie dort auf seinem Bett lag, eine Gefangene in seinem luxuriösen Haus, konnte sie die schreckliche, böse Wahrheit nicht länger unterdrücken: Sie wollte ihn auch.

Johnny entfernte sich mit weit ausholenden Schritten von seinem Schlafzimmer. Sein Gesicht blickte finster. Er war wütend auf sich selbst, wütend, dass er ihr gezeigt hatte, wie sehr er sie begehrte.

Auf dem ersten Treppenabsatz blieb er abrupt stehen. Er ballte die Faust und schlug sie in die Fläche der anderen Hand. Niemand konnte Johnny Casigelli ungestraft die Stirn zeigen.

Niemals!

Er drehte sich auf dem Absatz um und schritt zurück in sein Schlafzimmer. Er stieß beide Türflügel auf und blieb in der Öffnung stehen.

Sie war in einer halb liegenden, halb sitzenden Haltung auf seinem Bett.

Ihre Augen, klar und hell, schauten ihn an, offen und unerschrocken.

Er ging schweigend zu ihr, fasste ihre Beine an und

hob sie ganz aufs Bett. Der Rock ihres Kleids rutschte die Schenkel hoch. Johnny nahm den Blick ihrer entblößten Beine in sich auf, sah ihre seidige Haut. Er legte sich über sie, hielt ihre Arme an den Seiten fest und wunderte sich, dass sie keinen Laut sagte, keinen Schrei von sich gab, keinen Protest.

Er küsste sie, teilte ihren vollen Mund mit seinen Lippen. Er stieß mit der Zunge in ihren Mund und leckte über ihre ebenmäßigen weißen Zähne.

Sein Penis drückte gegen ihren Schamberg, aber im nächsten Moment richtete Johnny sich wieder auf. Kellys Haut war leicht gerötet, und ihre Brust hob und senkte sich heftig. Sie hatte immer noch keinen Ton gesagt.

»Unterschreiben Sie, Kelly«, murmelte er, bevor er wieder ging.

Trotz des Pochens in seinen Lenden fühlte er sich jetzt schon viel besser. Sein Entschluss stand fest: Bevor er Mexiko verließ, um sich seinen Geschäften zu widmen, würde er mit Kelly Aslett geschlafen haben.

Fünfzehntes Kapitel

Marissa befand sich in Höchststimmung. Alles klappte wie erwünscht. Kelly war aus ihrem Leben verschwunden – endlich. Sie konnte sich nicht vorstellen, dass ihre Stieftochter es lange in dieser Abgeschiedenheit aushalten würde. Und wenn doch, dann würde ein Mann wie Johnny dafür sorgen, dass sie unterschrieb.

Noch ein paar Tage, sagte sich Marissa, dann würde Kelly die Unterschrift leisten. Dann würde die Kanzlei Larry allein gehören. Und sie würde das Haus haben. Wunderbar!

Sie richtete sich auf, stützte sich auf die Ellenbogen und hob den Blick. Wasser, blaues Wasser erstreckte sich endlos vor ihr. Die Wellen schwappten in den Sand und spuckten weißen Schaum an den Strand.

Larry kam aus dem Wasser, die kurzen dunklen Haare nach hinten und klatschnass, eng am Kopf. Die braune Haut glänzte vom Wasser, und die sehnigen Muskeln traten bei jeder Bewegung hervor, spannten und entspannten sich. Er ließ sich neben ihr auf das Badetuch nieder.

»Das Wasser ist fantastisch«, keuchte er, während das Meerwasser von seiner Brust perlte. »Du solltest es mal versuchen.«

Marissa schüttelte sich. Vor Laguna ging sie nicht ins Meer, die Wellen hatten hier durch die Strömung zu viel Kraft. Weiter unten sah man, mit welcher Wucht sie gegen die aufragenden Felsen schlugen. »Nein, danke«, murmelte sie.

Larry lachte. »Für ein durchtriebenes Weibsstück hast du verdammt wenig Mut.«

»Ach?«

»Ja«, sagte Larry grinsend, rollte sich auf den Rücken und schützte seine Augen vor der Sonne, indem er einen Unterarm übers Gesicht legte.

Marissa fuhr mit einer hohlen Hand in den Sand. Sie beugte sich über Larry und ließ den feinkörnigen Sand in seinen Nabel rinnen.

»Autsch!« Larrys Bauchmuskeln spannten sich, als er den heißen Sand auf seiner abgekühlten Haut spürte.

»Du magst es, wenn ich ein durchtriebenes Weibsstück bin, nicht wahr?«, gurrte Marissa und blies den Sand von seinem Bauch. Dabei richtete sie die Richtung ihres Atems auch schon mal auf die Mitte seiner feuchten Badehose. »Wenn wir nicht beide so durchtrieben wären, würde Kelly jetzt nicht in Mexiko sein.«

Larry grunzte Zustimmung.

Marissa sah, wie der Penis sich unter der Badehose bewegte und anschwoll. Sie umfasste ihn durch den Stoff mit der Hand und spürte, wie er sich ungeduldig streckte und hart wurde. Leise glucksend begann sie, Larrys Hose über seine Hüften zu zerren.

Larry ruckte den Kopf hoch und sah sich alarmiert am Strand um. »He, was machst du?«

»Was glaubst du denn, Liebling?«, schnurrte sie und sah sich nach den wenigen Leuten um, die sich in der kleinen Bucht aufhielten. Sie hatte die Hose halb übers Gesäß gezogen und legte sich auf die Seite. Ihre Hand griff in die Hose und holte den Penis ins Freie.

»Marissa, Baby, wir werden verhaftet«, ächzte Larry.

»Weswegen sollte man uns verhaften?«, fragte sie unschuldig und fuhr mit den Fingerspitzen über seine

Hoden. »Weil wir Liebe machen?« Jetzt rieb sie den Schaft leicht auf und ab und weidete sich an seinem verlegenen Grinsen.

»Ah«, stöhnte Larry, als sie mit dem Daumen über die dunkelrote Eichel fuhr. »He, Baby, hör auf damit!«

Marissa kicherte. »Nun sag mir schon, warum wir verhaftet werden, Anwalt.«

Larry knirschte mit den Zähnen. »Ungebührliches Verhalten in der Öffentlichkeit«, quetschte er hervor, »damit fängt es schon mal an.«

Sie beugte sich weiter über ihn und nagte an seinem Ohr. »Ungebührliches Verhalten?«, fragte sie. »Aber das geht doch noch. Das ist nicht so schlimm wie Verschwörung zu einer Entführung, nicht wahr?«

Larry schnappte sich ihr Handgelenk, als sie den Schaft kräftiger zu reiben begann. »Die Auswirkungen könnten genauso schlimm sein, Baby. Weil auch beim ungebührlichen Verhalten und Erregung öffentlichen Ärgernisses mein Ruf als Anwalt im Eimer ist.«

»He, wem fehlt denn jetzt der Mut?«, fuhr sie ihn an. Aber dann zog sie ihre Hand zurück und lupfte auch die Badehose wieder hoch. Der Baumwollstoff wölbte sich obszön. Larry legte sich rasch auf den Bauch.

Aber sie war noch nicht fertig mit ihm. Sie wollte sich die Gelegenheit nicht entgehen lassen, ihn in dieser Kulisse heiß zu machen. Marissa fühlte sich ständig herausgefordert, ihre Wirkung auf Männer – in diesem Fall auf Larry – zu testen.

Sie zog einen Schmollmund und fuhr mit einem Finger über ihre Brust. Larry beobachtete sie. Der Finger glitt über die Umrisse des Bikinioberteils und schlüpfte unter den Stoff, als sich ihr Blick mit Larrys traf.

Sie sog geräuschvoll die Luft ein, als sie die Brustwarze berührte, und sie öffnete die glänzenden

Lippen – sie wusste, dass Larry davon scharf wurde. Sie bewegte die Fingerkuppe über dem Nippel, und die Hand drückte den Stoff nach unten, sodass man ihre Brust fast ganz sehen konnte.

Marissa nahm den Finger heraus und ließ ihn über den flachen Bauch streichen. Sie atmete ein, hielt die Luft an und schob den Finger unter den Stoff des Bikinihöschens. Langsam zog sie den Finger wieder heraus und steckte ihn zwischen die Lippen. Sie umspielte ihn mit der Zunge, leckte die Kuppe und blinzelte Larry zu, ehe sie den Finger wieder unter den Stoff des Höschens schob.

Unwillkürlich stöhnte sie, als sie mit dem Finger in die glitschige Spalte glitt. Sie bewegte ihn kaum und ließ ihn auf dem Kitzler ruhen. Kleine heiße Pfeile schossen durch ihren glühenden Schoß.

Larry, der noch auf dem Bauch lag, atmete schwer. Ein paar kleine Schweißtropfen traten auf seine Oberlippe. Er sah sich wieder am Strand um und befeuchtete die Lippen mit der Zunge.

Marissa lächelte ihr unschuldiges Lächeln und weidete sich an seinem Unbehagen. »Larry«, hauchte sie, »das fühlt sich so gut an.«

Er schloss die Augen und tat einen tiefen Atemzug. Aber sie ließ ihn nicht zur Ruhe kommen.

»So gut, Larry. Willst du nicht wissen, wie gut ...?«

»Also gut!« Larry sprang auf und zerrte an dem Badetuch, auf dem sie saß. Marissa kippte zur Seite und fiel in den Sand. Larry hielt das Tuch vor seine Badehose, packte die Frau am Handgelenk und zog sie auf die Füße. Ohne ein weiteres Wort zerrte er sie vom Strand weg, wobei er die interessierten Blicke der anderen Leute am Strand ignorierte.

Marissa stolperte hinter ihm her. Sie lächelte bei dem

Gedanken, was jetzt kommen würde: ein heißer, wilder Akt hemmungsloser Liebe. Sie hob nach jedem Schritt den Fuß vom heißen Sand hoch, es musste so aussehen, dachte sie, wenn man über glühende Kohlen läuft.

Er zog sie im Zickzack über spitze, abschüssige Felsen, und als sie unter einem überstehenden Felsvorsprung etwa zwei Meter tief sprangen, spürte sie Sand unter den Füßen. Wasser plätscherte die Felsen hinunter, und dann sah sie einen kleinen meergrünen See inmitten der bizarr geformten Felsen. Sie blickte sich um. Perfekt, dachte sie, und ihr Herz begann schneller zu schlagen.

Larry zerrte sie immer noch weiter. Sie liebte diesen Ausdruck auf seinem Gesicht – harte Entschlossenheit und unverhohlene Geilheit. Mitten im sandigen Oval sank er auf die Knie und zog Marissa mit.

Er hielt immer noch ihr Handgelenk fest umklammert. »Ich habe ›nein‹ gesagt, stimmt's?«

»Ja, Baby«, wisperte sie.

Er hob einen Zeigefinger. »Böses, böses Mädchen.«

»Ja, Larry.«

»Komm her«, sagte er grinsend und klopfte auf seinen Schoß.

Langsam beugte sich Marissa vor. Er wusste immer, was sie gerade haben wollte, dachte sie glücklich. Sie spürte seinen harten Penis, der gegen ihren Bauch drückte, als sie sich über seinen Schoß legte. Sie bewegte sich hin und her und versuchte, ihn durch die Reibung noch ein bisschen mehr zu reizen.

Larry schaute sich um, vergewisserte sich, dass sie nicht beobachtet wurden. Aber er sah nur Felsen. Durch einen Spalt konnte er die endlose Weite des blauen Ozeans sehen. Er atmete tief ein. Seine Hoden schmerzten vor Erregung, und Marissas Winden auf seinem Schoß war mehr Hölle als Himmel. Er starrte auf ihren vollkommenen Körper und spürte, wie er ins Schwitzen geriet, noch bevor die ›Arbeit‹ begonnen hatte.

Geschickt zog er das Bikinihöschen herunter und ließ es dicht unter den Pobacken liegen, wo es wie ein strammes gelbes Band wirkte.

»Weißt du«, sagte er und fuhr mit einem Finger über ihre Wirbelsäule. »Du hast dich da unten verdammt schlecht benommen.« Bevor er fortfuhr, musste er lächeln, als er sich erinnerte. »Und du warst auch ganz, ganz böse, als du dafür gesorgt hast, dass die arme, ahnungslose Rosita uns heute Morgen überrascht hat.«

Marissa gluckste und wand sich hin und her.

Larry fuhr mit beiden Händen über ihren Po, die straffen Schenkel hinunter bis zu den Fesseln und wieder zurück. Er wiederholte den Vorgang noch langsamer, nahm diesmal aber das gelbe Höschen mit, streifte es über ihre Füße und warf es auf einen Felsen.

»Wir wissen, was mit bösen Mädchen geschieht«, flüsterte er, »nicht wahr?«

Sie wartete auf ihn, und ihr runder, fester Po zuckte voller Vorfreude. Er schlug hart und kräftig mit der Hand zu, mitten auf den Hintern, quer über beide Backen. Das golden gebräunte Fleisch bibberte, und sofort malten sich die fünf Finger auf der sensiblen Haut ab.

Sie quietschte lüstern und wölbte ihren Hintern, streckte ihn hoch.

»Das hat dir gefallen, nicht wahr, Babe?«

Sie wandte den Kopf und blickte mit glänzenden Augen zu ihm auf. Sie nickte.

Er schlug wieder zu. Und wieder.

Ihre gequietschten Seufzer wurden so laut, dass Larry Angst hatte, jemand könnte sie hören und über die Felsen klettern. Schließlich waren die Leute unten am Strand nur zwanzig, dreißig Meter Luftlinie entfernt. Er schielte nervös zu den Felsen hoch. Nichts. Er entspannte sich – falls man sich entspannen konnte, wenn die Erregung an den Eingeweiden nagte.

Er spürte plötzlich ihre Hände, die dabei waren, seine Hose abzustreifen. Jetzt konnte er es nicht mehr länger ertragen. Er ließ sie auf den Sand gleiten, hielt sie auf allen vieren, die Beine weit gespreizt, riss sich die Badehose runter und kniete sich hinter ihr in den Sand.

Im nächsten Augenblick stieß er in sie hinein, und Marissas Überraschungsschrei hätte ihnen sehr wohl eine Anzeige wegen Erregung öffentlichen Ärgernisses einbringen können.

Sechzehntes Kapitel

Am nächsten Morgen wurde Kelly früh wach. Sie warf sich den weißen Bademantel über und probierte den Türknopf. Er ließ sich drehen. Sie war nicht eingesperrt.

Du musst deinen Kopf frei machen, dachte sie. Vergiss wenigstens für eine Weile deine verzweifelte Lage, vergiss Larry und Marissa, die Papiere, sogar Luc. Konzentriere dich auf das, was so nah liegt – konzentriere dich auf Johnny. Er ist es, der über dein Schicksal entscheidet.

Sie spürte, dass die Gegenwart Johnnys irgendwo im Haus sie anzog wie ein Magnet. Sie konnte sein dunkles, markantes Gesicht nicht aus ihren Gedanken verbannen, sah sich seinen überlegenen Blicken ausgesetzt und war fasziniert von seinem dominanten Auftreten. Sie mochte sich kaum eingestehen, dass sie sich sexuell zu ihm hingezogen fühlte, denn ihr Verstand sagte ihr, sie müsste ihn hassen und verabscheuen.

Sie wanderte durchs Haus und hörte irgendwo aus den hinteren Regionen seltsame Geräusche. Laute, hektische Schritte, heftiges, stoßweises Atmen, triumphierendes Lachen eines Mannes. Neugierig ging sie den Geräuschen nach, und dann stand sie auf einer kleinen Empore, von der eine Wendeltreppe aus Eisen nach unten führte. Von der Empore konnte man in einen großen Raum blicken, dessen Wände mit Eichenpaneelen getäfelt waren. Es gab kein Mobiliar in dem Zimmer. Ein dicker, immens großer karminroter Teppich bedeckte den Boden. Zwei Männer befanden sich im Zimmer, beide ganz in Schwarz gekleidet. Ihre Gesichter waren mit engmaschigen grauen Masken bedeckt, und jeder hielt einen langen Silbersäbel in der Hand.

Fasziniert beugte sich Kelly vor. Sie beobachtete die Haltung der Männer beim Fechten, eine Hand auf der Hüfte, ein Bein leicht eingeknickt und angewinkelt. Während sie rochierten und mit den scharfen Klingen fintierten und zustießen, bemerkte Kelly verblüfft, dass sie keinen Körperschutz trugen. Aus irgendeinem verborgenen Grund erregte sie diese Tatsache. Die Zurschaustellung des rohen männlichen Wettbewerbs setzte offenbar primitive Instinkte in ihr frei. Sie fühlte sich schwach, ungeheuer feminin – und erregt.

Plötzlich brachen sie ihre Auseinandersetzung ab und warfen gleichzeitig die Säbel hin. Bevor Kelly in der Lage war, sich zurückzuziehen, hatten die Männer ihre Masken abgenommen. Johnnys Gesicht glänzte vom Schweiß, und als er lachend die Hand des Gegners schüttelte, blickte er nach oben.

Ihre Blicke trafen sich für einen kurzen Moment, und Kelly spürte, wie sie errötete. Ihr ganzer Körper schien von einem plötzlichen Fieber befallen zu sein.

Der andere Mann bückte sich und hob die Säbel auf. Johnny nickte ihm kurz zu, woraufhin der Mann aus dem Zimmer ging. Jetzt waren sie allein.

Er winkte sie nach unten.

Sie kam nicht auf den Gedanken, dass sie eine Wahl hatte, dass sie zurück in ihr Zimmer laufen konnte. Sie fühlte sich von ihm angezogen und ging langsam die gewundene Treppe hinunter. Die eisernen Stufen waren angenehm kühl unter ihren nackten Füßen, aber noch angenehmer war der warme, dicke Teppich, der ihre Zehen streichelte.

Sie ging ein paar Schritte auf dem Teppich und blieb dann schweigend stehen und wartete.

Er trat auf sie zu, die Beine in eng anliegenden schwarzen Hosen. Ohne etwas zu sagen, griff er in den Gürtel ihres Bademantels und zog Kelly zu sich heran.

Sie senkte den Blick, als er den Knoten im Gürtel löste und den Mantel auseinander schob. Er streichelte über ihre Haut und nahm dabei den Mantel von ihren Schultern, streifte ihn über die Arme und ließ ihn zu Boden fallen.

»Wunderbar«, sagte er leise, während seine Blicke sich an ihrer Nacktheit labten.

Kelly spürte, wie ihre vollen Brüste durch die innere Hitze anschwollen, die seine Blicke ausgelöst hatten. Sie spürte auch das Flattern der Schmetterlinge in ihrem Bauch.

Was tue ich nur?, fragte sie sich benommen, als sie nackt vor ihm stand. Sie liebte Luc, wie konnte sie also hier stehen und unter den heißen Blicken dieses Mannes eine ungeheure sexuelle Erregung spüren? Sie hob den Blick und sah den gierigen Hunger in seinen dunklen Augen. Er stand ihrem eigenen Hunger nicht nach. Sie war verloren. Ohnmächtig und verloren.

Er packte sie bei den Handgelenken und drückte sie fast schmerzvoll hinter ihren Rücken. Dann riss er Kelly an sich und quetschte ihre Brüste gegen seinen harten Brustkorb. Sie spürte seine Muskeln durch den dünnen Pulli, den er trug, und sie roch den frischen Männerschweiß vom Fechtduell. In ihrem Kopf drehte sich alles, und sie drückte sich an ihn, stellte sich auf die Zehenspitzen und presste ihren Unterleib gegen die harte Wölbung seines Schoßes.

Johnny drückte ihre Arme noch tiefer auf den Rücken und zwang sie dadurch, Kopf und Schultern zurückzunehmen. Das Blut pochte in ihren Adern, und ihre Brüste rieben sich gegen ihn. Er hielt die Handgelenke gepackt und fuhr mit einem Finger durch ihre Pokerbe. Diese leichte Berührung kam ihr so intim, so verboten vor, dass sie sich für einen kurzen Moment von ihm befreien wollte. Aber er hielt sie im eisernen Griff.

»Willst du irgendwohin, Sweetheart?«, flüsterte er und blickte auf ihre Brustspitzen. Auch Kelly senkte den Blick. Die Nippel standen steif hervor und hatten eine dunkelbraune Farbe angenommen. Unter Johnnys Blicken verhärteten sie sich noch mehr, und Kelly empfand eine leise Scham. Immer noch strich sein Finger durch die Kerbe, und sie schlängelte sich in seinem Griff. Dadurch hüpften ihre Brüste, und Johnny lächelte.

»Sie tun mir weh«, keuchte sie ohne Überzeugung.

»Das darf nicht sein«, murmelte er und lockerte seinen Griff ein wenig, gleichzeitig drückte er Kelly aber wieder fester an sich. Bevor sie es begriff, waren seine Lippen auf ihren. Er küsste sie hart und heftig. Sein Mund war aggressiv, zwang sich in ihren, und sie ließ es geschehen, obwohl ihr Kopf sich zur Wehr setzen wollte.

Während er sie küsste, presste er seine Lenden härter gegen sie, und sie hob sich wieder an und erwiderte den Druck und rieb die weiche Mulde ihres Geschlechts gegen seine harte Wölbung.

Sie öffnete die Beine ein wenig, und er verstärkte den Druck noch, und ihre wiegenden Bewegungen wurden schneller und hektischer. Sie hörte einen Lustseufzer und erkannte entsetzt, dass sie es war, die ihn ausgestoßen hatte.

Johnny zog sich zurück und gluckste fröhlich. »Ich habe das Gefühl, dass es dir gefällt, mein Schatz.«

Sie starrte ihn mit lustschimmernden Augen an, sah in das lachende Gesicht. »Ich verabscheue Sie!«, zischte sie.

»Ja, sicher doch.«

»Ich ... ich hasse Sie!«, stammelte sie und spürte seinen harten, pochenden Penis, der immer noch gegen ihre weiche Mulde rieb.

»Ja, sicher«, murmelte er in ihr Ohr. Während er die Handgelenke weiter festhielt, glitt seine freie Hand hinunter und fasste an ihr Geschlecht. Kelly stieß einen Laut aus, eine Mischung aus Erregung und Scham.

»Das ist ein untrügliches Zeichen für Hass«, flüsterte er und rieb seine Finger durch die feuchte Furche.

Kelly schluckte schwer, entsetzt, beschämt, aber schwach vor Lust. Er sah intensiv in ihr Gesicht, während seine Hand geschickt ihre Vulva rieb und ein Finger leicht über die Klitoris streichelte. Die Wände ihrer Vagina verkrampften sich und badeten seine Finger mit ihrem Saft. Wieder entwich Kelly ein lustvolles Stöhnen. Sie biss sich auf die Lippe, um es zu unterdrücken, aber es war schon zu spät, Johnny hatte es gehört.

»Wieder ein Zeichen von Hass«, sagte er leise.

Sie schaute in sein spöttisches, aber auch erregtes Gesicht. Teufel, wie sie ihn verabscheute! Aber mehr noch begehrte sie ihn.

Er streichelte immer noch ihr Geschlecht. Dieser Mafioso. Dieser Kidnapper. Er nahm sie sich so selbstbewusst vor, so intim, so erfahren. Sie würde hier im Stehen einen Orgasmus haben, nur seinetwegen, und sie konnte nichts dagegen tun.

Plötzlich zog er seine Hand zurück und gab auch ihre

Handgelenke frei. Sie stand vor ihm und schüttelte sich in vor-orgiastischer Erwartung.

»Lege dich hin, Kelly«, befahl er.

»Ich . . .«

»Ich sage es nicht noch einmal.«

Sie konnte nichts anders, als ihm zu gehorchen, glitt auf die Knie und legte sich hin, die Arme an den Seiten.

Er stand über ihr, schlank, groß und bedrohlich. »Braves Mädchen«, sagte er.

Er kniete sich neben sie, schlang einen Arm um ihre Schultern und fuhr leicht mit den Lippen über ihren Mund. Als er mit der Zungenspitze die Konturen ihres Kinns zeichnete und dann über ihre Kehle fuhr, liefen heiße und kalte Schauer über ihren Rücken. Sie riss die Augen auf und sah den dunklen Kopf, der sich ihren Brüsten näherte. Sie nahm seinen knienden Körper auf, den gewölbten Rücken, und hätte ihn gern nackt gesehen.

Seine Lippen schlossen sich um den linken Nippel, sie saugten ihn tief ein und gaben ihn wieder frei, damit seine Zunge ihn umspielen konnte. Mit der Zungenspitze stieß er leicht gegen die harte Warze. Blitze der Lust schossen durch ihren Körper, und sie wand sich hin und her. Er wandte sich dem anderen Nippel zu.

Sie unterdrückte ein Seufzen, und er hob den Kopf. Er starrte auf die dunkelbraunen, steifen Nippel.

»Genauso mag ich sie«, sagte er schnurrend, senkte den Kopf wieder und nagte an der anderen Brustwarze. Das feine Ziehen mit den Lippen und das gleichzeitige Antippen mit der Zungenspitze brachte sie um den Verstand, und gegen ihren Willen begann sie laut zu stöhnen.

Sie krümmte den Rücken, stützte sich mit den Schultern auf dem Boden ab und drückte ihre Brüste seinem Mund entgegen. Ihre zitternden Finger fanden den Saum seines schwarzen Pullis, und langsam schob sie ihn den Rücken hoch.

Johnny hob den Kopf von ihren Brüsten, nahm ihre Hände weg und legte die Arme wieder an ihre Seiten. »Du zuerst, mein Schatz«, sagte er leise.

Sie blickte zu ihm hoch, verwundert, verwirrt.

Er lächelte. Ihre Verwirrung schien ihm zu gefallen. »*Ladies first* – immer«, murmelte er und ließ die Zunge um ihren Nippel kreisen. Seine kräftigen Hände berührten ihren Körper, berührten jede Stelle so intensiv, als wollte er sich den Körper für immer einprägen. Von den Schultern zu den Brüsten, vom Bauch zu den Oberschenkeln. Er massierte, knetete, rieb, streichelte, und jede Berührung ließ ihre Haut noch heißer werden, ließ das Gewebe darunter vor Erregung prickeln. Sie hatte die Arme weit ausgebreitet und fühlte sich ihm ganz und gar ausgeliefert.

Er bewegte sich jetzt an ihrem Körper hinunter und hinterließ die feuchte Spur seiner Zunge.

Er leckte über ihren Bauch, malte nasse Kreise auf die gespannte Haut über den Hüftknochen und wanderte weiter abwärts zu den äußeren Seiten der Schenkel.

Er legte die Hände auf die Innenseiten ihrer Schenkel und zog leicht dagegen. »Öffne dich für mich, Sweetheart«, murmelte er.

Hastig öffnete sie die Schenkel.

»Oh, nein, mein Schatz. Ich will sie viel weiter auseinander sehen.«

Sie spreizte die Beine so weit sie konnte, und sie tat es voller Erregung, und in der Erregung war sie hemmungslos. Es war ein herrliches Gefühl, so hilflos zu sein, nackt und verletzlich in der Mitte dieses kleinen Saals auf dem Boden zu liegen, Arme und Beine weit auseinander. Und seiner Gnade ausgeliefert.

Er betrachtete ihr nasses, glänzendes Geschlecht wie der Kenner, der er war. Er leckte einen Finger und fuhr mit ihm über die gespannten Sehnen ihres offenen Schoßes. Kellys Beinmuskeln zuckten unwillkürlich. Er tätschelte leicht das winzige Nest ihrer kurzen Haare, bevor er mit dem Finger über die Pfirsichhaut ihrer Labien strich.

Sie hätte am liebsten rasch die Schenkel geschlossen und seinen Finger dort gefangen gehalten, sie wollte ihn nie wieder an dieser Stelle missen, wollte, dass er sie immer weiter berührte und stimulierte.

Sie wand sich in den vertrauten Zuckungen, die ihren Schoß heimsuchten, ihr Po mahlte auf dem dicken Teppich, sie ruckte auf und ab und stöhnte die ganze Zeit, in der er die Fingerkuppe ganz leicht über ihren Kitzler rieb, bis er sich wie eine berstende Knospe reckte, die jeden Augenblick aufblühen würde.

»So mag ich es«, raunte er begeistert.

Seine Stimme infizierte sie. Ihr Kopf war benommen vor ungestillter Leidenschaft. Als er seinen Finger in sie hinein versenkte, klemmte sie ihn mit ihren inneren Muskeln fest. Er gluckste leise, zog den Finger langsam heraus, um ihn gleich wieder hineinzuschieben. Das wiederholte er so lange, bis ihr Atem hechelnd kam. Sie warf den Kopf von einer Seite zur anderen.

»Ich halte es nicht mehr aus!«, stöhnte sie.

»Doch, Sweetheart, du hältst es aus.« Er zog den Finger heraus und fuhr damit über ihren Bauch, dann rieb er ihre Nippel mit ihrem eigenen klaren Saft ein. Er rieb und rieb, bis die kleinen harten Spitzen wie unter Tautropfen glänzten.

»Willst du mehr, Kelly?«, murmelte er.

Sie nickte wie im Delirium und sah, wie er sich zwischen ihre Beine kniete. Er zog sich den Pulli über den Kopf und enthüllte einen schlanken, muskulösen Oberkörper. Er griff in den Bund seiner Hose.

Oh, er würde sie nehmen! Endlich! Sie wusste, dass sie nicht länger warten konnte, oder sie würde verrückt werden. Zu lange hatte er sie angeheizt.

Von der Tür drang ein leises Räuspern zu ihnen. Johnny hörte es sofort, und im nächsten Augenblick war er auf die Füße gesprungen.

»Eh... entschuldigen Sie, Boss.« Giuseppe trat verlegen von einem Bein aufs andere.

Johnny ging zu ihm. Sein Miene war finster. Barsch fragte er: »Was ist los, Giuseppe?«

»Ich... eh... glaube, wir könnten ein Problem haben, Boss.«

»Was für ein Problem?«

»Wir haben einen Besucher, Boss.«

Johnny hob eine Augenbraue. »Wir haben einen Besucher?«, wiederholte er.

»Ja, ein Franzose, Boss.«

Kellys Augen weiteten sich. Sie stieß unwillkürlich einen heiseren Schrei aus. Johnny drehte sich neugierig nach ihr um. Plötzlich wurde ihr bewusst, wie sie hier auf dem Boden lag, nackt und offen. Viel zu spät versuchte sie sich zu bedecken, sie setzte sich auf, zog die Beine an und drückte die Schenkel gegen ihre Brüste. Johnny schien über ihre verspäteten Bemühungen der Anständigkeit eher amüsiert zu sein. Er wandte sich wieder an Giuseppe. »Ein Franzose, sagst du?«

»Ja, Boss. Er sagt, er käme wegen des Mädchens. Sagt, er wüsste, dass sie hier wäre.«

»Tatsächlich?« Johnny blickte wieder zu Kelly. »Okay, Giuseppe«, murmelte er und gab ihm mit einer knappen Handbewegung zu verstehen, dass er gehen konnte, ohne den Blick von Kelly zu wenden. Er schlenderte nachdenklich zu ihr zurück, streckte einen Arm aus und zog sie mit einem Ruck auf die Füße.

»Sieh an, sieh an, Sweetheart.« Er berührte ihr Ohr mit seinen Lippen. »Es sieht so aus, als hätten wir einen weiteren Hausgast. Was sagst du dazu?«

Kelly war sprachlos. Johnny beobachtete jede ihrer Regungen. Ihre Brüste hoben und senkten sich noch heftig, ob von der sexuellen Erregung oder von der Enttäuschung über das abrupte Ende ihres Spiels oder vor Überraschung, konnte sie nicht sagen.

»Ein Franzose, he?«, sagte Johnny weich. »Nun, dann hat er einen langen Weg hinter sich, und er hat es zumindest verdient, dass ich ihn begrüße, findest du nicht auch?«

Er langte nach seinem Pulli und zog ihn wieder an. Vor Kelly blieb er stehen und betrachtete noch einmal ihren nackten Körper.

Kelly zitterte leicht. Der Schweiß trocknete auf ihrer Haut, und mit ihm trocknete auch ihre Leidenschaft. Sie warf einen Blick hinüber auf ihren Bademantel, aber sie traute sich nicht, ihn anzuziehen. Johnny ließ seine Finger über ihren klammen Rücken gleiten und rieb über die einzelnen Wirbel.

»Geh zurück auf dein Zimmer, Sweetheart.« Seine Stimme ließ keinen Zweifel daran, dass es sich um einen Befehl handelte. Er ging mit schnellen Schritten davon, blieb aber in der Tür noch einmal stehen. »Aber wir werden uns später noch sehen, Kelly«, versprach er.

In Kelly Schoß zuckte es voller Erwartung, und sie hasste sich deswegen.

Siebzehntes Kapitel

Luc! Wer sonst könnte es sein als Luc?

Nachdem Johnny gegangen war, schlüpfte Kelly in ihren Bademantel und hastete zurück auf ihr Zimmer. Sie duschte rasch. Ihr Körper fühlte sich wunderbar, ihre Haut prickelte, und ihr Erlebnis mit Johnny hatte sie vergessen lassen, in welcher miserablen Lage sie sich befand. Jetzt überschlugen sich ihre Gedanken.

Wieso konnte es Luc sein? Luc war in Paris. Woher sollte er wissen, dass sie in diesem abgeschiedenen, gesicherten Komplex in der mexikanischen Einöde gefangen gehalten wurde?

Selbst wenn Luc ihr nach Kalifornien nachgereist war – allein das wäre schon eine Überraschung gewesen –, hätten Larry und Marissa ihm wohl kaum Kellys derzeitigen Wohnort verraten. Sie schüttelte den Kopf. Wieso glaubte sie, dass einer wie Luc von Paris nach Kalifornien reiste, wenn er es schon als Zumutung empfand, drei Tage auf seine Arbeit zu verzichten, damit er sich um sie kümmern konnte?

Sie hielt das Gesicht in den Wasserstrahl der Dusche und ließ ihn hypnotisch auf ihre Haut prasseln. Ob Luc wirklich in diesem Haus war?

Als sie aus der Dusche trat, zündete bei ihr der Funke – reichlich spät. Luc in diesem Haus! In der Gewalt des Mafioso Johnny Casigelli! Und Johnny hatte gesagt, er wollte den Franzosen begrüßen. Kelly malte sich in den schlimmsten Farben aus, was Johnny unter einer ›Begrüßung‹ verstehen würde.

Himmel, hilf!, kreischte sie und verfluchte ihre eigene Dummheit. Die Lust auf Johnny Casigelli hatte ihren Verstand lahm gelegt. Sie hätte Johnny zurückhalten und anflehen sollen, Luc in Ruhe zu lassen, ihn einfach wieder wegzuschicken.

Sie riss die Tür auf, zwängte sich die engen Jeans über die noch feuchten Hüften und griff blindlings nach einem Top. Barfuß rannte sie zur Zimmertür, drehte den Knopf. Oh, nein, bitte! Sie drehte noch einmal. Nichts bewegte sich. Die Tür war abgeschlossen.

Sie lehnte sich mit dem Rücken gegen die Tür und sank langsam zu Boden. Tränen schossen ihr in die Augen und rannen über ihre Wangen. Panik stieg in ihr hoch, als sie Bilder von Luc vor sich sah, wie er geschunden im eigenen Blut lag.

Sie schlug verzweifelt mit dem Hinterkopf gegen die Tür, aber davon bekam sie nur Kopfschmerzen und eine kleine Beule.

Während sie am Boden kauerte und vor Tränen fast blind war, fiel ihr plötzlich ein, was für ein Tag das war – Mittwoch, ihr Geburtstag.

»Herzlichen Glückwunsch, Kelly«, murmelte sie sarkastisch.

Zehn Minuten vorher hatte Johnny draußen vor Kellys Tür gestanden. Er hatte den Schlüssel leise herumgedreht und abgezogen.

Er lehnte sich von außen gegen die Tür, klopfte mit dem Schlüssel nachdenklich in die Fläche der anderen Hand und überlegte, welche Auswirkungen die Ankunft des Besuchers haben könnte.

Ein Franzose.

Hatte Larry ihm nicht gesagt, dass Kelly bis vor kurzem in Paris gelebt hatte? Und wenn er den entsetzten Schrei bedachte, mit dem Kelly auf Giuseppes Nachricht reagiert hatte, dass ein Franzose vor der Tür stehe, musste sie eine genaue Vorstellung haben, wer dieser Besucher war.

Verdammt, fluchte Johnny still vor sich hin. Er steckte den Schlüssel zu Kellys Zimmer in seine Hemdtasche und ging langsam die Treppe hinunter. Mal sehen, was dieser Franzose will, dachte er.

Larry richtete seine marineblaue Seidenkrawatte vor dem Spiegel und schlenderte hinüber zum Bett.

»Aufstehen«, sagte er und gab Marissa einen freundlichen Klaps auf den Po.

»Autsch!«, rief sie und drehte sich auf die andere Seite. Sie schien sich noch einmal einkuscheln zu wollen. Aber kaum eine Minute später öffnete sie die Augen und setzte sich auf. »Wohin gehst du, Baby?«, fragte sie mit schlaftrunkener Stimme.

Larry hob eine Augenbraue und sah sie lachend an. »Ich habe eine Kanzlei, erinnerst du dich?«

»Ach so«, maulte sie und lehnte sich zurück in die Kissen, wobei sie das Laken bis zu den Hüften schob. Wie sie ihren Larry kannte! Er starrte auf ihre nackten Brüste. »Musst du denn jetzt gleich gehen, Liebling?«, fragte sie mit ihrem unschuldigen Blick.

Mit großer Mühe gelang es Larry, den Blick abzuwenden. »Ja, ich muss. Es ist Mittwoch, und ich habe Justine gesagt, dass ich heute zurück wäre. Es ist besser, wenn ich es dabei belasse.«

»Okay«, murrte Marissa mürrisch. Sie schloss verträumt die Augen, riss sie dann aber plötzlich auf.

»Mittwoch! Du hast gesagt, es ist Mittwoch, Larry – Mittwoch ist Kellys Geburtstag!«

»Ja.«

»Wenn du nicht wärst, würde sie mich heute rauswerfen. Du bist mein Lebensretter, mein süßes Baby.«

Larry grinste, ging zu ihr ans Bett und küsste sie auf die Nasenspitze. »Nun ja, völlig mittellos wärst du auch ohne mich nicht. Dafür hat David schon gesorgt.«

»Ich weiß, Larry, aber ...«

»Ich weiß, Babe«, murmelte er und brachte sie mit seinen Lippen zum Schweigen. »Schon gut. Ich will keine Lobreden hören – ich habe es gern für dich getan.«

»Hat Johnny schon angerufen?« Sie sah ihn an, den Kopf effektvoll geneigt. Aufregung ließ ihre Stimme fast kippen. »Hat er angerufen? Rufst du ihn an? Ist alles in Ordnung? Hat Kelly schon unterschrieben?«

»Ich habe noch nicht angerufen.« Larry setzte sich auf den Bettrand. Er rieb ihre empfindliche Stelle unterm Kinn. »Aber da du so begierig bist, werde ich ihn jetzt sofort anrufen.« Er griff nach dem weißen Telefon auf dem Nachttisch und klemmte den Hörer zwischen Schulter und Hals.

Marissa legte den Kopf zurück und lächelte. Während Larry die Ziffern drückte, fuhr sie ihm mit den Fingern durch die kurzen Nackenhaare. Verträumt schaute sie zur Decke – bald würde es ihre Decke sein! Alles würde ihr gehören!

Als Larry in den Hörer sprach, vernahm Marissa ein leises Klopfen an der Schlafzimmertür. Sie schlüpfte aus dem Bett, warf sich ein Tuch um, das sie wie einen Sari band, lief zur Tür und öffnete sie.

Rosita stand da und fing an zu reden. Marissa winkte ihr, still zu sein, wies auf Larry, der in den Hörer sprach, und schob Rosita hinaus auf den Flur.

»Tut mir Leid, Rosita«, flüsterte Marissa, »aber Larry führt gerade ein wichtiges Telefongespräch. Was ist denn?«

»Eine Lady ist an der Tür, Mrs Aslett.«

»Welche Lady?«

»Sie sagt, ihr Name sei Verity.«

Ah, Verity, dachte Marissa. Ihre Gedanken waren sofort bei der wilden Party, die sie vergangene Woche bei Johnny Casigelli besucht hatten.

Dort hatten sie Verity und ihren Mann kennen gelernt. Der Mann war so steif, bieder und langweilig gewesen, dass Marissa seinen Namen schon vergessen hatte.

Verity dagegen ... hui! Sie und Marissa hatten sich um Johnny gekümmert, und auch wenn der einflussreiche Mafioso verwöhnt war, würde er sich noch lange an die Nacht mit Verity und Marissa erinnern.

Marissa riss sich gewaltsam aus den schönen Erinnerungen an die Partynacht, nickte und trippelte die Treppe hinunter. Das Tuch hielt sie mit einer Hand fest, damit sie nicht plötzlich im Freien stand.

Verity wartete im Wohnzimmer. Sie sah so schön und strahlend aus wie auf Johnnys Party. Ihre violetten Augen leuchteten, das schwarze Haar fiel locker auf die zierlichen Schultern.

»Hallo, Verity«, hauchte Marissa.

»Marissa!« Verity küsste Marissa auf die Wange und legte dabei eine Hand auf die bloße Schulter. »Ich bin nur vorbeigekommen, um dir das zu geben.« Sie öffnete die andere Hand und hielt sie Marissa hin. Ein kleiner diamantener Ohrring funkelte in der Handfläche.

»Mein Ohrring!«, rief Marissa entzückt. »Ich habe mich schon gefragt, wo er abgeblieben ist.«

»Du hast ihn im Bett verloren«, sagte Verity und gluckste. »In Johnnys Bett, um genau zu sein. Erinnerst du dich?«

»Wie könnte ich das je vergessen?« Sie kicherten gemeinsam und schilderten sich gegenseitig kleine Episoden, wer wem wie Lust bereitet hatte.

Verity war öfter bei Johnny zu Gast und wusste, was bei dem beeindruckenden Mann ablief, während Marissa sich erst kundig machen musste. Verity hatte die Nacht bei Johnny verbracht, und am anderen Morgen hatte das Dienstmädchen den Ohrring gefunden. Marissa und Larry hatten die Party am frühen Morgen erschöpft verlassen und waren nach Hause gefahren.

»Mir fällt was ein«, murmelte Marissa. »Larry ist hier. Er telefoniert im Schlafzimmer.« Sie sah Verity herausfordernd an. »Hast du in den nächsten Stunden was Wichtiges vor? Ich meine etwas, was sich nicht verschieben lässt.«

Verity lächelte breit. »Nein.«

»Das ist gut«, sagte Marissa. Sie fuhr sich mit der Zunge über die Lippen. »Was sagst du? Sollen wir Larry ein bisschen verwöhnen?«

»Hmmm«, schnurrte Verity, und die Augen strahlten noch heller. »Verwöhnen *à trois*?«

Marissa nickte aufgeregt.

»Wunderbar«, hauchte Verity.

Marissa nahm die Freundin bei der Hand, führte sie aus dem Zimmer und ging mit ihr die Treppe hoch.

An der Tür zum Schlafzimmer blieb sie stehen und drückte ein Ohr gegen die Tür. Sie hörte nichts. Larry telefonierte offenbar nicht mehr.

Verity strich leicht über Marissas Rücken. Marissa spürte ein wohliges Kribbeln am ganzen Körper. Sie richtete sich auf, lächelte und langte nach dem Reißverschluss des grünen Minikleids. Sie zog ihn hinunter bis zum Po. Das Kleid öffnete sich und legte die glatte, ebenmäßig gebräunte Haut des makellosen Rückens frei. Verity schob die Träger von den Schultern und trat geschickt aus dem Kleid.

Marissa biss sich vor Vorfreude auf die Lippen, als sie die Häkchen von Veritys schwarzem Spitzen-BH öffnete. Die kleinen Brüste schwangen frei. Marissa kicherte leise und fuhr mit den Handrücken über die festen kleinen Nippel.

»Hmm«, seufzte Verity und senkte die seidigen Wimpern, um Marissas Spiel mit ihren Brüsten zu beobachten. Die Nippel reckten sich neugierig.

Aber Marissa hatte es eilig, sie legte den BH ab und ließ die Finger unter den schwarzen Slip gleiten, den sie langsam über die Schenkel zog.

Sie richtete sich wieder auf und trat einen Schritt zurück, um Verity besser betrachten zu können. »Großartig.« Ihr Herz pochte wild.

»Bleib einen Moment hier stehen«, flüsterte sie. »Ich will Larry überraschen.«

Larry stand in der hinteren Ecke des Schlafzimmers und zog sich gerade das Jackett an. Er sah umwerfend gut aus in dem dunkelblauen Anzug und dem blütenweißen Hemd. Seine Haut glänzte gebräunt vom gestrigen Tag am Strand. Marissas Schoß zog sich vor Lust und Erregung zusammen.

»Johnny war nicht zu erreichen«, sagte Larry. »Ich rufe ihn vom Büro aus noch einmal an.«

»Okay.« Sie hatte Johnny für den Augenblick vergessen. »Es kann sein, dass du noch eine kleine Weile beschäftigt sein wirst«, sagte sie schmunzelnd.

»Eh?« Larry sah sie verständnislos an.

Sie zog die Tür weit auf und führte Verity an der

Hand herein. Larry stand da, den Mund weit aufgerissen, starrte von der nackten Verity zu Marissa und wieder zurück.

»Hi, Larry«, sagte Verity mit rauchiger Stimme. »Wie geht es dir?«

Larry grinste. »Was habt ihr vor?«

»Nichts«, sagte Marissa, zupfte am Tuch und zog es von ihrem Körper. »Setz dich, Baby«, sagte sie leise. »Wir wollen dich ein wenig verwöhnen.«

Achtzehntes Kapitel

Johnny war in einer miserablen Stimmung.

Er befahl Giuseppe, bei dem verdammten Franzosen zu bleiben, während er zurück zu Kelly ging. Ein Blick auf die Uhr sagte ihm, dass mehr als zwei Stunden vergangen waren, seit er Kelly in ihrem Zimmer eingesperrt hatte. In seinen Gedanken sah er sie wieder auf dem Boden liegen, weit geöffnet für ihn, wie eine Blume, die vom Tau geküsst werden will. Und dann hatten Giuseppe und der verdammte Franzose dafür gesorgt, dass er sich nicht das nehmen konnte, worauf er schon seit Tagen wartete. Teufel, wie er dieses Mädchen begehrte!

Er ging die Treppe hoch, den Kopf voller Gedanken an Kelly. Oben im Flur wandten sich die Gedanken wieder dem Franzosen zu. Sein Gesicht spannte sich. Auf einem Mahagonitisch stand eine chinesische Vase, voller Wut fegte er sie vom Tisch. Die Vase krachte gegen die Wand und zerbrach in tausend Stücke.

»Scheiße!«, fluchte er, als er feststellte, dass er sich an einer Scherbe die Hand verletzt hatte.

Er presste den Handrücken an seine Lippen und leckte das Blut ab.

Seine Laune war auf dem Tiefpunkt, als er vor Kellys Tür stand. Er schloss auf und trat ein.

Sie lag zusammengekauert auf dem Bett, das seidige braune Haar lag auf dem Kissen und rahmte das schöne Gesicht ein. Sie wandte ihm den Rücken zu, und er sah, wie die enge Jeans ihren perfekten Po modellierte. Er sah sie wieder auf dem Boden liegen, hörte sie hecheln, spürte ihren zuckenden Schoß.

Er würde sie jetzt nehmen, jetzt und hier, beschloss er. Er konnte alles mit ihr machen, was ihm gerade in den Sinn kam. Sie war seine Gefangene.

Sie drehte sich um.

Oh, verdammt, dachte er, als er ihre Tränen sah. Sie rannen die gebräunten Wangen hinunter, und jetzt sah er, dass das Kissen nass war. Johnny Casigelli hasste Tränen, er konnte mit weinenden Frauen nichts anfangen. Tränen ließen ihn abschlaffen wie ein Tritt in die Weichteile.

Er rieb sich nachdenklich über die Schläfe.

Plötzlich schrie Kelly entsetzt auf. Sie blickte von seinen Händen in seine Augen, und Verzweiflung trat in ihren Blick. »Sie ... Sie Scheusal.« Sie zeigte mit ausgestrecktem Arm auf seine blutende Hand. »Was haben Sie mit ihm angestellt? Oh, Gott, was haben Sie getan?«

Johnny runzelte die Stirn, schaute auf seine Hand und dann auf Kelly, deren Tränen noch ungehemmter flossen.

Ihr Gesicht war bleich geworden, ihre Stimme klang brüchig. »Warum haben Sie ihn schlagen müssen?«, flüsterte sie immer wieder. »Warum?«

Johnny stieß einen gelangweilten Seufzer aus. Diese ganze Angelegenheit entwickelte sich wie ein Comic. Der Franzose, der plötzlich auftauchte, als wollte er die Cocktailstunde nicht verpassen. Das Mädchen, das zur Hysterie neigte. Giuseppe, der ihn im falschesten aller Augenblicke störte.

Larry oder nicht, Gefallen oder nicht, die Sache wurde zu kompliziert. Aus und vorbei. Er würde

Larry bei einer anderen Gelegenheit helfen, dann waren sie quitt.

Er packte Kelly an der Hand und zog sie vom Bett. »Komm mit, Kelly«, murmelte er.

Kelly trottete hinter Johnny her. Sie versuchte ein paar Mal, sich aus dem harten Griff seiner Hand zu lösen. Sie musste entsetzlich aussehen, und ihre Sorge um Luc ließ sie keinen klaren Gedanken fassen. Der Weg durchs Haus kam ihr wie eine Ewigkeit vor.

»Hier sind wir«, sagte Johnny schließlich und blieb vor einer Doppeltür im vorderen Teil des Hauses stehen. »Okay, Giuseppe«, rief er leise, ehe er einen Flügel der Tür öffnete. Der Leibwächter sah seinen Boss fragend an. »Ist alles in Ordnung?« Giuseppe nickte. Johnny winkte ihn aus dem Zimmer.

»Du wirst deinen Freund da finden«, sagte Johnny und schob Kelly ins Zimmer. Sie dachte, dass er ihr folgen würde, bemerkte dann aber, dass sich die Tür hinter ihr schloss.

Es war ein gewaltiger Raum, und es war totenstill. Einen kurzen Moment lang glaubte Kelly, sie wäre wieder getäuscht worden, es wäre niemand im Zimmer. Dann hörte sie ein Feuerzeug aufschnappen, und ihr Blick folgte dem typischen Geräusch.

Er stand am Fenster, hatte ihr den Rücken zugewandt und bisher offenbar noch nicht bemerkt, dass sie ins Zimmer getreten war. Er hielt die Zigarette in der Hand, und der Rauch kräuselte sich zur Decke.

»Luc?«, flüsterte sie mit zitternder Stimme.

Er wirbelte herum, und sie sah als Erstes diese grünen Augen. Sein schönes, dunkles Gesicht war heil, nicht verletzt, nicht blutig. Luc! Es war wirklich ihr Luc!

Einen kurzen Moment blieben sie beide wie gelähmt stehen, und auf dem Gesicht des anderen sahen sie die Ungläubigkeit. Dann, fast synchron, bewegten sie sich, und im nächsten Augenblick lagen sie sich in den Armen.

»Kelly«, murmelte Luc. »*Chérie!* Was ist mit dir? Was hat das alles zu bedeuten? Warum bist du an diesem Ort in Mexiko?«

Kelly konnte nicht sprechen. Sie legte den Kopf gegen seine Brust und wollte ewig so verharren, ganz nah bei ihm, in seinen Armen.

Ein paar Minuten später, als Johnny das Zimmer betrat, standen sie immer noch eng umschlungen dort. Johnny sah ihnen eine Weile zu. Sein Gesichtsausdruck ließ sich nicht deuten.

Er schaute Luc an. »Sie lieben diese Frau?«, fragte er mit schneidender Stimme.

Luc erwiderte sein Starren, sein Blick wich nicht aus. »Geht Sie das was an?«, fragte er kalt.

Johnnys Gesicht verdüsterte sich. »Kann schon sein«, sagte er rätselhaft.

Luc zog Kelly noch enger an sich. Kelly hob den Kopf und versuchte, seinen Blick aufzufangen. Sage nein, wollte sie ihm zuraunen, denn sie wusste ja, wie sehr Johnny sie begehrte, und sie wusste auch, wie leicht es Johnny fiel, jeden beiseite zu schaffen, der ihm im Weg stand. Er brauchte nur mit den Fingern zu schnipsen, und seine Leute würden angerannt kommen.

»Ja«, sagte Luc, »ich liebe sie.«

Telepathisch verstehen wir uns überhaupt nicht, das steht fest, dachte Kelly. Sie wurde fast ohnmächtig und ließ sich schwer gegen Lucs Brust fallen. Es lag nur an seinen kräftigen Armen, dass sie nicht zu Boden sackte.

In ihrem Kopf dröhnte ein scharfer Schmerz. Das war's dann. Er hatte das falsche Wort gesagt. Was würde Johnny jetzt mit ihm anstellen?

Johnny Casigelli schwieg eine Zeit lang. Plötzlich lächelte er. »Ich verstehe«, sagte er und nickte ein paar Mal.

Sehr umständlich hob er dann seine Hand zu seiner Hemdtasche.

Zu spät, glaubte Kelly, bemerkte sie die Ausbuchtung der Hemdtasche. »Nein!«, schrie sie entsetzt und sah im Geiste schon den Revolver, den er jeden Augenblick ziehen würde. Sie warf sich auf ihn und fiel ihm in den Arm.

Johnny schaute von Luc zu ihr, deutliches Vergnügen im Blick. Obwohl Kelly sich an seinen Arm klammerte, fuhr er in der Bewegung zu seiner Hemdtasche fort.

»Schon gut, mein Schatz«, sagte er und holte einen Autoschlüssel aus der Tasche. Er warf ihn Luc zu. »Tut mir Leid, dass ich Ihnen den Schlüssel abnehmen musste«, sagte er. »Aber zu diesem Zeitpunkt hielt ich das für erforderlich.«

Luc fing den Schlüssel mit einer Hand auf.

»Gehen Sie zu Ihrem Auto«, sagte Johnny. »Kelly wird in einer Minute bei Ihnen sein.«

Luc rührte sich nicht von der Stelle. »Sie haben mein Wort, mein Freund.«

Luc sah ihn zweifelnd an, wandte sich dann an Kelly. »Was soll ich tun?«

»Geh, Luc«, murmelte Kelly, obwohl sie nicht begriff, was um sie herum geschah.

Luc schien immer noch skeptisch zu sein. »Fünf Minuten!«, sagte er dann zu Johnny, die Zähne fest zusammen gebissen. »In fünf Minuten muss sie bei mir sein.«

Kelly wäre fast wieder in Ohnmacht gefallen. Luc gab Johnny Befehle. Zu ihrer Verwunderung nickte Johnny. »Fünf Minuten«, stimmte er zu.

Luc verließ das Zimmer, und kurz darauf sah Kelly ihm zu, wie er sich draußen einem Auto näherte und den Ellenbogen auf das Dach stützte. Während Kelly ihn beobachtete, war ihr bewusst, dass Johnny sie nicht aus den Augen ließ.

Sie spürte, wie er an ihre Seite trat, sie fühlte seinen Atem in ihren Haaren.

»Ich will mich von dir verabschieden, Kelly«, flüsterte er.

»Verabschieden?«, hauchte sie.

»Ja.«

»Sie ... Sie lassen mich gehen?«

Er fuhr mit den Fingerspitzen über ihren schlanken Hals.

»Ja, ich lasse dich gehen.«

Sie spürte seinen Atem jetzt im Nacken. Er fuhr mit einem Finger über den Kragen ihrer Bluse. »Aber ich muss dich bitten, über deinen kurzen Besuch bei mir Stillschweigen zu bewahren. Das kannst du dir denken, nicht wahr?«

Kelly schluckte. Ihr fiel keine Antwort ein.

Johnny tauchte mit einem Finger unter ihre Bluse, streichelte über den Ansatz ihrer Brüste. »Alles in Ordnung, Sweetheart?«

Es war keine Frage, es war ein Befehl. In seinem Sinn war alles in Ordnung.

Sie nickte nervös.

»Ich bin froh, dass wir uns verstehen«, sagte er lächelnd.

Er stand dicht hinter ihr, sie spürte die Wärme seines Körpers, und sein Finger schlich sich immer tiefer. Sie wusste, dass im nächsten Moment die Schmetterlinge in ihrem Bauch zu flattern beginnen würden.

Sie drehte sich abrupt zu ihm um und schaute in seine blitzenden, gefährlichen Augen. »Auf Wiedersehen, Johnny Casigelli«, sagte sie kühl. Sie wäre am liebsten aus dem Zimmer gerannt, aber sie zwang sich zum gemessenen Gehen.

Johnny blieb nur kurz am Fenster stehen und sah dem Mietwagen nach, bis er um die erste Biegung verschwunden war. Eigentlich überwog die Erleichterung bei ihm, auch wenn er noch einmal ein kurzes Ziehen in den Lenden gespürt hatte, als er eben so dicht neben ihr gestanden hatte. Seit Kelly bei ihm im Haus gewesen war, hatte er Mühe gehabt, sich zu konzentrieren. In manchen Minuten hatte er geglaubt, den Verstand zu verlieren.

Natürlich war er versucht gewesen, Giuseppe zu sagen, er soll mit ihrem so genannten Freund eine kurze Spritztour in die Wüste unternehmen und ohne ihn zurückkommen. Aber irgendwann hatte dann sein Verstand wieder eingesetzt, und er hatte auf das riskante Unterfangen verzichtet.

Ja, er schuldete Larry einen Gefallen, aber er schuldete ihm nicht so viel, dass es sich lohnte, eine Mordanklage an den Hals zu bekommen. Keine Frau war das wert. Und was würde passieren, wenn die Cops hier herumkrochen und alles auf den Kopf stellten?

Er grinste. Er hatte der Versuchung widerstanden. Er hatte seine Freiheit und sein Geschäft höher eingeschätzt als den Körper dieses Mädchens.

Er drehte sich auf dem Absatz um, öffnete die Tür und rief nach Giuseppe.

»Ja, Boss?« Giuseppe stand gleich hinter der Tür.

»Mach den beiden das Tor auf«, ordnete Johnny an. »Und überzeuge dich davon, dass sie sicher wegkommen.«

Sicher wegkommen? Giuseppe betrachtete seinen Boss von der Seite. Er ließ die beiden entkommen?

Johnny schnipste ungeduldig mit den Fingern. »Mach schon!«, fuhr er ihn an.

Giuseppe zuckte zusammen. Es stand ihm nicht zu, Befehle vom Boss anzuzweifeln. Aber trotzdem beäugte er ihn argwöhnisch. »Ja, Boss. Sofort.«

»Und dann holst du mir sofort den Hubschrauber her«, blaffte Johnny. »Ich will keine Stunde länger als nötig in dieser Einöde sein.«

Jetzt muss ich mich zuerst einmal um Larry kümmern, dachte Johnny, nachdem Giuseppe hastig davongezogen war.

Er griff nach einem Telefon und wählte die Nummer in Kalifornien.

»Larry«, sagte er, nachdem er sich gemeldet hatte. »Wir müssen unsere Pläne ändern. Ich habe Kelly gehen lassen. Ja, das kann man sagen, dass es unvorhergesehene Ereignisse gab. Sie ist schon auf dem Rückweg. Was uns beide angeht – ich will nicht länger in Ihrer Schuld stehen. Was halten Sie davon, wenn ich Ihnen eine neue Kanzlei finanziere ...?«

Lucs Mietwagen knarrte und knirschte, als er durch die Wüste bretterte. Kelly fühlte sich heiß, verschwitzt, unbequem und erschöpft, aber sie hätte nicht glücklicher sein können, dachte sie und schaute Luc wieder von der Seite an.

Luc hatte bisher nicht viel gesagt, offenbar waren alle Zellen seines Gehirns darauf konzentriert, sie aus dieser Gegend herauszubringen. Dabei gab es so viele Dinge, die sie ihn fragen musste! Und ihm sagen musste. Aber wo sollte sie mit ihrem Bericht beginnen?

»Luc?«, fragte sie leise.

Er wandte kurz den Blick von der staubigen Straße. »*Oui?*«

Sie lächelte scheu. »Du bist mein Held, weißt du das? Du bist mein Ritter in glänzender Rüstung – oder richtiger: mein Ritter in T-Shirt und Jeans.«

Er lächelte und legte eine Hand locker auf ihr Knie, während er mit der anderen Hand den Wagen lenkte.

»Du hast eben gesagt, dass du mich liebst«, murmelte Kelly. »Also, ich liebe dich auch.«

Luc starrte auf die staubige Straße.

Sie schaute auf die kräftige Hand auf ihrem Knie und fuhr mit einem Fingernagel leicht über seine Knöchel. »Ich liebe dich sogar sehr …«

Abrupt bremste Luc ab und fuhr an den Straßenrand. Er warf seine Zigarettenkippe aus dem Fenster und wandte sich Kelly zu.

»Ich liebe dich sehr, sehr, sehr …« Kelly sah ihn strahlend an. Luc beugte sich zu ihr und brachte sie mit seinen Lippen zum Schweigen. Ihre Münder klebten zusammen, ihre Hände erforschten ihre Körper, griffen an die Kleidung, öffneten Knöpfe.

Kelly wollte sich ihm unbedingt nackt zeigen, sie wollte keine Sekunde länger warten. Sie streifte sich die dünne weiße Bluse ab, während er an ihrer Jeans nestelte und sie über ihre Hüften zog. Glücklich streckte Kelly sich ihm entgegen, der Stress der letzten Tage war völlig vergessen, abgeschüttelt. Seine Hände ließen keine Stelle ihres nackten Körpers unberührt, während sie ungeduldig an seinem T-Shirt zerrte und es ihm über den Kopf zog.

»Es tut mir leid, dass ich in Paris vor dir weggelaufen bin«, murmelte sie, während sie seinen Brustkorb mit kleinen, feuchten Küssen bedeckte. »Ich dachte, du wolltest mich nicht mehr. Ich weiß jetzt, dass ich mich wie ein verzogenes Kind verhalten habe.«

»Ja«, sagte Luc heiser und küsste ihren Nacken. »Du warst ein verzogenes Kind.«

»Was?« Sie wich zurück. Obwohl sie vom Fieber der Lust erfasst war, wollte sie das nicht auf sich sitzen lassen. »Es lag nicht nur daran, dass ich verzogen bin.«

Luc hielt ihre Brüste in seinen Händen und drückte sie fest. »Doch, doch, du bist verzogen und verwöhnt«, murmelte er, »aber ich habe mich auch nicht gut benommen.«

»Ja, richtig.« Kelly kicherte. »Jetzt sind wir quitt.«

»*Oui, chérie.*«

Er fuhr mit den Daumen über ihre aufgerichteten Nippel, und sie schmiegte sich an ihn und spürte die Hitze durch ihre Adern fließen. Sie zurrte an seiner Jeans, aber ihre Lust schien ihre Finger taub zu machen, und so überließ sie ihm die Aufgabe. Er streifte sich die Hose über die Hüften, ohne den Kuss zu unterbrechen.

Kellys Pulsschlag raste, als Luc einen Arm unter ihre Kniekehlen schob und die Beine vom Sitz anhob. Sie stützte die Füße auf dem Armaturenbrett ab, während er ihre langen Beine streichelte. Sie hielt den Atem an, als er mit seinen Händen über den entblößten Teil ihres Hintern strich und ihn sanft massierte.

Sie suchte seinen Mund, presste ihre Lippen darauf und küsste und seufzte im Wechsel. Noch hatte er ihr Geschlecht nicht berührt, aber sie spürte, wie sie feucht wurde, wie das Gewebe anschwoll vor Verlangen. Sie griff nach seiner Hand und drückte seine Finger in die lechzende Spalte.

»Hmm«, flüsterte er, als er leicht über die seidigen Labien strich. »Ich habe dich so sehr vermisst, *chérie*.«

»Zeige mir, wie sehr, Darling«, hauchte sie.

Sie drückte ihre Brüste heraus, als er sich über sie beugte und mit der Zunge die dunklen, harten Nippel leckte. Sie wiegte den Oberkörper hin und her, um die Reibung noch zu verstärken.

Seine Hand spielte immer noch mit den Labien, aber jetzt spürte sie, wie er einen Finger in die Furche schob und langsam auf und ab rieb. Die Fingerkuppe stieß sanft gegen den Kitzler.

Kelly begann zu stöhnen und leise zu keuchen. Ihre Knie fielen weit auseinander, und er starrte auf ihr Geschlecht und schluckte schwer. Sie labte sich an der unverhohlenen Lust auf seinem Gesicht.

»Ich möchte dich schmecken«, raunte er.

»Oh, bitte, ja.«

Er sprang von seinem Sitz auf, knallte die Tür zu und lief auf ihre Seite. Er hob sie vom Sitz, öffnete die Fondtür und legte Kelly auf den Rücksitz. Er hockte sich in die offene Tür, zog ihre Hüften näher zu sich, spreizte ihre Schenkel und legte die Beine über seine Schultern.

Erregt richtete Kelly sich auf und stützte sich nur auf den Ellenbogen ab.

Sie schaute fasziniert zu, wie Luc mit dem Kopf zwischen ihre Schenkel tauchte.

»Ah!«, rief sie aus, als seine Zunge ihr Geschlecht berührte. Ganz, ganz langsam fuhr er mit der Zungenspitze die Labien entlang, rauf und runter, runter und rauf, bis sie vor Lust fast verging und es nicht länger erwarten konnte, dass er ihren Kitzler fand.

Schwach vor Erregung sackte sie auf dem Rücksitz zusammen, sie warf den Kopf zurück und spürte, wie er jetzt mit der Zunge tief in sie eindrang. Immer wieder stieß er zu und leckte über die Ränder ihrer geschwollenen Höhle.

Als er ihre Klitoris angriff, sie mit den Lippen umschloss und sanft einsog, mit der Zunge anstieß und diese hin und her bewegte, quietschte sie vor Lust, und von nun an gab es für sie nichts mehr auf der Welt, was wichtig war – nur noch dieses köstliche Gefühl, das ihren ganzen Körper in einen Taumel unbeschreiblicher Lust versetzte.

Instinktiv bewegte sie die Hüften, hob und senkte sie im Rhythmus seiner leckenden, kosenden Zunge, in absoluter Harmonie mit Luc. Er drückte seine Lippen härter gegen ihr brennendes Fleisch, streichelte mit beiden Händen über ihren flachen, zitternden Bauch und glitt höher zu ihren Brüsten. Er rieb ihre Nippel, zwirbelte sie und fachte das Feuer noch stärker an, das in ihr brannte. Jetzt wollte sie ihn in sich spüren, wollte von ihm ausgefüllt sein.

»Mein Liebling!«, stöhnte sie gepresst. »Luc! Komm zu mir, bitte!« Hastig versuchte sie, die Beine weiter zu öffnen, aber die Enge auf dem Rücksitz und die Beschränkung des Türrahmens erschwerten das.

»Einen Augenblick, *chérie*«, murmelte Luc, benommen vor Leidenschaft. Er richtete sich langsam auf und zog sie aus dem Auto.

Er hielt ihren zitternden Körper mit einer Hand fest, während er mit der anderen Hand versuchte, seine Hose weiter zu öffnen. Kelly schob seine Hand weg, tauchte mit den Fingern unter das Band der Shorts und ließ seinen voll erigierten Penis frei.

Sie hielt ihn in beiden Händen, spürte die Hitze, die der Schaft ausstrahlte, und fuhr mit der Daumenkuppe über die weiche Eichel. Luc stöhnte auf und ruckte unkontrolliert mit den Hüften vor und zurück.

Er nahm ihre Hände von seinem Penis und legte sie auf die oberen Rahmen der beiden offen stehenden Türen. Dann packte er Kelly an den Hüften, hob sie an und ließ sie langsam auf seinen Schaft sinken.

»Ahhhh, Luc«, seufzte sie, als er sie penetrierte und Stück für Stück in ihre Scheide wuchs. Er füllte sie wunderbar aus. Sie hielt sich an den Autotüren fest, schlang die Beine um seine Hüften und spürte die Knöpfe seines Hosenstalls in ihrer Pokerbe. Sie presste hart gegen ihn, und er packte ihre Backen und bewegte sie langsam auf und ab.

Er stieß tief in sie hinein, ging ein wenig in die Knie und hievte sie höher. Die rhythmischen Bewegungen erreichten auch ihre Klitoris, und in Kellys Kopf wirbelte es nicht weniger als in ihrem Körper. Sie schloss die Augen und sah silberne Lichter vor den Lidern tanzen, als die scharfen Klingen der Lust in ihr Geschlecht schnitten. Luc bewegte sich schneller, und jeder Stoß brachte sie dem Orgasmus näher.

Luc mahlte tief in sie hinein, stieß schneller und härter zu und knetete und massierte ihre Pobacken. Sein lustvolles Zupacken, verbunden mit den mahlenden Stößen, schickte sie auf ein höheres Plateau der Leidenschaft, und dann wusste sie gar nichts mehr, der Orgasmus schüttelte sie durch, sie ruckte wild und ungestüm gegen ihn und schrie ihre Lust hinaus in die Wüste.

Sie war zu schwach, um sich noch an den Türrahmen festzuhalten, sie warf die Arme um Lucs Hals, der unter dem Ansturm ihres Gewichts ins Schwanken geriet.

»Warte«, ächzte er, hob sie hoch und glitt aus ihr heraus. Es geschah so schnell, dass Kelly vor Entsetzen aufschrie. Luc drehte sie herum und legte ihre Hände auf das Autodach. Sie begriff, was er wollte, krümmte den Rücken und ließ den Po lustvoll kreisen.

»Ah«, stöhnte Luc, teilte die prallen Backen und drang von hinten in Kellys zuckende Spalte ein.

Als sie spürte, dass sie wieder gefüllt wurde, erwachte Kellys Körper von neuem, und die Energie kehrte auf wundersame Weise zurück. Luc stieß seine Hüftknochen gegen sie, wenn er sich tief in sie versenkte, und seine Hände griffen nach ihren schwingenden Brüsten.

Kelly wusste nicht, wie ihr geschah, aber schon nach den ersten der kräftigen Stöße spürte sie, wie der nächste Orgasmus einsetzte; ihre Muskeln spannten sich an, zogen sich zusammen und umschlossen den treibenden Schaft. Sie krümmte den Rücken so tief es ging, um Luc möglichst weit in sich zu spüren, und als er kam, wurde sie mitgerissen und kam und kam und kam.

Sie lagen zusammen auf dem Rücksitz des Wagens, irgendwo mitten in der heißen, trockenen Wüste. Ihre verschwitzten Glieder waren ineinander verkeilt. Kelly lag mit dem Kopf auf Lucs Brust. Ihre Lider flatterten, als er sich bewegte. Sie mussten zuerst ihre Arme und Beine sortieren, ehe sich einer aufrichten konnte. Luc griff nach seiner Jeans und tastete nach Zigaretten. Er fand die Schachtel und zündete sich eine an. Kelly kuschelte sich an ihn, glücklich wie nie zuvor in ihrem Leben. Sie konnte kaum das Ausmaß der Gefühle glauben, die sie eben empfunden hatte, und ebenso schien es ihr kaum zu glauben, dass er wirklich da war. Er. Luc. Hoffentlich träumte sie das nicht alles. Sie schlang ihre Arme um seinen Leib, als wollte sie ihren Traum festhalten.

»Bist du wirklich hier, Luc?«, murmelte sie. Sie fuhr mit einem Finger die Konturen seines Gesichts nach. »Oder träume ich?«

Luc gluckste laut. »Wenn es ein Traum ist, *chérie*, dann ist es ein sehr schmutziger Traum«, sagte er grinsend. Zuerst lachte sie mit ihm, aber dann wurde sie ernst, hob den Kopf und starrte ihn an.

»Aber wie bist du hergekommen? Wie hast du erfahren, wo ich war?«

Luc blinzelte ihr zu und lächelte. »Kein Problem.«

»Spanne mich nicht auf die Folter, Luc. Erzähle mir alles, was du getan hast. Wie du mich gefunden hast.«

Er nickte, und sein Grinsen schwand. Auch er wurde ernst. »Ich habe geglaubt, dass ich dich für immer verloren hätte, Kelly«, sagte er leise. »Nach unserem Streit bin ich in deine Wohnung gegangen, aber du warst nicht mehr da. Ich habe mit Angie gesprochen. Sie hat mir gesagt, dass du schon zurück in die Staaten geflogen bist, und sie hat mir auch gesagt, warum ...«

»Es war dumm von mir«, murmelte Kelly und küsste seine Brust.

»Dann haben wir telefoniert«, fuhr er fort. »Zuerst hat Angie mit deiner Stiefmutter gesprochen. Sie weigerte sich, dich ans Telefon zu holen, und sagte, dass du schläfst oder so etwas. Und später bekamen wir überhaupt keine Verbindung mehr.« Er hob die Schultern und zog lange an der Zigarette. »Dann war mir klar, dass ich keine Wahl hatte – ich musste zu dir kommen.«

»Du bist bei mir zu Hause gewesen? Aber ich verstehe es immer noch nicht. Wie hast du dort etwas über meinen Aufenthaltsort erfahren?«

»Gestern Morgen war ich bei dir zu Hause, Angie hatte mir die Adresse gegeben. Ich habe mit dem Dienstmädchen gesprochen. Sie hat mir gesagt, dass du mit Larry irgendwohin gefahren bist. Sie wusste nicht wohin, deshalb hat sie mir den Weg in die Kanzlei beschrieben. Sie hat mir auch gesagt, dass es noch zu früh sei, um deine Stiefmutter zu sprechen. Also bin ich zur Kanzlei gefahren und habe dort mit Larrys Assistentin gesprochen.«

»Es ist ein Glück, dass du nicht mit Marissa gesprochen hast«, murmelte Kelly. »Gott weiß, welches Märchen sie dir aufgetischt hätte.«

Luc nickte und fuhr fort: »Justine, der Assistentin Larrys, gebührt der Dank, dass ich dich finden konnte. Sie ahnte, dass Larry und Marissa irgendeine faule Sache drehen. Sie wusste nicht genau, um was es sich handelte, aber sie glaubte, dass dieser Johnny Casigelli darin verwickelt war. Sie hatte schon vorher Nachforschungen angestellt und erfahren, dass Johnny einen Grundbesitz in der Nähe von Ensenada in Mexiko hat. Also bin ich die ganze Nacht gefahren und habe diesen Besitz gesucht – *et voilà*, hier bin ich.«

»Mein großer, großer Held«, wisperte Kelly, rutschte an ihm hoch und küsste ihn auf die Wange. »Dabei kenne ich Justine kaum – und ich schulde ihr so viel.«

»Du kannst ihr bald danken, *chérie*.«

»Kann ich dir jetzt schon danken?«, fragte sie und schaute in seine Augen, ehe sie wieder nach unten rutschte und mit den Lippen über seinen Brustkorb strich.

Luc lächelte sein wunderbares Lächeln, und Kelly war, als würde sie innerlich zerschmelzen. Luc warf die Zigarette aus dem Fenster und strich ihr liebevoll über die Haare. »Noch einen Moment«, murmelte er. »Zuerst will ich hören, wie du überhaupt in eine solche Situation geraten konntest.«

Kelly berichtete. Ihre Worte sprudelten nur so aus ihr heraus. Sie erzählte von dem angeblichen Besuch eines Klienten, von Larrys und Marissas Verrat, von den Papieren, die sie auf Befehl Johnnys unterschreiben sollte. Als sie die Geschichte zu Ende erzählt hatte, fühlte sie sich wie ausgelaugt.

Luc nahm sie in die Arme. »Jetzt ist alles wieder gut«, flüsterte er ihr ins Ohr. »So etwas wird nie wieder geschehen, denn ab jetzt werde ich auf dich aufpassen, *chérie.*«

Sie küssten sich genüsslich, unendlich verliebt. Kelly drang mit der Zunge in seinen Mund ein, nahm Besitz von ihm. Sie konnte nicht genug von ihm bekommen. Luc machte sie trunken vor Glück, Luc berauschte ihre Sinne, Luc ließ ihren Körper zittern.

»Luc«, rief sie überwältigt, »ich liebe dich!« Sie stieg über ihn.

»Ich liebe dich auch!«, keuchte er zurück und positionierte sie über sich.

Sie wollte sich leicht anheben, stieß aber mit dem Kopf gegen das niedrige Autodach. Lachend küsste sie sich an ihm hinunter, sie glitt tiefer und tiefer, bis sie seinen schon wieder leicht zuckenden Penis in beiden Händen hielt. Sie rieb ihn leicht, hauchte ihn an und fuhr mit den Fingern auf und ab, während eine Hand die Testikel sanft drückte.

»Oh, Kelly«, raunte Luc.

»Ah«, rief Kelly, als sich der Penis in ihrer Hand zu strecken begann. Es war, als pumpte sie ihn auf, so schnell wurde er groß und hart. Sie lächelte zufrieden, öffnete den Mund weit und stülpte ihn über den zuckenden Schaft.

Neunzehntes Kapitel

Marissa wandte sich vom breiten Flughafenfenster ab, nachdem sie seit zehn Minuten vorgab, die ankommenden Flugzeuge zu beobachten, und warf Larry einen Seitenblick zu. Sie schmollte immer noch. Sie wusste, dass es nicht wirklich Larrys Schuld war, aber ganz gewiss war es nicht ihre, und da sie alles ihm überlassen hatte, war er eben verantwortlich. Und natürlich hätte er an einen solchen unvorhergesehenen Zwischenfall denken müssen. Verdammt, Larry! Verdammt, Johnny Casigelli! Und auch verdammt, du elender Franzose! Am meisten aber: verdammt, Kelly!

Als sie ihn versteckt von der Seite ansah, wandte auch Larry den Kopf, und für einen Sekundenbruchteil trafen sich ihre Blicke. Sie ruckte sofort wieder den Kopf herum und starrte aus dem Fenster.

»Nun komm schon, Baby«, lockte Larry sie. »Hör auf zu schmollen.« Er legte seine Hand auf ihre.

Sie zog wütend ihre Hand weg. »Hör auf, mir zu sagen, was ich zu tun habe«, fauchte sie. »Und behandle mich nicht wie ein kleines Kind.«

»Dann hör auf, dich wie eins zu benehmen.«

Marissa starrte ihn zornig an. »Ich? Wer ist denn angeblich der weltmännische Anwalt? Wer ist es denn, der nicht einmal einen winzigen Coup landen kann, so kinderleicht er auch ist, und das sogar mit der Hilfe eines neunmalklugen Versagers von Mafioso?«

»Halte deine Stimme im Zaum«, zischte Larry und starrte an ihr vorbei zu den Leuten in Hörweite.

Marissa schaute in das angespannte Gesicht, dessen Profil so sexy war, dass sie ihm kaum widerstehen konnte, und biss sich auf die Lippe, ehe sie den Blick wieder abwandte. Sie sah, wie draußen eine Boeing 747 eingewiesen wurde.

»Du weißt genau«, sagte Larry nach einer Weile, »dass es nur ein verzweifelter Versuch war, Baby. Das wussten wir beide. Wir hofften, dass Kelly sich einschüchtern ließ und rasch unterschreiben würde. Aber wer konnte denn ahnen, dass sie sich so störrisch verhielt – und dass dann plötzlich ein Franzose auftaucht, den sie sich offenbar in Paris geangelt hat? Sie hat vorher kein Wort von ihm erwähnt.«

»Du bist der Anwalt. Du hättest an alle Eventualitäten denken müssen.«

»Ja«, sagte Larry zerknirscht. »Du hast Recht, ich war zu nachlässig. Zu siegessicher.«

Er schlug sich mit der Faust auf den Oberschenkel. Sie hatte Recht. Er war zu nachlässig gewesen. In all seinen Jahren als Anwalt hatte er sich solche Fehler nicht erlaubt. Was er immer noch nicht herausgefunden hatte – wie hatte der Franzose so schnell erfahren, wo Kelly sich aufhielt? Die einzigen Menschen, die den Ort kannten, waren Johnny, Marissa und er selbst.

Er seufzte und hob die Schultern. »Baby, so schlimm ist es ja nicht. Johnny hat die richtige Entscheidung getroffen. Als der Franzose auftauchte, konnte er kein Risiko mehr eingehen und musste das Unternehmen abbrechen. Er konnte ja nicht wissen, wie viele andere Leute der Franzose noch eingeweiht hatte.«

»Johnny, Johnny, Johnny …«, äffte Marissa sarkastisch nach und wiegte den Kopf.

»Du hast Johnny viel zu verdanken«, sagte Larry leise. »Er wird Kelly besänftigen, während wir verreisen, bis Gras über die ganze Sache gewachsen ist. Und er will meine eigene Kanzlei finanzieren.«

»Ja, deine Kanzlei. Aber was ist mit mir? Was bekomme ich?«

»Babe, du weißt, dass ich immer für dich da bin.«

»Hm«, machte Marissa skeptisch.

»Babe, jetzt geht es nur noch um Schadensbegrenzung. Wir müssen aus einem miesen Job das Beste machen.«

Sie schauten beide hoch, als der Schalter geöffnet wurde. Als Passagiere der ersten Klasse schlenderten sie zum Kopf der wartenden Schlange und hielten ihre Bordkarten bereit.

»Was ist, wenn ich keine Lust habe, aus einem miesen Job das Beste zu machen?«, murmelte Marissa.

»Nun, ich schätze, das musst du selbst wissen«, murmelte Larry unglücklich.

Ich werd's ihm zeigen, dachte sie säuerlich. Sie drückte sich an ihm vorbei und betrat den Gang, der direkt zum Flugzeug führte. Ihr Po wackelte, und sie wusste, dass seine Blicke an ihren Backen kleben würden. Sie schaute einen feschen Steward schmachtend an, der sich fast dabei überschlug, sie zu ihrem Sitz zu führen.

Sie ignorierte Larry, der neben ihr saß, und flirtete während der Flugvorbereitungen und dem Start unverschämt mit dem Steward. Als sie in der Luft waren, hatte sie den Steward so weit, dass er wie ein Hündchen hechelte, sobald er ihr die eine oder andere Gefälligkeit erweisen konnte. Marissa fühlte sich schon viel, viel besser.

»Ich glaube, der Flug wird mir großen Spaß machen«, sagte sie und streckte sich wie eine schlanke, blonde Wildkatze. Der Steward schaute sehnsuchtsvoll zu ihr herüber. Sie streifte die Schuhe ab und schaute halb amüsiert zu, wie sich der junge Mann vor sie kniete und ein Kissen unter ihre Füße schob.

»Ist das nicht angenehmer für Sie, Ma'am?«, fragte er.

»Mm, ja, danke«, antwortete sie mit einem wohligen Seufzer. Sie sah Larry von der Seite an und bemerkte, dass die kleine Ader an seiner Schläfe heftig pulsierte. Das sichere Zeichen von Verärgerung, dachte sie und grinste vor sich hin.

Sie wusste, wenn sie woanders gewesen wären und sie so unverfroren mit einem anderen Mann geflirtet hätte, dann wäre Larry ausgeflippt. Er hätte sie an der Hand genommen, in eine Ecke geführt und übers Knie gelegt. Dann hätte er ihr Kleid hoch geschoben, den Slip heruntergezogen und mit der flachen Hand auf ihren Po geklatscht. Die Vorstellung allein reichte aus, um sie wohlig erschauern zu lassen. Dabei wusste sie, dass es nur Wunschdenken war – selbst Larry würde sich nicht trauen, sie in der ersten Klasse übers Knie zu legen und abzustrafen.

Trotzdem, es machte Spaß, ihn zu reizen.

Sie kicherte wie ein junges Mädchen, als sie ›aus Versehen‹ ein wenig Champagner verschüttete und der Steward galant mit einem Tuch zur Stelle war.

»Oh, nein, das halte ich nicht aus«, murmelte Larry, klappte den Gurt auf und ging hinüber zu einem freien Sitz in der mittleren Reihe.

Marissa grinste noch breiter und richtete die volle Breitseite ihres Charmes auf den verteidigungslosen Steward, der wohl vergessen hatte, dass er auch für andere Passagiere zuständig war. Er hing an ihren Lippen und erfüllte ihr jeden Wunsch, noch bevor sie ihn geäußert hatte. Geschlagene zehn Minuten lang bedachte sie Larry mit keinem Blick.

Als sie schließlich verstohlen hinter sich in die mittlere Reihe schaute, obwohl sie genau wusste, dass er vor Wut schäumen würde, blieb ihr fast der Champagner in der Kehle stecken.

Eine große, schlanke brünette Frau hatte sich in den Sitz neben Larrys gesetzt und sich dort häuslich niedergelassen. Sie lachte fröhlich, wahrscheinlich über irgendeine Bemerkung, die er gerade gemacht hatte. Nicht nur das. Ihre polierten Fingernägel lagen auf seinem Ärmel. Nicht nur das. Ihr Oberschenkel befand sich nur eine Handbreit von seinem weg – und schob sich näher.

Marissa umklammerte ihre Armlehne. In ihrem Kopf läuteten Alarmsirenen. »Holen Sie mir noch einen Drink, bitte?«, flötete sie dem Steward zu, der sie plötzlich zu nerven begann. Sie schlüpfte in ihre Schuhe, stand auf, streckte sich, glättete den schwarzen Mini und trat in den Gang.

»Entschuldigen Sie«, sagte sie süßlich zu der brünetten Frau. »Ich glaube, Sie sitzen auf meinem Platz.«

Die Frau sah trotzig auf. »Das glaube ich nicht«, sagte sie kühl und wollte ihre Aufmerksamkeit wieder Larry zuwenden.

»Das glaube ich für Sie mit«, sagte Marissa honigsüß. Gleichzeitig packte sie die Frau am Kragen ihres Kostüms und riss sie von ihrem Sitz hoch.

»He!«, rief die überraschte Frau.

»Verpiss dich«, zischte Marissa. »Er gehört mir.«

Sie rutschte auf den Platz neben Larrys und sah der wütenden Brünetten nach, die kochend irgendwo verschwand. Marissa lehnte sich zufrieden zurück und schaute Larry von der Seite an.

»Du kannst dir dein überlegenes Grinsen abschminken, Anwalt«, murmelte sie.

Larrys Grinsen wurde noch breiter. Marissa konnte ihm nicht widerstehen. »Vielleicht werde ich doch das Beste aus einem miesen Job machen«, sagte sie und kuschelte sich an ihn, legte den Kopf auf seine Schulter.

Larry flüsterte ihr ins Ohr: »Sobald wir in Rio eintreffen, werde ich dich für dieses kleine Spiel abstrafen, darauf kannst du dich verlassen.«

Marissa schaute zu ihm hoch. Ihre Augen tanzten aufgeregt. »Ich glaube, ich kann nicht bis Rio warten.«

»Ich glaube, du musst, Babe.«

Sie sah sich fieberhaft um. »Was ist hinter diesem Vorhang?«

»Weiß nicht.«

Sie grinste und stieß ihn an. »Komm mit.«

Zwanzigstes Kapitel

»Geschafft!«, sagte Kelly und legte den Füllfederhalter neben das letzte Dokument, das sie gerade unterschrieben hatte. »Nur einen Tag später als geplant.«

»Sehr gut«, sagte Bill Stern und sammelte alle Dokumente ein. »Jetzt gehört alles Ihnen, genauso, wie Ihr Dad es gewollt hat.«

Kelly sah ihn strahlend an und nickte.

Bill schaute mit wohlwollender Genugtuung auf Kelly. Sie war eine hübsche Frau, und sie war ein liebes Mädchen. Er mochte Kelly, als wäre sie seine eigene Tochter. Deshalb war es ihm auch eine Ehre, der Testamentsvollstrecker ihres Vaters zu sein.

Bill Stern war ein ausgezeichneter Anwalt. Seine Praxis befand sich in einem Gebäude, das David Asletts Kanzlei gegenüber lag. Er hatte Kellys Vater gut gekannt, beruflich waren sie Rivalen, aber außerhalb der Praxisräume waren sie die besten Freunde gewesen.

Schweigend sichtete Bill noch einmal alle Dokumente. Er überzeugte sich davon, dass die Unterschriften an den richtigen Stellen standen und dass alle geleistet waren. Während er die Dokumente in seinen Aktenkoffer sortierte, schüttelte er kaum merklich den Kopf. Irgendetwas an dieser Prozedur stimmte nicht.

Eigentlich hätte Larry Barris hier sitzen müssen, um Kellys Hand zu führen. Schließlich war Larry der Teilhaber der Kanzlei von Kellys Vater. Alle bisherigen Konsequenzen aus dem Testament hatte er in die Wege geleitet. Und jetzt? Er zuckte die Schultern. Es ging ihn nichts an. Aber ein bisschen merkwürdig war es doch.

»Larry kann Ihnen die ganzen Regularien ja noch einmal erklären, wenn er von seiner Reise zurückkommt«, sagte Bill. Er nahm die kleine runde Brille von der Nase, kaute auf einem Bügel herum und sah Kelly neugierig an. »Wissen Sie, wann er zurückkommt?«

»Nein«, sagte Kelly ausweichend und mied den Blick des Anwalts, »das weiß ich nicht.« Ihr Gesicht verdüsterte sich ein wenig.

Hm, dachte Bill, das wird immer merkwürdiger. Klar, an der Sache ist was faul. Er hatte schon ein unbehagliches Gefühl, als Larry ihn gestern angerufen und um diesen Gefallen gebeten hatte. Rechtlich war ein solcher Vollzug einer testamentarischen Verfügung nichts als Routine. Und die Unterlagen waren vollständig auf Larrys Schreibtisch und harrten lediglich der Unterschrift. Aber gerade deshalb war es nicht nachvollziehbar, warum man einen rivalisierenden Anwalt einschalten musste. Der Vorwand der plötzlichen Abreise klang alles andere als überzeugend.

Bill räusperte sich geräuschvoll. »Eh, ist alles in Ordnung zwischen Ihnen und Larry?«

Kelly hob den Blick, und ihre großen hellbraunen Augen sahen wässrig aus. »Nein, ist es nicht«, sagte sie leise. »Larry wird nicht wieder in die Kanzlei zurückkommen, Bill.«

»Oh?« Bills buschige graue Augenbrauen gingen hoch. »Wollen Sie mir was darüber erzählen?«

Kelly lächelte dünn. »Nein. Es kommt immer wieder vor, dass Leute sich nicht mehr verstehen.«

Bill, mit seiner geschulten Intuition und der jahrelangen Erfahrung, in Gesichtern die wahren Gefühle zu lesen, erkannte, dass sie sich Mühe gab, die wahren

Beweggründe für sich zu behalten. Er legte eine stämmige Hand auf ihre. »Es tut mir Leid, Kelly«, sagte er sanft. »Ich weiß, dass Sie Larry immer vertraut haben. Wenn Sie eine Schulter brauchen, wissen Sie, wo Sie mich finden.«

»Danke, Bill«, sagte sie leise. Mit einer leichten Bewegung des hübschen Kopfs warf sie die Haare nach hinten, dann schob sie den Stuhl zurück und stand auf. »Wissen Sie, ich könnte Ihren Rat jetzt schon gebrauchen. Wegen eines Nachfolgers für Larry. Schließlich muss ich jemanden haben, der die Kanzlei meines Vaters weiterführt.«

»Ja, sicher.« Bill lächelte. »Da fallen mir sofort ein paar Namen von guten, hungrigen Juristen ein. Ich werde mich gern darum kümmern, Kelly.«

Kelly war froh, dass alles vorbei war. Sie ging über den langen Flur und sah Luc am hinteren Ende stehen, einen Arm lässig auf den Empfangstresen gestützt. Er plauderte mit Justine und Annie. Die beiden jungen Frauen strahlten ihn an, und an ihren geröteten Gesichtern merkte man, wie sehr ihnen Lucs Gegenwart gefiel. Himmel, Justine hatte sogar ihre Brille abgenommen und ihren Haarknoten geöffnet!

Kelly verdrehte die Augen, aber innerlich bebte sie vor Stolz und Liebe und Lust. Sie konnte es Justine und Annie nicht verübeln, dass sie ungehemmt mit Luc flirteten.

Luc schaute auf und sah sie. Er grinste breit und ging ihr entgegen.

»Hallo, Herzensbrecher«, murmelte sie liebevoll und pikste einen Finger in seine Rippen.

Er küsste sie auf die Nasenspitze. »Alles erledigt?«

»Ja.« Kelly lächelte. »Komm, jetzt will ich dir meine Kanzlei zeigen.«

Sie nahm seine Hand und tanzte mit ihm durch den Flur, zeigte ihm die einzelnen Räume, wies auf ein besonderes Gemälde hin und erklärte ihm das Kommunikationssystem, auf das ihr Vater so stolz gewesen war. Dann standen sie vor einer schweren Doppeltür aus Eiche.

»Das ist die Bibliothek!«, rief Kelly. »Die musst du dir ansehen!«

Luc war pflichtschuldigst beeindruckt. Er stieß einen leisen Pfiff aus angesichts der dicken Lederbände und ließ sich von Kelly von Wand zu Wand führen.

»Schau dir das an«, sagte sie. »Hier stehen die Bände zwar völlig vergeudet herum, weil sich niemand dafür interessiert, aber schau dir diese Sammlung von Kunstbänden an!« Sie griff zu einem ledergebundenen Prachtband und hievte ihn ächzend auf einen niedrigen Lesetisch.

Sie schlug das Buch auf und betrachtete die farbigen Abbildungen. »Luc!« rief sie, »komm und sieh mal!«

»Ich sehe.«

Seine Stimme klang so nah und heiser, dass Kelly sich verwundert umdrehte. Sein heißer Blick war aber nicht auf das abgebildete Gemälde im Buch gerichtet, sondern auf die Wölbung ihres Hinterns.

»Du sollst dir das Gemälde anschauen!«, sagte sie lachend und tippte mit einem Finger auf das Buch.

Luc trat noch näher an sie heran und schaute über ihre Schulter. Sie blickte zu ihm auf, und er betrachtete eine fast getreue Reproduktion von Gauguins *L'esprit Veille*.

»Eines Tages wirst du auch in einem solchen Buch sein«, sagte sie. »Ich weiß es.«

»Ja«, murmelte er, seltsam uninteressiert.

»Was ist los?«, fragte sie, aber im nächsten Moment wusste sie es – er drückte die Beule in seiner Jeans gegen ihren Po. Bevor sie etwas sagen konnte, schlüpfte er mit einer Hand unter ihr Kleid und streichelte über den weißen Slip.

»Luc!«, rief sie protestierend. »Das geht doch nicht! Nicht hier!«

»Warum nicht?«, murmelte er. »Es ist doch jetzt deine Kanzlei, oder nicht?«

Er fuhr mit einem Finger in die Kerbe ihrer Backen, fuhr sanft auf und ab, und sie seufzte vor Lust. »Gefällt dir das, *chérie?*«

»Nein«, flüsterte sie und rieb ihren Hintern gegen seine Hand. »Ich spüre so gut wie nichts. Nein, es ist eher langweilig.«

»Langweilig, eh?«, fragte Luc glucksend und fuhr fort, sie zu streicheln. Eine Hand glitt über ihren Venusberg. »Dann höre ich wohl lieber damit auf.«

»Nein!«, keuchte sie. »Ich habe doch nur … ahhh … Spaß gemacht.«

Sie drängte sich seinen forschenden Fingern entgegen. Er schlug ihr Minikleid hoch und schob das weiße Höschen die Schenkel hinunter.

Kelly spürte einen Luftzug auf ihrer entblößten Haut. Sie wusste, dass ihr Verhalten alles andere als angemessen war – was würde geschehen, wenn einer der anderen Anwälte in die Bibliothek kam? Aber es fühlte sich so gut an, was Luc mit ihr machte …

»Oh, ja«, stöhnte sie, als er eine Hand zwischen ihre Schenkel schob und kräftig über ihr Geschlecht rieb. Schon nach wenigen Augenblicken war seine Handfläche feucht, und als er über den herausgestreckten Po streichelte, hinterließ er eine nasse Spur.

Kelly war verloren. »Ich gebe auf«, stöhnte sie, schloss die Augen und gab sich seinen Berührungen hin.

»Gut«, murmelte Luc und befingerte ihren Kitzler. Er rieb mit zwei Fingern über den rasch härter werdenden Knopf, und Kelly spürte, wie es in ihrem Innern pochte. Die Wände der Vagina zogen sich zusammen, und stöhnend spreizte sie die Beine weiter.

Luc packte den dünnen Stoff des Slips und riss ihn in der Mitte durch. Kelly kicherte.

»Ich hoffe, du kaufst mir ein neues Höschen«, hauchte sie.

»*Non*«, gab er zurück, »sie sind doch nur im Weg, oder?« Er küsste sie zärtlich hinters Ohr und raunte ihr zu: »Steig auf den Tisch.«

»D ... das geht doch nicht«, stammelte sie, aber noch während sie diesen Einwand vorbrachte, hämmerte ihr Herz vor Erregung.

»Steig auf den Tisch, *chérie*. Ich schließe die Tür ab.«

Sobald er den Schlüssel herumgedreht hatte, kletterte sie auf den Tisch und ging auf alle viere. Ihr Kleid bis zu den Hüften hochgeschoben, das Höschen zerrissen auf dem Boden, kam sich Kelly sehr, sehr lüstern vor. Sie schaute zur Seite und sah Luc dort stehen, der sie mit heißen Blicken verzehrte, und wieder empfand sie eine überwältigende Liebe zu ihm.

»*Magnifique*«, presste er heraus, stellte sich hinter sie und strich mit den Händen über Rücken, Po und Schenkel. Kelly rang nach Luft, als er ohne Vorwarnung ihre Hüften bis an den Tischrand zog. Er sank auf die Knie, knetete ihre Backen und drückte seinen Mund auf ihr Geschlecht. Er fuhr die geschwollenen Labien entlang und schloss seine Lippen um die zuckende Klitoris. Ihr Orgasmus trat sofort ein. Er begann in ihrem Kopf, drang in jeden Nerv ihres Körpers ein und mündete in einem sprühenden Feuerwerk der Lust. Ihr Kopf lag jetzt auf dem Tisch, der Po reckte hoch in die Luft, und Luc kroch zwischen ihren Schenkeln hervor.

Er schob sich rasch die Jeans über die Hüften, trat dicht an sie heran und versenkte den knochenharten Penis mit einem satten Schwung in die nasse Tiefe ihres Körpers. Ihr Liebesakt war schnell und wild. Er stützte sich auf ihrem Becken ab, und seine Hoden schlugen bei jedem Stoß gegen ihre hinteren Schenkel.

Luc kam es zuerst. Er stöhnte laut und blieb tief in ihr, als sein Höhepunkt einsetzte, und ihre inneren Muskeln spannten sich um den pochenden, zuckenden Schaft und quetschten ihn aus, und als hätte Kelly nur auf diesen Balsam gewartet, wurde ihr Körper von neuem geschüttelt. Sie musste sich am Tischrand festhalten und hechelte, benommen von der Kraft ihres Orgasmus.

Es dauerte einige Minuten, bis sie sich beide erholt hatten und wieder Atem zum Sprechen fanden.

»Nicht schlecht«, sagte Luc, half ihr auf und setzte sie auf die Tischplatte. Er presste seine Lippen auf ihren Mund.

Kelly gluckste. »Wenn wir sehr hart arbeiten und unsere Technik zehn Mal am Tag proben, könnten wir eines Tages sehr gut in dieser Disziplin werden.«

»Was?!«, rief Luc. »Nur zehn Mal? Das ist doch gar nichts. Das haben wir ja schon in Paris geschafft.«

Kelly sagte grinsend: »Ich weiß, ich war fast immer ein bisschen wund.« Sie sprang vom Tisch und begann, ihre Kleidung zu richten. »Die nächste Probe findet aber zu Hause statt.

»Jetzt geht's nach Hause?«, fragte er leise.

»Wo ist unser Zuhause?«, flüsterte sie. Jetzt, da sie die

Papiere unterschrieben hatte, stand ihr ein großes, schönes Haus zur Verfügung.

Luc hob eine Augenbraue. »Paris?«

»Eh ...« Kelly schwankte. Sie sah das wunderschöne Haus vor sich, das ihr Vater ihr hinterlassen hatte. Als sie und Luc gestern Abend dort eintrafen, hatten sie es wunderbar ›Marissa-frei‹ vorgefunden, und plötzlich hatte sie sich zu Hause gefühlt.

»Hier?«, fragte Luc leise.

Sie zögerte immer noch. Sie stellte sich vor, wie es für Luc sein würde, hier zu leben, ohne sein geliebtes Paris, ohne sein Atelier.

Luc schlang einen Arm um sie und drückte sie zärtlich an sich. »Beides?«, fragte er.

Kelly kuschelte sich an ihn. Vollkommen, dachte sie und küsste ihn. »Beides«, sagte sie und küsste ihn wieder, glücklich und verliebt.

ENDE

Katrina Vincenzi

Virtuoso

Erotischer Roman

Präludium

Rom, 1989

Es dämmerte. Er stand allein auf der Bühne, eine hohe, schlanke Gestalt ganz in Schwarz, in einer Hand die Geige, in der anderen den Bogen.

Er konnte ihre Hitze spüren, ihre Körper wahrnehmen, die sich in ordentlichen Reihen nebeneinander und hintereinander drängten, das Rascheln der Programmhefte hören, das leise Murmeln ihrer Stimmen, das Wispern der Seidenstrümpfe, wenn Frauen ihre Beine kreuzten. Duftende Haut parfümierte die Luft.

Er schloss die Augen und strich mit einem Finger über die seidigen Konturen der Geige, vom Kopf zum Nacken, dann Schultern, Bauch, Hüften, Rücken und Po. Der weiche Lack der Guarnerius war die samtene Haut einer Frau, kühl und makellos, nur darauf wartend, befühlt und gewärmt zu werden.

Er hob das Instrument und schob es sanft unters Kinn, und beinahe zeitgleich spürte er wieder das vertraute Ziehen in den Lenden. Jetzt war sie passiv, dieses glänzende, seidige Wesen. Es wartete auf seine Berührung. Aber bald schon würde es in Ekstase schreien, stöhnen und wimmern und bitten und betteln … doch zuerst wollte er das leise gepresste Murmeln hören, die kleinen spitzen Schreie des Entzückens, wenn er die Geige lässig erkundete und streichelte.

Die Frau. Dunkel mit glänzenden braunen Haaren, in granatroten Samt gewandet. Vor dem Auftritt hatten sie ein Glas Burgunder zusammen getrunken, während er die Kurven ihres Körpers auf dem warmen, weichen Samt nachgezeichnet hatte.

Er hob den Bogen und begann langsam, ließ den Bogen über die Saiten schweben, eine federleichte Liebkosung. Das Rascheln der Programmhefte hörte auf.

Jeder Ton küsste ihre Ohren wie eine kleine Zunge. Sanft leckte er die Muschel, die Läppchen. Er flirtete jetzt mit ihnen, neckte die Saiten, wärmte sie auf.

Sie war nackt unter dem Samt. Vor seinen Augen härteten sich ihre Brustwarzen, richteten sich auf. Dunkelroter Wein floss über ihre Haut, bildete eine Lache rund um den Nabel und rann von dort in die heiße Grotte.

Sie konnten den Klang auf ihrer Haut fühlen, subtil und aufregend mit dem Versprechen auf mehr. Sie waren jetzt geöffnet und bereit, sie warteten begierig. Er spürte es mit derselben Gewissheit, wie er sie stöhnen gehört hatte, reif und einladend, Schenkel und Lippen geöffnet, nach ihm greifend. Die Gewalt der Gefühle wirbelte in seinen Lenden und kroch brennend unter seine Haut.

Das absichtliche Entfachen des Feuers. Die Spannung war jetzt zu schmecken. Körper streckten sich auf den Sitzen, Muskeln spannten sich an, Augen verzogen sich zu Schlitzen.

Er spürte den Schweiß über den Brauen, er spürte, wie er die Zuhörer zum Sieden brachte, fühlte, wie die Luft im Saal wärmer und dicker wurde. Er spürte die Lust. Er war steif. Absichtlich langsam spielte er die nächste Note, legte dann eine Pause ein, länger als vom Komponisten gewollt. Er wollte sie warten lassen, wollte sie in Spannung halten, auf den nächsten Ton vorbereiten, auf die nächste Empfindung.

Er spürte, wie sie nach ihm gierte, wie sie das rot glühende Ding wurde, das bei seiner Berührung zu zittern begann wie bei einem Schüttelfrost, das dann stöhnte und nach ihm schrie. Er kannte den furiosen Fortgang, die Blutlust, die die Saiten peitschte. Mit langen festen Streichen begann er zu attackieren, hungrig, heftig, immer gewaltiger. Körper schwankten, wiegten sich hin und her, rieben sich gegen die samtbezogenen Sitze.

Er spürte jetzt, wie es sich aufbaute und anschwoll, wie die Wellen zu ihm herüberschwappten, wie es im Saal pulsierte.

Die Luft war zum Schneiden dick, heiß und klamm wie der Samt ihres Kleids, die ganze Atmosphäre fast erdrückend. Er wusste es, lebte es mit ihnen, konnte die Wärme ihrer Körper spüren, ihrer Körper, die atemlos auf die Befreiung warteten.

Er verstärkte das Vibrato, ließ das pochende, erregende Pulsieren heraus. Es flutete über sie hinweg, vereinnahmte sie, schlug über ihnen zusammen.

Der ekstatische Thrill des Nicht-länger-warten-Könnens trieb sie auf den Punkt und ließ sie dort eine Weile hängen. Sie waren jetzt dem Höhepunkt, oh, so nahe.

Dunkle Verzückung. Es schien, als würde die Zeit angehalten, als er sein Streichen noch einmal verstärkte, härter und härter, gegen die Wellen ankämpfte, die Glut anfachte. Der Adrenalinausstoß hielt seinen Körper aufrecht und steif, er wusste, dass er ewig so spielen könnte, wie er auch das Gefühl hatte, ewig in sie hineinstoßen zu können.

Dann, endlich, die finale Explosion. Der primitive Urschrei, als es ihr kam, die spektakulären Zuckungen ihres Körpers im Takt zu seiner Wildheit und zu den Klängen.

Völlig ausgebrannt und von Schwäche geschüttelt, ließ er die Geige sinken. Seine Hand zitterte.

Als die letzten erregenden Echos verhallt waren, blieben die Zuhörer benommen und stumm auf ihren Sitzen, auch sie waren erschöpft und ausgelaugt. Erst ganz allmählich erhoben sie sich schlapp.

Der Applaus kam zunächst nur vereinzelt, aber dann schwoll er rasch zu einem stürmischen Orkan an, der den Saal wie ein Donnergrollen füllte. Sie waren jetzt unersättlich und lechzten nach mehr.

Hinter der Bühne lächelte sie, als sie den Applaus hörte, den Hunger der Zuhörer. Sie hatte Bach schon immer sehr gemocht.

Erstes Kapitel
Aufwärmen

Genf

»Und es ist hier«, sagte die Fernsehreporterin mit dramatisierender Stimme, während sie eine weit ausholende Armbewegung machte und auch die Villa mit einbezog, die teilweise hinter hohen Bäumen und einer imponierenden Steinmauer versteckt lag, »hier am Genfer See in der Schweiz, wo Mika, der virtuose Geiger, der die Welt mit seinen leidenschaftlichen Interpretationen der Klassiker elektrisiert hat, seit über einem Jahr in absoluter Abgeschiedenheit lebt. Bei ihm ist nur seine langjährige Begleiterin Serena D'Angelo.«

Auf dem Bildschirm war jetzt ein Schnappschuss von Mika und Serena zu sehen, Mika in seinem typischen Schwarz, und Serena, zierlich und dunkel und üppig, ganz in Weiß.

»Begleiterin!«, rief Serena verächtlich und schaute zornig auf den Bildschirm.

»Hast du ein besseres Wort?«, fragte Mika, leicht amüsiert. Sie schaute ihn von der Seite an, sagte aber nichts.

»Die Einzelheiten des Unfalls, der Mikas plötzlichen Rückzug auf der Höhe seiner Karriere veranlasste, sind nie bekannt gegeben worden, aber ich habe erfahren« – die Reporterin legte eine bedeutungsvolle Pause ein, leckte sich über die Lippen und versuchte, einen wissenden Blick zu zeigen – »dass er wohl nie wieder spielen wird. Das Geheimnis seiner Technik, die Zuhörer auf der ganzen Welt in Bann geschlagen hat, bleibt hinter diesen Toren verborgen. Die Magie und geheimnisvolle Macht seines unvergleichlichen Spiels sind …«

»Alles blutrünstige Geier«, kommentierte Mika und hob eine Hand zur Fernbedienung. Er trug Handschuhe.

»Liebling, lass mich noch eine Minute zuhören«, bat Serena. Sie lag ausgestreckt auf dem schwarzen Ledersofa und schlürfte genüsslich am Champagner. »Ich möchte auch noch den Rest hören. Schau mal, sie haben Ausschnitte des Konzerts in Wien von vor zwei Jahren. Ich war mir des Kleides nie sicher«, murmelte sie und betrachtete sich kritisch auf dem Bildschirm. »Zu viele Verzierungen …«

»Serena«, sagte er, »ich bin nicht interessiert.«

»Und da ist Max. Kurz davor hast du den Vertrag mit ihm unterschrieben. Wie lange das jetzt zurückzuliegen scheint! Oh, und da ist der letzte Auftritt in London.«

»Serena«, beschwerte er sich mit plötzlich harscher Stimme, »ich will nicht …«

»Hör doch zu«, sagte sie, ihre Aufmerksamkeit ausschließlich auf den Bildschirm gerichtet. Dort war er jetzt allein auf der Bühne der Barbican Hall zu sehen. Die etwas schrille Stimme der BBC-Reporterin wurde jetzt durch den Klang von Bachs Sonate in G-Dur für Sologeige abgelöst. Selbst in dem unvollkommenen Medium Fernsehen wurde der Zuhörer von der gewaltigen Kraft der Musik ergriffen.

»Serena«, begann er und drehte sich seitwärts, um sie anschauen zu können. Er sah das verräterische Rot, das ihre Wangen gefärbt hatte. Sie lehnte sich vor, sie atmete rascher und schaute wie gebannt auf den Bildschirm. Einen Moment lang vergaß er seine Verärgerung und starrte sie nur an.

An ihre Schönheit mit der blassen makellosen Haut, den glänzenden schwarzen Haaren, den schräg gestellten hellbraunen Augen und den zierlichen und doch so üppigen Körper gewöhnt, hatte er beinahe vergessen, wie unwiderstehlich sie in ihrer sexuellen Erregung war.

»Es wirkt also immer noch bei dir«, murmelte er leise. »Das hätte ich nicht gedacht.«

Sie sah ihn mit heißen Augen an. »Erinnerst du dich denn nicht, Mika? Weißt du nicht mehr, wie es war? Ich erinnere mich an die Proben in London, an die Szene in den Kulissen ...«

»Ich erinnere mich auch noch daran«, unterbrach er sie barsch. »Aber das ist Vergangenheit. Aus und vorbei.« Er sah auf die mit Handschuhen verdeckten Hände. Treibe es nicht zu weit, Serena, sollte dieser Blick ihr sagen.

»Mika, mein Liebling, es muss doch irgendetwas geben, was wir tun können. Etwas, das du ...

Abrupt schaltete er den Fernseher aus. »Hör auf damit, Serena. Und lass mich in Frieden.«

Frustriert schaute sie ihn an. Die Strahlen der späten Nachmittagssonne wärmten die sinnlichen Züge seines Gesichts und zauberten glitzernde Punkte in sein helles Haar. Aber seine blauen Augen blickten kalt.

»Entschuldige, Serena, aber es ist besser, wenn ich jetzt alleine bin.«

Sie zögerte einen Moment und überlegte, ob sie das Thema weiter verfolgen sollte. Es war wichtig, dass er mit seiner Vergangenheit von Zeit zu Zeit konfrontiert wurde, dass er irgendeine Reaktion zeigte. Aber sie entschied sich dagegen. Sie erhob sich und ging schweigend aus dem Zimmer.

Irritiert und frustriert blieb sie hinter der Tür stehen

und schaute sich in der Halle um, ohne etwas wahrzunehmen. Die Musik und die Erinnerungen hatten ihre Nervenenden aufgeweckt, hatten sie aus der Trägheit herausgeholt, in die sie sich durch den Genuss des Champagners gebracht hatte. Oh, wie sie die berauschenden Erregungen ihres früheren Lebens vermisste, die Wildheit der Gefühle, die Konzerte, die Partys danach, die sexuellen Ausschweifungen.

Seit dem Unfall, der Mikas steile Karriere so abrupt beendet hatte, war sie bei ihm in der Abgeschiedenheit geblieben, leistete ihm Gesellschaft, wenn er es wünschte, war aber die meiste Zeit sich selbst überlassen.

Sie wusste, dass er es ihr nicht verübeln würde, wenn sie allein zu dem Leben zurückkehrte, das sie früher gemeinsam so ausgiebig genossen hatten. Aber die Bande ihrer Beziehung war zu stark, ging zu tief; man konnte sie nicht einfach abstreifen, dachte sie und tastete gedankenverloren über die schwere Goldkette um ihren schlanken Hals.

Nun ja, dachte sie verbittert, ich habe wenigstens ein Hobby. In Gedanken hatte sie das Zelebrieren der körperlichen Liebe immer für eine Kunst gehalten. Damals hatte es ihr viel bedeutet. Die Techniken, die Vorbereitungen der stimmungsvollen Atmosphäre, die verschiedenen geheimnisvollen Tränke – alles zusammen führte zum Höhepunkt der Sinnlichkeit, stets eingebettet in die Musik, die im Hintergrund spielte.

Die Erinnerung daran schlug ihr aufs Gemüt. Rasch schritt sie über den Marmorboden, wobei ihre nackten Füße kaum die polierte Oberfläche berührten. Sie ging die breit geschwungene Treppe hoch. Ihre Finger glitten über die glatte, kühle Fläche des kunstvoll gemeißelten Marmors.

Ihre Suite war groß und extravagant eingerichtet, ein Paradies der Sinnlichkeit. Seidene Gobelins an den Wänden, weiche einladende Kissen im ganzen Zimmer, tiefe Sessel und Sofas, hohe chinesische Vasen mit langstieligen Blumen. Das gewaltige Doppelbett hatten sie sich von einem exklusiven Antiquitätenhändler aus Hongkong schicken lassen. Durch die vergitterten Fenster fielen weiche Sonnenstrahlen auf die Bettdecke aus schwarzem Satin, der mit Schlangen und Drachen bestickt war.

In mehreren Nischen wurden unbezahlbare antike erotische Szenen von versteckten Scheinwerfern angestrahlt.

Aus dem Keller des Nationalmuseums in Neapel hatten sie auf illegale Art ein Wandgemälde aus Pompeji erworben, das die angebotenen Leistungen eines bestimmten Bordells in mehreren Bildern zeigte. Ein Pokal aus rot glänzender Keramik aus der Werkstatt des berühmten Perrenius war ein Meisterwerk der unzensierten Erotik. Männer und Frauen, Frauen und Frauen, Satyre und andere mythologische Gestalten waren in sinnlicher Ekstase festgehalten. Tempelschnitzereien aus Nepal zeigten eine andere urwüchsige Sexualität. Alle Perioden der Geschichte vereinigten sich in den Zeugnissen fleischlicher Lust, verewigt von den besten Künstlern der jeweiligen Epoche.

Goldumrahmte Spiegel nahmen die Länge einer Wand ein, stumme Beobachter mancher frivolen Erlebnisse. Serena blieb kurz vor ihnen stehen, dann trat sie an ihr Bett und schaltete die Sprechanlage ein, die am Kopfende in eine Vertiefung eingelassen war.

»Sergei soll kommen.«

Er fand sie an ihrem schwarz lackierten Toilettentisch

vor, eingehüllt in einen seidenen Umhang, wie sie ihre Kollektion von Erotika betrachtete.

Mit Schnitzereien verzierte Dildos aus Elfenbein. Sie waren dicker und länger als jede lebendige Vorlage und hatten eine raffiniert geschliffene Oberfläche. Liebesperlen aus Japan, an einer Schnur aufgereiht, gefertigt aus Jade. Buntgeflochtene Peitschen aus weichem Leder, die sie aus Mexiko mitgebracht hatten. Schwarze Ledermasken, die zum dominanten Spiel gehörten. Eine Reihe von seltsam geformten Instrumenten aus glänzendem Stahl. Parfums und ätherische Öle. Und Kristallflakons, die sie selbst mit aromatischen Stoffen gefüllt hatte.

»Sie haben mich rufen lassen, Madam?«, fragte er, den heißen Blick unverhohlen auf ihren Körper gerichtet.

»Ah, Sergei. Was für ein entzückend unpassender Name für einen Chauffeur«, sagte Serena und lächelte. Sergei war der letzte in einer Reihe junger männlicher Körper, die sie aus dem nahen Dorf rekrutiert hatte. Jung, blond und stämmig, ein Nacken wie ein Stier. Und überall gut bestückt, dachte sie, und dabei rann ein lustvoller Schauer über ihren Rücken.

Er war ja so unerfahren gewesen. Es hatte ihr Spaß bereitet, ihn zu verführen. Ihm beizubringen, wie sie verwöhnt werden wollte. Ihn die feineren Techniken der Sinneslust zu lehren, das Zusammenspiel von Stärke und Schwäche. Die Eroberung war amüsant gewesen, und er hatte sich als eifriger, gelehriger Schüler erwiesen.

Aber in letzter Zeit fragte sie sich gelegentlich, ob er nicht ein bisschen zu arrogant geworden war. Seiner Sache (und ihres Körpers) zu sicher. Und ... nun, gib's schon zu, forderte sie sich auf – er hatte begonnen, sie zu langweilen.

»Was kann ich für Sie tun?«, fragte er, wandte sich ihr zu und drückte beide Hände gegen seinen Schoß, um die Schwellung in der Uniformhose zu betonen.

»Für mich tun«, murmelte sie. »Ich glaube, ich könnte eine Massage gebrauchen.«

Sie trat zum Bett, ließ den Umhang aus weißer Seide von den Schultern gleiten und legte sich auf den Bauch. Sergei wählte eine der duftenden Cremes aus und ließ sich neben ihr auf die Knie fallen. Mit festen Händen verteilte er die Creme auf ihrem Rücken. Er knetete den Nacken und die Schultern und holte dann weit aus, um von den Schulterblättern in zügigen Strichen bis zum Po zu massieren. Er fuhr an den Seiten entlang, verlangsamte die Striche der Hand auf der Höhe der Brüste und kehrte dann zur Wirbelsäule zurück.

Mit langsamen, hypnotischen Kreiselbewegungen rieb er die Creme in ihre weiche Haut ein. Auf den Gesäßbacken beschrieb er kleine Kreise, übte mit beiden Händen aber stärkeren Druck aus. Die Zeigefinger berührten bei jedem Kreisen immer wieder wie unbeabsichtigt die Kerbe dazwischen.

Serena hatte die Augen geschlossen und zwang sich, ganz still zu verharren und sich auf die wärmenden Hände zu konzentrieren, die sich jetzt Zentimeter für Zentimeter ihrer Wirbelsäule annahmen und immer kräftiger drückten.

Sie war bereits heiß, ihr Körper erregt von der Musik und den Erinnerungen, aber ihre Gedanken kehrten immer wieder zu der melancholischen Gestalt unten in der Bibliothek zurück. Der arme Mika! Seit dem Unfall hatte er sich ganz in sich zurückgezogen und war fast unerreichbar. Mit absoluter Bestimmtheit hatte er der Welt den Rücken zugekehrt und verweigerte sich allen Genüssen außer jenen, die seine Musik ihm bieten konnte.

Sie wusste, dass er Zeit brauchte, um mit seinem Leben zurechtzukommen, deshalb bedrängte sie ihn nicht; sie hatte die Isolation akzeptiert, die Einsamkeit ihres Daseins angenommen. Aber es konnte doch nicht immer so bleiben!

Sergei spürte ihre Verwirrung, er hockte sich über sie und fuhr mit beiden Händen über die Innenseiten ihrer Schenkel und schob sie gleichzeitig weiter auseinander. Er ließ die Daumen in ihren Kniekehlen kreisen und glitt dann hinunter zu den Fußgelenken, fuhr immer wieder hoch und runter, und bei der Aufwärtsbewegung stieß er immer ein wenig höher vor, bis er das erste Mal das Schenkeldreieck erreichte und die Spalte berührte. Jetzt neckte und reizte er sie, indem er die Fingerspitzen leicht rotieren ließ, ehe sie wieder bis zu den Knien strichen, um dann länger im Delta zu verweilen, wobei die Finger sich nie ausruhten, immer in Bewegung waren.

Serena spürte, dass sie den Reizen nicht mehr lange widerstehen würde, sie spürte, wie ihr Inneres anschwoll, wie ihre Säfte zu fließen begannen. Ihr Unterleib zuckte, drückte sich gegen die seidene Bettdecke. Sie war dankbar dafür, dass ihre düsteren Gedanken vertrieben waren, und konzentrierte sich jetzt auf die Wellen der Lust, die durch ihren Körper fluteten.

Das Telefon neben ihrem Bett schlug einmal an, dann brach es ab. Sergei drückte mehr Creme auf ihre Haut und sah, wie Serena zusammenzuckte, als sich in der Beuge des Rückens eine kleine Lache bildete und von dort in die Kerbe zwischen den Gesäßbacken rann und sich schließlich mit der warmen Feuchtigkeit zwischen ihren verborgenen Lippen vermischte. Sie konnte es kaum erwarten, dass seine Finger der feuchten Spur folgten, die Lippen teilten und das brennende

Jucken wegmassierten, das sie dort so unerträglich quälte.

Das Telefon klingelte wieder. Mit einer Kopfbewegung gab sie Sergei zu verstehen, dass er fortfahren sollte, während sie den Hörer abnahm.

»Es tut mir Leid, dass ich Sie stören muss, Madam«, sagte die Haushälterin, »aber es ist Max Schiller aus London. Er besteht darauf, dass ich ihn mit Ihnen verbinde, obwohl ich ihm gesagt habe, dass Sie ...«

»Schon gut, Maddie. Stellen Sie ihn durch.« Plötzlich war sie begierig darauf, seine Stimme zu hören.

Sie legte sich auf den Rücken und drückte sich in die Kissen. Sergei ließ mehr Creme in seine Handfläche tropfen und verrieb sie auf ihrem Hals, auf den Armen und im oberen Brustbereich, wobei er darauf achtete, nicht die aufragenden braunen Brustwarzen zu berühren.

»Ja«, schnurrte sie und stellte sich Max am anderen Ende der Leitung vor. Dunkel, mittelgroß, kräftig gebaut. Nur die eindringlich blickenden grünen Augen hoben sein Gesicht aus der Anonymität der Masse heraus.

»Serena? Serena, bist du das?« Die Stimme klang ein wenig blechern und verzerrt.

»Oh, ja«, hauchte sie, als sie die harten Männerhände spürte, die den Konturen ihrer Brüste folgten, sie dabei aber nur leicht berührten. Ihre Nippel richteten sich noch mehr auf und begannen zu schmerzen.

»Es ist sehr schwierig, dich in diesen Tagen zu erreichen«, sagte er tadelnd.

»Ach?«, murmelte sie nur, und als Sergei sie fragend anschaute, nickte sie kaum merklich.

Er stieg hastig aus seiner Hose und kniete sich auf dem Bett zwischen ihre Schenkel. Träge streckte sie eine

Hand aus und umfasste seinen Schaft. Sie spürte, wie er unter ihrer Berührung zu pulsieren begann und sich streckte.

»Nun, jetzt hast du mich, Darling«, murmelte sie und spreizte die Beine.

Sergei begriff sofort, beugte sich hinunter und drückte seinen Mund auf das einladende Dreieck ihres Körpers. Mit seiner Zunge leckte er fest die Innenseiten ihrer Schenkel, wobei er mit den Fingerspitzen behutsam die Lippen auseinander zog. Lustvoll saugte er die herausdrängende Flüssigkeit auf.

Sie spürte, dass sie nasser und nasser wurde. Ihre Haut, frisch rasiert, war unerträglich sanft und empfindlich. Er zupfte behutsam, während die Zunge nun zwischen die Lippen drang und hoch bis zur Klitoris strich, die sich aus den Hautfalten erhoben hatte und bebend auf die Berührung mit der Zungenspitze reagierte. Immer wieder strich er darüber, und Serena hob den Po an und drängte sich der leckenden Zunge entgegen.

»Es ist jetzt über ein Jahr her, fast schon zwei, Serena, dass du dein Einsiedlerleben führst. Du musst dich schrecklich langweilen, oder nicht?«

»Ja, ich nehme an, dass es auf diese Weise ein bisschen langweilig ist«, sagte sie, wobei sie die doppelte Bedeutung ihrer Aussage ganz bewusst gemacht hatte.

Sergei blickte zu ihr hoch, aber sie fing seinen Blick nicht auf. Er empfand ihren Satz wohl als Tadel und unternahm größere Anstrengungen, seine Chefin zu befriedigen.

»Ich habe dir einen Vorschlag zu machen«, sagte Max. »Eine ganz neue Variante.«

»Du weißt, dass ich jedem Neuen aufgeschlossen bin,

Max«, schnurrte sie. Sergei fühlte sich wieder angesprochen und unterstützte seine Zungenarbeit mit zwei Fingern, die er ganz, ganz langsam in sie hineinschob.

»Ich finde, wir sollten uns treffen, Serena. Ist abzusehen, dass du in nächster Zeit nach London kommen wirst?«

»Kommen?«, wiederholte sie. »Ich hoffe, das wird noch einige Zeit dauern.« Jetzt bedachte sie Sergei mit einem aufmunternden Blick. Er trieb die Finger rhythmisch in sie hinein, presste sie gegen ihre inneren Wände und erhöhte die Hitze in ihrem Körper noch. Mit der freien Hand drückte er einen Nippel zwischen Daumen und Zeigefinger.

»Ich weiß, du hast London nie gemocht«, sagte Max. »Nun gut, dann komme ich nach Genf. Ich werde morgen gegen Mittag dort sein.«

»Warum so eilig, Max?«, fragte sie, plötzlich misstrauisch geworden. Sie hatte ihre Wortspiele mit ihm zu sehr genossen, als dass sie auf das geachtet hätte, was er sagte.

Sergei spürte, dass sie sich verspannte und ihre Aufmerksamkeit abgelenkt war. Er verlangsamte die Bewegungen seiner Finger und richtete sich ein wenig auf.

»Max?«, rief sie. Aber die Leitung war tot. »Verdammt«, murmelte sie und legte den Hörer auf. Dann murmelte sie: »Ich möchte zu gern wissen, was er will.«

»Ich weiß, was du willst«, sagte Sergei. »Und ich weiß, was ich will. Und ich werde es bekommen.«

Sie hing so sehr ihren Gedanken nach, dass sie ihn kaum hörte. Sie fühlte nur, wie sich seine Lippen über eine Brustwarze stülpten. Ihm war deutlich geworden, dass sie abgelenkt war, und das verärgerte ihn. Er nahm den Nippel zwischen die Zähne und biss zu. Gleichzeitig forschten seine Finger tief in ihrer Höhle. Er setzte Finger und Zähne gleichzeitig ein und hatte bald einen Rhythmus gefunden – beißen, zustoßen, beißen, zustoßen.

Wie aus der Ferne nahm sie wahr, dass sich ihre Haut aufwärmte, das Blut schneller durch ihre Adern floss und offenbar nur ein Ziel kannte – die Nervenenden in ihrem Schoß. Um die Nippel schien ein Stromkreis zu entstehen, der heiße Stöße durch ihren ganzen Körper jagte.

»Tut mir Leid, Sergei«, sagte sie und fuhr bedauernd durch seine Haare, »aber ich muss Max wirklich zurückrufen. Später machen wir vielleicht weiter.«

»Max?«, wiederholte er ungläubig. Das Blut dröhnte in seinen Ohren und pulste in seinen Schwanz. Wütend warf er sich auf sie, zwang ihren Kopf zurück in die Kissen und nahm ihr fast den Atem. Keuchend rang sie nach Luft. Er hörte sie nicht fluchen, und dass sie sich gegen sein Eindringen sträubte, steigerte seine Wut noch. Er packte ihre Handgelenke, hielt sie mit einer Hand fest und hatte ihre Gegenwehr rasch gebrochen.

»Sergei, nicht Max«, knurrte er.

Sie spürte, wie sein Schaft anklopfte. Sein Gewicht und seine Arme schlossen jedes Sträuben aus. Er setzte seine Kraft ein, und sie hatte keine Chance.

»Du dummer Esel! Du vergisst dich, Sergei!«, zischte sie, plötzlich wütend geworden. »Langsam, sonst ...«

Er presste ihr eine Hand auf den Mund, um ihren Redefluss abzubrechen. Er setzte die Penisspitze an, und im nächsten Augenblick war er tief in sie eingedrungen.

Sie stieß einen leisen Schrei aus und verhielt sich still. Aber sie konnte es nicht verhindern, dass sich ihre inneren Muskeln verkrampften und zuckend um den prallen Schaft schlossen, der ihr Inneres ausfüllte.

Er stieß hart zu, beschleunigte das Tempo und geriet ins Schwitzen.

Serena überlegte, ob sie Angst vor ihm hatte. Ob sie ihn zu heftig gereizt hatte – oder hatte sie ihn unterschwellig so reizen wollen, um seine ganze Kraft zu spüren? War sie zu weit gegangen? Sie sah schon die Schlagzeilen in einer Boulevardzeitung vor sich: DIE REBELLION DES SEXSKLAVEN.

Sie wusste von seinem schweren Atem und dem Anspannen seiner Muskeln, dass er kurz vor dem Höhepunkt stand. Sie sammelte ihre Kraft, umklammerte seinen Arm, der ihren Schenkel aufs Bett drückte, als Hebel und schleuderte sich plötzlich hoch. Sie spürte, dass er aus ihr glitt, dann rutschte sie unter ihm weg und starrte ihm aus nächster Nähe in die Augen.

»Auf meine Art, Sergei. Nur auf meine Art«, warnte sie ihn mit schneidender Stimme.

Die Aktion hatte ihn völlig überrascht, just in dem Moment, in dem sein Höhepunkt einsetzte, und entsetzt sah er, wie er sich auf dem seidenen Laken entlud, während Serena ihre Fingernägel tief in seine Haut bohrte.

Sein Körper wurde heftig geschüttelt, als er die letzten Tropfen verströmte. Er blickte hoch und sah in ihre sanften braunen Augen. Die warmen, roten Lippen wölbten sich zu einem nachsichtigen Lächeln.

»Da du so begierig bist, werden wir es diesmal richtig tun«, sagte sie schnurrend. Max konnte sie später noch anrufen. Eine Stunde würde kaum einen Unterschied machen.

Sie schlüpfte unter ihm durch, sprang vom Bett und ging zu ihrem Toilettentisch.

London

Max lehnte sich in seinem schwarzen Ledersessel zurück und legte vorsichtig den Telefonhörer auf. Nur der Klang von Serenas Stimme, die so rauchig und erotisch durch den Draht klang, reichte aus, um ihm eine Erektion zu verschaffen.

Er hatte sie vom ersten Augenblick an begehrt. Sie hatte so etwas wie einen elektrischen Impuls in ihm ausgelöst, der seine Nerven blank gelegt hatte, als ihre Blicke sich das erste Mal getroffen hatten. Nie würde er diesen Moment vergessen, als er in diese hellbraunen Augen gesehen hatte. Nur ganz kurz, dann hatte sie weggeschaut. Serena.

Wilde, zügellose, unbezähmbare Serena. Es war auf der ersten Party gewesen, die er anlässlich des ersten Vertrags zwischen Mika und Disc-O im Maxim organisiert hatte. Als Gründer und Geschäftsführer der neuen Musikgesellschaft war es für Max ein sagenhafter Coup gewesen, Mika zu engagieren, den aufsteigenden Stern der klassischen Musik, der schon bald Menuhin das Wasser würde reichen können. Und inmitten des üblichen Jet Set Glitzers war sie ihm aufgefallen wie eine wunderschöne wilde Blume, geheimnisvoll und exotisch, dunkel und verlockend.

»Die Frau da drüben mit den herrlichen Beinen, wer ist sie?«, hatte er Mika gefragt, der neben ihm stand. Mika hatte zögerlich gelächelt.

»Umwerfend, nicht wahr? Sie heißt Serena.« Beide spürten die unsichtbare Strömung, die zwischen ihnen floss. Sie hatten Champagner getrunken und die Grüppchen beobachtet, die sich fanden und wieder zerstreuten, die zunehmende Anzahl der Männer belächelt, die versuchten, mit Serena ins Gespräch zu kommen. Als sich für einen kurzen Moment eine Lücke im Menschenstrom auftat, schaute sie zu ihnen. Sie sah zu Mika und berührte die schwere Goldkette, die sie um den Hals trug.

Max vermutete irgendein intimes Zeichen, eine verabredete Kommunikation zwischen den beiden.

»Es ist deine ... eh ...« Max suchte nach der richtigen Bezeichnung. Geliebte schien zu altmodisch.

»Mein ist sie nicht«, sagte Mika. »Serena ... Serena gehört nur sich selbst.«

Sie war in dieser Nacht in Paris zu Max gekommen, war in einem Negligé und mit einer Flasche Champagner in sein Hotelzimmer geschlüpft. Eng, heiß, feucht und wild hatte sie ihn ungeheuerlich erregt und mit Händen und Mund immer wieder bis an den Rand des Überschwappens gebracht. Sie hatte Besitz von ihm ergriffen wie ein Sukkubus, erinnerte er sich, bis er sich schließlich mit einer solchen Gewalt in ihr ergossen hatte, die er noch bei keiner anderen Frau derart empfunden hatte. Dann war sie gegangen, als er noch geschlafen hatte.

Verdammt, wie sehr er sie begehrte! Nach Paris hatte er ihr unablässig nachgestellt, aber sie war ihm stets nur mit lässiger, wenn auch freundlicher Gleichgültigkeit begegnet. Jede Strategie verfehlte ihr Ziel. Wenn er in London war, war sie in Rom. Ein überstürzter Flug nach Rom, nur um zu erfahren, dass sie gerade abgereist war. Ein paar zufällige Begegnungen im Laufe der Jahre, einmal in Wien, einmal in London. Und immer war sie in der Begleitung von anderen gewesen.

Und dann der Unfall.

Max seufzte schwer und klingelte nach seiner persönlichen Assistentin.

Sie trat sofort in sein Zimmer. Sie hatte auf sein Klingeln gewartet, seit er ihr gesagt hatte, die Verbindung mit Genf herzustellen.

»Haben Sie den Bericht über Mika auf Video aufgenommen?«, fragte er.

»Ich habe die Kassette bei mir«, sagte sie und hob sie hoch. »Soll ich sie einlegen?«

Er nickte, und sie schritt zum Videorecorder, stellte ihn ein und drückte auf Wiedergabe. Sofort wurde der riesige Bildschirm von der aufgedonnerten Reporterin ausgefüllt.

»Das Geheimnis seiner Technik, die Zuhörer auf der ganzen Welt in Bann geschlagen hat, bleibt hinter diesen Toren verborgen. Die Magie und geheimnisvolle Macht seines unvergleichlichen Spiels sorgten fast eine Dekade lang für eine unvergleichliche Sensation in der Musikwelt. Disc-O, Max Schillers Musikgesellschaft, hat sich verpflichtet, den ausgehandelten Vertrag, der Mika eine halbe Million Pfund im Jahr garantiert, bis an sein Lebensende zu erfüllen. Wie lange wird Mika in Abgeschiedenheit leben wollen oder können? Wie lange kann Disc-O ohne Mika überleben? Wie lange wird es noch dauern, bevor sich Max Schiller öffentlich erklärt? Wie lange …?«

»Stellen Sie den Ton ab, und frieren Sie an dieser Stelle das Bild ein«, sagte Max, als Serena in einem glitzernden weißen Kleid bildfüllend zu sehen war.

»Und jetzt?«, fragte seine persönliche Assistentin. Sie war dunkel und zierlich und hatte eine gewisse Ähnlichkeit mit der Frau auf dem Bildschirm.

»Was meinst du, Sally?«, fragte er zurück, ohne den Blick vom Schirm zu wenden. Dieser üppige Körper. Dieser warme, rote Mund.

»Ich meine, was hat sie gesagt? Und was werden Sie tun? Wir können die bohrenden Fragen der Reporter nicht länger ignorieren. Diese Gerüchte und Spekulationen werden sich hartnäckig halten, sie werden sich noch vervielfachen ...«

»Ich fliege morgen nach Genf«, unterbrach er sie. »Bis dahin müssen wir irgendeinen Plan entwickelt haben. Schließ die Tür ab.« Sein Blick haftete nach wie vor auf dem Bildschirm. Seine Erregung war ihm anzusehen.

»Okay«, sagte sie und schloss die Tür ab. Ihr war seine Besessenheit von Serena D'Angelo seit langem schon bewusst geworden. Trotz der widrigen Umstände war sie mit der Zeit stärker geworden.

Max lehnte sich im Sessel zurück, den Blick starr auf das Bild gerichtet. Das weiße Kleid schmiegte sich wie eine zweite Haut um ihren Körper, es betonte die wunderbaren Brüste und unterstrich die winzige Taille.

»Schnell«, stieß er hervor.

Sally trat eilig zu ihm, kniete sich vor ihm nieder und beugte den Kopf. Langsam fuhr sie mit ihren langen Fingernägeln den Reißverschluss der Hose entlang, als wollte sie seine Erregung durch den Stoff testen. Sie fand ihn hart, pulsierend und massiv vor. Sie tupfte mit den Fingerkuppen gegen den Stoff und spürte das Leben darunter, spürte ihn weiter wachsen. In ihrem Mund sammelte sich der Speichel. Sie schluckte und blies gegen den dünnen schwarzen Leinenstoff. Er sollte die Hitze ihres Atems spüren. Eine Hand umfasste die Erektionsspitze, die andere drückte sanft gegen die Hoden.

Sie öffnete die beiden Knöpfe im Bund, dann zog sie langsam den Reißverschluss hinunter. Sein Penis schoss ihr entgegen, dick und geschwollen und unbändig.

Er hob die Hüften kurz an, und sie zog seine Hose hinunter, die Boxershorts aus Seide gleich mit. Der pralle Schaft federte wie zur Begrüßung, als wollte er seine Freude über die unerwartete Freiheit ausdrücken.

Grazil umkreiste sie den Kopf mit der Zunge, immer und immer wieder. Er spürte, wie er anschwoll, wuchs und seine volle Länge erreichte. Spielerisch ließ sie die pflaumenartige Eichel in den Mund eindringen, und während sie den weichen, seidigen Hodensack in einer Hand hielt und behutsam drückte, fuhr sie mit der anderen Hand am pochenden Schaft auf und ab.

Ihre Finger fühlten sich gleichzeitig heiß und kalt an, weich und rau. Genau wie er es haben wollte. Er streichelte ihren Nacken, knetete das Fleisch und drückte ihren wippenden Kopf für einen kurzen Augenblick tiefer, um ihr anzudeuten, was er am liebsten hätte.

Sie passte sich seinem Rhythmus ohne Schwierigkeiten an, umfing den Schaft mit beiden Händen und hielt den saugenden Druck um die Spitze aufrecht. Seine Finger verkrallten sich in ihren Nacken, drückten ihren Kopf tiefer hinunter, und sie nahm mehr und mehr von seinem zuckenden Schaft auf. Ihre Hände intensivierten die Reibung. Er war zu groß, viel zu groß. Sie konnte nur einen kleinen Teil in ihrem Mund unterbringen, bevor er gegen ihren Gaumen stieß.

Sie wollte ihn in sich spüren, von diesem Riesending ausgefüllt werden, wollte spüren, wie sich ihre Höhlenwände um ihn schlossen, ihn umklammerten, sie wollte spüren, wie er in sie hineinspritzte, wie er sich in ihr entleerte.

Sie presste die Schenkel fester zusammen. Sie wurde nass. Aber der Griff seiner Hand hielt sie unerbittlich fest und erinnerte sie an ihre Aufgabe, und sie setzte den Saugdruck fort, saugte wie ein Baby am Schnuller, und dabei ließ sie immer wieder die Zunge über die speichelumhüllte Eichel kreisen.

Er spürte, wie sich bei ihm alles auf dieses eine Geschehen konzentrierte, wie der Fokus seines Körpers sich in dem Schaft sammelte, den sie mit beiden Händen gepackt hielt. Als er die Augen öffnete, sah er Serena. Sie lächelte vage. Was war es, was die Reporterin gesagt hatte? »Das Geheimnis liegt hinter diesen Toren verborgen..«

»Serena«, murmelte er, ohne dass ihm seine eigene Stimme bewusst wurde. Er gab sich ausschließlich der Lust des bevorstehenden Orgasmus hin. Der Blutfluss entspannte sich, die Energie bündelte sich in seinen Lenden.

Sie spürte, wie die Muskeln seiner Schenkel kaum merklich zu zittern begannen, da wusste sie, dass er nahe davorstand, die Beherrschung zu verlieren.

Boshafterweise hörte sie mit dem Saugrhythmus auf, ließ die Eichel locker auf der entspannten Zunge liegen, und auch ihre Hände rieben nicht mehr, sie zwickten nur ein paar Mal kräftig in den Stamm.

Er schwebte an der Grenze, fühlte, dass er immer heißer wurde, aber es war ihm nicht bewusst, dass sie den Rhythmus verändert hatte, um ihn ein bisschen zappeln zu lassen. Ein paar Sekunden wartete er, dass es ihm geschah, und als die große Erlösung ausblieb, packte er sie wieder im Nacken und druckte den Kopf tief hinunter, stieß gegen den harten Gaumen, dreimal, viermal, und dann brach die Flut aus ihm hervor, und während sich seine Energie entlud, wand sich sein Körper in wilden, primitiven Zuckungen.

Sally hatte sich wieder in der Gewalt, nachdem es ihr gelungen war, in der Flut seiner bittersüßen Säfte nicht zu ertrinken. Sie hörte, dass er irgendetwas murmelte, aber sie verstand es nicht richtig. Hatte er etwas von dem Geheimnis hinter den Toren gemurmelt?

Langsam nahm sie wieder einzelne Gegenstände im Zimmer wahr. Sie kniete immer noch vor ihm, sein Glied im Mund. Er lächelte ihr zu; sein Atmen hatte sich normalisiert. Langsam glitt er aus ihrem Mund. Er verstaute den Penis und zog den Reißverschluss wieder hoch.

Sally war heiß und feucht und bereit, erregt von ihm in ihrem Mund, und es verlangte sie nach irgendetwas, das sie in sich spüren musste. Finger, Mund, Zunge, Schwanz – irgendetwas.

»Danke, Sally«, sagte er. Er schaute ihr zu, wie sie sich erhob und sich am Schreibtisch festhielt, weil sie zu schwanken begann. Einen Moment lang fühlte er sich schuldbewusst, aber wirklich nur diesen einen Moment lang. Dann hatte er den Gedanken beiseite geschoben.

»Wunderbar«, sagte er. »Und jetzt müssen wir anfangen zu arbeiten. Wir sollten an irgendeinem Vorwand für meine Reise nach Genf arbeiten, ich meine, ich brauche einen Plan, den ich ihnen anbieten kann. Denken Sie darüber nach?«

»Natürlich, Sir«, sagte sie, strich ihre Kleider glatt und schüttelte die Haare, die er in seiner Ekstase zerzaust hatte. Sie hasste ihn nur ein bisschen.

Sie lief hastig zur Toilette und betrachtete sich im Spiegel über dem Waschbecken. Ihre Wangen waren gerötet, die Augen glänzten und glitzerten. Sie sah, dass ihre Hände zitterten, als sie kaltes Wasser über die Gelenke laufen ließ. Dann klatschte sie sich Wasser ins Gesicht, obwohl sie wusste, dass es zwecklos sein würde. Schließlich erkannte sie, dass sie gegen die heißen Wellen, die sie überfluteten, keine Chance haben würde, und rasch betrat sie eine der Zellen und verriegelte die Tür.

In ihren Gedanken war sie es nun, die im Sessel saß, die Schenkel ein wenig gespreizt, und vor ihr kniete er, heiß und eifrig, und seine gierigen Finger bereiteten den Weg für seine Lippen und für seine Zunge.

Sie schloss die Augen, um sich besser in die Szene hineinversetzen zu können. Sie tastete leicht über den dünnen Stoff des Slips und spürte, wie feucht er war. Entschlossen schob sie den Schritt zur Seite und arbeitete ekstatisch an ihrem Orgasmus, den sie sich längst verdient hatte …

Als sie an ihren Schreibtisch zurückkehrte, fand sie einen Zettel, den Max gegen die Kaffeetasse gestellt hatte, damit sie ihn nicht übersehen konnte. *1.) Erstellen Sie eine Liste mit allen Finalisten bei Musikwettbewerben innerhalb der letzten achtzehn Monate. 2.) Erste-Klasse-Flug nach Genf in der Mittagsmaschine buchen.*

Zweites Kapitel
Erstes Vorspiel

London

»Sie haben einen reservierten Platz in der Mittagsmaschine«, sagte Sally, als sie aufschaute und sah, dass er sich später am Nachmittag ihrem Schreibtisch näherte. »Und ich bin dabei, eine Liste mit den Finalisten zusammenzustellen.«

»Sehr gut«, lobte er. Man sah, dass sie gearbeitet hatte. Ihr Schreibtisch war mit Zeitungen, Zeitungsausschnitten und Hochglanzfotos übersät.

»Aber da ich absolut keine Ahnung habe, warum ich das tun soll oder was ich eigentlich suche, wird es eine Weile dauern«, sagte sie, mehr als nur ein stiller Vorwurf in der Stimme.

»Etwas Besonderes«, sagte er. »Wir wissen genau, wenn wir sie gefunden haben«, fügte er selbstsicher hinzu.

»Sie? Ich hatte keine Ahnung, dass Sie nur weibliche Finalisten haben wollen. Wenn Sie mir das vorher gesagt hätten ...«

»Habe ich ›sie‹ gesagt?«, fragte er und sah sie überrascht an. »Darüber habe ich noch gar nicht nachgedacht. Ich weiß nicht ...« Seine Stimme ebbte ab, und die Augenbrauen wölbten sich fast bis zum Haaransatz hoch.

»Vielleicht würde es helfen, wenn Sie mir sagen, wonach genau ich suchen soll. Eine Liste aller Finalteilnehmer bei Musikwettbewerben in den letzten achtzehn Monaten wird mindestens einhundert Namen umfassen, und das auch nur, wenn ich davon ausgehe, dass es sich nur um Instrumentalisten handeln soll. Sie haben mir nicht einmal gesagt, welche Instrumente ich außer Acht lassen kann. Und natürlich hätte ich gern gewusst, was diese Liste mit Ihrem Besuch in Genf zu tun hat. Vorausgesetzt, Sie fahren auch der Geschäfte wegen nach Genf, Sir«, fügte sie beißend hinzu.

»Geige, nehme ich an«, sagte er, um mit der einfachsten Antwort zu beginnen. »Vielleicht geht auch noch Viola, aber ich bezweifle das. Wir brauchen Mika. Ich habe das Video noch einmal angeschaut, nachdem Sie weg waren, und es stimmt natürlich, dass die Medien Unruhe stiften. Wir können diese Zahlungen nicht endlos fortsetzen. Mika selbst wird nicht mehr spielen können – oder wollen. Welche Möglichkeiten habe ich also?«, fragte er rhetorisch. »Ich habe Serena gesagt, dass ich einen neuen Plan habe – doch leider habe ich ihn nicht.«

Er braucht nur einen Vorwand, um sich mit ihr zu treffen, dachte Sally. Er würde Disc-O zugrunde gehen lassen, wenn es ihm eine Nacht mit ihr bescheren würde.

»Also«, fuhr Max fort und setzte theatralisch seine Arme ein, »kann ich nur nach Genf fliegen und ihn bitten, den Vertrag zu zerreißen. Und ich kann Mika damit reizen, dass ich einen anderen Geiger habe, der seinen Erfolg noch überflügeln wird. Aus dem Stand sozusagen. Ich ...«

»Das wird kaum möglich sein«, unterbrach sie ihn trocken. »Vor allem dann nicht, wenn Sie eine Frau suchen.«

»Ich kann ... Was haben Sie da gesagt?«

Und still fügte er hinzu: Natürlich will ich eine Frau. Aber nur diese eine Frau.

»Ich sagte, dass es höchst unwahrscheinlich ist, dass eine Frau den Erfolg Mikas erreichen oder gar übertreffen kann«, wiederholte Sally ruhig.

»Und Sie nennen sich eine Feministin«, neckte er.

»Lesen Sie keine Analyse der Marketingabteilung?«, gab sie zurück. »Siebzig Prozent von Mikas Aufnahmen werden von Frauen gekauft. Ebenso hoch ist der Frauenanteil bei den Konzerten. Die Meinungsforscher haben ermittelt, dass fünfzig Prozent dieser Frauen vorher kein Interesse an klassischer Musik hatten. So etwas hat es noch nie gegeben! Und der Grund dafür ist einfach. Man fühlt sich wohl bei ihm.«

»Ja, ja, wir alle wissen von dem elektrisierenden Effekt, den er auf seine Zuhörer hat«, sagte Max ungeduldig. Er wollte noch weiter ausholen, aber sie unterbrach ihn sofort.

»Sie übersehen eine wichtige Sache. Die auch von den Kritikern übersehen wird. Keiner von ihnen hat annähernd zutreffend beschrieben, was ich empfinde, wenn ich ihn spielen höre. Wahrscheinlich, weil sie alle Männer sind. Sie vergleichen seine perfekte Technik mit Perlman, seine puristische Interpretation mit Menuhin, aber sie haben nie diese sehr persönliche Qualität beschrieben, mit der er sich dem Zuhörer mitteilt. Es ist, als würde man das erste Mal geküsst«, sagte sie, und ein stilles Lächeln umspielte ihren Mund. Sie schluckte und fuhr sich mit der Zunge über die Lippen.

»Wie romantisch«, sagte er und wollte sie damit necken.

»Ja, manchmal ist es ungeheuer romantisch«, stimmte sie zu. »Man spürt eine ganz leichte Berührung, man fühlt die Erinnerung an den ersten Kuss auf der Haut.«

»Erzählen Sie weiter«, sagte er mit plötzlichem Interesse, gebannt von dem Ausdruck in ihren Augen.

»Es ist eine Verführung«, sagte sie, »eine betörende, berauschende Verführung. Sanfte Berührungen. Wenn er die Saiten berührt, berührt er mich, ich spüre seine Lippen auf meiner Haut, auf meinem Mund ... Jedenfalls ist es am Anfang so.«

»Und weiter?«

»Nun, dann hängt es natürlich davon ab, was er spielt. Aber Sie kennen bestimmt jene Erregung, die auf dem Rücken zu kribbeln beginnt und dann rasch bis in die Haarspitzen zieht, dass man meinen könnte, die Haare stünden einem zu Berge, nicht wahr?«

Er nickte, und sie fuhr fort: »So geht es mir und den meisten anderen Frauen. Man kann seine Musik auf der Haut spüren. Man atmet sie ein. Es ist, als spielte er mit dir. Als machte er Liebe mit dir. Er ist wie ein Traumgeliebter, und mit ihm erlebt man den besten Sex, den man je gehabt hat. Es ist gleichzeitig physisch und psychisch, denn man kann es fühlen, während man die Musik hört. Ja, es ist eine verzaubernde Verführung. Aber vielleicht begreifen Sie davon nicht so viel«, schloss sie, hob die Schultern und ließ sie resigniert wieder sinken. Sie wandte sich dem überladenen Schreibtisch zu.

»Was soll das denn heißen?«, fragte er betroffen.

Das soll heißen, dass du dich an eine ferne Fantasie verschleuderst, und deine Kicks holst du dir, indem du mit den Fingern schnipst, und schon stehe oder liege ich zur Verfügung. Aber selbst dann denkst du noch an sie, dachte sie traurig.

Laut sagte sie: »Das soll heißen, dass Sie es schon lange nicht mehr nötig hatten, jemanden zu verführen.«

Er sah sie an, den Mund weit geöffnet. »Sally«, sagte er dann, wusste aber nicht weiter.

Ihre Temperamentsausbrüche waren selten und wurden durch die eigenartigsten Anlässe ausgelöst. Er mochte sie, er brauchte sie – schließlich war sie der Dreh- und Angelpunkt von Disc-O, und was sie eben berichtet hatte, entsprach unzweifelhaft der Wirklichkeit; jedes Wort war wahr.

Sie spürte, dass er hinter sie trat, fühlte die erste sanfte, entschuldigende Berührung seiner Hände auf ihren Haaren. Er bückte sich, hob die Haare in ihrem Nacken und küsste sie zart. Sally schloss die Augen und zwang sich, ganz still zu bleiben und die Berührungen seiner Lippen und Zunge zu genießen. Seine Hände fuhren streichelnd über ihre Schultern, kamen dann wegen des Stuhlrückens nicht weiter. Sie lehnte sich ein wenig vor, damit er ihren Rücken streicheln konnte, hinunter bis zum Ansatz der Pobacken.

Auf dem Weg zurück strich er leicht über ihre Hüften, den flachen Bauch. Er nahm die Brüste in seine Handflächen und wiegte sie behutsam. Ihre Brustwarzen versteiften sich und prickelten unter dem Stoff des Kleids.

Als er über die Nippel rieb, spürte sie die aufsteigende Hitze zwischen ihren Schenkeln. Sie schlug die Beine übereinander. Ihre Schamlippen schwollen an und rieben sich am dünnen Stoff des Höschens.

Er bewegte ihren Drehstuhl, und im nächsten Moment sah er ihr Gesicht. Sie hatte die Augen geschlossen, den Kopf zurück in den Nacken gelegt. Er glitt mit den Händen über ihren Hals und die Arme, dann streichelte er wieder ihre Brüste. Er reizte die Warzen zwischen Daumen und Zeigefinger und rieb sie gegen die weiche Wolle ihres Kleids. Er drückte fester zu, und sie stöhnte verhalten und presste die Schenkel zusammen, als sie dort ein elektrisches Zucken spürte.

Er legte einen Finger auf ihre Lippen, drückte sanft, zeichnete die Kontur der vollen roten Lippen nach, bückte sich und presste seinen Mund auf ihren. Seine Zunge drang forschend in ihre feuchte Mundhöhle ein, er schmeckte ihren frischen Atem und begann, mit der Zungenspitze ihre Lippen abzutasten.

Ihr wurde wärmer und wärmer, kleine gepresste Laute drangen aus ihrer Kehle. Er zog seine Zunge zurück und stieß dann rhythmisch in ihren geöffneten Mund.

Er wurde ungeduldig und begierig, ihre Haut zu fühlen. Er ruckte sie vom Stuhl hoch, schob den Kleiderrock hoch bis zu ihren Hüften, zerrte die Strumpfhose bis zu den Knien hinunter und drückte ihren Leib hart gegen seine Erektion, während er an seinem Reißverschluss fummelte.

Verärgert öffnete sie die Augen und widersetzte sich dem Druck seiner Hand, die sie dicht an ihn drückte. »Das ist kaum das, was ich unter Verführung verstehe«, fuhr sie ihn an.

Aber ihre Hüften schwangen locker vor und zurück, suchten sein hartes Glied. Sie wusste, dass sie bereit für ihn war, dass sie nur darauf wartete, von ihm gefüllt zu werden. Trotzdem, dies hatte als kleine Übung begonnen, die einen ganz bestimmten Zweck haben sollte.

»Jemand sollte dir wirklich mal beibringen, wie man richtig küsst«, sagte sie.

Seine Hose lag zerknautscht zu seinen Füßen. Er schob den Stoff des Höschens zur Seite, drückte sie mit dem Po gegen den Schreibtisch und drang mit einem einzigen Stoß tief in sie ein. Sofort begann er mit heftigen Bewegungen, er wühlte sich durch ihre enge, nasse Höhle. Schon spürte er ein verräterisches Kribbeln am Ende des Rückgrats. Aber er spürte auch, dass sie verkrampft war.

»Was hast du eben gesagt?«, keuchte er. Er erkannte kaum seine eigene Stimme wieder.

»Ich sagte«, erwiderte sie heiser, »dass dir jemand beibringen soll ...« Aber er stieß wieder tief in sie hinein, und gegen ihren Willen erregte sie die heiße Reibung des pochenden Schafts und versetzte sie in einen Orgasmus, der es ihr unmöglich machte, den Satz zu beenden.

Max spürte, wie sie bebte, wie sich die Wände ihrer Vagina um seinen stoßenden Schaft wanden, wie sie ihn umklammerten und melkten. Er führte noch zwei, drei Stöße aus, dann war es auch für ihn vorbei, und minutenlang hielten sie sich gegenseitig fest.

Sie schlüpfte unter ihm weg, zog die Strumpfhose hoch und glättete ihr Kleid. Sie fühlte sich ausgelaugt und gleichzeitig von Hochstimmung erfüllt. Sie hatte ihn herausgefordert, und das hatte ihr gebracht – ja, was eigentlich?

»Jemand soll mir beibringen, wie man küsst, hast du gesagt?«, fragte er, als sein Atmen sich wieder normalisiert hatte.

»Ja, genau das habe ich gesagt«, bestätigte sie und reichte ihm ein Handtuch.

»Wenn du jemandem beibringen kannst, wie man küsst«, begann er, brach dann aber ab. Er rieb sich mit dem Handtuch sauber und spürte plötzlich eine andere Erregung. »Das ist die Idee, Sally! Wir sagen Mika, dass er jemandem seine Technik, seine Methode beibringen soll, sein Geheimnis. Wir finden ihm einen Schüler. Ja, klar, das ist es! Ich habe wieder mal Recht!«

Zu seiner Verwunderung spürte er, dass er wieder steif wurde.

»Womit haben Sie wieder mal Recht?«, fragte Sally stirnrunzelnd.

»Recht damit, dass es eine Frau sein muss! Wenn es so ist, wie du sagst – und es ist so –, dass Mikas Spiel in Frauen eine nie da gewesene Erregung ausgelöst und damit einen bisher unentdeckten Markt für sich gewonnen hat, dann sollte es einer Frau gelingen, diese Reaktionen bei männlichen Zuhörern auszulösen.«

»Theoretisch hört sich das plausibel an«, sagte sie bedächtig. Wenigstens hatte er begonnen, wieder ans Geschäft zu denken. »Aber Sie gehen davon aus, dass Mika eine Technik anwendet, die man lernen oder übertragen kann. Mag sein, ich weiß das nicht. Aber selbst wenn das so wäre – wie, um alles in der Welt, wollen Sie Mika zum Unterrichten bringen? Oder, schwieriger noch, wie wollen Sie Serena überzeugen? Sie hält ihn derart unter Verschluss, dass es unmöglich ist, in seine Nähe zu gelangen. Sie würde es niemals zulassen, dass eine andere Frau zwischen sie tritt. Mich erstaunt ja sogar, dass sie Ihrem Besuch zugestimmt hat.«

»Nun ja, das hat sie auch nicht«, räumte er ein. »Ich habe es ihr am Telefon gesagt, und dann habe ich aufgelegt, bevor sie mich abweisen konnte. Sie wird glauben, dass es an der schlechten Telefonverbindung lag.«

»Das ist doch lächerlich!«, rief Sally. »Was hält sie denn davon ab, Sie zurückzurufen?«

»Nichts. Aber dann sagen Sie ihr, dass ich schon abgereist bin, Sally. Und Sie wissen nicht, wo ich zu erreichen bin.«

»Dünnes Eis, Max. Sehr dünnes Eis.« Unbewusst hatte sie ihn mit dem Vornamen angesprochen, das geschah sonst nur in der Hitze ihrer sexuellen Begegnungen.

»Und in der Zwischenzeit«, fuhr er fort, ohne auf ihre Mahnung einzugehen, »finden Sie mir die bestaussehende, üppigste und talentierteste Geigerin, die durch die Gegend tourt. Ich brauche auch eine genaue Biografie von ihr. Wir müssen alles über ihre Vergangenheit wissen.«

»Sie muss schön sein?«, vergewisserte sich Sally. Auf der einen Seite fand sie die männliche Erwartung an die weibliche Schönheit dumm und verletzend, auf der anderen Seite würde es ihre Suche deutlich vereinfachen. Aus irgendeinem Grund waren die meisten Streicherinnen (wie auch die Opernsängerinnen) mit einem nichtssagenden Gesicht ausgestattet.

»Sie muss jedenfalls fesselnd sein. Eindrucksvoll. Stellen Sie eine Auswahl zusammen, bevor ich morgen zum Flieger muss.«

»Das ist fast unmöglich«, wandte sie ein.

»Deshalb werden Sie so gut bezahlt, Darling. Außerdem haben Sie eine Assistentin. Setzen Sie die göttliche Eve auf das Problem an.«

Typisch Max, dachte sie seufzend. »Die göttliche Eve ist in New York, wie Sie wissen.«

»Stimmt nicht, ich bin gerade zurück«, hörte sie eine amüsiert klingende Stimme. Sie drehten sich zur Tür, und dort stand in lässiger Haltung eine Frau mit krausen, platinblonden Haaren in einem flammendroten Kleid. Sie hatte eine große Ähnlichkeit mit der frühen Monroe, und dieser Ähnlichkeit half sie noch nach, indem sie sich ein Schönheitsmal auf die Wange malte.

»Eve«, sagte Max verstört. Wie lange hatte sie dort schon gestanden?

»Eve«, echote Sally und dachte zerknirscht: Wie lange hatte sie dort schon gestanden? »Gott sei Dank, dass du zurück bist. Wir haben dich vermisst.«

»Nun ja«, sagte Max. »Ich lasse euch zwei allein, damit ihr ein paar Dinge klären könnt.« Er schlüpfte aus der Tür.

»Keine Sorge, Boss«, rief Eve ihm nach, »wir werden Ihre Geigerin finden.«

»Du hast alles gehört?«, fragte Sally, als sich die Tür hinter Max geschlossen hatte.

»Das meiste«, antwortete Eve. »Wieder so eine verrückte Idee?«

»Ich bin nicht ganz sicher«, sagte Sally bedächtig. »Kann sein, dass er auf der richtigen Fährte ist, wenn auch aus den falschen Gründen. Himmel, bin ich müde«, sagte sie dann und konnte ein Gähnen im Ansatz gerade noch ersticken. »Tut mir Leid, Eve. Wie war es in New York?«

»Das ändert sich nie«, antwortete Eve und schritt zum kleinen Kühlschrank, der in einer Ecke stand. »Voller Amerikaner.« Und einer von ihnen ein ganz besonderer Amerikaner, dessen Petro-Dollars die Pläne verwirklichen könnten, die sie schon seit einiger Zeit hegte. Und für die Verwirklichung dieser Pläne brauchte sie Sally. Aber es war noch viel zu früh, um etwas anzudeuten. »Möchtest du ein Glas Wein?«, fragte sie. »Und warum streckst du dich nicht eine Weile aus?«

»Gute Idee.« Sie streifte die Schuhe ab und legte sich entspannt auf die gemütliche Couch. Ihr Büro enthielt einige Annehmlichkeiten, die der persönlichen Assistentin des Geschäftsführers angemessen waren. Diese Couch war zwar kleiner als die in seinem Büro, aber es war immer noch eine Couch. Der Kühlschrank wurde als Barschrank missbraucht. Und dann hatte sie ihre eigene Assistentin, die sich rasch unentbehrlich machte. Auf mehr als nur einem Gebiet.

»Nun, was hältst du davon?«, fragte Sally und nippte am Weinglas.

»Wenigstens denkt er zur Abwechslung mal wieder ans Geschäft.« Eve stellte ihr Glas ab, umfasste mit beiden Händen Sallys Fuß und begann ihn sanft zu massieren und zu kneten. »Und? Hast du mich wirklich vermisst?«, fragte sie und schaute Sally in die Augen.

»Oh, Eve, ich ...« Sally wollte ihr unauffällig den Fuß wegziehen, aber Eve hielt ihn fest.

»Komm schon, Sally, du weißt, wie es dich entspannt.« Mit einer forschen Bewegung, die Sally keine Zeit ließ, sich zu sträuben, griff Eve unter Sallys Kleid, packte den Bund der Strumpfhose und zog sie über Schenkel und Knie. Sie legte sie beiseite und nahm die Massage des einen Fußes wieder auf.

»Aber ...«, begann Sally, dann brach sie ab. Wie war sie nur in diese Situation hineingeraten? Eves Hände waren kühl und erfahren, sie erforschten jeden Muskel, jede Sehne. Ihre Finger glitten leicht zwischen die Zehen und drückten dort an bestimmten Stellen.

»Wir müssen also eine Frau finden«, sagte Eve und unterbrach den Zug von Sallys verwirrten Gedanken. Sie beugte sich über den Fuß und leckte mit der spitzen Zunge über den Spann, dann in den Zwischenräumen der Zehen.

»Mmm«, brachte Sally bestätigend heraus. Sie schüttelte sich, als sie die feuchte Zunge auf ihrer empfindlichen Haut spürte. Eve hat eine höchst originelle Art, Geschäft und Vergnügen miteinander zu kombinieren, dachte sie lächelnd.

»Eine fesselnde, eindrucksvolle Geigenspielerin«, fuhr Eve fort und stülpte die Lippen über den großen Zeh und saugte heftig daran. Sie spürte, wie Sally sich schüttelte, und strich mit der Hand über den Knöchel, fuhr dann höher und streichelte sanft über die Innenseite des Knies. Den saugenden Druck auf dem Zeh behielt sie die ganze Zeit bei.

Sally entspannte sich noch mehr, sie nahm eine bequemere Stellung auf der Ledercouch ein, spreizte die Schenkel und schloss die Augen. Das nasse Sauggefühl eines Mundes auf ihrem Zeh war tatsächlich erregend. Dann hielt sie abrupt die Luft an, als sie den Druck zubeißender Zähne spürte.

Eve lächelte zufrieden, als sie Sallys Reaktion vernahm. Sie gab den behandelten Zeh frei und begann mit einem anderen. Sie badete jeden Zeh mit den warmen, feuchten Strichen ihrer Zunge, leckte und saugte, mal weich, mal hart.

»Ist es gut für dich?«, raunte Eve.

»Mmm«, bestätigte Sally. Sie wollte nicht denken, sie wollte nichts tun, was diese köstliche Wärme unterbrechen könnte, die durch ihre Adern strömte. Schwach hob sie einen Arm und tastete blind nach Eves Gesicht.

Eve erkannte die Geste und führte die Hand zu ihrem Mund. Sie nahm einen schlanken langen Finger zwischen ihre Lippen, saugte behutsam daran, saugte ihn dann ganz in den Mund und umkreiste ihn mit der Zunge. Immer wieder leckte und saugte sie, nagte leicht mit den Zähnen. Absichtlich berührte sie Sally nicht an den Brüsten oder zwischen den Schenkeln, sie wollte warten, bis sie nach ihr griff. Eve selbst war glitschig und bereit, erregt von der Härte in ihrem Mund, von der verlockenden Sanftheit des Frauenkörpers, der vor ihr lag. Sie schlug die Beine übereinander, entschlossen, das herrliche Gefühl der Vorfreude hinauszuziehen.

Sally spürte, wie ihr ganzer Körper kribbelte, wie ihre Säfte zu fließen begannen und das Blut in ihren Adern pochte. Unglaublich, dachte sie, dass ich so erregt werde, wenn jemand an meinen Zehen und am Finger saugt. Unbewusst griff sie an ihre Brüste. Sie stellte sich vor, wie es sein würde, wenn Eve anfing, ihre Brüste zu lecken, an den Nippeln zu nagen und sie tief in den Mund zu saugen.

»Eine Frau«, murmelte Sally verwundert, streckte eine Hand aus und berührte das platinblonde Haar.

Eve fasste die Berührung als Ermunterung auf. Sie langte unter Sallys Kleid, ließ ihre Hände hinaufwandern, bis sie die Brüste erreichte. Unter ihrer Hand spürte sie, wie sich die Nippel noch härter aufrichteten. Sie nahm sie zwischen Daumen und Zeigefinger und drückte sie leicht.

Sally stöhnte auf und ließ die Hüften kreisen. Sie hatte die Augen noch geschlossen. Ihre Haut war gerötet, wie mit einem roten Schleier überzogen. Sie ist bereit, urteilte Eve mit wissendem Blick. »Gefällt es dir?«, fragte sie leise.

»Mmm, ja, bitte, hör nicht auf«, murmelte Sally, benommen von ihren Gefühlen.

Eves Hände bewegten sich nicht. »Besser als mit ihm?«

»Bitte, Eve, du weißt …«

»Besser als mit ihm?«

»Ja, und du weißt es. Bitte, Eve«, stöhnte sie hilflos.

Zufrieden schob sie Sallys Kleid über die Hüften, dann noch höher, sodass die Brüste entblößt waren. Sie beugte den Kopf und saugte an dem einen harten Nippel, während sie den anderen fest zwischen den

Fingern rieb. Sie saugte so viel von der Brust in den Mund, wie sie aufnehmen konnte. Dann drückte sie mit beiden Händen die Brüste zusammen, sodass die Brustwarzen sich trafen, und nahm beide gleichzeitig in den Mund. Sie umkreiste die Nippel mit der Zunge, saugte sie tief in den Mund und nagte behutsam mit den Zähnen daran.

Es war Sally, als jagte ein elektrischer Schlag ihr Rückgrat hinunter, um dann an der brennendsten Stelle ihres Körpers eine wahre Glut zu entfachen. Welle auf Welle überflutete sie, während Eve fortfuhr, ihre Brustwarzen zu malträtieren und die Fleischhügel zu drücken.

»Flesch«, murmelte Sally. »Das ist es, Flesch.«

»Wunderschönes, weiches weißes Fleisch«, raunte Eve mit vollem Mund. Eine Hand glitt über den flachen Bauch und stieß mit den Fingerspitzen in das dünne krause Haar zwischen den Schenkeln. Sie zupfte delikat daran.

»Nein, nein, ich meine den Carl Flesch Wettbewerb«, sagte Sally. »Er beginnt heute Abend. Wir können hingehen und sehen, wer spielt.«

»Ausgezeichnet«, stimmte Eve zu. »Aber zuerst beenden wir diesen Fleischwettbewerb.«

Genf

Wütend knallte Serena den Hörer auf.

»Verdammt, Maddie, ich kann es einfach nicht glauben!«, rief sie aufgebracht. »Ich habe das Büro von Disc-O erreicht, aber es tut ihnen Leid, dass niemand da ist, der meinen Anruf entgegennehmen kann.« Den letzten Teil des Satzes äffte sie der englischen Stimme am Telefon nach. Sie redete sich in Rage. »Ich habe Max' Privatnummer im Office gewählt, und von dort hat er mich erst vor einer Stunde angerufen!«

»Warum haben Sie ihn nicht sofort abgewiesen?«, fragte die Haushälterin mit nicht zu leugnender Logik.

»Ich war beschäftigt. Und ich hatte natürlich keine Ahnung, worauf er hinauswollte«, fauchte sie. »Die Leitung war tot, nachdem er mir gesagt hatte, dass er morgen kommt.«

»Und ist das so schlimm? Sein Besuch kann heilsam für Sie beide sein.«

»Ich werde nicht zulassen, dass er Mika zu sehr aufregt, Maddie.«

»Vielleicht tut ihm eine Aufregung zur Abwechslung mal ganz gut«, erwiderte sie ungerührt. »So wie es jetzt ist, Madam, ist es auch nicht richtig. Überhaupt nicht richtig.«

Serenas Augen verengten sich. Wenn Maddie, die seit vielen Jahren bei ihnen war, sie ›Madam‹ nannte, brannte ihr was auf der Seele. »Wie meinen Sie das?«

»Sie beide vergraben sich jetzt hier schon seit über einem Jahr«, sagte sie. »Nun ja, fast immer nur Sie beide«, korrigierte sie sich. Von der Garde wechselnder Gärtner und Chauffeure, die Serena heuerte und feuerte, wollte sie jetzt nicht sprechen. »Er tut den ganzen Tag nichts anderes, als sich seine alten Aufnahmen anzuhören, bis ich Bach noch im Schlaf hören kann. Und Sie tun nichts anderes als ...« Sie zögerte.

»Ich tue nichts anderes als was?«, hakte Serena prompt nach und schaute ihr herausfordernd ins Gesicht.

»Sie wissen ganz genau, was Sie tun«, schnaufte die Haushälterin. »Jedenfalls besser als ich, und außerdem geht es mich auch nichts an. Aber richtig ist es trotzdem nicht. Und dann will ich Ihnen noch sagen, dass er gar nicht gut aussieht.«

»Mika? Er sieht wunderbar aus! Hören Sie auf, den Teufel an die Wand zu malen, Maddie.«

»Er ist zu blass und zu verschlossen. Und Sie wissen das auch«, sagte sie beharrlich.

»Nun ...« Serena sprach nicht weiter. Ja, sie wusste es auch. Hatte sie vor kurzem nicht auch gedacht, dass er dringend eine Abwechslung brauchte?

»Jedenfalls würde es ihm nicht schaden, wenn Max Schiller ihn besucht. Früher waren sie gute Freunde. Und es wäre gut, ein neues Gesicht hier zu sehen, ein bisschen frisches Blut zu haben.«

»Frisches Blut«, wiederholte Serena gedankenverloren. Ein schmales Lächeln umspielte ihre Lippen.

Die Haushälterin wandte sich ab, als sie den hungrigen Blick in Serenas Augen sah. »Soll ich also ein Gästezimmer für ihn vorbereiten?«

»Ja, tun Sie das, Maddie. Wie Sie sagen, wir brauchen frisches Blut. Aber ich bin nicht sicher, was Mika dazu sagen wird.« Eine kleine Falte stellte sich steil zwischen den Brauen auf.

»Nun, eine Menge wird davon abhängen, wie Sie es ihm sagen«, meinte Maddie und betonte das ›Sie‹. Aber Serena hatte schon das Zimmer verlassen.

Sie fand Mika auf der Terrasse vor, wo er Kaffee trank und Midas auf dem Schoß hielt. Sie blieb im gewölbten Türrahmen stehen und bewunderte die auffällige Gestalt, die er immer noch war, ganz in Schwarz gekleidet, Jeans, Polohemd, Sonnenbrille, und dann ein goldenes Fellknäuel auf dem Schoß. Es war, fiel ihr bestürzt ein, dieselbe Pose, die er für sein letztes Album eingenommen hatte, aber ohne die Katze. Es war ein Schwarzweißbild gewesen, und es war genau an dieser Stelle aufgenommen worden.

»Was gibt es, Serena?«, fragte er, ohne sich nach ihr umzudrehen. Es überraschte sie immer wieder, auch nach all den Jahren, wie hervorragend sein Gehör war.

»Max hat angerufen«, antwortete sie und setzte sich auf einen der kunstschmiedenen Stühle.

»Oh«, sagte er nur, offensichtlich völlig desinteressiert. Er sah blass aus, stellte sie fest, und diese Blässe schien auch noch durch die gleichmäßige Bräune, die er sich in seinen Stunden auf der Terrasse zugelegt hatte.

»Er wird uns besuchen, Darling«, sagte sie und brachte etwas Begeisterung in ihre Stimme. »Er sagt, dass er uns einen neuen, aufregenden Vorschlag machen will, und darüber möchte er diskutieren.«

»Warum hast du ihn nicht abgewiesen, Serena?«, fragte er verärgert. Die Hände mit den schwarzen Handschuhen lagen still auf dem Leib der Katze. »Du weißt, dass ich niemanden hier haben will.« Die Katze schien die Spannung zu spüren, sie krümmte den Rücken, öffnete ihre großen Augen und fauchte.

»Weil es sich interessant anhörte«, log sie und streckte eine Hand nach der Katze aus. »Schon gut, Midas. Ich dachte, es sei eine gute Idee, ihn zu sehen und ihn anzuhören. Autsch! Verdammte Katze!«, rief sie und zog hastig die Hand zurück. Eine dünne Blutspur quoll heraus, wo die Katze ihre Krallen angesetzt hatte.

»Ah, Serena, mich kannst du belügen, aber Midas führst du nicht hinters Licht«, sagte Mika und lächelte dünn. »Du kannst dich um Max kümmern.«

»Bist du denn überhaupt nicht neugierig, Mika?«, fragte sie besorgt.

»Nein, eigentlich nicht. Warum auch? Das ist deine Angelegenheit.«

»Also gut«, sagte sie und leckte sich das Blut von der Hand. »Ich höre mir an, was er vorzuschlagen hat.«

London

Eve und Sally saßen im dunklen Saal. Die Fleschparade beim Carl Flesch Wettbewerb war erstklassig. Aber bisher waren alle Teilnehmer männlich gewesen. Von der angespannten Konzentration spürte Sally erste Anzeichen von Kopfschmerzen. Sie fühlte sich schlaff und ein bisschen müde. Zu viel Sex und nicht genug Kaffee, konstatierte sie. Wie hatte sie sich überhaupt auf dieses Durcheinander einlassen können, fragte sie sich wieder. Eve und Max. Max und Eve. Benutzte Eve sie als Sprosse auf der Leiter nach ganz oben? Und trieb sie selbst es deshalb mit Max? Sie spürte Eves Hand auf ihrem Schenkel.

»Eve ...«, begann sie, aber Eve ließ sie nicht weiter zu Wort kommen.

»Schau mal«, zischte sie und wies auf die Kulissen. Zwischen den wuchtigen Falten des Vorhangs stand ein Mädchen, das auf den Auftritt wartete. Sie war groß und schlank, und ihre flammendroten Haare bedeckten ihren Rücken. Ihr Gesicht lag im Schatten und war nur undeutlich zu sehen.

»Francesca Tonelli. Sie spielt Bachs Sonate in G-Dur für Sologeige«, kündigte der Ansager an. Die volle Stimme des Mannes konnte eine gewisse Überraschung nicht verhehlen. Diese Bach-Sonate war Mikas Meisterstück, das niemand so virtuos spielen konnte wie er. Dass ein Mädchen versuchte, dazu in Wettbewerb zu treten, war mutig und grenzte an Überheblichkeit. Was würden die Juroren dazu sagen?

Sie trat aus den Kulissen und schritt zur Bühnenmitte, und im Licht der Blendlampen sah ihr Haar aus, als würde es jeden Moment Feuer fangen. Ihre Haut war makellos weiß. Ihr schwarzes Kleid ließ die Arme frei. Ihre Brauen, zwei dunkle Bogen über blassen Augen, standen in herbem Kontrast zu ihrem Teint.

»Fesselnd«, murmelte Eve. Sie schaute zu, wie das Mädchen die Geige ansetzte, und spürte einen mächtigen Stromstoß, der vom Schoß zu ihren Brüsten schoss.

Das Mädchen schwang den Bogen, huschte spielerisch über die Saiten, und es war Eve, als fühlte sie diese kühlen weißen Hände an ihrem Körper, wie sie kosten und streichelten, wie sie über ihre gespannten Brüste strichen, über die geschwollenen feuchten Lippen ihres Geschlechts.

Sie rutschte in ihrem Sitz hin und her und spürte, wie sie feucht zwischen den Schenkeln wurde. In ihrem Rücken vibrierte es wild, und sie hätte schwören können, dass sich ihre Nackenhaare aufrichteten.

Sie ging davon aus, dass alle Augenpaare gebannt auf die Bühne gerichtet waren, deshalb spreizte sie den weiten Rock und zog ein Bein an, ließ den Fuß auf ihrem Sitz ruhen. Der spitze Absatz der bronzefarbenen Sandale drückte gegen ihre Klitoris.

Sie war nicht mehr feucht, sie war nass. Der willkommene Druck des dünnen Stiletto gegen die geschwollenen Lippen war fast unerträglich. Wenn sie sich jetzt bewegte, auch nur ein bisschen rutschte, dann, wusste sie, würde sie auf der Stelle ihren Orgasmus haben.

Sie knirschte mit den Zähnen und schaute verstohlen zu Sally, deren Blick aber völlig konzentriert der Bühne und der Künstlerin galt. Eve stellte fest, dass auch Sally hechelnd atmete und mit geröteten Wangen dort saß. Gut. Auch sie fühlte es.

Eve beugte sich vor, als wollte sie etwas vom Boden aufheben, und der plötzlich verstärkte Druck gegen die Klitoris löste sofort ihren Höhepunkt aus. Sie schlang die Arme um sich, damit sie das Zucken und Zittern ihres Körpers ein wenig verbergen konnte.

Die Technik des Mädchens auf der Bühne war makellos, und meisterhaft beherrschte sie ihr Instrument. Nur die Wahl ihres Stücks war mehr als unglücklich gewesen. Die Sonate würde nie wieder gespielt werden können, ohne an Mikas leidenschaftlicher, fast brutaler Interpretation gemessen zu werden. Das war auch der Grund, warum der Beifall bestenfalls wohlwollend war.

»Und?«, fragte Eve flüsternd, nachdem das Zittern ihres Körpers abgeklungen war.

»Sehr gut«, antwortete Sally. »Aber ich frage mich, warum sie sich für Bach entschieden hat.«

»Soll ich das herausfinden? Wenn du willst, gehe ich hinter die Bühne und rede mit ihr. Ich glaube, sie ist genau die Frau, die wir suchen, Sally.«

»Ich weiß nicht«, murmelte Sally. Sie fühlte sich verlegen. »Vielleicht sollten wir beide gehen.«

Aber Eve hatte sich schon erhoben, sie nahm ihre Handtasche und das Programmheft mit.

»Ich glaube, es ist leichter, wenn nur eine von uns geht. Warum nutzt du die Pause nicht, um dich ein wenig umzuhören? Vielleicht kommst du an die Jury heran und schnappst das eine oder andere Gerücht auf.«

Hinter der Bühne war die Luft stickig. Es roch nach Schweiß und Lampenfieber.

Die Teilnehmer standen dicht beisammen, kritisierten, verglichen, schwatzten.

Eve hatte keine Schwierigkeit, Francesca Tonelli zu finden. Sie stand allein und zappelte mit einer nicht brennenden Zigarette herum.

»Du hast gut gespielt«, sagte Eve, als sie auf sie zuging und die Hand ausstreckte.

»Es war sogar brillant«, sagte das Mädchen und ignorierte Eves ausgestreckte Hand.

So, sie hat Krallen, dachte Eve amüsiert, zog ihre Hand zurück und setzte sie in derselben Bewegung ein, um ihr ordentlich sitzendes schwarzes Haar zu glätten. »Ich bin Eve Drake. Ich gehöre zu ...«

»Disc-O«, beendete Francesca den Satz. »Ich weiß.«

Aus der Nähe sah Francesca Tonelli noch überzeugender aus. Groß und schlank und hoch angesetzte Brüste, die von dem eng anliegenden schwarzen Kleid noch betont wurden.

Ihre Augen waren von einem wechselnden Grau, eingerahmt von dicken schwarzen Wimpern. Die dunklen, schrägen Brauen gaben ihrem Gesicht einen leicht schmollenden, erotischen Ausdruck.

Eve war hingerissen. Der Quell ihrer von der Musik herbeigeführten Leidenschaft, die sie erst vor wenigen Minuten erlebt hatte, war genauso verlockend, wie sie es sich gewünscht hatte.

Sie legte eine Hand leicht auf Francescas Arm. »Sag mal, gibt es einen Ort, an dem wir ungestört miteinander reden können? Ohne dass jemand lauschen kann?«, fragte sie und wies auf den Korridor mit den vielen Türen auf jeder Seite.

Francesca wich kaum merklich zurück und betrachtete die Frau ausgiebig. Jeder hatte gewusst, dass die beiden Top-Agentinnen von Disc-O an diesem Abend im Saal sein würden. Die Nachricht hatte sich wie ein Lauffeuer verbreitet. Die Spekulationen schossen ins Feld, verstärkt noch durch den Fernsehbericht über Mikas Vertrag und seine fortgesetzte Abgeschiedenheit.

»Mein Abend ist gelaufen«, antwortete Francesca, »und ich habe es sogar geschafft, eine eigene Garderobe zu ergattern. Sie sind rar wie Gold, aber ich hatte Glück. Jedenfalls heute Abend.« Und vielleicht hält mein Glück noch an, sagte eine leise Stimme in ihrem Kopf. »Wir könnten uns in meiner Garderobe unterhalten, wenn du willst.«

»Ja, sehr gern«, gab Eve zurück, und ihre Hand glitt von Francescas Arm zum verspannten Rücken. Ihre Fingerspitzen genossen die Berührung jedes einzelnen Wirbels und fuhren dann hoch zur bloßen Schulter.

»Ich hoffe, es macht dir nichts aus, wenn ich mich während unseres Gesprächs umziehe«, sagte Francesca, und in ihrer Stimme lag eine absichtliche Provokation. Sie hatte die kühlen Finger der anderen Frau bemerkt, und sie hatte das Glitzern in ihren Augen richtig gedeutet.

»Überhaupt nicht«, antwortete Eve und spürte die Feuchtigkeit zwischen ihren immer noch zitternden Schenkeln. Ohne weiteres Wort folgte sie dem Mädchen, vorbei an den wild diskutierenden Gruppen ihrer Freunde und Konkurrenten, den Korridor entlang bis zu ihrer Garderobe.

Als sie hinter sich die Tür schloss und begriff, dass sie auf kleinstem Raum mit diesem Mädchen allein war, hatte Eve Mühe, ihr Atmen zu regulieren. Sie spürte, wie die Röte der Erregung in ihre Wangen stieg, und sie spürte auch, wie ihre Brustwarzen sich keck am Gewebe ihres Kleids rieben.

»Nun«, sagte Francesca, »was bringt dich zu Flesch?«

»Nun, wir sind immer an solchen Wettbewerben interessiert, wenn sie einmal diesen Level erreicht haben«, sagte Eve und konnte ihren Blick nicht von der schlanken Gestalt wenden, die sich vor dem hohen Spiegel über eine Bank beugte. Im Spiegel sah sie die hohen Brüste, die gegen das enge schwarze Kleid drängten, während sie vor sich deutlich die Kerbe zwischen den Pobacken sah, die sich unter dem Kleid abzeichnete.

In diesem Moment war Eve von derselben Geilheit gepackt wie vor einer halben Stunde, als sie Francesca beim Spielen gelauscht hatte. Ihre Schamlippen zuckten, und sie spürte den Kitzler anschwellen. Sie lechzte danach, diese Kerbe zu erforschen, sie mit Fingern und Zunge nachzuzeichnen, und gleichzeitig würde sie nach diesen Brüsten greifen, sie kosen und saugen und küssen, bis Francesca ihr zu Willen war.

Francesca streckte sich ausgiebig, dann griff sie sich in den Nacken und löste ein Band, das ihre langen Haare zusammengefasst hatte. Jetzt fiel das rote Haar breiter und lockerer über den Rücken, die Spitzen berührten noch den Hintern.

»Disc-O braucht einen Nachschub von neuen Talenten, was?«, fragte sie. Es war eher eine Feststellung als eine Frage. »Ich habe am Nachmittag den Beitrag im Fernsehen verfolgt.«

»Disc-O hat eine unumstrittene Position im Markt«, sagte Eve steif. Professionalität ging immer vor, dachte sie, während ihre Augen den Schwung von Francescas Hüften einsogen. »Aber ich hätte gerne gewusst, warum du dich für Bach entschieden hast. Ich meine, es muss dir bewusst gewesen sein, dass du damit ein hohes Risiko eingegangen bist.«

»Ich gehe gern Risiken ein«, sagte sie schnippisch. »Könntest du mir mit dem Reißverschluss meines Kleids helfen?«

Eve hielt den Atem an, sie musste einen Schwall Speichel schlucken und ging dann zu ihr. Sie roch den Schweiß, vermischt mit einem schwachen Parfumduft. Diorissima. Sie schob die langen Haare zur Seite und öffnete mit der anderen Hand den Reißverschluss. Als sie ihn ganz aufgezogen hatte, fiel das Kleid von den Schultern und blieb an den Hüften hängen. Im Spiegel konnte sie Francescas Brüste sehen. Die großen braunen Nippel versteiften sich in der kühlen Luft.

Francesca drehte sich um, lehnte sich mit dem Po gegen die Bank und sah Eve an. »Danke, Eve. Der Reißverschluss gibt mir wirklich Probleme auf.« Sie legte die Handflächen unter die Brüste, wiegte sie kurz und massierte sie leicht. »Und der eingenähte BH ist verdammt eng.«

»Keine Ursache, Francesca.« Eves Gedanken wirbelten. War das Mädchen nur gedankenlos, oder gab sich die Geigerin absichtlich so provozierend? Die eine Hälfte ihres Gehirns, die stets ans Geschäft dachte, rechnete und erwog die großartigen Möglichkeiten mit diesem mehrfach begabten Geschöpf aus. Die andere Gehirnhälfte konnte sich der ungeheuren Attraktion dieses Wesens nicht entziehen. Eve spürte ihre eigene Erregung auf eine unangenehme Weise, denn sie wusste, dass sie ihre Gedanken jetzt auf das Geschäftliche konzentrieren musste.

»Bitte, nenne mich Franca.«

»Franca.« Ihr Mund war trocken, und sie konnte den Blick nicht von dem stolzen Körper des Mädchens wenden. Sie standen dicht voreinander, aber am liebsten wäre sie noch näher an sie herangetreten, hätte sie in die Arme genommen, den Mund geküsst, die Brüste gestreichelt, die Nippel gesaugt, bis sie rot waren, bis diese kalten grauen Augen vor Hitze sprühten … Ja, ihre Augen blickten kalt.

Eve wich ein wenig zurück und lächelte. Sie zwang sich dazu, die aufsteigende Gier zu unterdrücken. Später vielleicht. »Nun, wie du dir denken kannst, sind wir auf der Suche. Wir wollen etwas ganz Besonderes.«

»Ach ja«, sagte sie nur. Sie schob das Kleid über die Hüften, dann über die Schenkel, und sah zu, wie es langsam zu Boden glitt. Bis auf einen winzigen Fetzen Seide, der ihr Dreieck bedeckte, war sie nackt, und sie strahlte eine gewaltige Aura von Sinnlichkeit aus.

»Etwas sehr Besonderes«, sagte Eve. Sie bemühte sich um eine kühle Stimme und fügte hinzu: »Ich gehe sogar so weit zu behaupten, dass du über ein ungeheures Potenzial verfügst, das bisher noch gar nicht geweckt worden ist.«

»Potenzial?« Ihre Stimme war noch kälter als ihre Augen.

»Potenzial für unser neues Projekt«, sagte Eve. Sie freute sich, dass sie ein neugieriges Glitzern in diesen Augen sehen konnte.

Es klopfte an der Tür. »Hallo! Hallo? Miss Tonelli?«

Es war Sallys Stimme, laut und doch unsicher. Und als keine Antwort kam, rief sie: »Eve?«

Wie entzückend, dachte Eve. Ob Sally vielleicht eifersüchtig war? Oder hatte sie sich nur gelangweilt? Oder hatte sie irgendetwas erfahren?

Der unpassendste Augenblick, dachte Franca. Sie war zuversichtlich, dass sie Eve soweit hatte, dass sie ihr aus der Hand gefressen hätte. »Herein«, rief sie, trat aus dem Kleid heraus und griff nach einem Umhang. Es war ein kurzer Kimono, der gerade bis zu den Hüften ging. Sie blickte Eve in die Augen und rief wieder: »Herein, bitte.«

Als sie die Tür öffnete, nahm Sally sofort die sexuelle Spannung wahr, die sich zwischen den beiden aufgeladen hatte. Man hätte sie fast durchschneiden können, so dick lag sie in der Luft.

»Schön, dass du kommst, Liebling«, sagte Eve. »Ich glaube, die Dinge werden gerade interessant.«

»Aha«, sagte Sally. Sie sah das Kleid, das wie eine Lache zu Francas Füßen lag, und nahm die lässige Pose, mit der das Mädchen sich auf den Bankrücken gesetzt hatte, in sich auf, ebenso das hungrige Glitzern in Eves Augen. »Hast du Miss Tonelli schon Einzelheiten unseres Projekts erzählt?«, fragte sie.

»Ich wollte gerade mit den Einzelheiten beginnen«, sagte Eve. »Aber jetzt kannst du das übernehmen, bitte.«

Sally trat tiefer in das Zimmer hinein und setzte sich – ohne Einladung – auf einen der beiden wackligen Drehstühle. Sie schlug die Beine übereinander, warf Eve einen kritischen Blick zu und widmete dann der Geigenspielerin ihre ganze Aufmerksamkeit. »Ich will gleich zur Sache kommen«, begann sie. »Wir sind auf der Suche nach ...«

»... nach dem nächsten Virtuoso?«, unterbrach Franca sie.

Sally fuhr herum und starrte Eve an. »Du hast gesagt, dass du noch keine Einzelheiten ...«

Franca unterbrach sie erneut. »Es liegt doch auf der Hand, oder?«, sagte sie. »Warum sollten sonst zwei Agenten von Disc-O zu Flesch kommen? In letzter Zeit hat es einige Berichte über Disc-O gegeben, und nicht alle waren positiv. Ihr braucht eine neue Sensation. Mich zum Beispiel.«

Ich bin zu draufgängerisch, dachte sie selbstkritisch. Das sind meine Nerven.

»Es ist mehr als nur das«, sagte Sally langsam. »Viel mehr. Wir suchen ein Talent ... Ein Talent mit dem Potenzial, die Zuhörer ebenso zu fesseln wie Mika. Ein Talent mit derselben leidenschaftlichen Wucht. Und wir hoffen, dass er bereit ist, dieses Talent zu formen, zu trainieren.«

»Er?«, fragte Franca. Ihre Stimme zitterte.

Sally nickte.

»Dafür«, sagte Franca betont, »würde ich alles tun.«

»Wie entzückend«, gurrte Eve. »Ich habe gehofft, dass du das sagen würdest.«

»Die Umstände«, fuhr Sally fort, »sind leider kompliziert. Mal abgesehen vom handwerklichen Rüstzeug muss diese Person, die wir suchen, einen Magnetismus ausstrahlen, Charisma haben, eine Welle der Sinnlichkeit auslösen. Das ist wichtiger als alles andere, und genau eine solche Person sucht Max Schiller für dieses Projekt. Wenn er sie gefunden hat, wird er sie Mika vorstellen.«

»Ich versuche, das mal zusammenzufassen«, sagte Franca mit immer noch bebender Stimme. »Um bei und von Mika zu lernen, eine Chance, für die jeder Geiger dieser Welt töten würde, muss ich Max Schiller überzeugen, dass ich Sex-Appeal habe? Eine sinnliche Ausstrahlung? Brauche ich diese Fähigkeit, um die Klassiker zu interpretieren, oder um Max Schiller dazu zu bringen, mich Mika vorzustellen?«

»Darling«, sagte Eve mit zuckersüßer Stimme, »du

überstürzt die Dinge, gehst den dritten Schritt vor dem ersten. Wir stellen jetzt erst eine Liste von Kandidaten zusammen. Zuerst musst du uns überzeugen, dass wir dich auf diese Liste setzen.«

»Max fliegt morgen nach Genf«, sagte Sally nüchtern. »Ich glaube, du solltest vorbeikommen, dich ihm vorstellen und mit ihm über das Projekt sprechen. Unsere eigenen Empfehlungen sind zu einem späteren Zeitpunkt gefragt.«

»Und sie ist eure erste Wahl?«, fragte Max am anderen Morgen, während er die Hochglanzfotos betrachtete.

»Sie ist die erste Kandidatin auf unserer Liste«, stellte Sally richtig. »Eve und ich sind uns einig, dass wir noch einige zusätzliche Recherchen anstellen müssen.«

»Erzähl mir von ihr«, forderte Max sie auf. Er setzte sich mit einer Backe auf ihren Schreibtisch.

»Sie heißt Francesca Tonelli, lässt sich aber lieber Franca nennen«, begann Sally. »Mit fünf Jahren hat sie mit dem Geigenspiel angefangen. Im vergangenen Jahr hat sie eine lobende Erwähnung auf dem Internationalen Musikfestival in Luzern erhalten.«

»Seltsam«, murmelte Max. »Warum habe ich das nicht mitbekommen?«

»Nun, letztes Jahr hatte Mika den Unfall ...«

»Ja, ja, sicher.«

»Und seither hat sie nicht viel unternommen. Eine Aufnahme für die Deutsche Grammophon, die ich in Ihrem Büro aufgelegt habe. Sie hat immer wieder ihre Lehrer gewechselt. Ihr geht der Ruf voraus, schwierig zu sein. Eve hat für Sie ein Profil zusammengetragen«, sagte Sally abschließend und deutete auf ein Bündel Papier.

»Sie ist zweifellos eine attraktive Frau«, sagte Max und starrte wieder auf ein Foto. Er bewunderte den schlanken Hals und den hohen Brustansatz. »Aber hat sie auch das besondere Etwas? Eine magnetische Anziehung, eine verlockende Ausstrahlung?«

»Alles das hat sie«, antwortete Sally, und in ihre Gedanken drängte sich das Bild, das sich ihr gestern Abend geboten hatte, als sie in die Szene in Francas Garderobe geplatzt war. »Alles das und noch mehr. Aber sie wird nicht ganz einfach im Umgang sein.«

»Vielleicht wird dadurch alles noch besser«, murmelte Max. »Sie könnte eine Herausforderung für Mika sein«, sagte er, den Blick unverwandt auf die Fotos gerichtet. »Wenn ich ihn davon überzeugen kann, dieses Projekt durchzuziehen.« Ohne von den Fotos aufzusehen, fragte er: »Was ist mit den anderen?«

»Es ist nicht Mika, den Sie überzeugen müssen«, sagte Sally grinsend. »Aber warum lesen Sie sich nicht zuerst ihre Vita durch? Dabei können Sie sich ihre CD anhören. Was die anderen betrifft – nun, es gibt keine anderen. Eve und ich werden daran arbeiten, während Sie in Genf sind.«

Eine Stunde später traf Francesca ein. Sie wirbelte herein wie eine brennende Fackel, das flammendrote Haar in herbem Kontrast zu dem schwarzen Umhang, der sie vom Hals bis zu den Knöcheln einhüllte.

»Sally, Eve. Wie entzückend, euch nach der gestrigen Nacht wiederzusehen. Und wo ist der große Boss?«

»Dort«, sagte Sally und wies auf die Tür hinter ihr. »Aber ich glaube ...«

»Ah, Miss Tonelli, nehme ich an?«, fragte Max, der in der Tür stand.

»Mr Schiller«, sagte sie brav, und auch bei ihm übersah sie die ausgestreckte Hand.

»Ah, ja. Also ... wollen Sie in mein Büro kommen?«

»Ich danke Ihnen«, sagte sie mit rauer Stimme und huschte an ihm vorbei ins Chefzimmer.

Ohne darauf zu warten, dass er ihr einen Platz anbot, setzte sie sich auf die schwarze Ledercouch und hakte gelassen den Umhang auf. Darunter war sie in Schwarz gekleidet, hautenge Hose und ein dünnes Stricktop, das sich zart an ihren Körper schmiegte.

Sie streckte die Beine aus und überkreuzte die Füße. So, Max Schiller, dachte sie, du bist meine erste Hürde. Du willst Magnetismus. Charisma, Sex Appeal? Nun gut. Verschlinge mich mit deinen Augen. Ich habe alles, was du willst.

Erfreut registrierte sie, dass seine Blicke keinen Zentimeter ihres Körpers ausließen, aber sie kehrten immer wieder zu ihren Brüsten und zum Schenkeldreieck zurück, das sich unter dem dünnen Stoff der Hose deutlich abzeichnete.

»Ich habe gehört, dass Sie eine ungefähre Vorstellung unseres Projekts haben«, begann Max Schiller nach einer Weile. Die Fotos wurden ihr nicht gerecht, dachte er. Diese Augen! Diese Brüste! Diese flammendroten Haare! Aber sie hatte mehr. Sie strahlte etwas Animalisches aus, eine weibliche Qualität, als ob sie ständig an Sex dachte, ständig Sex brauchte und ständig Sex haben wollte.

Ja, du hast Recht, dachte sie. Schau mir in die Augen, lies meine Gedanken. Aber nur diejenigen, von denen ich will, dass du sie liest.

»Ja«, hauchte sie leise.

Stell dir vor, wie ich nackt aussehe, dachte sie. Nackt bei dir. Du fasst mich an, du kannst mich haben. Stell dir vor, ich würde alles für dich tun. Ich würde dich bis zum Wahnsinn vögeln, Max Schiller.

»Und ich nehme auch an, dass Sie interessiert sind? Ich meine, falls sich die Dinge so entwickeln, wie ich sie mir vorstelle?« Er wollte absichtlich nicht zu viel versprechen. Obwohl er Mühe hatte, ihr nicht alles zu versprechen. Ihr Körper machte ihn verrückt. Er erinnerte ihn an Serena.

Impulsiv drückte er auf den Knopf der Gegensprechanlage. »Sally? Buchen Sie zwei Tickets nach Genf.«

Drittes Kapitel
Erste Pause

Genf

Serena schaute wieder auf die Uhr, schenkte sich ein Glas Wein ein und betrachtete sich im Spiegel. Sie hatte viel Zeit darauf verwendet, sich auf den Besuch vorzubereiten; hatte ein heißes Bad genommen und ihren Körper mit Cremes und Ölen eingerieben, und dabei hatte sie sich gefragt, ob sie Vorfreude auf Max' Hände empfand. Sein Flugzeug würde inzwischen gelandet sein, sie hatte Sergei geschickt, um ihn mit dem Rolls abzuholen. Sie lächelte, als sie sich das Treffen der beiden Männer vorstellte: Sergei war blond und nordisch, Max schwarzhaarig, dunkler Teint, muskulös. Der Chauffeur und der Unternehmer. Das Einzige, was sie gemeinsam hatten, war sie.

Nackt schritt sie zum Kleiderschrank, und wieder bewunderte sie sich im Spiegel. Ihre Brüste waren hoch und fest, sie reckten sich keck nach oben. Der Bauch wies eine winzige Wölbung auf, die sie sexy fand. Sie ließ die Hände über ihre Brüste gleiten, rieb sich behutsam über die Brustwarzen und war sofort erregt.

Das schwarze Kleid, für das sie sich entschied, hatte einen provozierenden Schnitt, vorne und hinten tief ausgeschnitten; es bedeckte kaum die Brüste und gewährte einen Einblick in die Pokerbe. Sie trug keine Unterwäsche; sie genoss es, die Seide an Bauch und Schenkeln zu fühlen.

»Frisches Blut«, sagte sie laut zu ihrem Spiegelbild,

als ihr wieder Maddies Ausdruck einfiel. Und im nächsten Moment fiel ihr die Nacht in Paris ein. Lange, lange her. Max war zuerst unendlich zärtlich gewesen, er behandelte sie wie ein zerbrechliches Porzellanpüppchen. Wie erregend war es gewesen, ihm das wilde, ungezähmte, hemmungslose Geschöpf zu zeigen, das unter ihrer Haut lebte.

Aber sie erinnerte sich auch mit leisem Unbehagen daran, wie er sie danach sanft in den Arm genommen und gewiegt hatte, eine Art Nachsorge nach den Orgasmen, die sie gemeinsam durchpulst hatten. Für sie war es eine ungewöhnliche Geste gewesen, sie war sich verletzlich vorgekommen, als ob seine Zärtlichkeit eine gut versteckte Waffe gewesen wäre, der sie nichts entgegenzusetzen hatte. Und dann hatte er jene drei bedeutungsschweren Worte gesagt, die sie von ihm getrennt gehalten hatten ... bis heute.

»Genug«, sagte sie, und im nächsten Augenblick hörte sie das Schnurren des Rolls draußen auf dem Hof. Sie warf sich einen letzten Blick im Spiegel zu, fand sich schön und wusste, dass sie unwiderstehlich war.

Trotzdem, rief sie sich in Erinnerung zurück – Max ist Geschäftsmann. Du musst auf der Hut sein. Sie musste ihn ein bisschen ablenken, ihn in Sicherheit wiegen und alle Einzelheiten aus ihm hervorholen, was dieses ominöse Projekt betraf. Er würde alles sagen, was er wusste, und es würde ihm nicht einmal bewusst sein. Dass er irgendeinen Trumpf im Ärmel hatte, bezweifelte sie keinen Augenblick.

Spontan ging sie zu ihrem Toilettentisch und betastete die zahlreichen Fläschchen und Tuben, die dort standen. Schließlich nahm sie ein Reispapierbeutelchen an sich. Es enthielt ein stark wirkendes Aphrodisiakum, das sie von einem chinesischen Kräuterhändler erworben hatte. Es schärfte die Sinne tausendfach. Mein zusätzlicher Schutz, dachte sie grinsend.

Hastig lief sie die Treppe hinunter. Sie öffnete beide Flügel der Haustür und breitete die Arme aus.

»Max, Liebling, ich bin ja so froh, dass wir uns endlich noch mal sehen.« Ihre Stimme lag zwischen einem Schnurren und einem Knurren. Sie umarmte ihn herzlich, dann küsste sie ihn voll auf den Mund. Die Berührung ihrer Lippen durchfuhr ihn wie ein elektrischer Stromstoß.

Mit einer hoheitsvollen Handbewegung schickte sie Sergei mit dem Gepäck fort. Sie war voll auf Max konzentriert, deshalb entging ihr der mörderische Blick, mit dem der Chauffeur sie bedachte. Serena führte Max in die geräumige Halle, erkundigte sich nach dem Flug und kommentierte das Wetter. Er folgte ihr wie betäubt, benommen von ihrem Anblick, dem schwülen Duft ihres Parfums und der vornehmen Blässe ihrer Haut.

»Ja, ich würde gern einen Drink nehmen«, hörte er sich sagen, während er sie nicht aus den Augen ließ. Er stellte sie sich nackt vor, wie sie unter ihm lag, gefangen in ihrer Leidenschaft, während er unerbittlich in sie hineinstieß. Er erinnerte sich an Paris, da hatte es damit begonnen, dass sie in umgekehrter Position waren, sie ritt auf ihm, ritt ihn mit furioser Gewalt. Er spürte, wie das Verlangen in seine Lenden schoss.

»Scotch?« Sie lächelte ihn an.

Sie konnte sein Verlangen spüren, es breitete sich im Raum aus wie eine Duftwolke und waberte ihr entgegen. Sie genoss, so offensichtlich begehrt zu werden. Es machte ihn verletzlicher, leichter zu handhaben. Das Pulver würde ihm den Rest geben, würde die allerletzte Hemmschwelle fallen lassen, die jetzt noch dafür sorgte, dass er nicht über sie herfiel.

Sie wunderte sich ein wenig darüber, dass sie so stark auf seine Gegenwart reagierte. Ein leichtes sinnliches Kribbeln ließ ihre Haut prickeln.

Mit Mühe riss er sich von den trunkenen Bildern der Erinnerung los, er schob die nackte Serena, die sich ihm öffnete, aus seinen Gedanken. Wie konnte eine Frau nur diese unwiderstehliche erotische Anziehungskraft haben? Selbst der schlichte Akt, einen Drink einzugießen, sah bei ihr unanständig sexy aus. Er war fasziniert von der Anmut ihrer Bewegungen, als sie zwei Eiswürfel in seinen Scotch gab.

»Wo ist Mika?«, fragte er, und gleichzeitig überkreuzte er die Beine, um seine Erektion zu verbergen. »Ich freue mich schon darauf, ihn wiederzusehen.«

»Mika wird uns beim Essen keine Gesellschaft leisten. Er hat mich gebeten, ihn zu entschuldigen«, log sie. Was er wirklich gesagt hatte, als sie ihn heute Morgen noch einmal darauf angesprochen hatte, war nicht druckreif. Es hatte nur ihre Ansicht bestätigt, dass Mika immer verschlossener wurde und sich immer mehr in sich selbst zurückzog. Aber vielleicht würde ihn das ›neue Projekt‹ reizen, von dem Max gesprochen hatte.

»Was machen seine Hände, Serena? Wird er …?« Er brach abrupt ab, als er die nackte Wut in ihren Augen sah. Sie schlug rasch die Lider nieder, um ihren Blick zu verbergen.

»Ich habe mich auf das Wiedersehen mit dir gefreut«, sagte sie und ging nicht auf seine Frage ein. Sie reichte ihm seinen Drink, und als sie sich neben ihn setzte, streifte sie leicht seinen Arm. »Manchmal ist es sehr einsam hier. Ich freue mich, dass du dich entschlossen hast, zu uns zu kommen.«

Er hörte, wie sie dem letzten Wort eine besondere Betonung gab, das in seinem Kopf nachhallte. Kommen … kommen. »Ich werde immer kommen, wenn und wann du es willst, Serena, das weißt du doch«, sagte er weich.

»Wenn und wann ich will, Max?«, fragte sie glucksend und schaute ihn an. Sie sah die Lust in seinen Augen, aber da stand auch noch etwas anderes, was sie nicht zu deuten wusste.

»Wann immer du willst«, bekräftigte er, hob ihre Hand und küsste das Gelenk, wo ihr Puls flatterte.

»Wenn du ausgetrunken hast, Max, gibt es Essen. Maddie wird wütend, wenn wir sie zu lange warten lassen.« Sie zog ihre Hand zurück, erhob sich von der Couch und ging voran ins Esszimmer.

Er folgte ihr und sah den Schwung ihrer Hüften, der ihn noch um den Verstand bringen würde.

»Mach es dir bequem«, sagte sie. »Ich hole den Wein. Es ist ein ganz besonderer Tropfen«, versprach sie. Sie spürte seine Blicke im Rücken, als sie hinaus in die Küche ging. Der Wein stand schon in der Karaffe, wie sie angewiesen hatte, und daneben standen zwei Kristallgläser. Sie griff nach dem Beutel mit den pulverisierten Kräutern, den sie in den Falten ihres Kleids versteckt hatte, und schüttete den Inhalt in die Karaffe.

»Hier, Max«, sagte sie und bot ihm ein Glas an. »Wirklich ein guter Jahrgang. Ich hoffe, du stimmst mir zu.«

Er saß ihr an dem großen Esstisch gegenüber. Das Kerzenlicht flackerte, und Schatten bewegten sich die Wände hoch. Das sanfte Licht der Kerzen wärmte golden ihre blasse Haut und zauberte glitzernde Punkte in ihr ebenholzschwarzes Haar.

Er trank den Wein in kräftigen Schlucken. Vielleicht half der Alkohol, seine Nerven in den Griff zu bekommen. Er brachte es immer noch nicht fertig, den Blick von ihr zu wenden.

»Entschuldige, Serena«, sagte er, als nur noch ein Schluck im Glas war. »Auf uns. Auf Mika. Auf bessere Zeiten.«

Erst jetzt merkte er, dass es ein scheußlicher Wein war. Er musste an sich halten, um sich nicht zu schütteln. Wie konnte eine so elegante Frau einen solchen Weingeschmack haben? Und sie hatte ihn eigens seinetwegen kredenzt.

»Auf bessere Zeiten«, wiederholte sie und setzte ihr Glas an die Lippen. Aber sie trank nicht. »Nun, Max, warum bist du nach Genf gekommen?«, fragte sie dann und spaltete eine Auster.

»Ich wollte dich«, platzte er heraus und verbesserte sich sofort. »Ich meine, ich wollte dich sehen.« Ja, er wollte sie, jetzt sofort. Die Wirkung ihres Anblicks war wie ein körperlicher Schlag. Er spürte, wie die Lust in seine Adern kroch und wie das Blut in seinen Lenden pulsierte.

»Wie geht es mit Disc-O?«, fragte sie und füllte sein Glas nach. Sie bemerkte, dass er ihre Brüste im Blick hatte. Sie lehnte sich noch ein bisschen weiter vor, um ihm einen tieferen Einblick zu ermöglichen.

»Disc-O? Nun ja, in diesem Jahr geht es noch, glaube ich.« Er sah in ihre Augen. Er hatte zunehmend Mühe, der Unterhaltung zu folgen, wo er doch nur daran dachte, sie zu berühren, ihre Haut zu betasten, in sie hineinzustoßen. Immer und immer wieder. »Serena, du hast die schönsten Brüste, die samtenste Haut.« Hatte er diese Worte laut gesagt? Er war sich nicht sicher.

»Disc-O?«, wiederholte sie und sah ihn lächelnd an.

»Disc-O. Ja. Also, wir können Mikas Vertrag nicht unendlich erfüllen, wenn wir nicht zusätzliche Einnahmen haben werden. Wir brauchen eine Sensation, um ihn zu ersetzen«, sagte er geistesabwesend. »Eine neue Sensation«, wiederholte er und spürte, wie seine Erektion wuchs und wuchs. »Die Sensation, an die ich denke …«

»Warum bist du dann hier, Max, wenn du einen anderen haben willst?«, fragte sie leise.

»Nun, ich habe schon jemanden gefunden. Sie ist heute mit mir nach Genf geflogen. Sie erinnert mich ein wenig an dich, Serena. Schlank und zierlich, wunderschöne Hände. Beine, die gar nicht aufhören wollen. Man braucht sie nur anzuschauen, und man stellt sich vor, wie sie dich umschlingen …«

»Und du hast sie mitgebracht? Warum?«, fragte sie, während ihre Kehle sich um die Auster schloss, die sie gerade hatte schlucken wollen. Sie hustete, spuckte, und plötzlich stand Max hinter ihr und klopfte leicht auf ihren Rücken. Er reichte ihr das Weinglas, setzte es an ihren Mund. Ohne zu überlegen, trank sie einen kräftigen Schluck. Sie fühlte, wie die Auster sich löste, und im nächsten Moment fühlte sie, wie sich die Hitze wie ein Steppenbrand in ihren Adern ausbreitete.

»Max«, sagte sie. »Ich …«

Seine Sinne fingen Feuer ob ihrer Nähe. Er hörte sie kaum. Seine Hand, die leicht auf den nackten Rücken geklopft hatte, hielt in der Bewegung inne. Er beugte sich vor, setzte ihr Weinglas auf den Tisch und legte seine Hände auf ihre Schultern. Behutsam streiften seine Lippen ihren Nacken.

»Serena, ich brauche dich. Und diesmal lasse ich dich nicht weglaufen wie damals in Paris.«

Sie spürte seinen warmen Atem auf der Haut. Sie spürte seinen Körper im Rücken, spürte, wie ihre Sinne vibrierten.

»Max«, sagte sie, rutschte auf dem Stuhl herum und sah ihn an. »Warum hast du das Mädchen mitgebracht?«

Er nahm ihre Sprache nicht mehr wahr. Er hob sie an den Schultern vom Stuhl hoch und presste sie an sich. Rastlos tasteten seine Hände ihren Körper ab, ungeduldig streiften die Finger über ihren Hals, die Arme, die Brüste, und schlichen sich schließlich zwischen die Schenkel.

Sie sträubte sich, aber nur ein wenig, und rang nach Luft. »Max, ich ...«, begann sie, aber er unterbrach sie sofort.

»Nach oben, Serena«, keuchte er, und dann drückte er seinen Mund auf ihren. Er hob sie hoch, drückte sie gegen seinen Körper, ohne den Kuss zu unterbrechen, und stolperte mit ihr durch die Halle, dann zur Treppe. Mit untrüglichem Instinkt fand er ihre Zimmer.

Er ließ sie aufs Bett fallen und sah sich kurz um. Die Kissen, die Vasen, die Blumen, die unvorstellbare Sammlung von Erotika. Seine Augen leuchteten auf, als er ein Paar Handschellen auf ihrem Toilettentisch sah.

»Nicht wieder wie in Paris, Serena«, sagte er rau, und im nächsten Moment hatte er sie mit einer Hand an einen Bettpfosten gefesselt.

Benommen von seinen Küssen, benommen von der anregenden Wirkung des Schlucks Wein, den er ihr beinahe eingeflößt hatte, war Serena kaum in der Lage, sich an die panische Flucht in ihr Schlafzimmer zu erinnern. Aber das Gefühl des kühlen Metalls, das ihr Handgelenk ans Bett band, ließ sie mit einem Schlag wieder hellwach sein. Sie hatte sie oft eingesetzt, zuletzt bei Sergei, aber sie selbst hatte die Handschellen nie gespürt.

»Nein, Max, nein. Du verstehst nicht. Ich habe noch nie ...«

»Noch nie?«, fragte er. »Dann ist das eine weitere Lektion, die du lernen wirst, Serena.«

Sie schlug mit ihrer freien Hand nach ihm, aber er wich geschickt aus und hielt ihr Handgelenk fest, und Sekunden später hatte er auch die zweite Hand an den Bettpfosten gefesselt. Mit einem befriedigten Seufzer ließ er sich neben sie aufs Bett fallen.

»Nicht wieder wie in Paris«, murmelte er erneut. Seine Augen glänzten wie irre, aber sie sahen nicht, es war, als schauten sie durch sie hindurch.

Die Hitze ihrer Erregung klang ab, als sie in diese Augen schaute. Das war nicht der Max, den sie kannte. Es war, als ob ein geheimnisvoller Fremder, gefährlich und teuflisch, die Herrschaft über ihn gewonnen hätte. Es musste an der Droge liegen, die sie in den Wein gegeben hatte. Sie hatte nur einen kräftigen Schluck getrunken, er aber zwei Glas.

Seine Hände waren rau, als sie ungeduldig das Kleid von ihrem Körper rissen. Er entblößte die Brüste zuerst und saugte mit schmerzender Wildheit an den Nippeln. Sein Mund fühlte sich unnatürlich heiß an.

Da ihre Hände gefesselt waren, war sie nicht in der Lage, ihn zurückzuhalten und zu beschwichtigen. Während er die eine Brustwarze mit ungestümer Heftigkeit in den Mund saugte, knetete er die andere Brust.

Zu ihrer Überraschung stellte Serena fest, dass sie sich dieser Intensität immer mehr hingab. Wärme floss durch ihre Adern. Sie krümmte den Rücken, stieß seine

Hüfte mit ihren Schenkeln an, eine wortlose Aufforderung, sie weiter zu erforschen, aber er ignorierte sie und beließ es dabei, sich auf ihre Brüste zu konzentrieren.

Es schien, als wollte er gar nicht mehr damit aufhören, als er sich plötzlich erhob und seine Kleider auszog. Die Hitze seiner Haut und den seidigen Pelz aus schwarzen Haaren auf seiner Brust fand Serena ungemein erregend. Sie wollte schon nach ihm greifen, aber ihre gefesselten Handgelenke ließen es nicht zu.

Mit einem satten Stoß drang er in sie ein, sie hatte damit gerechnet, aber der Stoß war fast wie ein Schlag und hätte sie beinahe betäubt. Er war hart und massiv, und er fühlte sich so an, als hätte er die Wand ihrer Vulva durchbohrt.

Er stieß immer härter und ungezügelter zu. Die Länge füllte sie ganz aus, streckte sie. Und unentwegte Stöße ließen ihre Lust und ihren Zorn gleichermaßen anschwellen. Sie warf ihm ihre Hüften entgegen, und jetzt spürte sie endgültig die Wirkung des Aphrodisiakums, denn die Hitze, die sich in ihr ausbreitete, konnte kein Fieber je erzeugen. Und verwundert nahm sie auch zur Kenntnis, dass sie jedes Verlangen verloren hatte, den Akt zu beherrschen, die dominante Rolle zu spielen.

Sie schloss die Augen und fand sich damit ab, unter ihm zu liegen und seine Stöße zu empfangen. Sie wandte ihr Gesicht ab und drückte es seitlich in die Kissen. Sie genoss die kühle Frische an ihrer erhitzten Haut.

Er brach ab, tief in ihr. Er hob sich auf die Ellenbogen und sagte heiser: »Schau mich an, Serena.«

Sie ließ die Hüften rotieren, um ihn zu animieren, mit den heftigen, rhythmischen Stößen fortzufahren.

Aber er wusste, dass er im nächsten Moment wie wild in ihr explodieren würde, deshalb zog er sich ganz aus ihr heraus. »Schau mich an, Serena«, sagte er wieder.

Sie starrte ihm in die Augen.

»Das ist nicht Paris«, sagte er. »Ich will, dass du mich anschaust, damit du siehst, dass ich es bin, der dich zum Orgasmus bringt. Ich, sonst keiner.«

»Sonst keiner«, wiederholte sie gedankenlos. Sie wollte ihn wieder in sich spüren, sie wollte, dass er wieder die Wände ihrer Vulva anstieß. »Max, ich will ...«

»Ich weiß. Ich weiß, was du willst.«

Im nächsten Moment spürte sie, wie seine Lippen über ihren Bauch streiften und am Nabel verharrten. Er stieß die Zunge hart hinein, ein paar Mal rasch hintereinander, dann rutschte er weiter hinunter, bis sein Kopf auf einer Höhe mit ihrem Schenkeldreieck war. Seine Zunge badete ihre Lippen mit festen und zugleich weichen Zügen. Sein Atem war heiß und feucht, die Zungenspitze hart, als sie jetzt zum Kitzler vordrang.

Sie spürte den Puls zwischen den Beinen wie einen zweiten Herzschlag. Er nagte vorsichtig an der Klitoris, strich dann kosend mit der Zunge darüber, und ein unkontrolliertes Zucken erfasste ihren Körper. Sie wollte sich an seinen Schultern festhalten, sie wollte ihn tiefer in sich hineinziehen, aber die Stahlringe hielten sie immer noch ans Bett gefesselt.

Er war so beseelt davon, sie zum Höhepunkt zu bringen, ihr zu beweisen, dass er den Zeitpunkt bestimmte, dass er nicht auf ihr Stöhnen und auf die kleinen spitzen Schreie achtete. Für ihn gab es nur die saftigen, roten Falten, die unter seinen Lippen und der Zunge zuckten und bebten.

Sie spürte, wie ihr ganzer Körper durchgeschüttelt wurde. Sie hörte einen heiseren Schrei, aber sie erkannte ihre eigene Stimme nicht. Gewandt hatte er sich erhoben, und jetzt war er in ihr drin. Sie warf sich ihm entgegen, und schon bei diesem ersten wuchtigen Stoß löste ein neuer Orgasmus den letzten ab, und dann spürte sie, wie sein Schaft zu zucken begann, wie er wütend in sie hineinstieß und sie mit einer ungeheuren Flut füllte, ehe er auf ihrem Körper zusammenklappte.

»Max? Max, schlaf nicht ein! Meine Hände!«, keuchte sie in sein Ohr.

Mit letzter Kraft erhob er sich und öffnete die Handschellen, ehe er wieder zusammensackte und einschlief.

Serena rieb sich die Handgelenke und seufzte zufrieden. Die Nachwehen ihrer Höhepunkte zuckten noch durch ihren Körper und verloren erst allmählich an Intensität. Sie musste lächeln, als er die Hand nach ihr ausstreckte. Selbst im Schlaf ist er noch unersättlich, dachte sie.

Sie schlüpfte vom Bett, schlang den weißen Seidenumhang um sich und bückte sich nach den Kleidungsstücken, die er in der Hast einfach auf den Boden geworfen hatte.

Als sie sein Jackett aufhob und es schüttelte, fiel ein dünner Folder auf den Boden. Sie blätterte ihn flüchtig durch. Flugtickets, Reisepass, Reiseschecks … und ein paar eng beschriebene Seiten, an die das Hochglanzfoto eines Mädchens mit roten Haaren und dunklen Augenbrauen geheftet war.

Sie ging zu einem der schweren Sessel, die überall im großen Zimmer herumstanden, setzte sich und begann zu lesen. Es war das Profil einer jungen Geigenspielerin namens Francesca Tonelli, angefertigt von jemandem mit den Initialen E. D. Sie las von der Auszeichnung auf dem Internationalen Musikfestival in Luzern, von der Aufnahme für die Deutsche Grammophon.

Hatte sie von dem Mädchen schon gehört? Sie war sich nicht sicher. Aber sie war sicher, dass es sich um das Talent handelte, das Max mit nach Genf gebracht hatte. Sie wollte den Folder gerade schließen, als ein weiteres Stück Papier zu Boden fiel.

Persönlich und vertraulich
Zusammenfassung von Eve Drake

Das Profil der F. Tonelli wird den angestrebten Kriterien gerecht – sie ist außergewöhnlich begabt und strahlt eine betörende Sinnlichkeit aus. Ob das Ziel erreicht werden kann – eine Geigerin zu finden, die eine männliche Zuhörerschaft ähnlich in den Bann ziehen kann, wie Mika es bei den Frauen gelungen ist, hängt jetzt ausschließlich von der Bereitschaft Mikas ab, mit Tonelli über seine Technik und Methoden zu sprechen. Das Geheimnis seines Erfolgs, seine Fähigkeit, die Zuhörerinnen in Erregung zu versetzen, hat bisher jedem Analyseversuch widerstanden. Es ist durchaus möglich, dass die Tonelli unter Mikas Anleitung diesen Effekt bei einem männlichen Publikum erzielen kann. Sie ist keine pflegeleichte Person, aber ihr Spiel ist sehr von Mikas Stil beeinflusst; für sie ist er ein Idol. Wir haben sie glauben lassen, dass Mika bereit ist, einigen ausgewählten Schülern die letzten Kniffe beizubringen, was sie veranlasst hat, Verhandlungen mit Disc-O aufzunehmen. E. D.

Sie war so sehr ins Lesen vertieft, dass sie nicht hörte, wie er wach geworden und aufgestanden war. Sie zuckte zusammen, als sie seine Hände auf ihren Schultern spürte.

»Oh, Max! Ich dachte, du würdest im tiefsten Schlaf liegen«, sagte sie. »Ich wollte deine Sachen aufheben, als dieser Folder aus deiner Jacketttasche gefallen ist.« Sie musste zugeben, dass es wie eine lahme Entschuldigung klang.

»Was hältst du davon?«, fragte er. »Ich wollte es dir schon beim Essen erzählen, aber ...« Er brach ab und schüttelte den Kopf, als wollte er Klarheit gewinnen. »Es tut mir Leid, Serena, bei mir ist alles ein bisschen verschwommen. Es muss an der Zeitverschiebung liegen. Ich fühle mich ein bisschen ... Kann ich einen Schluck Wasser haben, bitte?«

»Natürlich, Max. Ich hole dir ein Glas.« Im Badezimmer ließ sie das Wasser laufen, bis es eisig kalt war. Serena betrachtete sich im Spiegel. Ihr Gesicht war gerötet, die Augen blickten ein wenig verunsichert. Serena, eine Frau, die gewohnt war, ihren Schwächen nachzugeben und ihren Appetit zu stillen, empfand Unbehagen und ... ein leichtes Schuldgefühl. Verdammter Max! Sie hatte vergessen, welche beunruhigende Wirkung er immer auf sie gehabt hatte.

Sie kehrte ins Schlafzimmer zurück und sah, dass er sich aufs Bett gelegt hatte und die Papiere überflog. Sie hielt ihm ein Glas Wasser hin. »Bitte, Max.«

»Danke. Meine Kehle hat allen Grund, so schrecklich trocken zu sein«, sagte er und trank das Glas in einem einzigen Schluck leer. »Unser Projekt ist denkbar einfach. Das Mädchen ist ungeheuer begabt, und wenn wir Mika dafür gewinnen können, sie ein paar Wochen lang unter seine Fittiche zu nehmen, ihr ein paar Stunden zu geben, dann haben wir die Lösung unserer Probleme.« Seine Augen blickten klar. »Komm zurück ins Bett, während wir uns unterhalten. Du bist zu weit weg. Und du hast zu viel an.«

Sie ließ den Umhang von den Schultern gleiten und schlüpfte neben ihn unter das Laken. Sie nahm das Foto in die Hand. Das Gesicht schien irgendwie vertraut zu sein, obwohl sie sicher war, das Mädchen noch nie gesehen zu haben.

»Und du hast sie mit nach Genf gebracht?«, fragte sie, um Zeit zu gewinnen.

»Ja, ich habe sie im Dorf in einer Pension abgesetzt«, antwortete Max und nahm das Foto an sich. Er schob die Papiere zusammen und legte sie auf den Tisch neben dem Bett. »Nun, was hältst du davon?«, fragte er wieder und nahm sie in seine Arme.

Sie lehnte sich an seinen harten, warmen Brustkorb und versuchte, eine Antwort zu formulieren. Ihr erster Impuls war gewesen, ihm zu sagen, dass der ganze Plan absurd war, völlig undurchführbar, weit hergeholt und lächerlich.

Mika würde nie, niemals das Geheimnis seines Erfolgs enthüllen können, warum er in der Lage war, seine Zuhörer in Erregung zu versetzen.

Aber vielleicht hatte die Idee doch etwas für sich. Vielleicht konnte dieses Mädchen ihn aus seiner Abgeschiedenheit herausholen, vielleicht konnte sie seine Liebe zur Musik neu beleben. Gewiss konnte Mika ihr einige wichtige Tricks beibringen, ohne sie in die ausgeklügelten Szenarios einzuweihen, die sie stets gemeinsam ausgearbeitet hatten.

War Max zu trauen?

»Ich bin schläfrig«, murmelte sie, um nicht auf seine Frage antworten zu müssen. Sie wandte sich von ihm ab, legte sich auf die Seite und zog das Laken bis zum Hals.

Max löschte das Licht und rutschte dicht an sie heran, presste seine Brust an ihren Rücken, seinen

Schoß gegen ihren Po, seine Beine zwischen ihre. Dann legte er einen Arm über sie und hielt ihre Brüste umschlungen.

Es überraschte sie, die Wärme und das Gewicht seines Körpers zu spüren; sie hatte damit gerechnet, dass er zurück auf sein Zimmer ging. Sie schlief immer allein, hatte einem Mann immer nur erlaubt, für ein paar Stunden ihr Bett zu teilen. Aber in dieser Nacht hatte es etwas Tröstliches, seinen Atem zu hören, die Wärme seiner Haut zu spüren.

Nach einer Weile spürte sie seine Erektion wachsen, die zwischen ihren Backen pochte. Sie öffnete ihre Beine nur ein wenig, gerade genug, dass er zwischen ihre Schenkel dringen konnte. Er war stark und groß und konnte selbst in dieser Position zwischen ihren Lippen reiben. Die Spitze küsste ihre Klitoris. Er versuchte nicht, tiefer einzudringen, sondern blieb still liegen. Seine Hand hielt ihre Brust umschlungen, seinen warmen Atem spürte sie im Nacken, und weniger als eine Minute später war sie eingeschlafen.

Es war gerade hell geworden, als sie aufwachte. Sie schaute dem neuen Tag mit unerwarteter Spannung entgegen.

Max lag noch unter dem Laken, man konnte nur seine Nasenspitze sehen. In ihren Gedanken ging sie noch einmal den vergangenen Abend durch, an dem Max unter dem Einfluss des Aphrodisiakums diese eindrucksvolle Vorstellung abgeliefert hatte. Ihre Brüste fühlten sich immer noch schwer und geschwollen an, und bei jeder Bewegung fühlte sie sich wund zwischen den Schenkeln.

Sie schlüpfte aus dem Bett und achtete darauf, Max nicht zu wecken. Sie warf den Seidenumhang über und lief die Treppe hinunter, auf der Suche nach Kaffee und Mika. Staunend wurde ihr bewusst, dass sie fröhlich summte.

Sie fand ihn auf der Terrasse. Er saß schon beim Frühstück.

»Du bist früh auf den Beinen, Serena«, sagte er und betrachtete sie, als ahnte er Böses. Sie sah gut und befriedigt aus, Augen und Haut strahlten diesen gewissen Glanz aus, der von einem satten Liebesleben erzählt. Er hatte diesen Glanz schon lange nicht mehr bei ihr gesehen. Ihm fiel auch auf, dass sie entschlossen wirkte, aber er hoffte, dass er sich darin täuschte. Wenn Serena sich etwas in den Kopf gesetzt hatte, war es fast unmöglich, ihr zu widerstehen.

»Ich bin früh zu Bett gegangen«, sagte sie lächelnd, schenkte sich Kaffee ein und nahm ein Blätterteigteilchen. Dann fügte sie hinzu: »Mit Max.«

»Ah, ja. Max. Ich hoffe, du konntest herausfinden, was er vorhat, damit wir ihn wieder fortschicken können.«

»Nun, ich habe herausgefunden, warum er hier ist, Darling. Und ich glaube, es ist eine interessante Idee. Ja, sein Plan hat eine Menge von … nun, sagen wir Möglichkeiten.« Sie biss mit ihren wunderbar ebenmäßigen weißen Zähnen in das Teilchen.

»Ich habe dir doch gesagt, Serena, dass ich kein Interesse an Max und seinen Plänen habe.«

»Lies das«, sagte sie, ignorierte den kalten Ton seiner Stimme und reichte ihm den Folder, den sie aus Max' Jacketttasche genommen hatte, bevor sie das Zimmer verließ. »Ich bin sicher, dass es dich interessieren wird.«

Widerwillig nahm er den Folder und blätterte langsam. Er gähnte, um sein Desinteresse zu bekunden. Aber gegen seine Absicht wurde seine Aufmerksamkeit angesprochen, als er das Hochglanzfoto von Franca Tonelli sah. Mit den flammendroten Haaren und den dunklen, schräg gestellten Brauen war sie zweifellos eine auffällige Erscheinung. Irgendwie kam sie ihm bekannt vor, obwohl er sicher war, sie noch nie gesehen zu haben. Er kramte in seinem Gedächtnis nach Bildern ... Vivaldis *Herbst* natürlich. Die Wärme des Sommers in den Haaren, aber die Kälte des Winters in den Augen. In den früheren Tagen hätte er sie als Herbst verwenden können. Schon auf dem Foto wirkte sie prickelnd und reif, willig und herausfordernd. Er sah das Licht des Feuers in ihren Haaren, er stellte sie sich bekränzt mit den Kräutern des Herbstes vor, geschmückt mit Nelken und Chrysanthemen in Rot und Gold. Ihre Brüste waren fest wie Äpfel. Er stellte sich vor, wie sie sich röteten, wenn er sie mit Zähnen, Lippen, Zunge und Händen koste.

Serena beobachtete ihn von der anderen Tischseite und sah, dass seine Augen durch das Foto hindurch blickten. Er hatte jenen verlorenen, hingerissenen Ausdruck in den Augen, den sie aus früheren Tagen kannte. »Sie ist hinreißend, nicht wahr?«, fragte sie. »Und offenbar ist sie auch sehr begabt.«

Oder vielleicht, dachte er, ohne Serenas Stimme gehört zu haben, passt Ravel besser. Kerzenlicht. Dicke weiße Wachskerzen in schweren silbernen Haltern. Sie musste Seide tragen. Das erste Mal würde er sie grob von hinten nehmen, ohne Präliminarien, er würde ihr Kleid bis zu den Hüften hochschieben. Er konnte es schon fühlen, konnte die weiche Seide ihres Hinterns fühlen. Er hielt sie an den Hüften fest und drang tief in sie ein, füllte sie aus. Nach dem ersten Stoß würde er warten, er würde spüren, wie sie ihre Muskeln spielen ließ, und irgendwann würde er es nicht mehr aushalten können, und er würde sich langsam in ihr bewegen, genau im Takt des schwülen Rhythmus der Musik von Ravel.

»Du brauchst dich zu nichts zu verpflichten, Darling. Max hat sie in einer Pension im Dorf untergebracht. Ich schicke Sergei hin, um sie abzuholen. Du kannst mit ihr sprechen, sie testen. Wenn dir danach ist, kannst du ihr ein paar Stunden geben. Atemtechnik, Haltung, was auch immer. Weiter braucht es nicht zu gehen. Es sei denn«, fügte sie hinzu und beobachtete genau seinen Ausdruck, »du wolltest es.«

»Es ist unmöglich, Serena«, sagte er. Aber seine Augen starrten immer noch das Foto an.

Sie spürte, dass er schwankte. »Überhaupt nicht«, sagte sie mit fester Stimme. »Es ist überhaupt nicht unmöglich. Außerdem haben wir nichts zu verlieren. Warum sollen wir nicht die Chance ergreifen?«

Eine Chance. Damit hatte alles begonnen. Zufällig. Vor vielen Jahren, als er sich abrackerte, zur Spitze zu gelangen. Eine ältere Frau aus dem Orchester. Zu viel Wodka nach der letzten gemeinsamen Probe. Ein dunkler Raum mit schweren Samtvorhängen vor den Fenstern. Eine Ansammlung von seltsam ausschauenden Instrumenten aus Stahl und Leder. Sie hatte eine Schallplatte des Stücks aufgelegt, das sie probten, schenkte mehr Wodka ein. Plötzlich schlüpfte sie aus dem Kleid und steckte ihre Handgelenke in die schweren Schellen, die in die Wand eingelassen waren. Auf eine Geste von ihr nahm er die lange Lederpeitsche in die Hand. Er kam sich albern vor, verlegen. Er schwankte vom Wodka, aber dann spürte er die Musik in seinem Blut, er spürte die Erektion, die im Takt der Trommelschläge wuchs.

Er strich mit der Peitsche über ihren Bauch, ihre Schenkel, er hörte die Lederriemen zischen. Es war, als würde er den Bogen über die Saiten ziehen. Er sah, wie sich ihre Haut rötete. Zum Finale wurde sie von einem wilden Orgasmus geschüttelt, und er verströmte sich über ihren nackten Körper.

Als die letzten Takte verklangen, sah er die Striemen auf ihrem Körper, und entsetzt ließ er sich vor ihr auf die Knie fallen und starrte in ihr Gesicht. Verwundert sah er den Ausdruck purer Ekstase.

Während des Konzerts am Abend fühlte er sich seltsam losgelöst, hin und her gerissen zwischen dem dunklen Zimmer und den gleißenden Bühnenlampen. Gleichzeitig fühlte er das polierte Holz der Geige und die weiche Haut der Frau. Er führte den Bogen wie eine Peitsche, brannte ihre Haut und die Noten in einem Akt des Wahnsinns.

Die Kritiken waren sensationell. Es war die Vorstellung seines Lebens gewesen und katapultierte ihn an die Spitze der Interpreten klassischer Musik.

Er hatte damals geglaubt, dass er das Geheimnis entdeckt hatte, dass er herausgefunden hatte, wie man den Saiten die Leidenschaft entlocken, wie man sich selbst und die Zuhörer mit in die Verzückung reißen konnte.

Aber das war nicht so gewesen.

Es blieb Serena vorbehalten, ihn dafür vorzubereiten. Serena, die in sein Leben getreten war, nachdem er eine Beinahe-Vorstellung gegeben hatte.

»Mika?«

Er sah sie an und bemerkte, dass sie ihn intensiv betrachtete. Ein Lächeln umspielte ihre Lippen.

»Stimmst du zu? Sie kann ein paar Tage bleiben, und in dieser Zeit kannst du dir eine Meinung bilden. Ich will dich nicht unter Druck setzen, Darling.«

Aber sie hatte ihn natürlich schon unter Druck gesetzt. Er spürte ihr Beharren. »Serena, eins möchte ich wissen. Warum ist dies so wichtig für dich?«

»Weil … weil ich mich langweile. Weil du dich langweilst.« Sie hob die Schultern. »Wir geraten in ernste Gefahr, uns gegenseitig zu langweilen.«

Er lachte kurz und trocken auf. »Du und Langeweile, Serena? Niemals!« Aber er kannte sie gut genug, um zu wissen, dass ihre Begründung schon berechtigt war. Es war sicher nicht die ganze Wahrheit, aber Serena hatte immer ihre Schwierigkeiten mit der ganzen Wahrheit gehabt.

»Nun, dann sagen wir einfach, dass es Spaß bringen könnte. Wir setzen die Regeln fest, wie es sich gerade ergibt. Mika?« Sie spielte versonnen mit der schweren Goldkette an ihrem Hals.

Er erinnerte sich an die Nacht, als er ihr die Kette geschenkt hatte. Es war der Abend gewesen, an dem er Vivaldis *Vier Jahreszeiten* zu ungeahnten Höhen gebracht hatte. Die animalische Wärme des Frühlings und die schwüle Hitze des Sommers hatte er wegen ihr so gewaltig aus dem Stück und aus den Saiten heraus-holen können.

»Nun gut, Serena. Sie kann in die Villa kommen«, sagte Mika leise.

Eine andere Frau hätte vielleicht triumphierend gelacht und ihre Arme um ihn geschlungen, weil es ihr so leicht gefallen war, ihren Willen durchzusetzen.

»Das ist fein«, sagte sie nur. »Ich werde Sergei schicken und Maddie sagen, dass sie ein Zimmer für sie vorbereiten soll. Max wird froh sein. Du willst ihn doch sehen?«

»Noch nicht«, sagte er abrupt. »Ich bin noch nicht bereit, ihn zu sehen. Halte Max bei Laune und mir aus dem Weg. Ich bin sicher, dass dir das leicht fallen wird.«

»So ist es, mein Lieber«, sagte sie lächelnd. Sie stand auf, berührte kurz seine Schulter und ging.

Viertes Kapitel

Wassermusik

»Du solltest erfreut sein, Max, denn das ist es doch, was du gewollt hast, nicht wahr?« Serena saß an ihrem Toilettentisch und bürstete sich das Haar, während sie in den Spiegel schaute, um Max sehen zu können. »Ich muss gestehen, dass ich ziemlich überrascht bin, aber auch sehr froh. Mag sein, dass wir ein gemeinsames Interesse an deinem ›neuen Projekt‹ haben, wie du es schon am Telefon genannt hast.«

»Hm, ja, natürlich«, antwortete er geistesabwesend, denn er konnte den Blick nicht von ihrem Körper wenden. Jemand müsste sie in Marmor hauen, dachte er, damit diese Bewegung, wie sie den Arm hebt, um mit der Bürste durchs Haar zu fahren, für die Ewigkeit erhalten wird.

»Mika möchte sie allein sehen. Ich glaube, mit Fremden hat er es heute leichter, das verstehst du sicher. Wir können hier essen, in meiner Suite, oder auch in einigen guten Restaurants in der Nähe. Sergei wird sie am Nachmittag abholen und herbringen. Also, erzähle mir von ihr.«

Max betrachtete sie mit wilder Intensität. Seine Blicke tasteten ihren Körper ab.

»Serena, gestern Abend … habe ich dir wehgetan?«

Sie hätte lachen wollen, aber seine Worte klangen zu ernst, zu besorgt, zu liebevoll. Liebevoll? Ihr Verstand klammerte dieses Wort aus. Sie sah, auf welches Ziel sein Blick gerichtet war, und schaute auf ihren Halsausschnitt. Dort hatte sich eine leichte Verfärbung ausgebreitet, eine Nachwirkung von Sergeis schwachem Versuch, sie dominieren zu wollen.

Sie schaute Max im Spiegel an. Aus irgendeinem Grund hatte sie ihn heute Morgen nicht geweckt und sanft, aber bestimmt zu seinem Zimmer geschickt. Unerklärlicherweise war sie statt dessen nach ihrem Gespräch mit Mika in die Küche gegangen, hatte dort ein Tablett geholt und es in ihre Suite getragen, und unterwegs hatte sie sogar noch eine Rose gepflückt und sie ihm auf das Frühstückstablett gelegt.

Plötzlich bereute sie diese Geste bitter. »Nein, nein, Max, du hast mir nicht wehgetan«, antwortete sie. »Also, erzähle mir nun von Francesca. Wie ist sie wirklich? Ist sie ...?«

»Ich bin erleichtert.« Er stieß einen lauten Seufzer aus. »Ich hatte Angst, denn ich ... ich glaube, ich war gestern Abend ein bisschen verrückt.«

Seine Entschuldigung hätte komisch klingen müssen, aber ihr war nicht zum Lachen. Das Frühstückstablett stand vergessen auf seinen Knien, und er hörte nicht auf, sie forschend anzuschauen.

Aber so naiv konnte er doch nicht sein, dachte sie. Sie lächelte ihn im Spiegel an. »Du warst herrlich verrückt, Max. Aber kommen wir zu Francesca. Der Plan mit ihr ist wahnsinnig aufregend, nicht wahr? Welchen Coup ...?«

»Serena! Ich möchte über uns reden.«

Selbst wenn das Blut in ihren Adern gefroren wäre, hätte sie es nicht gezeigt. Mit einer unvergleichlichen Anmut schwebte sie auf ihn zu, nahm das Tablett von seinen Knien und stellte es auf dem Boden ab, zog das Laken weg und drapierte sich über ihn.

Sie konnte seine Schwellung spüren und rieb ihre

Labien am pochenden Stab. Mit einer lässigen, flüssigen Bewegung zog sie ihn hinein. Sie wusste, dass er sich nicht gegen die heiße Umklammerung ihrer inneren Muskeln wehren konnte. Sie hatte die Augen halb geschlossen und konzentrierte sich auf den Schaft, der in ihr noch wuchs. Sie zog ihre Muskeln an, spielte mit ihm, gab ihn dann wieder frei.

Seine Hände strichen über ihre Seiten, über ihre Schenkel, sie griffen unter den Umhang und streichelten kosend über ihre gespannten Brüste.

Sie setzte wieder das Muskelspiel ein. Er war in ihrem Körper gefangen und spürte, wie er den Höhepunkt nicht mehr länger hinauszögern konnte.

»Serena ...«

Zärtlich berührte sie seine Lippen mit einem Finger, gab ihm zu verstehen, dass er still sein sollte. Stöhnend überließ er sich ganz dieser Frau.

Mika hatte zugestimmt, sie zu sehen. Am frühen Abend würde sie mit einem Auto abgeholt. Sie würde ein paar Tage in der Villa bleiben, wenigstens ein paar Tage. Die Frauenstimme hatte weich und rauchig geklungen, aber man hörte ihr auch an, dass sie Gehorsam gewohnt war.

Franca schaute sich in ihrem kleinen Zimmer um. Am Vorabend hatte sie nicht ausgepackt, deshalb gab es jetzt nicht viel zu tun. Sie zog sich rasch an, enge schwarze Hose, dünnes schwarzes T-Shirt, schwarze Lederstiefel und eine übergroße schwarze Jacke. Eine Referenz an Mika, der auch immer Schwarz trug. Außerdem wusste sie, wie gut ihr Schwarz stand. Es kontrastierte wunderbar zu ihrer blassen Haut und den roten Haaren.

Sie fasste ihr Haar am Hinterkopf mit einer Hand zusammen und beugte sich näher zum Spiegel.

Ihre Augen schienen ungeheuer groß zu sein. Ihre Haut war zu blass. Sie war nervös, stellte sie fest, als sie vorsichtig Mascara auftrug. Sie hatte nicht damit gerechnet, dass sich die Dinge so schnell entwickelten. Sie hatte sich darauf eingestellt, ein paar Tage allein im Dorf zu verbringen, und diese Zeit hatte sie nutzen wollen, um sich zu überlegen, in welcher Ausstattung sie Mika begegnen sollte. Sie wollte, dass er sie begehrenswert fand.

Unerschrockenheit und Bravour hatten sie bis zu diesem Punkt gebracht. Es war leicht gewesen, mit Eve und Sally, den beiden Agentinnen von Disc-O, handelseinig zu werden, und sie hatte Max Schiller auf eine leicht durchschaubare Art beeindruckt, indem sie ihm eine erhitzte Sinnlichkeit vorgespielt hatte. Aber Mika ... bei Mika würde es anders sein. Und Serena, die dunkelhaarige, sinnenfrohe Sirene, die ihm kaum von der Seite wich. Wie würde sie reagieren? Eifersüchtig? Misstrauisch?

Sie nahm ein Buch und legte es wieder hin, sie schlenderte zum Fenster und starrte mit blinden Augen in die bezaubernde Landschaft. Dann zog sie sich noch zweimal um, einmal probierte sie ein weißes Cocktailkleid, das sie rasch wieder auszog, weil sie plötzlich ihre Beine nicht für gut genug hielt, und dann versuchte sie es mit einem purpurfarbenen langen Rock, den sie als hässlich und altmodisch abqualifizierte. Verzweifelt entschied sie sich für die ursprüngliche Kleidung in Schwarz. Vielleicht würde ein Lidschatten helfen.

Ein Klopfen gegen die Tür riss sie aus ihren Vorbereitungen. Sie öffnete und sah einen hoch gewachsenen blonden Mann in Uniform vor sich stehen.

»Ich bin Ihr Chauffeur«, sagte er. »Ich heiße Sergei.« Er stand bereits in ihrem Zimmer, bevor sie ein Wort sagen konnte. »Ihr Gepäck?«, fragte er und wies auf die Koffer auf dem Bett, ohne den Blick von ihrem Körper zu wenden. Sie hatte das unbehagliche Gefühl, dass das Zimmer plötzlich kleiner geworden war. Unter seiner ehrerbietigen Haltung lauerte noch etwas anderes ... Sie schüttelte den Kopf.

»Ja, bitte ... nein, dieses Teil nicht, die Geige trage ich selbst«, stieß sie hervor.

Im tiefen Polster der eleganten Limousine versuchte sie zu entspannen. Sie bemühte sich um die selbstbewusste, arrogante Miene, die sie in der konkurrierenden, halsabschneiderischen Welt der Musik bis zur Perfektion gelernt hatte. Aber trotz ihrer Anstrengungen war ihr nur die Angst vor dem Unbekannten, gemischt mit der Spannung vor dem Kennenlernen des Maestro bewusst.

Mika.

Der Superstar mit der Geige. Das sinnliche Genie.

Er war ein Lehrer, nach dem sich alle die Finger lecken würde. Er würde ihr beibringen, wie man die Leidenschaft aus den Saiten herauszauberte.

»Wenn Sie mir folgen würden?«, sagte Sergei. In ihre Gedanken versunken, hatte sie gar nicht bemerkt, dass der Wagen angehalten und der Chauffeur ihre Tür geöffnet hatte. Er wartete darauf, dass sie ausstieg. Sie glitt vom Sitz, schaute sich um und wurde von der massiven Steinmauer mit den vielen Türmchen fast erdrückt. Die Villa lag inmitten einer parkähnlichen Landschaft.

Und dann sah sie ihn.

Er stand im geschwungenen Rundbogen, lehnte lässig an einem Pfeiler, und ein massiges gelbes Knäuel sprang auf seine Schulter. Als sie sich der Treppe näherte, erwies sich das gelbe Knäuel als Umriss einer Katze.

»Miss Tonelli.« Er nickte höflich, nahm aber ihre angebotene Hand nicht an. »Sergei, danke. Maddie hat das Grüne Zimmer für sie vorbereitet. Kümmerst du dich um alles?«

Er hatte eine wunderschöne, gedämpfte Baritonstimme, die sie an mit Honig bestrichenes Kristallglas erinnerte. Es war eine Stimme, die Heilige zur Sünde und Sünder zur Tugend verlocken konnte. Es lief ihr wohlig warm über den Rücken beim Klang dieser Stimme. Ob er wusste, welche Macht sie hatte, wie sie die Ohren der Frauen küsste?

Aber von seiner Erscheinung war sie irgendwie überrascht. Fast war es, als spürte sie einen Schlag in die Magengrube. Sein Gesicht war ihr von den Covers seiner zahlreichen Alben bekannt und vertraut, aber es wirkte anders. Die Augen lagen tiefer, der Mund war voller und sinnlicher. Die Augen hatten eine viel stärkere Kraft, als eine Fotografie herüberbringen konnte; sie waren von einem elektrisierenden Blau, und ihre Blicke schienen bis auf die Haut zu gehen und direkt ins Gehirn.

»Ich schlage vor, dass wir uns gemeinsam eine Aufnahme von Ihnen anhören«, sagte er und lud sie mit einer Geste ins Haus.

»Ja«, sagte sie und schluckte rasch. Ihr war bewusst, dass sie ihn angestarrt hatte. Wortlos folgte sie ihm in die große Eingangshalle. Ihre Absätze klackten auf dem blassen Marmorboden. Sie warf rasche Blicke auf die reich verzierten Säulen, die in die Wände eingelassen waren, auf die mächtigen Kronleuchter, die eleganten Stühle und kleinen Tische, die in intimen

Nischen standen, und sah überall herrliche Blumenarrangements.

Er öffnete eine mit kunstvollen Schnitzereien verzierte Doppeltür neben einer Wendeltreppe und trat dann zur Seite, um sie eintreten zu lassen. Aus den Augenwinkeln sah sie eine schlanke Gestalt, ganz in Weiß gekleidet, auf dem oberen Treppenabsatz stehen, aber als sie den Kopf drehte und hochschaute, war die Gestalt verschwunden.

Das Zimmer war gewaltig in seinen Ausmaßen, offenbar ganz in Marmor ausgelegt, unterbrochen nur von einigen Perserteppichen, antiken Schränken und einem komplizierten Klangsystem, das eine ganze Wand einnahm.

Er trat an die Wand und schob eine CD ein. Zu ihrer Überraschung erkannte sie schon nach den ersten Klängen, dass es sich um die Mozart-Aufnahme handelte, die sie für die Deutsche Grammophon gespielt hatte. Verunsichert blieb sie stehen und beobachtete ihn, wie er der Musik lauschte und die Katze streichelte, die sie mit einem bösartigen Blick aus den großen gelben Augen bedachte.

Sie ließ sich vom Zauber Mozarts einfangen und beruhigen, und beim Zuhören musste sie sich zugestehen, dass die Klangreinheit ihres Streichens nichts zu wünschen übrig ließ. Sie bewunderte das Gespür des Orchesters für die richtigen Einsätze.

»Sie haben das im letzten Jahr aufgenommen, nicht wahr?«, fragte er.

»Ja.« Sie war froh, dass sie das eine Wort ohne Stottern herausgebracht hatte.

Er spielte es noch mal und noch mal und noch mal. Stunden vergingen. Als er endlich etwas sagte, überraschte er sie erneut.

»Kommen Sie, wir gehen zum Essen. Wir werden heute Abend allein essen.« Er nahm die Katze von der Schulter und setzte sie auf dem Boden ab.

»Ach?«, sagte sie und folgte ihm. »Ich dachte, dass Max und ...« Sie brach ab, als sie den vernichtenden Blick seiner elektrisierenden blauen Augen auffing.

Wortlos lief sie hinter ihm her. Ihre Schritte hallten auf dem Marmorboden. Sie schaute auf ihre Armbanduhr und war verblüfft, als sie sah, dass es acht Uhr abends war. In der kurzen Zeit, so schien es ihr, war schon so viel passiert! In seiner Gegenwart spielte Zeit keine Rolle.

Es war ein schlichtes Essen, aber es war sehr schön zubereitet. Lammrücken mit frischem Rosmarin, neue Kartoffeln, in Butter geschwenkt, dazu frischer grüner Salat, und zum Nachtisch Käse und Obst.

Er sprach wenig, abgesehen von den Höflichkeiten, die man bei Tisch austauscht. Er fragte, wie sie den Wein fand, reichte ihr Brot und machte eine knappe abfällige Bemerkung über den einheimischen Weinbrand. Danach war er schweigsam geworden.

Sie war enttäuscht.

Immer wieder kehrten ihre Blicke zu seinen Händen zurück. Sie steckten in weichen schwarzen Handschuhen. Die Finger kamen ihr sehr lang und elegant vor, aber es war nichts zu sehen von den Verletzungen, die damals sein vorzeitiges Zurückziehen verursacht hatten.

Er benutzte die Hände mit der unbewussten präzisen Anmut des wahren Musikers, er wiegte das schwere Silberbesteck, als wollte er das Gewicht des Bogens testen, und seine Finger glitten so bewusst über den Stamm eines kristallenen Weinglases wie über den Lack einer kostbaren Geige. Wiederholt strich er streichelnd mit

Daumen und Zeigefinger über die geschliffenen Kerben im Kristall, beinahe eine erotische Geste.

Er sah sie nachdenklich an. Da er die Gesellschaft von Fremden nicht gewohnt war, überraschte es ihn, dass sie fast eine angenehme Gesellschaft war. Ihr war nicht das geschmeidige, süße Schweigen Serenas gegeben, dafür war sie in diesem Moment zu angespannt, aber es sprach schon für sie, dass sie nicht munter und meist sinnlos drauflos plapperte.

Er betrachtete sie im warmen Schein der Kerzen. Er fand ihr Gesicht attraktiv, die blasse Haut, die ungewöhnlich schräg gestellten Augenbrauen. Ja, sie war eine Schönheit, aber er war schon lange gesättigt von Schönheit. Sie reizte ihn nicht mehr.

Träge dachte er über ihr Leben nach. Das private, intime Leben, das nie Eingang in die offizielle Vita fand, ganz egal, wie intensiv Max' Agenten ihre Nachforschungen betrieben. Und er dachte auch über Max und Serena nach, die jetzt gemeinsam in einem anderen Teil der Villa zusammen das Abendessen einnahmen. Die beiden, die dieses Treffen manipuliert hatten. Ob dies der richtige Zeitpunkt war, sich von Max zu trennen? Er hatte schon oft darüber nachgedacht.

Plötzlich empfand er Mitleid mit diesem Mädchen mit den flammendroten Haaren und dem verzehrenden Ehrgeiz. »Man hat Sie also zu mir gebracht, Miss Tonelli. Sie sind eine Schachfigur, wissen Sie das? Wir beide sind Schachfiguren. Sie sind das Opfer für einen sterbenden Gott, den Serena nicht ruhen lassen will. Stört Sie das nicht?«

Einen Moment lang glaubte sie nicht, ihn richtig verstanden zu haben, aber die Worte weigerten sich, ihr Bewusstsein zu verlassen. Opfer? Sterbender Gott? In welchem Melodrama spielte sie hier mit?

»Das ist kein schlechter Vergleich«, sagte er, als hätte er ihre Gedanken gelesen. »Aber ich habe vergessen, dass Sie Serena ja gar nicht kennen.« Dann wechselte er scheinbar das Thema. »Haben Sie schon mal über die Beziehung von Meister und Schüler nachgedacht?«

»Oft«, sagte sie und mühte sich, so gelassen zu bleiben, wie er sich gab. »Aber genauso oft habe ich mich gefragt, ob meine Lehrer das getan haben. Sie sind alle ausnahmslos dumm gewesen.« Sie schaute ihn herausfordernd an.

Nun gut, sie war kein passives Werkzeug. Umso besser. »Es beruht auf Macht«, erklärte er, ohne auf ihre Bemerkung einzugehen. »Aber es beruht auf einer Macht, die nicht leicht auszuüben ist. Es muss eine Beziehung sein, in der ein Schüler bereit ist, dem Instinkt des Lehrers zu trauen. Er oder sie muss bereit sein, sich der Dominanz der größeren Erfahrung zu unterwerfen. Es ist wie eine Beziehung zwischen zwei Liebenden.« Er hielt sie fest im Blick. Sie fühlte sich zu diesen Augen hingezogen und konnte seinem Blick nicht ausweichen.

»Falls«, sagte er und legte dann eine Pause ein, die er lange ausdehnte, »falls Sie mich zufällig genug interessieren sollten, wäre ich eventuell bereit, Sie zu unterrichten.« Er war selbst davon überrascht, dass er einen Satz mit diesem Inhalt sagte. »Aber Sie sollten von Anfang an die Natur dieser Beziehung begreifen. Zunächst müssten Sie bereit sein, Ihr kritisches Denken zu unterdrücken und mir absolut zu gehorchen.«

Er lehnte sich im Stuhl zurück, trank einen Schluck Wein und dachte darüber nach, ob er wirklich mit dem Gedanken spielte, ihr etwas beizubringen, oder ob er Serena nur einen Gefallen erweisen wollte. Ihr Mozart hatte ihn bewegt, aber so talentiert sie auch war, die

Stelle aus dem *Serail* hatte sie nicht mit der erforderlichen Sinnlichkeit des Ostens gebracht. Er wusste, wie frustrierend das sein konnte.

»Lesen Sie meine Kritiken«, sagte sie selbstbewusst. »Was die Technik angeht, bin ich fehlerfrei. Die Kritiker sagen, ich sei Ihre natürliche Nachfolgerin. Das wenigstens sollte Sie doch interessieren, oder?«

Zu ihrer Überraschung lachte er laut auf. »Und das sagen *die* Kritiker?«, mokierte er sich.

»Nun ja, *ein* Kritiker hat es geschrieben«, gab sie zu. Und still fügte sie hinzu: Und der genaue Wortlaut war es auch nicht.

»Sie sind unschuldig. Der Mozart, den wir gehört haben, wurde von einem jungfräulichen Talent gespielt. Sie spielen die Noten, und ich gebe zu, dass sie in außergewöhnlich reiner Form kommen, aber Sie sind noch nicht das Flussbett, durch das die Musik fließt und sich über die Zuhörer ergießt.«

»Unschuldig«, sagte sie, völlig verwirrt. »Und jungfräulich. Was meinen Sie damit?«

»Die Musik beginnt in Ihrem Innern. Sie wird nicht durch das Gehirn gesteuert, das natürlich dafür sorgt, dass Sie jede einzelne Note mit sklavischer Ergebenheit spielen. Aber Musik ist ein primitiver Urtrieb oder sogar Urinstinkt, der aus den Eingeweiden Ihrer Seele kommt. Von dort strahlt er aus, er erfasst Ihr Herz, Ihre Brüste und Ihren Schoß, und überall dort löst er Ihre sinnlichsten Gedanken aus. Sie werden zur Geige, und die Geige wird zum Menschen. Es ist der Vollzug einer Vereinigung.« Er brach rasch ab, denn ihm wurde bewusst, wie nahe er daran gewesen war, das Geheimnis zu enthüllen, das sein Genie hervorgebracht hatte.

Wenn sie jetzt etwas gesagt hätte, auch nur ein einziges Wort, dann wäre er aus dem Zimmer gegangen, und er hätte dafür gesorgt, dass man sie rasch und ohne Aufhebens aus der Villa entfernt hätte, und er hätte die junge Frau für alle Zeiten aus seinem Gedächtnis gestrichen.

Aber sie sagte nichts. Francesca Tonelli saß regungslos da, den Kopf gesenkt, die schrägen Augenbrauen tief in Gedanken dicht zusammengezogen.

Als sie endlich den Kopf hob, glitzerten ihre Augen von den ungeweinten Tränen. »Es war der Rhythmus im *Serail*, nicht wahr?«, fragte sie leise.

Er nickte, entwaffnet von ihrem raschen Begreifen, entwaffnet auch von den Tränen, die jetzt über ihre Wangen rannen. Sie schien kaum wahrzunehmen, dass sie weinte.

Leise erhob er sich aus seinem Stuhl und trat hinter sie. »Vielleicht versuchen wir es mit Vorspielen«, murmelte er, als spräche er mit sich selber. »Warum nicht? Wir probieren Ihr Instrument aus und überprüfen, ob es überhaupt genug Resonanz hat. Legen Sie die Hände auf Ihre Brüste.«

»Was?«, fragte sie verdutzt. Sie fühlte, dass er seine Hände auf ihre Schultern legte und wartete.

»Vertrauen Sie mir. Tun Sie, was ich sage.« Sein befehlender Ton war unüberhörbar.

Er forderte eine willige Unterwerfung, ein blindes Vertrauen in sein Genie. Gehorsam ohne Zweifel. Trotz der schwarzen Lederhandschuhe nahm sie sehr intensiv die Wärme seiner Hände wahr. Sie glaubte, die kosmischen Wellen seiner Energie zu spüren. Einem musikalischen Genius so nahe zu sein, so sinnlich verbunden, war berauschend, und in diesem Augenblick wusste sie, dass dieser Mann alles mit ihr anstellen konnte, dass sie sich dieser Stimme und diesen Händen blind unterwerfen würde.

»Ja«, murmelte sie und hob ihre Hände und legte sie auf die Brüste. Sie war nicht überrascht, als sie spürte, dass die Hände zitterten.

»Gut«, sagte er, jetzt wieder mit seiner weichen Stimme. »Sie müssen in Einklang stehen mit Ihrem Körper, in Einklang mit Ihrem wirklichen Instrument. Konzentrieren Sie sich auf den Gedanken, dass Ihr Körper eine Geige ist, Ihre Finger der Bogen. Jedes Instrument hat einen Vibrator und einen Resonator. Die Saiten sind der Vibrator der Geige. Ihre Brustwarzen sind die Saiten Ihres Körpers.«

Sie strich mit den Handflächen über die Brustwarzen und fühlte, wie sie sich gegen die schwarze Seide rieben.

»Gut«, lobte er. »Streichen Sie rauf und runter. Sie müssen sie fühlen.«

Sie spürte, wie ihr die Hitze ins Gesicht stieg, fühlte das Kribbeln, das von den Handflächen in die Brüste übersprang, und sie fühlte seine Hände, die ihren Nacken massierten, dem Haaransatz folgten und schließlich an den Schläfen verharrten.

»Hören Sie nicht auf, bis ich es Ihnen erlaube«, sagte er. »Konzentrieren Sie sich auf Ihren Körper.«

Sie schloss die Augen und strich mit dem Daumen über ihre Brustwarzen, rauf und runter, wie er ihr aufgetragen hatte. Die Seide dazwischen fühlte sich irritierend an. Die Nippel stellten sich auf, stachen hart hervor, bebten vor Leben. Es war ein immenses erotisches Gefühl, sich selbst zu berühren, während er hinter ihr stand und wieder ihren Nacken massierte.

Er muss sehen, wie sie sich versteifen, dachte sie. Er muss wissen, dass sie sich danach sehnen, in den Mund genommen und gesaugt zu werden.

Aber er blieb hinter ihr stehen. Er spürte den verräterischen Puls an ihren Schläfen und wusste, dass sie erregt war.

»Sagen Sie mir, was Sie fühlen.«

»Hitze«, sagte sie leise. Ja, sie fühlte sich, als ob sie in Flammen stünde. Es war eine köstliche, sengende Hitze, die durch ihren Körper pulste, und der Reiz wurde noch dadurch erhöht, dass er hinter ihr stand und sie beobachtete. Seine Blicke würden auf ihre Hände und auf ihre Brüste fixiert sein.

»Härter«, sagte er. »Zupfen Sie die Saiten. *Pizzicato.*«

Pizzicato. Sie spannte die Finger und zupfte die Brustwarze so hart, wie sie auch die Saiten zupfte, und sie spürte einen elektrischen Stromstoß, der durch all ihre Zellen schoss, das Rückgrat hinunter und mitten in ihren Schoß.

»Noch einmal«, sagte er, während er die Hände sanft über ihre Schultern gleiten ließ. »Und dann noch einmal.«

Ihre Brustwarzen fühlten sich wie zwei Feuerkreise an, heiß und unerträglich empfindlich, und ihre Brüste waren schwer und geschwollen. Sie schloss die Augen, lehnte sich auf dem Stuhl zurück und legte den Hinterkopf gegen seinen Bauch. Durch die Seide war zu sehen, wie sehr die Brustwarzen hervorstanden, und ohne auf seine Anweisung zu warten, zupfte sie härter, rollte sie zwischen Daumen und Zeigefinger.

Sie spürte die aufsteigende Nässe zwischen den Schenkeln, das Anschwellen der Schamlippen und das erste gierige Zwicken der Klitoris. Die Erregung, die sie im ganzen Körper spürte, machte es ihr unmöglich, ruhig auf dem Stuhl zu bleiben, sie wälzte sich herum und rutschte hin und her.

Sie wollte sich umdrehen, um sein Gesicht sehen zu

können, aber er hielt ihre Schultern fest gepackt und zwang sie, ruhig auf dem Stuhl sitzen zu bleiben.

»Sagen Sie's mir.«

»Immer noch heiß«, murmelte sie. »Aber jetzt fühle ich mich voller.«

»Und nasser?«, fragte er. Sie spürte seinen Atem wie das Berühren einer leichten Feder am Ohr.

»Ja, nass.« Sie spürte, wie die Lippen sich füllten und immer noch anschwollen, als wollten sie es mit den Brustwarzen aufnehmen. Ihr Schoß wurde gebadet.

»Wassermusik«, murmelte er leise. »Denken Sie an Nässe und Wasser und die Saiten.«

Sie spürte, wie seine Hände von den Schultern glitten und die Halbkugeln ihrer Brüste umfingen.

»Arco«, sagte er leise. Es ist die Aufforderung des Dirigenten, dass die Streicher ihre Bögen wieder ansetzen. »Arco.«

Fast dankbar fuhr sie mit den Fingern über seine Hände, sie genoss das weiche Leder und das Gefühl ihrer beider Hände auf den Brüsten.

»Jetzt suchen Sie die Saiten. Berühren Sie sich, wo Sie die Saiten spüren. Ihr Körper muss zum Klangkörper werden. Er muss vibrieren.«

Sie war benommen von seiner Stimme, hypnotisiert von den flackernden Kerzen. Ihre Hände strichen tastend über den Körper. Dann hielt sie den Atem an, als sie spürte, wie sich seine Hände auf ihren Brüsten spannten.

»Ihre Hand«, flüsterte sie, und im nächsten Moment fühlte sie, wie die Hand über ihren Bauch glitt. Ihre Nervenenden zitterten. Sie war jetzt Harfe und Geige zugleich, dazu da, gezupft und bespielt zu werden. Durch die Seide spürte sie die Wärme seiner Hand, die Weichheit des warmen Leders. In ihr sprudelte es, und sie wusste, dass sie den hauchdünnen Slip auswringen könnte. Es war, als würde sich eine Flut über sie ergießen.

»Ja?«, fragte er, als seine Hand über ihre Schamhaare glitt und dort verharrte.

»Flut«, sagte sie heiser. Sie wusste nicht, woher sie auf dieses Wort kam. Es war, als schwebte sie über ihrem Körper, alles um sie herum verschwamm, bewusst war ihr nur das Gefühl des Feuers, das in ihrem Schoß tobte. Unter der Seide brach ein dichter Schweißfilm aus, sie spürte, wie die Tropfen an ihrem Körper hinunterrannen oder vom Stoff aufgefangen wurden. Die Luft wurde dicker, fühlte sich wie Samt an.

»Sagen Sie's mir«, drängte er weiter. Er sah sie amüsiert an, als sie den Schoß gegen seine Hand drückte. Er beobachtete ihre Reaktionen, sah das erhitzte Gesicht, sah das Heben und Senken ihrer Brüste. Ihre bereitwillige Leidenschaft überraschte ihn. Er hatte sie nur ein bisschen testen wollen, um ihre Resonanz zu finden, er wollte die Flammen züngeln sehen, die ihre Tränen trocknen würden, aber das Mädchen war schon viel weiter, würde jeden Augenblick den Punkt erreichen, von dem es kein Zurück mehr gab.

Absichtlich verlangsamte er die Bewegungen seiner Hand. Er streckte einen Finger aus und betastete die Klitoris durch den Seidenstoff, er rieb leicht darüber, federleicht, drang zwischen die Lippen ein, die sich unter der Seide deutlich abzeichneten.

»Rot. Rot und seiden und bitter. Wie Rosen und Salz«, murmelte sie und fühlte, wie sich sein Finger versteifte und dann härter gegen den Kitzler presste.

Sie hatte genau dieselben Worte gesagt, die er vor langer Zeit bei der Frau gesprochen hatte, während sein Gesicht zwischen ihren Schenkeln lag, neckend, leckend. Salz und Rosen. Die Aussage und die Erinnerung kamen so überraschend, dass er eine aufkommende Erektion spürte.

»Genug«, sagte er abrupt, zog die Hand zurück und wandte sich ab.

»Aber warum ... was ist?« Verwirrt und desorientiert öffnete sie die Augen.

»Genug. Wir verlieren den Fluss. Händel ist nicht Rosen. Frühlingsblumen vielleicht, aber niemals Rosen.« Er stand da, hatte ihr den Rücken zugewandt und starrte angelegentlich auf die Farbe an der Wand.

Stumm schaute sie zu ihm. Sie spürte das unerfüllte Pochen zwischen den Beinen wie einen zweiten Pulsschlag und hörte seine Stimme wie aus weiter Ferne.

»Nun, haben Sie etwas gelernt? Man kann auch vom Anhören lernen. Besonders vom Anhören.«

Verzweifelt versuchte sie, ihren Verstand zu ordnen. Sie rang nach irgendeiner Aussage, die Sinn machen sollte; sie zermarterte sich den Kopf nach irgendeinem Satz, den er erst vor ein paar Minuten gesagt hatte. Ihr Körper litt noch unter der schmerzlichen Leere, die der Druck seiner Finger hinterlassen hatte.

»Mein Körper ist die Geige«, sagte sie bedächtig. »Und Ihre Hände?«

Sie wusste die Antwort, die er hören wollte, aber sie wusste auch, dass es nicht die richtige war. Es waren seine Hände gewesen, die sie berührt und gezupft hatten, seine Hände waren der Bogen gewesen, die sie zur Geige hatten werden lassen.

»Hände sind der Bogen«, sagte sie diplomatisch. Er nickte, offenbar zufrieden.

»Und Händel?«

Sie dachte angestrengt nach. Händels *Wassermusik*. 1740 entstanden, wahrscheinlich für einen königlichen

Ausflug auf der Themse komponiert. Was hatte das Stück mit der zurückweichenden Flut ihres Körpers zu tun, dieser heißen Flut, deren Strömung so abrupt abgebrochen worden war?

»Händel ist nicht Rosen«, antwortete sie.

»Ja. Ich treffe meine Entscheidung heute Abend. Sie sollten zu Bett gehen und ein wenig schlafen. Sie sind im Grünen Zimmer, gleich am Treppenaufgang. Klingeln Sie nach Maddie, wenn Sie etwas brauchen.«

»Aber ich ...«, brachte sie hervor, aber es war zu spät. Er war schon gegangen. Unsicher stand sie auf und hielt sich am Tisch fest. Ihr Körper fühlte sich durcheinander an. Die Wellen der Erregung, die ihn vor wenigen Minuten erst so gewaltig durchlaufen hatten, waren jetzt abgeklungen, aber sie hatten ihn geschwächt, dass sie eine Zeit lang reglos stehen bleiben musste.

Bedächtig setzte sie einen Fuß vor den anderen, als sie das Zimmer durchschritt und in die Halle trat. Sie hielt sich am Geländer fest und nahm jede Treppenstufe einzeln. Ihr Zimmer schien schrecklich weit weg zu sein. Schließlich erreichte sie es. Mit zitternden Fingern schloss sie die Tür, dann ließ sie sich erschöpft aufs Bett fallen.

»Und?«

Mika war überrascht, dass er zusammenzuckte, als er die Stimme hörte. Er verschüttete ein paar Tropfen Calvados auf die Mahagonifläche des Sideboards. Er wischte sie weg und goss sein Glas voll. Seufzend griff er nach einem zweiten Glas.

»Möchtest du einen Drink, Serena?«

»Gern, Darling. Und?«, fragte sie wieder.

Er blieb absichtlich mit dem Rücken zu ihr stehen

und schenkte das zweite Glas mit der Konzentration eines Chemikers ein, der zwei seltene Substanzen mischt.

Sie hatte sich auf das Ledersofa gesetzt und lächelte. »Und?«, fragte sie erneut.

»Serena.« Ihr Name reichte aus, dass er sich beruhigte. Er wiederholte ihn leise. Die Unruhe, die ihn erfasst hatte, als er seine körperliche Reaktion gespürt hatte, schwand allmählich wieder. »Serena ... vielleicht hast du Recht.«

»Natürlich habe ich Recht. Warum überrascht dich das so?« Irgendein Urinstinkt hielt sie davon ab, nach Einzelheiten zu fragen, die sie so gern gehört hätte. Zur gegebenen Zeit würde sie alle Details von ihm erfahren.

»Sie hat viel in sich verschlossen«, sagte er langsam. »Man hört an ihrem A-Dur, dass es unterdrückt ist. Aber sie ist ansprechbar, empfänglich. Du musst dir ihre CD anhören.«

»Das werde ich«, sagte Serena. Ein Lächeln umspielte ihre Lippen. »Machst du einen Plan? Denkst du an ein bestimmtes Thema für sie?«

»*Wassermusik*«, sagte er und wandte sich ihr schließlich zu. Er hob ihr Glas und brachte es ihr. »Sie muss noch mehr in sich hineingehen. Ungezwungener werden. Hemmungslos. Vielleicht eine Schlaftherapie. Kannst du Maddie mit irgendwas zu ihr schicken?«

»Natürlich«, sagte sie. Ihre Finger berührten sich, als sie das Glas nahm. »Soll ich was zusammenstellen?«

»Nein, ich werde das tun.«

»Aber Mika, du hast noch nie ...«

»Erlaube es mir, Serena. Ich ... ich will heute Abend experimentieren. Das hast du doch gewollt, nicht wahr?«

War es wirklich das, was sie gewollt hatte? Sie nippte am Calvados und betrachtete ihn nachdenklich, während sie sich ihre Antwort überlegte.

Sie schlief.

Nein, eigentlich war es kein Schlaf. Ob sie träumte? Sie war aufgewacht, glaubte sie, und hatte ihn gesehen, wie er sich über sie gebeugt hatte. Er, dieser blonde Gott in Schwarz. Aber dann verschwamm wieder alles. Und jetzt war sie nackt. Sie hatte gefühlt, wie der leichte Stoff ihres Nachthemds über ihre Haut hochgezogen worden war, wie die Luft ihren Körper streichelte.

Und jetzt hörte sie Musik. Sie erkannte sie sofort. Händels *Wassermusik*. Eine fröhliche, sinnesfrohe, beschwingte Passage. Sie klang sehr nahe, als ob sie in der ersten Reihe säße. Und dann bewegte sie sich, es war, als würde sie auf einer Barke über die Themse gefahren oder als ob starke Arme sie trügen. Irgendwo lief Wasser. Behutsam, als wäre sie eine Prinzessin, wurde sie auf den kühlen Marmor ihres Throns gesetzt. Aber sie war nackt, das wusste sie. Sie konnte die Adern des Marmors an ihrer Haut spüren.

Sie spürte, wie dünne Streifen über ihre Arme gezogen wurden. Ob sie gefesselt wurde? Dann mussten es Seidenbänder sein. Jemand spreizte ihre Beine, dann wurden dicke weiße Seidenbänder um ihre Fußgelenke gelegt.

Sollte sie nicht verlegen sein?, fragte sie sich. Schließlich präsentierte sie sich nackt vor den Bediensteten.

Er trat einen Schritt zurück und atmete schwer. Sie war so schlank, da konnte man sich kaum vorstellen, dass sie eine so schwere Last sein konnte. Sie hatte die Augen geschlossen, und ihr Atem ging flach und regelmäßig. Er war sicher, dass er sie geweckt hatte, als er sie hochgehoben hatte, aber jetzt schien sie wieder völlig weg zu sein.

Wie gut, dass Maddie das Grüne Zimmer für sie vorbereitet hatte, das über einen Jacuzzi verfügte. Gegen den schwarzen Marmor der höhlenartig tiefen Wanne glomm ihre weiße Haut wie eine Perle. Er drehte die Wasserhähne auf, während er andächtig der Musik lauschte und das Mädchen betrachtete, das breitbeinig dort saß, das rote Haar zerzaust. Er achtete darauf, dass das Wasser nicht zu kalt und nicht zu heiß war. Er griff nach der Dusche.

Oh, ja, das war Glückseligkeit. Die erquickende Dusche an einem warmen Sommertag. Ihre Haut wurde getränkt, sie spürte, wie sich ihre Poren öffneten. Die Berührung des kalten Marmors stand in wundersamem Kontrast zu dem fast heißen Wasser der Dusche. Aber es war eine sehr eigenwillige Dusche, die ihr zuteil wurde. Sie begann bei den Fußsohlen, strahlte zwischen die Zehen, ging dann die Waden hoch, zu den Oberschenkeln. Die Strahlen prasselten gegen ihren Schoß, und sie spürte, wie sie auf die Labien trafen und die Klitoris kitzelten. Dann begann alles von neuem. Die Fußsohlen, die Waden, der Schoß. Manchmal langsam, dann wieder schnell. Und in einem bestimmten Rhythmus …

Wassermusik, erkannte sie. Sie wollte sich danach strecken, aber sie bemerkte, dass sie weder Arme noch Beine bewegen konnte. Nur der Torso war frei, und sie wiegte sich vor und zurück, im Einklang mit der Musik.

Er lehnte sich über die Wanne und war hingerissen von dem Bild, das sie abgab. Der Wasserpegel stieg, und ihr rotgoldenes Haar breitete sich aus und wurde auf dem Wasser bewegt, als hätte es ein eigenes Leben. Er hielt die Dusche wie einen Dirigentenstab, und unwillkürlich wiegte auch er sich im Rhythmus der Musik. Ja, er war der Dirigent, und sie war das Orchester.

Nur die Spitzen ihrer Brüste ragten jetzt noch aus dem Wasser. Er spürte die Spannung in seine Handgelenke zurückkehren, fast wieder wie damals, als er noch spielte. Er richtete den Duschkopf auf ihren Schoß.

Es war ein Summen, sie konnte es fühlen und hören, wie das Summen einer Biene, die den Honig ihrer Säfte saugen wollte. Warme Wellen wogten ihr entgegen, und sie spürte, wie sich das Blut in ihren Lippen sammelte, wie sie anschwollen, dick und rot und glitschig. Die Klitoris regte sich gierig und reckte sich dem summenden Strahl entgegen.

Mika sah, wie sich ihr Körper spannte. Er konnte das erste leichte Zittern eher ahnen als sehen. Er tauchte mit dem Duschkopf unter Wasser, setzte den Strahl zuerst an ihren Knien ein und drehte mit der freien Hand den Lautstärkeknopf auf.

Die Musik erfüllte den Raum, ihr Oberkörper bewegte sich stärker vor und zurück. Jeder einzelne Teil ihres Körpers pochte, pulsierte, schmerzte. Ihr Atem ging schneller und schneller, und sie konnte den salzigen Schweiß des Meeres auf ihren Brauen spüren. Die Wellen schlugen jetzt über ihr zusammen.

Sie war bereit, sah er. Er richtete die Strahlen der Dusche gegen ihren Schoß, sie prasselten gegen ihre Schamlippen und den Kitzler, und jetzt drehte er die Hähne ganz auf, um den Druck noch zu verstärken.

Als es ihr kam und sie die Erleichterung fand, auf die sie so lange hatte warten müssen, schoss sie zentimeterweise aus dem Wasser heraus, und dabei stieß sie hohe schrille Schreie aus, denn sie wurde von einer Ekstase erfasst, die mit nichts zu vergleichen war, was sie je erlebt hatte.

Er wusste, dass sie jetzt einen Höhepunkt nach dem anderen erleben würde, und er war versucht, sie dazu zu bringen, aber die CD war abgelaufen. Er lehnte sich über den Wannenrand und klinkte den Duschkopf zurück in die Halterung. Er spürte das Kribbeln in seinen Fingerspitzen. Er war an den Phantomschmerz gewohnt, der ihn gewöhnlich im Schlaf überkam, deshalb ignorierte er ihn und griff nach einem flauschigen, weißen Badetuch. Er ließ das Wasser ablaufen und schaute sie an, während der Pegel sank. Ihre Haut war von der Wärme des Wassers und von der Gewalt ihres Orgasmus stark gerötet, und sie atmete immer noch in kurzen, gehetzten Zügen.

Er sah ihre vom Wasser dunkler gewordenen Haare und die festen hoch angesetzten milchweißen Brüste, die sich noch hoben und senkten, und die noch zitternden Muskeln in ihren perfekt geformten Schenkeln, und er musste sich eingestehen, dass er nahe daran war, in Versuchung geführt zu werden.

Entschieden schob er diesen Gedanken weit von sich weg. Er löste ihre Hand- und Fußgelenke, schlug sie in das weiche weiße Tuch ein und trug sie zurück in ihr Bett. Sie kam ein bisschen zu sich, denn sie öffnete für einen Moment die Augen. Es war egal. Sie würde später nicht mehr wissen, was Traum war und was Wirklichkeit. Sie würde nur die physische Erinnerung an die Lust haben, und sie würde sie mit Musik verbinden. Schon jetzt kuschelte sie sich zusammen, legte sich auf die Seite und fiel in einen tiefen Schlaf.

Er ging ins Bad zurück, wischte die Wanne sauber und steckte die vier Bänder ein. Dann zog er den Stecker aus dem CD-Spieler und nahm ihn mit. Er blieb zögernd in ihrem Schlafzimmer stehen. Sie hatte sich ein Kissen gegen die Brust gedrückt und umklammerte es wie einen Geliebten. Ohne darüber nachzudenken, beugte er sich über sie und küsste ihre Wange.

Er verließ ihr Zimmer.

Der dicke Teppich dämpfte seine Schritte, als er hinunter in die Halle ging. Er verharrte einen Augenblick vor Serenas Tür, dann ging er aber weiter. Er war noch nicht bereit, es ihr zu sagen.

Ihr was zu sagen?

Sie war empfänglich, dieses Mädchen, diese Geigenspielerin. Sie hatte ein ungenutztes Reservoir an Sinnlichkeit, das sie der Musik öffnen musste, wenn sie lernte, welche Techniken dazu erforderlich waren.

Er fühlte sich ruhelos. Die ungewöhnliche Energie, die ihn in ihr Zimmer getrieben hatte, war jetzt von ihm gewichen, und er fühlte sich irritiert und schlapp.

In früheren Zeiten hätte er sich eine Frau genommen, um diese Unruhe zu beseitigen. Unbewusst spannte er die Finger an, streckte sie, ballte sie zur Faust. Es war ein bloßer Reflex. Er wusste trotz der früheren Hoffnungen und der leichtsinnigen Versprechungen, dass seine Hände sich nie wieder erholen würden.

Der Morgen dämmerte frisch und voller Duft; in der Nacht hatte es einen Sturm mit kräftigen Regengüssen gegeben, und die Welt war wieder sauber. Serena wachte früh auf und durchlief rasch die Stationen vom Wachwerden zum vollen Bewusstsein. Sie war in den frühen Morgenstunden in ihre Suite gegangen, hatte Max befriedigt und schlafend zurückgelassen. Gestern war sie fast ausschließlich bei ihm gewesen, nur zweimal hatte sie ihn für eine Weile allein gelassen, das erste

Mal, um sich Francesca Tonelli aus der Nähe anzusehen, und das zweite Mal, um einen Drink mit Mika zu nehmen. Jetzt war ihre Neugierde so angewachsen, dass sie sich nicht mehr bezähmen ließ. Sie warf sich einen Morgenmantel über und ging hinaus, um Mika zu sehen.

Mika saß natürlich auf der Terrasse und trank Kaffee. Vor ihm auf dem Tisch hatte sich Midas in voller Länge ausgebreitet.

»Guten Morgen, mein Darling«, sagte sie und setzte sich ihm gegenüber. Sie machte eine wegscheuchende Handbewegung. »Verschwinde, Midas, du weißt ganz genau, dass du nicht auf dem Tisch liegen darfst.«

Die große, gelbe Katze öffnete ein Auge und starrte sie so boshaft an, dass selbst Serena zusammenzuckte.

»Lass ihn in Frieden, Serena«, empfahl Mika. Er schenkte sich noch einen Kaffee ein und kümmerte sich nicht um Serenas Tasse.

Sie waren also beide in schlechter Laune, Katze und Herrchen. Der Instinkt riet ihr, stumm zu bleiben, aber sie konnte nicht länger warten. Wollte es auch nicht. »Mika? Was ist geschehen, Darling? Was ist los?«

Er sah sie an. »Ich bin nicht sicher. Ich habe versucht, die *Wassermusik* gestern Abend mit ihr zu spielen. Ich schätze, dass ich mich ein bisschen tölpelhaft angestellt habe, jedenfalls habe ich in solchen Dingen nicht deine Finesse. Die Musik war nicht richtig, die Motivation stimmte nicht, und doch habe ich ihre Resonanz empfunden.«

Ihr Herz hüpfte vor Triumphgefühl. Jetzt kannst du gehen und abwarten, bis er mit sich ins Reine gekommen ist, dachte sie. Trotzdem sagte sie noch: »Ich habe es in der Nacht gehört. Es war schon sehr spät. Der

Sturm hat mich aufgeweckt.« Um das Schweigen zu überbrücken, fügte sie hinzu: »Ich habe Händel noch nie so richtig gemocht.«

»Ich weiß.«

Sie schenkte sich Kaffee ein und empfand das Schweigen zwischen ihnen als beruhigend. Sie neckte Midas eine Weile mit einem Speckstreifen, ehe sie ihn sich aus den Fingern schnappen ließ.

»Wie hat sie gespielt?«

Mika trommelte mit den schwarzen Fingern auf die Tischplatte. »Ganz gut, glaube ich. Vielleicht. Ich weiß es nicht, Serena. Ich kann mich nicht entscheiden. Kannst du das nicht tun?«

»Gern. Mit der *Wassermusik*? Warum gehe ich nicht ...?«

»Nein, das ist nicht die richtige Musik«, unterbrach er sie.

»Aber wir könnten das Motiv verfolgen«, meinte sie. »Ich könnte mit ihr schwimmen gehen. Ich möchte sie ohnehin gern kennen lernen.«

Ihre Blicke trafen sich. Blicke aus hellbraunen und blauen Augen. In der Tiefe ihrer Augen las er ihre gemeinsame Vergangenheit, sah er die Musik.

»Ja, ja, sicher, das solltest du«, sagte er. »Wo ist Max?«

»Wahrscheinlich schläft er noch. Er war ziemlich erschöpft.« Sie lächelte. »Warum? Willst du ihn jetzt sehen? Es wäre gut, wenn du dich dazu entschließen könntest, Mika.«

»Ja«, sagte er, und es schien ein Ruck durch seinen Körper zu gehen. »Ja, ich werde ihn sehen. Ich habe gezögert, weil ich dachte, es müsste schwierig sein ... Nun ja, er ist ein Freund aus den alten Tagen. Aber das Erlebnis mit dem Mädchen gestern ...«

»Franca«, warf Serena ein.

»Ja«, sagte er. »Es war nicht so schwierig, wie ich es mir vorgestellt habe.«

»Das freut mich. Das freut mich sehr.«

»Welche Pläne hat Max mit ihr, Serena? Was glaubst du?«

»Wir haben bisher noch nicht übers Geschäft gesprochen«, gab sie zurück und betastete das goldene Halsband.

»Ich verstehe«, sagte Mika trocken. »Max hat dich immer gemocht. Weißt du«, sagte er bedächtig, »es wäre schade, wenn er ...«

»Ja, das wäre es«, sagte sie kühl und wartete nicht ab, was er sagen wollte. Sie stand auf und ging ins Haus zurück. Als sie die Treppe hochging, schwand ihre momentane und seltene Irritation über Mika. Er war ein wenig aus dem Gleichgewicht geraten. Das Mädchen hatte Resonanz gezeigt. Das vergrößerte die Möglichkeiten beträchtlich, dachte sie und klopfte an die Tür des Grünen Zimmers.

Die Tür wurde sofort geöffnet. »Oh«, sagte Franca verblüfft und hielt sich das Badetuch vor den Leib. Diese sinnliche, brünette Frau in einem Seidenmantel unterschied sich gewaltig von der etwas grimmig dreinschauenden Haushälterin, die sie erwartet hatte. »Ich bin ...«

»Ich bin Serena«, sagte Serena und schlüpfte durch die Türöffnung. »Ich wollte Sie in der Villa willkommen heißen. Ich hoffe, Sie haben gut geschlafen?«

Hatte sie geschlafen? Als sie aufgewacht war, hatte sie sich wie gerädert gefühlt, und sie hatte keine Ahnung gehabt, wo sie eigentlich war. Aber sie brauchte sich keine Antwort zu überlegen, denn es war offensichtlich, dass Serena keine erwartete.

»Mika sitzt auf der Terrasse. Ich dachte, Sie wollten vielleicht mit mir zu ihm gehen, und anschließend könnten wir ein bisschen schwimmen.« Serena musterte die junge Frau. Die Studiofotos waren ihr nicht gerecht geworden. Sie war wirklich eine hinreißende Erscheinung. Kein Wunder, dass Mika beeindruckt war. Serena lächelte, es war ein warmes, intimes Lächeln, das Franca sofort ihre Befangenheit nahm.

»Schwimmen wäre genau richtig, aber ich habe keine Schwimmsachen mitgebracht«, sagte Franca. Das war also Serena. Freundlich und unaffektiert, urteilte sie spontan. Das unbehagliche Gefühl, das sie beschlichen hatte, wenn sie an Serena gedacht hatte, verblasste.

»Sie können einen Badeanzug von mir haben. Wir haben etwa die gleiche Größe, glaube ich. Kommen Sie mit, dann können Sie sich in meinem Zimmer umziehen, ja?« Noch während sie sprach, zog Serena die junge Frau aus ihrem Zimmer und den Flur entlang. »Ich wohne gleich hier unten, und ich bin sicher, dass ich etwas im Schrank habe, was Ihnen gefallen wird und passt.«

Das Zimmer, das sie betraten, war verschwenderischer eingerichtet als alles, was Franca bisher gesehen hatte. Das riesige Bett, die Spiegelwand, die großen Vasen mit den frischen Blumen. Unwiderstehlich wurde ihr Blick von dem Gemälde in einer Nische angezogen; es zeigte einen Mann und eine Frau in ekstatischer Umarmung.

»Versuchen Sie das hier«, sagte Serena und reichte ihr ein kleines Päckchen, das noch in Zellophan verpackt war. »Ich habe ihn noch nicht getragen.«

Sie nahm das Päckchen und wollte Serena danken und sich dann umdrehen, weil sie sich in ihrem Zimmer umziehen wollte, aber dann sah sie, dass Serena den

Seidenmantel von den Schultern gleiten ließ. Darunter war sie nackt, und die goldfarbene Haut leuchtete in der Morgensonne. Ihre Brüste waren größer und runder als Francas, die Taille war schmaler, die Hüften waren ausladender. Und am Schnittpunkt der Schenkel war sie glatt und unbehaart.

»Ziehen Sie ihn an, damit wir sehen können, ob er Ihnen passt«, sagte Serena und hielt den Blick auf sie gerichtet, und in dem Blick lag die unmissverständliche Aufforderung, das Badetuch fallen zu lassen.

Ihre Blicke trafen sich. Serenas hellbraune Augen waren tief und übten eine magnetische Kraft aus. Sie strahlte nicht nur eine Aura der Sinnlichkeit aus, sondern auch der Dominanz. Ihr zu gehorchen scheint die natürlichste Sache der Welt zu sein, dachte Franca. Sie ließ das Badetuch sinken.

Oh, ja, sie ist eine Augenweide, dachte Serena. Schlank und knusprig, hoch angesetzte Brüste, und der krause Busch ihrer roten Haare verdeckte kaum die ausgeprägten roten Schamlippen. Köstlich.

»Ihre Hüften sind schmaler als meine«, sagte sie zu Franca, »aber bei diesem Schnitt sollte das keine Rolle spielen. Ziehen Sie zuerst das Unterteil an, dann wissen wir Bescheid.«

Es war kaum mehr als ein G-string, ein winziger schwarzer Streifen, der kaum den Venusberg bedeckte, in der Kerbe ihrer Backen verschwand und dicht darüber wieder auftauchte, wo er sich mit dem Bändchen traf, das ihre Hüften umschloss. Es fühlte sich ein bisschen eng an, aber nicht unangenehm. Der dichte Busch der Härchen kräuselte sich um das kleine schwarze Stoffdreieck, als wollte er es einrahmen.

»Passt genau, wie schön«, schnurrte Serena und schaute in freudiger Erregung auf die krausen roten

Haare. Das war die beste Gelegenheit, die physische Resonanz zu testen. »Natürlich haben Sie nicht damit gerechnet, schwimmen zu gehen. Ich habe wunderbares Zeug in Rom gekauft, absolut ideal für empfindliche Haut. Man reibt es nur ein und schabt es dann ab. Ich hole es rasch«, sagte sie und verschwand im Nachbarzimmer.

»Nun, ich will nicht . . «

»Nein?«, sagte Serena. Sie blieb in der Zwischentür stehen, einen kleinen Topf in der Hand. »Legen Sie sich aufs Bett, und strecken Sie die Beine weit aus. Es ist so viel einfacher, wenn ein anderer es für Sie tut.« Dabei zog sie die junge Frau zum Bett.

»So, ja, genau so. Am besten mit den Füßen auf dem Boden bleiben und die Schenkel so weit wie möglich spreizen. Ja, gut. Sie können sich in Ruhe zurücklegen, während ich die Creme einreibe. Depilation. Ein hässliches Wort, nicht wahr? Aber weit verbreitet. Wissen Sie, dass man im Osten glaubt, eine Frau könnte ihre Gefühle verstärken, wenn sie glatt rasiert ist? Das glauben sie schon lange, denn selbst auf griechischen Vasen aus dem fünften Jahrhundert vor Christus sieht man nur Frauen ohne Schambehaarung.«

Während sie den Topf öffnete, plauderte sie weiter, um der jungen Frau jede Befangenheit zu nehmen. Der Klang ihrer Stimme sollte Franca beruhigen.

Francas lange Beine waren blass, die einzigen Farbtupfer waren die roten Härchen und die pinkfarbenen Lippen, zwischen denen der dünne schwarze Stoffstreifen drückte. Serena kniete neben dem Bett und rieb die Creme zärtlich auf den Innenseiten der Schenkel ein. Sie folgte der Linie des Stoffs auf beiden Seiten und verrieb die Creme mit kleinen kreisenden Bewegungen.

Die kühle, ölige Creme, die Fingerspitzen, die sanft

gegen die Lippen rieben und der weiche, rauchige Klang von Serenas Stimme lullten Franca in einen wohligen Dunstschleier ein. Sie fühlte sich völlig entspannt. Unter dem engen schwarzen Stoff spürte sie, wie ihre Lippen anzuschwellen begannen. Die Klitoris wachte auf, die inneren Wände pulsierten. Sie wurde feucht, und bald würden ihre Säfte in den Stoff rinnen. Serena durfte das nicht bemerken. Kaum merklich rutschte sie Serena entgegen.

Die Hände kreisten jetzt höher, rieben durch den dichten Haarbusch und kitzelten ihre Haut.

»Ihre Haut ist so glatt, so empfindsam«, murmelte Serena heiser. »Ich zögere noch, überhaupt mit dem Messer über die Haut zu fahren.« Sie beugte sich tiefer hinunter, als wollte sie ihre Aussage aus nächster Nähe bestätigt sehen. Ihr Atem war warm und feucht, und Franca empfand ihn wie eine köstliche Berührung. Mit Daumen und Zeigefinger zupfte sie behutsam an ein paar Härchen. Da die Creme schon eingezogen war, lösten sich die Haare mit nur einem winzigen Prickeln.

»Hat das wehgetan?«, fragte Serena leise und schaute Franca an. Die junge Frau hatte die Augen geschlossen, ihre Wangen waren gerötet, obwohl Serena sie kaum berührt hatte.

Serena nahm wieder ein paar Härchen zwischen Daumen und Zeigefinger, fasste sie tief unten an der Wurzel an, glättete sie bis zur Spitze und zupfte dann.

Das Prickeln an den einzelnen Hautstellen war unbeschreiblich erregend, dachte Franca. Ihr Kitzler versteifte sich, reckte sich gierig, als wollte er auch so gezupft werden wie die vielen Härchen. Wann immer Serena wieder andere Härchen nahm, wartete Franca mit angehaltenem Atem auf diese ruckende Bewegung. Nach einer Weile rieb Serena mehr Creme ein, wartete ein paar Sekunden und nahm dann das Zupfspiel wieder auf.

Franca schwoll an, sie sehnte sich nach direkten Berührungen, sie wollte sich aufbäumen, sie wollte den direkten Kontakt haben. Serena hatte bestimmt keine Vorstellung davon, was sie in ihr anrichtete. Sie musste dieses brennende Reiben und Zupfen aufhören, sonst …

»Franca, jetzt wird es ein bisschen brenzlig. Sie müssen still liegen, ich muss näher heran«, sagte Serena. Sie drückte eine Hand gegen den Schoß des Mädchens und nahm dabei den Stoffstreifen auf der einen Seite mit. Jetzt konzentrierte sie sich auf die Härchen auf dieser freigelegten Seite.

Der feste Druck der Handfläche und die Wärme, die durch den dünnen Stoff des Bikinihöschens drang, erleichterten für einen Moment den Hunger, der zwischen ihren Schenkeln lauerte. Aber nur für einen Moment. Das Prickeln nahm zu, wenn Serena wieder ein paar Härchen auszupfte, weil sie jetzt bei jedem Zupfen mit den Fingerspitzen über die Labien rieb und gelegentlich auch in die Spalte abrutschte.

Es war Franca, als zuckte eine Reihe kleiner, kurzer Stromstöße durch ihren Körper, mitten hinein in den Schoß, aber auch zu ihren Brüsten, deren Warzen sich steil aufgerichtet hatten. Sie spürte, dass ihre Kontrolle schwand, und für einen Sekundenbruchteil schoss ihr der Gedanke durch den Kopf, über Serena herzufallen und sie dazu zu bringen, ihr die Erleichterung zu verschaffen, nach der ihr Inneres schrie.

Serena, die zwischen den Schenkeln kniete, spürte die Erregung des Mädchens, konnte den Duft der Säfte wahrnehmen. Zu ihrer eigenen Überraschung wurde sie von dieser Erregung angesteckt, sie konnte ein leichtes Pulsieren im Schoß und ein Anspannen ihrer Brüste spüren.

»Perfekt«, murmelte sie, dann veränderte sie den Griff ihrer Hand, sie zog den dünnen Stoff des Höschens auf die andere Seite und begann dort mit dem Eincremen und dem anschließenden Zupfen. Sie spürte, wie Francas Schoß bebte. Sie hätte das Mädchen jetzt leicht haben können, sie hätte sie mit Fingern, Lippen und Zunge verwöhnen können, bis Franca ihren Höhepunkt herausgeschrien hätte.

Aber das, rief sich Serena in Erinnerung, war nicht der Sinn dieses Tests.

Mika wartete auf der Terrasse. Max würde wach geworden und auf der Suche nach Kaffee sein. Und außerdem hatte sie genug erfahren. Diese Francesca Tonelli war das richtige Mädchen. Sie hatte Potenzial.

Franca spürte, dass Serenas Hände jetzt langsamer wurden. Sie glitten behutsam über die Innenseiten der Schenkel, verharrten hier und dort, um ein einzelnes Härchen auszuzupfen. Dann nahm Serena ein Fläschchen von ihrem Tisch, ließ den Inhalt auf ihre Handfläche tröpfeln und rieb mit leichten Strichen über die enthaarte Haut.

»Das ist Eukalyptusöl«, sagte Serena, während sie die Flüssigkeit gezielt in die Poren massierte. Das Öl würde Francas sexuelle Erregung ein wenig mindern und in ein sinnloses Wohlbefinden überführen.

Das Mädchen atmete deutlich normaler, das hechelnde Keuchen, das sie vorher verraten hatte, war bald einem gelassenen flachen Atem gewichen. Sie war locker und entspannt, immer noch ein wenig erregt, aber sie spürte nichts mehr von dem nagenden Verlangen, das sie beinahe dazu gebracht hätte, sich an Serena festzuklammern und den Schoß gegen ihre Finger oder Zunge zu reiben.

»So, jetzt ist alles erledigt«, sagte Serena schließlich, erhob sich von den Knien, trat einen Schritt zurück und bewunderte ihr Werk. »Es ist wirklich viel einfacher, wenn jemand es für Sie tut, nicht wahr?«

»Ja, das ist es«, stimmte Franca zu. Sie öffnete die Augen und bemühte sich, mit gelassener Stimme zu sprechen. »Ich wäre glücklich, wenn ich mich bei Ihnen irgendwann revanchieren könnte.«

»Wir sollten hinuntergehen«, sagte Serena. »Der Pool liegt gleich unter der Terrasse. Und Sie lechzen bestimmt nach einer Tasse Kaffee.«

Sie suchte in ein paar Schubladen, bis sie einen winzigen weißen Bikini gefunden hatte, ein Zwilling des Modells, das sie Franca geliehen hatte. Sie schlüpfte ins Unterteil und steckte die Arme durch die Träger. Als sie hinter sich greifen wollte, waren Francas Hände schon da.

»Ich helfe Ihnen, Serena«, sagte sie, »diese Verschlüsse können verdammt umständlich sein, wenn man sie blind auf dem Rücken einhaken muss. So, das war's schon.« Aber sie machte keine Anstalten, einen Schritt zurückzutreten. Serena spürte, wie Francas Brüste leicht gegen ihren Rücken rieben, und dann schob das Mädchen die Hände unter die Körbchen, als wollte es sich vergewissern, dass der Sitz stimmte und die leicht geschwollenen Brustwarzen bedeckt waren.

Ziemlich gewagt, dachte Serena. Sie lernt sehr schnell. Vielleicht erwies sich Franca als die Herausforderung, die Mika brauchte.

Fünftes Kapitel
Wasserspiele

Als sie auf die sonnenüberflutete Terrasse traten, blieb Serena stehen, um ihren Augen Zeit zu lassen, sich an das gleißende Licht zu gewöhnen. Hinter ihr geriet Franca ein wenig ins Stolpern, streckte die Arme aus und hielt sich an Serenas Rücken fest. Aufgeschreckt von der plötzlichen Unruhe öffnete Midas die Augen und fauchte. Max und Mika folgten dem Blick der unheildrohenden gelben Augen und schauten zum Torbogen.

Es war ein atemberaubendes Bild. Serena stand bewegungslos da, hatte ihr Gewicht auf ein Bein verlagert und streckte provokativ eine Hüfte heraus. Ihre dunklen Haare trug sie offen, sie fielen in sanften Schwüngen auf die zierlichen Schultern. Der kleine weiße Stoffrest, der sich liebevoll an ihren Venusberg schmiegte, kontrastierte ideal mit ihrer goldbraunen Haut. Der schmale weiße Streifen, der ihre üppigen Brüste nur unzulänglich bedeckte, ließ die Umrisse ihrer Nippel erahnen.

Neben ihr, einen halben Schritt hinter ihr, sahen die beiden Männer das Profil des Mädchens Franca, einen Arm ausgestreckt, um bei Serena Halt zu suchen. In ihren flammendroten Haaren, die bis zum Po reichten, brach sich die Sonne, die goldene Punkte darauf tanzen ließ.

Wenn man sie in ihren Kleidern sah, hätten sie Geschwister sein können, aber jetzt, als sie fast nackt dort standen, wurden die körperlichen Unterschiede deutlich. Serena war reifer und üppiger, Franca schlanker und größer. Gegen den flirrenden Hintergrund der weißen Hausmauer schienen sie einen Augenblick lang unwirklich zu sein, Fantasien aus einem erotischen Tagtraum.

Max starrte hin, der Mund trocken, Bewegung in den Lenden. Dann hüstelte Mika, und sofort war der Bann gebrochen.

»Wollt ihr uns nicht Gesellschaft leisten?«, lud er die Frauen ein und machte eine ausholende Bewegung mit seinen schwarzen Händen. Hinter der dunklen Sonnenbrille war der Ausdruck seines Gesichts nicht zu lesen.

Serena schritt voran mit der selbstbewussten sinnlichen Anmut einer Frau, die wusste, dass sie für jeden Mann begehrenswert war. »Natürlich, Darling. Ich bin sicher, dass Franca gern einen Kaffee haben möchte. Hallo, Max, wie geht es dir? Hast du gut geschlafen?«

»Hallo, Serena.« Max musste sich bemühen, locker zu klingen. Es war eigenartig, die wilde Tigerin der vergangenen Nacht, die ihm einen Orgasmus nach dem anderen verschafft hatte, nun als perfekte Gastgeberin zu erleben.

»Ihr zwei habt bestimmt von alten Zeiten gesprochen«, sagte sie, an die Männer gewandt. »Franca, setzen Sie sich bitte zu ihnen, dann besorge ich uns frischen Kaffee. Oder bevorzugt jemand Eiskaffee? Oder Champagner? Ich glaube, ich lasse uns auch etwas Orangensaft kommen. Es ist so heiß ...«

Sie hielt sie mit ihrem Plauderton beschäftigt, badete sie im Honig ihrer Stimme, lullte sie ein mit ihrem Charme, während sie die Situation abschätzte. Zwischen Max und Mika gab es Spannungen, erkannte sie, wobei es unmöglich war zu sagen, ob es daran lag, dass sie sich über ein Jahr lang nicht gesehen hatten, oder ob der Zwist tiefer lag.

Sie spürte die Intensität, mit der Max' Augen sie vereinnahmten, besonders ihre Brüste. Aber dann sah sie auch, wie er Franca anstarrte, und das freute sie.

»Es ist ein wunderschöner Morgen, deshalb habe ich Franca dazu überredet, mit mir schwimmen zu gehen. Max, warum kommst du nicht auch mit? Wir haben den Pool das ganze Jahr über kaum benutzt, es ist eine Schande.«

Franca war nervös. Sie war ganz auf Mika eingestellt und sog seine Gegenwart auf. Und Mika? Er hatte sich auf seinem Stuhl zurückgelehnt, und um seine Lippen spielte ein leicht ironisches Lächeln, als wollte er kundtun, dass ihm der sinnliche Zauber, den Serena und Franca verbreiteten, durchaus bewusst war.

»Ah, Maddie, danke. Möchte jeder noch Kaffee haben? Champagner? Orangensaft? Gemischt?« Das würzige Aroma des Kaffees stieg vom Tablett hoch, dazu der Duft des frisch gebackenen Brots und der ausgepressten Orangen. »Ihr müsst die Croissants probieren. Maddie backt sie jeden Morgen frisch.«

Mika sah sie stirnrunzelnd an. Serena fing seinen Blick auf, schaute dann rasch weg. Ihre Finger spielten mit dem schweren goldenen Halsband.

Fasziniert von dem stummen Mienenspiel der beiden nippte Franca am Kaffee und betrachtete Mika verdeckt hinter niedergeschlagenen Lidern. Der geheimnisvolle Mann der Nacht, dessen Hände mit ihren auf ihren Brüsten gelegen hatten, der aus ihrem Körper die Geige machte und eine Resonanz aus ihr herausholte, als setzte er den Bogen an, war kein Produkt ihrer Fantasie gewesen, kein Fiebertraum. Seine Gegenwart war für sie wie ein Magnet.

Serena ahnte die Richtung von Francas Blicken und lächelte. Sie stand auf, ging um den Tisch herum, berührte Max' Schulter absichtlich mit ihrer nackten Hüfte, blieb hinter Mikas Stuhl stehen und legte die Hände leicht auf seine Schultern.

»Schwimmen, Franca?«

Franca hob den Kopf und schaute Serena in die Augen. Was sie dort las, schien sie zu beruhigen. »Ja, gern.« Sie hob die Arme und begann, das lange rote Haar zu einem dicken Zopf zu flechten.

»Wirst du uns Gesellschaft leisten, Max?«, fragte Serena, ihre Hände noch auf Mikas Schultern.

Irgendwas spielt sich zwischen den beiden ab, dachte Max. Er hatte nie die Komplexität der Beziehung verstanden, die Serena und Mika verband, er wusste nur, dass sexuelle Eifersucht keine Rolle in der Beziehung spielte. Nach jener Nacht in Paris hatte er oft überlegt, ob ...

»Max? Schwimmen?«

»Ich komme später zu euch, Serena«, sagte er. »Ich möchte vorab nur ein paar Punkte mit Mika besprechen.«

Franca stand auf, und Arm in Arm schlenderten die beiden Frauen zur flachen Treppe, die von der Terrasse zum Pool führte. Der dicke Zopf schlängelte bei jeder Beckenbewegung wie eine Python über Francas Rücken. Die dünne schwarze Zunge, die ihre Pobacken teilte, unterstrich nur ihre Nacktheit.

»Nun, Max?«, fragte Mika spöttisch.

Widerwillig riss sich Max von dem Anblick los. »Mika. Ja. Ich möchte mit dir über Franca sprechen. Aber vorher möchte ich noch sagen, dass es mir Leid tut. Ich hätte nicht fragen dürfen, wie es mit deinen Händen aussieht ...«

»Meine Hände. Ich gebe zu, dass ich wohl noch zu empfindlich bin«, sagte Mika und schaute auf seine Hände, die auch an diesem Morgen in schwarzen Handschuhen steckten. »Andere Erklärungen sind überflüssig. Serena und ich haben deinen Plan erörtert, aber wir sind noch zu keiner Entscheidung gelangt.«

»Aber glaubst du nicht auch, dass sie Potenzial hat?«, hakte Max mit Eifer in der Stimme nach. »Als ich sie das erste Mal sah, erinnerte sie mich ein bisschen an Serena.«

»An Serena?« Mika dachte darüber nach.

»Seltsam, nicht wahr? Wenn man sie zusammen sieht, wie eben erst, dann ähneln sie sich überhaupt nicht.« Die beiden Männer blickten gleichzeitig zum Pool. Franca und Serena standen am Rand und bereiteten sich vor, hineinzuspringen. Die halb nackten Körper streckten sich anmutig.

»Verrückt, dass du das sagst«, murmelte Mika. »Als ich einen Blick auf die Fotos warf, erinnerte sie mich an jemanden. Nun, wir werden sehen«, sagte er dann abrupt. »Ich brauche noch ein bisschen mehr Zeit.«

»Zeit?«, fragte Max verdutzt. »Ich dachte ...«

»Zeit, um eine Entscheidung zu treffen. Und während ich darüber nachdenke, solltest du ihnen vielleicht Gesellschaft leisten.«

Es war unüberhörbar, dass er allein sein wollte.

Der Pool im Freien war ein großes Oval, eingerahmt von einem breiten Streifen üppig blühender Blumen und Sträucher, die in Tonkübeln wuchsen. Rund um den Pool standen gemütliche Liegen und Sessel.

Serena tauchte geschickt ein und durchschnitt das Wasser wie ein Hai. Franca zögerte noch einen Moment, dann folgte sie. Dicht nebeneinander tauchten sie wieder auf. Franca konnte von der Terrasse die Streicher von Händels *Wassermusik* hören.

Ein Schauer schierer sinnlicher Lust durchlief sie und schoss heiß durch ihre Adern. Unbewusst wiegte sie sich im Wasser, sie tanzte zu einem bestimmten Rhythmus und schuf kleine Wellen, die gegen ihre Brüste schwappten.

Plötzlich fühlte sie sich flüssig wie das Wasser. Sie spürte, wie sich die Muskeln in den Schenkeln spannten, wie ihre Brustwarzen sich zusammenzogen, wie der heiße Schwall der Erregung ihre Haut wärmte.

Die Musik war jetzt lauter, die fröhlichen Klänge der Geige flirteten mit der Luft. Das Verlangen ihres Körpers wurde auch lauter, ein lebhaftes Allegro von gespannter Erwartung verschaffte sich in ihr Raum.

Serena stützte sich mit einem Ellenbogen auf dem Rand des Pools ab und beobachtete sie. Sie konnte die Reaktion auf die Musik sehen, eine Erinnerung, die in der Erregung zurückkehrte. Mika musste in der Nacht Wasser angewendet haben. Wie clever von ihm! Und wie Recht er hatte, was Händel anging. Er passte gar nicht zu ihr.

Serena schaute zur Terrasse hoch. Mika stand allein auf der Treppe, den Blick auf Franca fixiert. Serena schaute in seine Richtung und hob eine Augenbraue. Sie wusste, dass diese knappe Geste ausreichen würde, um ihn aufmerksam zu machen. Er traf ihren Blick und hob die Schultern.

»Mika? So nicht«, sagte Serena leise, kaum hörbar. Aber er verstand sie sofort.

Die Musik brach ab, hörte kurz vor dem finalen Crescendo auf. Gefangen in den elektrisierenden Stromstößen, die durch ihren Körper schossen, riss Franca benommen die Augen auf. Die plötzliche Stille schmerzte sie körperlich. Serena sah sie voller Mitgefühl an.

An der Poolseite lag Max in einem Liegestuhl. Er hatte vergnügt zugeschaut. Noch vor ein paar Sekunden hätte er schwören mögen, dass Franca allein von der Musik einen Orgasmus erleben würde, berührt nur von den leichten Umarmungen der kleinen Wellen, die sie mit ihrem Tanzen erzeugte.

»Franca, komm mit ins untiefe Wasser, da können wir uns auf die Treppe setzen.« Serena sprach leise, aber Franca folgte ihr sofort. Serena blieb stehen und öffnete den dicken Zopf und verteilte die Haare über die Schultern und den Rücken hinunter.

Franca war dankbar für die kühlen, feuchten Schleier auf der erhitzten Haut.

»Das erste Mal ist es immer schwierig«, sagte Serena. »Für dich muss es besonders schwierig sein, weil es nicht die richtige Musik für dich war. Aber du hast es sehr schön gemacht, ohne irgendwelche Anweisungen erhalten zu haben. Fühlst du dich jetzt besser?«

Die Schärfe von Francas Frustration weichte unter dem Einfluss von Serenas weicher Stimme auf. »Ja, ja«, sagte sie rasch. Ihr fielen Mikas Worte wieder ein. Der Körper ist die Geige. »Ich glaube, ich begreife es.«

»Das wusste ich«, erwiderte Serena, Zustimmung in den freundlichen Augen. »Ich werde mal mit Mika reden.« Mit einer flüssigen, anmutigen Bewegung zog sie sich aus dem Wasser und schritt auf die Terrasse zu.

Max griff sie an der Hand, als sie vorbeigehen wollte. »Serena? Serena, was ist los?«

Sie blieb einen Moment stehen, drückte seine Hand. »Vertrau mir, Max«, sagte sie. »Ich muss mit Mika sprechen.«

»Serena, du musst wissen …«

»Später, Max. Warum ziehst du dich nicht aus, dann kannst du auch in den Pool.« Sie entzog ihm ihre Hand und schritt weiter zur Terrasse.

Sie ließ sich auf ihren Stuhl fallen und sagte ohne Vorrede: »Mika, sie ist vollkommen. Ihr Körper erinnert sich an die Musik. Aber wir dürfen nicht damit spielen. Wir müssen es in die richtigen Kanäle leiten.«

»Ich habe doch gesagt, dass Händel für sie nicht richtig ist«, sagte er. »Du hast gesagt, wir sollten das Motiv beibehalten.«

»Ich weiß«, sagte sie nachdenklich. »Aber wie siehst du sie?«

»Ich weiß es nicht. Ich habe im Geiste alle Möglichkeiten durchgespielt, aber ich kann nicht einmal einen Komponisten finden, der für sie in Frage käme. Bach gehört mir … er sollte sowieso nicht von einer Frau gespielt werden. Und das ist das Problem. Du weißt, dass ich immer geglaubt habe, eine Frau hätte nicht das Potenzial, eine wirklich erstklassige Geigerin zu werden. Die Geige ist eine Frau und muss deshalb von einem Mann gespielt werden.«

»Chauvinist«, gab sie automatisch zurück, auch wenn sie wusste, dass es die landläufige Meinung unter den männlichen Geigenspielern war. »Keine Sorge, Liebling, wir lassen uns etwas einfallen. Aber wir sollten es ihnen sagen …«

»Die Wahrheit?«, fragte er barsch.

»Natürlich nicht die ganze Wahrheit«, antwortete sie, ein wenig entsetzt. »Vielleicht nicht einmal die Hälfte. Aber Franca ahnt etwas, sie vermutet, dass sie etwas begriffen hat. Wir müssen ihr und auch Max genug erzählen, damit wir danach mit der ernsthaften Arbeit beginnen können ... falls du dich schon entschieden hast, meine ich.«

»Du vertraust ihnen?«, fragte er.

»Vertrauen? Was für eine absurde Idee, mein Darling.«

Er entspannte sich. »Wir brauchen die richtige Musik«, sagte er bedächtig.

»Du kannst sie schreiben«, sagte Serena ohne nachzudenken. Ihre Gedanken waren schon weiter. Jetzt war es wichtig, die sinnliche Bandbreite auszuloten und zu erweitern. Die Musik konnte später festgelegt werden. Sie hob die Stimme. »Max? Franca? Könnt ihr uns Gesellschaft leisten?«

»Ich soll sie schreiben?«, fragte Mika. »Serena, du musst verrückt sein. Ich habe nie komponiert. Ich wüsste nicht einmal, wie ich anfangen soll.«

Er würde es können, das wusste sie. Sie spürte, wie seine Gedanken rasten, wie sie den ganzen Plan nach Haken und Mängeln absuchten. Er war so konzentriert, dass er ihre Anwesenheit vergaß, er nahm auch nicht wahr, dass Max und Franca sich zu ihnen an den Tisch setzten.

Serena schenkte sich gekühlten Orangensaft ein und wartete darauf, dass Mika sich aus seiner Gedankenburg befreite.

Nach einer Weile schüttelte er den Kopf. Er nahm die dunkle Brille ab, schaute Franca mit einem langen, anerkennenden Blick an und richtete die Augen dann auf Serena.

»Das erste Instrument des Geigers ist sein eigener Körper. Er muss so gespannt, so balanciert sein, so beschwingt wie die Klänge, die er der Geige entlockt. Um das zu erreichen, bedarf es einer delikaten Feinfühligkeit, einer Begabung zur sinnlichen Wahrnehmung.

Er muss fein gestimmt sein, an Vollkommenheit grenzen, nicht nur wegen der Anstrengung, stundenlang zu spielen, sondern auch wegen der physischen Konzentration. Geist und Körper müssen offen und empfänglich sein. Einige Menschen meditieren, um das zu erreichen. Andere benutzen Drogen. Serena und ich haben eine andere Methode entwickelt. Mehrere Methoden. Sie helfen auch bei der sehr subjektiven Kunst der Interpretation von klassischer Musik.«

Er wird es tun, dachte Max, außer sich vor Freude. Das Geheimnis hinter seinem Erfolg! Er wird es ihr enthüllen! Er wird sie unterrichten!

Franca war stumm, sie trank seine Worte und beobachtete ihn intensiv.

»Ich werde also etwas finden, das sie spielen wird. Etwas anderes. Die Struktur, wie dieses Stück sein muss, wird sich während unserer Arbeit verdeutlichen. In der Zwischenzeit rate ich Ihnen, sich von Serena leiten zu lassen. Und du, Max, kannst deine ermüdenden geschäftlichen Dinge auch mit Serena besprechen.« Er stand auf und verschwand in der Villa.

Serena lächelte still vor sich hin und griff wieder gedankenverloren an ihre goldene Halskette. Max schaute verdutzt drein. Obwohl Mika einige Andeutungen gemacht hatte, reichten sie längst nicht aus, um die Arbeit mit Franca zu beginnen. Ohne ein Stück gab es nichts zu interpretieren.

Serena lächelte, weil sie Improvisationen genoss. Auf ihre eigene Art war sie ebenso sehr Musiker wie Mika. Musik begann mit Improvisationen. Notentreue war eine Tyrannei, der sie sich nie unterwerfen würde. Ihrem Gefühl nach neigte sie eher zu den Geigern der Zigeuner; begnadete Musiker, die unglaubliche impulsive Schnörkel schufen.

Musik und Sex.

Sex und Musik.

Zwei Seiten einer Medaille. Beide basierten auf einem natürlichen Rhythmus, dem man sich nicht entziehen konnte, sie führten beide das Stück zu einem unvermeidlichen Höhepunkt. Es war ein Glücksfall, dass sie und Mika sich gefunden hatten. Und wie glücklich war sie mit ihm gewesen.

Sie streckte sich genüsslich. »Ich bin ja so froh, dass Mika alles erklärt hat. Ich muss zugeben, dass ich ein wenig überrascht war.« Ihre Stimme klang tief, zwingend. Max bemerkte, dass er nickte, obwohl er das gar nicht gewollt hatte.

Warte mal eine Minute, sagte er sich stumm. Was hat er denn alles erklärt? Nichts hatte Mika gesagt. Geigen, Körper ... ein Solist war ein Solist. Die guten verdienen Geld, die schlechten leiden Hunger. Einmal im Leben findet man einen Star, und danach lebt man von der Hoffnung, wieder einen zu finden.

Serena sah die Skepsis in seinem Blick, aber es störte sie nicht. Sie wandte sich an Franca, die ihren Blick kühl, gelassen und mit voller Zustimmung erwiderte.

»Warum gehen wir nicht zum Pool zurück?«, sagte Serena. Sie langte hinter sich und öffnete das winzige Häkchen, das ihren BH zusammenhielt. Ihre Brüste schwangen frei.

Die Blicke der beiden anderen waren auf sie fixiert.

»Wir können ein wenig sonnenbaden«, sagte sie. »Ich hasse Bikinistreifen. Geht es dir nicht auch so, Franca?« Sie gab sich natürlich und schien nicht zu bemerken, dass sie die Atmosphäre verändert hatte. Es war schwül und heiß geworden.

Langsam stand sie auf. Sie bemerkte den Hunger in Max' Augen. »Max, warum bringst du nicht den

Champagner und den Orangensaft? Alles andere kannst du stehen lassen; Maddie räumt auf.«

Sie schlenderte hinunter zum Pool und überlegte dabei ihren nächsten Schritt. Auf einer rein professionellen Basis musste sie herausfinden, wie weit Franca zu gehen bereit war, sie musste ihre Hemmschwelle entdecken, damit sie und Mika sie entsprechend niedriger legen konnten. Denn für einen erfolgreichen Auftritt musste sie bereit sein, fast alle Hemmungen abzulegen.

Und Max? Welche Rolle sollte sie ihm anbieten?, fragte sie sich, als sie auf einer Liege Platz nahm. Er war zwar nicht leicht zu schockieren, aber vielleicht war er zu konventionell gestrickt, um die verwickelten Szenarios mitzutragen, die sie für Franca konstruieren würde.

Aber sein Hunger nach ihr würde vielleicht seine Gewissensbisse besänftigen. Und er schien auf eine unbewusste Art eine Schwäche für Franca zu haben.

Sie streifte sich das Unterteil des Bikinis ab und legte sich zurück, zeigte ihren goldenen reifen Körper den hungrigen Augen der beiden Menschen, die sich von der Treppe näherten.

Sie legte sich auf den Bauch und schloss die Augen. »Da drüben steht Sonnenöl. Kann mich jemand einreiben, bitte?«

Sie war gespannt, wer auf ihre Bitte reagieren würde. Obwohl das zu diesem Zeitpunkt keine große Rolle spielte.

Dann spürte sie Fingerspitzen auf den Schultern, die langsam zum Rückgrat wanderten, jeden Wirbel abtasteten und verunsichert auf den Halbkugeln der Pobacken verharrten. Es war unmöglich zu sagen, ob es Max oder Franca war. Sie rutschte ein wenig herum, als wollte sie die anonymen Fingerspitzen zu weiterem Erforschen auffordern, aber sie blieben unsicher und kehrten zu Rückgrat und Schultern zurück.

»Überall, bitte«, murmelte sie. »Ich möchte mir keinen Sonnenbrand zulegen. Ah, das ist besser.« Selbstsicherer strichen die Finger jetzt über ihren Rücken, und die Handflächen kreisten auf ihrem Po. Es waren Max' Hände, groß und schwer. Franca würde zuschauen.

Sie spreizte die Beine ein bisschen mehr und spürte, wie die Hände hinunterglitten, und dabei drang ein neugieriger Finger in die Kerbe ein.

»Die körperliche Konzentration, von der Mika sprach ... sie ist ... von entscheidender Bedeutung, nicht wahr?«, murmelte sie. »Der Geiger muss im Einklang mit seinem Körper sein ...« Langsam wälzte sie sich auf den Rücken und schaute in Max' Augen. »Mehr, bitte.«

Er schluckte hart. Der herrliche Körper, der ihn so geschickt gequält und erfüllt hatte, lag in der Augustsonne so lüstern vor ihm, dass es ihn eine ungeheure Überwindung kostete, nicht über sie herzufallen. Das glatte Dreieck ihrer Schenkel enthüllte die geschwollenen Lippen ihres Geschlechts. Er spürte, wie seine Erektion gegen den rauen Stoff der Jeans stieß, aber die Gegenwart von Franca verunsicherte ihn.

»Max, mein Liebling, du bist ja noch angezogen«, rief Serena aus. »Zieh die Jeans aus. Du trägst viel zu viele Klamotten!«

Er lächelte verlegen. »Serena, ich ...«

»Und Franca, warum ziehst du nicht deinen Bikini aus? Deine blasse Haut bräunt bestimmt ganz schnell.«

»Körperliche Konzentration«, murmelte Franca, den Blick auf Serena gerichtet. »Ich denke, ich sollte ...«

»Nein, nicht denken, noch nicht«, warnte Serena. »Das kommt später. Jetzt sollst du dich nur konzentrieren.« Sie glitt von der Liege und stellte sich vor das Mädchen. Sie griff in den Rücken und öffnete Francas BH. Sie standen so nahe beieinander, dass sich ihre Brüste beinahe berührten. Serena legte die Hände auf Francas Hüften und griff mit den Daumen unter den dünnen Stoff des Unterteils. In einer flüssigen Bewegung zog sie es hinunter bis zu den Knöcheln.

Franca wollte aus dem schwarzen Dreieck heraustreten, aber Serena legte eine Hand auf ihre Schulter. »Max, reiche mir das Öl, bitte«, sagte sie, ohne sich nach ihm umzudrehen.

»Serena, ich bin ...«

»Das Öl, Max«, wiederholte sie und streckte die Hand aus. Wortlos legte er das Sonnenöl in ihre Hand.

Serena massierte es sanft ein, glitt mit langen, rhythmischen Strichen über Francas Schultern, sah unterm Kinn eine gerötete Stelle, wo sie die Geige anlegte, und fuhr behutsam mit den Fingerspitzen darüber, dann nahm sie sich die Arme vor, rieb jeden Finger einzeln ein, massierte die empfindliche Haut zwischen den Fingern und folgte dann den feinen blauen Äderchen zum Handgelenk, wo der Puls raste.

Die Hände kehrten zu den Schultern zurück, glitten leicht über den Brustansatz und berührten nur flüchtig die rosig braunen Nippel, die sich voller Erwartung aufstellten.

Nein, noch nicht, dachte Serena. Das kann noch Stunden dauern.

Mit unendlicher Geduld erforschte sie jede Kontur von Francas Körper, ölte sie jeden sichtbaren Quadratzentimeter Haut ein, ausgenommen die zitternden Nippel und die pinkfarbenen Labien im Schenkeldreieck.

Franca seufzte. Ihr Körper lechzte nach Serenas Berührungen, und sie spürte, wie sie feucht wurde und die unteren Lippen anschwollen. Die Nippel konnten sich kaum noch beruhigen, so sehr regten sie sich über das Nichtberühren auf.

Serena spürte, wie die Muskeln in den Schenkeln der jungen Frau zu zittern begannen. Sie rieb von den Knien bis zum Schoß, vermied aber jede Berührung des Geschlechts.

»Max? Warum reibst du ihr nicht den Rücken ein?«

»Serena! Serena, ich …«

»Max, ich möchte, dass du mir hilfst.« Ihre Stimme klang weich, einladend, aber auch zwingend. Erregt, aber verunsichert, ging er auf sie zu. Er zermarterte sich den Kopf darüber, welche Rolle sie für ihn vorgesehen hatte.

Sein Körper, der sich für solche Fragen nicht interessierte, war hart und erregt und bereit.

Er stand hinter Franca und schaute über ihre Schulter direkt in Serenas Augen. Etwas Heißes und Wildes lauerte in diesen hellbraunen Tiefen. Sie nahm seine Hand, schüttete Öl in die Handfläche, wiederholte den Vorgang mit der anderen Hand, dann hob sie Max' Hände auf Francas Schultern.

Er begriff, was sie wollte. Ihre Hände sollten simultan in einem einheitlichen Rhythmus über Francas Körper tanzen. Er roch das würzige Parfum ihrer Erregung, und es feuerte seine eigene Lust noch an.

Er verlor sich in Serenas hypnotischem Blick und bewegte seine Hände über die Schulterblätter des Mädchens und verrieb das Öl. Er konnte beinahe spüren, wie Serena über die Brüste des Mädchens glitt.

Das Pulsieren in ihrem Schoß nahm zu, und Franca schob unbewusst die Hüften vor, als wollte sie etwas finden, worauf sie sich aufspießen konnte. Ihre Klitoris pochte, und das Kribbeln in ihrem Bauch machte sie ganz benommen.

»Max, Liebling, du hast immer noch deine Kleider an.« Das seidige Schnurren ihrer Stimme war eine andere Form des Kosens, fand Franca, denn sie hörte die Stimme dicht an ihrem Ohr.

Serena beugte sich vor, schob das Kinn über Francas Schulter und ließ die Zunge über die leicht geöffneten Lippen streichen. Max reagierte sofort, er presste seinen Mund auf ihren und hielt Francas Hüften mit einem Arm umfangen.

Seine Zunge drang in Serenas Mund, fuhr die Unterlippe ab, die ebenmäßigen weißen Zähne, während seine Hände über Francas Hüften glitten. Dann hob er eine Hand und zog damit Serenas Kopf dichter heran, um den Druck seiner Lippen zu verstärken. Sie kam willig näher und rieb ihre Brüste gegen Francas.

Über alle Maßen erregt von den nackten Pobacken, die gegen seine Erektion drückten, von dem glitschigen warmen Rücken, gegen den er seinen Brustkorb presste, und von dem heißen Mund, in den er seine Zunge wie ein kleiner Penis stieß, dröhnte das Blut in seinen Ohren.

Franca wurde von den beiden Körpern zusammengedrückt, ein Wirrwarr aus öligen Gliedern und rauem Jeansstoff, heißer Haut und kühlem Leinen. Sie war gefangen zwischen den beiden Liebenden, gefangen in einem faszinierenden Spiel, das ihren Körper zum Glühen brachte.

»Max? Deine Kleider«, sagte Serena lächelnd, als er den Kuss abbrach. Serena hob einen Fuß des Mädchens an, damit sie das schwarze Dreieck abstreifen konnte, das noch um ihre Knöchel lag, dann nahm sie ihre Hand und führte sie zu dem kurz geschorenen Rasenstück, das den Pool umrandete. Gemeinsam legten sie sich hin, Franca ein williges, ergebenes Requisit in der von Serena einstudierten Choreographie.

Serena berührte leicht die Innenseite von Francas Knie, und das Mädchen wusste gleich, was sie tun sollte. Sie spreizte die Schenkel. Neben ihr lag Serena, auf einen Ellenbogen gestützt, eine Hand auf Francas Brust.

Max zögerte noch einen Moment, dann stieg er rasch aus seinen Kleidern. Er wusste, dass er härter war als je zuvor, und Serena nahm das mit einem Lächeln zur Kenntnis. Stöhnend ließ er sich neben Franca nieder, denn irgendwie war ihm bewusst, dass Serena das Mädchen in der Mitte haben wollte.

Das Gras war von der Sonne gewärmt, und es duftete nach den Kräutern dieser Erde. Franca schloss die Augen und konzentrierte sich auf die verschiedenen Gerüche, das betörende Öl, die Würze ihrer Erregungen. Sie fühlte sich umschlungen von der Sonne und von der lauen Luft dieses Sommers.

»Eine sinnliche, greifbare Wahrnehmung«, raunte Serena und begegnete Max' hungrigem Blick. Mit einem schlanken Zeigefinger beschrieb sie dicht über Francas rechter Brustwarze kleine Kreise, berührte den zitternden Nippel aber nicht.

Franca stöhnte, und im nächsten Moment spürte sie, wie eine Daumenkuppe über den Nippel strich. Ein elektrischer Stoß schoss durch ihren Körper, und dann stöhnte sie wieder, als der linke Nippel noch etwas rauer angefasst wurde. Zwei Körper pressten sich an sie, zwei Hände vollführten einen rhythmischen Tanz auf ihren Brüsten.

Es war, als schmelze sie dahin. Als wollte die Glut sie

verzehren, die in ihrem Körper brannte. Sie wollte ihre Zungen spüren, sie brauchte etwas für ihre Vulva, sie wollte einen harten Schwanz spüren.

»*Adagissimo*, Franca«, flüsterte Serena. »*Adagissimo.*«

Sehr langsam. Unglaublich langsam. Sie wartete, traute sich kaum zu atmen, als die beiden Finger ihre Brüste verließen und gemächlich zu ihrem Bauch wanderten, während die Nippel nun von Mündern umschlungen wurden.

Sie konnte es nicht länger ertragen und stieß zwischen den Zähnen hervor: »*Affrettando*, Serena.« Sie bettelte um Eile. Aber sie hörte nur ein heiseres Kichern.

»*Adagio*«, sagte Serena. Es war ihr Kompromiss.

Die feuchten Liebkosungen der Zungen nahmen zu, sie badeten ihre Brüste im warmen Speichel, lösten in ihnen eine rosige Hitze aus. Franca bäumte sich auf, reckte ihnen die Brüste entgegen, bettelte um ihr heißes Saugen, Necken und Züngeln.

Der Mann nagte grob an der linken Brustwarze, die Frau quälte sie mit der weichen Seide ihrer Zunge. Der Mund des Mannes wurde gieriger, fiel wild über ihre Brust her, während die Frau weiter mit der Zungenspitze tupfte, dass sie sich anfühlte wie Schmetterlingsflügel. Der Kontrast war kaum zu ertragen, peitschte die Emotionen in ihr hoch. Sie war verloren, fand sich am Rand des Höhepunktes, aber der wurde ihr noch nicht gewährt.

Franca warf den Kopf in den Nacken, ihr Leib bäumte sich auf, und das Spiel ihrer Muskeln wurde von Serena vergnügt verfolgt. Sie beobachtete auch Max, der die Augen fest geschlossen hatte, während er Francas Brustwarze tief in den Mund saugte, seine Erektion fest gegen ihre Hüfte gepresst.

Serena fuhr mit einem Finger über Francas Bauch, ließ ihn auf dem Schamberg kreisen und schob ihn dann in die geschwollene Mitte. Sie sah, wie Max' Hand auf dem Bauch lag, nahm sie und führte sie ebenfalls hinunter.

Ein Finger tauchte kurz ein, dann zog Serena die Männerhand wieder weg, und ihr Finger schob sich behutsam zwischen die Lippen, streifte kurz die Klitoris und drang mit Geschick ganz hinein.

Das war es, worauf Franca gewartet hatte. Der Mann war nur ein Schemen. So sehr sie sich auch danach sehnte, harte, pulsierende Männlichkeit in sich zu spüren, von ihr geweitet und gefüllt zu werden, wusste sie doch, dass er nicht der richtige Mann war. Es war Mika, den sie haben wollte. Nur Mika, der sie in diesen unglaublichen Taumel treiben konnte.

Mit der Frau war es etwas anderes. Sie war ein Teil von ihm. Ihr Finger schien Franca so vertraut zu sein wie ihr eigener, so geschickt und wissend wie Mikas.

Sie spürte, wie der Finger sie dem Höhepunkt entgegentrieb, wie eine Welle nach der anderen aus den Tiefen ihres Geschlechts ihren Leib überschwemmte, er strich kunstvoll in sie hinein, ohne Hast, ganz entspannt. Sie war die Geige.

Indem sie ihrem Körper erlaubte, dem Pulsieren des Bogens zu folgen, sich zu heben wie die Geige, um sich dem Streichen des Bogens hinzugeben, balancierte sie auf einer Ebene von Sensation, Druck und Widerstand.

Aber der große Höhepunkt, den sie so nahe gespürt hatte, ebbte ab, schwand wie der Dunst unter der Sonne. Sie spürte, dass Serena den Finger herauszog, bis die Kuppe nur noch auf der zitternden Knospe von Francas Klitoris ruhte.

Sie wollte ihren Orgasmus erzwingen, aber sie wusste, dass es ihr nicht gelingen würde. Sie war wütend über das absichtliche Hinhalten.

In dieser Sekunde begriff sie das vollkommene Loslösen von Körper und Geist. Beide waren an ihren Gefühlen beteiligt, aber auf verschiedenen Ebenen. Ihr Körper schwebte, vibrierte. Ihr Geist erinnerte sich an die Musik, und ohne es zu wollen, begann sie ein langsames Thema aus einem Konzert von Sibelius zu summen. Ihre Hände streckten sich aus, um Haut zu fühlen ... die eine war hart und männlich, ganz wie ihr geliebter Bogen ... die andere war sanft und einladend. Ihre Finger wölbten sich, sie strichen liebevoll über die Saiten.

Sie stand im Rampenlicht, erhitzt von dem Schein, erhitzt von den Blicken, die jede ihrer Bewegungen wahrnahmen, die sie begehrten und bewunderten. Sie bewegte die Finger und spielte auf Geige und Bogen gleichermaßen.

Serena spürte, dass eine neue Phase eingetreten war. Sie nahm Max' Finger und führte sie zwischen Francas Lippen, während sie immer noch die Fingerkuppe auf der vibrierenden Knospe liegen hatte.

Es war das Herzstück des Orchesters, die samtene Fingerkuppe auf Francas Schwingungsknoten, und die festen, drängenden Bewegungen, die Max mit seinen Fingern ausführte, tief in ihre Mitte hinein. Klang und Berührung, Klang und Berührung. Sie spielte sie, Finger und Bogen in vollkommener Harmonie, und die beiden spielten sie auch, spielten auf ihr, in ihr, eine hinreißende Melodie.

Franca öffnete die Augen und blickte in eine blaue Unendlichkeit.

Behutsam zog Serena den Finger zurück und gab

auch Max zu verstehen, es ihr nachzutun, dann beugte sie sich über das Mädchen und hauchte einen leichten Kuss auf die Lippen. Immer noch summte Franca die Melodie von Sibelius.

Sie wandte sich von Franca ab, die in ihrer Glückseligkeit gefangen war, und rutschte zu Max, schob ihn auf den Rücken und presste den Mund auf seine Lippen. Sie stieß ein kehliges Lachen aus, ein Lachen der Freude, denn sie wusste, dass der Auftakt gelungen war.

Und weil sie sich freute, warf sie sich über Max, fuhr mit einer Hand über die weichen Haare auf seiner Brust, griff mit der anderen Hand zu seinem Schaft, glitt die Länge auf und ab und setzte sich dann mit erfahrenem Schwung auf ihn.

Versteckt hinter den dichten Sträuchern am Pool sah Sergei mit wütenden Blicken zu. Er begehrte sie mit krankhafter Verzweiflung. Sie hatte kein Recht. Seit Max' Anruf war sie so anders geworden. Er stellte sie sich wieder in dem schwarzen Kleid vor, das den Rücken frei ließ und kaum die Brüste bedeckte. Sie hatte es zu Max' Begrüßung getragen, als sie ihn, ihren Chauffeur, mit einer lässigen Handbewegung weggeschickt hatte.

Damals hatte es in ihm gebrannt. Aber er wusste, dass sie wieder zu ihm kommen würde.

Er hörte ihr ausgelassenes Lachen, sah das Spiel ihrer Hände, wie sie jetzt auf Max stieg. Oh, verdammt, das würde sie ihm büßen.

Sechstes Kapitel

Variationen zu einem Thema

Allein in seinem Musikzimmer ging Mika ruhelos auf und ab, ganz in Anspruch genommen von den aus dem Zusammenhang gerissenen Bildern, die sein erbarmungsloses Gedächtnis gespeichert hatte. Die vertraute Wärme Serenas vermischte sich mit der Fremden, dem neuen Behältnis der Geige, und mit dem brennenden Pfad, den Max' Blicke schlugen, als sie jede von Serenas Bewegungen verfolgten. Alle diese Bilder waren ihm aufdringlich bewusst, wie auch dieses neue Prickeln, das er im Rückenmark spürte.

Lag es an dem Mädchen? Franca. Er zwang sich dazu, ihren Namen zu benutzen, denn Serena hatte ihn dazu angehalten. Max hatte die Ähnlichkeit zwischen ihnen bemerkt.

Sie war schön, und sie war gut, technisch fast so fehlerfrei, wie sie behauptet hatte. Aber noch musste sie den sinnlichen Zauber der Saiten erfassen, die leidenschaftlichen Anforderungen der Geige verstehen und annehmen. Die Geige war alles für den Spieler: Freundin, Geliebte, Partner, Kind. Aber man konnte sich nie auf nur ein Instrument verlassen.

Er blieb vor einem Schrank stehen und holte eine seiner Lieblingsstücke heraus, eine Stradivarius, die der Meister in den letzten Tagen seines Lebens geschaffen hatte. Wie alt war er gewesen, als er dieses wunderbare Stück geformt hatte, fragte er sich, öffnete den Kasten und schlug behutsam die Seide beiseite. Neunzig?

Noch älter? Die Geige war ein Traum, jugendlich, warm und geschmeidig.

Schreibe, hatte Serena gesagt. Ihre Stimme hallte in seinem Kopf wider, als er sanft über die seidige Oberfläche der Stradivarius strich, bevor er sie wieder zurücklegte. Er lächelte, als er den ledernen Kasten einer Januarius sah, fuhr streichelnd darüber und warf auch einen wehmütigen Blick auf die Storioni.

Obwohl er Serena gesagt hatte, er wüsste nicht, wie er anfangen sollte, war ihm klar, dass dies eine Lüge war. Dabei hatte er Serena noch nie belogen. Kein Geiger, der Bach meisterte, die sechs Sonaten und Partituren für Geige reichten schon, ist nicht schon zum Komponieren inspiriert worden.

Er verharrte vor dem Kasten, in dem er die Guarnerius wusste, und er wurde an Bach erinnert, als er in Rom ein Konzert gegeben hatte. Die Guarnerius war eine Wilde, sie steckte voller Leidenschaften, besaß eine animalische Vitalität und eine unglaublich intensive Kraft. Irgendwie war sie wollüstiger als die Stradivarius, reicher im Klang. Sie verlangte eine Hand, die ebenso Seide streicheln wie Eisen schmieden konnte.

Daneben lag die Stradivarius aus der so genannten ›Goldenen Periode‹, als die Schaffenskraft des Meisters auf dem Höhepunkt gewesen war. Sie war ein stolzes, arrogantes Stück, Perfektion, die Perfektion verlangte, einzigartig in ihrer Klarheit. Sie reagierte auf die leichteste Berührung. Sie würde dich eine Nacht lang lieben, wenn du dich ihr für ein Leben lang verschreibst.

Sie alle gehörten Serena. Und wie Serena fühlten sie sich rastlos in der Abgeschiedenheit, denn wie Serena waren sie fürs Rampenlicht bestimmt, sie waren an rauschenden Beifall und nicht enden wollende Bewunderung gewöhnt.

Schreib es selbst. Serenas Lied. Konnte er sie musikalisch darstellen? Konnte er diesen eigensinnigen, gesetzlosen, warmen, leidenschaftlichen Geist mit Noten einfangen? Es wäre die ultimative Form des Besitzes, der einzige gemäße Vollzug ihrer Beziehung. Nichts anderes konnte ihr gerecht werden. Und das Lied würde von dem Mädchen mit den flammendroten Haaren und den kalten grauen Augen gespielt werden, von der ersten Frau, die seit seinem Unfall sein Interesse wieder geweckt hatte, ganz egal, wie schwach dieses Interesse auch war. In diesem Arrangement gab es eine Symmetrie, fühlte er, ein angenehm unnatürliches Dreiecksverhältnis.

Er würde mit der ersten Erinnerung an Serena beginnen, mit ihrem warmen, heiseren Lachen, einem Geräusch, das seinen Ohren schmeichelte und seine Sinne anstachelte. Aber welche Saiten musste er anschlagen, um den Bogen ihrer Augenbrauen zu beschreiben, die Tiefe ihrer hellbraunen Augen, die farbige Vielfalt ihrer mitternächtlichen Haarfarben?

Sechs, dachte er plötzlich. Sechs Höhepunkte, doppelt so viele, wie Bach seiner *Chaconne* hatte zuteil werden lassen. Für Serena musste es außergewöhnlich sein, einmalig, unkonventionell. Sechs Höhepunkte, jeder einzelne erforschte eine andere Serena, und jeder einzelne baute sich zu einem Thema ungeheurer Intensität auf. Und jeder wurde auf einer anderen Geige gespielt.

Der Wechsel des Instruments, unvorstellbar in einem Konzert, es sei denn, dass ein technisches Versagen wie eine gebrochene Saite vorlag, würde ein Meisterzug der Avantgarde sein. Er würde sechs seiner Lieblingsgeigen auswählen, sechs dieser schlafenden Schönheiten im Schrank. Sie würden die sinnliche Sphinx herausbringen, die Serena war.

Sechs Seiten von Serena. Sechs Geigen. Sechs Höhepunkte.

Er hatte sie noch nie vor Lust stöhnen hören, aber er wusste, dass sie auch dabei anders sein musste als andere Frauen. Vor langer Zeit schon hatten sie beschlossen, dass sie ihre geistige Verbundenheit nicht durch den ultimativen Akt der Intimität gefährden wollten. Er hatte diesen Beschluss nie bereut, nie bedauert, weil er wusste, dass sie ihm durch diesen Mangel mehr gehörte als durch die Ausübung dieser Intimität.

Aber ihr sechs Höhepunkte zu bescheren, sechs musikalische Spitzen zu erzeugen, das würde bedeuten, dass sie auf immer sein wäre, und dieser Gedanke war unwiderstehlich. Er würde sie mit seiner Musik penetrieren, er würde sie pfählen mit seinen Noten, ihren Körper erforschen mit seinen Akkorden.

Als sie endlich ihren Orgasmus erlebte und sich ihr Körper in ekstatischer Erfüllung wälzte, sah sie in seine blauen Augen und stieß noch einmal einen Schrei der Lust aus.

Aber als die Wellen allmählich abebbten und sie wunderbar entspannt auf dem Rücken lag und die Augen öffnete, sah sie nur den blauen Himmel, nicht aber die blauen Augen.

Nein, sie hatte nicht Mikas Augen gesehen.

Aber das Blau, das sie gesehen hatte, waren seine Augen gewesen. Sie hatte seine Stöße gespürt, sie hatte ihn tief in sich empfunden, er hatte sie beherrscht, hatte Sibelius auf ihr gespielt. Ihr Meister, ihr Maestro. Der geheimnisvolle Mann mit den Handschuhen, der ihre Leidenschaften weckte wie niemand zuvor, der sie sogar zu Höhepunkten führte, wenn er nicht da war.

Benommen schlug sie die Augen auf. Neben ihr, nahe genug, dass sie hätte hingreifen können, lagen Max und Serena. Sie ritt ihn voller Anmut und Eleganz. Körperlich ausgelaugt, aber geistig mehr gefordert denn je, erhob sich Franca und schlenderte zur Villa, nachdem sie ihren schwarzen Bikini aufgehoben hatte.

Ja, sie hatte ein vages Gefühl für das, was Mika gemeint hatte, als er davon gesprochen hatte, dass sie zur Geige werden sollte. Aber wichtiger als diese Erkenntnis war eine andere. Sie wollte seine Augen sehen, sie wollte mit ihm die Leidenschaft erleben, die er in ihr ausgelöst hatte.

Die Terrasse lag verlassen da. Nur die gelbe Katze aalte sich in der Sonne. Sie bückte sich und strich leicht über das Fell; sie fühlte sich zu Midas hingezogen, weil die Katze eine Vertraute Mikas war. Aber sie zog ihre Hand rasch zurück, als sie das warnende Fauchen hörte. Sie wusste, dass es absurd war, aber die Ablehnung des Tiers schmerzte sie.

Sie überlegte, ob sie sich den Bikini anziehen sollte. Sie blinzelte durch die Scheiben in die Halle, aber dort sah sie niemanden. Ihre Füße huschten über den kalten Marmorboden. An der Tür zum Musikzimmer blieb sie stehen.

Er würde hinter diesen Türen sein, dachte sie, er würde die Partituren durchgehen, denn er hatte ihr versprochen, ein Musikstück für sie zu finden. Er musste etwas für sie empfinden, wenn er diese Mühe auf sich nahm.

Sie spürte, dass ihre Handflächen feucht geworden waren. Sollte sie sich trauen, einfach zu ihm zu gehen? Er hatte gesagt, dass sie sich von Serena leiten lassen sollte, und das hatte sie getan. Er musste gewusst haben, was Serena mit ihr vorhatte. Nein, es wäre der falsche Augenblick gewesen. Entschlossen ging sie die Treppe hoch auf ihr Zimmer.

Erschöpft richtete er sich auf einen Ellenbogen auf, um sie zu betrachten. Sie hatte die Augen geschlossen, der Atem normalisierte sich allmählich, und ihre dunklen Haare wurden eins mit dem kurz geschorenen Rasen. Es war unmöglich zu sagen, ob sie schlief oder tagträumte.

Er nahm jede Einzelheit ihres Körpers in sich auf, als wollte er die Gestalt in sein Gehirn brennen. Es war eine Ungereimtheit, dass diese Frau, die man sich nur in Seide vorstellen konnte, so vollkommen und natürlich aussah, wie sie jetzt neben ihm auf dem Gras lag.

Er hatte sie begehrt, seit er sie das erste Mal gesehen hatte. Und nun hatte er sie eingefangen. Nein, nicht er hatte sie eingefangen – sie hatte ihn mit ihrer Leidenschaft und Hemmungslosigkeit besiegt, von der er so oft geträumt hatte.

Er wollte sie in Ketten legen, sie hinter verschlossenen Türen halten, sicher vor den geilen Blicken anderer Männer. Er wollte sie mit Diamanten überschütten ... er wollte sie für immer für sich behalten.

Er wollte mehr als nur Sex. Zuerst hatte er gedacht, wenn er eine Nacht mit ihr im Bett verbrachte, wäre es vorbei mit dieser ungestillten Gier, aber dann hatte er feststellen müssen, dass sein Gefühl für sie gewachsen war, dass es sich ausgeweitet hatte. Er wollte sie lachen hören, sie lächeln sehen, dem Klang ihrer Stimme lauschen. Er wollte die Sicherheit, dass sie am nächsten Morgen neben ihm lag, er wollte die Toastkrümel von ihrem Mund küssen, er wollte, dass sie ihm die Zeitung vorlas, während er sich rasierte – all jene banalen Hoffnungen, die Liebende hegen und die Serena verabscheuen würde.

War aus seiner Besessenheit Liebe geworden?

Er zuckte zusammen, als er bemerkte, dass sie die Augen weit geöffnet hatte und ihn anstarrte. Aus Angst, seine Gedanken zu verraten, sagte er nichts, sondern beugte sich zu ihr und küsste sie leicht auf die Lippen.

»Mhm, das war wunderbar, Max«, schnurrte Serena. Sie streckte sich und wand sich geschmeidig wie eine Katze. »Mika wird sich freuen.«

Männlicher Stolz und männliche Eifersucht rebellierten in ihm. »Was hat Mika denn damit zu tun?«, fragte er.

»Max, hast du denn nicht zugehört? Du hast fantastisch mitgemacht, warst in vollem Einklang mit ihr und mir, dass ich dachte ... Hast du das wirklich nicht bemerkt?«

»Was hat Mika mit uns beiden zu tun?«, wiederholte er.

»Mit uns beiden?«, fragte sie überrascht. »Nichts. Aber mit uns dreien ... alles.« Sie streckte sich wieder. »Es ist wichtig, dass Franca mit ihrer Sinnlichkeit bis an die Grenze geht, dass sie diese Grenzen ausweitet, damit sie lernen kann, sie zu kanalisieren und zu interpretieren. Und zahm wie auch dieser Anfang war, hat sie sehr gut mitgemacht. Findest du nicht auch?«

Sein Gehirn stotterte. Er suchte eine Replik, aber ihm wurde bewusst, dass er nur zustimmen konnte, sonst müsste er seine Gefühle verraten. Im Hinterkopf, dicht unterhalb des Schädelknochens, spürte er ein Jucken, als ob ein Gedanke darauf wartete, geboren zu werden. »Ja, ja, natürlich Serena. Sie hat sich sehr gut gehalten.«

Eine Stunde später, nach einer erfrischenden Dusche, zog sich Max einen weißen Armani-Anzug an und dachte ans Geschäft. Er war zuversichtlich, dass er den Kern dessen begriffen hatte, was Mika und Serena mit Franca anstellen wollten. Mikas kurzer Vortrag, Serenas intimes Murmeln, als sie und Franca nebeneinander am Pool gelegen hatten. Die Grenzen der Sinnlichkeit ausweiten, die Sinnlichkeit kanalisieren und interpretieren.

Nun ja. Einen Moment lang war er skeptisch. Ganz so einfach konnte das Geheimnis von Mikas Erfolg nicht sein, sonst hätten es sich schon viele andere zunutze gemacht. Kreatives Bumsen bewirkte noch nicht die unvergleichliche ekstatische Wirkung, die Mika auf seine Zuhörer gehabt hatte.

Nein, es musste mehr dahinter stecken. Aber was es auch war, Mika hatte sich bereit erklärt, Franca zu helfen. Er würde ein Stück für sie finden, das zu ihrem Markenzeichen werden würde, so wie er seinen Bach gehabt hatte.

Jetzt brauchte Max nur noch einen astreinen Vertrag mit Francas Unterschrift. Er nahm sich vor, Sally in London anzurufen, damit sie einen Entwurf in die Villa faxte.

London

Sally lehnte sich im schwarzen Ledersessel zurück, legte die Beine auf das Rauchglas von Max' Schreibtisch und machte es sich gemütlich. Auf der anderen Seite des Schreibtischs saß Eve und beobachtete sie. In ihren Augen lag ein Ausdruck von Ausgelassenheit.

Auf der großen Videowand, die fast eine ganze Wand des Büros einnahm, saß ein Mann am Klavier. Er war jung, höchstens zwanzig, und hatte hohe slawische Wangenknochen. Seine wuscheligen braunen Haare fielen ihm immer wieder in die Stirn. Die Hände huschten elegant und leicht über die Tasten, aber was er spielte, war nicht zu hören, der Ton war nicht aufgedreht.

»Er ist süß, nicht wahr?«, schnurrte Eve. »Bisher ist er der Vielversprechendste, glaube ich.« Sie tippte mit einem langen gebogenen Fingernagel auf eine Mappe. »Das ist seine Biografie.«

Sally nickte und griff nach einer Zigarette. Seit Max abgereist war, hatte sie das Rauchen wieder angefangen, und sie hasste sich dafür.

»Du solltest ihn dir ansehen, Sally«, drängte Eve. »Er ist jung, er ist eifrig, und wie so viele seiner Artgenossen ist er pleite. Zurzeit spielt er in einem Club in Camden. Oder ...« – sie zog das Wort in die Länge – »ich könnte ihn ins Büro bringen.«

»Eve, spinnst du? Sollen alle ihn sehen? Selbst wenn er ein Niemand ist, wüssten alle sofort Bescheid und ...«

Sie wurde von Eves fröhlichem Lachen unterbrochen. »Ich wollte dich nur ein bisschen auf den Arm nehmen, Sally.«

Nikolai war der dritte Pianist, den sie entdeckt hatte, weil sein Spiel ihr sinnliche Schauer über den Rücken jagte. Ob es an der Befriedigung ihres Jagdinstinkts lag oder an der Gewissheit, dass sie dabei war, den größten Coup ihrer Karriere zu landen, oder an der

Kraft seines Spiels, wusste sie noch nicht so genau. Deshalb brauchte sie Sally, die ihren kühlen Kopf behielt, wenn es um solche Dinge ging, und die auch erfahrener war als sie.

Es war nicht allzu schwierig gewesen, Sally dazu zu überreden, einen weiteren Musiker zu suchen. Sie hatte es ihr einleuchtend begründet: Wenn die Sache mit Franca ins Wasser fiel, wäre Max froh, wenn sie noch einen anderen Trumpf aus dem Ärmel ziehen konnten.

Aber sie brauchte Zeit. Zeit, um die Verbindungen von Disc-O auszuschlachten, Zeit, um Sally aus dieser absurden Loyalität zu Max herauszulocken – und Zeit, den Star zu finden, mit dem sie ein Vermögen machen konnte. Es durfte nur kein Geiger sein, denn sie wollte nicht in direkte Konkurrenz zu Disc-O treten.

»Weißt du, Eve, ich bin mir der ganzen Sache noch nicht sicher. Wir haben immer noch nicht die Liste zusammengestellt, die Max haben will, falls die Pläne mit Franca durchfallen. Ich weiß auch nicht, ob wir so rasch einen weiteren Solisten aufnehmen sollten. Du glaubst, dass Max begeistert sein wird, aber ich habe meine Zweifel.«

Eve unterdrückte ein Lächeln. Sally hatte immer noch nicht ihre wahren Motive durchschaut. »Du bist der Boss«, sagte sie, stand vom Stuhl auf und trat hinter den Schreibtisch. »Aber schau dir seine Hände an, wie sie über die Tasten gleiten. Du kannst Beethoven fühlen, ohne ihn zu hören.«

Sie fuhr mit einer Hand leicht über Sallys Arm und spürte, wie sich die Kollegin schüttelte. Sie hatte Sally so geschickt verführt, dass ihr Körper jetzt bei der kleinsten Berührung reagierte.

»Schau seine Hände an, Sally«, wiederholte Eve mit rauchiger Stimme. Sie nahm ihre Beine vom Schreibtisch und kniete sich zwischen die Schenkel. Mit Genugtuung sah sie die dunklen Haare, die einen dichten Kranz um die rosigen Lippen bildeten. Erst gestern hatte sie Sally gesagt, sie sollte ohne Slip ins Büro kommen. »Dann stelle ich mir das den ganzen Tag vor, und ich weiß genau, dass du auf mich wartest.«

Während sie mit den Fingerspitzen über die Innenseiten von Sallys Schenkeln strich, sagte sie mit gedämpfter Stimme: »Ich halte es für eine glänzende Idee, wenn du und ich mit Nikolai zusammentreffen. Und vielleicht nehmen wir auch die beiden anderen noch hinzu, die wir uns angehört haben. Dann könnten wir sie vergleichen. Technik, Bühnenpräsenz und so.«

Sally schaute auf den riesigen Bildschirm, als wollte sie sich ablenken von dem Platinsilberkopf zwischen ihren Schenkeln, der warmen feuchten Zunge und den neugierig forschenden Fingern. Sie war bereit und erregt. Mit diabolischer Langsamkeit leckte Eve über die äußeren Lippen, ehe sie den bebenden Kopf der Klitoris erreichte und zart küsste.

»Ich möchte deine Meinung hören«, fuhr Eve fort, und dann setzte sie wieder die Zunge ein, badete die Klitoris in ihrem Speichel und reizte den Eingang der Vagina mit einem Finger.

Liebevoll strich Sally mit beiden Händen durch Eves Haare, eine Hand glitt in den Nacken, um den Kopf näher ans Zentrum ihrer Lust zu bringen. Ihr fiel ein, dass sie erst vor wenigen Tagen vor genau diesem Stuhl gekniet hatte, um Max zu bedienen, während er Serena auf dem Schirm angeschmachtet hatte.

Eve saugte und küsste, und Sally spürte, wie ihr Inneres zur glühenden Lava wurde, bereit zur erlösenden Eruption. Der Finger, der den Eingang so geschickt gereizt hatte, glitt tiefer hinein, der Mund war hungriger, gieriger, und der Finger trieb sie dem Orgasmus entgegen, zuckend, keuchend, völlig unbeherrscht und losgelöst.

Eve blieb knien, und als Sally sich von den Erschütterungen ihres Körpers erholt hatte, strich sie noch ein paar Mal mit der Zunge über das geschwollene Geschlecht, reizte die Klitoris mit wenigen langsamen Bewegungen der Zungenspitze, bis es Sally wieder kam und sie ihre Lust herausschrie.

Im Knien blickte Eve zu Sally auf, deren Augen noch halb geschlossen waren. Sie rang immer noch nach Luft. »Also bald?«, fragte Eve leise.

Sally sah sie verständnislos an. »Bald?«, wiederholte sie.

»Nikolai«, erinnerte Eve sie. Dann fügte sie rasch hinzu: »Wir könnten ihn in Max' Penthouse treffen. Ich meine, es ist schließlich fürs Geschäft.«

Sie spürte, dass Sally sich versteifte. Sie beugte den Kopf und leckte leicht über die nassen Lippen. »Ja?«, fragte sie.

»Ja, Eve«, antwortete Sally, hilflos vom zarten Zungenspiel der Kollegin.

Zufrieden erhob sich Eve. Sie war leicht erregt durch Sallys prompte Reaktion, aber sie ließ nicht zu, dass ihre Erregung den wachen Verstand trübte. Deshalb wollte sie auch nicht, dass Sally ihr die Gunst erwiderte, das würde später kommen und war etwas, worauf sie sich freuen konnte.

Es war ziemlich clever von ihr, dachte sie, den Augenblick genutzt zu haben, denn sie hatte gesehen, wie Sally vor ein paar Tagen genau an dieser Stelle vor Max gekniet hatte. Dass nun sie es war, die befriedigt wurde, müsste Sallys Selbstbewusstsein aufbauen.

Denn Eve plante, Sally von Disc-O wegzulocken. Sally war die Schlüsselfigur.

Es würde keine leichte Aufgabe sein, denn Eve wusste, dass Sally verliebt in Max und eifersüchtig auf Serena war. Ihre Loyalität zum Boss war grenzenlos, schien es. Daran würde sie noch arbeiten müssen, nahm sich Eve vor.

»Gibt es Neuigkeiten aus Genf?«, fragte sie. »Hast du überhaupt schon von Max gehört?« Sie schlenderte zum Videorecorder und schaltete ihn aus.

»Nein, er hat noch nichts von sich hören lassen«, sagte Sally. Sie streckte sich wohlig. »Seltsam, nicht wahr? Er ist schon drei Tage weg. Es ist sonst gar nicht seine Art, nicht wenigstens zweimal am Tag anzurufen.«

»Er ist zu sehr damit beschäftigt, Serena zu vögeln«, gab Eve zurück, absichtlich vulgär. Sie wartete auf den Schatten auf Sallys Gesicht.

»Vergiss nicht, dass auch Mika da ist«, sagte Sally, die ein Stirnrunzeln nicht verhindern konnte. »Und Franca. Ich bin überzeugt, dass Max ein paar schwierige Vertragsverhältnisse klären muss. Solche Dinge brauchen ihre Zeit. Und es ist noch nie leicht gewesen, mit Mika zu verhandeln.«

»Was ist eigentlich mit seinen Händen passiert?«, fragte Eve.

»Ich weiß es nicht. Ich bin nicht einmal sicher, ob Max es weiß. Ich glaube, es war ein Autounfall. Er sollte ein Konzert in Mailand geben und hatte sich ein paar Tage frei genommen, um die Amalfiküste entlangzufahren. Wir wurden von Serena angerufen, dass wir das Konzert absagen sollten. Keine Begründung, keine Erklärung. Max musste nach Mailand fliegen, um den Schaden zu begrenzen. Es war schrecklich. Du bist etwa drei Monate danach zu uns gekommen, nicht wahr?«

»So ungefähr«, bestätigte Eve. »Zu dieser Zeit war ich noch in New York. Ich nehme an, dass Max sich damals sehr um Serena gekümmert hat. Ich meine, Mika im Krankenhaus, die Karriere ruiniert ... sie hat bestimmt jemanden gebraucht, an den sie sich anlehnen konnte.«

»Nein, das ist ja das Seltsame. Er konnte sie nirgendwo finden. Sie waren einfach verschwunden. Erst Monate später haben wir von ihr gehört.«

Genf

Zum Mittagessen war der Tisch im Rosengarten gedeckt. Der schwere Duft von Tausenden von Rosen hing in der Luft, aber er überlagerte nicht den köstlichen Geruch, den der in Dill geräucherte Lachs verbreitete. Serena trug ein weißes Sommerkleid mit einem eingenähten engen Mieder. Die Schultern blieben frei. Der Rocksaum streifte fast über den Boden. Sie pickte die verblühten Rosen heraus.

Das war das Bild, das sich Max bot, als er unter dem Rosenbogen am Eingang des Gartens stehen blieb. Sie sah ungemein jung aus und romantisch in diesem weiten Blumenrock. Die Haare hatte sie zu einem Knoten zusammengesteckt, und nur ein paar Strähnen waren dem Knoten entkommen.

Ohne sich umzudrehen, sagte sie: »Wie du dir gewünscht hast, Max. Kaltes Huhn, Spargel, geräucherten Lachs. Und eine Flasche unseres heimischen Weins. Ich hole Franca.«

»Das ist nicht nötig, Serena. Ich habe sie gerade gesehen. Sie kommt nicht zum Essen«, sagte Max und betrat den Rosengarten. Die verträumte, melancholische Schönheit, die ihn begrüßt hatte, nachdem er an ihre Tür geklopft hatte, war nicht zum Essen aufgelegt. Ihr Blick war abwesend gewesen, weit, weit weg. Und natürlich war sie auch nicht aufgelegt gewesen, über Verträge und Prozente zu sprechen.

»Geht es ihr gut?«, fragte Serena und wandte sich ihm zu, Besorgnis im Gesicht.

»Es geht ihr gut.« Er war nicht besorgt, eher verärgert. »Sie ist nur nicht hungrig.«

In des Wortes doppelter Bedeutung, dachte er. Was war mit dem jungen Mädchen geschehen, das so selbstbewusst aus den kalten grauen Augen schaute, getrieben nur von dem Ehrgeiz, die Beste der Welt zu sein? Sie hätte doch in der Lage sein müssen, ihren Vertrag zu besprechen, gute oder bessere Konditionen für sich herauszuholen und auf Teufel komm raus zu feilschen. Aber sie hatte ihn nur verträumt angelächelt.

»Ich werde Maddie später mit einem Tablett zu ihr schicken«, sagte Serena, setzte sich an den Tisch und lud Max mit einer Geste ein, ihr gegenüber Platz zu nehmen.

»Was ist mit Mika?«, fragte Max und schaute argwöhnisch zu, wie sie die Weinflasche öffnete. Er konnte nur hoffen, dass der Wein besser war als das schreckliche Zeug, das sie ihm am ersten Abend serviert hatte.

»Im Musikzimmer, nehme ich an«, sagte sie. »Während des Tages sehe ich ihn selten. Morgens trinkt er seinen Kaffee auf der Terrasse, aber danach zieht er sich meistens ins Musikzimmer zurück. Manchmal essen wir gemeinsam zu Abend.«

»Einsam für dich«, sagte er. »Wie verbringst du deine Zeit?«

Ein dünnes Lächeln umspielte ihre Lippen, während sie sich eine Antwort überlegte. Zu Anfang war Hans da gewesen. Sie hatte sich in ihrer Verzweiflung und Wut an ihn gewandt, weil sie irgendeine Ablenkung brauchte, weil sie den Schmerz über Mikas Unfall vergessen musste.

Sie hatte zugesehen, wie seine Karriere zerbrach, wie er sich in die stumme, eisige Hülle verwandelte, die er heute war.

Bei Hans, unter dem Vorwand des Sex, hatte sie ihre Wut herausschreien können, ihre Frustration abbauen, ihr Hadern mit dem Schicksal. Hans war ein Peitschenmann, und sie hatte zu ihrer Überraschung eine Seite an sich entdeckt, die sie niemals vermutet hätte. Ein Hang zum Schmerz, der an Sadismus grenzte.

Sie war schockiert über diese Entdeckung und hatte Hans entlassen, bevor sie sich gegenseitig ernsthaften Schaden hatten zufügen können.

Nach Hans hatte sie sich einen kleinen Asiaten genommen, einen lieben Kerl, und er hatte sie Hans und die wilde Gewalt, die er ins Liebesspiel eingebracht hatte, vergessen lassen. Aber bald hatte sie die Lust an ihm verloren.

»Serena?«

»Wie ich meine Zeit verbringe? Nun, es gibt immer was zu tun. Im Garten, im Haus. Ich höre Musik ... ich lese viel.« Sie hatte damit angefangen, die Klassiker der erotischen Literatur kennen zu lernen, von de Sade bis D.H. Lawrence, vom Kama Sutra bis John Cleland.

»Das wusste ich gar nicht«, sagte Max. Es war eine Seite, die er bei ihr nicht vermutet hatte. »Was liest du denn?«

»Lyrik«, sagte sie auf gut Glück. Tatsächlich hatte sie eine Zeit lang Liebesgedichte gelesen, Shakespeare, Donne und sogar Catullus, bei dem sie ihr eingerostetes Latein ein wenig aufpoliert hatte.

»Willst du von dem Huhn probieren, Max?«

Er nickte und bediente sich vom Tablett. Sie fragte ihn nach dem Szeneleben in London, nach den neuesten Trends und den neuesten Jazz-Clubs.

Er antwortete flüssig, wenn er auch abgelenkt wurde, als sie nach einem langen grünen Spargel griff. Sie nahm eine Stange in die Hand, überlegte, ob sie Vinaigrette oder Hollandaise nehmen sollte, entschied sich für beide und schob die Stange genüsslich in den Mund. Sie nagte an einem Hühnerknochen, leckte sich die Sauce von den Fingern und erfreute sich an der Mahlzeit mit kindlicher Ungezwungenheit.

Sie aß viel mehr als er, nahm sogar noch eine zweite Schüssel mit Erdbeeren, worauf er schweren Herzens verzichten musste. Schließlich setzten sie sich zurück. Max rauchte eine dünne Zigarre, weil er das Vergnügen verlängern wollte, sie beobachten zu können, sonnengebadet, von Rosen umgeben.

Der Nachmittag war viel zu schön, um ihn mit geschäftlichen Dingen zu beflecken, dachte er, denn ihm war bewusst, dass der sinnliche Genuss, sie zu beobachten, seine frühere Entschlossenheit, den Vertrag mit Mika anzusprechen, aushöhlte. Mika würde doch wohl kein Honorar für seine Arbeit mit Franca verlangen?

Max bezweifelte nicht, dass Serena die treibende Kraft hinter dem unglaublichen Vertrag war, zu dem der Star ihn schließlich gezwungen hatte. Zu diesem Zeitpunkt hatte er sie nicht einmal gekannt. Aber er wusste, dass Mika von Geldsachen nicht viel verstand, dass sie ihm eher lästig waren.

Bei diesen Gedanken fiel ihm ein, dass er kaum etwas über die rabenschwarze Frau wusste, und diese Erkenntnis wirkte wie ein Schock auf ihn. Ihren Körper kannte er inzwischen wie kaum einen zweiten, aber dass sie Gartenarbeit und Lyrik liebte, hatte er nie gewusst.

Nach einer Weile sagte sie: »Ich wollte dir die Villa zeigen, Max.« Sie streckte sich verführerisch. »Wir gehen hinein und kommen dann zurück in den Garten. Drinnen ist es kühler.«

Sie beschrieb den Baustil, die Veränderungen im Laufe der Jahrhunderte, aber er merkte schon bald, dass er nicht mehr genau hinhörte, weil ihre Stimme und ihr Körper ihn zu sehr ablenkten. Wenn sie über kunstvolles Schnitzwerk strich, sah er ihre schmalen langen Finger und nicht das Schnitzwerk.

Als sie einen Schritt vorausging, stellte er sich ihre Beine vor, glatt und golden unter dem dünnen Baumwollstoff ihres Kleids. Den sanft gerundeten Bauch. Er wusste instinktiv, dass sie nackt war unter dem Kleid. Vor dem Musikzimmer blieb sie stehen, vor der doppelten Tür stand eine hohe Vase mit wahrscheinlich einhundert Rosen, und er stellte sich ihre Labien so rot vor wie die Blütenblätter der Rosen.

»Wir können natürlich nicht hineingehen, da Mika arbeitet«, sagte sie. »Aber es ist ein sehenswerter Raum, eingerichtet mit den letzten technischen Details für die Wiedergabe von Musik. Er bewahrt auch alle seine Geigen darin auf, und damit die CDs immer dieselbe Temperatur haben, gibt es eine Klimaanlage.«

Sie machte ihn auf die geschnitzten Motive im Türblatt aufmerksam, die Arbeit eines fernöstlichen Künstlers, und dabei bückte sie sich, um eine Ansammlung von Blättern zu zeigen, und unter ihrem Kleid konnte er ihre Gesäßbacken sehen, die ihn einladend anlachten und nach seinen Händen zu rufen schienen. Sein Mund wurde trocken, und er wusste, dass er sie bald nehmen würde.

Von der Küche gingen sie hinaus in den Kräutergarten. »Er ist schon vor langer Zeit angelegt worden«, erklärte sie. »Maddie war begeistert, als sie ihn sah. Thymian, Verbene, Salbei und Minze. Und wenn man diesen Pfad hinuntergeht«, sagte sie und wies auf eine Öffnung in einer dichten Hecke, »kommt man zurück in den Rosengarten.«

Dort würde er sie nehmen, beschloss Max. Im Rosengarten, eingehüllt in den Duft der Blumen, deren Blütenblätter ihn an ihr Geschlecht erinnerten. Dort waren sie geschützt vor den Blicken aus der Villa, eingeschlossen in einer duftenden, romantischen Ecke des wunderschönen Gartens.

Siebtes Kapitel

Probe

Mika lehnte sich auf seinem Stuhl zurück und spürte ein leichtes Ziehen in den Schultermuskeln. Er verschränkte die Arme hinter dem Kopf und stieß einen tiefen Seufzer aus. Seit gestern hatte er fast ununterbrochen gearbeitet. Er rechnete zurück. Zwanzig Stunden lang. Er hatte fast zwanzig Seiten geschrieben. Das waren vielleicht zehn Minuten Musik.

Die Ideen waren ihm mit unglaublicher Geschwindigkeit gekommen, die Musik sprang von seinem Kopf aufs Papier, er sah die Konturen, die Farben, hörte das frenetische Finale, den schmerzenden Wahnsinn des Höhepunkts. Seine Nerven bebten vor Erwartung, den intensiven Schrei mit seinen Noten festzuhalten. Unbewusst streichelte er das Papier vor sich auf dem Schreibtisch.

Der erste Satz war ein Flirt, eine Liebelei, ein provokatives Tändeln. Er nannte es *Der Kuss*, denn er hatte seine ursprüngliche Idee, sechs Höhepunkte zu schreiben, für den Augenblick jedenfalls wieder verworfen.

Es begann mit ein paar zufälligen Blicken, das behutsame Wecken des Verlangens, der Auftakt zur Vertraulichkeit. Der Höhepunkt sollte der Kuss sein, ein warmes, abtastendes Erforschen von Lippen und Zunge, Bogen und Saiten. Er wusste genau, wie es gespielt werden musste, das hypnotische Streichen von Zunge gegen Zunge, Bogen gegen Saiten.

Er streckte sich und verrenkte den Kopf nach allen Seiten, um den Knoten im Nacken zu lösen. Er erhob sich, konzentrierte sich aber immer noch auf den ersten

Satz. *Der Kuss.* Von der Technik her würde sie keine Schwierigkeiten damit haben; die virtuosen Herausforderungen würden erst im vierten Satz kommen. Um so mehr konnte sie sich auf den Ausdruck konzentrieren, das Verlangen herausarbeiten. Ihre Seele musste der Musik Farbe geben, sie musste die Tiefen ihrer Leidenschaft ausloten und sie mit Bogen und Saiten herausbringen.

Tief in Gedanken öffnete er die Doppeltür und trat hinaus in die Halle. Er hätte gern gewusst, ob es Serena gelungen war, einen Widerhall bei ihr zu finden, der Aufschluss über die fundamentale körperliche Aufnahmefähigkeit geben musste.

Sie, Francesca. Franca.

Es war so anders als in den früheren Tagen, als er und Serena stundenlang über die Musik gesprochen, die Sensationen erforscht, das Bühnenbild festgelegt und die Atmosphäre beschrieben hatten. Szenarien, die alles bis ins kleinste Detail festlegten und oft probiert wurden.

Er trat hinaus auf die Terrasse, denn plötzlich überkam ihn der Hunger nach einer frisch gebrühten Tasse Kaffee, mit dem Maddie bestimmt schon wartete, und nach den dicken ofenwarmen Croissants. Es war ein Ritual, das er nach seiner Rekonvaleszenz aufgenommen hatte. Kaffee auf der Terrasse, den Morgen genießen, den Sonnenschein, die friedliche Stille. Serena würde später dazukommen. Sie respektierte sein Verlangen, den Tag allein zu beginnen.

Er war so sehr an diese Routine gewöhnt, dass er sich schon gesetzt, eine Tasse Kaffee eingeschenkt und die Hand nach Midas ausgestreckt hatte, der um diese Zeit stets auf der Terrasse herumschlich, als er sie bemerkte.

Sie hatte einen Stuhl vom Tisch weggezogen und saß reglos da. Die langen Beine steckten in hautengen Jeans, die Füße waren nackt. Das weite weiße Hemd, dessen Ärmel sie bis zu den Ellenbogen aufgerollt hatte, war züchtig bis zum Kragenknopf geschlossen. Die offenen Haare glänzten kupfern in der Sonne und fluteten weit ihren Rücken hinunter. Sie verharrte in dieser Pose und schaute ihn mit ihren grauen Augen an, die sich unter seinem Blick verdunkelten.

Ein blindes Toben schoss durch ihn hindurch, als sich ihre Blicke trafen, ein glühender Zorn, dass sie, dass irgendjemand sich getraut hatte, seinen privaten Horizont zu verdüstern, in seine Einsamkeit einzubrechen. Aber gleichzeitig war ihm bewusst, dass sich etwas in seinem Bauch rührte und wand. Wie eine trunkene Schlange, dachte er verwundert.

Mit beabsichtigter Langsamkeit führte er die Tasse an die Lippen und nippte an seinem Kaffee, konzentrierte sich auf den bitteren Geschmack, auf den würzigen Duft. Er wollte, dass seine Reaktionen sich abschwächten. Bisher hatte sie noch kein Wort gesagt, wofür er dankbar war.

Ihr Instinkt ließ sie still und reglos bleiben. Sie wartete darauf, dass er etwas sagte. An diesem Morgen genügte es ihr, nur in seiner Nähe zu sein, seine Gegenwart zu spüren. Sie beobachtete die Veränderung des Lichts, die Dämmerung wurde von der Sonne verbannt.

Es war ihr, als schwebte sie. Berauscht von seiner bloßen Anwesenheit. Bewusste Gedanken und ein rationales Denken spielten keine Rolle. Irgendwie hatte er sie verändert, und sie war zu warten bereit, wie sich die Veränderung auswirkte.

Midas kam gemächlich die Treppe vom Pool hoch, wie ein Schauspieler, der aus den Kulissen die Bühne betritt, dachte Franca. Sie sah, dass der Kater kurz stutzte, offenbar überrascht davon, dass er Gesellschaft hatte, dann knurrte er Franca an, ein tiefes würgendes, wütendes Knurren.

Das Geräusch entsprach seinen Gefühlen so sehr, dass Mika vor Überraschung auflachte. »Er wacht eifersüchtig über mein Alleinsein«, erklärte er, trank die Tasse aus und schenkte sich neu ein. Er überlegte kurz, schenkte dann auch für sie eine Tasse ein.

Ein leises Lächeln umspielte ihren Mund, aber sie sagte nichts, sie schaute hinüber zum Pool, in dessen Wasser sich der Himmel spiegelte. Der Klang seiner Stimme, voll und warm, war wie eine Liebkosung.

»Kaffee?«, fragte er schließlich und wies auf die Tasse, die er gefüllt hatte.

Sie hob leicht die Schultern, machte eine unbewusste Geste mit einer Hand, die vielleicht ihr Desinteresse unterstreichen sollte, vielleicht aber auch nur ihre Unentschlossenheit.

Die Bewegung der Hand lenkte seine Aufmerksamkeit auf die langen, eleganten Finger, das schmale Gelenk. Es war die Hand einer Musikerin, zierlich, gleichzeitig kräftig und empfindsam.

»Ich habe gearbeitet«, sagte er abrupt. »Es könnte zu Ihnen passen.« Ihre Augen fixierten nun sein Gesicht, er sah, wie sich die grauen Augen weiteten, wie ihr Körper sich verspannte. »Ich bin neugierig, was Sie daraus machen können.«

Erregung durchflutete sie. Sie konnte es kaum erwarten. »Wann zeigen Sie es mir?«, fragte sie leise.

»Jetzt, wenn Sie mögen.«

»Bitte.«

»Trinken Sie Ihren Kaffee«, sagte er, stand auf und verschwand in der Villa.

Plötzlich fühlte sie sich verlegen. Sie stand auf und schob den Stuhl näher an den Tisch heran. Sie zitterte, als sie die Tasse zum Mund führte, atmete das herbe Aroma ein und nippte am Kaffee. Sie behielt den bitteren Geschmack lange auf der Zunge, und als er schwand, nahm sie einen weiteren Schluck. Sie atmete tief durch, um ihre Nervosität in den Griff zu bekommen. Es war wie auf der Bühne. Sie spürte dieses Kribbeln am unteren Ende der Wirbelsäule, wo sich die Nerven bündelten.

Er war nach wenigen Augenblicken wieder da und legte ein dicht beschriebenes Manuskript neben sie auf denn Tisch. Rasch ging sie die einzelnen Blätter durch, ging dann zurück, überflog die Seiten, verharrte mit den Blicken auf bestimmten Passagen.

Es amüsierte ihn, sie dabei zu beobachten. Sie bewegte die Finger, als spielte sie die Passage im Geiste durch, sie legte den Kopf schief, setzte die Geige an, begann zu spielen. Sie runzelte die Stirn, die dunklen Bögen der Brauen trafen sich fast. Als sie aufschaute, blickten ihre Augen verwirrt.

»Es ist wunderbar«, rief sie. »So einfach, so klar! Überhaupt nicht schwer!«

»Nein?«, fragte er leise. Ihr Eifer war schön anzusehen, wenn auch ein bisschen voreilig. »Wollen Sie es mal probieren?«

»O ja! Sehr gern!«

Zwei Stunden später. Verschwitzt, mitten in einem neuen Anfall von Frustration. Die Muskeln in ihrem Arm begannen zu zittern, nicht nur von der Anstrengung, sondern auch vor Wut. Sie legte den Bogen ab und lief um ihn herum.

»Verdammt! Es ist unmöglich! Es ist einfach nicht da!«

»Noch einmal.« Seine Stimme klang völlig ungerührt.

»Nichts werde ich tun!«

»Und wie Sie es tun werden«, hielt er entgegen und lächelte. »Noch einmal.«

»Es hat keinen Sinn!«, rief sie wütend. »Ich weiß nicht, was Sie wollen, was Sie sehen. Ich habe es vollkommen gespielt, und das wissen Sie ganz genau!«

»Es ist kein Kuss«, sagte er, immer noch geduldig. »Sie küssen die Musik nicht.«

Zornig wischte sie sich über die Stirn und schob ein paar Haarsträhnen weg, die sich in der Hitze ihrer Anstrengung gekräuselt hatten. Er saß entspannt in einem der tiefen, schwarzen Ledersessel, und wieder spielte ein kleines Lächeln um seinen Mund.

Bastard!, fauchte sie stumm. Sadist! Arschloch! Jede Bewunderung für sein Genie, jede Kraft, die von seiner Persönlichkeit ausging, hatte sich in der Qual aufgelöst, für ihn spielen zu müssen. Jeder Versuch war mit einem Kopfschütteln beantwortet worden, und dann war das simple Gefühl gekommen. »Noch einmal.« Ihre Beherrschung entglitt ihr, und jetzt schwand auch noch ihre Konzentration.

»Hat Serena Ihnen nichts gezeigt?«, fragte er. Er hatte gedacht, dass *Der Kuss* zu leicht für sie sein könnte, dass Serena schon weiter mit ihr gekommen war. Sie hätte ihre Hemmungen ablegen müssen: Nun ja, räumte er ein, Serena hatte an ihr gearbeitet, aber sie hatte das Thema nicht gewusst.

»Das ist ein Kuss«, wiederholte er.

Sie reagierte nicht, schaute ihn nur mit schmalen Augen an.

»Ein Kuss. Das erste zarte Zeichen einer Anziehung, eines Verlangens. Der verstohlene Augenblick, in dem man das erste Mal den Schwung der Lippen des Partners sieht und sich fragt, wie sie sich auf deinen anfühlen, wie sie sich bewegen, weich oder spröde, geschickt oder unerfahren. Es ist ein entscheidender Moment in jeder Beziehung. Der erste Kuss.«

Beißend sagte sie: »Für mich persönlich ist der erste Fick entscheidender.«

»Das habe ich schon an Ihrer Interpretation bemerkt«, erwiderte er ohne Zögern. »Noch einmal.« Vielleicht würde sie jetzt die Wirkung einfangen können, auf die er hoffte. Er spürte, wie es in ihr brodelte. Er wusste, dass sie in der Lage war, die Musik mit der zu Kopf steigenden, leichten Romantik zu durchfluten, die ihm vorschwebte, aber er spürte auch, dass sie nahe daran war, die Geduld zu verlieren und auszurasten.

»Zeigen Sie es mir«, forderte sie ihn heraus, die Augen fast schwarz vor unterdrückter Wut. »Warum zeigen Sie es mir nicht?«

Das war der Augenblick, in dem die trunkene Schlange in seinem Bauch sich ein wenig rührte und den müden Kopf hob. Ihr Zorn wärmte ihn, er hatte etwas Verführerisches an sich. Selbst vom Sessel aus konnte er die Hitze ihres Körpers spüren, die Elektrizität ihrer Frustration. Ihre Augen sprühten Funken.

Er stand aus dem Sessel auf.

Er zögerte kurz, schloss die Augen, zwang sich zur Konzentration. Das Ziel. Nur das Ziel zählte. *Der Kuss.* Die sanfte Suche, das Behutsame, das Unsichere.

Selbst in ihrer Wut war ihr die Veränderung in ihm nicht entgangen. Er hatte die Augen noch geschlossen, und ein Schauer lief durch seinen Körper, als würde er von einer kinetischen Energie erfasst.

Er ging auf sie zu, blieb eine Armeslänge entfernt vor ihr stehen. Die Augen weit geöffnet, der Blick intensiv. Sie glaubte, dass er durch sie hindurchschaute.

»Es beginnt hier«, sagte er und berührte ihre Lippen leicht mit dem Handschuh. »Und hier.« Ein kurzes Wischen über ihre Brustwarzen. Es war eine sehr leichte Berührung, wie unabsichtlich, und doch so zärtlich, so geheimnisvoll, dass sie ein paar Sekunden später nicht wusste, ob die Berührung überhaupt stattgefunden hatte. »Und hier.« Dabei legte er die Hand ganz leicht und kurz auf ihren Unterleib.

»Franca.« Seine Stimme klang tief, überzeugend, schmeichelnd. »Schließen Sie die Augen, und denken Sie an den Kuss.« Er trat näher an sie heran, als wollte er sie mit dem ganzen Körper berühren.

»Der Kuss«, sagte sie in einem Ton, der sarkastisch und aufreizend sein sollte, aber er kam gepresst heraus, als sie seine Hände spürte, die ihr Gesicht umfassten, und seine Finger, die sanft über die Wangen strichen.

»Wenn ein Mann eine Frau begehrt, sich überlegt, ob er eine Frau begehrt, küsst er sie zuerst mit den Augen, er fasst ihre Haut an, die Kontur ihres Mundes.« Ein Finger fuhr leicht über ihre volle Unterlippe.

»Dann fühlt er ihre Haare.« Seine Hände glitten hinein in die seidige Mähne, streichelten geschickt ihre Kopfhaut. Sie spürte, wie sie sich unter seinem Kosen entspannte, wie sie sich anschmiegte und dem dunklen Honig seiner Stimme lauschte. Hypnotisch und zwingend verwandelte er die Noten der Partitur zu einer reinen Poesie des Begehrens.

»Ich küsse deinen Körper mit meinen Augen, im Geiste schmecke ich dich, ich lecke dich ab mit meinen Augen, ich erforsche dich.«

Seine Hände bewegten sich zu ihren Schultern und

dann die Arme entlang. Die Berührungen waren leicht wie von einer Pfauenfeder, und sie glitten auch nur über ihr weißes Baumwollhemd, aber sie empfand sie intimer und erotischer, als wenn er die nackte Haut berührt hätte. Sie spürte, wie sich die Härchen auf den Armen aufrichteten, wie ihre Haut zu kribbeln begann.

»Ich möchte gern wissen, was darunter verborgen ist, ich will in meinen Gedanken deine Brüste hervorlocken, ich will an ihnen mit den Augen saugen, ich will fühlen, wie sich deine Warzen durch meine Fantasie aufstellen.«

In aller Gelassenheit glitten seine Hände den Weg zurück, von den Ellenbogen zu den Schultern, sie verharrten kurz und rutschten dann zu den Spitzen ihrer Brüste. Seine Berührung, so behutsam und delikat, brachte ihren Körper zum Schwingen, ließ sie atemlos zurück. Er hatte die weiche Baumwolle über ihren Brüsten kaum berührt, aber ihre Nippel waren hart, waren schmerzende Beeren, die sich nach seinem Mund sehnten, nach seinen Zähnen lechzten. Sie war feucht, eine Hitze stieg zwischen ihren Beinen auf, eine Vorankündigung der fließenden Nässe ihrer Erregung.

»Ich will dich nur necken, will dir zeigen, was ich meine.« Seine Hände glitten tiefer, flirteten mit dem Reißverschluss ihrer Jeans, bewegten sich tiefer zur Schwellung des Venusbergs. Sie spürte, wie sie anschwoll, wie ihre Säfte zu rinnen begannen.

»Ich will dich lecken mit meinen Augen, will die Kurven finden, die deine Kleider verbergen, will wissen, wie du schmeckst.« Jetzt huschten die Hände über die Rundungen ihrer Hüften und ihres Gesäßes. Ein Finger fand eine provozierende Fährte in der Kerbe der engen Jeans, aber nur einen Moment lang, dann fuhr er leicht über die Innenseite des Oberschenkels und hinunter zur Wade.

Er kniete jetzt vor ihr, sein Kopf auf der Höhe von ihrem Bauch, und sein Mund war so nahe, dass sie seinen Atem spürte. Seine Stimme klang leise, sie musste sich anstrengen, um die Worte zu verstehen.

»Ich ficke dich mit den Augen, ehe ich dich mit meinem Mund küsse.«

Benommen, betört, berauscht von seinen Worten und seinen Händen, fühlte sie, wie ein ekstatisches Schaudern in ihr pulsierte, das von ihrem Schoß ausging und in alle Nervenenden strahlte. Sie wollte seinen Kopf zwischen ihre Schenkel drücken. Allein die Vibration seiner Stimme an ihrem Geschlecht hätte ausgereicht, um ihr einen spontanen Orgasmus zu verschaffen.

Aber als hätte er ihre Absicht erkannt, erhob er sich und nahm ihre Hände in seine.

Ihre Lippen berührten sich fast. Sie spürte die Hitze seines Körpers, sog seinen scharfen, unwiderstehlichen Geruch ein und musste schlucken, weil ihr Mund so trocken war.

»Alle diese Dinge liegen in einem einzigen Blick. Ein Kuss von einem Blick.«

Ihr Körper war heiß, ihre Vulva glühend. Sie brannte. Sie war bereit, nach den behandschuhten Fingern zu schreien, sie brauchte sie an ihrem Schoß, nur ein bisschen noch, dann hätten sie die reinigende Explosion des Orgasmus ausgelöst. Oder sein Mund. Nur eine leichte Berührung ihrer Lippen mit seiner Zunge, und es hätte die gleiche Wirkung gehabt.

Sie zitterte ein wenig unter der schieren körperlichen Intensität, fiel ihm auf. Er sah ihre geröteten Wangen, hörte ihren hechelnden Atem.

»Verstehen Sie jetzt, Franca? Alles das bedeutet ein Kuss. Haben Sie es begriffen?«

»Ja«, murmelte sie. Sie lechzte immer noch nach dieser finalen Berührung. Wartete darauf.

»Ausgezeichnet. Dann will ich noch einmal die ersten sechs Takte hören.«

»Sie widerlicher Bastard!«, fauchte sie. Blanke Wut sprühte aus ihren schwarzen Augen.

Er lächelte, schritt durchs Zimmer und setzte sich wieder in seinen Sessel. »Noch einmal.«

Sie kochte vor Wut, und mit zitternden Fingern griff sie den Bogen.

»Fangen Sie an.« Mika legte sich im Sessel zurück und schloss die Augen. In Gedanken versunken, strich er sich durch die Haare. Verdammt, dieses Mädchen! Sie attackierte den ersten Satz wie eine Löwin ein Stück rohes Fleisch. Und das wusste sie auch. Nun, eine Weile würde er ihr den Ausdruck ihres Zorns zugestehen. Musik, dachte er, ist eine anspruchsvolle Geliebte. Nur ihren Sklaven bot sie unvergleichliche Ekstase. Und wie er für die Musik geschuftet und sich zum Sklaven der Noten gemacht hatte, war es auch diesem Mädchen ergangen, Francesca. Franca. Und wenn die Musik sich dir entzieht, wenn sie provozierend ausweicht, dann weißt du, dass nur du die Schuld trägst, weil du sie zu tölpelhaft umworben hast.

Plötzlich trat Schweigen ein. Es war eine Erleichterung, dieses Schweigen, eine Erleichterung nach ihrer wüsten Attacke auf die Saiten.

Er seufzte. »Noch einmal.«

Besser. Nicht viel besser, aber eindeutig besser.

»Nikolai, sei ein Schatz und bring mir einen Bademantel. Max hat bestimmt irgendwo einen Vorrat davon für seine Gäste. Und dann müssen wir uns endlich unterhalten.«

Ein paar Stunden lang hatten sie sich geliebt, und dabei hatte sich der junge russische Pianist als hervorragender und ausdauernder Liebhaber erwiesen. Natürlich stimmten auch die Voraussetzungen – nach einigen Überredungskünsten hatte Sally ihr den Schlüssel zu Max Schillers Penthouse gegeben, und dorthin hatte sie ihren jungen, begabten Russen gebracht. Das breite Bett in Max' Schlafzimmer war nicht die eigentliche Überraschung gewesen, sondern die Spiegeldecke. Puh, was für ein Kick! Die meiste Zeit, als Nikolai sie so geschickt und kenntnisreich mit Zunge, Zähnen und Lippen verwöhnt hatte, war Eve sich wie ein Voyeur vorgekommen, denn sie hatte unentwegt das Schauspiel an der Decke verfolgt.

Zögerlich tauchte Nikolai auf, er seufzte, kam hoch, küsste ihren Bauch, die Nippel und schließlich ihren Mund. Er erhob sich, und Eve konnte nicht widerstehen, griff nach seinem guten Stück, das deutlich abgeschlafft war, und nahm es spontan in den Mund. Dann gab sie ihm einen Klaps auf den Hintern.

»Ich kann mich nicht erinnern, dass ich schon einmal so viel Spaß mit einem Mann im Bett hatte«, flüsterte sie ihm zu, und in dieser Aussage lag mehr Wahrheit, als Nikolai ahnen konnte.

»Und du, meine liebe Eve, hast mir mehr Lust verschafft, als ich für möglich gehalten habe«, erwiderte er artig.

Er ging mit etwas unsicheren Schritten auf die Verbindungstür zu, die in Max' Ankleidezimmer führte. Wenige Augenblicke später kehrte er mit zwei flauschigen luxuriösen Bademänteln zurück, ein schwarzer, den er sich selbst überzog, und ein weißer, den er ihr aufs Bett warf.

»Schau mal im Kühlschrank nach, ob er Sprudel in seinem Vorrat hat«, sagte sie und streckte einen Arm nach dem Bademantel aus. »Vielleicht auch ein bisschen Obst und Schokolade. Und dann reden wir.«

Gehorsam trottete Nikolai davon.

Gefällig ist er, dachte Eve. Aber würde er auch nach dem Köder schnappen, den sie für ihn ausgelegt hatte? Sie ließ sich ihre Vorbereitungen für den großen Coup noch einmal durch den Kopf gehen.

New York. Stadt der unbegrenzten Möglichkeiten für die Menschen, die sie sahen und ergriffen. Sie hatte bei verschiedenen Finanzdienstleistern gearbeitet, ehe sie bei Disc-O anheuerte. Und dann war sie von Max nach New York geschickt worden, um die Möglichkeiten für Disc-O auf dem nordamerikanischen Markt auszuloten. Eigentlich hätte das Büro in Toronto diese Aufgabe leisten sollen, aber die Kanadier mit ihrem naiven Denken ließen sich zu sehr und zu oft von den US-Amerikanern unterbuttern. Deshalb hatte Max eine unabhängige Beurteilung einholen wollen und Eve geschickt.

Und sie hatte ihre Möglichkeiten wahrgenommen.

Die größte Möglichkeit hieß Jeff Brooks. Jeff, Musikliebhaber, Lebenskünstler, Sohn eines Milliardärs und Kapitalinvestmentberater mit einer großen Bank im Rücken. Jeff war davon überzeugt, dass der nordamerikanische Markt für klassische Musik weit offen stand.

Mit der richtigen Marketingstrategie würde es Disc-O nicht schwer fallen, in den USA neue Publikumskreise für die klassische Musik zu gewinnen. Aber Disc-O hatte kein gutes Image, das in erster Linie von den lahmen Enten in Toronto geprägt worden war.

Aber einer neuen Firma würden alle Türen offen stehen. Das war die Geburt von Eves verwegenen unternehmerischen Plänen. Warum sollte sie das Geschäft nicht selbst in die Hand nehmen, wenn Jeff ihr das nötige Kapital beschaffen konnte?

Aber sie brauchte Hilfe. Sie verstand nichts von der Produktionsseite, viel zu wenig von den Verträgen. Aber Sally, die über alle Vorgänge bei Disc-O Bescheid wusste, die sich mit dem künstlerischen Management, dem Marketing und dem Vertrieb beschäftigt hatte … Sally, die seit zehn Jahren die persönliche Assistentin von Max Schiller war … eine bessere Kraft als Sally konnte man nirgendwo finden.

»Bist du sicher, dass du nur Sprudel willst?«, fragte Nikolai und unterbrach ihre Gedanken. Er brachte ein Tablett mit zwei Kristallgläsern, einer Flasche Mineralwasser und einer Schüssel mit Obst herein.

»Ja, Liebling. Ich brauche für die nächsten paar Stunden einen kühlen Kopf«, sagte sie. »Aber du solltest ein paar Flaschen Champagner in den Kühlschrank stellen. Ich glaube, dass wir später noch einen Gast empfangen werden.«

»Ich hoffe, dass es nicht Max Schiller sein wird.« Seine Stimme klang nervös. »Ich dachte, dass er noch ein paar Tag in Genf bleiben wird.«

»Das wird er auch, mein Schatz. Nein, an Max habe ich nicht gedacht. Ich hoffe, dass Sally kommen wird.«

»Dein Boss? Warum denn das?«, fragte er und stellte das Tablett aufs Bett.

»Weil«, sagte Eve schnurrend, »sie mehr darüber wissen wird, was in Genf geschieht. Und wir können davon nur profitieren. Wenn Franca Tonelli ihr Debüt gibt, werden wir deins auch terminieren.« Sie lächelte, trank einen Schluck Mineralwasser und fuhr mit verträumter Stimme fort: »Überlege doch mal! Die Öffentlichkeit wird auf einen neuen Pianisten fliegen, denn die Geiger sind seit Mika ein bisschen überstrapaziert worden. Wir bieten der Öffentlichkeit nicht nur ein neues Gesicht, wir bieten ihr auch ein neues Repertoire.«

»Aber Schiller würde nie zustimmen«, wandte er ein. »Wenn er mich nimmt, werde ich von seiner erfahrenen Mannschaft profitieren und nicht gegen sie antreten.«

Ihre Stimme klang wie Seide. »Nikolai, wir brauchen Max Schiller nicht.«

»Wir brauchen Max Schiller nicht?«, wiederholte er stirnrunzelnd. »Aber was ist mit meinem Vertrag mit Disc-O, den du mir versprochen hast?«

»Nikolai«, sagte sie mit zuckersüßer Stimme, »hast du schon einmal von der Familie Brooks gehört?«

»Natürlich. Selbst in den Sowjet-Tagen haben wir Russen die englische Sprache gelernt und geschmuggelte amerikanische Zeitschriften gelesen. Die Brooks stammen aus Texas und sind Öl-Milliardäre. Aber was hat das mit uns zu tun?«

»Jeff Brooks«, begann Eve, zögerte dann aber. Wie viel sollte sie ihm erzählen? Sie musste ihm das Gefühl geben, dass seine Karriere bei ihr in sicheren Händen war. Außerdem wollte sie die Überraschung in seinem Gesicht sehen, wenn sie ihm von ihren hochfliegenden Plänen erzählte.

»Jeff Brooks unterstützt mich, eine neue, unabhängige Produktions- und Vertriebsfirma aufzubauen«, sagte sie mit strahlenden Augen. »Wenn du bereit bist, wird dein Debüt mit der Bekanntgabe der neuen

Firma zusammenfallen. Die ganze Aufmerksamkeit der Medien wird dir gelten. Stell dir das doch mal vor!«

Sie erhob sich vom Bett, schlang den Mantel um ihren Leib und ging im Zimmer auf und ab. ›RUSSISCHER PIANIST NIMMT NEW YORK IM STURM! VOM NACHTCLUB IN DIE CARNEGIE HALL!‹ Aufgeregt unterstrich sie jedes Wort mit einer dramatischen Handbewegung. »Es kann nicht schief gehen. Du bist mit einem Schlag berühmt.«

Er verfolgte ihre Bewegungen mit großen Augen. »Aber diese Sally«, sagte er heiser, »warum brauchen wir sie?«

»Weil sie alles darüber weiß, wie Max Schiller seine Firma leitet. Wir können von ihr nur profitieren. Und im Augenblick ist sie die Einzige, die mir sagen kann, was in Genf abläuft.«

Er sah sie verwirrt an.

»Du musst mir vertrauen, Liebling«, sagte sie, stellte sich neben ihn und gab ihm einen Kuss auf die Wange. »Ich weiß, was ich tue. Ich glaube, dass Sally bald bereit ist. Ich rufe sie an.«

Nikolai schüttelte den Kopf. »So macht ihr hier eure Geschäfte?«, fragte er unsicher.

»Baby, wie sagt man in New York? ›Es gibt nichts, was es nicht gibt.‹« Eve klopfte ihm beruhigend auf die Schulter und ging aus dem Zimmer.

Nikolai biss in eine Nektarine und ließ den süßen Geschmack auf der Zunge zergehen. Er war fast so süß wie das Gefühl, sich der Kontrolle dieser Frau namens Eve zu unterwerfen.

Genf

Der letzte Akkord verhallte und wich einer elektrisch geladenen Stille. Das Schweigen lag zwischen ihnen wie ein warmer, lebender Puls. *Der Kuss.*

Schließlich atmete Mika aus. Er hatte den Atem lange angehalten, als wollte er den Zauber nicht brechen. Aber jetzt seufzte er tief.

»Ja.« Das eine Wort verriet seine Erleichterung, seine Verwunderung, sein Entzücken über das Werk, das er geschaffen und sie mit Leben erfüllt hatte.

Das Gesicht gerötet, die Augen triumphierend leuchtend, sah Franca herausfordernd zu ihm hinüber. »Ja?« Es war immer noch ein Anflug von Zorn in ihrer Stimme.

Den ganzen Morgen hatte sie das Stück gespielt, mit dem Stück gespielt. Sie hatte mit den Gefühlen gerungen, die er in die Noten gelegt hatte. Nach vier zermürbenden Stunden war er aufgestanden und ohne ein Wort hinausgegangen. Verwirrt zuerst und dann wütend hatte sie zehn entsetzlich lange Minuten darauf gewartet, dass er zurückkam. Die Wut brodelte in ihr wie frisch ausgespuckte Lava, und sie wusste, dass sie die aufgestauten Emotionen nicht mehr lange würde unterdrücken können. Sie wurde von dem alten, kindischen Wunsch erfasst, irgendetwas zu zerschmettern, am liebsten etwas Kostbares, Zierliches.

Dieses Zimmer bot eine Menge Möglichkeiten. Die Geigen in dem Glaskabinett, das Monstrum von Klangsystem, das an einer Wand aufgetürmt stand, die verschiedenen Kunstobjekte, die auf dem Boden oder auf den Tischen und Tischchen standen. Als ihr Blick einen Vogel von Lalique erfasste, die Flügel ausgebreitet, im bunten Glas die Lichtreflexe, spürte sie, dass der Wunsch sie überwältigte.

Verdammt sei er! Wie konnte er es wagen, ohne ein Wort aus dem Zimmer zu gehen? Zornbebend lief sie hinaus, die Treppe hoch auf ihr Zimmer. Sie warf Jeans und Hemd und den winzigen Spitzenslip in drei Ecken des Zimmers und zog den schwarzen Bikini an, den Serena ihr geborgt hatte.

Nach einer halben Stunde unermüdlicher Runden im Pool hatte sie sich etwas abreagiert, aber das Zittern in ihren Armmuskeln hatte sich noch verstärkt. Erst als sie völlig erschöpft war, geistig und körperlich, ließ sie sich müde auf dem Rücken treiben und starrte zum blauen Himmel hoch.

War es erst gestern gewesen, dass sie auf dem Gras gelegen und mit offenen Augen diesen herrlichen Orgasmus erlebt hatte? Als sie seine Augen im blauen Himmel gesehen hatte?

Ihre Stimmungen schwankten so rasch, seit sie in die Villa gekommen war. Mika zog sie an, Mika stieß sie ab. Sie erkannte sich kaum selbst wieder. Die Wut über seine kalte Gefühllosigkeit hatte ihre kindischen Emotionen weggefegt. Kalt und leidenschaftslos beschloss sie, sich einen eigenen Plan zurechtzulegen.

Sie wollte die Beste der Welt werden. Er konnte ihr helfen, das zu erreichen, nicht zuletzt durch den Glanz seines Namens.

Sie begehrte ihn immer noch. Sie wollte ihn haben. Wollte erleben, wie er in sie hineinstieß, wollte die Hitze seines Mundes auf ihrem Körper spüren, wollte sehen, wie seine harten, blauen Augen auf der Höhe der Leidenschaft einen sanften Glanz erhielten. Sie wollte den kalten Schleier seiner Selbstbeherrschung zerreißen, seine Gleichgültigkeit zerschmettern. Um das zu erreichen, musste sie sein Stück mit seinem Geist beseelen. *Der Kuss.*

»Ja!« Seine Stimme klang kraftvoll und schnitt durch ihre Gedanken. »Es ist genau so, wie ich es in meinem Kopf gehört habe, als ich es schrieb. Sie haben die Wärme und Zärtlichkeit eingefangen, die subtile Erforschung von Augen und Zunge und Mund.« Seine blauen Augen strahlten voller Glanz.

Ihre Augen blickten kalt und grau. »Ich bin noch nicht völlig überzeugt«, sagte sie, legte den Bogen ab und trat an das große Panoramafenster. Aber sie war blind für den idyllischen Blick über den Terrassengarten, sie konzentrierte sich darauf, ihre Gefühle in den Griff zu bekommen.

»Und der finale Abwärtsbogen, lang gezogen, das ist der Moment, bevor sich die Lippen zögernd öffnen«, fuhr er unbeeindruckt fort. »Genau wie ich es wollte. Auf den Punkt gebracht. Sehr ausdrucksstark.«

»Ich bin nicht völlig überzeugt«, sagte sie wieder. Sie drehte sich um zu ihm, und gegen ihren Willen spürte sie, wie seine Begeisterung auf sie übergriff. Sie stemmte sich dagegen.

»Man ahnt die Zähne nur«, sagte er. »Sehr geschickt, dass Sie zum Schluss diese eigenwillige Betonung hinzugefügt haben ... Was haben Sie gesagt?«

»Ich sagte«, wiederholte sie erneut, »dass ich nicht überzeugt bin.« In ihrer Stimme schwangen Salzsäure und Zucker mit.

Er sah sie überrascht an. Sie stand mit dem Rücken zum Fenster, und die Nachmittagssonne legte ein zusätzliches loderndes Feuer auf ihr Haar.

Er nahm das erste Mal wahr, dass sie nicht mehr Jeans und Hemd trug, sondern einen bunten Sarong über dem winzigen schwarzen Bikini. Nachdem er gegangen war, musste sie ein paar Runden geschwommen sein. Seltsam, dass ihm der Kleiderwechsel nicht aufgefallen war. Aber er hatte sich zu sehr auf ihre Hände konzentriert, auf die Bewegungen ihrer Arme, wie sie den Bogen führte.

Ihre Haltung, wie sie dort am Fenster stand, drückte Arroganz aus, eine Hüfte aggressiv ausgestellt, das Kinn leicht gehoben. Es lag ihm auf der Zunge, ihr zu gratulieren, dass ihr die Balance zwischen perfekter Technik und überzeugender Interpretation gelungen war, aber das gehobene Kinn warnte ihn.

Lass sie reden, dachte er. Sie war schließlich eine begnadete Musikerin, und sie mochte irgendeine Kritik anzubringen haben, deren Befolgung das Werk noch mehr vervollkommnete. Er konnte sich das nur schwer vorstellen, aber möglich war es.

»Warum nicht?«, fragte er. »Sie haben gut gespielt. Ich bin der Meinung, dass Sie die durchdringende Sinnlichkeit entdeckt haben, die das Stück verlangt.« Sie hatte sich dieses Kompliment verdient, fand er großmütig, immer noch unter dem Einfluss seiner Begeisterung, als er *Der Kuss* so gehört hatte, wie er ihm vorgeschwebt hatte.

»Es war kein wirklicher Kuss«, erwiderte sie kühl und trat vom Fenster weg, ging auf ihn zu. Neben dem kleinen Antiktischchen mit dem Vogel von Lalique, den sie vor ein paar Stunden noch hatte zerschmettern wollen, blieb sie stehen.

»Kein wirklicher Kuss? Wie meinen Sie das?« Offenbar war sie noch pikiert über ihr Versagen am Morgen und über seine duldsame Toleranz.

»Wenn eine Frau einen Mann begehrt«, begann sie, und bewusst drehte sie seinen Text um, »wenn eine Frau sich fragt, ob der Mann sie auch begehrt, spielt sie mit verschiedenen Techniken, mit verschiedenen Klängen.« Mit dem Zeigefinger fuhr sie die feine Kontur der Vogelschwingen ab.

Er sagte nichts, wartete und sah ihr mit zusammengezogenen Augen zu.

»Du nimmst von ihm mit den Augen Besitz«, fuhr sie fort und ließ ihre Blicke über seinen Körper wandern. »Du fragst dich, ob dein Körper seinen mag, ob es dir gelingt, den Mann dahin zu bringen, dich zu begehren.«

Die Herausforderung hing in der Luft. Sie wollte, dass er ihren Körper nicht länger übersehen konnte. Sie schlenderte näher auf ihn zu, blieb noch einmal stehen, um an einer Schnupftabakdose zu schnüffeln, und achtete nicht darauf, dass sich die Falten ihres Sarongs öffneten.

»Frau«, sagte sie weich und leise, als spreche sie zu sich selbst, »ist wie die Geige. Das Wesentliche. Sie hat die leere Höhle, die den Klang hervorruft, die Schwingungen. Mund und Schoß, die tiefen, dunklen, geheimnisvollen Stellen, wo Musik und Orgasmus gezündet werden.«

Nachdenklich hob sie den Sarong bis zu den Schultern an. Unter dem BH drückten sich die versteiften Brustwarzen durch. »In dem Moment, bevor sein Mund ihren berührt, bevor seine Hände über ihren Körper streicheln, fragt sie sich, ob er zu hart oder zu nachgiebig sein wird, ob er führt oder geführt werden muss.« Sie ließ die Hände auf ihre Brüste fallen. »Kann er die tiefe Hitze wecken, die sie bisher nur in ihren Träumen oder in wehen Momenten erlebt hat? Wird er zu ungeduldig drängen, oder wird er sich mit ihren Lippen anfreunden?«

Er beobachtete sie intensiv. Seine blauen Augen waren dunkler geworden.

Unbewusst glitten ihre Finger zum Knoten des Sarongs und öffneten ihn. Er fiel zu Boden. Jetzt stand sie fast nackt vor ihm, nur die winzigen Stoffteilchen des Bikinis bedeckten ihren Körper.

»Wir sind der Schoß.« Ihre Finger glitten zu dem schwarzen Dreieck, legten sich gespreizt darüber.

»Das Grab für den kleinen Tod, den wir alle so willkommen heißen.« Der Zeigefinger schlüpfte unter das schwarze Dreieck. Sie beobachtete genau, wie sein dunkler Blick den Bewegungen des Fingers folgte.

»Während wir euch sehen können, hart, heiß, rot und dick, dieser Schaft zwischen euren Beinen, der sich erhebt und regt, manchmal ungeheuer erregend und begehrenswert, manchmal ungeheuer unerwünscht und lächerlich, könnt ihr nie unser verborgenes Herz sehen.«

Er beobachtete ihre Hand, die vier langen feingliedrigen weißen Finger auf dem schwarzen Stoff, der eine darunter verborgen, der wahrscheinlich in die rosige Spalte drang und die kleine Knospe suchte. Er spürte, dass ihr Körper in Schwingungen geriet.

Ihre Wangen röteten sich, ihre Augen glänzten. »Die Höhle des Mundes, der Bauch der Geige, der Schoß der Frau.« Ihre Stimme schien wie aus weiter Ferne zu kommen. In ihren Ohren hörte sie ein Dröhnen. Sie war wieder hypnotisiert vom Blau seiner Augen. Eine Hand streifte leicht über ihre Brustwarzen, die sich schmerzlich gegen den Stoff rieben.

»Speichel und Samen vermischen sich, denn wir sind alle Mutter und Geliebte, ihr findet beide in uns, wenn ihr an unseren Brüsten saugt und wenn ihr in den Kanal stoßt, der Leben gibt.«

Sie streckte die Hand aus, die ihre Nippel gestreichelt hatte, und lud ihn ein, zu ihr zu kommen.

Er stand auf, ohne je den Blick von ihrem Schoß zu wenden, wo er die Bewegungen des verborgenen Fingers sehen konnte.

»Tiefer.« Er wusste, dass sie den Eingang ihres Körpers gefunden hatte, dass sie in ihren Schoß drang. »Dunkler.«

Er war gefangen vom grauen Schleier ihrer Augen, vom aufsteigenden Duft ihres Körpers. Ungläubig sah er, wie sie den Finger unter dem Dreieck hervorzog, wie sie einen Schritt näher zu ihm trat. Unbewusst hob er eine Hand, um sie an sich heranzuziehen, aber bevor ihm das gelang, hatte sie ihren Finger auf seine Lippen gelegt und fuhr die Konturen von Ober- und Unterlippe ab.

Es war eine symbolreiche Geste, unglaublich intensiv, und er war tief berührt.

»Und das, Mika, ist ein Kuss.«

Achtes Kapitel
Heavy Metal

Sie wandte sich ab und hob den Sarong vom Boden auf. »Ich glaube, ich sollte den Bogen am Ende tiefer ziehen, langsamer ziehen.« Ohne Hast schlang sie den Sarong wieder um ihren Körper und knotete ihn auf einer Schulter. »Und das Vibrato muss langsam und breit kommen, nicht so schnell, wie Sie es aufgeschrieben haben. Es muss wie Samt klingen.«

Er sagte nichts.

Sie trat noch einen Schritt weiter zurück und blieb wieder neben dem Vogel von Lalique stehen. Mit dem Zeigefinger, der ihr Geschlecht erforscht hatte, strich sie über die Flügel und hinterließ lächelnd ihre Spur.

»Sie verzeihen, dass ich das so offen anspreche«, fuhr sie fort, »aber im Augenblick kommt mir die Partitur zu leicht vor. Ich meine, das, was ich als Ihr Thema ansehe, verlangt mehr Komplexität. So klingt es ein bisschen nach Hindemith.«

Sie drehte sich um, sah ihn an. Er stand stocksteif da, seine Hände schienen zu Fäusten geballt. Aber seine Augen verrieten nichts. Sie konnte nichts darin lesen. Dafür aber sah sie einen Muskel in der Wange zucken.

»Jetzt bin ich hungrig«, sagte sie und lief rasch aus dem Zimmer, ohne sich noch einmal nach ihm umzudrehen.

Das Essen wartete auf der Terrasse auf sie. Maddie hatte kalte Fleischscheiben und Salate, Käse und Obst aufgefahren, dazu Mineralwasser und den einheimischen Wein. Es war nicht eingedeckt, aber zweimal vier Gläser, vier Teller und vier Bestecke lagen auf einer Tischecke bereit. Der Wein stand in irdenen Kübeln, damit er kalt gehalten wurde.

Franca hielt eine Hand gegen die Stirn, um die Augen zu beschatten, und schaute zur Sonne. Es musste zwei Uhr am Nachmittag oder etwas später sein. Sie berührte ein irdenes Tablett, auf dem in einem Bett aus Endivien dünn geschnittene Scheiben *prosciutto* und *bresaola* lagen. Das Tablett war kühl, die Endivienblätter sahen knackig frisch aus.

»Woher weiß sie es?«, murmelte sie neugierig. Sie war froh, einen neutralen Gesprächsstoff gefunden zu haben, denn nach ihrer Vorstellung im Musikzimmer war sie wieder zur verlegenen, nervösen Schülerin des großen Maestros geworden.

»Wer und was?«, fragte Mika. Er hatte sich schon an den Tisch gesetzt und schenkte goldgelben Wein in zwei Gläser.

»Ihre Haushälterin ... Maddie, nicht wahr?«

»Ja.« Er schenkte ihnen beiden Mineralwasser ein und ging dabei so präzise und gewissenhaft vor, wie er eine schwierige Passage von Bach spielen würde.

»Woher weiß sie, wann Sie essen wollen?«, fragte sie verwundert. »Ich meine, ich habe nicht gehört, dass Sie ihr irgendwas gesagt haben.«

»Oh«, meinte er nur und schaute gleichgültig auf die einzelnen Tabletts. »Ach, Maddie kennt sich mit uns aus.«

Es war ein Fest für die Sinne, ein Arrangement von verführerischen Delikatessen, künstlerisch garniert und aufbereitet. Selbst der anspruchsvollste Gourmet hätte seine helle Freude daran gehabt.

Dicke Scheiben roter, saftiger Tomaten voller grüner Samenkörner lagen auf einer blauen Platte, angereichert mit Olivenöl und mit Pfefferkörnern bestreut. Dazwischen lagen fette Mozzarellastücke, garniert mit dem glühenden Grün frischen Basilikums. Und an den Rändern lagen abwechselnd schwarze und grüne Oliven, jede einzelne eingebettet in ein frisches Salatblatt.

Auf einer weißen Platte lag eine pralle Rebe purpurfarbener Trauben, denen man die Saftigkeit ansah. In einer Kristallschale wurden Pfirsiche und Aprikosen bereitgehalten; auf den feinen Härchen der Haut fingen sich noch ein paar Wassertropfen. Zwischen den einzelnen gelben und rosigen Früchten lagen einzelne Blätter duftender grüner Minze.

In der Mitte des Tisches stand eine Glasplatte, an den Rändern leicht gewölbt und mit fantastischen aufgemalten Blumen in Purpur, Grün und Rot, die Konturen goldfarben herausgearbeitet. Dicke fette Austern lagen in ihren Halbschalen auf der Platte, und schöner und üppiger hätten sie im Harem des Sultans nicht serviert werden können. Zitronenstücke trennten die einzelnen Austernschalen.

»Werden Serena und Max auch kommen?«, fragte sie und schaute auf die unbenutzten Teller und Gläser.

»Serena und ich haben keine festgelegten Termine, keine festgelegte Routine.«

Eifersucht flammte in ihr auf, als sie hörte, mit welcher Betonung er den Namen Serena aussprach, es war, als zerging ihm der Name auf der Zunge. Im nächsten Moment erinnerte sie sich daran, wie Serena zwischen ihren Schenkeln gekniet und sie enthaart und verwöhnt hatte.

»Sie ist eine außergewöhnlich schöne Frau«, hörte Franca sich sagen.

»Ja.« Er griff nach einer Auster, löffelte sie aus der Schale und vermied das Schlürfen, das sonst mit diesem Genuss verbunden scheint.

Sie bewunderte wider ihren Willen die Anmut und Eleganz, die in jeder seiner Bewegungen lag.

»Außergewöhnlich und schön«, sagte er dann und griff nach seinem Weinglas.

»Sie sind ...« – sie zögerte und suchte nach dem richtigen Wort – »schon seit einer langen Zeit zusammen.« Sie ließ die Stimme am Ende des Satzes oben und machte deshalb aus dem Satz eine halbe Frage.

»Ja.«

Er neigte zu einsilbigen Antworten, das hatte sie schon bemerkt. Genervt langte sie auch nach einer Auster. Sie hörte das unfreiwillige Schlürfen, als sie den salzigen Meergeschmack einsaugte.

»Schon ewig«, fügte er hinzu und schaute über sie hinweg, auch über den Pool hinweg, hinein in die Vergangenheit.

Sie hätte nachsetzen können, ihn mit weiteren Fragen bedrängen, aber sie wusste, dass sie die falschen Fragen gestellt hätte, und die Antworten, die sie gehört hätte, wären nicht die gewesen, die sie hören wollte. Eben im Musikzimmer, da hatte sie ihn gepackt, wenn auch nur für einen Augenblick.

Mika schenkte Wein nach, legte sich im Stuhl zurück und betrachtete die goldgelbe Flüssigkeit in seinem Glas. Nicht ganz die Farbe von Serenas Augen, dachte er. Ihre Augen waren dunkler, und in den Pupillen glitzerten Tausende kleine Punkte aus hellem Braun und glänzendem Gold.

Ja, schon ewig.

Mit Serena hatte die Zeit begonnen. Die richtige Zeit. Davor lag eine namenlose, bedeutungslose Leere. Die Schufterei, die hoffnungslose Verzweiflung.

Gemeinsam hatten sie die Vergangenheit so schnell, so komplett und so endgültig begraben, dass selbst der Gedanke an diese Tage der Exhumierung einer noch frischen Leiche gleichkam. Seltsam, die Erinnerung an Serena und an ihr warmes, herzliches Lachen hatte ihn nicht gestört, als er sie benutzte, um *Der Kuss* zu komponieren. Aber als er sich jetzt an sie erinnerte, sah er sie vor sich, wie sie damals war, mager, Augen wie Untertassen, hinter der Orgel in einer eiskalten Kapelle des Waisenhauses hockend. Aber sie hatte gelacht.

Sie lachte, eine ansteckende Freude über die Musik, die sie diesem verkommenen Exemplar einer Orgel entlockte. Und dann lachte sie vielleicht auch, weil sie einander gefunden hatten, für eine Winzigkeit der rigiden, intoleranten Güte der Nonnen entkommen waren.

Damals war er Michael gewesen, sie Sally. Familiennamen gab es nicht. Sie hatten keine Familie. Keine Identität. Keine Mutter.

Hatten ihn Francas Worte deshalb so bewegt, als sie von Müttern und Geliebten gesprochen hatte? Der Schoß, das Grab, der Geburtskanal. Urtriebe, Urinstinkte.

Gemeinsam hatten sie sich selbstständig gemacht, waren nach London geflohen, hatten sich eine neue Identität gegeben, als sie immer noch Kinder waren. Sie erschufen Mika und Serena. Verschrieben sich seiner Kunst, seiner Geliebten, der Musik; es war die einzige Möglichkeit, die einzige Hoffnung, der Vergangenheit endgültig zu entfliehen. Er hatte endlich den Schlüssel gefunden, der seine Fähigkeiten aufschloss.

Die vier Jahreszeiten von Vivaldi.

Die verblüffende Energie, die ihm bei seiner ersten Aufführung die Aufmerksamkeit der Kritiker beschert hatte, war plötzlich nicht mehr da. Dabei wusste er, dass sie seine nächste Aufführung verfolgen würden, scharf wie Haie, ob er den Zauber wiederholen könnte, und wenn nicht, um ihn zu zerfleischen.

Die Proben waren ganz gut gelungen, aber die Geige in seiner Hand war aus Holz geblieben, sie war nicht Fleisch geworden, nicht der biegsame Körper eines jungen Mädchens, das darauf wartete, von ihm genommen zu werden. Er war festgenagelt auf der Bühne geblieben, hatte nicht ausbrechen können in die sinnigen Wiesen mit den bunten Blumen, wo er ihren Körper auf die feuchte Erde drücken und mit seinem Daumen beglücken würde, eins geworden mit Natur und Musik.

Serena hatte es gewusst.

Und als er in der Nacht nach Hause gekommen war, ein wenig betrunken und unerträglich frustriert, war aus der Wohnung, die sie teilten, eine Fantasie aus Blumen und Chintz und Rüschen geworden, überall standen Frühlingsblumen, Tulpen, Narzissen, Veilchen, und im Hintergrund spielte Vivaldi. Zwei Mädchen, jung und schlank mit langen blonden Haaren, in Blau und Grün gekleidet, hatten ihn begrüßt.

Frühling und Sommer.

Wortlos hatte er sich von ihnen in das Fantasieland führen lassen, er hatte die Augen geschlossen und der Musik gelauscht. Er hatte ihre Hände gefühlt, sanft wie Blütenblätter, sie hatten ihn gestreichelt, sein Hemd geöffnet, glitten an ihm hinunter. Sie dufteten süß wie die ersten Früchte des Jahres, die Musik im Hintergrund erfüllte sie alle mit einer Beschwingtheit, und sie küssten und streichelten sich in der sanften Harmonie der Jahreszeiten.

Sommer küsste Frühlings Gesicht, Hals und Nacken, und sanft glitten die beiden wunderschönen Wesen zu Boden.

Während er ihnen zusah, wurde er von einem nie gekannten Zauber ergriffen. Sie berührten sich leicht, schmiegten sich aneinander, erforschten sich gegenseitig mit Händen und Zungen. Kein hastiges Stoßen, Rupfen, Klopfen, sondern eine einfühlsame Feier des weiblichen Körpers, Frau verwöhnte Frau mit dem angeborenen Wissen, wie man an einer Brustwarze saugte, eine Klitoris leckte, die Labien zum Anschwellen brachte.

Fasziniert trat er näher heran, und zum ersten Mal verglich er den Körper der Geige mit den Körpern der beiden Mädchen. Frühling kniete vor Sommer und zollte der sprießenden Knospe Tribut, die hoch zwischen den Labien kuschelte.

Als sie sich voneinander lösten, ihn anlächelten und einladend ihre Arme ausbreiteten, war er tief bewegt gewesen. Er kam sich zu hart, zu rau, zu ungeschlacht vor, zu männlich, um dieses anmutige Duett zu zerstören. Aber sie zogen ihn zu sich, deckten ihn mit ihren Körpern zu, und gemeinsam verwöhnten sie ihn, wie sie zuvor sich selbst verwöhnt hatten. Umfangen von ihrer Wärme, war seine Männlichkeit zu einem fundamentalen Element in dieser Feier der Jahreszeiten geworden: sie brauchten seine Härte, sie umschwirrten sie, teilten sie sich.

Frühling ritt ihn mit eleganten, berauschenden Bewegungen, Sommer züngelte alles, was sie erreichen konnte. Nie hatte er Vivaldi so deutlich gehört. Und als er sich in einem letzten freudigen Stoß in Frühling ergoss, wusste er genau, wie er die Jahreszeiten spielen musste.

Serena war in dieser Nacht nicht dazugekommen. Am nächsten Morgen fand er die Wohnung wieder in ihrer alten minimalisierten Einrichtung vor, und vom Blumenfantasieland war keine Spur mehr zu sehen.

An diesem Abend spielte er das Konzert genial. Die Kritiker suchten nach neuen Superlativen.

Am anderen Tag war er ausgegangen und hatte für eine Goldkette für Serena viel, viel mehr Geld ausgegeben, als sie sich hätten leisten dürfen.

Franca beobachtete ihn die ganze Zeit, während er so tief in Gedanken versunken war und ab und zu ein leises Lächeln sein Gesicht entspannt hatte.

Wie sollte sie ihn aus seinem Schweigen zurückholen? Womit konnte sie seine Aufmerksamkeit erzwingen?

»Haben Sie sich schon für die übergeordnete Struktur Ihrer Arbeit entschieden?«, fragte sie und legte sich Salat auf den Teller. Eine Tomate kullerte aus dem Griff der Zange und rollte neben ihr Weinglas. »Sie planen offensichtlich mehr ... es wird eher ein Konzert, nicht wahr?«

»Sechs Sätze«, sagte er spontan. »Sechs Höhepunkte von gleicher Intensität.«

»Und alle Sätze werden so lang sein wie *Der Kuss*?«, fragte sie überrascht.

»Ja.«

»Das würde ja mindestens eine Stunde dauern«, rief sie. »Meinen Sie nicht auch, dass es ein bisschen zu lang ist?«

»Nein.«

Ihre Hand verkrampfte sich um den Stiel des Weinglases, aber bevor sie etwas sagen konnte, trat Max aus der Villa.

»Mika, Franca. Hier seid ihr. Ich habe den ganzen Morgen mit London telefoniert.« Er ließ sich auf einen Stuhl fallen. »Ich komme um vor Hunger, und das sieht fantastisch aus. Aber wo ist Serena?«

Mika schien ganz davon in Anspruch genommen zu sein, Max ein Glas Wein einzuschenken und ihm einen Teller zu reichen. Es war Franca, die das Schweigen brach. »Ich ... wir ... haben sie wir noch nicht gesehen«, sagte sie mit einem Seitenblick zu Mika. »Wir haben die ganze Zeit gearbeitet.«

»Gearbeitet?«, wiederholte Max. Die Erregung in seiner Stimme war nicht zu überhören. »Hast du denn etwas für sie gefunden, Mika?«

»Ja.«

»Nicht Bach, hoffe ich«, sagte Max und arbeitete schon an einer Promotionkampagne. »Wir möchten Bach für dich behalten. Und auch nicht Paganini, den hat sich dieser japanische Bursche genommen, und WMI will im September mit einer neuen Aufnahme auf den Markt kommen. Und auch nichts Obskures wie dieser ... wie heißt er noch? Warshawski?«

»Wieniawski?«, fragte Franca. Obskur konnte man ihn wirklich nicht nennen.

»Ja, den meine ich. Wir brauchen etwas anderes, etwas Neues, speziell für den männlichen Markt.« Ihm fiel das Gespräch mit Sally ein.

»Max.« Mikas Stimme klang kalt.

»Sexy muss es sein«, fuhr Max ungerührt fort. »Erotisch. Ravel wäre genau richtig gewesen, wenn sie ihn nicht für diesen Film ausgeschlachtet hätten ...«

»Max.« In Mikas Stimme klang genug Eis durch, um

Max' Redefluss einzufrieren. »Wir machen gute Fortschritte. Ich habe ein Thema gefunden und ...« – er legte eine Pause ein, ehe er fortfuhr – »und Franca hat eine gewisse künstlerische Darbietung an den Tag gelegt, um es mit Leben zu füllen. Überlass mir die Musik. Du kannst darauf vertrauen«, sagte er, mit einem Anflug von Schalk im Blick, »dass wir die Forderungen deines Marktes erfüllen.«

»Ausgezeichnet!«, rief Max und trank einen Schluck Wein, ließ ihn auf der Zunge zergehen. »Aber du musst mir früh genug Bescheid sagen, Mika. Ich muss meinem Büro Zeit geben, um ein Studio zu mieten, um mit der Werbung und der Publicity zu beginnen. Ich weiß, dass beispielsweise die Carnegie Hall ausgebucht ist bis zum ...«

»*Festina lente*, Max«, warnte Mika und sah ihn aus finsteren Augen an.

»Was?«

»Ein Lieblingswort des römischen Kaisers Augustus. Frei übersetzt heißt es ›Eile mit Weile‹.«

»Nun ja«, gab Max ungerührt zurück, »er hatte auch nichts mit der Musikindustrie zu tun.«

London

Sally fluchte, als es auf dem Privatanschluss klingelte. Gerade vor fünf Minuten hatte sie die Sekretärin in die Mittagspause geschickt, und sie hatte es sich mit einem Joghurt und einem Glas Apfelsaft auf der Couch bequem gemacht. Max hatte stundenlang mit ihr telefoniert und die Situation in Kanada mit ihr besprochen, und dann hatte er ganz beiläufig gesagt, sie wollte einen Vertragsentwurf für Franca Tonelli nach Genf faxen.

Das hatte sie vor einer halben Stunde erledigt. Ob er jetzt schon wieder anrief, weil irgendwas nicht in Ordnung war?

Widerwillig streckte sie einen Arm nach dem Telefon auf dem Tisch aus. »Disc-O. Sally Jenkins.«

»Sally, hier ist Eve. Wie geht es mit der einsamen Stallwache?«

»Eve, lass mich in Ruhe«, sagte Sally, ungewohnt aggressiv. »Wie geht es Nikolai, oder sollte ich lieber fragen, wie kommt er?«

»Alles entspricht meinen Erwartungen«, antwortete Eve, ein leises Glucksen in der Stimme. »Aber warum kommst du nicht her und leistest uns Gesellschaft? Wir haben eine Menge Dinge zu besprechen. Und alle Dinge lassen sich nicht im Büro regeln«, fügte sie hinzu, und wieder war dieses Glucksen zu hören.

Sally seufzte. »Eve, es ist zu viel los. Max hat mich den ganzen Morgen aufgehalten, es ging um das Büro in Kanada. Die Krise dort scheint auf dem Höhepunkt zu sein. Er will die genaue Quartalsabrechnung sehen, die über Nacht eingetroffen ist. Dann wollte er über deinen Bericht aus den Staaten sprechen und deine Meinung über Ashby in Toronto hören. Du hast übrigens gute Arbeit geleistet.«

Bessere Arbeit, als du dir vorstellen kannst, dachte Eve und erinnerte sich an ihre Treffen mit Jeff Brooks in New York. »Danke, Sally. Ich habe mein Bestes versucht.«

»Es war gut, dass ich deine Berichte auf dem Schreibtisch hatte«, fuhr Sally fort. »Im Augenblick scheint er besessen vom amerikanischen Markt zu sein.«

»Ich dachte, er wäre mehr von der Situation in Genf besessen«, gab Eve spitz zurück. »Ich meine, wenn man bedenkt, wie heiß er auf Serena ist.«

»Ja, das habe ich auch gedacht«, antwortete Sally nachdenklich. Eves Sticheleien verfehlten nie ihre Wirkung. »Eigenartig. Er hat nichts erzählt, erst ganz zum Schluss hat er so nebenbei gesagt, ich sollte ihm Vertragsentwürfe für Franca schicken.«

»Oh, dann wird was aus der Sache? Und Mika? Gibt er sein Einsiedlerleben auf?«

»Es scheint so«, sagte Sally. Sie hatte nach Mika gefragt, und Max hatte von der Carnegie Hall gesprochen und von einer Premiere, die noch in diesem Jahr stattfinden sollte. »Mika komponiert ein Stück für Franca«, sagte Sally. »Sologeige.«

»Oh, dann sind die Dinge also im Fluss«, rief Eve aus, mehr zu sich als zu Sally. »Aber Serena hat bestimmt ihre Finger im Spiel, was meinst du? Was hat Mr. Schiller denn über seine Lieblingsfrau gesagt?«

»Max hat gar nichts über sie gesagt. Eigenartig.«

»Überhaupt nicht eigenartig«, sagte Eve rasch. »Denk doch mal einen Augenblick nach. Er ist ihr völlig verfallen. Sie hat Francas Potenzial gesehen und auch die Wirkung, die es auf Mika haben würde. So eine attraktive, begabte Frau in der Villa zu haben. Ohne Zweifel sind sie alle im Bett gelandet, um ihre neue Partnerschaft zu feiern. Ich wette, dass Max ein solches Angebot nicht ausschlagen konnte«, kicherte sie, »auch wenn er Serena zuerst von Franca herunterziehen musste.«

Sally zuckte bei dieser Vorstellung zusammen. Eve war so vulgär direkt ... und sie hatte so sehr Recht. Es war lächerlich, wie sehr sie Max' Püppchen geworden war. Sie begehrte ihn, und sie hatte alles mit sich machen lassen, weil sie in all den Jahren die Hoffnung nicht aufgegeben hatte, dass er auch etwas für sie empfinden könnte, was mit dem Sexuellen nichts zu tun hatte. Was für eine Träumerin sie gewesen war!

Und Eve hatte das richtig gesehen. »Bist du noch da, Sally?«

»Ja, ja, bin ich«, antwortete Sally und zwang ihre Gedanken zu dem Gespräch zurück.

»Nun, wie ich schon sagte, Nikolai ist ziemlich gut. Ein vielseitigeres Talent, als ich zuerst geglaubt habe. Und ich finde, du solltest ihn auch kennen lernen. Komm doch zu uns. Ich verspreche dir, dass es dir gefallen wird. Wir tun doch sonst auch alles zusammen, Liebling«, schnurrte sie.

»Ja, tun wir«, murmelte Sally, und ihr Körper wärmte sich schon, als sie das Versprechen in Eves Stimme hörte.

»Also kommst du?«, drängte Eve.

Die Bilder schossen durch ihren Kopf. Das große Bett in Max' Apartment, die Spiegeldecke. Sie würde Eve an der Decke sehen, sich selbst und ... Nikolai.

»Ja, ich könnte eine Unterbrechung gut gebrauchen«, sagte sie schließlich. »Ich warte, bis die Sekretärin zurück ist, dann kann sie die Telefongespräche annehmen. Aber ich habe noch eine Weile zu tun. Ich möchte Nikolai wahnsinnig gern auf Max' Flügel spielen hören.«

»Keine Sorge, Sally, mein Schatz, er wird hier sein«, sagte Eve, und es gelang ihr kaum, den Triumph aus der Stimme zu bannen. »Er wird spielen, was du willst.«

Genf

»Ist er immer schon so gewesen?«, fragte Franca.

Mika hatte sie abrupt allein gelassen, ohne etwas zu sagen oder sich gar zu entschuldigen. In dem einen Moment hatte er zynisch gelächelt über Max' Story über die Flötistin, die gleichzeitig eine Affäre mit dem Dirigenten und dem ersten Geiger hatte, im anderen Moment war er vom Stuhl aufgestanden und wortlos in die Villa gegangen.

Sie und Max hatten sich angeschaut, hatten Gerüchte ausgetauscht, eine neue Flasche Wein geöffnet und über Mikas Launen geredet. In Gedanken blieb sie bei sich. Ob er Serenas Gesellschaft ihrer eigenen vorzog?

»War er immer schon wie?«, fragte Max.

»So brüsk. Nein, das ist nicht das passende Wort«, sagte sie rasch. »Es ist nicht so sehr, dass er sich zurückzieht oder abschaltet. Eher trifft zu, dass er dich abschaltet, du hörst einfach auf, für ihn zu existieren. War er immer so? Oder erst seit seinem Unfall?«

Max nippte am Wein und bedachte die Frage mit Argwohn. Er erinnerte sich noch gut an Mikas Ausbruch, als er nach seinen Händen gefragt hatte. »Er ist nie ein besonders umgänglicher Typ gewesen«, antwortete er schließlich. »Aber der Unfall hat ihn natürlich verändert. Er ist kälter als früher, viel stiller und zurückhaltender.«

»Sie kennen Max schon eine lange Zeit«, sagte sie, streckte die Beine aus und öffnete den Sarong, damit die Beine der Sonne ausgesetzt waren. Eine seltsame Intimität entwickelte sich zwischen ihnen, die aber nichts mit Sex oder Geschäft zu tun hatte, eher eine stille Bande.

»Über zehn Jahre«, sagte er. »Ich hatte damals gerade erst Disc-O gegründet. In Paris habe ich ihn kennen gelernt. EMI hatte erste Fühler nach ihm ausgestreckt, und RCA war auch an ihm interessiert.«

»Aber er hat bei Ihnen unterschrieben.«

In der Rückschau konnte Max es immer noch nicht fassen, welches finanzielle Risiko er damals eingegangen war. Er hatte eine Bank gefunden, die ihm den Vorschuss für einen lebenslangen Exklusivvertrag zahlte. 250 000 Pfund. Er erinnerte sich noch an Mikas nachdenkliches Nicken und später die telefonische Absage. Max' Gespräche mit der Bank. Er wusste, dass Mika ein einmaliges Talent war, das er nicht verlieren durfte, wenn er Disc-O zur Spitze bringen wollte. Dann die endgültige Vereinbarung zum doppelten Preis. Aus Freude und Entsetzen hatte er eine Party im Maxim gegeben, und dort hatte er Serena das erste Mal gesehen.

»Wie war er damals?«

»Niemand war größer als er.«

»Ich meine …«

»Sie wissen, was Previn über Perlman gesagt hat?«, fuhr er fort, ohne sie aussprechen zu lassen. »Er sagte, dass es viele gute Geiger gibt. Und viele von ihnen sind sogar sehr gut. Einige auch ausgezeichnet. Aber nur eine kleine Hand voll kann sich zu den großen Geigern zählen. Das«, sagte Max versonnen lächelnd und trank noch einen Schluck Wein, »hat Previn gesagt, bevor er Mika kennen lernte.«

Waren sechs Sätze wirklich zu viel?, fragte sich Mika irritiert und starrte auf die Seite, die vor ihm lag. War es zu lang, zu maßlos? Vielleicht hatte sie Recht, es sollte kürzer sein, geraffter. Aber dann müsste er alles noch einmal überarbeiten, auch die Struktur, das Konzept, das sie – undenkbar – als zu sehr Hindemith beurteilt hatte.

Verdammt sei dieses Mädchen!

Er versuchte, sich auf Serena zu konzentrieren, nannte ein paar Mal leise ihren Namen, um sich zu beruhigen. Aber diesmal half es nicht.

Er schloss die Augen.

Vier, entschied er wütend. Er könnte das Stück auf vier Sätze beschränken, ohne die Seele des Stücks zu verlieren. *Der Kuss* war perfekt, er würde ihn so lassen, wie er war, er würde auch ihren Einwand über das Vibrato ignorieren.

Und dann ... forschende Hände fanden nackte Haut unter der Seide, tasteten, entdeckten, griffen. Er würde den Kern des ungeschriebenen dritten Satzes mit dem zweiten verschmelzen, dadurch würde er tiefer und dunkler werden, erregender. Seide glitt raschelnd zu Boden, schwarze Spitze auf goldbrauner Haut. Streichelnde Finger. Die Umarmung.

Seine Konzentration kehrte zurück.

Unbewusst spannte er die Muskeln in seinen Händen an, um das Kribbeln abzuschütteln, das in die Fingerspitzen kroch.

Er konnte die Eröffnung des Satzes hören, ein langsames, sinnliches Gleiten gegen Haut und Saiten, das allmählich wärmer und tiefer wurde, während sie ihre Körper aneinander pressten, Schenkel gegen Schenkel, Bauch gegen Bauch. Ein elektrisierendes Pizzicato trieb die Stimmung an, beschrieb die erste Erregung des Paares, die Schauer, die ihnen über die Rücken laufen.

Auch das Ende stand in seinem Kopf schon fest, das Knistern der feinen weißen Leintücher, die zum Bettende geschoben wurden, die warme Haut, die sich aneinander rieb, der heiße Atem, der schneller wurde.

Das Mittelstück lag noch ein wenig im Verborgenen, die erotische Wandlung von der Umarmung der bekleideten Menschen zum Fall der nackten auf das weiße Leinen.

Nach einem frustrierten Aufstöhnen warf er den Bleistift beiseite und wanderte hinüber zum Fenster. Der Sonnenuntergang hatte eingesetzt, ein glühender roter Halbkreis sank in eine dicke, graue Wolkenbank. Für diese Gegend war es ein ungewöhnlich dramatischer Sonnenuntergang, fast tropisch.

Als die Sonne hinter den Wolken verschwunden war, wurde das Licht weich. Wenn ich das Stück mit ihr probiere, dachte er, muss es in diesem Licht geschehen, umgeben von unzähligen Reihen mit Kerzen, die auf die Dunkelheit warteten, damit sie Feuer fingen. Und es musste in diesem Zimmer geschehen, wo all seine Geigen ruhten, liebevoll eingewickelt in Seide. Und sie würde in Seide gewandet sein, elfenbeinfarbene Seide, lang und fließend vom Hals bis zum Boden. Wie ein Wasserfall.

Hunderte kleine Perlknöpfe musste das Seidengewand haben, vom Nacken bis zum Po, und während das Pizzicato einsetzte, musste jeder einzelne geöffnet werden; das Tempo steigerte sich, je größer die Ungeduld seiner Finger wurde, und dann musste man das Reißen des Stoffes hören, weil seine Hände es nicht erwarten konnten, die nackte Haut zu fühlen, und viele kleine Perlknöpfe sprangen dabei ab und purzelten über den Marmorboden.

Eine lange Note, leicht ausgeführt, beinahe zögernd, während er sie herumdrehte, damit sie sich ansehen konnten, dann glitt das Kleid von ihren Schultern und rutschte zu Boden.

Ja, dachte er und rieb sich die Hände, es fühlte sich gut an. Richtig. Ein tiefes, langsames Vibrato würde das Bild begleiten. Sie stand in einem schwarzen Korselett da, das lüstern mit der weißen Haut kontrastierte. Die pinkfarbenen Nippel waren unter dem Spitzenbesatz zu sehen. Schwarze Strümpfe, ebenfalls mit

Spitze besetzt, reichten bis zur Mitte der schlanken Schenkel, und nur ein Hauch von Spitze bedeckte ihren Schoß.

Tief in Gedanken kehrte er zu seinem Schreibtisch zurück, und dabei wurde ihm gar nicht bewusst, dass das Bild von Franca allmählich die Konturen von Serenas Lied verändert hatte.

Max hielt sich allein im Rosengarten auf und rauchte eine Zigarette, während er die Veränderungen am Himmel betrachtete. Er und Franca hatten nach dem Essen noch lange zusammen gesessen, dem Wein zugesprochen und sich entspannt unterhalten. Nur als sie auf *Der Kuss* zu sprechen kamen, schien sie nervös zu sein.

Nachdenklich zog er an seiner Zigarre. Mit dem Vertragsentwurf, den Sally gefaxt hatte, war Franca einverstanden gewesen. Es war der übliche Vertrag, den die Firma Anfängern vorlegte und der nur eine geringe prozentuale Beteiligung an den Nettoeinkünften vorsah. Franca wäre in einer Position gewesen, mehr für sich herauszuholen.

Aber sie hatte nur einen kurzen Blick auf den Vertrag geworfen, während er ihr erklärte, was er ihr anbot: Ein Exklusivvertrag über fünf Jahre, zehn Prozent der Nettoeinkünfte. Max war überrascht gewesen, dass sie so rasch zugestimmt hatte, ohne sich eines juristischen Beraters zu bedienen.

War ihr Ehrgeiz, als Mikas Schülerin und Protegé akzeptiert zu werden, so groß, dass sie jede Vertragskondition angenommen hätte? Max glaubte das nicht. Vielleicht hatte sie noch einen anderen Grund. Er hörte noch das Drängen in ihrer Stimme, als sie ihn über Mika ausgefragt hatte. Das waren keine Fragen, die ein Fan über den angebeteten Künstler stellt.

Vielleicht hatte Serena etwas damit zu tun …

Nein. Außerdem wollte er jetzt nicht an Serena denken.

Er musste sich auf Franca konzentrieren. Er musste sie bald mit ihrer Unterschrift an Disc-O binden. Er würde Sally anrufen, damit sie den Vertrag mit den eingesetzten Konditionen in zweifacher Ausfertigung nach Genf faxte.

Und Mika? Welche Erwartungen hatte er? Wenn er komponierte, gehörten Disc-O die Rechte, das sah der Vertrag vor, und bei fünfzigtausend Pfund im Jahr konnte man das wohl auch erwarten. Nein, dachte Max, Mika wird einsichtig sein.

Der komplizierte nordamerikanische Markt ging ihm nicht aus dem Kopf. Eves Bericht war sehr präzise, aber er war nicht sicher, ob sie die richtigen Schlüsse gezogen hatte. Die Abrechnung des letzten Quartals war katastrophal gewesen, und er glaubte, dass in Toronto etwas faul war.

Die Zigarette brannte seine Finger. Er stand auf, trat sie auf dem Boden aus und sog den Duft der Rosen ein. Er berührte die Blütenblätter einer Rose, nahm sie zwischen Daumen und Zeigefinger und rieb leicht darüber. Er musste an Serena denken.

Gestern Abend hatte sie ihn verlassen, nachdem sie Liebe gemacht hatten. Es war sanft und zärtlich gewesen, ein großer Unterschied zu dem hitzigen Gefecht, das sie sich bisher fast immer geliefert hatten. Dann aber war sie aufgestanden.

»Ich will allein sein, Max«, hatte sie kühl gesagt, hatte sich den weißen Mantel übergeworfen und war verschwunden.

Er zündete sich eine neue Zigarette an. Aus der Villa konnte er eine Geige hören.

Er hätte darauf verzichten können. Er hatte nicht viel für Musik übrig. Das mochte manchen überraschen, aber in diesem Gewerbe war das eher ein Vorteil.

Franca betrachtete sich im Spiegel. Spontan hob sie die Arme und begann, die Nadeln aus dem Haar zu ziehen, womit sie die Arbeit der letzten zwanzig Minuten zunichte machte. Die Locken hatten ihr einen eleganten Anstrich gegeben, aber der passte überhaupt nicht zu ihrer Stimmung.

Mit gespreizten Händen fuhr sie sich durch die Haare, wuschelte so lange, bis sie vor Elektrizität knisterten. Jetzt fielen die Haare wie glühende Lava über ihren Rücken. Das ist besser, entschied sie. Das einfache Cocktailkleid, das sie gewählt hatte, passte in seiner Schlichtheit auch dazu.

Abendessen um acht. Die Nachricht hatte ihr die Haushälterin auf einem silbernen Tablett gebracht, als sie gerade aus einem Traum aufwachte, in der sie einen maskierten Mann geliebt hatte. Sie wusste während des ganzen Traums nicht, wer der war, sie wusste nur, dass sie wünschte, es wäre Mika gewesen.

Nach dem langen Gespräch mit Max war sie unglaublich müde geworden. Es war schon eine Tat, sich an einen Agenten zu verkaufen, der Warshawski nicht von Wieniawski unterscheiden konnte. Wahrscheinlich würde er auch Anton und Artur Rubinstein verwechseln, dachte sie. Und mit der weit verzweigten Strauß-Familie würde er auch seine Schwierigkeiten haben.

Sie hatte zugestimmt, bei Max zu unterschreiben, weil Mika bei Max war, und weil sie jetzt bei Mika war.

Sie schaute noch einmal in den Spiegel. Etwas stimmte noch nicht. Impulsiv streifte sie die Schuhe mit den Stilettoabsätzen ab. Das war viel besser. Passte zu Kleid und Haaren.

Heute Abend würde sie cool sein, unnahbar. Nur im professionellen Bereich würde sie diese Strategie aufgeben. Noch ein letzter Blick im Spiegel, dann lief sie leichtfüßig die Treppe hinunter.

Sie wollte gerade die Tür zum Musikzimmer öffnen, als sie Stimmen hörte, und dann lachte jemand laut. Sie erkannte sofort Mikas Stimme, die da lachte. Sie hatte ihn noch nie lachen hören. Mit einem verdutzten Ausdruck betrat sie das Zimmer.

Max saß auf der schwarzen Ledercouch, lässig gekleidet in Jeans und weißem Hemd, ein Glas in der einen Hand, eine Zigarre in der anderen.

»Franca, kommen Sie zu uns«, sagte er, die Stimme angespannt. In seinem Glas klirrten die Eiswürfel. »Wir nehmen gerade einen Drink vorm Essen.«

Mika stand am Fenster und sah Max mit einem befremdeten Ausdruck an.

Sie wartete mit der Antwort, wollte zuerst ein Wort von Mika hören oder wenigstens seinen Blick auffangen. Als sie sah, wie sich seine Brauen hoben, als er ihre Gestalt aufnahm, von den Haaren zum Kleid zu den nackten Füßen, schritt sie auf ihn zu.

»Ich schließe mich gern an«, sagte sie schließlich, lächelte Max zu und neigte den Kopf leicht in Mikas Richtung.

»Was möchten Sie?«, fragte Max, der aus irgendeinem Grund die Rolle des Gastgebers übernommen hatte. »Den Scotch kann ich empfehlen. Fünfzig Jahre alt und schmeckt wie flüssiges Gold, in Feuer geschmolzen. Aber natürlich hat Mika alles nur vom

Feinsten.« In seiner Stimme schwang ein Hauch von Bitterkeit mit.

»Hört sich gut an«, sagte sie. »Ohne Eis.«

Sie schaute hinüber zum Schreibtisch, der vor lauter Papier kaum noch zu sehen war, einige Seiten waren zerknüllt, andere waren in einer bizarren Anordnung ausgebreitet. Ein Stapel geordneter Seiten lag auf dem Tischchen, beschwert von dem Vogel von Lalique.

Überrascht schaute sie zu Mika. Er hatte die Richtung ihres Blicks gesehen und verzog seine Lippen, was vielleicht seine Art des flüchtigen Lächelns war.

»Klug von Ihnen«, sagte Max. »Man sollte seine Last nicht verwässern.«

»Ich stimme aus ganzem Herzen zu«, antwortete sie kühl, aber Max sah, dass sie bei seiner Bemerkung die Augen weit aufgerissen hatte.

Irritiert dachte er, dass fast jede Bemerkung irgendeine Doppelbedeutung hatte. Und warum starrten sie jetzt alle auf den albernen Papierstapel?

Dieser Vogel, wahrscheinlich ein Lalique, kostete ein Vermögen. Typisch, dass Mika ihn für so eine profane Aufgabe verwendete.

Er beobachtete Franca, wie sie an das Tischchen trat und in Gedanken versunken über das gläserne Federkleid des Vogels strich. Schließlich setzte sie sich zu Max auf die Couch, während Mika ihr das Whiskyglas brachte.

Sie wies mit dem Kopf zu dem Papierstapel. »Geht Ihre Arbeit gut voran?«, fragte sie.

Mika schwieg einen Moment, antwortete auch dann noch nicht, sondern blieb an seinem Schreibtisch stehen. Er runzelte die Stirn, spannte die Muskeln seiner Hände an. »Ja«, sagte er dann.

»Aber Sie haben mir immer noch nicht die Struktur

des gesamten Werks erzählt«, wandte Franca ein. Sie nippte am Scotch. »Fantastisch«, sagte sie. »Sie haben Recht, Max, es ist flüssiges Gold.«

»Und kostet wahrscheinlich mehr«, bemerkte Max und trank den letzten Schluck. »Ich nehme auch noch einen, Mika.«

Es zuckte kaum wahrnehmbar um Mikas Lippen, aber er sagte nichts, sondern trat an den Barschrank.

»Was die Struktur angeht«, sagte er, während er den Scotch einschenkte, »ich glaube, Sie haben Recht. Sechs Sätze könnten ein bisschen zu lang sein. Ich habe beschlossen, mich auf vier Sätze zu beschränken.«

»Oh«, rief sie aus, mehr als überrascht.

»Ja«, fuhr er fort, »dadurch verliere ich keine Substanz, und der zweite und dritte Satz werden ungeheuer dicht. Ihre Kritik«, sagte er bedächtig, »ist auf fruchtbaren Boden gefallen.«

Max spürte die Hitze, die ihr Körper neben ihm ausstrahlte. Dann hörte er nicht weiter zu, weil die beiden über Details fachsimpelten, die er nicht begriff.

Musiker!, schnaufte er still. Bilden sich was auf ihre Kreativität und Sensibilität ein. Dabei sind sie nur ungezogene Kinder mit zu viel Geld.

Und Serena war immer noch nicht da.

Es sah ihr gar nicht ähnlich, ein Essen zu verpassen. Was hatte sie über Mittag getan? Und wo war sie jetzt? Vielleicht hatte sie sich ein Tablett in ihre Suite bringen lassen, vielleicht war sie in die Stadt gefahren. Oder nach Paris ins Maxim zum Abendessen!

An Paris und das Maxim hätte er sich nicht erinnern sollen, jetzt waren seine Gedanken angefüllt mit den Bildern ihres ersten Kennenlernens. Ihre erste Nacht.

Er schwenkte sein Glas. Das Eis hatte das flüssige Gold aufgehellt, die Flüssigkeit hatte jetzt die Farbe von

Serenas Augen. Er sah gern in ihre Augen, wenn er in sie hineinstieß, und er beobachtete, wie sie von Stoß zu Stoß dunkler wurden. Ihren bevorstehenden Orgasmus sah er zuerst in ihren Augen.

Er spürte, wie er hart wurde. Die Erinnerung an sie genügte. Er leerte sein Glas mit einem tiefen Schluck.

Er versuchte, Franca und Mika eine Weile zuzuhören, aber sah immer nur das Bild Serenas vor sich. Er sah sie in seinem Bett, auf dem Rasen am Pool und im Rosengarten.

Das letzte Bild, das er sah, hätte er lieber vorher abgeschaltet. Es war Serena, die sich kühl nach ihm umdrehte und sagte: »Ich möchte lieber allein sein.«

Neuntes Kapitel

Mondschein-Sonaten

»Max war beim Abendessen völlig anders als sonst«, bemerkte Franca und dankte Mika, der ihr ein Glas Strega angeboten hatte.

»Kennen Sie ihn denn so gut?«, fragte Mika. Er entschied sich für einen Grappa.

»Nicht sehr gut«, räumte sie ein »Aber er schien so abwesend, so besorgt. Und er hat kaum etwas gegessen.«

Und das war ein Frevel, dachte sie. Die Lachsmousse machte einem den Mund wässrig, so delikat wie Meeresschaum. Dann folgten weitere Meeresfrüchte. Muscheln, Langusten, Hummer und Krabben in einer unwiderstehlichen Weinsauce mit Knoblauch und Petersilie. Dazu gab es frisch gebackenes Brot, noch warm, das einen herrlichen Geruch nach Hefe verströmte, einen Sommersalat mit knackigen Löwenzahnblättern, in Walnussöl geschwenkt. Und natürlich den einheimischen Wein und verschiedene Käsesorten und einen Nachtisch mit bittersüßer Schokolade, für den sich eine Sünde lohnte.

Nein, vom Essen hatte Max' Unbehaglichkeit nicht kommen können. Eher von dem leeren Platz ihm gegenüber, der nach dem ersten Gang diskret abgeräumt worden war.

»Vielleicht war er nicht hungrig«, sagte Mika, und seiner Stimme hörte man an, dass ihn das Thema langweilte. Er trank den Kaffee aus und lehnte sich in seinem Stuhl zurück, das Glas Grappa in der Hand. Er nahm einen Schluck. Es war nicht das flüssige Gold des Scotch, eher eine schlängelnde Flamme, deren Weg von den Lippen bis zu den Eingeweiden zu verfolgen war.

Die flackernden Kerzen auf dem Tisch waren heruntergebrannt und warfen Schatten auf Francas Gesicht, während sie immer noch vereinzelte Lichter auf ihren Haaren tanzen ließen.

»Nein, es war mehr als das«, beharrte sie und blickte Mika in die Augen. »Zwischen Ihnen beiden gab es eine Spannung, eine Verlegenheit ... ich konnte sie schon spüren, als ich das Zimmer betrat.« Die dunkler werdenden blauen Augen warnten sie, das Thema weiter zu verfolgen, aber die Worte waren heraus, ehe sie sich die Zunge abbeißen konnte. »Und kurz bevor ich die Tür zum Musikzimmer öffnete, habe ich Sie lachen hören.«

Er hob seine Augenbrauen und schenkte sich einen weiteren Grappa ein. »Ist das so ungewöhnlich? Noch einen Strega? Und dann werde ich einen Spaziergang durch den Garten machen.«

Diesmal keine Warnung, sondern ein Befehl. Kein Überschreiten der Grenze. Nun, dachte sie, wenigstens war er höflicher als bisher. Er schien umgänglicher zu werden, auch wenn er keine Andeutung gemacht hätte, dass er sie zu dem Spaziergang einlud.

Sie würde ihn auch nicht fragen, beschloss sie. Sie würde wie selbstverständlich mit ihm gehen. Es war eine warme Nacht, fast schwül. Die Sterne funkelten hell. Sie schritt neben ihm und spürte das Kitzeln des Grases an ihren nackten Füßen. Der schwere Duft der Rosen vermischte sich mit anderen, leichteren Düften, die sie nicht benennen konnte. Sie geriet ins Stolpern, als sie vom Rasen auf einen Pfad bogen, dessen Kieselsteine sich in ihre Fußsohlen bissen. Sie war überrascht, als er einen Arm ausstreckte und um sie legte, damit sie ihr Gleichgewicht nicht verlor.

Es war das erste Mal, dass sie seit dem Nachmittag sich so nahe waren. Sie schlang ihren Arm um seine Hüfte, als hätte er das so gewollt, und ging weiter.

»Dummes Mädchen. Ohne Schuhe«, sagte er. Hörte sie da ein Flattern in seiner Stimme?

»Man sollte seine Laster nie verwässern«, gab sie leise zurück.

Er antwortete nicht, wandte seine Schritte aber wieder auf den Rasen. Sie spürte die Wärme seines Körpers, und irgendwie wirkte er in den Schatten des Terrassengartens beruhigend. Vor ihnen lag ein kleiner Brunnen, auf dem Meergötter und Meerjungfrauen thronten, und vier Delfine spuckten Wasser.

Die Scheinwerfer strahlten eine Meerjungfrau an, die einem lüsternen Meergott zu entkommen suchte, während eine Schildkröte nach des Gottes bestem Stück schnappte.

Unwillkürlich musste Franca lachen. »Was für eine wunderschöne Skulptur!«

»Serena behauptet, dass es ein Borromini ist«, antwortete er. »Ich selbst bezweifele es und glaube eher, dass es ein Schüler des Meisters war.«

»Können wir einen Moment hier bleiben?«, fragte sie. Sie hielt immer noch seinen Arm.

»Natürlich.«

Sie schlüpfte davon, fühlte sich vom Wasser angezogen, trat auf den Sockel, auf dem der Brunnen stand, und tauchte die Fingerspitzen ins Wasser des Auffangbeckens. Sie wusste ganz genau, dass sie in dem Spiel von Licht und Schatten ein gutes Bild abgeben musste.

Er trat näher heran, bis er dicht vor dem Sockel stand. Sein Gesicht lag im Schatten, aber sie fühlte wieder diese hypnotische Hitze, die auch am Nachmittag durch ihren Körper gejagt war, als sie ihn mit ihrem Finger geküsst hatte, als sie seine Lippen mit ihrem Balsam gesalbt hatte.

»Nach *Der Kuss* kommt der zweite Satz«, sagte sie leise. »Was geschieht nach dem Kuss, Mika?«

Die vieldeutige Frage hing in der Luft zwischen ihnen. Sie mochten von dem Kuss gesprochen haben, den sie ihm gegeben hatte, aber auch von dem Kuss, den sie für ihn gespielt hatte. Vielleicht wusste sie selbst nicht, was sie meinte.

»Der zweite Satz ist komplexer«, antwortete er und ballte in den Taschen die Hände zu Fäusten, um das irritierende Kribbeln zu unterdrücken, das seine Finger beunruhigte. »Wir alle wissen, was nach dem Kuss geschieht«, fuhr er fort. »Man zieht sich verhalten zurück, bedauernd, schaut in ihre Augen, um sich zu vergewissern, ob dort ein Flackern des Verlangens sichtbar ist, und gleichzeitig überprüft man seine eigenen Reaktionen. Es ist der Moment des Ungewissen, bevor die Hände sich weiter trauen …« Er schaute sie an. »Keine Sorge, der zweite Satz wird Sie fordern.«

Sie saß auf dem kühlen Steinbecken, schob ihre Hände im Wasser hin und her und fühlte, dass ihre Worte sie wärmten. Die hypnotische Hitze sammelte sich zwischen den Schenkeln. Er wollte sie fordern. Sie stellte sich vor, wie es war, wenn er in sie eindrang. Damit hätte er sie fordern können. Er wollte, dass er ihre Brüste zwischen die Lippen nahm, dass er sie nahm, dass er ihre Beine weiter spreizte, dass er …

»Die Akkorde werden schwierig sein, das Vibrato wird ganz entscheidend sein«, fuhr er fort.

Sie hörte es, aber sie hörte nicht zu. Zu sehr nahm sie das Pochen im Schoß in Anspruch. »Eine Umarmung also«, sagte sie, mehr in Gedanken.

»So, so lautet mein Arbeitstitel«, sagte er. Dann verfiel er in Schweigen. Er schaute ihren Händen im Wasser zu und erinnerte sich an ihren ersten Abend in der Villa, an den Anblick ihres nackten Körpers, der sich im Rhythmus zu Händel bewegte. Im Bad hatte sie ausgesehen wie eine dunkelhaarige Göttin, dem Meer entstiegen. Das schien schon so lange her zu sein.

»Wenn ich an Ihre ersten Schwierigkeiten denke, die sie mit *Der Kuss* hatten, wäre es vielleicht hilfreich, wenn Sie sich auf ein externes Symbol konzentrieren könnten, irgendeine physische Verkörperung, in der sie das Herz der Musik finden können.«

Während er das sagte, schnitten ihre Finger wild und ungezügelt durchs Wasser, beinahe verächtlich. Er musste sie irgendwie falsch verstanden haben, dachte Mika.

Er wartete, bis es offensichtlich wurde, dass sie nicht antworten würde. »Ich weiß, dass Serena Ihnen gern helfen wird«, sagte er leise.

»Ich brauche Serena nicht für *Der Kuss*, Mika«, antwortete sie mit einem Lächeln. »Und auch nicht für *Die Umarmung*. Auch nicht für den dritten oder vierten Satz. Werden Sie den Höhepunkt mit einem Nachglühen abschließen?«

»Mit dem Höhepunkt, das wird genügen«, antwortete er, verblüfft über ihre Wahrnehmungsfähigkeit, erstaunt über die Möglichkeiten, die ihre Aussage auftat.

Nach dem Sex sind alle Männer traurig, hatte Aristoteles gesagt. *Post coitum, omnes tristes*. Es war ihm nie in den Sinn gekommen, den dritten Satz für den Höhepunkt zu verwenden und den vierten für das, was Franca das Nachglühen genannt hatte, das beglückende Gefühl der Mattigkeit, wenn das erregende Kribbeln abklang ...

Was für eine blendende Idee!

London

Sally blieb vor der Tür zu Max' Penthouse stehen. Kurz vor fünf Uhr hatte sie das Büro verlassen, hatte sich rasch umgezogen und war ins wartende Taxi gestiegen, ohne viel an Eve und Nikolai zu denken.

Nach ihrem Gespräch mit Eve hatte sie sich auf die Verkaufsstatistiken gestürzt, Analysen angefertigt, Vergleiche herangezogen und Marketingüberlegungen zu Papier gebracht. Es war leicht, sich in der Arbeit zu verlieren und alle nagenden Zweifel zu vergessen. Aber jetzt, als sie vor der Tür zu Max' privater Domäne stand, zögerte sie.

Warum war sie hier? Warum hatte sie Eve gestattet, Nikolai an diesem privaten Ort zu ›interviewen‹, der Max gehörte?

Eve konnte sehr überzeugend sein, wenn sie unbedingt etwas erreichen wollte. Sally konnte sich jetzt schon nicht mehr an die Gründe erinnern, die Eve angeführt hatte, sie wusste nur, dass sie Eve zum Schluss die Schlüssel gegeben hatte.

Franca war sicher im Schoß der Disc-O, es fehlte nur noch die Unterschrift auf dem Vertrag. Eigentlich hätten sie Nikolai jetzt nicht mehr gebraucht, jedenfalls nicht in der Rolle, die Eve ihm zugedacht hatte.

Auf der anderen Seite hatte Eve gesagt, dass es einige Dinge zu besprechen gäbe. Max war in Genf und amüsierte sich, während sie in London unermüdlich schuftete. Welchen Grund sollte er haben, sich zu beklagen? Ganz abgesehen davon, dass er nie davon erfahren würde. Das Bild von Serena und Max zusammen im Bett stärkte ihre Entschlossenheit.

Die Tür schwang auf, als sie leicht dagegen drückte. Unten auf der Straße hatte sie ihre Disc-O-Karte in den Schlitz geschoben, und im Foyer hatte ein Sicherheitsmann im Penthouse angerufen, um zu fragen, ob der ›Gast‹ willkommen wäre.

Sally trat ein. Eve lag auf dem Sofa, ein Glas in der Hand. Sie hatte den Gürtel ihres weißen kuscheligen Bademantels nur locker zugezogen. Eve stand auf, und dabei konnte Sally die festen Brüste sehen, die sich aus dem Ausschnitt drängten.

»Sally!«, rief Eve froh. »Endlich bist du da! Ich freue mich. Wir haben eine Menge zu besprechen. Aber zuerst ein Glas Champagner, ja?«

»Gern«, antwortete Sally und ging aufs Sofa zu. »Ist Nikolai noch hier?«

»Natürlich. Das habe ich dir doch versprochen. Er ist ja so süß. Ich habe ihn gerade ins Musikzimmer geschickt, damit er ein bisschen auf dem Flügel spielen kann. Er drehte fast durch, als er ihn sah. Ein Steinway, nicht wahr?«

»Ja, ich glaube. Und ich wette, dass Max noch nie auf ihm gespielt hat.«

Eve nickte. »Das traue ich ihm zu. Er hat ihn nur gekauft, um die Leute zu beeindrucken. Ich meine, das sieht man der ganzen Wohnung an.«

Ihre umfassende Geste schloss das Wohnzimmer ein, in dem jeder Gegenstand den Luxus atmete, den Max sich leisten konnte. An den Wänden hing ein Teil von Max' Sammlung moderner Künstler. Die meisten malten abstrakt. Sally ging die einzelnen Bilder kurz durch und dachte, dass der Besitzer dieser Sammlung entweder einen untrüglichen Instinkt für den nächsten Trend hatte oder einen entsetzlichen Geschmack, was Kunst anging. Sie traute sich nicht, sich festzulegen. Aber eindrucksvoll war es schon.

»Ja, so ist er«, sagte Sally seufzend.

Der verbitterte Ton in ihrer Stimme ermutigte Eve. »Natürlich ist er so. Max nimmt alles als selbstverständlich hin – Geld, Erfolg – und die Leute, die für ihn arbeiten.«

»Erfolg«, murmelte Sally und setzte sich aufs Sofa. »Der Erfolg hat ihn geformt. Er kam zu schnell, glaube ich. Er hat nie darüber nachdenken müssen, wie der Rest von uns leben muss.«

»Das sieht man an den Gehältern, die er uns zahlt«, sagte Eve spitz und reichte Sally ein Glas mit Champagner.

Mit der letzten Bemerkung war sie zu weit gegangen, erkannte Eve sofort. Sie verdiente ganz gut bei Disc-O, sehr gut sogar, wenn sie ehrlich war, und Sally würde wahrscheinlich das doppelte Gehalt von ihr beziehen.

»Oh, ich weiß nicht«, sagte Sally defensiv. »Ich komme gut über die Runden, und eigentlich kannst du dich auch nicht beklagen.«

»Ja, schon«, räumte Eve ein. Dann wiederholte sie ihre allumfassende Geste. »Aber so etwas hier werden wir uns beide nicht leisten können.«

Sally sah sich noch einmal flüchtig um. »Stimmt.«

»Und du könntest viel besser dran sein«, fuhr Eve fort. Ihre Nerven prickelten vor Spannung. Sie hatte das Gefühl, dass die Zeit reif war, und wenn sie noch länger zögerte, würde sie einen Vorteil verlieren. Max war nicht da, und Sally war wütend auf ihn, und außerdem wartete Nikolai im Nebenzimmer.

»Hm«, machte Sally.

»Entspanne dich, nimm noch ein Glas Champagner, dann legen wir die Karten auf den Tisch«, sagte Eve weich.

Sally streckte sich auf dem Sofa aus, und Eve sank neben ihr auf den Boden, ihr rechter Arm leicht über Sallys Füße gelegt.

»Ich glaube«, sagte Eve und rutschte näher ans Sofa heran, sodass ihre blonden Haare über Sallys Beine streichelten, »ich glaube, dass es für Max Zeit ist, aufzuwachen. Und wir können ihm dabei helfen.«

Der Klang des Flügels drang ins Wohnzimmer. Sally hob den Kopf und lauschte.

Chopins *Polonaise der Revolution*. Ein Ruf zu den Waffen, dachte sie.

»Ich bin nicht sicher, ob ich ihm überhaupt helfen will«, sagte sie plötzlich, und als es heraus war, überraschte es sie. Vielleicht hatten die Gemälde sie verärgert. Sie wusste genau, wie viel jedes Bild gekostet und welche Wertsteigerung es im vergangenen Jahr erfahren hatte. Die abscheuliche Kleckserei in Rot und Grün an der gegenüberliegenden Wand würde ihre Miete für ein Jahr zahlen. »Vielleicht habe ich nichts dagegen, ihn aufzuwecken«, murmelte sie. »Aber ich fühle mich zurzeit nicht in einer Wohltätigkeitsstimmung. Mmm. Nikolai ist wirklich sehr gut, nicht wahr?«

»Darling, er ist ein Gewinnertyp. Und auch sehr kooperativ«, fügte Eve hinzu und schenkte wieder Champagner in Sallys leeres Glas. Nachdem sie die Flasche auf den Tisch gestellt hatte, legte sie die rechte Hand auf Sallys nacktes Bein und streichelte sanft darüber. Sally spürte, wie ihr der Champagner zu Kopf stieg, jetzt noch viel schneller, da er von der Wärme angetrieben wurde, die Eves Hände in ihr anfachten.

»Vielleicht ist Max zu einseitig auf die Geige ausgelegt«, murmelte sie, während sie Chopin lauschte. »Vielleicht sieht er nichts außer dem Erfolg, den er mit Mika gehabt hat, und vielleicht hat er das Gefühl dafür verloren, was das Publikum hören und sehen will.«

Eves Hände bewegten sich höher, streichelten aufreizend langsam über die Schenkel. »Du hast so Recht, Sally. Im Gegensatz dazu bist du es immer gewesen, die ihren Finger auf dem Puls der Öffentlichkeit hat. Max kümmert sich kaum noch um die Marktanalysen.« Ihre Finger krochen weiter zum Schoß vor, verstohlen, heimlich.

»Stimmt«, sagte Sally und erinnerte sich an die kurze Diskussion, die sie mit ihm gehabt hatte und die schließlich zu der Suche geführt hatte, deren Ergebnis Franca war. »Stimmt genau. Manchmal frage ich mich ...« Ihre Stimme brach ab, Sally trank noch einen Schluck Champagner.

»Ja?«, fragte Eve gespannt. Ihre Finger lagen still.

Unbewusst rutschte Sally den Fingern entgegen, bis die Spitzen leicht über ihr Geschlecht glitten ...

»Ich frage mich, ob seine Besessenheit von Serena ...«, wieder brach sie ab. »Ich meine, kann es sein, dass er Franca nur benutzt, um sich wieder bei Serena und Mika Zutritt zu verschaffen? Ob er sich darüber je klar werden wird?« Die Worte waren heraus und konnten nicht mehr zurückgeholt werden.

»Sally, das habe ich von Anfang an so gesehen«, antwortete Eve traurig. Innerlich triumphierte sie. Sally war über ihren Boss verärgert, und das war wichtig. »Deshalb kann uns Nikolai eine große Hilfe sein. Uns beiden.« Sie ließ den Zeigefinger in die Spalte vordringen. Sally war schon feucht, stellte Eve erfreut fest. Vielleicht wusste sie es noch gar nicht.

»Das sehe ich nicht so, Eve. Max wird kein Interesse an ihm haben«, sagte sie und rutschte hin und her. »Er wird den Vertrag mit Franca unter Dach und Fach bringen. Sie hat den Bedingungen im Prinzip schon zugestimmt.«

Eve riss die Augen weit auf, aber das sah Sally nicht.

»Deshalb sehe ich auch nicht, dass Max irgendeine Verwendungsmöglichkeit für einen Barpianisten hat. Nikolai hat nichts vorzuweisen, keine Auszeichnungen, keine Aufnahmen, keine Konzerte.«

»Und wie könnte man dieses Problem ausschalten?«, fragte Eve, deren Finger reglos blieben.

»Eine groß angelegte PR-Kampagne«, sagte Sally und ruckte den Unterleib hoch. »Man kann ihm eine ausgezeichnete Karriere am Moskauer Konservatorium andichten, eine tragische Geschichte, die seine Chancen gegen Ende der Sowjetära zunichte machte. Vielleicht wegen eines Vaters, der dem KGB ein Dorn im Auge war, weil er zu laut bestimmte Menschenrechte einklagte. Irgendeine Geschichte dieser Art muss es sein, sonst würde Max keinen Grund sehen, Nikolai unter Vertrag zu nehmen.«

Eve schaute sie mit großen Augen an. Was für ein gerissenes Szenario! Sally enttäuschte sie nie.

»Aber denken wir mal weiter, Sally«, lockte Eve. »Stell dir vor, du hättest freie Hand, wie würdest du ihn einsetzen? Welche Marketingstrategie würdest du benutzen, um ihn zu einem Großen zu machen? Und würdest du dir eine solche Möglichkeit nicht wünschen? Warte, bis du ihn kennen gelernt hast! Nikolai! Kommst du zu uns?«

Genf

Max rief zum dritten Mal in Sallys Wohnung an. Und zum dritten Mal hörte er es klingeln, klingeln, klingeln.

Das Abendessen war eine Katastrophe gewesen. Ohne endgültigen Vertrag konnte er seinen Instinkten nicht folgen und sich Franca schnappen. Während des Essens war sie so sehr mit Mika beschäftigt gewesen, dass nichts anderes gezählt hatte. Und wo, um alles in der Welt, war Serena?

Irritiert legte er den Hörer auf, und im nächsten Moment wählte er die Nummer seiner Wohnung, um vielleicht ein paar Nachrichten abzurufen.

Ein paar Minuten später legte er auf und rieb sich verwundert die Augen, als ob er damit die Verwirrung beseitigen könnte, die seine Gedanken befallen hatte. Er schaute zweifelnd auf die Flasche Scotch. Sie war noch halb voll, also konnte er nicht derart betrunken sein. Er schenkte sich noch einmal ein.

Er war erstaunt gewesen, als er Sallys Stimme am anderen Ende der Leitung gehört hatte. Zunächst war er erleichtert gewesen, dass er sie endlich erwischt hatte, um ihr zu sagen, dass sie den endgültigen Vertrag mit den ausgehandelten Konditionen in zweifacher Ausfertigung nach Genf faxen sollte, und dann hatte er aufgelegt.

Ihre Stimme hatte fremd geklungen, dachte er jetzt. Und was hatte sie eigentlich in seiner Wohnung zu suchen?

Natürlich hatte sie einen Ersatzschlüssel zu seiner Wohnung, falls sich mal ein Notfall ergab. Aber er erinnerte sich nicht daran, ihr aufgetragen zu haben, seine Post zu sichten und die Pflanzen zu gießen.

Noch ein Schluck Scotch. Die Pflanzen zu gießen? Er ging im Geiste seine Londoner Wohnung durch. Er war nicht sicher, aber er hatte einen schleichenden Verdacht …

Noch ein Schluck Scotch.

Verdammt, er wusste es genau. In seiner Wohnung gab es keine Pflanzen.

London

Sally legte den Hörer mit zitternden Fingern auf und griff nach einer Zigarette.

»Und?«, fragte Eve.

»Und?«, echote Nikolai.

Sie fummelte an dem vergoldeten Feuerzeug herum und zündete die Zigarette beim dritten Versuch an. »Das war Max«, sagte Sally leise und mit bebender Stimme.

»Darling, das habe ich mir fast schon gedacht, als du ihn mit seinem Namen angesprochen hast«, sagte Eve spöttisch. »Wieso hast du überhaupt den Hörer abgenommen? Ich meine, gerade in einem solchen Augenblick …«

»Ich weiß es nicht«, murmelte sie wie betäubt. »Es war nur ein … ein Reflex, nehme ich an.« Es stimmte. Es war ihr noch nie möglich gewesen, ein Telefon klingeln zu lassen, gleichgültig, ob sie unter der Dusche stand oder mitten im Sex war.

Hilflos schaute sie zu den beiden, die auf den zerknautschten Laken von Max' riesigem Bett ausgebreitet lagen. Eves platinblonde Haare waren zerzaust, ihre Augen strahlten, ihre scharlachroten Lippen zogen einen Schmollmund.

Nikolais Erektion hatte kaum etwas von seiner Kraft verloren. Die Spitze schimmerte von ihrem Speichel. Sie hatte zwischen seinen Beinen gekniet, Eve dicht hinter ihr, Finger und Zunge an ihrem Geschlecht. Es war eine wunderbare Erfahrung gewesen, die sie selbst dadurch beendet hatte, dass sie instinktiv zum Telefonhörer gegriffen hatte.

Sie atmete tief ein und stieß den Rauch aus. Sie wollte Max' Stimme aus ihrem Kopf verdrängen. Sein tiefer Bariton hatte irritiert geklungen, auch ein bisschen schleppend, was wahrscheinlich auf den Genuss eines guten Scotch zurückzuführen war.

»Du hast gut geschaltet, als du gesagt hast, du würdest in seiner Wohnung nach dem Rechten schauen«, lobte Eve, wobei sie im Stillen dachte, dass sie noch nie so eine lahme Entschuldigung gehört hatte. Aber um das Messer noch ein bisschen in der Wunde zu drehen, fügte sie hinzu:

»Natürlich geht er davon aus, dass seine süße, dienende Sally an seine Pflanzen denkt und sich wegen der Post sorgt, während er Serena in Genf vögelt. Wirklich amüsant, nicht wahr, mein Schatz?«

Sally drückte ihre Zigarette aus und zündete sich gleich eine neue an.

»Ja, das war clever, was du ihm gesagt hast«, stimmte Nikolai zu. Er küsste Eves Schulter. »Mach jetzt die Zigarette aus, und komm her zu mir.«

Sie rutschte zum Bettrand. »Eve, ich glaube, wir sollten das nicht tun ... ich kann es nicht. Es ist nicht richtig. Max vertraut mir.«

Sie schaute auf ihre Hände und sah deshalb nicht den Blick, den Eve und Nikolai tauschten. Im nächsten Augenblick war Eve neben ihr, nahm ihr die Zigarette zwischen den Fingern weg, drückte Sally mit sanfter

Gewalt auf den Rücken und sprach leise auf sie ein, während sich Nikolai zwischen ihre Schenkel legte und die zarten Lippen ihres Geschlechts mit langen, rhythmischen Strichen seiner Zunge badete.

»Die schöne, kluge Sally«, murmelte der Russe, während er leicht über die Klitoris strich. »An dieser Stelle ist alles so weich und nass und süß.«

»Kluge Sally, liebe Sally«, hauchte Eve, und als sie mit der Fingerkuppe über eine Brustwarze strich, fügte sie hinzu: »An dieser Stelle ist sie ganz hart.« Dann beugte sie sich über sie und nahm die Brustwarzen abwechselnd in den Mund.

Finger, Zähne, Zunge gingen nun ernsthafter zur Sache, und als Sally spürte, wie sich die erste Welle eines Orgasmus in ihr bemerkbar machte, richtete sich Nikolai auf und setzte die Spitze spielerisch zwischen die Lippen an, und als er dann tief in sie hineinstieß, schrie sie ihren Höhepunkt laut heraus, sie bäumte ihren Unterleib auf und hielt mit beiden Armen ihre Kollegin Eve umschlungen, die nicht nachließ, die Brustwarzen tief in den Mund zu saugen.

»Kluge, schöne, liebe Sally«, flüsterte Eve, während Sally noch um Luft rang.

Genf

Das Leben pulsierte unter ihren Fingern, zwischen ihren Beinen. Sie wiegte langsam vor und zurück, bewegte den harten Schaft tief in ihr, drückte ihn nach vorn, wo sie fühlen konnte, wie er gegen ihre Bauchmuskeln stieß, dann lehnte sie sich weit zurück und spürte ihn gegen die Eingeweide pochen. Sie zog die inneren Muskeln an, die sie sich wie in Seide gehüllte

Stahlfedern vorstellte, die den Schaft in ihr kappen oder kosen konnten.

»Serena. Serena.« Eine heisere Stimme, die wie von weit her klang. »Serena. Serena.«

Sie lächelte und verstärkte den Druck ihrer Muskeln. Serena.

»Was für ein schöner Name.«

Der Hauch von Angst, der in der Stimme mitschwang, behagte ihr, verlieh dem Namen noch mehr Bedeutung. Das ›S‹ kam zischend heraus. Ssserena.

Der männliche Körper unter ihr wurde wie von einer unsichtbaren Faust geschüttelt. Sie spürte, wie sich die Muskeln in seinem Bauch anspannten, wie seine Hüften kräftiger ruckten, und am hechelnden Atem merkte sie, dass er sich bald in ihr entladen würde.

Sie durfte ihm dieses Vergnügen nicht erlauben. Sie wusste nicht genau, warum nicht, aber sie hatte es sich schon vor Stunden vorgenommen.

»Serena.«

»Ssserena.«

»Sssssserena.«

Bei jeder Namensnennung stieß er tiefer in sie hinein.

Er suchte den Orgasmus, konzentrierte sich mit aller Macht auf die Erlösung seiner Lust.

»Serena.« Es klang fast wie ein Schrei.

Sergei.

Ihr Chauffeur.

Er hätte sie nicht so behandeln dürfen.

Am Morgen, als sie aus Max' Zimmer zurück in ihre Suite gegangen war, hatte er auf sie gewartet. Zuerst war sie wütend gewesen, aber dann hatte es ihr auch geschmeichelt, die rohe Lust dieses Mannes zu sehen. Er war über sie hergefallen, hatte sie ans Bett gebunden.

Den halben Tag über hatte er sie von einem Höhepunkt zum anderen gebracht. Dann war es ihr gelungen, sich aus den Hand- und Fußfesseln zu befreien, und in einem unbewachten Augenblick hatte sie ihn an die Bettpfosten gekettet. Sie hatte herausfinden wollen, wie lange er sich ihr widmen konnte, ohne seine Lust zu befriedigen. Sie hatte aufs Mittagessen verzichtet und dann auch aufs Abendessen. Maddie hatte sie ausgerichtet, dass Sergei in ihrem Auftrag unterwegs sei, und sie selbst sei für niemanden zu sprechen.

Es war ein wilder, ungestümer Tag gewesen, und Sergei hatte ein paar Mal versucht, wieder die dominante Rolle zu übernehmen, aber das hatte er schmerzhaft büßen müssen.

Sie verwehrte ihm den Rhythmus, den er brauchte, wenn sie merkte, dass er kurz davor stand, und wenn er sich beruhigt hatte, begann sie von neuem, ihre Muskeln einzusetzen. Dann versuchte er wieder, rhythmisch in sie hineinzustoßen, aber sie hielt ihn mit den Muskeln umklammert, und er schrie auf, frustriert, wütend, gepeinigt. Schließlich ließ er sich zurückfallen, er schlaffte ab und überließ sich ganz ihren Plänen.

Sie hatte gewonnen. Er hatte den Willen zum Orgasmus aufgegeben, auch wenn ihm nicht bewusst war, warum das so war.

Mit einem Ruck hob sie sich an, und er rutschte aus ihr hinaus, und lachend und bebend warf sie sich neben ihn aufs Bett, die Schenkel zusammengedrückt, um die Wellen des abebbenden Orgasmus noch etwas länger zu spüren.

»Oh, Sergei«, schnurrte sie, als ihr Atem sich wieder normalisiert hatte. Ihre Oberlippe verzog sich leicht, eine Geste, die er kannte. Er wusste, dass sie etwas Arglistiges im Schilde führte.

»Serena, verdammt«, stöhnte er heiser und ruckte mit den Hüften, um den schmerzenden Schaft irgendwo unterbringen zu können. Es brauchte nicht viel, um ihm Erleichterung zu verschaffen. Er musste endlich dieses dämonische Verlangen aus seinem Körper drängen.

»Sergei, mein Lieber.« Sie schaute ihn zärtlich an. Sie beugte sich über ihn und küsste seine Wange mit lächelnden Lippen. Die sanfte Berührung ihrer Brüste an seiner Schulter hätte ihm beinahe die Erlösung gebracht.

»Sergei, du bist entlassen.«

Sie stand vom Bett auf, streckte sich und ignorierte ihn.

Mika hielt sich allein im Musikzimmer auf. Er saß da, über den Schreibtisch gebeugt, angestrahlt vom hellen Strahl einer Lampe, der einzigen Beleuchtung im großen Zimmer. Sie schlüpfte hinein und zog die Tür hinter sich behutsam ins Schloss, um kein Geräusch zu verursachen.

Er sah sofort auf.

»Serena.«

Was war das, was in seiner Stimme mitschwang? Verwirrung? Erleichterung? Verärgerung. Vielleicht am ehesten noch Überraschung.

»Tut mir Leid, Liebling, dass ich mich fürs Abendessen nicht umgezogen habe«, sagte sie. Sie trat tiefer ins Zimmer und ließ sich auf die schwarze Ledercouch sinken.

»Serena.« Ein wenig vorwurfsvoll hörte sich das an, wie ein Vater, der mit dem ungezogenen Kind spricht.

»Ja, Mika?«, fragte sie und sah ihn herausfordernd an, schlug die Beine übereinander.

»Du hast das Abendessen verpasst, meine Liebe«, sagte er und stand hinter seinem Schreibtisch auf. Er griff nach seinem Glas und trank den Rest Grappa. Er schaute in ihre glitzernden Augen und betrachtete dann die schwarze Lederjacke, die sie trug. Sie reichte gerade bis zum Schoß.

»Sieht ein bisschen verwegen aus, das gebe ich zu«, sagte sie und zog die Jackenschöße über die Schenkel, »aber ich konnte einfach nichts zum Anziehen finden.« Die Jacke gehörte Sergei, und sie hatte sie einfach übergestreift, bevor sie das Zimmer verlassen hatte.

Er lächelte, aber es war kein frohes Lächeln. Er brütet an irgendeiner Feststellung, dachte sie, an irgendeiner Bemerkung, die sie lieber nicht hören würde. Sie warnte ihn mit den Augen, senkte die Lider und hob die Schultern.

»Du musst hungrig sein«, sagte er.

»Ich habe entsetzlichen Hunger«, sagte sie. »Und Durst habe ich auch.«

»Warte hier, ich lasse dir ein Tablett bringen.«

»Oh, das wäre fein«, schnurrte sie und streckte ihren Körper. »Ein bisschen Kaviar, Spargel, Lachs ... alles solche Sachen, Mika.« Sie lächelte ihn entspannt an.

Er stieß sich vom Schreibtisch ab, blieb bei ihr kurz stehen, um sie flüchtig auf die Haare zu küssen und roch dabei den Sex, den ihr Körper ausstrahlte.

»Gieriges Mädchen«, tadelte er und ließ eine Hand kurz auf ihrer Schulter ruhen. »Wenn überhaupt noch etwas da ist, bekommst du die Reste unseres Essens. Nach deinem Betragen müsste man dich ohne Essen zu Bett schicken.«

Er hörte sie noch lachen, als er die Tür schon hinter sich geschlossen hatte.

Es war ein alter Spaß, der aus den frühen Jahren stammte, und den sie seit langem schon vergessen hatten. Der Spaß gehörte zum Waisenhaus und zu den ersten Jahren in London, als sie sich kaum eine Mahlzeit erlauben konnten und gebackene Bohnen auf Toast ein ungeheurer Luxus schienen. Trotz des Spaßes hatte seine Stimme einen Unterton, den sie nicht kannte und auch nicht mochte. Aber heute Abend würde sie sich damit nicht beschäftigen.

Sie hatte Hunger.

Als Mika aus der Küche zurückkehrte, das Tablett in einer Hand, ein paar Weinflaschen in der anderen, betrachtete Serena die Ansammlung der Delikatessen mit der Miene einer Connaisseurs. Das Wasser lief ihr im Mund zusammen. Frisches Brot. Geräucherte Austern. Kalter Spargel. Ein halber Hummer. Auf einer Seite lagen *profiteroles*, in Schokolade getunkt, in Sahne getränkt. Kein Besteck. Er wusste, was sie am liebsten hatte.

»Kein Kaviar?«, fragte sie mit einer Stimme, die jeden noch so erfahrenen *maître d'hotel* hätte erbeben lassen.

»Ich hasse es, wenn du Kaviar mit den Fingern isst«, sagte Mika und öffnete eine Flasche Wein. »Du lässt ihn auf Tisch und Boden und Möbel fallen, und Maddie schimpft. Nun sei ein braves Kind und iss.«

Mit einem tiefen Seufzer langte sie nach einer Auster. Sie liebte das glitschige Gefühl in den Fingern. »Du hast gearbeitet«, sagte sie und deutete zum Schreibtisch, wo die einzelnen Blätter verstreut herumlagen.

»Ja«, sagte er und schenkte den Wein in zwei Gläser. Er reichte ihr eins.

»Sehr schön«, sagte sie schnurrend, nahm einen tiefen Schluck und setzte das Glas ab. Die Finger hinterließen einen fettigen Abdruck auf dem Kristall, und unwillkürlich schaute er hinüber zum Vogel von Lalique, der als Beschwerer des Manuskriptstapels diente.

»Erzähle mir von deiner Arbeit«, sagte sie und brach das Brot. »Ich möchte alles wissen.«

Er berichtete ihr alles, während sie gierig aß. Er berichtete von seinem Werk, von den Veränderungen, aus den sechs Sätzen nur vier zu machen, wie sich die Leidenschaft der Geige ausdrückte in der Leidenschaft des Körpers, wie vollkommen ihm der erste Satz aus dem Stift geflossen war. Welche Schwierigkeiten Franca mit dem ersten Satz gehabt hatte, bis sie seine Vision verwirklicht hatte. Zu diesem Zeitpunkt schien es ihm zu früh, von der seltsam bewegenden Szene zu berichten, als sie ihn ... geküsst hatte. Er wusste, dass er es Serena irgendwann erzählen würde. Er würde ihr alles erzählen, nur den Titel nicht. Sie würde nicht wissen, wessen Lied es in Wirklichkeit war. Das würde er ihr erst zum Geschenk machen, wenn er es beendet hatte und wenn es das erste Mal in Perfektion aufgeführt worden war.

»Liebling, es ist großartig!«, rief Serena aus und hob zur Unterstreichung eine Hand mit einer Hummerschere, bevor sie die Hand zum Mund führte und das zarte weiße Fleisch heraussaugte. »Es enthält alles, was wir je über die Geige, über Musik und sogar über Sex gelernt haben!«

»Du hast Recht«, sagte er bedächtig, und setzte sich neben sie. »Auf diese Weise habe ich es noch gar nicht gesehen.« Ohne nachzudenken, griff er nach einer Auster. Seine Hand lag schon über der Platte, als sein Verstand begriff, dass die Finger in schwarzen Handschuhen steckten. Rasch zog er die Hand zurück.

»Sei nicht albern«, murmelte sie leise, nahm zärtlich seine Hand und drückte die Finger leicht, bevor sie ihm eine Auster an die Lippen hielt.

»Du bist es, die albern ist«, sagte er. »Wie kann man Messer und Gabel hassen?«

»Aber schwierig«, sagte sie, ohne auf seinen Einwand einzugehen. Sie war noch bei der Musik. »Wie kann man eine Probe proben?«

»Wir haben mit der Leidenschaft als unterschwellige Strömung gearbeitet ... aber wenn Leidenschaft das Thema ist, wie probiert man es dann?«

Ihre Finger verharrten unschlüssig über Hummer und Spargel, und als Mika sie dabei beobachtete, überkam ihn plötzlich ein überwältigendes Gefühl der Zärtlichkeit. Lange, schlanke, elegante Finger, bar jeder Ringe, die Nägel nicht lackiert, jene Finger, die seine Hände voller Angst gehalten hatte, aber auch in verzückter Freude, Hände, die ihn durch den Albtraum von Mailand gebracht hatten, die ihn ermuntert, gepflegt und getröstet hatten, aber seine nie in leidenschaftlicher Lust gepackt hatten.

Er konnte ihr alles erzählen. Alles.

Außer, vielleicht, das Problem, das ihn gepackt hatte, seit er angefangen hatte zu komponieren. Seit Max und Franca in der Villa waren.

Sie griff zu, entschied sich für den Spargel. »Nun, mein Lieber, was hast du getan?«

»Eigentlich nichts«, sagte er und nippte am Wein. Er war froh, dass sie da war. »Nur ...«

»Ja?«

Er sah ihr zu, wie sie Fleisch vom Hummer zerrte, was sie mit einem zufriedenen Summen begleitete. Für sie war jedes Essen ein Fest der Sinne.

Er erzählte ihr, zunächst stockend, weil ihm die Darstellung nicht leicht über die Lippen kam, wie er versucht hatte, Franca zu der richtigen Stimmung zu verhelfen, um *Der Kuss* mit tiefer Intensität zu spielen.

Wie er versucht hatte, sie zu bewegen, ohne sie zu berühren. Und wie sie ihn geküsst hatte. Die Worte, die sie gesagt hatte. Der Schoß. Das Grab. Und wie er spürte, dass sie aufnahmebereit für die Fortsetzung der Arbeit war. Heute Abend am Brunnen hatte er das so empfunden.

»An meinem Borromini«, stellte sie klar und warf ihm einen Seitenblick zu, während sie ihr Glas leerte.

»An deinem Borromini, meine Liebe«, sagte er und verbiss sich das Lächeln, das sie um seinen Mund ahnte. »Und da wurde mir klar, dass der vierte Satz das Nachglühen sein muss. Vorher hatte ich das nicht so gesehen.«

»Gelegentlich bist du mit einer teilweisen Blindheit geschlagen, Mika«, antwortete sie. »Du brauchst dir nur die Kurven anzusehen, wie bedacht die Figuren zueinander stehen, wie sinnlich sie sich verhalten. Natürlich ist er ein Borromini.« Sie hielt ihm ihr Glas hin, und er schenkte ihr ein.

»Und sie hat gesagt, dass sie keine Hilfe braucht?«, fragte Serena, nahm eines der *profiteroles* und leckte sich die Schokolade von den Fingern.

»Ja, das hat sie gesagt.«

»Ich wüsste gern, ob das stimmt«, murmelte sie. »Ich frage mich, ob sie wirklich weiß, was es bedeutet, auf diesem Level zu spielen, und ob sie es durchhalten kann. Möglich, dass sie Recht hat. Vielleicht hat sie schon die physische Stimulans entdeckt, die sie zum Interpretieren braucht.« Ihre Stimme klang weich und verführerisch.

Er schaute hinüber zum Vogel, und er sah wieder die Geste, wie sie mit dem Finger, der über seine Lippen gestreichelt hatte, über das Federkleid gehuscht war.

»Wie lange dauert es, bis es fertig ist, Mika?«, fragte sie.

»Einen Monat wird es bestimmt dauern, vielleicht auch noch sechs Wochen. Bisher ist alles bestens gelaufen, ich habe ein gutes Gefühl. Aber jetzt will ich um das Thema herum schreiben, ich will es erforschen, es ausdehnen. Es ist erstaunlich. In meinem Kopf höre ich die Musik auf eine andere Weise. Sie scheint auch da zu sein, wenn sie mir nicht bewusst ist, und dann weiß ich plötzlich, wie ich sie zu Papier bringen muss. Ergibt mein Gerede einen Sinn?«

»Aber ja, Strawinsky hat etwas Ähnliches gesagt, mein Schatz. Und auch er hatte Schwierigkeiten, die Umstände seiner Arbeit zu beschreiben.«

»Strawinsky. Früher hatten die Komponisten noch klingende Namen«, murmelte er lächelnd. »Und nun hör dir unsere Namen an: Serena. Mika.« Er schüttelte den Kopf.

»Mir gefällt Serena«, sagte sie und langte nach ihrem Glas.

»Heute Abend ist etwas Eigenartiges geschehen«, sagte er abrupt. »Max und ich haben vor dem Essen einen Drink genommen, und er sprach über Disc-O, über seine Geschäfte und seine Expansionspläne. Ich habe ihm nicht richtig zugehört, weil meine Gedanken mit *Die Umarmung* beschäftigt waren, aber dann erwähnte er Sally.«

Sie wurde still und sah ihn reglos an, hörte mit dem Kauen auf, und die Hand mit dem Glas schien auf dem Weg zum Mund eingefroren zu sein.

»Ich muss irgendeine Reaktion gezeigt haben, nehme ich an, denn er wechselte sofort das Thema, fragte nach dir und ob es irgendwelche Probleme gebe.«

»Und?« Ihre Stimme verriet nichts außer Neugierde.

»Ich musste lachen. Ich meine, es ist lächerlich, ein seltsamer, unglaublicher Zufall. Ich glaube, ich habe ihn durch mein lautes Lachen beleidigt.«

»Was für ein Zufall?«

»Sally, so stellt sich heraus, ist seine Assistentin bei Disc-O.«

Farbe kehrte in ihr Gesicht zurück. Es beruhigte sie, dass ihre Hand nicht zitterte, als sie das Glas endlich an die Lippen setzte.

»Wirklich, ein verrückter Zufall«, stimmte sie zu. Es mochte der Durst sein, vielleicht auch die Irritation, die sie veranlasste, das Glas in einem Zug leer zu trinken.

»Ja«, sagte Mika und schenkte ihr wieder ein. »Später habe ich überlegt ... aber Max ist dafür nicht hintergründig genug, nicht verschlagen genug, um solche Spiele zu spielen, nicht wahr?«

»Hintergründig? Max? Verschlagen? Max?« Ihre Stimme klang belustigt.

»Hm.«

»Mika, mein Lieber, das ist absurd, das ist so absurd wie ...« Ihr wollte kein passender Vergleich einfallen. Nach außen war sie ruhig, aber ihr fiel ein, dass sie von Anfang an den Verdacht gehabt hatte, Max führte irgendwas im Schilde, als er ihr seinen Besuch so heftig aufgedrängt hatte.

Der Verdacht war so stark gewesen, dass sie ihm ein Aphrodisiakum in den Wein gegeben hatte. Wollte sie ihn in eine Situation bringen, ihr unter dem Einfluss des Mittels den wahren Hintergrund seines Besuchs zu verraten, oder wollte sie seine sexuellen Grenzen testen?

Sie mochte sich nicht festlegen.

Jeglicher Argwohn war dann gewichen, als er sie in dieser ersten Nacht dabei erwischt hatte, wie sie durch seine Papiere gegangen war. Er hatte normal und gelassen reagiert, wie ein Mann, der nichts zu verbergen hat.

»Er sagt Dinge, die nicht echt klingen«, hörte sie Mikas Stimme wie aus weiter Ferne. »Ich glaube zum Beispiel nicht, dass er der Musik gegenüber so ignorant ist, wie er sich gibt. Jemand, der Disc-O zu einer der führenden Firmen durchgesetzt hat, muss mehr von der Branche wissen.«

»Aber was bringt dich auf die Idee, dass er der Musik gegenüber ignorant ist?«, fragte Serena.

»Du warst beim Mittagessen nicht dabei«, erinnerte er sie. Ihm fiel wieder das Entsetzen in Francas Gesicht ein, als Max diesen Warshawski – wer auch immer das war – mit Wieniawski verwechselt hatte.

»Nein«, sagte sie und gähnte ungeniert, zeigte dabei ihre perfekten kleinen weißen Zähne. »Vielleicht wollte er dich nur ein bisschen hochbringen.«

»Hm. Also, lass dir sagen, er war schon seltsam während des Essens«, beharrte Mika. Er erinnerte sich an Francas Kommentar, dass Max kaum etwas gegessen hätte und dass sein Blick immer wieder auf Serenas leeren Platz gerichtet gewesen wäre.

»Max würde niemanden von uns wissentlich schädigen«, sagte sie im Brustton der Überzeugung. »Denn es würde auch ihn schädigen und seine Firma.«

»Stimmt«, räumte er widerwillig ein. Serena hatte den Instinkt eines Hais, nicht nur für Blut, sondern auch für den Selbsterhaltungstrieb, und dieser Instinkt hatte ihn in der Vergangenheit ein paar Mal gerettet. Aber konnte es sein, dass sie auf einem Auge blind war, wenn es um Max ging?

»Ich habe mir Gedanken gemacht, Serena. Ich frage mich, ob nicht etwas geschehen ist, was ihn gefährlich macht. Sehr gefährlich sogar«, sagte er schließlich.

»Wovon, um alles in der Welt, sprichst du?«, fragte sie überrascht, die Augen weit geöffnet.

»Ich glaube, er liebt dich, Serena«, platzte es aus ihm heraus und fixierte sie mit seinen blauen Augen.

Ihre hellbraunen Augen hielten seinem Blick stand. »Natürlich tut er das, Liebling«, sagte sie und lachte. »Wie könnte er das verhindern?«

»Serena.« Mikas Stimme klang plötzlich hart. »Ich glaube, er ist in dich verliebt.«

Sie hob die Schultern, tauchte den Zeigefinger in die Schokoladensauce und leckte den Finger schmatzend ab.

Er grub eine Hand in ihre Schulter. »Hör mir zu, Serena. Wenn man jemanden liebt, kann das oberflächlich sein, es mag auch ein echtes Gefühl sein. Aber wenn man verliebt ist, dann spielt Leidenschaft mit, mit Verliebtsein ist Herzschmerz und Hass verbunden, eigentlich jeder Urinstinkt, den wir kennen. Verliebtsein ist, nach den Sternen greifen und gleichzeitig am Boden zerstört sein. Es schärft alle Sinne, es hält die Welt an, wenn es sein muss. Es stellt Dinge auf den Kopf, es verschiebt Perspektiven. Verstehst du, was ich meine?«

»Ah«, sagte sie schnurrend, und eine kleine Boshaftigkeit mischte sich in ihre Stimme, als sie sagte: »Du sprichst wohl aus ureigenster Erfahrung, was?«

Der Griff um ihre Schulter lockerte sich, aber seine Augen schauten immer noch streng. »Ja. Du kannst nicht Geige spielen, ohne verliebt zu sein.«

»Aber ich interpretiere die Geige, Mika.«

»Du machst eine spitzfindige Unterscheidung, von der ich nichts halte, wenn ich das so sagen darf.« Sie erwiderte seinen strengen Blick, und er spürte, dass sich ihr Körper unter seiner Hand verkrampfte.

Er nahm die Hand von ihrer Schulter. Trauer erfasste

ihn, er stand auf und schritt zum Panoramafenster, vor dem die Schwärze der Nacht lag.

»Serena«, sagte er laut. »Serena.«

Sie sah ihn an, Eisen in den Augen. Sie nippte am Wein.

Er stand mit dem Rücken zu ihr, schaute hinein in die Schwärze. »Serena, es mag gefährlich für uns sein, aber es ist keine schreckliche Sache. Ich habe mich wohl schlecht ausgedrückt.« Er hielt inne und rang nach Worten, die ihm nicht einfielen.

Noch ein Schluck Wein. Weder mit einem Wimpernzucken noch mit irgendeiner Geste würde sie ihm zeigen, wie sehr er sie verletzt hatte.

»Ich mag Max«, sagte er zum Fenster. »Ich habe nachgedacht über ihn ... über uns.« Ohne sich umzudrehen, wies er zu dem antiken Schrank, in dem seine Stradivarius lag. »Wie sie gehörst auch du ins Rampenlicht. Ich weiß, dass du ruhelos bist. Ich habe über die Zukunft nachgedacht ...«

Sie unterbrach ihn. »Ein pompöses Wort, Zukunft. Dies ist die Zukunft, Mika. Von der wir geträumt haben, für die wir gearbeitet haben.«

»Nicht genau so«, sagte er leise und schaute auf seine Hände.

»Nein, nicht genau so«, gab sie zurück, die Stimme erstaunlich kalt. »Aber wir haben Geld. Unabhängigkeit. Freiheit. Und du hast eine andere Art der Arbeit gefunden«, fügte sie sanfter hinzu.

»Aber du nicht.« Er sprach immer noch zum Fenster. Es waren ungute Worte, die besser unausgesprochen geblieben wären. Aber er hatte sie gesagt. Er hatte vom ersten Augenblick an gewusst, als sie ins Zimmer getreten war, in dieser Lederkluft und nach Sex riechend, dass irgendetwas sie zurück auf die dunkle Seite gezogen hatte. Und auf jener Seite war sie ein anderer Mensch, eine andere Serena.

»Darling, ich habe mir nie vorgenommen, nach der protestantischen Ethik zu leben«, sagte sie, Hohn in der Stimme.

Sie war schnippisch wie einem Zufallsbekannten auf einer Cocktailparty gegenüber. Er musste die Barrieren niederreißen. Musste eine Möglichkeit finden, seine Verwirrung auszudrücken, seine immer stärker werdende Überzeugung, dass sie beide etwas Neues in ihrem Leben finden mussten, um ihrem Leben wieder einen Sinn zu geben.

Wie gewöhnlich ahnte sie seine Gedanken und formulierte sie sogar.

»Also Mika. Die Zukunft. Du meinst, ich sollte auch eine Zukunft haben?«

»Vielleicht«, sagte er und drehte sich zu ihr um.

Sie lächelte. »Du willst meinem Leben einen neuen Sinn geben. Und welchen?«

Er nickte, und das erste Mal seit langer Zeit zeichnete sich ein Lächeln auf seinem Gesicht ab. Dann hob er die Schultern.

»Nun«, sagte sie gedehnt. »Ich sehe, worauf du abzielst. Max. Ein Mann, der mich liebt. Beschäftigt in einem Wirtschaftszweig, in dem ich mich auskenne. Eine Gelegenheit, diesen Mauern zu entfliehen. Oder soll ich besser sagen, eine Gelegenheit, um mich selbst zu finden? Nein, ich glaube, das ist ein Begriff, der nicht mehr in Mode ist. Aber so etwas schlägst du vor, nicht wahr?«

»Ja.« Sie hörte das leichte Zittern in seiner Stimme.

»Du hättest mit einem Schlag zwei Probleme gelöst, nicht wahr? Deine etwas nebulösen Vorstellungen, dass Max eine Gefahr sein könnte, wäre vom Tisch. Und für mich … nun, für mich hättest du eine Arbeit geschaffen.«

Er schwieg.

»Und dann, in der Zukunft, wer weiß …«, murmelte sie. »Einkehr in die Wohlanständigkeit. Heirat. Ja, ich nehme an, Heirat wäre nicht ausgeschlossen, nicht wahr, Mika?«

Sanfte blaue Augen trafen ein hellbraunes, fast gelbes, herausforderndes Starren.

»Und dann … Kinder?« Sie blickte an ihrem vollkommenen Körper hinab, der unter der schwarzen Lederjacke weiß schimmerte, reif, schön.

Sie lachte das warme, heisere, perlende Lachen, dass er so gut kannte. »Warum nicht noch ein Häuschen mit Rosenranken, mein Lieber?«

»Serena …«

»Liebling, du bist ein Romantiker. Das habe ich immer an dir geliebt. Das macht dich zu Mika.« Ihre Stimme klang wie ein Streicheln.

Deshalb war der Peitschenschlag, der dann folgte, so unerwartet und schockierend.

»Aber du bist ein romantischer Spießer, fürchte ich. Mein Lieber, du bist gut beraten, wenn du dir deine Klischees für die Partitur aufhebst.«

Sie erhob sich mit einer leichten, geschmeidigen Bewegung vom Ledersofa und schritt zur Tür, leckte sich unterwegs den Rest von Schokolade von den Fingern ab.

Weil er ihre Launen so gut kannte, sprach er sie an, als sie die Tür erreichte, und stellte die Frage, die ihn den ganzen Tag beschäftigt hatte, auch wenn er sicher war, die Antwort zu kennen.

»Wo warst du heute, Serena?«

Sie hatte die Tür schon geöffnet, neigte den Kopf zur

Seite. Sollte sie noch ein Klischee verwenden? Nun ja, es entsprach schließlich der Wahrheit.

»Nun, Liebling, ich bin festgehalten worden.«

Sie war endlich allein in ihrer Suite, saß am schwarz lackierten Toilettentisch und spürte, wie die Wut, die sinnlosen, entsetzlichen Dinge der letzten Stunden hochkamen und wie eine Welle über ihr zusammenschlugen. Sie spürte sie so heftig, dass sie nach Atem ringen musste. Sie streckte blindlings eine Hand aus, um sich Halt zu verschaffen, und erwischte dabei einen der Dildos aus Elfenbein, die in Reih und Glied auf der schwarzen Oberfläche standen.

Sie ließ ihn fallen, als hätte sie sich die Finger verbrannt.

Mit einer plötzlichen wischenden Bewegung der rechten Hand fegte sie die gesamte Erotik-Kollektion zu Boden, die Liebesperlen, die Peitschen, die Salben und Tinkturen. Eine der Flaschen zerbrach und gab einen scharfen, aromatischen Geruch frei.

Sie ignorierte das Durcheinander, das sie angerichtet hatte, starrte in den Spiegel und rieb die Hände immer wieder über die glatte schwarze Fläche des Toilettentisches, als könnte der Lack die Dunkelheit in ihr wärmen.

Zehntes Kapitel

Rhapsodie in Moll

Max wachte auf. Sein Kopf war ein Rattennest, ein Labyrinth von zerstreuten Gedanken, die das Gewebe des Schlafs mit nadelscharfen Krallen anfraßen.

Unruhig wälzte er sich herum. Eigentlich war es unmöglich, in diesem Bett nicht schlafen zu können, die Leinentücher waren frisch und makellos, die Daunenkissen schmiegten sich um sein Gesicht wie eine Geliebte. Die sanfte, aber harte Matratze ... das Bett hätte von Morpheus selbst geschaffen sein können, um den Sterblichen in die Welt der Träume zu entführen, in ein exotisches Paradies mit allen sexuellen ... verdammt!

Er wälzte sich wieder auf die andere Seite, entschied sich dann dafür, sich auf den Rücken zu legen.

Die Decke war ein Kunstwerk. Wunderschöne Stuckarbeiten, ineinander verschlungene Liebespaare, bekränzt von Blumen und Blüten, als wäre der Künstler von Eros persönlich inspiriert worden. Barock oder Rokoko.

Serena würde es wissen.

Als der Name in seinen Gedanken auftauchte, verbannte er alles andere aus seinem Kopf. Es war, als wären die Silben ihres Namens auf eine Stirn geprägt. Schlaf war unmöglich. Er stand auf, drückte die Lampe neben seinem Bett an und langte nach dem seidenen Morgenmantel.

Sein Blick fiel auf die Flasche Scotch, aber er verwarf diese verführerische Absicht sofort wieder. Er brauchte eines der Mittel aus seiner Kindheit, einen Becher warme Milch und ein unerträglich langweiliges Buch. Gut, vielleicht einen Schuss Cognac in die Milch. Neben seinem Bett hatte ein fürsorglicher Mensch zwar die neuesten Zeitschriften und Buchbestseller gestapelt, aber sie erfüllten nicht die Bedingung – sie würden ihn wach halten.

Dickens wäre die richtige Medizin gewesen, oder auch Trollope. In der Villa musste es eine Bibliothek geben. Er konnte sich nicht erinnern, dass Serena sie erwähnt hatte, als sie ihn durch das Haus geführt hatte, aber er hatte bei der Führung kaum etwas anderes gesehen als ihre aufreizende Gestalt, ihren Hüftschwung, die hüpfenden Bewegungen der Brüste bei jedem Schritt.

Er knirschte mit den Zähnen. Dickens und warme Milch. Er verknotete den Gürtel des Morgenmantels, trat aus seinem Zimmer und hinaus auf den Flur.

Er hatte gerade ihre Tür passiert, als ihm bewusst wurde, dass seine Augen den schmalen Lichtschlitz unter der Tür registriert hatten. Sein Herz hüpfte. Er ging noch drei, vier Schritte, ehe er anhielt, sich umdrehte und sich davon überzeugte, dass seine Augen sich nicht geirrt hatten. Er starrte auf die geschlossene Tür.

Ja, sie war drinnen. Er wusste es mit jeder Faser seines Körpers, spürte es bis tief ins Herz.

Wie ein liebeskrankes Hündchen stand er da, starrte auf die Tür und wusste nicht, was er tun sollte. Er wusste nur, dass er sich nach ihr sehnte. Die Tür stand zwischen ihnen. Wie eine hohe Mauer, eine Festung.

Er würde sie nie gegen ihre Willen stören. »Ich will für mich sein«, hatte sie ihm gesagt.

Es war sein Unterbewusstsein, das ihm sagte, er sollte den Türknopf drehen. Aber er tat es nicht, er streckte nur eine Hand aus und legte sie flach gegen das Holz. Ich benehme mich wie ein törichter Knabe, schalt er sich.

Und dann hörte er ein dünnes Lachen hinter der Tür. Ein seltsamer Laut, fast unmenschlich, und es lief ihm kalt den Rücken hinunter. Seine Hand glitt ungewollt zum Türknopf.

Ohne bewussten Gedanken, ohne bewussten Willen bewegte sich seine Hand und drehte den Türknopf. Er sah sich ins Zimmer treten, als schaute er einem anderen Mann zu.

Sie saß am Toilettentisch und starrte in den Spiegel. Er sah ihr Spiegelbild, leichenblass bis auf die rote Wärme ihres Mundes. Sie trug eine schwarze Lederjacke. Die schwarze Oberfläche des Tisches, die schwarze Jacke in ihrem Rücken und das schwarze Haar verschmolzen vor seinen Augen zu einer dunklen Wolke. Sie schien wie in Trance zu sein und bemerkte sein Eintreten nicht.

»Serena«, sagte er weich. Er wollte sie zurückholen in die Wirklichkeit, in diese Welt, aber er wollte sie auch nicht erschrecken. »Serena.«

Er trat näher an sie heran, streckte behutsam eine Hand nach ihr aus und rief wieder leise ihren Namen. Sie weinte, und Tränen kullerten über ihre Wangen auf die lackierte Oberfläche des Tisches. Sie schien vom Fluss ihrer Tränen fasziniert zu sein, denn sie starrte unentwegt in den Spiegel. Ihre Hände rieben über den Tisch, als wollten sie in den salzigen Tränen baden.

Er legte seine Hände auf ihre Schultern und beugte sich vor. Sein Gesicht war auf einer Höhe mit ihrem, er drückte seine Wange gegen ihre und starrte ebenfalls in den Spiegel. Ihr Blick verschob sich; sie schaute jetzt ihn an, nicht überrascht, ganz ruhig. Als ob sie ihn erwartet hätte. Als ob sie ihn noch nie zuvor gesehen hätte.

»Serena.« Sie wischte immer noch mit den Händen über den Tisch. Er legte seine Hand auf ihre und fühlte, dass die Finger eiskalt waren.

»Serena, mein Liebling, du frierst.« Er kniete sich neben sie, nahm ihre Hände in seine und rieb sie zärtlich. Er wollte seine Wärme auf sie übertragen. Irgendein Instinkt warnte ihn, sie in die Arme zu nehmen.

Im Zimmer war es angenehm kühl, aber nicht kalt, dachte er. Die schwere Lederjacke, die sie trug, hätte ausreichen müssen, sie zu wärmen. Sie roch nach Leder und Moschus ... er kannte diesen Geruch, wollte aber der Erinnerung an ihn entkommen. Er rutschte auf den Knien von ihr weg, stieß dabei gegen etwas Hartes. Er sah auf den Boden und entdeckte die Fläschchen, Gläser, Peitschen und Dildos, dazu noch einige merkwürdig aussehende Instrumente, die im Schein der Lampe glänzten.

Ihre Hände fühlten sich immer noch kalt an. Aber jetzt schaute sie ihn wenigstens an, wenn auch mit Blicken, die einem Fremden galten. Sie weinte immer noch.

Er stand auf, nahm sie bei der Hand und führte sie in das Badezimmer nebenan. Sie folgte ihm wie ein gehorsames Kind. Sie stand passiv da, als er die Jacke von ihren Schultern streifte und die Hähne des marmornen Bads öffnete. Bald schon waren sie von einem warmen Dunst umgeben. Er testete das Wasser, hob sie auf die Arme und ließ sie langsam ins Wasser gleiten.

Sie lag schlaff da, reglos und benommen. Max ließ sich von seinem Instinkt leiten und sagte nichts. Er nahm die Seife und wusch sie zärtlich, jeden Teil ihres Körpers, Finger, Arme, Schultern und Nacken, Brüste,

Bauch und Beine. Dieses eine Mal erregte ihr Körper ihn nicht, sie hätte seine Schwester sein können oder sein Kind.

Seine Ärmel wurden nass, als er sie auf die Seite drehte, und dabei hielt er ihren Kopf fest, wie er es bei einem Kleinkind getan hätte. Er seifte ihren Rücken und den Po ein. Ihre Haut fühlte sich jetzt endlich warm an.

Sie überließ sich völlig passiv seinen Händen, sie tat nichts, um ihm zu helfen, ließ sich willenlos von einer Seite auf die andere drehen.

Sie schaute ihn an, aber sie schien ihn nicht zu erkennen. Sie verfolgte aufmerksam seine Handlungen, aber sie nahm keinen Anteil daran. Selbst wenn ich ihren Kopf unter Wasser drückte, dachte er, würde sich der Ausdruck in ihren Augen nicht verändern. Und sie würde nichts unternehmen, um sich zu retten.

Aus den zahlreichen Flaschen auf dem Regal an der Kopfwand suchte er die mit dem Shampoo heraus, dann brachte er sie in eine sitzende Position und begann, ihren Kopf zu waschen. Seine Hände kamen ihm für ihren kleinen Kopf viel zu groß und klobig vor, aber er schaffte es, und nachdem er die Haare eingeschäumt hatte, tauchte er ihren Kopf unter Wasser.

Sie tauchte auf, das schwarze Haar wie eine dunkle Haut auf ihrem Kopf, prustend und keuchend. Max schwitzte in der dampfenden Hitze. Die Seide des Morgenmantels klebte ihm am Körper.

Er hob sie aus der Wanne und stellte sie auf die Füße. Sie war so fügsam und willenlos, dass es ihn nicht gewundert hätte, wenn sie vor ihm zusammengesunken wäre, als er sie für einen Augenblick nicht mehr mit den Händen stützen konnte, weil er sich nach einem Badetuch umdrehen musste.

Aber sie blieb geduldig stehen und zeigte auch keine Reaktion, als er das Badetuch um sie schlang. Er nahm ein anderes Tuch, um ihre Haare trocken zu rubbeln, deren Strähnen dann auf ihren schmalen Schultern klebten.

Er trocknete ihren Körper. Er hob ihre Arme an, und sie hielt sie brav oben und schaute ihn nun eher neugierig an.

Sie hätte auch eine Statue sein können, eine Plastik aus Stein. Eine Priesterin, die das Ritual der Waschung über sich ergehen lässt. Eine Jungfrau, die darauf wartet, geopfert zu werden. Ein müdes Kind.

Sie war all das und auch nichts von allem.

Ihm kam der eigenartige Gedanke, dass sie in sich ein dunkles Geheimnis trug, das langsam in ihr pochte; irgendeinen Wahnsinn, der darauf wartete, ans Licht zu kommen. Max rubbelte ihre Haut trocken, und die widersprüchlichen Gefühle in ihm rangen um die Oberhand. Er hatte Angst um sie und fürchtete sie, er war müde und unglücklich. Wenn er einem Impuls nachgegeben hätte, hätte er das Badetuch um ihren Hals gewrungen und ihr so lange zugesetzt, bis sie ihr Geheimnis geröchelt hätte. Er sah einen Bissabdruck auf ihren Brüsten, sah die wunden Brustwarzen.

Seine Berührungen wurden noch behutsamer als vorher.

Als er sie anschaute und das Zucken ihres Mundwinkels sah, wusste er genau, wie sie reagieren würde, wenn der Wahnsinn ihn dazu brachte, die Hände um ihren Hals zu legen. Wenn sie den Griff anzogen. Wenn er seine Liebe und Wut und Angst in diesen würgenden Griff um ihren weißen Hals legte.

Sie würde lachen.

Wenn sie keinen Atem mehr im Leib hätte, würde sie

mit den Augen lachen und ihn mit dem gelben Feuer ihrer Augen verbrennen.

Aber die Augen, die er im Spiegel gesehen hatte, waren die Augen eines Kindes gewesen, groß und fragend, als sie dem Fluss ihrer eigenen Tränen zugeschaut hatte.

Nachdem er sie trockengerieben hatte, nahm er einen Seidenmantel vom Haken an der Tür und legte ihn um ihre Schultern. Er trug sie zum Bett und legte sie behutsam hin. Er zögerte einen Augenblick, aber ein leichtes Zucken ihrer Augen veranlasste ihn, sich rasch auszuziehen und sich neben sie zu kuscheln. Er hielt sie mit beiden Armen umschlungen.

Sie schlief sofort ein. Ihr Atmen war tief und regelmäßig, und das sanfte Heben und Senken ihrer Brüste war so unwiderstehlich und hypnotisch wie die Wellen des Meeres.

Er spürte, dass seine Lider zufielen. Die vertraute Wärme ihres Körpers machte ihn zusätzlich schläfrig, und im nächsten Augenblick war er eingeschlafen.

Seltsamerweise war es Max, der träumte. Von wunderschönen Seidenlocken, die sich um seinen Körper schlangen und deren Duft ihn betörte. Zuerst neckten und lockten sie ihn nur, aber dann zogen sie sich immer enger um ihn zusammen, bis er kaum noch atmen konnte.

Stöhnend rieb er sich an Serena, er wollte diesen Locken ausweichen, die immer härter wurden, jetzt aus Stahl zu sein schienen, und aus einer Locke an seinem Hals wurde sogar eine schneidende Klinge …

»Max …«

Sie legte sich auf die Seite, streichelte über seine Brust, küsste seine Schulter.

»Max.«

Die Klinge setzte an, die Spitze ritzte seine Haut, und jeden Moment würde sie …

»Max!«

Wie aus dunkler See wurde er an Land gespült. Benommen schlug er die Lider auf und schaute in ihre Augen. Sie waren nicht gelb, sondern hellbraun und golden.

»Max, du hast geträumt. Es muss ein böser Albtraum gewesen sein.«

Das Laken auf seiner Seite war zerknüllt und wand sich wie eine Schlange um seinen Leib, wie die Locken, von denen er geträumt hatte. Er war in Schweiß gebadet und sah, dass seine Hände zu Fäusten geballt waren.

»Du hast geträumt, Max«, wiederholte Serena. »Du musst erst ganz aufwachen, und dann schläfst du wieder ein.«

Die Hände streichelten über seinen Körper, sie glättete das Betttuch und zog es ganz hinauf, dann kuschelte sie sich eng an ihn.

»Schlaf ein, Max.«

»Es war das Messer«, murmelte er, kaum hörbar, als der Schlaf ihn schon fast wieder umfangen hatte. »Das Messer …«

Serena stützte sich auf einen Ellenbogen und sah, wie sich seine Lider schlossen, wie sie zuerst noch ein bisschen zuckten, dann aber ruhig über den Augen lagen. Er streckte blind die Arme nach ihr aus und hielt sie fest an sich gedrückt.

Das Messer.

Sie fragte sich, was wohl der Grund für diesen Traum sein konnte. Und warum hatte er ausgerechnet von einem Messer geträumt?

Auch sie schlief wieder ein.

Irritiert und ruhelos schritt Mika im Musikzimmer auf und ab. Er konnte jetzt nicht zu Serena gehen und sich bei ihr entschuldigen. Dabei wäre es wichtig gewesen, ihr zu erklären, warum diese ungeordneten Gedanken in seinem Kopf schwirrten. Aber wie sollte er es ihr erklären? Er verstand sie ja nicht einmal selbst.

Er hätte es besser wissen müssen. Er wusste, wann sie den Teufel in sich hatte. In solchen Zeiten akzeptierte sie weder Liebe noch Logik. Es war ihm bewusst, dass er nicht besonders logisch argumentiert hatte.

Warum hatte er auch ausgerechnet an diesem Abend seine vagen Ängste und Hoffnungen ausdrücken müssen, seine tollpatschigen Versuche, über die Zukunft zu sprechen? Reuevoll schaute er auf seine Hände, auf die schwarzen Handschuhe. Seine Finger prickelten wieder, juckten, brannten.

Vielleicht hatte er mit dem Thema begonnen, weil er die Veränderung spürte und weil er davon ausgegangen war, dass sie sie auch spürte, denn schließlich waren sie immer so eng miteinander verbunden gewesen, dass der eine die Gefühlslage des anderen kannte.

Der Anblick von ihr, wie sie dort in der Tür gestanden hatte, nur mit der viel zu großen Lederjacke bekleidet, mit dem zerzausten Haar, die Glut in ihren Augen ... Dieses Bild, hatte er gedacht, gehörte der Vergangenheit an. Es gehörte an einen Ort, den er hoffte, längst hinter sich gelassen zu haben.

Er wusste von den Spielen, die sie betrieben hatte, seit sie nach Genf gekommen waren. Die endlose Reihe von Gärtnern und Chauffeuren. Er akzeptierte ihre Bedürfnisse, wie sie seine akzeptierte. Aber die schwarze Lederjacke und dieser Blick in ihren Augen hatten ihn empfindlich gestört. Sie erinnerten ihn an die ersten Monate in der Villa.

Plötzlich fühlte er sich wie in einer Falle, eingesperrt, klaustrophobisch. Er riss die großen Fenster auf und atmete tief ein.

Sie entfremdeten sich. Diese Erkenntnis stieß in sein Herz wie ein Eispickel. Die kalte Wahrheit, die er sich bis jetzt nicht eingestanden hatte.

In dieser seltsamen Metamorphose vom Performer zum Komponisten, von der Abgeschiedenheit des Behinderten zum Kreativen, hatten sie sich auseinander gelebt. Sie war nicht mehr wichtig für seine Arbeit, die für ihn das Blut des Lebens war. Es fiel ihm schwer, sich diese Erkenntnis abzuringen, er musste sie aus der Tiefe seines Bewusstsein zwingen und sie kühl und leidenschaftslos überprüfen.

Der Vorgang des Komponierens war völlig verschieden von seiner früheren Arbeit auf der Bühne. Als Performer war er mit Serena gewachsen, hatte er nur auf dem sinnlichen Kontrapunkt gedeihen können, den sie in ihr gemeinsames Leben einbrachte. Sie hatte ihn auf neue Höhen der Interpretation bringen können, sie hatte ihn gezwungen, den rein intellektuellen und rein technischen Angang um die sinnliche Komponente zu erweitern. Sinnlichkeit. Ohne Scham, ohne Schuld.

Sie hatte das Fundament für seine neue Rolle als Komponist gelegt. Es war reine Ironie, dass es eine Rolle war, die sie ausschloss. Denn er interpretierte nicht Klang und Sinnlichkeit, er schuf sie. Es war ein neues Unterfangen, fremd und doch vertraut, eine neue Reise, die er allein machen würde.

Abrupt wandte er sich vom Fenster ab. Vielleicht sah er alles ganz falsch. Vielleicht war er einfach übermüdet, verstört von ihrem Streit.

Mit einem bitteren Lächeln erinnerte er sich an das, was Brahms über die Kunst des Komponierens gesagt hatte. »Es ist nicht schwer zu komponieren, es ist nur so entsetzlich schwierig, die überflüssigen Noten unter den Tisch fallen zu lassen.«

Überflüssige Noten. Warum hatte er Max in die Unterhaltung hineingezerrt? Warum hatte er seinen nagenden Zweifel erwähnt, und seine Überzeugung, dass Max sich in sie verliebt hatte? Dass Max ihr eine andere Zukunft bieten könnte. Und Serena, schnell wie immer, war schon zwei Schritte vor ihm und hatte das Ungesagte aufgegriffen, die mögliche Entwicklung aufgezeichnet.

»Hebe deine Klischees für die Partitur auf«, hatte sie gesagt.

Überflüssige Noten. Er schritt langsam durchs Zimmer, schaltete die Lampen aus, bückte sich nach dem Tablett, das Serena auf den Boden gestellt hatte. Er schob es auf den Schreibtisch und blieb zögernd stehen, schaute auf die verstreut herumliegenden Seiten. Überall Ideen, Skizzen, Noten.

Es gab noch einen Unterschied zwischen der Bühne und dem Schreibtisch des Komponisten.

Wenn er probierte oder spielte, konnte er über ein Heer von Frauen verfügen. Er brauchte sie, damit seine rastlose Energie sich verströmen konnte. Nach einem Konzert fühlte er sich wie kurz vor einer Explosion, heiß und hart. Jede Kleinigkeit erregte ihn, schlanke Beine um ein Cello, feingliedrige Finger, die auf einer Flöte pulsierten. Er benutzte sie, um seine Interpretationen zu verzwickten sexuellen Szenarien anzuregen.

Musik war Sex, und Sex war Musik.

Seit fast zwei Jahren hatte er keine Frau mehr gehabt.

Franca schlief tief und träumte. Die Bilder des Brunnens mit dem weißen Marmor und den dunklen Schatten, das Spiel von Licht und fließendem Wasser, die sinnlichen Meerjungfrauen, der erigierte und lüstern dreinschauende Meeresgott, alle diese Eindrücke verschmolzen. Sie saß auf dem Rand des Brunnens, die langen Beine baumelten im kühlen Wasser, und hinter sich wusste sie die Gestalt eines Mannes, er hielt ihre Schultern und schob sie langsam vorwärts, auf den gewaltigen Marmorphallus zu.

Sie blickte an sich hinunter, sah ihre gespreizten Beine, das weiße Kleid, das in Hüfthöhe schwamm, die feuchten Lippen ihres Geschlechts, die im Dämmerlicht schimmerten. Ihr Körper war nass wie der Brunnen, pulsierte unter der kühlen Oberfläche, heizte sich in der eisigen Umarmung auf. Die Hände auf ihren Schultern lockten sie weiter, hoben sie an, schoben sie auf den mit dicken Adern durchsetzten weißen Marmorschaft.

Einen Augenblick lang empfand sie Angst, sie wollte sich sträuben, krümmte den Rücken, um der Penetration des Speers zu entkommen. Sie war zu klein, zu eng, zu sterblich, um ihn in ihrem Körper aufzunehmen, um die marmorne Härte zu umschließen.

In ihrem Schlaf packten ihre Hände das Kissen.

Und noch während sie die Lippen öffnete, damit ihr Stöhnen entweichen konnte, spürte sie, wie ihr Körper schwebte, sich öffnete und weitete, und wie das harte Geschlecht in sie hineinstieß. Ihr Inneres wurde aufgewühlt, es schmiegte sich an den weißen Marmor, weichte ihn auf, verwandelte ihn in einer unvergleichlichen Metamorphose zu Muskeln und Sehnen, Fleisch und Blut.

Die Hände auf ihren Schultern gruben sich plötzlich tief ein, packten sie mit quetschender Kraft. Aber sie konnten nicht verhindern, dass sie sich auf dem Glied mit diesem instinktiven, primitiven Urrhythmus bewegte, immer schneller, immer tiefer. Ihr Körper begann zu zittern, getrieben von den ersten leichten Erschütterungen, die rasch dazu führten, dass sie wie von unsichtbarer Faust geschüttelt wurde.

Dehnen und zusammenziehen, umklammern und loslassen, das versteckte Herz offen, heiß und pochend. Sie warf den Kopf zurück, und dabei sah sie, dass die Hände, die ihre Schultern gepackt hielten, in dünnen schwarzen Lederhandschuhen steckten.

Das war der Augenblick, in dem sie explodierte. Sie schrie auf, fiel ganz tief, wurde von Lust gepackt und von seinem heißen Balsam durchspült.

Sie stöhnte laut. Die pochende Hitze breitete sich in ihr aus und schickte sie in einen neuen tiefen Schlaf.

London

»Weck sie nicht auf«, mahnte Eve im Flüsterton und schlüpfte aus dem Bett. »Sie wird jetzt eine Weile schlafen.« Sie suchte ihren Mantel und sah, dass er zusammengeknüllt am Bettende lag, verwoben mit dem Betttuch. Sie hob die Schultern und ließ den Mantel liegen. Nackt schritt sie zur Schlafzimmertür und gab Nikolai mit einem Wink zu verstehen, dass er ihr folgen sollte.

Nikolai, ebenfalls nackt, blieb neben dem Bett stehen und schaute nachdenklich auf die schlafende Sally.

»Komm schon, Nik«, flüsterte Eve ungeduldig. Es überraschte sie, dass der sentimentale Blick in seinen Augen sie verärgerte. »Bewege dich schon. Ich will nicht, dass sie schon aufwacht.«

Er verharrte noch einen Moment neben dem Bett, offenbar fiel es ihm schwer, den Blick von der Schlafenden zu wenden. Sally lag in einer völlig gelösten Haltung dort, in genau dieser Pose hatte sie ihren Höhepunkt erlebt, die Beine gespreizt, die Arme weit ausgebreitet, das Gesicht halb im Kissen vergraben.

Er schüttelte den Kopf, drehte sich um und sah, dass Eve noch in der Tür stand.

Zwei Frauen, wie sie verschiedener nicht hätten sein können, sowohl im Bett wie auch außerhalb. Eve war sinnlich und üppig, und sie besaß eine triebhafte Sexualität, die sie alle mitgerissen hatte. Sally, nervös und zögerlich, dann aber draufgängerisch und hemmungslos, die sich während der Sexspiele ungestüm hatte gehen lassen.

Er war sich nicht sicher, ob sie Eves Plan wirklich mit allen Konsequenzen verstanden hatte. Eve hatte ihn geschickt zwischen Küssen und Streicheln entwickelt, und Nikolai hatte den Eindruck, dass Sally sich ausschließlich auf ihre Lust konzentrierte, dass in ihrem hübschen Kopf in diesen Augenblicken für nichts anderes Platz war.

Als Sally das erste Mal »Ja« geschrien hatte, ein lang gezogener Schrei nach völliger Hingabe, hatte Nikolai sich schon gefragt, ob sie damit wirklich die Antwort auf Eves geflüsterte Fragen gegeben hatte, die sie gestellt hatte, bevor sie ihre Zunge tief zwischen die Lippen steckte. Danach hatte sie sich wunderbar unter Nikolai bewegt, sie hatte seinen Rhythmus aufgenommen und ...

»Nikolai!«, zischte Eve voller Ungeduld und Unmut. »Komm endlich!«

Seufzend griff er nach dem schwarzen Frotteemantel,

den er neben das Bett gelegt hatte. Dann schritt er leise aus dem Zimmer und folgte Eve.

Bei Eve war es ganz anders gewesen, dachte er. Sie hatte den Rhythmus bestimmt, und sie erwartete, dass er darauf einging. Sie hatte auf ihm geritten und hatte seinen Schaft behandelt, als wäre er aus Eisen und nicht aus Fleisch und Blut. Und es war Eve, die Jeff Brooks kannte und seine Unterstützung genoss, es war Eve, die eine neue Produktionsfirma gründen würde. Eve, die ihn nach oben katapultieren konnte.

Trotzdem. Er legte lieber seine Karriere in ihre Hände als seinen Schwanz.

»Etwas Champagner«, sagte sie gebieterisch und fuhr sich mit den Händen durch das platinblonde Haar. Ihre Augen glänzten vor Aufregung. »Ich habe es geschafft! Oder besser – wir haben es geschafft!«, fügte sie hinzu. »Wir haben sie, du kluger, lieber Junge. Jetzt ist sie bei mir.«

Er zog die Goldfolie vom Flaschenhals ab und schaute Eve zu, die im Zimmer auf und ab ging. »Ich bin nicht sicher«, sagte er zweifelnd.

»Sie hat Max jetzt auf einer persönlichen Ebene verraten«, fuhr Eve ungerührt fort. »Sie hat mir den Schlüssel zu Max' Wohnung gegeben, was der Boss schon als Vertrauensbruch ansehen wird. Aber dann hat sie auch noch mit uns zusammen sein Bett benutzt. Für Sally muss das eine enorme Überwindung gewesen sein. Ich bin sicher, sie hat es deshalb getan, weil sie innerlich schon mit ihm gebrochen hat. Und du hast es selbst gehört – sie hat ja gesagt. Zum Schluss habe ich sie noch einmal gefragt, um ganz sicher zu sein, und sie hat wieder ja gesagt.«

Der Champagner schäumte aus der Flasche. Er stieß einen Fluch aus und hielt die Flasche hastig über zwei

Kelche. »Vielleicht hat sie etwas anderes gemeint«, gab er zu bedenken, während er Eve ihr Glas reichte.

»Oh, nein, Nikolai«, gab Eve zurück, und ihre Augen blickten hart. »Ein Ja ist ein Ja. Vergiss das nicht.« Die Drohung in ihrer Stimme war unüberhörbar. Sie hob ihr Glas.

»Auf mich«, sagte sie und stieß mit ihm an.

»Auf dich«, sagte er und nahm einen tiefen Schluck.

Genf

Max wurde vor Serena wach, und es dauerte eine Weile, bis er begriff, dass sie es war, die sich eng an ihn gekuschelt hatte, ihren Hintern gegen seinen Schoß gedrückt, den Rücken an seine Brust gelehnt. Er hatte den rechten Arm um sie gelegt und hielt damit ihre Brüste. Vorsichtig zog er den Arm zurück und achtete darauf, dass er sie nicht störte.

Wie jeden Morgen überschlug er kurz die Geschehnisse des Vortages. Er teilte sie auf in Rubriken, privat und geschäftlich, wichtig und unwichtig, dringend und verschieben.

Die wichtigste Aufgabe dieses Tages war, Francas Unterschrift unter den Vertrag zu erhalten. Er sah keine Probleme dabei. Inzwischen würde Sally die beiden Vertragskopien gefaxt haben, und Mika und Serena konnten als Zeugen dabei sein. Er konnte sich nicht vorstellen, dass Franca jetzt noch einen Rückzieher machte oder auf unabhängige Berater wartete.

Aber bei Disc-O war irgendwas nicht in Ordnung. Er konnte es riechen, wie er auch den feinen Duft in Serenas Haaren riechen konnte. Es gab keinen direkten Grund für die Beunruhigung, keinen Anlass für seinen

Argwohn, aber er wusste, dass etwas nicht stimmte. Und es hatte etwas mit dem nordamerikanischen Markt zu tun.

Max führte seine Firma aus dem Bauch heraus, er hielt viel von Gefühl und Intuition. In seinen Daumenballen juckte es. Er würde nach London zurückfliegen müssen, um sich die Dinge aus der Nähe anzusehen. Und vielleicht würde er dann zu entscheiden haben, ob er nach New York und Toronto flog. Oder ob er Sally schicken konnte.

Bevor er flog, musste er mit Serena sprechen, um ein paar ›ermüdende geschäftliche Einzelheiten‹ zu besprechen, wie Mika es genannt hatte. Er musste klar stellen, dass es nichts zu erörtern gab. Wenn Mika einen Vertrag für seine Kompositionen haben wollte, würde er sagen: Fein. Aber wir verrechnen die Einkünfte mit der jährlichen Garantiezahlung.

So viel zum Geschäftlichen.

Was das Private anging, handelte es sich ausschließlich um Serena. Er schaute auf sie hinunter, der schwarze Rahmen ihrer Haare auf dem weißen Leinenkissen, die ebenmäßigen Atemzüge. Der Gedanke, sie allein lassen zu müssen, schmerzte ihn. Er wollte nicht ohne sie sein.

Aber es war ein Schmerz, mit dem er lernen musste zu leben. Schließlich hatte er bisher auch ohne sie gelebt.

Wer war sie, fragte er sich zum tausendsten Mal. Sie schlüpfte ihm durch die Finger wie Wasser, dieses wilde, schöne, gierige Wesen, dieses ungezogene Kind, das sich die Mayonnaise von den Fingern leckte, diese elegante Frau … dieses blasse Häufchen Mensch, das sie in der Nacht gewesen war, von den eigenen Tränen fasziniert. Die Frau, die ihn zu solchen unvorstellbaren Höhen getrieben hatte. Aber auch zu dieser Besessenheit, dass er nicht mehr von ihr lassen konnte.

Sein Herz krampfte sich zusammen. Wenn sie ihn doch nur langweilen würde. Wenn er sie entsetzlich finden könnte … aber selbst ihre Fehler und Schwächen begeisterten ihn, ihre Arroganz, ihre perverse Widerspenstigkeit.

Er sollte gehen, bevor sie aufwachte, dachte er. Wenn sie allein wach würde, hatte er ihnen beide eine Verlegenheit erspart, die Peinlichkeit der vergangenen Nacht, die sich erst im Licht des neuen Tages als solche erweisen würde. Er hatte sie schwach gesehen … Nein, vielleicht nicht schwach, dachte er. Wie sollte man diese Stimmung beschreiben? Verletzlich? Er schüttelte sich. Es spielte keine Rolle.

Er beugte sich über sie, um ihre Haare zu küssen. Und dann sah er in ihre Augen.

»Guten Morgen, Max.« Sie streckte sich ein wenig, blinzelte und überraschte ihn dann damit, dass sie seine Lippen mit ihren Fingern berührte. »Du siehst so ernst aus.«

»Serena …« Er zögerte einen Moment, dann begann er von neuem. »Serena, es tut mir Leid, aber ich muss abreisen. Ich wollte es heimlich tun, während du schliefst.« Er lächelte verlegen und rutschte weg von ihr zur anderen Bettseite.

»Das ist ganz allein deine Entscheidung«, sagte sie leichthin. »Aber du kannst gerne länger bleiben. Ich rufe an, dass man uns das Frühstück bringt. Ich will ein bisschen faulenzen an diesem Morgen.«

Sein Mantel lag neben dem Bett. Er ertappte sich dabei, dass er sich scheute, sich nackt zu zeigen.

»Du hast in der Nacht einen Albtraum gehabt«, sagte

sie, erhob sich vom Bett und legte sich den Seidenmantel um. »Erinnerst du dich daran?«

Er lehnte sich zurück in die Kissen. »Ja, ja«, murmelte er. »Ich erinnere mich an das Messer.«

»Seltsame Symbolik«, sagte sie und setzte sich auf den Bettrand. Sie bestellte Kaffee und Croissants über die Sprechanlage, dann stand sie auf, blieb vor dem Toilettentisch stehen und betrachtete die verstreut herumliegenden Dinge aus ihrer Erotik-Kollektion. Sie lächelte.

»Ich muss wohl auch schlecht geträumt haben«, sagte sie und stieß eine Peitsche mit dem Fuß zur Seite. Sie kniete sich und hob die Fläschchen auf.

Max überlegte sich eine Antwort. Sollte er berichten, wie er sie vorgefunden hatte?

»Schlecht geträumt?«, fragte er schließlich.

»Ja, glaube ich wenigstens. Oder irgendein Geist ist schon am Tage in mich gefahren.« Sie schaute hoch. »Ah, da kommt Maddie mit dem Frühstück«, sagte sie, als es an die Tür klopfte.

Max runzelte die Stirn, schüttelte den Kopf. Er hatte damit gerechnet, dass Serena kühl und reserviert sein würde, stattdessen schien sie völlig entspannt zu sein, und über das merkwürdige Geschehen in der Nacht sprach sie, als plauderte sie übers Wetter von gestern.

Lächelnd brachte sie das Tablett zum Bett. Sie hob die silbernen Deckel ab und gab den Blick frei auf appetitlich gelbe Rühreier mit mehreren knusprigen Schinkenstreifen. Sie schenkte Kaffee in zwei Tassen ein.

»Was für ein Geist?«, fragte Max, nahm eine Tasse und nippte am Kaffee.

»Ein Inkubus, den ich geschaffen habe«, sagte sie locker, setzte sich im Schneidersitz aufs Bett und griff mit den Fingern nach einem Schinkenstreifen. »Oder vielleicht habe ich ihn auch nur angelockt. Es geschieht so viel zwischen dem Bewusstsein und dem Unterbewusstsein, dass die Grenzen zwischen Fantasie und Wirklichkeit oft verwischen, findest du nicht auch?«

»Nein«, sagte er offen. »Serena, ich habe nicht den geringsten Schimmer, wovon du redest.«

»Es spielt keine Rolle, Max. Es war nur ein abschweifender Gedanke.« Sie zog einen Teller mit Rührei an sich heran und griff widerwillig nach einer Gabel. »Mika und ich haben uns gestern gestritten.«

»Oh«, sagte Max, erleichtert und gleichzeitig beunruhigt. Deshalb war sie gestern verschwunden und hatte sich am Abend so seltsam verhalten. Er konnte nur hoffen, dass der Streit nichts mit Franca zu tun hatte. »Ich bin sicher, dass es nichts Ernsthaftes ist, Serena«, sagte er verlegen. »Ich meine, ihr zwei seid ...« Ja, was sind sie eigentlich?, dachte er, und sofort fiel ihm der Bissabdruck auf ihrer Brust ein, den er gesehen hatte, als er sie in der Nacht gebadet hatte. Er beendete mit einiger Verzögerung seinen Satz: »Ihr seid schon so lange zusammen.«

»Ernsthaft?«, wiederholte sie. »Ich bin mir nicht sicher. Es könnte ernst werden. Er hat ein paar unverzeihliche Dinge gesagt. Und ich auch. Aber seine Arbeit geht gut voran, nicht wahr?«

»Es scheint so.«

»Franca tut ihm gut«, bemerkte Serena, verzehrte den letzten Happen Rührei und griff nach einem Brötchen. »Das freut mich sehr. Max, du isst ja gar nichts. Mehr Kaffee?«

Verwirrt hielt Max ihr die Tasse hin. Sie wechselte die Themen so rasch, dass er der Unterhaltung nur mit Mühe folgen konnte. Albtraum, Inkubus, ernsthafter Streit mit Mika, unverzeihliche Dinge ... Lob für Franca ...

»Etwas Schinken? Du musst unbedingt die Erdbeeren probieren. Sie sind köstlich.«

Mika saß allein auf der Terrasse und sah zu, wie die Sonne stieg. Er trank Kaffee und hing seinen Gedanken nach. Er war dankbar für die Wärme, die der schnurrende Midas auf seinen Knien abgab. Die Katze war gestern verschwunden, wahrscheinlich war sie jagen, vielleicht war sie aber auch nur verärgert über die Anwesenheit von Fremden in der Villa. Midas war, wie sein Herr, ungehalten, wenn die Routine gestört wurde.

Mika hatte schlecht geschlafen, und nun fühlte er sich erschöpft und ruhelos. Er war zuerst ins Musikzimmer gegangen, entschlossen, den Satz *Die Umarmung* abzuschließen und den nächsten, *Der Höhepunkt*, grob zu skizzieren. Aber die Noten flossen nicht, und ihm blieb nichts anderes übrig, als in die Ferne zu starren und an nichts zu denken.

Die Noten würden wieder fließen, das wusste er genau, er konnte sie schon an der Peripherie seines Bewusstseins tanzen sehen, aber wann immer sein Verstand danach greifen wollte, schwebten sie davon, und er hörte tausend andere Melodien. jetzt hörte er Midas' grollendes Knurren und das beneidenswert fröhliche Morgengezwitscher der Vögel.

Als er ihre Schritte hörte und dann das Scharren des Metalls über den Terrassenboden, als sie sich einen Stuhl heranzog, zuckte er zusammen.

»Guten Morgen«, sagte sie weich und schenkte sich einen Kaffee ein.

Sie trug nur einen winzigen schwarzen Bikini, der von einem weiten, weißen Hemd nur unvollkommen verhüllt wurde. Ihre Haare fielen in flammenden Kaskaden über ihre Schultern. In seinem erhöhten Zustand der Wahrnehmung konnte er die Elektrizität in ihren Haaren knistern hören, als sie es mit einem eleganten Schwung des Kopfes zu ordnen versuchte.

»Vielleicht«, sagte er.

Sie stutzte über dieser Bemerkung und entschied, nicht darauf zu reagieren. Und auch auf die Katze wollte sie nicht reagieren, die unter seinen Händen den Rücken krümmte und sie boshaft anstarrte. »Ich dachte, dass ich vor der Arbeit ein paar Runden schwimme«, sagte sie und nippte am Kaffee.

»Sie haben eine Affinität zum Wasser«, sagte Mika nach einer Weile. Er dachte daran, wie ihre Finger im Wasser des Brunnens gespielt hatten. Wie ihr Körper in ihrer ersten Nacht in der Villa gezittert hatte, als er Händel gespielt hatte.

»Ich habe eigentlich nie viel fürs Schwimmen übrig gehabt«, sagte sie. »Aber seit ich hier bin, fühle ich mich zum Pool hingezogen. Vielleicht liegt es an der Bequemlichkeit, am Luxus, einen eigenen Pool zu haben. Und auch noch einen eigenen Brunnen«, fügte sie lachend hinzu.

»Ganz zu schweigen vom Bach hinten im Garten«, sagte er trocken.

»Oh, es gibt einen Bach?«, rief sie aus. »Zeigen Sie ihn mir, bitte?« Sie hätte rot werden mögen, als sie das naive Betteln in ihrer Stimme hörte. Verdammt! Sie benahm sich wie ein Kind und nicht wie eine kühle, gestandene Frau.

»Später vielleicht«, sagte er. Er hörte kaum ihre Worte, sondern konzentrierte sich auf den Klang ihrer Stimme, auf den Ausdruck des Entzückens. Er gehörte in *Die Umarmung*, es war der Klang, der den Moment beschreibt, in dem zwei Körper sich erkennen und instinktiv wissen, dass es ihnen vorbestimmt ist, sich zu vereinen – und dass sie sich vereinen werden.

Sie trank den Kaffee aus, stellte die Tasse mit einem lauten Knall ab, der ihn aus seinen Gedanken herausholte, was sie auch beabsichtigt hatte.

»Ich gehe jetzt schwimmen«, sagte sie und stand auf. Sie wollte, dass er sie anschaute, während sie das weiße Hemd abstreifte, dass er ihre hohen Brüste bewunderte, die langen Beine, den Schwung ihrer Hüften.

»Ja, ja, natürlich«, sagte er zerstreut. Man sah ihm an, dass seine Gedanken woanders waren, als er ihren Körper betrachtete.

Sie drehte sich mit einem hochmütigen Ausdruck im Gesicht um, ließ die Hüften schwingen und lief leichtfüßig zum Pool.

Er hörte das Wasser sprühen, als sie hineintauchte, und dann den rhythmischen Puls ihres Körpers, der das Wasser teilte, und er fühlte sich plötzlich entspannt, und die Noten begannen zu fließen, machten Sinn und nahmen Form und Gestaltung an. Er wollte sie nicht vertreiben mit seiner Ungeduld, deshalb zwang er sich, am Tisch sitzen zu bleiben und nicht ins Musikzimmer zu laufen, um alles festzuhalten, was ihm in diesen Augenblicken aus den Sphären zufloss.

Er ließ seine Gedanken wandern, mied aber die dunklen Schatten, die Serena geworfen hatte, die unsicheren Wolken der Zukunft, und dachte lieber an das Mädchen im Wasser. Franca. Es gab eigentlich keinen Grund, dass sie länger blieb, sobald er *Serenas Lied* abgeschlossen hatte. Und doch wäre es ihm nicht recht gewesen, wenn sie jetzt gehen würde. Sie hatte ihm einige wertvolle Einsichten und Erkenntnisse gegeben, die ihm geholfen hatten, seine Arbeit zu optimieren.

Und er gestand sich auch ein, dass er sie bewusster wahrnahm, dass er sie als Frau wahrnahm, nicht mehr nur als Körper für seine Musik. Die Glut, die zwischen ihnen am Vorabend im Musikzimmer gelodert hatte, war für ihn überraschend gewesen, hatte ihn verblüfft. Er hatte dieses Empfinden gestern Abend schon rasch weggeschoben, ebenso wie das brennende Prickeln in seinen Händen.

Aber beide Empfindungen kehrten immer wieder in seine Gedanken zurück – und in seine Hände. Beinahe ärgerlich.

Serena hatte sich satt gegessen, streckte sich und erhob sich vom Bett. Sie fühlte sich rastlos und faul, ungeduldig und melancholisch. Es war Zeit, der Villa für eine kurze Weile zu entfliehen, sich in ein Auto zu setzen und gemütlich über die schmalen, gewundenen Straßen zu zockeln oder wie irre zu rasen. Beides würde seine ablenkende, beruhigende Wirkung nicht verfehlen.

»Wir nehmen uns ein Auto, und dann zeige ich dir die Gegend, Max. Vielleicht machen wir unterwegs ein Picknick. Maddie kann uns was zusammenstellen. Es ist ein wunderschöner Sommertag«, sagte sie, stellte sich ans Fenster und zog die schweren Vorhänge zurück.

Sie konnte Franca im Pool sehen, wie sie ihre Runden zog, und Mika, der allein auf der Terrasse saß. Ja, dachte sie, nach gestern Abend war es wohl am besten, ihn heute in Ruhe zu lassen. Oder auch nicht.

»Serena, es tut mir Leid, aber ich kann nicht.« Er hatte sich die Worte abgerungen, noch bevor er darüber nachgedacht hatte. Das war gut so, sonst hätte er sie nicht ausgesprochen.

»Du kannst nicht? Warum nicht?«, fragte sie und drehte sich zu ihm um. Sie hatte nie damit gerechnet, dass er einen solchen Vorschlag ablehnen könnte.

»Ich muss zusehen, dass Franca den Vertrag unterschreibt. Sally wird ihn schon gefaxt haben«, begann er verlegen. »Danke auch, dass du ein Faxgerät auf mein Zimmer hast stellen lassen.«

Serena nickte, die Gedanken woanders. Sie hätte nie daran gedacht, ihm ein Faxgerät aufs Zimmer zu stellen. Maddie war ein Schatz.

»Nun, das wird kaum den ganzen Tag lang dauern«, sagte sie. »Am See gibt es ein wunderbares kleines Restaurant, wir könnten dort essen. Mir ist nach einer langen Fahrt durch die Gegend zumute.«

»Serena, ich muss zurück nach London.« Seine Stimme klang jetzt kräftiger, entschlossener.

»Also, wirklich Max. Disc-O wird auch überleben, wenn du noch ein paar Tage anhängst«, gab Serena verstimmt zurück. »Ich möchte, dass du mit mir kommst.«

Worte, die er noch vor ein paar Tagen hätte küssen können. Aber gestern Abend hatte er die Tiefen von Liebe und Besessenheit ausgelotet. Wenn er länger bliebe, würde er mehr als nur sein Herz gefährden, mehr als seine Seele. Er erinnerte sich an seinen Impuls, die Luft aus ihr zu quetschen, als er die Spuren eines anderen Mundes auf ihrer Brust gesehen hatte.

Er blendete diese Gedanken aus und zwang sich, an sein Geschäft zu denken.

»Das hat damit nichts zu tun, Serena«, stellte er richtig, aber bevor er fortfahren konnte, musste er schlucken. Serena streifte den Mantel ab, ließ die weiße Seide zu Boden gleiten. Er schluckte wieder. »Ich muss zurück. Irgendetwas braut sich zusammen. Ich muss herausfinden, was es ist.«

»Was braut sich denn zusammen?«, fragte sie, trat vor den Spiegel und betrachtete sich. Unter der rechten Brustwarze bemerkte sie einen bläulichen Fleck. Sie tippte einen Finger in einen Salbentopf und fuhr leicht darüber. Trotzdem zuckte sie zusammen, verbiss aber den Schmerz. »Und woher willst du das wissen?«

Die Hälfte seines Verstandes war auf ihren Körper gerichtet, auf die Bewegungen ihrer Finger, die damit begonnen hatten, abwechselnd die Brüste zu massieren. Die andere Hälfte mühte sich mit der Aufgabe ab, sein Problem zu definieren.

»Instinkt, Serena. Ein Gefühl aus dem Bauch heraus. Wenn ich argwöhnisch bin, muss ich meinen Instinkten folgen, sonst zerfrisst es mich.«

Serena lächelte. Sie tat es genauso. »Und?« Sie hob eine Augenbraue und wartete darauf, dass er seinen Argwohn erläuterte. Sie setzte sich zu ihm auf den Bettrand. Ihre Finger griffen nach dem letzten Schinkenstreifen, der noch auf seinem Teller lag.

Sie hörte kaum zu, als er von Prozenten und Marktanteilen sprach, von Verkaufsstrategien, vom zunehmenden Interesse an klassischer Musik in Europa, aber dann war da eine Formulierung, die sie aufhorchen ließ.

»Was hast du gesagt, Max?«, fragte sie und leckte sich genüsslich die Finger ab.

»Ich sagte, im Grunde genommen ist es eine öffentliche Verführung oder eine Verführung der Öffentlichkeit, ganz, wie die willst.«

Sie lächelte wieder. Es gab nicht viel, was sie über Verführung nicht wusste.

»Und das fehlt in Eves Bericht aus den Staaten«, fuhr er fort. »Das hatte ich bisher nicht bemerkt. Aber es gibt keine Strategie in ihrem Bericht, keine Taktik!« Zur

Unterstreichung schlug er mit der flachen Hand aufs Bett. »Und warum hat Sally nicht darauf hingewiesen? Wir können doch nicht einfach davon ausgehen, dass wir unsere europäischen Erfahrungen auf den amerikanischen Markt übertragen können. Eve weist darauf hin, dass die Amerikaner keine Tradition haben, was klassische Musik angeht, aber verdammt, das ist doch unsere Chance!«

Sie hörte mit mildem Interesse zu und suchte auf dem Tablett nach weiteren Möglichkeiten. Unter dem Rand des Tellers hatte sich eine Erdbeere versteckt.

Max fuhr fort: »Wir müssen den Markt stimulieren, ihm das Bewusstsein geben, dass er diese Art von Musik braucht.«

»Natürlich«, sagte sie und griff nach der Erdbeere. Im Geschäftsleben ging es nicht anders zu als beim Sex. »Man muss einen Bedarf schaffen, ein Bedürfnis befriedigen.«

»Ah, du begreifst das, ja?«, rief Max begeistert.

»Bedarf und Bedürfnis? Davon verstehe ich eine ganze Menge«, erwiderte sie und biss in das saftige Fleisch der Erdbeere. »Aber ich habe das Gefühl, als ob du dir auch noch wegen einer anderen Sache Sorgen machst.«

Er zögerte, war nicht bereit, ihr seine nagenden, unbegründeten und unvernünftigen Zweifel anzuvertrauen. Nur weil deine Assistentin, die seit zehn Jahren für dich arbeitet, das Büro viel zu früh verlässt, weil sie vergisst, das Telefon umzustellen und du sie schließlich in deinem eigenen Penthouse erreichst und sie mit einer seltsam gepresst klingenden Stimme antwortet und von nicht existierenden Pflanzen spricht …

»Max?«

»Mag sein«, gab er zu. »Aber ich hoffe, dass ich mir in

einer anderen Sache unbegründete Sorgen mache. Aber wir müssen auch noch einen Punkt klären, Serena.«

»Hm.« Sie erhob sich lustlos vom Bett und ging aufs Badezimmer zu.

»Du und Mika, ihr müsst verstehen, dass die Geschäfte schwieriger geworden sind, Serena ...«

»Natürlich, Darling. Ich werde unter die Dusche gehen. Franca dreht ihre Runden im Pool, ich habe sie vom Fenster aus gesehen. Warum treffen wir uns nicht in einer halben Stunde bei ihr? Du sagst, dass du vor deiner Abreise noch ihre Unterschrift brauchst, nicht wahr?«

Im nächsten Moment hörte er schon das Wasser der Dusche rauschen. Er schaute auf seinen leeren Teller. Den Schinkenstreifen hatte er sich absichtlich für zuletzt aufgehoben.

»Keine Sorge«, sagte Max und reichte Franca seinen goldenen Füllfederhalter. »Das ist ein Standardvertrag, der unserer beider Interessen schützt und keine versteckten Klauseln enthält, das verspreche ich Ihnen. Auf Seite sieben sehen Sie die gepunktete Linie, dort unterschreiben Sie bitte, und damit ist alles erledigt. Sie sind der neue Star von Disc-O.«

Franca blätterte den Vertrag rasch durch und wollte die Feder gerade aufs Papier setzen, als Serena die Terrasse betrat. Sie trug ein safrangelbes Seidenkleid, ärmellos und schulterfrei, ein wunderbarer Kontrast zu ihren glänzenden schwarzen Haaren.

»Du warst schnell, Max«, sagte sie und trat an den Tisch. »Guten Morgen, Franca. Mika.«

Mika drehte sich auf dem Stuhl abrupt um und stieß leicht gegen den Tisch. Der Anfang von Francas Unterschrift auf dem Vertrag wurde ein jäher Strich nach oben. Serena berührte Mikas Schulter leicht mit der Hand, bevor sie sich hinter Franca stellte.

»Ah, da ist der Vertrag«, bemerkte Serena. »Darf ich ihn mal sehen?«

»Serena, hallo. Ja, natürlich«, sagte Franca, aber Serena hatte ihre Antwort gar nicht erst abgewartet und den Vertrag schon an sich genommen. Sie zog sich einen Stuhl heran und setzte sich neben Franca.

»Ich glaube nicht, dass er irgendwas enthält, was ...«, begann Max.

»Serena, ich bin froh, dass du gekommen bist und ...«, sagte Mika fast zeitgleich.

Sie brachen beide ab.

»Entschuldige, Max.«

»Nein, nein, ich wollte nur sagen ...«

»Wie interessant«, bemerkte Serena und ignorierte beide. »Hast du das alles gelesen. Franca? Es ist ein fünfjähriger Exklusiv-Vertrag. Du legst dich für einen langen Zeitraum fest. Und nur zehn Prozent der Einkünfte? Das ist wirklich kein großartiges Geschäft.«

»Ich habe es nicht so gelesen«, bekannte Franca, ein wenig verunsichert. »Aber ...«

»Serena, du bist kein Agent, und du hast keine Ahnung, wie man mit solchen Dingen umgeht«, unterbrach Max. »Das ist ein Standardvertrag, den ich unzählige Male für neue Künstler ausgestellt habe.«

»Ah, aber sie ist keine neue Künstlerin, nicht wahr?«, sagte Serena mit ihrer süßesten Stimme. »Eine Aufnahme für die Deutsche Grammophon, vergangenes Jahr der Preis auf dem Internationalen Musikfestival in Luzern. Du hast ein niedriges Angebot abgegeben, Max.«

»Serena, das sind noch keine Voraussetzungen für eine große Karriere«, wandte Max ein.

»Aber du kannst sie auch nicht als völlig unbeschriebenes Blatt hinstellen«, konterte Serena und schaute ihm unschuldig in die Augen.

»Zehn Prozent?«, fragte Mika, der sich bisher aus der Diskussion herausgehalten hatte.

»Zehn Prozent ist der übliche Satz«, sagte Max knirschend. »Aber wie dem auch sei ...«

»Nein, mein Lieber«, unterbrach Serena ihn und wandte sich an Franca. »Ich glaube, du musst ein bisschen länger darüber nachdenken. Vielleicht solltest du einen Agenten oder einen Anwalt konsultieren. Ich weiß tatsächlich nicht viel über diese Dinge«, fügte sie dann noch hinzu und warf Max wieder einen unschuldigen Blick zu.

Der Drang, sie zu erwürgen, kehrte zu Max zurück. »Serena, zu deiner Information«, begann Max mit gepresster Stimme. »Unsere Rechtsabteilung ...«

»Zehn Prozent der Einkünfte?«, wiederholte Mika, als hätte er nicht gehört, dass Max zu einer Erklärung angesetzt hatte. »Wie viel erhalte ich, Serena?«

»Du bekommst überhaupt keine Prozente!«, explodierte Max. »Du erhältst eine inflationssichere Garantiesumme, die nur ein absoluter Narr wie ich ...«

»Jetzt aber, Max«, sagte Serena leise. »Sei doch nicht gleich so gereizt.«

»Vielleicht hätte ich den Vertrag gründlicher durchlesen sollen«, sagte Franca und sah sie alle mit großen Augen an.

»Ich möchte etwas klar stellen«, sagte Max, der seine Wut nur mühsam beherrschen konnte. »Unsere Rechtsabteilung in London ...«

»Ah, ja, London«, unterbrach Serena ihn, und plötzlich lauerte der Schalk in ihren Augen. »Unglücklicherweise muss Max schon bald zurück nach London fliegen. Ist das nicht schade?« Sie schaute zuerst Mika an, dann Franca. »Dabei hatte ich mich so darauf gefreut, heute mit Max ein bisschen durch die Gegend zu fahren, damit ihr in Ruhe arbeiten könnt. Wir hätten irgendwo ein Picknick gemacht. Aber nein, für ihn geht das Geschäft vor das Vergnügen. Stimmt es nicht, Max?«

Max knirschte mit den Zähnen, ohne dass es ihm bewusst wurde. War sie tatsächlich fähig, seinen Vertrag mit Franca zu sabotieren, weil er sich geweigert hatte, mit ihr zu einem Picknick zu fahren? Unmöglich, Unvorstellbar. Erwürgen wäre für sie zu gut gewesen. Zu schnell.

»Aber da ich eine gewisse Unrast in mir fühle«, fuhr Serena ungerührt fort, »habe ich mir überlegt, mit ihm zu fliegen. Ich möchte mir die Geschäfte anschauen und mich ein bisschen amüsieren. Und während ich dort bin, Franca, kann ich mich ein wenig intensiver um deinen Vertrag kümmern, wenn du möchtest.«

»Aber Serena, du hast immer gesagt, dass du London hasst!«, riefen Max und Mika gleichzeitig aus, und in jeder Stimme schwangen Schmerz und Kummer mit, wenn auch aus unterschiedliche Motiven.

»Ja, kann schon sein«, sagte sie locker, »vielleicht fühle ich mich ein bisschen masochistisch.« Sie bedachte sie alle mit einem strahlenden Lächeln.

Elftes Kapitel
Doppelfuge

Serena summte leise vor sich hin, als sie im eingebauten Kleiderschrank die Regale und Hänger durchforstete. London im August. Eine entsetzliche Vorstellung. Trübe, kalt, grau und regnerisch, oder heiß und stickig. Man konnte nie sicher sein. Die Seidenjacke aus Thailand würde sie natürlich mitnehmen, den weißen Hosenanzug, das schlanke schwarze Lederkleid … oder lieber nicht? In letzter Zeit hatte sie ein bisschen zu oft Leder getragen, dachte sie kichernd.

»Serena?« Francas Stimme klang schüchtern. »Es tut mir Leid, ich habe geklopft, aber du hast mich nicht gehört.«

»Franca! Schön, dass du da bist.« Serena drehte sich zu ihr um und lächelte. »Du kannst mir einen Rat geben. Was sollte ich mit auf die Reise nehmen? Das Wetter ist immer so unvorhersehbar in England.«

»Als ich abgeflogen bin, war es heiß«, meinte Franca und starrte offenen Mundes auf die prall gefüllten Kleiderstangen mit Blusen, Röcken, Kleidern, Hosenanzügen, Hosen und Abendkleidern, auf die Stellagen mit Schuhen, Sandalen und Stiefeln in jeder nur denkbaren Farbe. »Wie lange willst du denn bleiben?«

»Darüber habe ich mir noch keine Gedanken gemacht«, antwortete Serena und befingerte nachdenklich einen Rock aus Wildleder. »Packen ist eine schreckliche Pflicht. Vielleicht sollte ich es Maddie überlassen. Oder ich packe gar nichts und kaufe mir ein paar Sachen, wenn ich drüben bin.« Sie zog eine Reisetasche von Gucci hervor und stellte sie aufs Bett. »Mach es dir bequem«, sagte sie zu Franca und deutete auf eine Couch.

»Was hat dich auf die Idee gebracht, nach London zu fliegen?«, fragte Franca, setzte sich auf den Rand der Couch und sah zu, wie Serena die Tasche mit Unterwäsche füllte.

»Oh, ich glaube, es kam aus einer Laune heraus«, sagte Serena. »Ich wollte Max überraschen.«

»Er schien wirklich sehr überrascht zu sein«, bemerkte Franca trocken.

»Überrascht? Liebling, er war zu Tode erschrocken!«, sagte Serena lachend.

»Mika auch«, fügte Franca hinzu und beobachtete Serena genau.

»Mika?« Serena schien darüber nachzudenken, dann hob sie die Schultern. »Mika soll sich auf seine Arbeit konzentrieren. Er hat mir gestern Abend davon erzählt, und er hat auch gesagt, dass du eine Inspiration für ihn bist.«

»Das hat er gesagt?« Franca konnte ihr Erstaunen nicht verhehlen.

»Nun, vielleicht nicht mit diesen Worten. Aber ich spüre, dass es so ist«, sagte Serena und legte beruhigend eine Hand auf Francas Schenkel.

Franca stutzte bei der Berührung, zu gut konnte sie sich an Serenas sinnliche Glut erinnern, aber diese Berührung war von anderer Qualität, leicht und freundlich.

»Du wirst eine Menge kontrollierter Leidenschaft brauchen, wenn du das Stück so rüberbringen willst, wie er es erwartet«, sagte Serena und sah ihr ernst in die Augen.

»Ja, ja, ich weiß«, murmelte Franca. Diese hellbraunen Augen hatten etwas Hypnotisches, dem man sich nicht so leicht entziehen konnte.

»Und glaubst du, dass du sie finden wirst?«

»Ich hoffe es. Ja.«

»Du begehrst ihn, nicht wahr?«, sagte Serena. Ihre Augen weiteten sich noch, als sie fortfuhr: »Du benutzt ihn. Sehr clever. Ja, wirklich sehr geschickt.«

Franca versuchte erst gar nicht, so zu tun, als wüsste sie nicht, was Serena meinte. »Ja.«

»Aber bist du auch stark genug, auf deiner Sehnsucht zu reiten? Sie ausschließlich für die Partitur einzusetzen? Die Musik«, sagte sie leise, »die Musik muss immer an erster Stelle stehen.«

Franca schwieg. Die unterdrückte sexuelle Spannung, die sie bei Mika spürte, ihr Lechzen, der hohle Schmerz in ihrem Schoß, alle diese Empfindungen flossen in ihr Spiel ein, bereicherten es, drängten sie dazu, freier zu interpretieren. Aber in ihren Träumen verfolgte er sie.

»Du musst sehr behutsam sein«, warnte Serena, »sehr behutsam. Du musst ihn so delikat, so präzise und so leidenschaftlich spielen, als würdest du Bach spielen. Aber den Kern musst du für dich behalten, für deine Musik. Wenn dir das gelingt, wenn du dann die Aufnahme hinter dir hast und die Premiere, dann kannst du tun, was du willst.«

»Hast du denn nichts dagegen?«, fragte Franca verstört.

Serenas Lachen dröhnte in ihren Ohren. »Liebling, Mika und ich haben viel, viel mehr als Sex.« Sie lächelte, als sie Francas verständnislose Miene sah. Woher sollte sie es auch verstehen? »Nein«, sagte sie, »ich habe nichts dagegen.«

Franca fühlte sich plötzlich wie von einer schweren

Last befreit. Die nagenden Zweifel und die Anspannungen fielen von ihr ab, lösten sich auf. Serena war mehr als eine Verbündete, mehr als eine Freundin, sie war ... nun ja, sie war eben Serena. Sie berührte die Hand auf ihrem Oberschenkel, hob sie an ihren Mund und küsste sie dankbar. »Serena, ich freue mich.«

»Spiele gut und richtig, meine Liebe«, sagte Serena. »Alles andere ist nicht so wichtig.«

Franca setzte sich bequemer auf die Couch, lehnte sich zurück und sah zu, wie Serena den Stapel der seidenen Unterwäsche noch einmal überprüfte. »Es war lieb von dir, dass du den Vertrag gelesen hast, den Max mir anbietet, Serena. Glaubst du wirklich, dass die Konditionen nicht gut sind?«

»Woher soll ich das wissen?«, fragte Serena grinsend und schaute konzentriert auf die Reisetasche.

»Aber ich hatte den Eindruck, dass du genau wusstest, wovon du geredet hast. Du warst sicher, dass er mir einen besseren Vertrag geben sollte. Deshalb habe ich nicht unterschrieben.«

»Bluff, nichts als Bluff, meine Liebe. Ich habe wirklich keine Ahnung von dem Geschäft.«

Irgendwie glaube ich ihr nicht, dachte Franca. Oder will sie jetzt nicht darüber sprechen, weil sie ihre Reisetasche in Ruhe packen will?

»Ich muss vor meiner Abreise noch mit Mika sprechen«, sagte Serena, »und auch mit Maddie. Ich möchte mal wissen, ob es ihr gelungen ist, einen Platz in der Nachmittagsmaschine zu buchen. Ich schätze, dass ich den Wagen am Flughafen abstellen muss.«

»Warum lässt du dich nicht vom Chauffeur fahren?«, fragte Franca verwundert.

»Heute nicht«, antwortete Serena, und um ihre Lippen spielte ein heimliches Lächeln. Sie hatte keinen

Zweifel, dass Maddie den Chauffeur schon abgeschoben hatte. Mit einer dicken Abfindung. Und wie sie Maddie kannte, hatte sie bereits den Nachfolger an der Hand.

London

Sally saß an ihrem Schreibtisch, massierte die schmerzenden Schläfen und paffte irritiert an ihrer zehnten Zigarette. Ihr Schreibtisch war übersät mit Computerausdrucken, Telefonnotizen in der kaum lesbaren Handschrift der Sekretärin, mehreren eng beschriebenen Seiten eines Berichts der Marketingabteilung und einem einzigen Blatt, das entweder Rettung oder Untergang verkündete. Wenn sie nur gewusst hätte, was von beiden ...

Im kalten Grau der Dämmerung hatte sie sich aus Max' Penthouse geschlichen. Eve und Nikolai hatten noch eng umschlungen auf dem Riesenbett gelegen und tief geschlafen. Wie ein gehetztes Tier war sie auf direktem Weg zum Büro gefahren und hatte die Tür hinter sich abgeschlossen. Wieder schaute sie auf das Blatt Papier.

Sie hatte alles niedergeschrieben, was Eve gestern Abend gesagt hat, jede Einzelheit ihrer Träume und Pläne, an die sie sich erinnern konnte. Einige ergaben keinen richtigen Sinn, waren verschwommen, ganz sicher auf die Situation zurückzuführen – sie das Objekt der Verführung, geküsst, gedrückt, geliebt von zwei Mündern, vier Händen. Keine Sekunde davon bereute Sally. Sie würde noch Jahre in Erinnerungen schwelgen.

Ein clever eingefädeltes Unterfangen, musste Sally zugeben, und Eve hatte durchaus die Chance, damit

Erfolg zu haben. Zumindest würde es Mikas Comeback behindern, weil ein Teil der Aufmerksamkeit abgelenkt wäre. Auf lange Sicht würde sie Disc-O damit nicht in den Ruin treiben, aber ein paar Erschütterungen würde es schon geben.

Sie zögerte. Es war eine schwierige Entscheidung, die sie zu treffen hatte.

Es war noch nicht zu spät, Max alles zu erzählen. Eve würde sofort entlassen, und das Büro in Toronto musste sofort gegensteuern.

Oder sie konnte bei Eve mitmachen.

Sie drückte die Zigarette aus und seufzte.

Genf

»Serena, warum tust du das?«

Sie drehte sich beim Klang seiner Stimme um. Sie stand unschlüssig in der Garage und konnte sich nicht entscheiden, mit welchem Wagen sie zum Flughafen fahren sollte. Der Rolls war ein bisschen zu mondän, der Lamborghini viel zu rot – wie hatte sie einen roten Wagen bestellen können? Vielleicht der schwarze Maserati?

»Warum tue ich was?«, fragte sie geistesabwesend. Der silbergraue Jaguar ließ sich gut fahren, aber sie zog doch das Gefühl im Maserati vor.

»So einfach nach London zu fliegen«, sagte Mika und trat näher zu ihr.

»Ein plötzlicher Einfall, aus einer Laune heraus.«

»Serena, du hast in deinem ganzen Leben noch nicht aus einer Laune heraus entschieden. Hat es etwas mit dem zu tun, was ich gestern Abend gesagt habe? Wenn es das ist ...«

»Mach dich nicht lächerlich, mein Lieber«, unterbrach sie ihn. »Und lenk mich nicht ab, wenn ich eine wichtige Entscheidung zu treffen habe. Soll ich den Jaguar nehmen oder den Maserati?«

»Serena, hör mir zu«, sagte er ernst, legte eine Hand auf ihre Schulter und zwang sie, ihn anzusehen. »Was führst du im Schilde? Max war wütend heute Morgen, wir haben uns gestritten, als du gegangen warst. Ich mache mir Sorgen, ich hätte gestern Abend nicht diese Sachen sagen sollen …«

»Mika, mein Lieber, erspare dir die Sorgen«, sagte sie und lächelte hoch zu ihm, schaute ihn mit warmen Augen an. »Alles ist in bester Ordnung, und ich glaube, ich habe eine Entscheidung getroffen.«

»Ja?«

»Ich werde den Maserati nehmen.«

Typisch Serena, dachte er ein paar Stunden später, als er dem Maserati nachsah, der hinter dem Tor verschwand. Sie hatte auf ihre eigene lockere, ärgerliche, unmögliche Art jede seiner Fragen pariert und war jeder direkten Konfrontation ausgewichen. Sie hatte Max zur Weißglut gebracht, aber mit ihrem Charme hatte sie ihn Sekunden später wieder aufgebaut.

Er würde sie vermissen, dachte er, und streckte nervös seine Finger.

Wie immer war Arbeit ein probates Gegenmittel. *Die Umarmung* hatte begonnen, ihn zu langweilen, er hörte sie so deutlich in seinem Kopf, dass es beinahe eine Zeitvergeudung war, die Noten niederzuschreiben. *Der Höhepunkt* lockte ihn mehr, verlangte seine Zuwendung. Reif, heiß, schmelzend, dachte er auf dem Weg ins Musikzimmer.

Franca schaute kaum auf, als er das Zimmer betrat. Sie saß im Schneidersitz auf der schwarzen Ledercouch und machte sich mit einem weichen Bleistift Notizen auf einem Notenblatt. Sie nickte kurz, als er an seinen Schreibtisch trat, dann beugte sie wieder den Kopf über die Blätter.

Einen Moment lang war er verärgert über ihre Invasion, aber er schob dieses Empfinden beiseite, weil er sich mit den Akkorden befassen wollte, die er im Kopf hatte. Sobald er die Essenz des dritten Satzes, *Der Höhepunkt*, festgehalten hatte, würde er sie höflich, aber bestimmt aus dem Zimmer schicken.

Sie konnte ihn jeden Tag ein bisschen besser lesen, dachte Franca und unterdrückte ein Lächeln, als er auf die Blätter in ihrer Hand schaute. Als er hereingekommen war, hatte sie beinahe spüren können, wie sich sein ganzer Körper versteifte.

Sie fragte sich, ob Zorn der richtige Weg wäre, um diese harte Schale zu durchbrechen. Wenn sie ihn derart zur Weißglut reizte, dass er alle Zurückhaltung aufgeben musste, würde er sich dann zu seinen Gefühlen bekennen, die Hitze gestehen, die wie ein elektrischer Strom zwischen ihren Körpern floss?

Diese Vorstellung erregte sie. Sie sah seine sprühenden blauen Augen vor sich, spürte seine Hände auf ihrem Körper, wie sie ihre Kleider zerrissen, wie er mit kräftigen, wilden Zügen in sie hineinstieß, und jeder Stoß baute den Zorn ab, den sie aufgebaut hatte. Ja, beschloss sie in diesem Moment, so würde es das erste Mal zwischen ihnen sein.

Sie wusste jetzt auch, wann es geschehen würde. Nach der Premiere seines Stücks. An dem Abend, an dem die Welt Mikas erste Komposition kennen lernen würde. In ihrer Garderobe, in der Euphorie nach dem Auftritt, beide glücklich und erschöpft, aber voller fiebriger Energie.

Aber zuerst musste die Verführung beginnen. Sie würde eine lange Zeit dauern. Bis zur Premiere blieben sicher noch sechs Monate, vielleicht auch mehr.

Sie konnte warten, entschied sie, sie konnte die Hitze in ihrem Leib ertragen, das strenge Ziehen im Schoß. Sie konnte es aushalten, weil sie wusste, dass es der Musik zugute kam, weil es ihr Spiel bereicherte, die Interpretation beflügelte. Und außerdem gab es bis dahin eine Reihe köstlicher Variationen und Improvisationen. Ja, sie würde warten können.

Sie arbeiteten einige Stunden lang schweigend. Franca prägte sich bestimmte Passagen des ersten Satzes ein, machte sich immer wieder Notizen zu *Der Kuss*. Mika konzentrierte sich auf *Der Höhepunkt*. Sie zuckte zusammen, als sie seine Stimme hörte. Er stieß einen kurzen Fluch aus, sprang auf und warf ihr ein Blatt hin.

»Ich muss es hören«, sagte er ungeduldig. »Irgendwie passt es nicht, glaube ich.«

»Ich hole meine Geige«, sagte sie und stand von der Ledercouch auf.

»Nein, nicht«, sagte er. »Womit spielen Sie eigentlich? Ist es eine Cappichioni? Ich selbst halte nichts von den gegenwärtigen Geigenbauern, außerdem ist sie zu robust für das, was ich hören will. Mein Gott!«, rief er aus und fuhr sich mit einer Hand durch die Haare. »Daraus mögen auch die Schwierigkeiten resultieren, die Sie mit *Der Kuss* gehabt haben. Wo habe ich nur meinen Kopf gehabt? Ich will die Goldene Stradivari für *Der Höhepunkt*, die andere Strad für *Der Kuss*, die Guarnerius für *Die Umarmung*, und dann … ich weiß noch nicht, welche wir für *Das Nachglühen* nehmen. Es könnte die Amati sein, aber sie ist nicht für eine große Halle gedacht. Die Grancino auch nicht.«

Noch während er sprach, trat er an den Kabinettschrank, holte einen Kasten heraus und hob eine Geige aus den seidenen Tüchern. Franca hielt den Atem an.

Wie ein kostbares, unbezahlbares Juwel leuchtete und glänzte die Geige, als hätte sie ein eigenes Leben. Franca trat näher heran und war fast geblendet von der samtenen Perfektion der Lackierung, von den geschmeidigen, eleganten Schwüngen. Einen unglaublichen Augenblick lang war sie versucht, die Hand auszustrecken und danach zu greifen.

Impulsiv drückte sie die Hände auf dem Rücken zusammen, um besser gegen die Versuchung gewappnet zu sein. Eine Geige darf nur am Hals und an der Kinnauflage angefasst werden, an keiner anderen Stelle darf man den Körper berühren. Und ihre Finger hätten sie gern gestreichelt.

Er nahm die Strad aus der Seidentasche, wandte sich zu ihr um, die Geige locker am Hals gefasst. Er sah, wie sie die Hände auf dem Rücken verkrampfte, und sein Gesichtsausdruck wurde weich.

Sie hatte natürlich schon auf einer Stradivarius geübt, wenn sie in einer der besseren Musikalienhandlungen Londons gewesen war, aber eine so einzigartige Ausgabe wie diese, ein so schönes und exklusives Stück hatte sie noch nie gesehen.

»Ist sie nicht schön?«, fragte er, und ein Lächeln spielte um seinen Mund.

»Exquisit«, hauchte sie ehrfürchtig. »Fantastisch.«

»Sie wurde 1741 gebaut«, sagte er und hielt sie ihr hin. »Es ist kaum zu glauben, dass er schon 71 Jahre alt war, als er sie baute. Sie hat eine enorme Kraft und eine Klangreinheit, wie es sie kaum ein zweites Mal gibt. Das ist es, was *Der Höhepunkt* verlangt, Kraft und Reinheit.

Die andere nehmen wir für *Der Kuss*, denn sie ist vom Klangkörper eher bescheiden.«

Die Stradivari glitt so leicht in ihre Hände, als sei sie für Franca gebaut worden. »Sie meinen, jeder Satz soll auf einer anderen Geige gespielt werden?«, fragte sie ungläubig.

»Natürlich«, sagte er, rückte einen Notenständer heran und hob das Blatt auf, das sie zu Boden hatte fallen lassen. »Lesen Sie das, dann spielen Sie. Für jetzt reicht Ihr Tourte-Bogen, obwohl ich den Peccate bevorzuge. Er ist ein bisschen schwerer als der Tourte, und Sie müssten sich erst daran gewöhnen.«

In ihrem Kopf drehte sich alles. Sie blickte auf die Partitur. Wenn *Der Kuss* auf den ersten Blick einfach ausgesehen hatte, sah dieses Blatt unglaublich schwierig und komplex aus. Die rhythmische Struktur war ziemlich unkonventionell, eine lange Note zu Beginn, lange Noten, die kürzer wurden, und kurze Noten, kurz hintereinander. Lieber Gott, dachte sie, erwartet er, dass ich dieses Stück auf Anhieb vorspiele?

»Kümmern Sie sich in diesem Stadium nicht um die einzelnen Noten«, sagte er. »Ich will das Gefühl heraushören, deshalb muss ich es hören. Spielen Sie.«

Als sie die Geige anlegte, hatte sie das seltsame Empfinden, dass eine prickelnde Wärme sich in ihrem Körper ausbreitete und sie umhüllte. Sie war sicher, dass es die Geige war, die ihre Wärme auf sie übertrug.

»Spielen Sie.«

Sie atmete tief ein und begann. Es war ein glühender Beginn, schnell und stürmisch, und dann breitete es sich aus wie ein nicht einzudämmender Waldbrand, die Phrasen überlappten mit unmöglichem Tempo.

»Härter«, sagte er. »Härter.«

Sie ignorierte ihn, konzentrierte sich auf die Musik.

Die Augen geschlossen, die Hände geballt, stand Mika hinter ihr, von einer brennenden Irritation erfasst, die sowohl geistig wie körperlich auftrat. Und doch hatte sie es beinahe richtig, sie musste es nur härter spielen, den Bogen stärker drücken, man musste die Verzweiflung des Mannes hören, die Intensität der Manneskraft, mit der er in die Höhle der Frau hineinstieß, die Explosion, die sich im Mark sammelte.

»Härter!«, verlangte er mit rauer Stimme. Das Kribbeln in seinen Fingern wurde stärker.

Sie spielte auf den Höhepunkt hin, eine ausgefeilte Variation der ersten Phrase.

Ihre Aufmerksamkeit war starr auf die Partitur gerichtet, deshalb zuckte sie zusammen, als sie seine Hand auf ihrer Schulter spürte.

Im nächsten Moment nahm er die Geige aus ihrer Hand, den Bogen aus ihren Fingern. »Härter!«

Sie schaute benommen zu, als er die Geige in einer flüssigen Bewegung ansetzte und zu spielen begann. Es war verblüffend, wie seine Finger, die in Handschuhen steckten, präzise und geschmeidig arbeiteten.

Es war noch weit von der Perfektion entfernt. Da war noch nichts von dem atemberaubenden Tempo, das früher typisch für seinen Stil war. Der Einsatz der Finger kam nicht so leicht, und gelegentlich hinkte die Bogenarbeit hinterher. Aber trotz aller Einschränkungen gelang es ihm, eine Kraft herauszuholen, eine Intensität, dass man über die technischen Mängel beinahe hätte hinwegsehen können.

Und er spielte, dachte sie verwundert.

Er spielt!

London

Im Inferno des nachmittäglichen Betriebs auf dem Londoner Flughafen Heathrow sah sich Serena verwundert um. Die Mode hatte sich seit ihrem letzten Besuch in London verändert, dachte sie, als sie einen jungen Mann in schwarzer Lederkluft mit einem Irokesenschnitt sah, einen Goldring durch die Nase gesteckt, ein paar lange Federn durch das Ohrläppchen gezogen. Sie blickte rasch weg.

»Edward, mein Chauffeur, sollte jeden Augenblick hier sein«, sagte Max. »Oh, ja, da ist er schon. Hierher, Serena.« Er legte eine Hand auf ihren Rücken und schob sie vorwärts. Er bahnte sich einen Weg durch die Menge und fühlte sich als Beschützer der zierlichen Frau, musste sie an fremden Ellenbogen und Schultern vorbeilavieren.

Irgendwie war er nun doch froh, dass er sie neben sich wusste. Wenn sie wollte, konnte sie eine amüsante Begleiterin sein; auf der Fahrt zum Flughafen hatte sie sich als Fremdenführerin bewiesen, beim Einchecken war sie vom Personal erkannt worden und hatte charmant mit ihnen geplaudert, und während des Fluges hatte sie am Champagner genippt und war in blendender Laune gewesen.

Ihr Charme und ihre Wärme verdrängten seinen Argwohn und ließen ihn beinahe vergessen, wie wütend er auf sie gewesen war.

Beinahe.

»Warum, um alles in der Welt, hast du dich eingemischt, Serena?«, hatte er sie gefragt.

»Darling«, hatte sie gesagt und seinen Arm mit den Fingerspitzen berührt, »ich wollte dir keinen Ärger bereiten. Aber Franca ist so unschuldig, so naiv, kein gleichwertiger Partner für einen gestandenen Geschäftsmann wie dich. Ich hatte nur die Sorge, dass sie dir heillos unterlegen ist.«

Verärgert, teilweise auch geschmeichelt, hatte Max das Thema nicht wieder aufgenommen. Bevor er die Villa verlassen hatte, hatte Franca ihm versprochen, dass sie nichts tun würde, ohne Disc-O das letzte Wort zu überlassen. Er hatte auch Mika erklärt, dass sein Vertrag unverändert weiterliefe, und Mika hatte so ausgeschaut, als hätte er es begriffen.

Damit besaß Disc-O die Rechte an Mikas neuer Arbeit, was auch immer sich daraus ergeben würde. Mika hatte sich bis zuletzt geweigert, den Titel seiner Komposition zu verraten, der für eine schon bald einsetzende Publicity wichtig gewesen wäre. Nun ja, die Fachleute würden sich eben was anderes einfallen lassen müssen, dachte Max. Ein paar Schlagworte gingen ihm durch den Kopf. Leidenschaft. Geheimnisvoll. Verlockend.

»Dieser kleine Kerl, der wie ein vertriebener Schimpanse aussieht?«, fragte Serena und betrachtete die gedrückte Gestalt, die offenbar auf sie wartete.

»Ich gebe zu, dass er nicht ganz so schön ist wie dein Chauffeur«, antwortete Max, der tief in Gedanken versunken war. Er bemerkte, dass Serena leicht zusammenzuckte, als ihr Chauffeur erwähnt wurde. Trotzdem fuhr er ungerührt fort: »Dafür ist er ein ausgezeichneter Fahrer. Hallo, Edward. Hier, nehmen Sie die Koffer. Wo steht der Wagen?«

Er reichte Edward die Koffer und unterhielt sich weiter mit ihm auf dem Weg zur geparkten Limousine, während Serena hinter ihnen her schritt.

Genau, wie ich es mir vorgestellt habe, dachte Serena, als sie sich in dem weichen Polster streckte. Das Wetter war kalt, die Luft war grau und garstig. Sie war froh, dass sie sich für das dreiteilige Kostüm aus leichtem Kaschmir entschieden hatte. Aus irgendeinem Grund fror sie immer in London.

»In die Firma, Boss? Oder zum Penthouse? Und was ist mit der kleinen Lady?«

Serenas Augenbrauen hoben sich ob der impertinenten Art des Chauffeurs. Aber Max schien seine Art hinzunehmen. »Ins Büro, Edward. Ich will so rasch wie möglich an die Arbeit. Wie ist der Verkehr?«

»Schrecklich, Boss, einfach schrecklich. Aber keine Sorge, wir schaffen das schon.«

Max drückte einen Knopf, der die Trennscheibe hochfahren ließ. »Serena, wohin möchtest du?« Er hielt seine Aktentasche auf dem Schoß und dachte daran, dass er nichts vorbereitet hatte. Oder ob Serena eigene Pläne verfolgen wollte? »Hast du irgendwo gebucht? Ich meine, wenn du möchtest, kannst du gern bei mir wohnen«, fügte er rasch hinzu.

»Max, Liebling, natürlich wohne ich bei dir«, sagte Serena mit ihrer süßesten Stimme. »Du hast einen sehr originellen Fahrer! ›Kleine Lady‹ hat er zu mir gesagt.«

»Oh, das ist typisch Edward. Er arbeitet für mich, nicht für Disc-O. Er ist Fahrer, Faktotum und manchmal auch Leibwächter. Er hat ein paar gemeine Tricks drauf und zögert nicht, sie anzuwenden, wenn es nötig sein sollte.« Er lächelte. »Du wirst ihn mögen, wenn du dich erst an ihn gewöhnt hast.«

»Hm«, machte sie zweifelnd. »Du willst also zunächst ins Büro? Ich komme mit, ich freue mich schon drauf. Hast du irgendeine Verabredung?«

»Nein. Meine Leute wissen nicht einmal, dass ich schon zurück bin. Ich wollte sie überraschen.«

Sie sah ihn neugierig an, denn irgendwas in seiner

Stimme hatte sie sensibilisiert. Es war das erste Mal, dass sie ihn nach längerer Zeit anschaute; die letzten Tage hatte sie meistens durch ihn hindurchgesehen.

Seine dunklen Haare, irgendwo zwischen braun und schwarz, glänzten. An den Schläfen machte sich das erste Grau bemerkbar. Seine Gesichtszüge waren entspannt. Er war nicht sonderlich gut aussehend, das auffälligste Merkmal waren die intensiven grünen Augen. Und sie mochte seinen Mund, um den sie fast immer einen Zug von Entschlossenheit entdeckte. Ja, stellte sie überrascht fest, auf eine unscheinbare Art war er ein attraktiver Mann.

»Stimmt etwas nicht in deiner Firma?«, fragte sie, obwohl das ein Thema war, das sie nicht wirklich interessierte. Und seine Antwort hatte sie im nächsten Moment auch schon wieder vergessen.

»Nein, eigentlich ist alles in Ordnung«, sagte er. »Aber manchmal kann es wichtig sein, die Leute unvorbereitet anzutreffen. Ich bin gespannt, wie sie reagieren.«

Eves Zunge leckte aufreizend langsam über den Rist des Fußes, und Sallys Zehen zuckten spasmisch. Im wuchtigen Sessel hinter Max' Schreibtisch wollte sie das Bein an sich ziehen, aber Eves Hände waren kräftig und hielten es fest.

»Eve, bitte. Ich werde es mir nicht noch einmal überlegen. Ich habe mich entschieden. Max braucht es nie zu erfahren. Oh, Himmel, Eve, bitte!« Die Zunge arbeitete beharrlicher, schoss wie eine feuchte, kleine Schlange in die Zwischenräume zwischen den Zehen.

Sie hatte beschlossen, Eve ihre Entscheidung in Max' Büro mitzuteilen, weil sie angenommen hatte, dass ihr der Platz hinter dem riesigen Schreibtisch mehr Autorität verlieh, dass der Ort formeller wäre als ihr eigenes Büro und Eve deshalb auf Distanz bliebe, während sie erklären wollte, warum sie sich entschlossen hatte, bei Max zu bleiben.

Aber es hatte nicht geholfen. Eve war um den Schreibtisch herumgegangen, hatte sich vor den Sessel gekniet und gebettelt, dass Sally ihre Entscheidung noch einmal überdachte. Spielerisch streifte sie den Schuh von Sallys Fuß und begann mit einer warmen, rhythmischen Massage, die Sally in der Vergangenheit so oft in heftige Erregung versetzt hatte.

Noch während Sally sie eindringlich bat, die Bemühungen einzustellen, spürte sie die aufsteigende Hitze zwischen den Schenkeln. Es kribbelte, und sie wusste, dass sie der Versuchung nicht mehr lange würde widerstehen können.

»Eve, du musst aufhören. Ich verspreche, dass ich Max kein Wort erzählen werde. Du kannst Disc-O verlassen, und niemand wird etwas wissen. Du kannst deine Pläne verwirklichen. Oh, Eve ... nein ... du darfst nicht ... oh, Eve, Eve, Eve ...«

Genf

Mika schaute mit versunkener Faszination auf seine Hände, beinahe so, als hätte er sie noch nie gesehen.

»Sie können spielen!«, rief Franca. »Ich verstehe nicht ... was ist geschehen? Ihre Hände! Jeder hat gesagt, dass Sie nach dem Unfall nie wieder spielen könnten! Mika, was ist geschehen? Sie können spielen!«

Ohne zu antworten, begann er langsam, den Lederhandschuh von den Fingern seiner linken Hand zu streifen. Das weiche Leder war dünn wie eine zweite Haut. Er zupfte vorsichtig daran, befreite jeden Finger einzeln, begann mit dem Daumen, ließ dann den Zeigefinger folgen.

Er nahm sich so viel Zeit dazu, dass Franca nach Aufschreien zumute war. Sie wollte ihm die Handschuhe abreißen, wollte seine Hände sofort erlösen, die Finger aus dem engen Gefängnis befreien, um sie ans Licht zu bringen und mit ihren Händen zu wärmen.

»Reden Sie mit mir!«, rief sie aufgeregt. »Haben Sie die ganze Zeit schon spielen können? Warum die Handschuhe? Was ist geschehen?«

Er zupfte am Leder des Ringfingers. Die ganze Hand lag noch verdeckt im Handschuh.

Sie beobachtete ihn mit kaum zu ertragender Ungeduld. »Sagen Sie etwas!«, schrie sie ihn an. Sie hörte, dass ihre Stimme fast kippte, so schrill klang sie.

»Es ist merkwürdig«, sagte er endlich. »In einer der Kliniken, in die Serena mich gebracht hat, haben sie mir einen kleinen Hoffnungsschimmer gelassen. Ich glaube, es war die Klinik in Boston. Oder in Baltimore. Vielleicht auch die in Bonn. Ich weiß es nicht mehr.« Ohne Hast nahm er sich den kleinen Finger vor.

»Hoffnungsschimmer?«, rief sie. »Hoffnung auf was?« Sie hielt den Atem an, um seine Antwort nicht zu überhören, denn er sprach leise, und in ihren Ohren dröhnte es.

»Dass der Nerv sich regenerierte. Er war nicht beschädigt, nicht irreparabel, aber die Schädigung reichte aus, um jedes Gefühl in den Fingern abzutöten.« Er hielt inne. Das schwarze Leder bedeckte immer noch seine Hand. »Es war ein wunderschöner Sonnentag«, sagte er leise. »Wir fuhren die Amalfiküste entlang. Es ist eine spektakuläre Route mit abschüssigen Teilstücken, und oft kommt man aus dunklen Tunneln ins gleißende Sonnenlicht. Sind Sie die Strecke schon einmal gefahren?«

Sie schüttelte den Kopf. Ihr Blick blieb starr auf seine Hand gerichtet.

»Ich saß am Steuer«, fuhr er fort, »früher bin ich gern gefahren, manchmal auch gern ein bisschen zu schnell. Es ist eine wunderbare Methode, um Spannungen abzubauen, und ich war angespannt, weil ein Konzert in Mailand bevorstand und ich dafür hart gearbeitet hatte. Wir kamen gerade aus einem Tunnel, und ich nahm den Blick für eine Sekunde von der Straße, um das Licht auszuschalten. Ich habe mich seither oft gefragt, ob es gar nicht passiert wäre, wenn ich mein eigenes Auto gefahren hätte, denn da hätte ich den Lichtschalter blind gefunden.«

Sie wartete darauf, dass er fortfuhr. Sie traute sich kaum zu atmen.

»Die Straße ist an einigen Stellen schmal, sehr schmal«, sagte er. »Ich hörte einen dumpfen Aufschlag. Er muss mit seinem Motorrad mit hundertfünfzig oder hundertsechzig Sachen gefahren sein. Er flog auf die Motorhaube, und dann zersplitterte das Glas.«

»Das Glas?«

»Er schoss durch die Türscheibe an der Beifahrerseite. Es war wie eine Explosion von Diamanten. Ich sehe noch ganz genau, wie es glitzernd und tödlich auf Serena regnete. In diesem Moment sah sie bezaubernder aus denn je, und so verrückt es auch klingt, ich dachte in dieser Sekunde, dass sie immer mit Diamanten geschmückt sein müsste.«

»Aber Ihre Hände?«

»Ich habe ihr nie Diamanten gekauft«, fuhr er fort und schüttelte den Kopf. Er schwieg eine Weile. »Ich muss gebremst haben, der Wagen brach aus, drehte sich auf der Gegenfahrbahn. Ich muss nach ihr gegriffen haben, um sie aus dem Splitterregen wegzuziehen, und dabei habe ich in ein Glasstück gegriffen. Plötzlich war überall Blut.«

Er zog den Handschuh ab und betrachtete seine Hand. Franca trat näher heran. Es war eine schöne, elegante Hand, blass vom Mangel an Sonne, aber ohne jede Narbe. Mika schaute sich die Handfläche an, schien sie Pore für Pore zu untersuchen. Er deutete auf einen kaum sichtbaren Schnitt unterhalb des Daumenballens. »Das ist alles«, sagte er. »Sie war wütend auf mich, wahnsinnig wütend. Noch während ich nach ihr griff, schrie sie: ›Deine Hände, deine Hände!‹«

Franca nickte. Sie konnte das gut verstehen. Es muss etwas Schreckliches für jeden Menschen sein, seine Hände zu riskieren, aber bei einem Geiger war es eine Katastrophe.

Sein Blick war in der Vergangenheit. »Bei all ihrer Wut ist sie völlig heil davongekommen«, sagte er und fügte mit einem erleichterten Seufzer hinzu: »Und der Junge auf dem Motorrad auch.«

Sie schaute immer noch auf die Hand, auf der auch sein Blick ruhte. »Ist sie denn jetzt wieder heil? Ist das Gefühl zurückgekommen?«

Er zog auch den anderen Handschuh aus und ließ beide zu Boden fallen. »Es scheint so«, murmelte er leise. »Es scheint so.«

Er spannte und entspannte beide Hände gleichzeitig, dann abwechselnd, bewegte die einzelnen Finger. Er lächelte Franca an. »Ich muss es Serena sagen. Und Maddie. Und dann sollten wir vielleicht ein Glas Champagner trinken.«

Einige Stunden und mehrere Flaschen Cristal später

stellte sie die Frage, die schon lange in ihr bohrte. »Warum die Handschuhe, Mika?«

»Ich konnte es einfach nicht ertragen, meine Hände zu sehen«, sagte er bedächtig. »Und jetzt kommen sie mir fremd vor.« Er schenkte den Rest des Champagners in ihre beiden Kelche und langte nach einer weiteren Flasche. »Eine symbolische Geste vielleicht. Meine Art zu trauern.«

»Aber jetzt, da Sie wieder Gefühl in den Fingern haben«, sagte sie, und dann stockte sie, weil ihr die ganze Bedeutung seiner erstaunlichen Heilung erst jetzt bewusst wurde, »können Sie wieder spielen.«

»Vielleicht«, sagte er. »Es ist zu früh, um das zu entscheiden.« Er zog die Goldfolie vom Flaschenhals und genoss das Empfinden der Kälte an seinen Fingern. Er konnte sich kaum noch daran erinnern, wann er zuletzt etwas in seinen Fingern empfunden hatte, nur ab und zu dieser brennende Phantomschmerz. Seine Finger lechzten danach, über altes Holz zu streichen, eine glatte Glasfläche zu berühren, die warme Haut einer Frau …

Wenn doch Serena hier wäre, dachte er und drehte den Korken aus der Flasche. Er hatte sich dagegen entschieden, sie in London anzurufen. Er war noch nicht bereit, die Neuigkeit mit Max zu teilen. Er wollte es ihr sagen, wenn er ihr dabei in die Augen schauen konnte, er wollte die Freude in ihren hellbraunen Augen sehen, die Tränen der Freude. Er war noch ganz gerührt von den Freudentränen, die Maddie geweint hatte, die immer wieder gerufen hatte, sie hätte immer daran geglaubt, sie hätte es immer schon gewusst.

Sie hatten ein Glas Champagner zusammen getrunken, und sie hatte über das Abendessen gesprochen, sie musste sich entscheiden zwischen Fasan und Rindfleisch, und die ganze Zeit hatte sie seine Hände in ihre gepresst und waren die Tränen über ihre Wangen gerollt.

Franca blieb stumm. Die Gedanken wirbelten in ihrem Kopf herum. Was sie erlebt hatte in diesen letzten Stunden, war so etwas wie ein Wunder gewesen. Sie war Zeugin eines Wunders geworden!

Mika schenkte Champagner nach und schaute auf die Beuge ihres Arms, als sie nach ihrem Glas griff. Ja, die Wärme der weiblichen Haut unter den Fingern zu spüren, mit den Fingerspitzen über das seidige Haar zu fahren, mit der Fingerkuppe über eine Brustwarze zu streicheln, sie zwischen Daumen und Zeigefinger leicht zu drücken, die Reaktion zu spüren ... Oh, es gab ja so viel neu zu entdecken!

Er fühlte sich seltsam euphorisch, verwirrt und kannte sich selbst nicht mehr.

Sexuelle Enthaltsamkeit war, ähnlich wie die schwarzen Handschuhe, Bestandteil seiner Trauer gewesen. Ohne Musik hatte er nicht das Verlangen nach Sex gehabt. Aber jetzt, da er wieder fühlen konnte ... spielen ... komponieren ... Die Gedanken überschlugen sich, jagten wie Bildfetzen durch seinen Kopf. Er spürte, wie er hart wurde.

Unter dem losen weißen Hemd, das sie trug, waren die Konturen ihrer Brüste gut zu sehen, und die enge Jeans lag wie eine zweite Haut um ihre langen Beine. Er glaubte, das frische Knistern der Baumwolle hören zu können, wenn er ihr das Hemd abstreifte, und er spürte beinahe den rauen Stoff der Jeans, wenn er sie langsam über ihren Po zog und die weiße Haut darunter, glatt wie Elfenbein, bloßlegte.

Unter seinen Händen würde sie kühl und warm zugleich sein, weich und hart. Er streckte seine Finger, bog sie, spreizte sie. Das Kribbeln, das er jetzt spürte, hatte nichts mit dem Phantomschmerz zu tun, es wurde verursacht von dem immer stärker werdenden Verlangen, sie zu berühren.

Ja, bald würde er es tun.

Vielleicht heute Abend.

Oder jetzt sofort?

Er trat an die Regale, auf denen die Sammlung seiner Schallplatten, Tonbänder und Compact Discs sortiert war. Er dachte an Ravel, und er erinnerte sich daran, dass er sofort an Ravel gedacht hätte, als er das erste Mal ein Bild von ihr gesehen hatte. Die schrägen Brauen, das flammendrote Haar. Und er stellte sich vor, wie er sie nehmen würde, bei der Probe, von hinten, bei Kerzenschein.

Aber als er die Hand ausstreckte und die weiße Haut sah, wurde ihm erst bewusst, dass das schwarze Leder nicht mehr zwischen ihnen sein würde. Sie brauchten die Musik nicht, denn auch sie würde zwischen ihnen stehen wie der Handschuh.

Nur die Musik der Frau, das Seufzen und Stöhnen, die Schreie der Lust. Das war ihre Musik.

Sie saß still da, nippte am Champagner und betrachtete seinen Rücken, wie er vor den Regalen stand. Das Schweigen wurde dicker, intensiver, bedeutungsvoller.

Als er sich zu ihr umdrehte, ein Lächeln um die Mundwinkel, und sie mit seinen leuchtenden blauen Augen anschaute, spürte sie, wie ein elektrischer Funke von seinem Körper zu ihrem übersprang und sie zum Glühen brachte.

»Ja?«

Es war keine Frage, und er wollte keine Antwort. Er konnte sie wahrscheinlich in ihrem Gesicht ablesen. Ihr Mund wurde trocken, sie schluckte ein paar Mal, und sie spürte, wie sich ihre Brustwarzen vor seinen Augen versteiften.

London

Max stürmte auf die Tür seines Büros zu, Serena ein paar Schritte hinter ihm. Die Sekretärin rannte aufgeregt hinter ihnen her und hörte nicht auf, sich zu entschuldigen, auch dann noch, als Max ihr die Tür vor der Nase zugeschlagen hatte.

Serena spürte, dass Max ein paar Minuten für sich brauchte, deshalb bezähmte sie ihre Neugier und blieb in dem Vorzimmer zu Max' Büro zurück. Das Gebäude war modern und hässlich, ganz und gar nicht nach ihrem Geschmack, und dieses Büro konnte man nur als schäbig bezeichnen. Sie warf ihre Jacke über eine Schulter und betrachtete den Schreibtisch, der mit Papieren übersät schien. Das meiste wird Müll sein, dachte sie. Dann fiel ihr Blick auf einen Namen auf einem der Blätter. Neugierig trat sie näher und beugte sich über den Schreibtisch.

In diesem Moment betrat Max sein Büro.

Eve kam aus gebückter Haltung hoch, als sich die Tür öffnete. Ihre Stimme klang entspannt, als sie ihn begrüßte. Sie stand neben Sally, die in dem wuchtigen Sessel hinter dem Schreibtisch saß.

»Hallo, Boss! Wir haben Sie heute nicht zurückerwartet, nicht wahr, Sally?«

Er hatte nichts dagegen, dass Sally in seiner Abwesenheit sein Büro benutzte; ihm fiel wieder ein, dass er ihr Büro renovieren lassen wollte. Die schäbige Couch musste ersetzt werden, und Einbauschränke wären auch dringend erforderlich.

Er wunderte sich, dass er in diesem Moment an Einzelheiten der geplanten Renovierung dachte, denn sein erster Gedanke beim Öffnen der Tür war ein ganz anderer gewesen. Wenn er die Tür nur Sekunden früher aufgerissen hätte, hatte er eben gedacht, dann hätte er sie zusammen gesehen. Intim. Er hatte das Gefühl, dass er sie bei einer erotischen Umarmung gestört hatte.

»Ja, wirklich eine Überraschung«, sagte Eve und trat einen Schritt von Sally und vom Schreibtisch weg. »Ich hoffe, Ihre vorzeitige Rückkehr bedeutet nicht, dass in Genf etwas schief gelaufen ist.«

Sally machte den Eindruck, als hätte man ihr unvermutet ins Gesicht geschlagen. Ihr Blick folgte Eve wie der eines gejagten Tiers, und als sie für einen Moment zu Max schaute, blickte sie rasch in eine andere Richtung.

Er berichtete kurz und erkundigte sich nach Neuigkeiten, und dabei kehrte die Farbe in Sallys Gesicht zurück. Er wusste, dass seine Instinkte ihn nicht im Stich gelassen hatten.

Er konnte es riechen. Es lag in der Luft wie abgestandener Zigarettenqualm.

Verschwörung.

»Genf war ein riesiger Erfolg«, sagte er. »Eine aufregende Möglichkeit eröffnet sich für uns alle, für Disc-O.« Er fand, dass Eve ein bisschen zu laut lachte, oder bildete er sich das nur ein? »Sally«, sagte er, »Sie rauchen ja wieder. Dabei war ich sicher, dass Sie es endgültig geschafft hätten. War der Druck zu groß?« Er trat hinter seinen Sessel und überflog den Schreibtisch, aber da lag nichts, was ihm einen Anhaltspunkt hätte geben können, worüber sie sich unterhalten hatten.

»Nein, nein, überhaupt nicht«, antwortete Sally mit einem wenig überzeugenden Lachen. Wie gut, dass er hinter ihr stand. Sie glaubte nicht, dass sie seinen Blicken hätte standhalten können. Noch nicht. Eve hatte sich blendend in der Gewalt, sie reagierte völlig natürlich, als ob sie sich nicht erst vor einer Minute noch erregend gestreichelt und erregt gestritten hätten. Einen kurzen Augenblick lang hasste Sally die Kollegin für ihre Selbstbeherrschung.

»Nun, Sie kennen die alte Redensart, wo Rauch ist, da ist auch Feuer«, sagte Max grinsend und schaute Eve intensiv mit seinen grünen Augen an. Seine Hand griff nach der Zigarettenschachtel. »Ein Gesundheitsrisiko, Sally. Wenn Ihnen der Stress zu viel wird, sagen Sie es. Vielleicht können Sie auch einen kurzen Urlaub nehmen.«

»Genau das habe ich eben erst gesagt, Boss«, sagte Eve. »Sie muss wirklich weg. Stimmt's, Sally?«

Die Doppeldeutung konnte Sally nicht entgehen.

Instinktiv griff sie nach einer Zigarette. Max hatte die Schachtel verspielt von einer Seite auf die andere gedreht, jetzt zögerte er einen Moment, bevor er sie Sally reichte.

Die Banalitäten, die sie austauschten, konnten nicht über die wachsende Spannung hinwegtäuschen, die sich zwischen den Menschen aufbaute. Sie schien hinter jedem Wort zu lauern, das Max und Eve aussprachen.

»Nun, niemand ist unersetzlich, heißt es«, sagte Max, die Augen immer noch auf Eve gerichtet, während er eine Hand auf Sallys Schulter legte. Für Sally war es die peinliche Erinnerung, dass sie im Chefsessel saß, aber als sie sich erheben wollte, verstärkte sich der Druck der Hand.

»Ah, Serena, da bist du ja.«

Alle drei wandten sich zur Tür. Dort blieb Serena eine

Weile stehen, ein Blatt Papier fest in der Hand. Das Papier war zerdrückt und eigenwillig gefaltet.

»Sally, Eve, das ist Serena D'Angelo, Mikas Schwester.«

Sally murmelte einen höflichen Gruß, während sie spürte, wie eine eisige Hand nach ihrem Herzen griff. Sie hatte Serena nie kennen gelernt, hatte ihre Rivalin nie von Angesicht zu Angesicht gesehen. Die auffällige Schönheit und die Wärme, die sie mit ihrer Gegenwart ausstrahlte, waren wie ein Schock für sie.

Als Serena weiter in das Zimmer hineintrat, erkannte Sally entsetzt ihre eigene Handschrift auf dem Papier, das Serena in der Hand hielt.

»Es ist mir ein Vergnügen«, sagte Serena mit ihrer warmen, herzlichen Stimme und streckte ihre Hand aus. Benommen hielt auch Sally ihre Hand hin. »Wie seltsam, dass wir uns nie vorher getroffen haben. Nun ja, vielleicht ist es auch gar nicht so seltsam.« Sie lächelte, schaute auf das Papier in ihrer Hand und wandte sich dann an Eve.

Das Blut schoss in Sallys Kopf, in ihren Ohren brauste und dröhnte es. Sie konnte sich nicht bewegen, konnte nicht denken, konnte kaum atmen. Ihr Blick war starr auf das Papier gerichtet. Es war die stichwortartige Niederschrift, die sie sich von Eves Plänen gemacht hatte.

Sie verfolgte wie in Trance, wie Serena sich elegant in einen schwarzen Ledersessel fallen ließ, wie sie den Bogen Papier wieder zu falten begann, offenbar geübt in der Origami-Technik. Nach einigen Kniffen hatte sie aus dem Papier ein Boot gezaubert.

»Lass dich von mir nicht stören, Max«, sagte sie. »Ich bin sicher, dass ihr viele Dinge zu besprechen habt. Max hat mir einen kurzen Vortrag über das Musikgeschäft gehalten, besonders über die Möglichkeiten in fremden

Märkten. Das ist Ihr Spezialgebiet, nicht wahr, Eve?«, fragte sie lächelnd.

Das Boot verschwand, Serena begann neu zu falten, und aus den kompliziert zusammengeschobenen Teilen erhob sich eine Blume.

»Nun ja, Spezialgebiet ist zu hoch gegriffen«, antwortete Eve, die Augen leicht zusammengezogen, was ihr Misstrauen signalisierte. Wenn sie eine Katze wäre, hätte sich ihr Schwanz verdickt. Instinktiv erkannte sie die Gefahr, die von der Frau ausging.

»Eve, stellen Sie Ihr Licht nicht unter den Scheffel«, sagte Max jovial. »Ihr Bericht über Ihre Amerikareise war doch sehr aufschlussreich.«

Die Blume verlor ihre Gestalt, die Blütenblätter schmolzen dahin. Sally spürte, dass Serena sie anschaute, und widerwillig hob sie den Kopf. Die hellbraunen Augen blickten warm, irgendwie aufmunternd, beinahe freundlich.

Aus der Blume wurde eine Sonne mit gleichmäßigen Strahlen, und als Serena sie hochhob, lächelte sie Sally dabei an.

Die Panikwellen in Sally ließen nach, und sie spürte, wie sich ihre Gedanken allmählich aufklarten. Eve und Max unterhielten sich über das Büro in Toronto. Das war zwar ein unerfreuliches Thema, aber es konnte nicht gefährlich werden. Serena brach die Falten der Sonne wieder auf.

Hatte sie das Papier auf ihrem Schreibtisch liegen lassen? War sie wirklich so unvorsichtig gewesen? Warum sagte Serena nichts darüber? Offenbar hatte sie die Brisanz erkannt, die in dem Papier steckte. Lag in diesen Dingen, die sie mit dem Papier schuf, irgendeine verschlüsselte Mitteilung? Ein Boot, ein Blume, eine Sonne ... Sie erkannte keinen Sinn darin.

Vielleicht war es gar nicht ihre Niederschrift. Es mochte irgendein anderer Text sein, ein paar Notizen, die sie sich während eines Telefongesprächs gemacht hatte. Wenn sie bei Verstand war, hatte sie ihre Niederschrift in den Schreibtisch eingeschlossen, bevor sie Eve hastig in Max' Büro geschoben hatte. Ja, so hatte sie es bestimmt gemacht.

Ihre Selbstsicherheit kehrte allmählich zurück. »Das ist eine sehr geschickte Arbeit«, sagte Sally und schaute auf Serenas Hände. Die Sonne war zu einem lang gezogenen Objekt geworden, das vorn spitz zulief. Der Rest wurde von Serenas Händen verborgen.

»Gefällt es Ihnen?«, fragte Serena, faltete das Papier noch einmal und dann noch einmal. »Dann gehört es Ihnen.«

Sie öffnete ihre Hände und hielt Sally ein Messer hin.

Genf

Seine Augen waren von dem tiefen Mittelmeerblau, das ihre Orgasmen angereichert und sie in ihren Träumen verfolgt hatte. Ihr Körper reagierte darauf mit einer unbeschreiblichen Heftigkeit. Ihr Herz pochte wild, und gleichzeitig konnte sie den tiefen, flatternden Puls zwischen den Schenkeln spüren. Dabei hatte er sie nicht einmal berührt.

»Einen Kuss«, sagte sie weich und spürte, wie sich ihr Bauch zusammenzog. »Nur einen Kuss.«

»Nur einen Kuss?«, wiederholte er, offenbar amüsiert. Er war neben ihr, sein Schenkel an ihrem, einen Arm über den Rücken der Couch gelegt. Die Fingerspitzen seiner Hand berührten ganz leicht ihre Schulter.

Es würde ganz einfach sein, nur der geringsten Bewegung bedürfen, um sie auf das schwarze Leder zu drücken und sie unter ihm festzuhalten. Er war größer und kräftiger als sie. Er konnte sie nehmen. Und sie wollte es. Sie schüttelte sich, als ihr klar wurde, wie sehr sie es wollte.

Da waren Tränen in ihren Augen, als sie es wiederholte. »Nur einen Kuss.«

Sie schloss die Augen und fühlte, wie seine Hände durch ihr Haar fuhren. Sie wandte ihm ihr Gesicht zu, und ein wohliger Schauer durchlief sie, als sie seinen warmen Atem an ihren Schläfen spürte. Mit dem Mund zeichnete er die schrägen Brauen nach, mit der Zungenspitze fuhr er unendlich behutsam über ihre Wimpern. Aus dem Augenwinkel leckte er eine Träne ab.

Unbewusst öffnete sie ihre Lippen. Sie wartete auf die Wärme seines Mundes, auf den Druck seiner Zunge, seiner Zähne. Ihre Jeans wurden zu eng. Sie schwoll an vor Erregung, als sein Mund zu ihrem Ohr wanderte. Ihre Brüste rieben sich gegen das Hemd, die Warzen wurden so hart, dass sie schmerzten. Als sie seine Zungenspitze am Ohrläppchen spürte, hätte sie beinahe laut aufgeschrien.

Sein Mund bewegte sich ganz leicht über ihrer Haut, zu leicht, als er die Konturen ihres Gesichts verfolgte, ihre Wangenknochen, die Kurve des Kinns. Ihren Mund ließ er aus. Ihre Nerven waren zum Zerreißen gespannt. Das Pulsieren in ihrem Schoß wurde stärker, wurde ein dumpfer Schmerz und wuchs zu einem gierigen Hunger an.

Sie stöhnte auf, leckte sich die Lippen, die plötzlich trocken geworden waren, und dann spürte sie, wie sein Mund dicht vor ihrem flüsterte, wie seine Zunge den geschwungenen Bogen ihrer Lippen nachzeichnete, befeuchtete. Er neckte sie, quälte sie, streifte ihre Lippen einen Wimpernschlag lang mit den Zähnen. Ihre Zunge stieß vor, wollte seiner begegnen, wollte sie in ihren wartenden Mund saugen, aber da wich er zurück.

Sie hielt die Augen geschlossen. Sie wusste, wenn sie die Lider aufschlug, würde sie die Explosion zünden, die in ihrem Leib kochte. Sie zwang sich, still zu bleiben, denn die kleinste Bewegung würde den schreienden Orgasmus auslösen, der sich in ihr zusammenbraute. Und sie durfte nicht kommen. Jedenfalls noch nicht.

Es schien Stunden später zu sein, als er mit einem leisen Seufzer seine Lippen auf ihre drückte und ihren Lustschrei mit seinem Mund abwürgte.

London

»Ich wusste, dass etwas nicht in Ordnung war«, sagte Max, »aber in meiner Abwesenheit konnte ich meinem Argwohn natürlich nicht nachgehen.«

»Hm«, murmelte Serena abwesend. Sie betrachtete sich im Spiegel.

Sie hatte Max' Büro verlassen, nachdem sie das Papiermesser in Sallys Hand gedrückt hatte, und war von Edward zum Penthouse gefahren worden. Sie hatte sich ein oder zwei Stunden mit der unmöglichen Sammlung von Abstrakten amüsiert, dann hatte sie ausgiebig gebadet und war ins Bett geschlüpft. Der Spiegel an der Decke war eine Überraschung gewesen.

»Offenbar hatte Sally schon länger einen Verdacht, aber sie wollte Eve Zeit geben.« Max, der neben ihr lag, streichelte über Serenas Haare. »Um ehrlich zu sein, ich bin nicht ganz sicher, ob Sally Recht hat, aber Eve ist schließlich ihre Assistentin. Und wenn sie das Gefühl hat, dass sie nicht mit Eve arbeiten kann, soll es mir recht sein. Es ist Sally, der ich vertraue.«

»Hm«, machte Serena wieder. Ihre Gedanken waren noch bei dem heftigen Liebesakt, den sie unter dem Glasauge des Spiegels vollzogen hatten. Sie fühlte sich angenehm entspannt. Sie lächelte sich selbst zu und fuhr sich durch die Haare, hielt eine Strähne zwischen den Fingern. Vielleicht sollte sie sich einen neuen Schnitt zulegen, dachte sie.

»Als wir mit Eve darüber gesprochen haben, hat sie es gut hingenommen«, fuhr Max fort. »Sie meinte, dass sie vielleicht wieder in die Finanzindustrie zurückkehren will.«

»Wirklich?«, sagte Serena, drehte sich auf die Seite und schaute Max an. Sally hatte das Messer also benutzt, aber nicht, um sich die Pulsadern aufzuschneiden, sondern um es in Max' Rücken zu jagen. Sehr interessant.

Sie dachte über Eve nach und ob sie wirklich eine Bedrohung für Max und für Disc-O werden könnte. Vielleicht hätte sie Max das Messer geben sollen.

Aber dann spürte sie Max' Finger zwischen ihren Schenkeln, und sie vergaß das Messer wieder.

Zwölftes Kapitel

Virgin Islands

Die Yacht ankerte vor der kleinen Insel Virgin Gorda. Es war ein klarer, ruhiger Tag, und die Sonne spiegelte sich auf dem glitzernden Wasser.

»Das ideale Wetter«, sagte der Mann neben ihr. Er hörte sich so an, als wollte er sich selbst zu der Tatsache beglückwünschen. Er hatte auch allen Grund dazu.

Serena lag neben ihm auf der Chaiselongue und antwortete nicht. Sie langte nach ihrer Sonnenbrille. Durch die Bewegung des Arms fing sich das Sonnenlicht im diamantenbesetzten Armband, dass Max ihr geschenkt hatte. Die Diamanten glitzerten nicht nur am Arm, sondern auch am Hals und an den Ohren, und als sie die Sonnenbrille aufsetzte, funkelte auch das kalte, helle Licht des Diamanten im Ring.

Es war lächerlich, dass es Leute gab, die es als vulgär betrachteten, tagsüber Diamanten zu tragen, dachte sie. Natürlich war es das nicht. Erst recht nicht, wenn man sonst nichts trug.

»Und das Messer ist so glatt und durchsichtig wie Glas«, fuhr er fort, immer noch voller Bewunderung.

Sie sah zu ihm hinüber. Ein leichtes, selbstzufriedenes Lächeln umspielte seine Mundwinkel. Das Lächeln eines Mannes, dem die Welt gehörte. Oder wenigstens alles auf der Welt, was er haben wollte. Serena gestand sich ein, dass ihr das ewige Lächeln bald auf den Geist ging.

Er hatte allen Grund, mit sich zufrieden zu sein, dachte sie. Schließlich lag sie hier neben ihm.

In ihren Gedanken ließ sie die wichtigsten Stationen der vergangenen sechs Monate vorbeihuschen. Sie war immer noch leicht verärgert über Mika, weil er nicht bei ihr war. Aber sie lächelte, als sie sich an ihre Rückkehr nach Genf erinnerte. Zuerst war sie irritiert, dass er sie nicht am Flughafen abgeholt und dann, dass er nicht draußen auf der Treppe gestanden hatte, um sie zu begrüßen.

Als sie die Villa betreten hatte, hatte sie sofort die Bach-Klänge aus dem Musikzimmer gehört. Sie dachte, er wäre wieder in eine tiefe Depression versunken, deshalb hatte sie lange an der Tür gezögert.

Aber dann ... er spielte Geige!

Die Tränen, die Freude, die unendliche Erleichterung, Champagner und Lachen.

Ihre Freude wurde nur ein wenig gedämpft, als er ihr seine Entscheidung mitteilte, dass er trotzdem nicht wieder auftreten wollte. Er würde weiter komponieren und nur noch zu seiner Freude spielen.

Oh, er müsste jetzt bei ihr sein. Aber er wollte in Genf bleiben, schob Arbeitsdruck vor. Sie hätte gern gewusst, ob Franca noch bei ihm war oder ob sie auf das Angebot von Max eingegangen war, drei Monate in Rom zu studieren.

Max. Gelegentlich fragte sie sich, was er dachte, ob er überhaupt zu schätzen wusste, was sie für ihn getan hatte. Wahrscheinlich nicht.

Ihr Seufzen alarmierte den Mann neben ihr, er ließ die Hände mit dem Buch sinken und fragte: »Serena, ist etwas nicht in Ordnung?«

»Nein, alles bestens, Jeff. Aber vielleicht sollten wir uns was zu essen bestellen. Ich sterbe vor Hunger.«

Die ewige Stadt, dachte Franca spöttisch. Stadt der Verliebten. Was für ein schrecklicher Ort, im November allein zu sein.

Es regnete wieder. Der unablässige warme Regen trommelte gegen das Fenster.

Max hatte ihr eine kleine Wohnung in der Amerikanischen Akademie besorgt, und die ersten Wochen hatte sie die Veränderung auch genossen, die Gespräche mit den Schülern und Studenten. Sie alle studierten bildende Künste. Gegenüber wohnte eine junge Pianistin, die den Preis der Stadt Rom gewonnen hatte, und inzwischen hatten sie sich angefreundet, sie kochten gemeinsam, gingen zum Markt in Trastevere oder tranken ein Bier vor dem Pantheon. Die neuen Eindrücke lenkten sie ein wenig von dem Schmerz ab, Mika verlassen zu haben.

Max hatte auch veranlasst, dass sie mit dem italienischen Streicherquartett spielte. Sie waren sehr, sehr gut, und sie wusste, dass die Erfahrung ihre weitere Entwicklung förderte.

Sie hätte nicht länger in Genf bleiben können, ohne sich ihm hinzugeben. Es war die reinste Tortur, ihm nahe zu sein, von ihm geküsst und umarmt zu werden, den Höhepunkt aber auszuschließen. Ein paar Wochen war das zu ertragen, aber nicht länger.

Ihr Körper erwärmte sich schon wieder bei diesen Gedanken. Sie fühlte seine Hände, spürte seine Lippen auf ihren, labte sich an seinen streichelnden, reibenden Fingern.

Nicht mehr lange, redete sie sich gut zu. Sie schaute auf den Brief in ihren Händen. Die Premiere war für

Januar geplant, hatte Max geschrieben. In der Royal Albert Hall. Alles lief wie geplant.

Nicht mehr lange …

Genf

Mika saß auf der Terrasse und trank Kaffee. Morgens war es eigentlich schon zu kühl geworden, um das Frühstück im Freien noch zu genießen, aber er behielt es trotzdem bei. Er war dankbar für Midas' Wärme auf seinem Schoß.

Er schaute auf die Ansichtskarte, die er gegen die Kaffeetasse gestellt hatte. Sie zeigte die Aphrodite beim Bade. Sie hatte sie im Vatikan abgeschickt. Einen Moment lang bewunderte er die fließenden Marmorkurven der Göttin, dann drehte er die Karte um und las erneut die Botschaft, die nur aus einem einzigen Wort bestand.

»Bald.«

Nun, *Serenas Lied* war fertig für sie, er hatte es überarbeitet und noch mal überarbeitet, er hatte sich keine Ruhe gegeben, bis er es für vollkommen hielt.

Er hatte mit einer neuen Komposition begonnen, die sich locker um Midas spinnen sollte, sein Schnurren und Knurren, sein Kratzen und Beißen und Fauchen, aber er schaffte es nicht, seine Konzentration lange genug auf das neue Stück zu richten. Außerdem vermisste er Serena.

Was, um alles in der Welt, hatte sie veranlasst, von Genf nach New York zu fliegen, von New York nach Houston, und dann mit diesem Jeff Brooks in den Tropen zu verschwinden?

Als sie im August nach London geflogen war, eine

Stadt, die sie hasste, da hatte er gedacht, dass sie vielleicht eine längerfristige Beziehung zu Max aufbauen wollte, sich zu irgendeiner Verpflichtung durchzuringen.

Aber sie war nur wieder dem Muster gefolgt, das sie schon vor so langer Zeit begonnen hatte. Von einem Ort zum anderen, von einem Mann zum anderen. Er hoffte, dass sie bald zu einer Stippvisite vorbeischauen würde.

Bald.

Und die Premiere stand jetzt auch fest. Nur noch sieben Wochen. Oder waren es sechs?

Bald.

Houston

Eve schaute aus dem Fenster ihrer luxuriösen Wohnung im dritten Stock, die sie gemietet hatte, sah auf den schäbigen Imbiss da unten und hätte vor Wut und Gram schreien können. War Houston die einzige Stadt auf der Erde, wo es keinen Bebauungsplan gab? Wie ihre eigenen Pläne war auch die Stadt chaotisch, ungeordnet und unübersichtlich. Teure Wohngebäude und Häuser neben heruntergekommenen Wäschereien, Autowerkstätten und Imbissbuden.

Frustriert knirschte sie mit den Zähnen und griff nach dem Telefon. Seit fast einem Monat wartete sie nun schon darauf, dass Jeff sich auf ihre Anrufe hin meldete. Ihr lief die Zeit davon. Ihre Abfindung bei Disc-O war überraschend großzügig bemessen gewesen, genug, um sie durchzufüttern, während sie die neue Firma aus dem Boden stampfte. Aber ohne Jeff Brooks konnte ihr das nicht gelingen.

Es war gut, dass sie Nicolai in London zurückgelassen hatte. Er würde weiter im Club in Camden spielen, bis sie sich in New York oder Chicago niedergelassen hatte, je nachdem, wo Jeff den Hauptsitz der neuen Firma etablieren wollte. Aber Jeff schien nicht zu begreifen, wie entscheidend das Zeitelement war, wie wichtig es war, schnell zuzugreifen.

Zuerst war er von ihren Plänen begeistert gewesen, er hatte sie in die feinsten Restaurants der Umgebung geführt und sie auf seine Ranch eingeladen. Sie hatte ihn nicht drängen wollen, weil sie die Tage in der Sonne und im Luxus selbst zu sehr genoss. Aber jetzt wurde es höchste Zeit.

»Er wird sich bald bei Ihnen melden, Miss Drake«, sagte seine Sekretärin in diesem unmöglich lang gezogenen Tonfall, den sie nicht ausstehen konnte.

Bald.

»Verdammt, wenn er sich nicht bald meldete, war es zu spät!«

London

»Ich weiß nicht, Sally, mir bringt er nicht viel, wenn Sie wissen, was ich meine. Da kribbelt nichts, ich spüre keine Erregung.«

»Also, bei mir kribbelt's«, gab sie zurück. Oh, es hatte viel mehr als nur gekribbelt, und erregt wurde sie schon, wenn sie an ihn dachte oder, wie jetzt, das Bild von Nikolai anschaute. Sie lächelte verstohlen.

»Es ist ein großzügiger Vertrag für einen unbekannten sowjetischen Tastenkünstler in Camden«, hielt Max ihr vor. Er blickte zu Sally. Sie hatte die Haare kurz geschnitten, es sah fast wie ein Helm aus, und ein raffinierter Pony fiel locker in die Stirn. Die neue Frisur machte sie älter, aber auch selbstbewusster.

»Es ist ein Fehler, die Anfänger zu unterschätzen«, sagte sie. Er fühlte sich unsanft an seine Verhandlungen mit Franca Tonelli erinnert.

Max verzog das Gesicht. Verdammte Serena! Er war schließlich gezwungen gewesen, Franca die doppelte Jahresgarantie anzubieten. Obwohl es lediglich ein Vorschuss auf zu erwartende Einspielergebnisse der Komposition von Mika war – der einzige Titel, der ihm zu entlocken war, lautete ›*Das Lied*‹, und das war ein allzu simpler Titel –, ärgerte ihn immer noch, dass Serena sich eingemischt hatte.

Serena würde ihn bald anrufen, dachte er mit einem Blick auf seine Uhr. Sie rief jede Woche an, manchmal auch zwei- oder dreimal die Woche. Er verstand, wie wichtig es für sie und Mika war, jetzt nicht gestört zu werden. Mikas überraschende Genesung hatte eine Menge Fragen aufgeworfen, die er gern mit ihr oder ihm geklärt hätte, aber sie hatte ihn sanft, aber bestimmt, darauf hingewiesen, dass es der falsche Zeitpunkt war, über Mikas Zukunft zu sprechen. Also wartete er sehnsüchtig auf ihre Anrufe. Er vermisste Serena, gestand er sich ein.

»Also, was sagen Sie, Max?«

Er zierte sich noch ein wenig länger, stimmte schließlich aber zu. Sie hatte nichts anderes erwartet.

Sally kehrte an ihren Schreibtisch zurück, ein neues, modernes Monstrum aus Chrom und glänzendem schwarzem Holz. Während sie zum Telefon griff, damit sie Nikolai die gute Nachricht durchgeben konnte, zog sie die obere rechte Schublade auf.

Sie hatte sich angewöhnt, ihren Talisman anzulächeln und ihn kurz mit den Fingerspitzen zu berühren, wenn sie sich Max gegenüber durchgesetzt hatte. Und das war in letzter Zeit häufig geschehen.

Die Schublade war bis auf den Talisman leer.

Er hat mir vom ersten Tag an Glück gebracht, dachte sie und fuhr mit der Fingerkuppe leicht über die Klinge von Serenas Papiermesser.

Finale

Die Bühnenlampen waren heiß. Auf dem erhöhten Podium waren die vier Geigen in einem Halbkreis arrangiert; die schützende Seide war umgeschlagen worden, damit man den polierten Glanz des alten Holzes sehen konnte. Aus den Kulissen konnte sie das Murmeln neugieriger Stimmen hören, und sie bildete sich ein, sehen zu können, wie die Bewunderer den Hals verrenkten, um einen Blick auf Mikas Kostbarkeiten zu erhaschen.

Mit dem sechsten Sinn, über den jeder Performer verfügt, tastete sie die Atmosphäre im Saal ab. Die Zuhörer waren beseelt von einer Mischung aus gespannter Erwartung und Neugier. Nichts von der atemlosen, andächtigen Stille, die einem entgegenschlug, wenn jemand wie Mika oder einer der anderen Virtuosi auftrat. Sie war eben noch relativ unbekannt. Dass der Saal trotzdem gefüllt war, hatte sie Mika zu verdanken. Die Besucher waren seinetwegen gekommen, wegen seiner Rückkehr in die Szene, wenn auch nur als Komponist. Aber wenigstens würden sie einen Blick auf ihn werfen können, auf ihn, der sich plötzlich auf so geheimnisvolle Weise zurückgezogen hatte.

In ihrer Vorstellung sah sie die Besucher als eine Ansammlung von Tieren, einige wild und exotisch, andere gezähmt und häuslich. Die Kritiker, gefährlich wie Raubkatzen, erwarteten sie mit gnadenlosen Ohren und Augen, jeden Moment bereit zum Angriff. Freunde und Kollegen von ihr aus der Welt der Musik, so wechselhaft wie ein Chamäleon, zum Loben und Verdammen gleichermaßen bereit, je nachdem, was die Kritiker schrieben. Und dann der Pulk der Musikliebhaber, bunt und schillernd wie ihre Kleidung, und viele von ihnen geschmückt wie tropische Vögel.

Sie musste sie zähmen, locken, verführen, wie sie auch *ihn* locken und verführen musste.

Sie konnte seine Gegenwart spüren, beinahe den Klang seiner Stimme hören.

Sie hatten sich vor diesem Abend nicht getroffen, hatten auch nicht miteinander gesprochen. Es war ihr ausdrücklicher Wunsch gewesen. Serena war da gewesen, freundlich, helfend, aufbauend nach den Proben.

Nach der ersten Probe hatte Mika eine Nachricht geschickt. »Ich würde nicht einmal daran denken, auf die Frau zu spucken, die es wagte, den *Höhepunkt* mit einer derartigen Kunstlosigkeit zu spielen.« Serena hatte den Zettel vor Francas Augen zerrissen und eine Flasche Calvados und eine Schachtel mit Papiertaschentüchern vor Franca hingestellt.

Nach der zweiten Probe hatte Serena nur gelacht, als sie ein Telegramm abgefangen hatte, in dem Mika geschrieben hatte: »Ihr *Pizzicato* würde eine läufige Katze beschämen.«

Nach der dritten und letzten Probe war wieder ein Umschlag abgegeben worden. Serena riss ihn auf, las ihn und reichte ihn Franca. »Diesmal solltest du es selbst lesen.«

Auf dem dicken, cremefarbigen Papier stand nur ein einziges Wort.

Bald.

Die Lichter im Saal wurden heruntergefahren. Franca atmete tief ein, schloss die Augen und konzentrierte sich, sammelte sich, bündelte ihre Energie. Erregung breitete sich in ihr aus, als sie die kultivierte Stimme hörte, die das Programm ankündigte. Die einzelnen Sätze flogen an ihr vorbei, sie bedeuteten ihr nichts, Hintergrundklänge, die ihre Konzentration noch förderten.

»Ladies and Gentlemen, es ist mir eine hohe Ehre, Ihnen heute Abend eine außergewöhnliche Komposition von einer außergewöhnlichen Künstlerin präsentieren zu dürfen.«

Die Spannung wirbelte durch ihren Körper, sie spürte, wie ihre Finger zu zittern begannen, wie es sie juckte, die glatte, seidige Oberfläche der Stradivarius zu berühren, den harten Bogen in die Hand zu nehmen.

»Ein Werk von atemberaubender Originalität in der Tradition der großen Klassiker und doch von einer neuromantischen Konzeption.«

Sie fuhr mit der Zungenspitze über ihre Lippen, die plötzlich trocken geworden waren. Sie stellte sich seine Lippen vor, wünschte, sie könnte sie jetzt spüren, könnte sie mit der Zunge reizen. Sie stellte sich vor, wie er den Mund öffnete, wie sie in seinen Mund eindrang, wie sie seinen heißen Atem spürte.

»Die Kunst des Komponierens für Sologeige hat eine lange und faszinierende Geschichte, sie kann über Bach hinaus bis ins sechzehnte Jahrhundert verfolgt werden, bis zu Striggios großem Meisterwerk …«

Sie spürte, wie sich sein Körper unter ihren Berührungen versteifte, wie sich seine Muskeln anspannten, als sie an seinen Brustwarzen zupfte, und sie stellte sich vor, dass sein Glied so hart war wie der Bogen. Sie würde die Finger geschickt auf- und abbewegen und das eigenständige Leben seines Penis spüren.

»Selbst Striggio wäre vielleicht vor der unglaublichen Herausforderung zurückgeschreckt, die sich der Komponist des heutigen Abends gestellt hat. Wir haben die Ehre, einer Premiere beizuwohnen, ausgeführt von einer italienischen Landsfrau. Bitte, begrüßen Sie mit mir Francesca Tonelli, die Ihnen *Serenas Lied* darbieten wird, vom Komponisten als ›Odyssee in vier Sätzen‹ beschrieben.«

Im Publikum zuckte Serena zusammen, als sie den Titel hörte. Mika, der neben ihr saß, hielt ihre Hand und drückte sie, den Blick starr auf die Bühne gerichtet. Max rutschte nervös und ungeduldig in seinem Sessel herum. Wenigstens ist der Titel besser als nur *Das Lied*, dachte er und drückte die andere Hand Serenas. Verdammt viel besser.

Franca öffnete die Augen. Sie hörte den Applaus, freundlich, begeistert, aber nicht frenetisch. Sie wartete, bis sich der Saal beruhigt hatte, konzentrierte sich auf die angespannte Erregung, die sich in ihrem Schoß sammelte, und schritt energisch zur Bühnenmitte.

Unter den heißen Bühnenlampen fingen ihre Haare Feuer, ein knisternder rotgoldener Schein, der wie eine Krone über ihrem Kopf schwebte. Das schlichte schwarze Kleid ließ Arme und Schultern frei, das Rückendekollete reichte bis zur Taille, und an einer Seite war das Kleid bis zur Hälfte des Oberschenkels geschlitzt. Der einzige Schmuck war eine dicke Goldkette, die Serena ihr um den Hals gelegt hatte, kurz bevor sie Francas Garderobe verlassen hatte.

»Sie bringt Glück, Liebling«, hatte sie gesagt, als sie die Kette von ihrem Hals gelöst und im nächsten Augenblick Franca umgelegt hatte.

Sie griff einmal kurz an die schweren Glieder der Kette, dann bückte sie sich, um die Strad aus dem Kasten zu holten. Als sie sich umdrehte, hörte sie einen leisen Seufzer aus dem Publikum, unverkennbar männlich, eine instinktive Reaktion auf den eleganten Schwung ihres Schenkels, dessen seidige weiße Haut durch den Schlitz im schwarzen Samt für einige Sekunden aufblitzte.

Irgendwo da unten war Mika. Sie spürte seinen Blick auf sich, fühlte die Kraft seiner Gedanken, die sich in ihr Gehirn drängten. Oder ob er hinter der Bühne stand? Egal, wo er war, er würde sie leiten.

Sie präsentierte sich dem Publikum, und plötzlich überkam sie eine Unverfrorenheit. Sie fühlte sich erregt, feucht, herausgefordert. Sie war nicht das verträumte, sanfte Wesen, das für den ersten Satz, *Der Kuss*, verlangt wurde. Sie vibrierte am ganzen Körper, sie war heiß und hitzig, und zwischen ihren Schenkeln pulsierte der ins Blut gehende Rhythmus des Rock 'n Roll.

Sie nahm ihr Publikum mit der ersten Note gefangen, mit der zuckenden Intensität, mit der *Der Kuss* begann. Sie hielt den Ton, zog ihn lang, unterstützte ihn mit den Lippen, untermalte ihn mit ihren herausfordernden Blicken. Sie stellte sich vor, wie Mika den Klang dieser ersten Note hörte, sie sah den Zorn in seinen blauen Augen, als sie den Ton eine Winzigkeit zu lange hielt. Kapriziös verschmolz sie ihn mit dem nächsten.

Sie war wie Seide im Wasser, schwebte um ihn herum, umfing ihn mit ihrer Wärme, betörte ihn mit dem berauschenden Duft ihres Parfums, quälte ihn sanft mit Zunge und Lippen.

Mika stieß einen kurzen, leisen Fluch aus.

Das Publikum war still, gebannt von der sich entfaltenden Melodie, neugierig auf das deutliche Versprechen der Saiten, die verführerisch flüsterten, um sich im nächsten Moment wieder ganz zurückzunehmen.

Auf und ab, auf und ab. Mit flinker Eleganz strich sie den Bogen über die Saiten, streichelte seinen Körper mit den Augen, ließ sie auf den festen, muskulösen Schenkeln verweilen, flirtete mit dem Reißverschluss. Sie spürte, wie er unter ihren flatternden, aber zielstrebigen Fingern wuchs. Sie wusste, dass ihre Brustwarzen sich verhärteten, spürte das feurige Strahlen in ihrem Schoß, wo es lichterloh brannte.

Einen kurzen Moment lang war sie versucht, ihn zu schockieren, indem sie den Reißverschluss mit einem Ratsch aufzog, sich der ganzen Länge seiner Pracht bemächtigte und tief in ihren Mund einführte. Sie glaubte, seine Hände zu spüren, die sich in ihrem Nacken verkrallten.

Und dann verklang die letzte Note voller schmerzlicher Zärtlichkeit. Sie verklang im tiefen Schweigen. Sie hörte kein Hüsteln, kein Rascheln mit Programmheften, keine geflüsterte Unterhaltung, als sie die Strad zurück in den Kasten legte und zur Guarnerius griff. So gelassen und selbstsicher, so selbstverständlich, wie sie ihn zwischen ihre Schenkel führen würde, setzte sie die Geige ans Kinn und labte sich an der Patina des alten Holzes.

Die Umarmung kam flüssig wie Wasser, flirtete mit der Luft wie eine aufkommende Brise, raschelte verlockend, sinnlich wie Seide, die knisternd zu Boden fällt.

Franca verlor sich nun in der Erforschung seines Körpers, eine Reise über nackte Haut zwischen Seide und Leinen. Absichtlich langsam knöpfte sie sein Hemd auf. Ihre Blicke blieben auf seinem Gesicht, verweilten auf der jähen Kurve von Kinn und Hals, ehe sie sich ein wenig hinabbeugte, über den kräftigen Brustkorb fuhr und mit der Zunge flink über die kleinen harten Warzen strich. Sie begann mit dem *Pizzicato*.

Es war heiß und schwer, die Atmosphäre im Saal lud sich auf, wurde angesteckt von ihrer Erregung.

Mika, dessen Augen leuchteten wie dunkelblaue Kohlen, stieß wieder einen Fluch aus.

»Was ist denn, Liebling?«, flüsterte Serena und berührte leicht seinen Arm.

»Zu intensiv. Zu früh derart intensiv«, erwiderte er wütend. Er hatte vergessen, die Stimme zu senken. »Das kann sie nicht durchhalten ... Sie wird nichts mehr in sich haben, wenn sie den *Höhepunkt* spielen muss ... verdammt!«

Hinter ihnen hörten sie ein wütendes Zischen, das ihm befahl, ruhig zu sein.

»Sie wird dich vielleicht überraschen, Liebling«, sagte Serena dicht an seinem Ohr, und dabei hauchte sie einen leichten Kuss auf seine Wange. Sie musste sich anstrengen, um das wissende Lachen aus ihrer Stimme fern zu halten. Franca spielte hervorragend, sie hatte heiße Seide über das Publikum gelegt, und das Locken der Musik war so verführerisch, dass auch sie spürte, wie sie gefangen genommen wurde. Neben ihr saß Max, die Hand auf ihrem Schenkel, aber völlig versunken in der Musik.

Der letzte einschmeichelnde Akkord verging in der Luft, zerschmolz.

Franca trat einen Schritt zurück und bückte sich, um die Stradivari zu holen. Sie nahm sie sanft und behutsam, unendlich liebevoll.

Wie einen Liebhaber.

Heiß und drängend, die Hände rau und voller Ungeduld, gierig. Jede Schranke zwischen ihnen war unerträglich, Haut rieb sich an Haut, hart, wild, rücksichtslos. Der stoßende Rhythmus der Penetration.

Im Publikum nutzten viele Zuhörer die Unterbrechung, um die Sitzhaltung zu verlagern. Man sah die Menschen schlucken, sich die trockenen Lippen lecken. Man sah ihnen an, dass sie überwältigt waren. Erhitzt.

Und die Hitze nahm noch zu. Die Noten klangen härter, fordernder, jeder Einzelne kündigte den schreienden, zuckenden, glückseligen Wahn der Befreiung an, die ekstatische, elektrisierende Erlösung.

Sie spürte ihn in diesem Augenblick in sich, sie wusste, dass er hart und tief zustoßen würde, um sich gleich darauf weit zurückzuziehen, am Mund zu verharren, um sie zu quälen, ehe er wieder hineinstieß, kräftig, berechnend. Dann der Rückzug, eine Sekunde vor dem Einsetzen ihres Höhepunkts. Er beugte sich tief hinunter, berührte ihre Lippen mit dem Mund, küsste sie, glättete das erhitzte Gewebe mit der seidigen Zunge, bis sie erkannte, dass sie nie genug davon bekommen würde. Und dann würde er wieder zustoßen.

Er füllte die nasse, schmerzende Höhle, die nach ihm lechzte, füllte ihren Körper mit ungebändigter Wildheit, trug sie beide ins explosive Zentrum des Orgasmus.

Sie spürte, wie ihr eigener Höhepunkt nahte, die Muskeln in ihrem Schoß und in ihren Schenkeln zitterten, als sie den letzten Akkord spielte, wobei sie den Bogen lang und hart führte. Sie verweigerte sich den eigenen Höhepunkt und ließ die hektischen Noten der höchsten Erregung verklingen.

Der Unterschied des Schweigens im Saal zwischen den Sätzen war fühlbar, als Franca die Stradivari zurücklegte und zur Amati griff.

Mika hatte Recht, die Amati füllte keinen großen Saal. Aber die Wahl war doch ideal. Die Geige sollte den schmerzenden Verlust betonen. Dafür brauchte man nicht Klangfülle, sondern Einfühlsamkeit.

Es war der kleine Tod, die Erfüllung einer unstillbaren Sehnsucht, das zarte gemeinsame Nachglühen eines grandiosen Erlebens. Die Körper kühlten sich ab, der Atem verlangsamte sich wieder.

Und als sie nach der dritten Zugabe von der Bühne trat, schwitzend, heiß, erregt und glücklich, benommen vom Applaus, der nicht enden wollte, wartete er auf sie in ihrer Garderobe.

ENDE